DEBBIE TAYLOR
Die vierte Königin

Das Buch
Als Helen Gloag im Jahre 1769 per Schiff ihre schottische Heimat verlässt, um in den britischen Kolonien ein neues Leben zu beginnen, ahnt sie nicht, dass sie ihr Ziel nie erreichen wird. Das Schiff wird von Piraten angegriffen, und Helen gerät in die Gewalt von Sklavenhändlern, die sie an den marokkanischen Sultan Sidi Mohammed XVII verkaufen. So lernt sie den Obersten Haremswächter Microphilus kennen, der selbst aus Schottland stammt und sich auf den ersten Blick in seine Landsmännin verliebt. Microphilus weiß, dass Helen die Arbeit als Liebesdienerin verabscheut, doch auch er kann nicht verhindern, dass der Sultan sie schon nach wenigen Tagen auswählt. Als Mohammed sie zu seiner vierten Königin macht, versucht eine ihrer Nebenbuhlerinnen Helen zu vergiften. Erst in der größten Gefahr gewinnt Microphilus Helens Vertrauen und ihre Liebe ...
Der Roman über Helen Gloag basiert auf einer wahren Geschichte.

Die Autorin
Debbie Taylor hat lange Zeit als Verlagslektorin gearbeitet und ist heute Herausgeberin von »Mslexia«, einem sehr erfolgreichen englischen Literaturmagazin. Sie lebt mit ihrem Mann und ihrer Tochter in England.

DEBBIE TAYLOR
Die vierte Königin

Roman

Aus dem Englischen von
Michélle Pyka

Diana Verlag

Die Originalausgabe
»The Fourth Queen«
erschien 2003 bei Michael Joseph

2. Auflage
Redaktion: lüra - Klemt & Mues GbR, Wuppertal

Deutsche Erstausgabe 01/2005
Copyright © 2003 by Debbie Taylor
Copyright © 2005 der deutschsprachigen Ausgabe
by Diana Verlag, München,
in der Verlagsgruppe Random House GmbH
Printed in Germany 2005
Umschlagillustration: Bridgeman Giraudon, Berlin
Umschlaggestaltung: Hauptmann und Kampa Werbeagentur,
München, Zürich, unter Verwendung eines Ausschnitts aus dem
Gemälde THE MUSIC LESSONS von Frederic Leighton, 1877,
Guildhall Art Gallery
Satz: Pinkuin Satz und Datentechnik, Berlin
Druck und Bindung: GGP Media GmbH, Pößneck
Gedruckt auf chlor- und säurefreiem Papier
ISBN 3-453-35018-9
http://www.heyne.de

Erster Teil

»In einem Ort namens Mill of Steps steht eine Kate, welche einstmals von der Königin von Marokko bewohnt wurde. Sie, ursprünglich die Tochter eines Häuslers, überwarf sich mit ihren Eltern und verließ ihr Heim mit nichts als den Kleidern, die sie am Leib trug.

Während der Fahrt über den Atlantik nach Amerika wurde ihr Schiff von afrikanischen Seeräubern gekapert und nach Marokko gesegelt. Dort entzückte ihre Schönheit den Sultan derart, dass er sie schon bald zur Königin machte.

Der Mädchenname der Königin lautete Gloag, und in der Gemeinde leben immer noch einige Personen desselben Namens.«

Antiquities of Strathearn, with Historical and Traditionary Tales and Biographical Sketches of Celebrated Individuals belonging to the District.

von John Shearer, 1836

Der Weiler Mill of Steps liegt in der Nähe des Dorfes Muthill in Perthshire, Schottland.

1

Helen ließ ihr Bündel zu Boden gleiten und blickte sich in der Passagierkabine des Schiffes um. Es wimmelte von Menschen, die im Halbdunkel umhertappten, über die Habseligkeiten ihrer Mitreisenden stolperten und die seltsamen Betten aus Tuch in Besitz nahmen, die wie Schnüre von Zwiebeln an den Wänden hingen.

Helen lehnte sich mit dem Rücken gegen die nächste Wand. Sie hatte sich kleine, runde, mit Salzwasser bespritzte Fenster vorgestellt, und Trennwände, damit die einzelnen Familien für sich sein konnten. Nicht diese knarrende Scheune mit dem glitschigen, schwankenden Boden.

Sie ballte die Fäuste und grub die Fingernägel in ihr Fleisch, um nicht in Tränen auszubrechen. Dies alles hatte sie nur sich selbst zuzuschreiben. Was wäre ihr schon geschehen, wenn sie nicht fortgelaufen wäre? Megs Wut hätte nicht lange angehalten. Helen dachte an ihren Bettschrank, der nach Heu und dem Rauch des Holzfeuers roch. Wenn sie jetzt von Bord ging, konnte sie in zwei Wochen wieder in Muthill sein.

Hier, unterhalb der Wasserlinie, kam das einzige Tageslicht durch die beiden offenen Falltüren, durch die man über eine Leiter hinauf an Deck gelangte. Helen roch ranzige Butter und verfaulenden Fisch, und aus der Ecke, in der hinter einem Wandschirm die Nachtstühle standen, drang bereits der Gestank nach Dung. Es würgte sie in der Kehle. An diesem Ort würde sie die nächsten zwölf Wochen verbringen müssen, begraben im Bauch des Schiffes mit hundert anderen Seelen – wie Würmer in einem Sarg.

Helen drückte die Fingernägel noch tiefer in ihre Handballen. Warum nur dachte sie niemals nach, bevor sie etwas tat? Mitten in der Nacht zu John Baynes Haus zu schleichen, barfüßig wie ein Flittchen ... Erwartete sie etwa, wie eine Dame behandelt zu werden? Kein Wunder, dass er sie in eine der Dienstbotenkammern geführt hatte. Helen hustete, hielt sich ein Stück ihres Umhangs vor den Mund, taumelte zu einer der Leitern und kletterte wieder nach oben, dem Licht entgegen.

Auf Deck herrschten Lärm und Geschrei. Männer rollten Fässer auf Luken zu oder krabbelten hoch über Helen wie Spinnen in einem Netz aus Masten und Tauen. Andere beugten sich über die Reling und zogen an langen Seilen Säcke an Bord, die von den kleinen, tief unten auf den Wellen schaukelnden Skiffen herangebracht wurden. Ein Matrose bemerkte Helen, grinste sie breit an und kam auf sie zu. Die Haut in seinem Gesicht sah aus wie Haferbrei. Helen wich zurück, stolperte über Tauwerk, drehte sich schnell um und flüchtete auf die andere Seite des Schiffes.

Ihr blieb immer noch Zeit. Sie konnte sich von einem Skiff zurück zum Kai von Greenock bringen lassen. Sie lehnte sich über die Reling und sah hinunter zu der Flottille aus tänzelnden Booten, die sich wie ein Rudel ungebärdiger Welpen um den Bauch des Schiffes drängten. Sie müsste lediglich an einer der herabhängenden Strickleitern nach unten klettern und eines der Boote heranwinken. Und was dann? Sie hatte kein Geld für die Postkutsche nach Perth und keinen Begleiter. Ihre Reisegefährten Betty und Dougie waren unten in der Kabine und würden niemals freiwillig nach Muthill zurückkehren. Denn dort blieb ihnen nichts anderes übrig, als ihr Leben lang für einen Hungerlohn Rüben aus der Erde zu graben. Die Auswanderung in die Kolonien war ihre einzige Hoffnung.

Helen stand gegen die Reling gepresst und hatte das Gefühl,

in einer Falle zu sitzen. Sie dachte an die solide gebaute, saubere Kate, aus der sie fortgelaufen war, an ihren Vater, den Hufschmied von Muthill, mit seiner Lederschürze und den großen, rauen Händen, an das Schulgebäude aus grauem Stein, an den Fluss bei der Mühle mit seinem Bett aus glatten Kieseln. Wie hatte sie nur all dies verlassen können? Die Kleinen. Und Meg, ihre Stiefmutter – mochte sie auch manchmal grimmig und aufbrausend sein. Meg war zu Recht wütend auf sie gewesen – um fünf Uhr in der Früh mit aufgerissenen Lippen ins Haus zu schleichen! Aber sie hätte sich ganz bestimmt bald wieder beruhigt. Doch da war Helen bereits aus der Kate gestürmt – und hatte in einiger Entfernung Betty und Dougie gesehen, die sich auf dem ersten Abschnitt ihrer Reise nach Amerika befanden. Und nun war es zu spät. Nun war sie auf diesem Schiff gefangen, und es gab kein Zurück. Ihr Herz zog sich zusammen, und Angst schnürte ihr die Kehle zu.

Es verlangte sie nach einem Ort, an dem sie weinen konnte, einem Plätzchen, an dem niemand sie störte. Helen kletterte über einen Stapel Säcke, zwängte sich hinter eine Wand aus Hühnerkäfigen und machte sich so klein wie möglich. Die Hühner bewegten sich aufgeregt in ihren engen Quartieren und hackten mit den Schnäbeln aufeinander ein. Helen betrachtete ein zerbrochenes Ei, das durch die Gitterstäbe tropfte, und beruhigte sich langsam.

Nach einer Weile spähte sie vorsichtig hinter den Käfigen hervor und beobachtete, wie eine kleine Gruppe von Menschen an Bord kam. Sie mussten mit einem besonderen Boot hergebracht worden sein, denn sie waren so gut gekleidet, dass man sie gewiss nicht inmitten von Erbsensäcken und Käsefässern übergesetzt hatte wie die anderen Passagiere. Helen zählte fünf Männer, doch es war die einzige Frau mit ihrem leuchtend grünen Umhang, die ihre Aufmerksamkeit erregte.

Die Dame schwankte leicht, als würde sie jeden Augenblick

in Ohnmacht fallen, und klammerte sich mit ihren Händen in Spitzenhandschuhen an den Arm eines der Herren – offenbar handelte es sich um ihren Ehemann. Die anderen Herren scharten sich besorgt um sie. Einer von ihnen bellte einem vorübergehenden Matrosen einen Befehl zu, woraufhin dieser davoneilte und kurz darauf mit einem kleinen Klappstuhl zurückkam.

Die Dame beäugte zögernd den Stuhl. Er wirkte wackelig, und seine Sitzfläche bestand nur aus gespannten Schnüren. Selbst aus der Entfernung konnte Helen erkennen, dass diese Frau noch nie in ihrem Leben auf einem solch derben Möbel gesessen hatte. Die Frau lachte, schüttelte den Kopf und beteuerte offenbar, dass sie sich schon viel besser fühle. Dann zog sie plötzlich den Mann an ihrer Seite am Arm und wies auf die Matrosen, die ihr Gepäck an Bord schleppten. Anscheinend sollte er das Ganze überwachen.

Helen, die in ihrem schmutzigen Rock auf dem Boden hockte, sah gebannt zu, wie erwachsene Männer sich förmlich überschlugen, um der blonden Dame in dem smaragdgrünen Umhang zu Diensten zu sein. Wie mochte es sich wohl anfühlen, dermaßen umsorgt zu werden? Nun verbeugte sich der Mann, der den Stuhl geordert hatte, vor den anderen und zeigte hinüber zum oberen Teil des Schiffes. Offenkundig bot er an, sie zu ihren Kabinen zu geleiten. Helen vergaß ihren Kummer, glitt aus ihrem Versteck und hastete über das Deck hinter der Gruppe her.

»Helen! Gott sei Dank – wir haben schon gedacht, du wärst ins Wasser gefallen!« Betty lief auf sie zu, außer Atem und mit roten Wangen. »Hör zu, wir müssen mit unseren Fahrkarten runter zum Vorratslager. Einer von den Matrosen hat gesagt, dass wir unsere Namen erst auf eine Liste schreiben lassen müssen, sonst bekommen wir nichts zu essen. Er hat auch gesagt, das Essen hier sei nicht gerade gut, aber wenn wir dem

Proviantmeister schöntun, gibt er uns vielleicht etwas von den Mahlzeiten ab, die für die Gäste des Kapitäns bestimmt sind.«

Helen zuckte zusammen, als hätte jemand sie wachgerüttelt. Sie starrte auf Bettys grindiges Kinn, ihre Hasenzähne, die Schweißflecken unter ihren Achseln und ihr strähniges Haar. Mit einem Anflug von Scham sah sie Betty und sich selbst dort an Deck stehen: zwei zerlumpte Bauernmädchen, die es nach den Leckerbissen vom Tisch der reichen Leute gelüstete.

Helen ließ zu, dass Betty sie zurück zum Achterdeck zog. Sie folgte ihr gebückt durch eine niedrige Tür, über einen schmalen Korridor und zwei Leitern hinab in den Bauch des Schiffes. Dort gluckste und gurgelte es wie in menschlichen Gedärmen, alles knarrte und schwankte, und die Dunkelheit wurde nur hier und da von Laternen erhellt, die unstete Flecken gelben Lichts auf die feuchten Planken warfen.

»Puh! Hier unten stinkt's ja schlimmer als bei einem Kesselflicker in der Hose!« Betty zog die Nase kraus und blickte mit zusammengekniffenen Augen den Gang entlang. »Guck mal, da hinten am Ende, wo all die Leute warten. Das muss der Proviantmeister sein. Hier, du bist die Hübschere. Nimm die Fahrkarten und lass ihn mal ein Stück von deinen Äpfeln sehen ...« Mit diesen Worten drückte sie Helen drei Holztäfelchen in die Hand und gab ihr einen Stoß.

Der Proviantmeister saß unrasiert im Schein einer Lampe und brummte vor sich hin. Er leckte mit der Zunge über seinen dicken, kurzen Zeigefinger und blätterte dann in einem Buch. Es lag auf dem kleinen Tisch, den er zwischen seinen feisten Knien eingeklemmt hatte. Seine Perücke thronte neben ihm auf einem Fass, und einige wenige lange, graue Haare klebten auf seiner fettigen Kopfhaut. Seine Schweinsäuglein huschten immer wieder flink über die Gesichter in der Schlange.

Ein paar Minuten später stand Helen vor ihm und hielt ihm

die Fahrkarten entgegen. Auf Bettys Drängen hin hatte sie ihr Mieder ein wenig geöffnet und ihre kupferroten Locken gelöst, sodass sie ihr frei über die Schultern fielen.

»Name«, grunzte der Proviantmeister und tauchte seine Feder in das Tintenfässchen.

»Wir sind zu dritt«, erwiderte Helen und nannte ihm die drei Namen. Während der Mann sie umständlich in sein Buch schrieb, landete eine Fliege auf seinem Haupt und krabbelte über die ölig glänzende Kopfhaut.

»Ein Bursche und zwei Mädel, was?« Er blickte auf, und seine Augen verengten sich. »Und ist Master Douglas Euer Liebster, Miss Helen?« Seine Augen befanden sich genau in Höhe ihres Schoßes. Für den Bruchteil einer Sekunde sah Helen sich selbst, wie sie in Windeseile durch den Gang rannte, dem Sonnenlicht entgegenkletterte, lief und lief und schließlich in sauberes, klares Wasser sprang.

»Ich habe keinen Liebsten.« Sie zwang ein Lächeln auf ihre Lippen und wiegte sich leicht in den Hüften. »Ich suche noch nach dem richtigen Mann.«

»Und was für ein Mann müsste das sein?« Er fuhr sich mit dem Handrücken über den Mund.

»Na ja ...« Sie gab vor, gründlich nachzudenken. »Es müsste ein großzügiger Mann sein, einer, der sich um mich und meine Freunde kümmert. Kennt Ihr zufällig einen solchen Mann?«

Nun grinste er breit zu ihr empor. Sie roch die rohen Zwiebeln in seinem Atem und sah, dass borstige Haare aus seinen Nasenlöchern wuchsen. »Tja, Miss Helen, möglicherweise ist mir jemand bekannt, auf den diese Beschreibung haargenau passt. Warum kommt Ihr nicht später am Abend noch einmal vorbei, damit ich ihn Euch vorstellen kann?«

»Du musst ja nicht bis zum Äußersten gehen«, flüsterte Betty aufgeregt auf dem Rückweg zu ihrem Quartier. »Lass ihn einfach nur deine Hinterbacken betatschen und ein kleines bisschen an deinen Nippeln saugen.«

Helen schüttelte sich. »Ich kann nicht, Betty! Hast du seine Zähne gesehen? Ich könnte es nicht ertragen, wenn er mich mit diesen fauligen Stümpfen küssen wollte.«

»Davon stirbst du nicht«, fuhr Betty sie an. »Außerdem ist das ja wohl das Mindeste, was du für uns tun kannst, wo wir dich schon mitgenommen haben. Ich verstehe sowieso nicht, was du zu jammern hast. Du sollst dich doch bloß ein bisschen einschmeicheln.«

»Aber ich habe so etwas noch nie gemacht …«

»Da kannst du von Glück sagen, Helen Gloag! Vielleicht wird es ja langsam Zeit, dass du es lernst. Vielleicht ist es an der Zeit, dass du genau wie wir anderen für etwas Anständiges zu essen mit dem Hintern wackelst!«

»Ich werde nicht fürs Essen herumhuren.«

»Jetzt bin ich also eine Hure, was? Und wie kommst du darauf, dass du auch nur einen Deut besser bist? Glaubst du etwa, du bist die Einzige, die je mit John Bayne getändelt hat?«

»Was willst du damit sagen?« Helens Stirn wurde feucht.

»Nur, dass ich gesehen habe, wie er einem Mädchen in Crieff Geld gab – und er hat es bestimmt nicht fürs Reden bezahlt. Was ist los? Hat er es bei dir etwa umsonst gekriegt?«

Doch Helen wollte nichts mehr hören. Sie hetzte durch düstere Korridore, kletterte Leitern empor und drängte sich an Matrosen und Passagieren vorbei, ohne darauf zu achten, wohin sie lief. Dann erblickte sie zu ihrer Linken eine halb geöffnete Tür, stürmte hindurch und schlug sie hinter sich zu. Unversehens fand sie sich in einem anderen Teil des Schiffes wieder – ruhiger, sauberer – und blieb keuchend stehen. Ihr gegenüber lagen drei schmale Türen mit Messingknäufen. Während sie noch überlegte, ging eine der Türen auf, und ein hoch gewachsener Mann trat heraus.

Sie erkannte ihn sofort. Es war der Ehemann der eleganten Dame. »Wusste ich doch, dass ich etwas gehört habe!«, rief er. Dann wandte er sich über die Schulter hinweg an seine Frau: »Es ist nur ein junges Mädchen. Wahrscheinlich hat es sich verirrt. Ich dachte, du seiest der Schiffsjunge, der uns den Tee bringt«, erklärte er Helen mit einem Lächeln.

Dann kam ihm offenbar ein Gedanke, denn er zog eine Münze aus seiner Westentasche. »Könntest du dafür sorgen, dass er sich beeilt? Meine Frau behauptet, sie vergehe vor Durst.« Er gab Helen die Münze und schloss die Tür.

Betty fand Helen Stunden später. Sie hatte sich wieder hinter die Hühnerkäfige gezwängt und zitterte vor Kälte. Nebel stieg vom Wasser auf und ließ das Holz der Deckplanken dunkel und feucht werden.

»Sie haben den Anker eingeholt«, sagte Betty und griff nach Helens Hand. »Willst du Abschied von Schottland nehmen?«

2

Marrakesch, 23. Mai 1769

Da ich hässlich bin, habe ich mich stets für Schönheit interessiert. Nicht etwa aus Neid, *vous comprenez*. Ich habe mir noch nie den Luxus reinen Neides erlaubt – denn was ist Neid anderes als der brennende Wunsch, dasjenige zu besitzen, was man anderen neidet? Nein, meine Sorte von Hässlichkeit liegt so weit entfernt von jeglicher Anmut, dass keine Reise – habe sie auch noch so viele Stationen – mich jemals von meinem Ausgangspunkt zum Sitz der Schönheit bringen könnte.

Nichtsdestotrotz interessiert sie mich. Man könnte sogar sagen, dass die Schönheit meine Berufung geworden ist. Denn bin ich nicht Oberster Haremswächter des Sultans von Marokko? Tausend wunderschöne Frauen, ein Regenbogen unterschiedlicher Hautfarben aus allen Winkeln Afrikas, hier versammelt zum Ergötzen Seiner Majestät Sidi Mohammed XVII – Gott mag ihr Schöpfer sein, doch ich bin ihr Kustos.

Nun, die Schönheit erscheint in diesem Land des Kamels und des Couscous allerdings in ungewohnter Gestalt. Ihr werdet hier keine gezupften Augenbrauen oder Mieder mit Fischbeinstäbchen finden. Weder gewachste Ohrlocken noch wippende Schmachtlocken rahmen die Gesichter der hiesigen Konkubinen ein.

Au contraire, viele meiner Schutzbefohlenen lassen sich das Haupthaar scheren, denn nichts bringt einen wohlgeformten Schädel und Wangennarben besser zur Geltung. Andere hingegen tragen ein wahres Gebüsch dichter Löckchen auf dem

Kopf, sodass die Geschicklichkeit eines Gärtners erforderlich scheint, dasselbe zu trimmen. Und was die Augenbrauen betrifft: Die Mauren sind der Ansicht, dass nur raupendicke Brauen den Augen einen gebührenden Ausdruck verleihen. Um die größte Wirkung zu erzielen, sollten sie zudem in der Mitte zusammengewachsen sein, und Mädchen, die von ihrem Gott nicht auf diese Weise gesegnet worden sind, malen mithilfe von *Kochl* eine dunkle Brücke zwischen ihre Brauen.

Doch alle anderen Spuren von Haar bei einer Frau werden mit einem Abscheu betrachtet, der regelrecht an Schrecken grenzt, was ich auf die Furcht des Mauren vor der geringsten Andeutung von Männlichkeit bei seinen Weibern zurückführe. Folglich muss eine Frau sogar den hauchzarten Flaum auf ihren Wangen entfernen, ebenso wie die feinen Härchen auf Unterarmen und Fingern.

Diese Angst vor dem Männlichen in der Frau erklärt auch die Vorliebe des Mauren für Beleibtheit. Glaubt mir, ich rede hier nicht von herkömmlicher Rundlichkeit. Nein, in der Berberei muss Schönheit wogen und beben. Sie muss herabwallen wie Kerzenwachs, wabbeln wie Mandelgelee, zittern wie Austern in Aspik. Sie sollte so weich und nachgiebig sein, dass im Vergleich selbst der schlaffste Homunkulus hart erscheint.

Doch sie darf keinesfalls so massig sein, dass sie erstickend wirkt. Denn das eigentliche Ziel – wenn ich es recht verstanden habe – liegt darin, dem Manne seine Mutter zurückzubringen, und zwar in einer Gestalt, über die er gebieten kann. Das Verlangen nach der füllingen Frau ist also eine Art späte Rache an der alles verschlingenden Riesin, die den kleinen Jungen überwältigte. Daher ist die friedfertige Pantagruella, in der sich Feistheit und Fügsamkeit verbinden, in diesem Land so überaus gefragt.

Doch meine Feder geht mit mir durch. Leser, lasst mich Euch mit dem Verfasser dieser Zeilen bekannt machen. Im Land der

Zwerge würde ich als Prachtexemplar gelten. Meine Haut ist rein, meine Zähne sind gerade und meine Augen – auch wenn ich dies selbst sage – von einem wirklich entzückenden Grau. Aber da ich auf dieser Erde nun einmal inmitten von Riesen leben muss, werden meine feineren Merkmale im wahrsten Sinne des Wortes übersehen. Ich werde durch meine Beine bestimmt, die wie gestutzt wirken und sich an den Knien nach außen biegen, und durch meine Stirn, die sich über meinen Augen hervorwölbt wie ein Ballon. Im Land der Riesen bin ich nichts weiter als ein schwächlicher Welpe, der aus dem Sack entkommen ist, in dem er ersäuft werden sollte.

In meinen dunkleren Stunden grüble ich über die Gründe, die unseren Guten Hirten dazu bewogen haben mögen, diesen und ähnliche Säcke aus dem Fluss zu fischen. Statt seine verwachsenen Mutterschafe und zweiköpfigen Lämmer auszumerzen, scheint Er sich eine Welt zu wünschen, in der es von Missgestalten nur so wimmelt. Und ich frage mich, wie sich diese Schwäche für das Verwachsene auf sein Leben als Zimmermann ausgewirkt hätte. Hätte er jemals seine verschnittenen Hölzer und schiefen Schwalbenschwanzverbindungen aussondern können? Seine Lieblingsstühle hätten auf ihren ungleichen Beinen gewackelt wie Fischerboote auf See, während voll gefüllte Teller unaufhaltsam von seinen schrägen Tischen gerutscht wären.

Doch solltet Ihr Seine Kunstfertigkeit in Frage stellen, wette ich, dass Er Euch einfach an die Hand nehmen, durch die bescheideneren Viertel von Bethlehem führen und dort Euren Blick auf hervorstehende Felsen und abfallende Fußböden, auf bucklige Wände und morsche Dachsparren lenken würde. Gewiss fände sich in jeder unebenen Nische – wunderbar passend – eine seiner asymmetrischen Schöpfungen.

Und so habe vielleicht auch ich endlich meine ureigene Nische gefunden: hier, wo ich mit gekreuzten Beinen auf meinem Kissen sitze, die Feder in der Hand. Der gesamte Harem schnarcht, betäubt von der Hitze. Schweiß sammelt sich in meinen Armbeugen und lässt meine Finger von der Feder gleiten.

Die Hauptfrau des Sultans, Königin Batoum, schlummert neben mir wie eine große Muttersau. Die gewaltigen Hügel dunklen Fleisches unter ihrem Musselingewand glänzen wie Auberginen. Was mich daran erinnert, dass die Mauren ein Gericht aus in Olivenöl und Piment gebackenen Auberginen *Imam baylidi* nennen – »geeignet, einen Priester in Ohnmacht zu versetzen«. Ebenso ist es mit meiner schlafenden Königin, die süß in der Mittagshitze kocht, durchdrungen von ihrem eigenen Moschus, begossen vom Öl ihres Schweißes.

Und ich könnte an ihrer Seite niederfallen, mich unter diese Hügel wühlen wie ein Ferkel, das nach Trüffeln sucht – wenn nicht, ja, wenn ich nicht zum ersten Mal seit vier Jahren eine Feder in der Hand und neben mir einen kleinen Behälter mit schwarzer Tinte hätte. Daher bin ich geneigt, ausnahmsweise einmal nicht mein stumpferes Werkzeug einzutauchen, sondern mit meinen Aufzeichnungen fortzufahren.

Denn gewiss fragt Ihr Euch, wie es kommt, dass ein hässlicher Frosch wie ich sich neben dem Inbegriff maurischer Schönheit aalen darf. Lasst mich erklären: Die wundervolle Batoum ist eine höchst scharfsichtige Frau, denn aus der holden Horde, die im Harem haust, hat allein sie erkannt, welch fürstliches Herz in diesem gedrungenen Körper schlägt. Und hat mit der Zeit kraft entschlossener, geschickter Forschung auch den fürstlichen Penis entdeckt, der völlig unversehrt in diesem Eunuchenschalwar zuckt.

Kurz gesagt: Mein Stock ist lang genug, den Haferbrei eines Mädchens zu rühren, ich bin reichlich mit dem ausgestattet, was in einem Haus voller Frauen fehlt. Der Gute Hirte, der meine Nase vor den Kopf stieß und mir ein Napfgesicht schenkte, der meine Stirn zu einer Kuppel wölbte und meinen Gliedmaßen die Proportionen derer eines Dackels gab, war nicht so grausam, mich ohne Entschädigung zu lassen. Ich glaube in der Tat, daraus folgern zu dürfen, dass Gott keinen Menschen klein macht, ohne es ihm auf irgendeine Weise zu vergelten.

Und ebenso wie ich in Batoums Gemächer vorgedrungen bin, habe ich mich auch im Herzen dieser großartigen Frau festgesetzt, wie ein Sandkorn im braunen Fleisch einer Muschel, um dort von Sekreten umhüllt zu werden, bis ich mich in ihren Augen in ein Kleinod verwandelte. Denn die Liebe nimmt jeden Zug des Geliebten durch feine Schichten von Perlmutt wahr und erachtet Makel und Perfektion als gleichwertig. Die Schönheit wird also schlussendlich von der Liebe entthront.

Und was mich betrifft: Sobald ich die Ästhetik eines rasierten Frauenschädels zu schätzen gelernt hatte, war es nur noch ein kleiner Schritt von der Bewunderung zur Liebe. Wenn ich Batoum nun betrachte, wird mir geradezu der Mund wässrig ...

Doch ich schweife ab. Stattdessen sollte ich erklären, wie es kommt, dass ein unversehrter Mann wie ich für einen Eunuchen gehalten wird. Darauf gibt es eine einfache Antwort. Obwohl mein Erzeuger mich auf den Namen Jeffrey taufte und ich von der Amme, die mich an ihrem nach Fisch schmeckenden Busen nährte, Joey gerufen wurde, nenne ich mich selbst Microphilus, was im Griechischen »kleine Blätter« bedeutet – denn meine Arme und Beine sind wie diejenigen eines Kindes, auch wenn mein Rumpf stark ist.

Meine kindlichen Extremitäten streuen dem Sultan Sand in die Augen und haben ihn dazu gebracht, mir den Schlüssel zu seinem Harem an den Gürtel zu hängen. Denn er glaubt, meine gesamte Ausstattung sei so infantil wie meine Arme und ich sei praktisch im gleichen Maße entmannt wie die riesigen

Eunuchen, die seine Schönen bewachen. Meine niedrige Statur hat es ihm sogar dermaßen angetan, dass er mich in den Rang des Obereunuchen erhoben hat – allein um des Vergnügens willen, mich inmitten seiner schwerfällig dahintrampelnden Kastraten zu sehen, ein winziger Spatz, der um ihre dicken schwarzen Knöchel flattert.

Nur Batoum weiß um mein Geheimnis. Sie, die kluge Königin, gab mir den Spitznamen Fidschil, was auf Maurisch Radieschen bedeutet, um mit diesem Däumling von einem Namen von vornherein sämtliche Mutmaßungen über die Rübe zu unterbinden, die ihr so lieb und teuer ist. Denn falls der Sultan jemals erfahren sollte, dass ihm von einem Zwerg Hörner aufgesetzt worden sind, wäre der Tod noch die mildeste Strafe, die er verhängen könnte. Mit weit größerer Wahrscheinlichkeit würde er sich auf eine der entsetzlichen Foltermethoden seines Großvaters besinnen, des Sultans Ismail.

Es heißt, dass dieser einfallsreiche Herrscher viel Zeit darauf verwendete, raffinierte Foltergeräte zu entwerfen. Zu seinen Lieblingserfindungen gehörten die Brustzwinge und eine Konstruktion, die er »Dornen-*Dschellaba*« taufte. Ismail kümmerte sich auch darum, das Repertoire seiner Folterknechte zu erweitern, und unterwies sie so gründlich, dass sie aus einer einzigen Bewegung des königlichen Daumens zu deuten vermochten, welche Methode er bei jedem einzelnen Schurken anzuwenden wünschte.

Am schnellsten wirkte das so genannte »Werfen«, bei dem man den Unglücklichen hochhob (in etwa so, wie ein Bewohner der Highlands einen Baumstamm stemmt) und durch die Luft schleudert, sodass er schließlich mit einem unverkennbaren Knacken auf dem Kopf landet. Es dauerte sehr viel länger, einen Missetäter zu kreuzigen, in siedendem Öl zu kochen oder in der Lauge aufzulösen, welche die Baumeister des Sultans unter den Lehm mischten. Auf letztere Weise wurden derartig viele Spitzbuben verflüssigt, dass die Mauern des Palasts ein merkwürdig gesprenkeltes Aussehen erhielten. Wenn – wie oftmals behauptet wird – Wände tatsächlich Ohren haben, dann müssen diese Wände taub geworden sein von dem Geheul, das ihr Entstehen begleitete.

Doch lasst mich nicht bei derlei Gräueln verweilen. Just in diesem Moment taucht mein schöner Wal aus den Tiefen des Schlafes auf. Es ist an der Zeit, Jona nachzueifern.

3

Drei Wochen, nachdem das Schiff vom Kai in Greenock abgelegt hatte, stank es in der Hauptkabine wie in einem Schweinestall. Seitdem die Segel gesetzt waren, machte unablässiger Regen es unmöglich, Zeit an Deck zu verbringen. Folglich mussten die Passagiere all ihre Verrichtungen im Halbdunkel der Kabine erledigen. Durch das Stampfen und Rollen des Schiffes kippten ständig Kübel um, und Essbares wurde fallen gelassen oder auf die schwammigen Planken verschüttet. Nach einigen Tagen auf rauer See kam zu der üblichen Geruchsmischung in der düsteren, schwankenden Scheune auch noch der säuerliche Gestank von Erbrochenem. Ratten nagten unbemerkt an dem verrottenden Unrat, und beinahe täglich hallten angewiderte Schreie durch den Raum, wenn jemand einen weiteren Wurf rosiger, nackter Junge in seinem Kleiderbeutel entdeckte.

Helen versuchte tapfer zu sein. Sie wechselte sich mit den anderen dabei ab, die Nachtstühle zu leeren und den schleimigen Dreck vom Boden zu schaufeln. Sie borgte sich von Betty eine Decke und schenkte Bettys törichtem Bruder Dougie ein Lächeln, das diesen erröten ließ. Und sie versuchte zu vergessen, dass die beiden aus dem Armenviertel stammten, wo es höchstens zu Erntezeiten Arbeit gab, wo die Kleinkinder von den Masern dahingerafft wurden und es üblich war, sich den hungrigen Bauch mit Gin zu wärmen.

Betty und Dougie waren netter zu ihr gewesen, als sie es verdient hatte. Als sie an jenem schmachvollen Morgen hinter ihnen hergerannt war, hatten sie neben dem Karrenweg auf sie gewartet und sich bereitwillig ihre Lügen darüber angehört, warum sie mit ihnen gehen musste. Sie hatten einander wissende Blicke zugeworfen, ihr jedoch keine Fragen gestellt, sondern ihr einfach nur ein Bündel gereicht und Platz gemacht, damit sie zwischen ihnen gehen konnte. Betty hatte sogar darauf bestanden, Helen ihre Schuhe zu geben.

»Warum seid ihr eigentlich so freundlich zu mir?«, fragte Helen unvermittelt. Sie, Betty und Dougie hockten auf dem schmutzigen Boden und teilten sich eine große Schüssel Erbsensuppe.

Betty zuckte mit den Achseln und strich sich einige Haarsträhnen hinter die Ohren. »Es ist schön, jemanden zum Schwatzen zu haben«, erwiderte sie schroff. »Und dafür taugt Dougie nicht – oder was sagst du dazu, Junge?« Ihr Bruder stieß ein kurzes »Hm« hervor, tunkte zwei Schiffszwiebäcke in die Suppe und stopfte sie dann in seinen großen Mund. »Verstehst du, was ich meine? Drei Monate mit diesem Geschwätz würde ich nicht aushalten.«

»Aber ihr habt mir auch das Geld für die Postkutsche und die Überfahrt gegeben. Wenn wir erst einmal in den Kolonien sind, zahle ich euch alles zurück, das schwöre ich.«

»Das war nicht unser Geld, das habe ich dir doch gesagt. Das ganze Dorf hat zusammengelegt. Dein Vater hat genauso in seine Tasche gegriffen wie alle anderen – wahrscheinlich sogar tiefer als die meisten. Also steht dir sowieso ein Teil des Geldes zu.«

Betty schaufelte sich eifrig die schleimige Suppe in den Mund. »Die Suppe schmeckt heute Abend irgendwie anders«, bemerkte sie. »Jemand muss einen Schuss Essig in den Topf getan haben.« Ein grüner Speichelfaden rann ihr aus dem Mundwinkel und über das Kinn.

Helen drehte sich der Magen um, nicht nur vor Ekel, sondern auch vor Hunger. Wie brachten die beiden bloß diesen

Schweinefraß hinunter? Sie knabberte nur an ihrem Zwieback und musste sich zwingen zu schlucken. Die Bissen schmeckten nach schimmeligem Hafer und Scheunenstaub.

»Ist dir wieder übel?« Betty beugte sich zu ihr und runzelte besorgt die Stirn.

»Ja, ein bisschen. Ich vertrage diese Jauche einfach nicht.«

»Tja, du weißt ja, was du dagegen machen kannst.« Betty wies mit dem Kinn auf die Tür, die zum hinteren Teil des Schiffes führte, zu den Vorratsräumen, wo der Proviantmeister wartete.

Helen hatte ihm bisher sechs Besuche abgestattet. Für sie war es jedes Mal ein Vorgeschmack auf die Hölle gewesen. Im käsig-schweißigen Mief der Kammer lockte sie ihn, entwand sich ihm, zeigte ihre Grübchen und ließ sich schließlich gegen ein Butterfass drücken, wo er ihre nackten Brüste besabberte, bis ihn das Zucken der Erleichterung überkam. Danach trat er zurück, kramte seinen Schlüsselbund hervor und öffnete den Schrank, in dem er ihre Belohnung versteckt hatte – eine Schale Marmelade oder Apfelmus, und einmal sogar eine ganze Honigwabe, eingeschlagen in ein Nesseltuch.

Helen verzog das Gesicht. »In letzter Zeit will er immer mehr.«

»Na und? Dann gib ihm mehr.« Betty zuckte mit den Achseln und nahm schlürfend einen weiteren Schluck Suppe.

»Mich ekelt davor, mich von ihm auf den Mund küssen zu lassen, ganz zu schweigen davon ...«

»Dann wichs ihn eben. Du weißt schon – melke sein Ding, wie es die Huren tun, wenn sie ihre Tage haben. Er wird dir schrecklich dankbar sein, und du kannst dir hinterher ja die Hand waschen.«

»Herr im Himmel, Betty!«

Betty grinste und wischte sich mit dem Rocksaum über die Lippen. »Schon gut, reg dich ab. Spiel doch einfach die Schüchterne. Sag ihm, du wärst nicht diese Sorte von Mädchen und dass du dich für den Richtigen aufhebst.«

»Das wird er mir nicht glauben. Beim letzten Mal habe ich behauptet, nur meine Tage würden mich davon abhalten.« Bei jener Gelegenheit hatte er ihr einen Beutel voller gezuckerter Feigen gegeben. Und Helen hatte sich in eine dunkle Ecke verkrochen und sofort den halben Beutel leer gegessen, sich die Feigen schuldbewusst in den Mund gestopft und so hastig hinuntergeschlungen, dass sie beinahe erstickt wäre. Sie wollte sich bis zum Würgereiz mit der Süße füllen und sie mit niemandem teilen.

»Dann sag ihm, du hättest Angst davor, schwanger zu werden.«

Helen ließ den Zwieback in die Suppenschüssel fallen. Schweiß trat ihr auf die Stirn, prickelte einen Moment lang heiß und kühlte dann ab. Das Einzige, was sie sich bislang nicht von Betty hatte borgen müssen, waren deren Monatslumpen. Schnell zählte sie die Tage. Als sie das Dorf verließen, hatte Betty geblutet. Helen erinnerte sich daran, dass sie damals gedacht hatte, bei ihr selbst würde es erst auf dem Schiff so weit sein. Doch das war jetzt schon über zwei Wochen her. Was bedeutete, dass John Baynes Bastard in ihrem Leib wuchs.

In jener Nacht herrschte einmal mehr rauer Seegang, sodass die Hängematten heftig hin und her schwangen. Helen lag lange wach und lauschte den Geräuschen des Schiffes, das durch die haushohen Wellen schlingerte. Sie hörte das Quietschen der Spante und das Schlagen der Segel, das Knarren und Klappern jeder nicht richtig festgezurrten Kiste, jedes Fasses und Türriegels. Und ringsum das Würgen und Husten, das Rülpsen und sich Kratzen von hundert Leibern und die Flüche derjenigen, die unter den Hängematten hindurch über den dreckigen Boden zu der hölzernen Trennwand in der Ecke krochen.

Helen knöpfte ihren Rock auf und schob die Hand hinein, presste die Fingerknöchel in das Fleisch, in dem ihr Bankert wuchs, schlug mit der Faust auf die rosa Made ein, die Gott geschickt hatte, um sie daran zu erinnern, wer sie war: eine gewöhnliche Schlampe wie all die anderen. Heiß brannten die Tränen in ihren Augen und liefen ihr in die Ohren, während sie auf dem Rücken verharrte und lautlos in die Dunkelheit schluchzte.

Als Helen am folgenden Morgen erwachte, war die Hauptkabine beinahe völlig leer. Zwei Ovale von Sonnenlicht lagen wie weißes Papier auf dem Boden unter den beiden Falltüren, und von oben drangen Gespräche und Gelächter an Helens Ohr. Sie kletterte die Leiter empor und stellte fest, dass der Himmel blau war, das Meer glitzerte und alle an Deck saßen, um die ersten Sonnenstrahlen zu genießen, die ihnen seit dem Ablegen vergönnt waren.

Überall hatte man Decken zum Lüften aufgehängt. Die Frauen schrubbten Kleidungsstücke und wuschen sich die Haare in großen Zubern voller Salzwasser. Sie hatten es mit Eimern an langen Seilen über die Seiten des Schiffes hochgewinscht. Die Männer hockten in Gruppen beisammen, unterhielten sich lautstark und rauchten Pfeife. Helen bahnte sich einen Weg durch die Menge, dorthin, wo Betty und einige andere Mädchen einander die Haare kämmten.

Sie setzte sich zu ihnen, löste ihren Knoten und begann, ungeduldig einen Kamm durch ihre verfilzten Locken zu zerren.

»Willst du etwa eine Glatze bekommen?«, rief Betty und hielt Helens Hand fest. »Lass mich das machen.« Sie kniete sich hin und entwirrte sanft Strähne für Strähne. »Ach, hätte ich doch bloß Haare wie du statt dieser mausgrauen Mähne! Was macht übrigens heute Morgen deine Übelkeit?«

Etwas an ihrem Tonfall ließ Helen aufblicken. Sie sah die

Sorge in Bettys braunen Augen. »Du erwartest ein Kind, nicht wahr? Das haben wir uns schon am ersten Tag gedacht, als du erzähltest, Meg hätte dich hinausgeworfen. Und als du anfingst, dich schlecht zu fühlen, habe ich zu Dougie gesagt, das ist ein sicheres Zeichen.«

»Mir ist es erst gestern klar geworden.« Helen spürte, wie eine Träne ihr über die Wange kullerte. »Ich weiß nicht, was ich machen soll. Wenn ich mich um ein Kind kümmern muss, werde ich mir keine Arbeit suchen können. Und kein Mann wird mich jetzt noch heiraten.«

»Sei doch nicht dumm. Dougie würde dich auf der Stelle heiraten, wenn du wolltest. Auf diesem Schiff gibt es bestimmt ein Dutzend Männer, die stolz darauf wären, ein Mädchen wie dich zur Frau zu bekommen, ob mit oder ohne Kind. Und was das Arbeiten angeht – damit hatten meine Schwestern nie Schwierigkeiten. Wir alle haben abwechselnd auf die Kinder aufgepasst.« Bettys Augen glänzten vor Begeisterung. »Hoffentlich ist es ein kleiner Junge. Unser Haus war immer voller Mädchen.«

»Du meinst, du würdest mir helfen?« Helen schnäuzte sich in ihren Schal und starrte Betty an. Auf einmal hatte sie das Gefühl, dass es vielleicht doch noch eine Hoffnung gab. Sie stellte sich ein sauberes kleines Haus mit weiß getünchten Wänden vor, und einen hübschen blonden Knirps, der auf unsicheren Beinchen durch die Tür gewackelt kam. Und Dougie, der Feuerholz hereinbrachte, während Betty am Ofen stand.

»Ich liebe Kinder«, sagte Betty leise. »Aber ich glaube nicht, dass ich selbst eines bekommen kann. Im letzten Jahr war ich zweimal guter Hoffnung, aber ich habe das Kind beide Male verloren. Wenn du ein Kind hättest, würden wir uns alle darum kümmern.«

4

5. Juni 1769

Eine große Säuberung liegt hinter uns! Das ist der Grund, weshalb ich diese Seiten so lange vernachlässigt habe. Ich musste mit den Haushälterinnen Katz und Maus spielen und meine Papiere von einem Versteck zum anderen tragen wie ein Eichhörnchen seine Nüsse, um sie vor den wütenden Besen in Sicherheit zu bringen. Denn in den vergangenen Wochen wurde hier gefegt und gescheuert, ausgeklopft und geschrubbt, dass selbst der kleinste Kakerlak um sein Leben zitterte.

Gerade heute Morgen beobachtete ich, wie ein Dutzend dieser Kreaturen, die schläfrig und staubbedeckt umherkrochen, von dem Kind einer der Scheuermägde des Harems zertreten wurden. Denn welches Wesen außer einem Kakerlak könnte weniger gelten als dieses geringste unter den Kindern? So verläuft, einem Wasserfall der Tyrannei gleich, das Machtgefüge unerbittlich von oben nach unten, vom Sultan an der Spitze hinab durch die Ränge seiner Frauen und Sklaven, sodass eine seiner Launen *in extremis* zu einem wahren Gemetzel in der Welt der Insekten führen kann.

Der Herrscher verspeist also ein überreifes Wachtelei und verspürt darauf ein leichtes Jucken in der Achselhöhle. Und das Ergebnis ist dieser Aufruhr, da sein Kratzen uns alle aufspringen lässt wie Flöhe auf dem Rücken eines Hundes.

Für gewöhnlich nehmen wir uns vor seinen Stimmungen in Acht wie Kaninchen, die mit zuckenden Nasen den hungrigen Fuchs wittern. Doch die unerträgliche Hitze der letzten

Wochen hat unsere Sinne betäubt und uns niedergedrückt wie Flundern in einem Tümpel. Als er daher am Donnerstag den Harem betritt, um seine Gespielinnen für die kommende Woche zu wählen, schlurfen die Frauen schlaff wie welke Salatblätter in den Hof, um ihn willkommen zu heißen. Sie nehmen vor ihm Aufstellung, stehen mit geschwollenen Füßen in der Hitze und fallen dabei immer mehr in sich zusammen wie Klumpen von Hefeteig.

Er mustert die auf der Haut klebenden Seidengewänder und die sich wiegenden Körper, deren träge Posen eher einer Parodie der Verführung gleichen, und kräuselt angewidert die Lippen. Er lässt seinen Blick über die Frauen schweifen, und seine Wut wächst. Er schreitet auf und ab und kratzt sich dabei flüchtig in den Achselhöhlen, bis seine Erregung die Damen schließlich aus ihrer Lethargie erweckt.

Sie beginnen zu zappeln, sich gegenseitig anzustoßen und nervös mit ihrem Geschmeide zu spielen. Sie sehen einander verstohlen an und rollen mit den Augen wie ängstliche Schafe. Da dreht sich der Sultan auf dem Absatz um und fegt an ihnen vorbei über den Gang, der zu ihren Gemächern führt. Und sie watscheln ihm hinterdrein wie Seehunde, wedeln mit den Armen und rufen nach ihren Kindern.

All dies nutzt ihnen natürlich nichts, denn schon reißt er Teppiche unter vom *Kif* berauschten Sklavinnen weg, schleudert Körbe voller Obst zu Boden, stößt Berge von Gewändern beiseite und ruft Allah an, er möge ihn von dieser Horde fauler Schlampen erlösen. Ich übersetze recht frei, *vous comprenez*. Wortwörtlich bat der Sultan darum, ein riesiges Schwein möge ihre Kinder und all ihre Besitztümer vertilgen, seinen After genau über dem Harem platzieren und dann seinen Darm entleeren, auf dass der gesamte Harem in einem Kotschwall ertrinke.

Vielleicht sollte ich erläutern, dass der Maure das bescheidene Schwein als abscheulichste Kreatur auf Erden betrachtet. Dennoch hält sich jede wohlhabende Familie zumindest eines dieser verachteten Wesen als Haustier und lässt es frei im Garten umherlaufen – allein um des Vergnügens willen, es mit Beschimpfungen zu überschütten. Ich habe bemerkt, dass wir Menschen uns gern am Anblick dessen weiden, was wir am meisten hassen, dass wir auf ihm herumhacken und es mit einer wahnsinnigen Heftigkeit peinigen, die man beinahe versucht ist, Liebe zu nennen.

Die Raserei des Herrschers hatte schließlich die fieberhafte Reinigung zur Folge, die wir ertragen mussten, sowie die gründliche Begutachtung seines Serails, im Laufe derer nicht weniger als die Hälfte seiner unglücklichen Konkubinen entlassen wurde.

Denn der Sultan, obgleich der reichste Mann in seinem Land, hat nichtsdestotrotz eine sparsame Ader. Und Sparsamkeit ist in der Tat die unerlässliche Voraussetzung für Reichtum. Was ist Reichtum anderes als das Versäumnis, das auszugeben, was man hat? Mit der Anhäufung von Reichtümern lagert man um sich herum Welt in all ihrer Fülle an, vergleichbar den neuen Haremsdamen, die Wogen von Fleisch ansetzen, bis es sie zu überspülen scheint. Denn jede Neuerwerbung des Sultans wird einer obligatorischen Mast unterzogen (ähnlich einer mit Mais gestopften Weihnachtsgans), bevor man sie seines Bettes für würdig erachtet.

Der Prozess des Reichwerdens ist ebenso ein Verzehrvorgang, ein ausgedehntes Mahl, das gekaut und gekostet und der schwellenden Masse hinzugefügt werden muss, die den wohlhabenden Mann ausmacht.

Die Verschwendung ist diesem Manne natürlich ein Gräuel. Sie ist wie verschütteter Rotwein auf der Weste eines Gutsherren – oder im Falle des Sultans vielmehr wie öliger, duftender Tee, der aus Versehen über seine grünen Pantoffeln gegossen wird. Denn in diesen Breiten ist Tee das Getränk der Begüterten, und nichts geht ihnen über eine Tasse Pfefferminztee, in der langsam ein Klümpchen Amber schmilzt. Obwohl sich die Mauren bis zur Bewusstlosigkeit an dem blättrigen Opium berauschen können, das sie *Kif* nennen, kommt es für sie der übelsten Ausschweifung gleich, auch nur einen Tropfen Alkohol zu trinken.

Der Sultan in seinem Kontor gleicht einem hungrigen Mann am Essenstisch – mit dem Unterschied, dass der Hunger nach Reichtümern niemals gestillt werden kann. Denn gibt es auf Erden nicht immer noch größere Reichtümer? Ebenso konnte ich beobachten, dass derjenige, dessen Berufung das Ansammeln von Reichtum ist, häufig mit einem gewissen Widerwillen auf das blickt, was er angesammelt hat. Sobald eine Sache gekauft ist, verliert sie viel von ihrem Wert, ähnlich der Nahrung, die, hat man sie erst einmal gekaut und geschluckt, zu einem abstoßenden, nassen *Bolus* wird, durchsetzt mit Gallensäften der ekelhaftesten Art. Auf diese Weise erniedrigt schon allein der Akt des Verzehrs dasjenige, was verzehrt wird.

Eine Jungfrau mag als perfektes Beispiel für das Phänomen dienen, welches mir vorschwebt. Solange die Jungfer einen Mann abweist und sozusagen noch im Schaufenster des Bäckers liegt, begehrt dieser Mann sie bis zur Raserei. Doch hat er sie erst heimgeführt und von ihr gekostet, scheinen ihre Reize in seinen Augen zu verblassen. Dann ist sie auf einmal wie der Torpfosten, gegen den ein Hund gepisst hat, obgleich die Pisse, die der Mann riecht, aus seinem eigenen Kolben stammt.

Aus all diesem erklärt sich das unvermittelte Bedürfnis des Sultans nach einer Säuberung – daraus und aus einer gewissen inneren Reinigung, die durch das bereits erwähnte Wachtelei verursacht wurde. Also befiehlt der Herrscher, man möge seine Teppiche und Kissen herschaffen und unter dem großen Olivenbaum im Garten des Harems ausbreiten.

Dann zitiert er Malia herbei, die Oberste Hebamme, und heißt sie, sich mit ihrem Archivbuch neben ihn zu setzen. Die Schnelligkeit, mit der sie seinem Befehl folgt, ist erstaunlich, denn sie ist so verschrumpelt wie ein Apfel vom letzten Jahr und überwacht die gynäkologischen Angelegenheiten des Harems seit beinahe fünfzig Jahren.

Falls Ihr Euch jemals gefragt habt, wie ein Mann mit eintausend Frauen es zustande bringt, sie alle innerhalb weniger Jahre zu schwängern, dann erhaltet Ihr nun eine Antwort: Das schlaue alte Weib Malia kann auf den Tag – wenn nicht sogar auf die Stunde – genau berechnen, welche von des Sultans Färsen sich zu besteigen lohnt, wenn sie ein Kalb werfen soll. Und mehr noch: Malia führt Buch über den Stammbaum seiner großen Herde. Denn so wunderlich es auch klingen mag, Väter erachten es als höchste Ehre, sich damit rühmen zu können, dass ihre Töchter zu der Schar gehören, die an jedem Donnerstagmorgen ihre Reize vor dem Sultan zur Schau stellt.

Daher werden die Pforten des Harems regelmäßig von verschiedenen kleineren Stammesführern belagert, die ihre Töchter Seiner Majestät als Gabe darbieten. Die meisten dieser Gaben werden als zu hässlich oder zu mager für den Geschmack des Sultans abgelehnt. Aber es gibt einige wenige, die ungeachtet ihres Äußeren Einlass finden, weil der Herrscher Geschäfte mit ihren Vätern zu tätigen wünscht. Und diese notiert sich Malia mit besonderer Sorgfalt, denn es gehört sich nicht, einen Verbündeten zu beleidigen, indem man versehentlich eine geschätzte Enkelin enthaupten oder ohne ausreichenden Grund die Füße einer geliebten Nichte sieden lässt. Folglich ist das Buch der Alten von doppelter Bedeutung für das Vorhaben des Sultans.

Er klatscht also nach Tee und befiehlt Malia, ihm alle kinderlosen Frauen vorzuführen. Und schon kommen sie angerannt – ungefähr dreihundert, in allen Größen und Farben, mit mächtigem Geschnatter. Daraufhin lässt er sie von Malia in zwei Gruppen einteilen: Jene einhundert oder mehr, die noch nicht durchstochen sind, und die übrigen, die den Stachel mehr als einmal gespürt, es jedoch versäumt haben, entsprechend anzuschwellen. Er betrachtet müßig die Frauen der ersten Gruppe und wägt ihre unerprobten Reize ab, während Malia ihm die wenigen zeigt, die zu behalten taktisch klug wäre.

Auf diese Weise werden zehn Frauen ausgewählt. Die anderen werden angewiesen, ihre Habseligkeiten zusammenzupacken und sich am nächsten Tag in der Schatzkammer zu melden. Wenn Ihr neue Hüte gekauft habt und zu Hause feststellen müsst, dass sie nicht zu Euren Röcken passen, bringt Ihr sie ja auch zurück zum Putzhändler. *Vous comprenez* – diese Frauen haben einen hohen Wiederverkaufswert. Sie sind unverdorbene Jungfrauen, handverlesen aus den tausenden, die jedes Jahr an der Pforte zum Harem präsentiert werden, sie wurden mit königlichem Couscous und grüner Butter gemästet und von den sachkundigsten Lehrerinnen des Reiches auf das königliche Bett vorbereitet. Welcher Händler würde über eine solche Ware die Nase rümpfen?

Alsdann wendet sich der Sultan der zweiten Gruppe zu, jenen zweihundert lieblichen Wesen, die gründlich von seinem Pflug bearbeitet worden sind, deren Acker jedoch nicht die erforderliche Ernte an Königlichen Sämlingen hervorgebracht hat. Auch diese werden durch das feine Netz aus Begierde und politischem Pragmatismus gesiebt, wobei lediglich drei von ihnen darin hängen bleiben. Die Übrigen werden in ihre Schleier gehüllt, wie Getreidesäcke auf kleine Esel geladen und schließlich als Karawane der erkalteten Fleischeslust langsam aus dem Palast getrieben.

Mein Herz ging mit jenen beklagenswerten jungen Färsen, die nun den Kupplern dieser Stadt preisgegeben und durch den Verlust ihrer Jungfräulichkeit nur noch von geringem Wert sind. Denn obgleich ich zu meiner Zeit viele billige Bordelle von innen gesehen habe, lässt sich nichts mit den finsteren Bienenstöcken vergleichen, in denen diese abgelegten Königinnen ihr Dasein fristen müssen, wo sie in Zellen, die kaum größer sind als ein Wandschrank, wieder und wieder gestochen werden, bis sie sterben.

So wahr mir Gott helfe, ich würde sie alle retten, sie alle heiraten, wenn es in meiner Macht stünde. Ich vermag zwar mit Gleichmut ein aufgespießtes Hirn oder einen abgetrennten Hoden zu betrachten, doch beim Anblick einer geschmähten Frau zittere ich geradezu vor Zorn.

5

»Bist du verrückt?« Betty riss Helen die Spülichteimer aus den Händen. »Genau so verlieren Mädchen ihre Kinder. Es ist nicht gut für den Bauch, wenn du solch schwere Kübel schleppst.«

Helen seufzte, während sie Betty zur Leiter wanken sah. Und wenn sie das Kind verlieren *wollte*? Nein – das war eine Sünde. Sie versuchte, den Gedanken zu verdrängen. Inzwischen war es sowieso zu spät. Das Kind hatte sich in ihr festgesaugt wie eine Napfschnecke an einen Felsen und würde sie für alle Ewigkeit an Betty schmieden.

An jenem sonnigen Morgen auf Deck war alles entschieden worden. Sie würden zusammenleben, zu dritt, und das Kind gemeinsam aufziehen. »Wenn du willst, kann ich ja vor den Leuten so tun, als wären wir verheiratet.« Dougies ausladender Mund hatte vor Eifer und Verlegenheit gezittert. »Wenn du keinen anderen findest – ich meine, damit du nicht …«

»Ach, es ist doch egal, was die Leute denken!«, hatte Betty eingeworfen. »Solange er noch richtig klein ist, kann ich mich als Dienstmagd verdingen. Und wenn du ihn dann nicht mehr stillst, werde ich ihn hüten, damit du dir eine Stellung suchen kannst. Du bist hübscher als ich und hast mehr gelernt, du findest bestimmt etwas, das besser bezahlt wird. O Helen, ich kann es kaum erwarten, ihn in den Armen zu halten!«

»Und wenn es ein kleines Mädchen wird?« Helen hatte sich von ihrer Aufregung anstecken lassen und lächelte ebenfalls.

»Mir ist einerlei, was es wird, wenn es mich nur ›Tante‹ nennt. Sobald wir an Land gehen, mieten wir uns ein Zimmer, vielleicht sogar eine kleine Hütte …«

Helen verging das Lächeln. Das Wort »Hütte« schlug ihr wie ein nasser Lappen ins Gesicht und wischte all die schönen Dinge fort, die sie sich vorgestellt hatte. Natürlich – eine Hütte war alles, worauf sie hoffen durfte. Sie war umsonst jahrelang zur Schule gegangen. Sie war ein gefallenes Mädchen in geborgten Schuhen. Betty und Dougie waren in einer Torfhütte mit eingesunkenem Dach aufgewachsen – wie konnte sie selbst etwas Besseres verlangen? Sie verfluchte den winzigen Egel, den sie in sich trug, der sich von ihrer Zukunft nährte und immer weiter anschwellen würde, bis jedermann sah, was für eine willige Schlampe sie gewesen war.

Ein Gutes hatte die Sache allerdings: Betty erwartete nun nicht mehr von ihr, dass sie den Proviantmeister besuchte. Ein paar der gezuckerten Feigen, die er ihr beim letzten Mal gegeben hatte, steckten noch gut verborgen in der Tasche ihres Rocks. Helen aß sie heimlich, jede Nacht eine. Sie leckte den Zucker ab, spürte, wie die Frucht in ihrem Mund weich wurde und schließlich aufplatzte, sodass die körnigen Samen herausquollen. Die Feigen erinnerten Helen daran, dass sie anders war als die anderen, dass sie hübscher war, dass für sie vielleicht immer noch die Möglichkeit bestand zu entkommen.

Und als sie die Feigen aufgegessen hatte und nichts als klebrige Krümel in der Tasche übrig waren, blieb Helen immer noch die Münze, die der feine Herr ihr am ersten Tag geschenkt hatte.

Ab und zu betastete sie das Geldstück und zeichnete die Umrisse des Königsporträts nach, bis ihre Finger nach altem Kupfer rochen. Dann dachte sie an die blonde Dame und ihren in Brokat gekleideten Gatten, die irgendwo über ihr in ihrer gemütlichen Kabine saßen. Sie, Helen, war der Fisch im schlammigen Tümpel, die Münze ein lockender Köder an der Angelschnur.

Sie hatte damit begonnen, das Paar zu beobachten. Dazu

versteckte sie sich in einer kleinen Waschkammer, in der die Schiffsjungen die Kleider der wenigen reichen Passagiere zum Trocknen aufhängten. Dort lauerte sie, wartete darauf, dass sich die Tür zur Kabine des Paares öffnete, und spähte der Dame nach, die sich mit raschelnden Reifröcken über den Korridor entfernte. Sie spielte ein Spiel mit sich selbst, bei dem sie erraten musste, welches Kleid die Frau tragen und wie sie ihr feines, helles Haar frisiert haben würde. Wieder und wieder schlich Helen auf Zehenspitzen bis zur Kabinentür, presste ihr Ohr gegen das polierte Holz, lauschte angestrengt auf die zarte, hohe Stimme der Frau und versuchte sich vorzustellen, was sie gerade tat.

Auch hätte sie so gern einmal einen Blick ins Innere der Kabine geworfen! Sie wollte über die Seidenstrümpfe der Frau streichen und den Himmel durch ihr mit Salzwasser bespritztes Fenster betrachten. Manchmal, wenn sich das Paar zum Abendessen in die Kapitänskajüte begeben hatte, bewegte sie sachte den Türgriff, doch vergebens.

Als sie sich eines Tages wieder einmal den Korridor entlangstahl, musste sie feststellen, dass ihr Schlupfwinkel bereits besetzt war. Davie, der jüngste Schiffsjunge, kauerte neben einem Servierbrett auf dem Boden, hatte die Hände vor das Gesicht geschlagen und schluchzte.

»Was hast du denn, Davie?«, flüsterte Helen. Erschrocken sprang er auf die Füße.

»Bitte sagt es nicht dem Koch, Miss«, flehte er und wischte sich mit dem Hemdsärmel die Nase. »Er verdrischt mich, wenn er rauskriegt, dass ich geflennt hab. Ich hab es so satt, den ganzen Tag die Treppen rauf und runter zu rennen und beschimpft und verdroschen zu werden! Und jetzt weiß ich nicht mehr, was Mistress Baird wollte, und ich kann auch nicht noch mal bei ihr klopfen, ich hab heute nämlich schon zweimal geklopft, weil ich etwas vergessen hatte.« Er begann erneut zu weinen und versuchte, die Schluchzer durch seinen Ärmel zu dämpfen.

Helen bückte sich und hob das Brett auf. »Ich kümmere mich darum«, sagte sie mit fester Stimme. »Und du kannst für ein Weilchen verschwinden und dich ausruhen.« Mit diesen Worten drehte sie sich um und klopfte an der Kabinentür, ehe er noch etwas einwenden konnte.

Die Dame öffnete ihr. Sie hielt einen gehäkelten Schal um die schmalen Schultern geschlungen und wirkte aus der Nähe betrachtet mager und verhärmt.

»Dem kleinen Davie ist nicht wohl, deshalb hat der Koch heute mir aufgetragen, Euch zu bedienen. Was war es noch gleich, das Ihr aus der Küche wünschtet?«

Später, nachdem Helen mehrere Gänge zur Kombüse gemacht hatte, forderte die Dame sie auf, sie Melissa zu nennen. »Das bedeutet ›Honig‹«, erklärte sie kichernd. »Robert sagt immer, der Name passe zu mir, weil ich so süß sei. Aber heute fühle ich mich nicht besonders süß.« Sie verzog ihre schmalen Lippen zu einem Schmollmund und begann sich über das Essen an Bord zu beklagen. »Eine Dame verträgt die Kost einfach nicht, die dem Kapitän serviert wird. Dazu ist unser Magen viel zu empfindlich. Sei so nett und bring mir bitte ein gekochtes Ei. Bei einem gekochten Ei können sie ja nicht viel falsch machen, oder?«

Als Helen die Leiter zur Hauptkabine hinunterkletterte, war es schon beinahe Mitternacht. Auf dem Boden unter einer der Laternen zog eine dürre alte Frau gerade einem Kleinkind die Windel aus, schlug den besudelten Lumpen zusammen und legte ihn in eine Schüssel. Alle anderen Passagiere schienen zu schlafen. Helen ging gebückt unter den schaukelnden Hängematten hindurch zu ihrer eigenen.

»Wo bist du gewesen?«, zischte Betty und beugte sich aus

ihrer Hängematte. »Ich hatte solche Angst um dich! Ich dachte schon, der feiste Proviantmeister hätte dich in sein Verlies gesperrt.«

Helen öffnete das fest verknotete Halstuch, das sie in der Hand trug. »Hier, probier das mal«, flüsterte sie. »Das sind *Rosinen*. Aus Frankreich. Mistress Baird hat sie mir geschenkt. Das ist die feine Dame von den reichen Leuten auf dem Oberdeck. Ihr Dienstmädchen wurde einen Tag vor der Reise plötzlich krank, sodass sie es in Greenock zurücklassen musste. Und nun soll ich für sie arbeiten.« Helen kletterte in ihre Hängematte und steckte sich eine Hand voll von den runzeligen Früchten in den Mund.

Sie erzählte Betty nicht, was die Frau noch gesagt hatte. Dass sie Helen, falls sie gut miteinander auskamen, mit nach Boston nehmen und eine richtige Kammerzofe aus ihr machen würde. In dem Herrenhaus, das sie und ihr Mann dort bauen ließen, könnte sie sogar ein eigenes Zimmer bekommen. Natürlich würden sie in der ersten Zeit in einem Hotel wohnen müssen, aber das würde Helen doch gewiss nichts ausmachen, oder? Es wäre ja nur für ein paar Monate. Helen hielt sich in der Dunkelheit umschlungen und löste mit der Zunge die süßen Reste der schwarzen Früchte von ihren Zähnen.

Nachdem Helen angefangen hatte, für Melissa zu arbeiten, sah sie Betty und Dougie kaum noch. Bevor die beiden erwachten, stand sie bereits in der Kombüse und erhitzte für die Bairds einen Kessel voll Trinkwasser, mit dem sie sich zu waschen pflegten. Sie trug ihren Nachttopf fort und erkundigte sich, was sie zu frühstücken wünschten. Dann hieß es, mit Tee, Porridge, Eiern und benutztem Geschirr hin und her zu laufen. Und wieder zurück, um die Kabine auszufegen und zu fragen, ob Kleidungsstücke gewaschen oder genäht werden mussten. Und so ging es den ganzen Tag – schmutziges Geschirr, frisches

Wasser, Servierbretter mit Speisen, Wäsche – bis Helen dem Paar spätabends schließlich noch einen Krug mit süßem Portwein in die Kabine brachte.

Am zweiten Tag war der Proviantmeister auf der Suche nach ihr in der Kombüse aufgetaucht. Der Bauch hing ihm über den Bund der Kniehose, und sein massiger Körper füllte den niedrigen Türrahmen fast völlig aus. Er blinzelte im Gegenlicht. »Warum versteckst du dich vor mir?«, knurrte er und schürzte eingeschnappt die dicken Lippen.

»Ich habe mich nicht versteckt«, erwiderte Helen leichthin und drückte sich mit einem beladenen Servierbrett an ihm vorbei. »Ich war einfach nur sehr beschäftigt.« Sie ging zurück zur Kabine der Bairds, hörte seine Stimme immer schwächer werden und spürte, wie ein Fünkchen Hoffnung in ihr emporzüngelte. Eine Tür hatte sich geöffnet. Sie hatte eine Zukunft. Sie war nicht länger an arme Leute gebunden.

Für Melissa zu arbeiten bedeutete, dass sie alles essen durfte, was die Bairds verschmähten, und darüber hinaus einen besonderen Leckerbissen bekam, wann immer das Paar eine neue Kiste aus seinem Vorratsschrank anbrach. Häufig legte Helen einen Teil für Betty und Dougie beiseite, aber manchmal konnte sie nicht anders, als alles selbst hinunterzuschlingen. Die veränderte Kost mit viel Käse, der Haut von Brathähnchen, getrockneten Apfelringen und Eiern ließ sie rundlicher werden und ihr Haar glänzen.

Helen ging Betty immer öfter aus dem Weg. Sie wollte sie nicht darüber schnattern hören, was sie drei tun würden, wenn sie erst einmal in den Kolonien waren. Und sie ertrug das endlose Geschwätz über das Kind nicht mehr. Sie wollte nicht an das Kind denken. Sie hasste dieses Kind. Sie wollte es zusammenknüllen wie einen schmutzigen Lappen und in den hintersten Winkel ihres Gedächtnisses verbannen. Melissa Baird war nun ihre Zukunft, eine gestärkte Schürze mit Rüschen, zierliche Teelöffelchen, vielleicht sogar ein eigenes Bett mit richtigen Laken und einer kupfernen Wärmflasche.

Sie begann, Melissa zu imitieren, wenn sie in der Kabine allein war. Sie beugte sich über die Reste ihrer Mahlzeiten und übte, den kalten Tee zu trinken, ohne zu schlürfen, und ein liegen gebliebenes Stück Hammelfleisch mit Messer und Gabel zu zerteilen. Sie mühte sich stundenlang mit einem bestickten Fächer ab, ließ ihn an ihrem Handgelenk baumeln und versuchte dann, ihn in einer einzigen schnellen Bewegung zu greifen und aufzuschlagen, wie Melissa es immer tat. Und während der ganzen Zeit fragte sie sich: Was machte Melissa zu der Art von Frau, die von Männern umsorgt wurde? Zu der Art von Frau, die jemand wie John Bayne würde heiraten wollen?

Gewiss, da waren ihre Kleider – all diese herrlichen Farben und gestärkten Röcke. Und ihr Haar, das sie auf Wickel drehte und rings um ihr Gesicht zu Locken aufsteckte. Sie wusch sich oft und roch nicht nur nach Schweiß, sondern auch nach Rosenwasser. Und sie redete anders, sprach jedes Wort für sich aus, statt es halb zu verschlucken und mit dem nächsten zu verbinden wie die armen Leute. Dinge wie diese ließen Melissa schön erscheinen, aber aus der Nähe besehen steckte unter ihren duftigen Spitzenunterröcken eigentlich eine ziemlich reizlose Frau.

Wie brachte sie es also zuwege, dass all diese vornehmen Herren taten, was sie wollte? Ihr Gatte, der Kapitän, der Schiffsarzt, der Pfarrer – sie alle verbeugten sich vor ihr und hielten ihr die Tür auf. Lag es daran, dass sie zart und zerbrechlich war? Wurde sie von der Sonne tatsächlich matt? Erstaunt beobachtete Helen, dass Melissas Mann ihren Sonnenschirm trug, wenn sie einen Spaziergang auf Deck unternahmen. Konnte Melissa ihn denn nicht selbst tragen? Stolz schritt Master Baird einher und hatte den weißen Arm seiner Frau unter den seinen gezogen.

Helen betrachtete ihre eigenen, kräftigen Arme, die mit

Sommersprossen besprenkelt waren, ihre stämmigen Beine und die dicke Hornhaut unter ihren Füßen. Ich bin wie ein Gaul, dachte sie angewidert – geboren, um zu arbeiten und geritten zu werden. Hatte auch John Bayne so von ihr gedacht? Die süße Helen Gloag: gut für einen kurzen Ausritt in einer warmen Sommernacht, und hübscher als die meisten anderen. Aber nichts zum Heiraten.

Bei dem Gedanken an jene Nacht kniff Helen die Augen zusammen. Sie war barfüßig und nach Schweiß stinkend zu ihm gegangen. Und er hatte getan, was jeder Mann von Stand getan hätte – ihr in einer seiner Dienstbotenkammern beigewohnt und sie dort liegen lassen. Nun, beim nächsten Mal würde es anders sein. In den Kolonien würde *sie* anders sein. Sie würde mit Melissa nach Boston gehen. So bald wie möglich würde sie anfangen, die Kinder vornehmer Leute zu unterrichten, und dadurch in höheren Kreisen vorgestellt werden. Und wenn alles gut lief, war sie noch vor ihrem zwanzigsten Geburtstag mit einem feinen Herrn verheiratet.

Doch zuerst musste sie das Kind loswerden, das Band zerschneiden, das sie an Betty und Dougie fesselte. Sie beschloss, sich bei einigen der älteren Frauen an Bord zu erkundigen. Es musste doch jemanden auf dem Schiff geben, der ihr helfen konnte.

6

6. Juni 1769

Ich schreibe diese Abhandlung auf königlichem Papier, das ich direkt unter der Nase des königlichen *Alim* gestohlen habe. Diese Missetat bereitete mir besonderes Vergnügen, denn die Nase des *Alim* ist keine gewöhnliche Nase. Sie ist die Heilige Nase von Marokko, die Nase, deren Beschäftigung darin besteht, jeden Hauch von Sünde in den Edikten des Sultans aufzuspüren. Der *Alim* ist der Oberste Schnüffler der Kirche (mit Kirche meine ich jenes Haus der Waschungen und des Wehklagens, in dem die Anhänger Mohammeds ihren Gott anbeten).

Er schnüffelt sich durch diesen Vorschlag für eine neue Steuer oder jenes sorgfältig überarbeitete Gesetz, wälzt die gewichtigen Seiten seines Korans und schnüffelt und stöbert, während der Sultan ehrerbietig dabeisteht, die königlichen Zähne zusammenbeißt und die königlichen Fäuste ballt. Er schnüffelt und schnüffelt, und dann – schnipp! – lehnt er die Vorlage mit einem einzigen Strich seiner kratzenden Feder ab. Denn in Marokko sind es die Priester, die Gesetze ratifizieren, nicht die Sultane.

Dies ist eine Quelle zunehmenden Verdrusses für unseren Herrscher, der in der Reihe der marokkanischen Monarchen zu den eher modern gesinnten gehört (was bedeutet, dass er mit den Köpfen seiner Feinde die Stadttore schmückt, statt ihre Leiber zu Brücken flechten zu lassen, wie es unter seinem Großvater, Sultan Ismail, üblich war).

Der Sultan hegt das ehrgeizige Vorhaben, seine Handelsbeziehungen mit Europa zu vertiefen, doch dieser Wunsch zwingt ihn, durch einen wahren Pfuhl religiösen Widerstandes zu waten. Denn solcher Handel missachtet eines der größten Verbote seiner Kirche – das Verbot, Verbindungen mit den verachteten Ungläubigen einzugehen. Wer Geld liebt (und der Maure an sich liebt Geld, das muss einmal gesagt werden), der findet im Handel größere Befriedigung als im Bespringen von Frauen und Männern. Daher gilt es auch als schwerwiegendere Sünde, mit einem Ungläubigen Geschäfte zu machen, als sich zwischen seinen Hinterbacken abzuarbeiten.

Nun verfügt der Sultan nicht gerade über das, was man ein ausgeprägtes Gewissen nennen könnte. Oder – besser gesagt – erachtet er es als angenehmer, sein Gewissen außerhalb seines eigenen Kopfes in Form des königlichen *Alim* mit sich zu tragen, und zieht es vor, sozusagen neben sich zu stehen. Diese vorteilhafte Sonderung von Sünde und Skrupel ist ein Wesenszug, den ich sowohl hier als auch in meiner schottischen Heimat bei vielen wahrhaft Gläubigen beobachten konnte. Für solche Menschen bedeutet *Gewissen* lediglich, dass sie ihren Lastern auf eine Weise frönen, durch die sich ihre religiösen Vorschriften umgehen lassen.

Das glückliche Volk Marokkos hat nur eine Hand voll derartiger Vorschriften zu beachten, von denen eine besagt, dass jenes Stück Haut entfernt werden muss, welche das männliche Organ vor dem Erfrieren schützt (ich vermute, dass in diesem von der Sonne ausgedörrten Land kein Bedarf für jene Bedeckung besteht, frage mich allerdings, warum der maurische Gott so großes Interesse an einer dermaßen trivialen Angelegenheit haben sollte). Eine andere verlangt von einem guten Mauren, dass er fünfmal täglich bete, zu welchem Behufe er sich zu Boden wirft, sobald die heulende Aufforderung der rot behüteten Männer ertönt, die in den Türmen der hiesigen Gotteshäuser als Glocken dienen. Es heißt sogar, dass ein

Maure, wenn seine Wurst erst einmal abgehäutet ist und seine Gebete gesprochen sind, in dem sicheren Wissen aus dem Honigtopf des Lebens naschen darf, dass sein Gewissen ihn nicht weiter plagen wird.

Wie dem auch sei, der Sultan ist weniger glücklich als seine Untertanen. Da er der alleinige Herrscher über dieses Reich ist, wird sein Gewissen als Gewissen der Nation betrachtet, sodass eine ganze Schar priesterlicher Dienstboten die Verantwortung dafür trägt, es rein zu halten. Und der oberste dieser Dienstboten ist besagter *Alim*, dessen Entlohnung (abgesehen von einem persönlichen Harem, zum Bersten gefüllt mit den prallbusigen Schönen, die er bevorzugt) darin besteht, die königlichen Augäpfel immer weiter hervortreten zu sehen, während er ein Edikt Zeile um Zeile nach dem Satz durchsucht, der die neueste Innovation des Sultans dem Staub der Vergessenheit anheim zu stellen vermag.

Inmitten eines solchen Gerangels gelang es mir, still und leise meinen Diebstahl durchzuführen und mit 24 Bögen unbeschriebenen Papiers unter dem Arm davonzustolzieren. Natürlich hätte ich den Sultan auch einfach um Papier bitten können, woraufhin er zweifellos ein Ries des feinsten Pergaments in mein Quartier hätte bringen lassen, zusammen mit den Kielfedern einer ganzen Gänseschar. Doch ich glaube nicht, dass meine Abhandlung die Musterung durch seine königlichen Augen überstanden hätte. An der Großzügigkeit des Sultans hätte die Neugier größeren Anteil gehabt als die Freigebigkeit, und er hätte mich Tag und Nacht mit Fragen bezüglich meiner Unternehmung geplagt. Und da ich gelobt habe, in diesen Aufzeichnungen nichts als die Wahrheit zu schreiben und den Sultan deshalb in all seiner schändlichen Rohheit porträtieren werde, halte ich es für klug, meine Ergüsse geheim zu halten.

Sollte man mich entdecken, so werde ich behaupten, Stickmuster für eine *Dschellaba* für den Sultan zu entwerfen. Da die Handschrift der Mauren zottig und ungleichmäßig ist wie ein ausgefranster Wollfaden, werden sie niemals die wahre Bedeutung meiner eleganten Schnörkel erkennen. Und falls es zum Äußersten kommt und die Entwürfe zu den königlichen Schneidern gelangen, werde ich das Vergnügen haben, den Sultan vor seinen Untertanen in einer *Dschellaba* promenieren zu sehen, die mit anprangernden Schilderungen seiner eigenen Persönlichkeit geschmückt ist. Und sollte der Herrscher von unserem guten *Alim* flankiert werden, wie dies bei den meisten Staatsanlässen der Fall ist, wäre ich auch noch in der Lage, jedem Interessierten gegenüber zu bemerken, dass der Sultan das Unmögliche geschafft hat, indem er nicht nur neben sich steht, sondern zugleich von innen nach außen gekehrt ist.

7. Juni 1769

Heute habe ich von der Weißen Königin Abschied genommen und sie und ihre drei Töchter zu ihrer Sänfte geleitet. Dieses Beförderungsmittel war ringsum mit grünen Troddeln behängt wie eine Waldlaube, und die ebenfalls grünen Beinkleider der Träger waren gerüscht und aufgeplustert, sodass sie aussahen wie Kürbisse. In diesem Land gibt es keine Kutschen. Ich habe hier noch nie ein Vehikel mit Rädern erblickt, die winzige Zeremonienkarosse ausgenommen, die der Sultan lenkt, wenn er die Reihen seiner Schwarzen Garde inspiziert. Doch dieses Gefährt gleicht eher einem Bottich als einer Barutsche und rasselt, als hätte man ein Zinngefäß hinter den stolzen Rappen des Herrschers gespannt.

Der richtige Name der Weißen Königin lautet Salamatu, aber ich habe sie die Weiße Königin getauft, um sie von der Schwarzen Königin zu unterscheiden – welche natürlich keine andere ist als meine vortreffliche Batoum. Womöglich habe ich noch nicht erklärt, dass der Gott der Mauren, Allah, obwohl streng in manchen seiner Vorschriften, dennoch die Großzügigkeit hat, jedem wahren Gläubigen den Luxus von vier Ehefrauen zuzubilligen. (Nun kommt mir in den Sinn, dass eben diese Großzügigkeit vielleicht das eigenartige Stutzen des Schwanzstrümpfchens zu erklären vermag, das ich bereits erwähnte. Da Allah genau wie unser eigener Gott allwissend ist, hat er zweifellos die schnellere Abnutzung vorhergesehen, die durch die Befriedigung des Verlangens von vier Frauen entstanden wäre.)

Mithin hat der Sultan, obwohl von tausend Konkubinen umschwärmt, lediglich einer knappen Hand voll von ihnen den ehrenvollen Titel »Ehefrau« verliehen. Es sind dies wie gesagt unsere Schwarze und unsere Weiße Königin, hinzu kommen noch zwei weitere Hoheiten von unbestimmter Hautfarbe, aber unterschiedlichem Alter, welche für mich die Junge Königin und die Alte Königin heißen. Jede der Königinnen lebt in einem eigenen Quartier, hat ihre eigenen Sklaven und empfängt größere Zuwendungen aus der Schatulle des Sultans als die gewöhnlichen Konkubinen – was sie außerdem zur Empfängerin eines großen Anteils der Feindschaft macht, die an diesem Ort angehäuft wurde. Denn ich habe beobachtet, dass einige der Frauen persönliche Kontore unterhalten, in denen sie mit grimmiger Gier die bittere Münze des Neides horten.

Daher gab es viele, die froh waren, unsere Weiße Königin von dannen ziehen zu sehen, viele, die durch die geschnitzten Tore der verlassenen Zimmerflucht spähten und sich ihre eigenen Teppiche und Kissen auf dem Fliesenboden vorstellten. Inzwischen stehen in diesem unserem weitläufigen Stall Hunderte von Ständen leer, denn die Abreise der Weißen Königin war das Ergebnis weiterer ausgedehnter Säuberungen. Die Sensenarbeit des Sultans endete beileibe nicht mit der ersten

Garbe fallen gelassener Mätressen. Nein, dieser erste Schlag linderte lediglich den lästigsten Juckreiz. Nachdem ihm erst einmal das Buch der alten Malia zur Durchsicht vorlag, wurde er wie die Pächtersfrau am ersten Frühlingstag, die alle Fenster aufreißt, den Ruß von den Wänden bürstet und schimmeliges Hafermehl aus ihren Vorratssäcken schüttelt.

Also geht es zu unserer Bestürzung zwei Tage später weiter. Der Sultan nimmt einmal mehr unter dem Olivenbaum Platz, zählt die Frauen, die nur Töchter geboren haben, und lässt sie mitsamt ihren süßen kahlen Krabben vorführen. Bei allen Maurenkindern wird das Haupthaar entfernt, als vorbeugende Maßnahme gegen die Plage der Parasiten, die wie ein lebendes Muster in Kette und Schuss dieser prächtigen Teppiche gedeihen.

Und da kommt die Weiße Königin in heller Aufregung angelaufen und schnattert wie gewöhnlich hektisch in ihrem wilden Gemisch aus Irisch und Arabisch, sodass die anderen lachend die Köpfe schütteln. So sind sie, die älteren Frauen – die Mutterschaft macht sie geschwätzig, als würde derselbe Vorgang, der ihre Schöße weitet, auch ihre oberen Körpereingänge dehnen.

Der Sultan durchbohrt sie mit seinen schwarzen Augen, worauf sie verstummt und vor ihm auf die Knie fällt, und er nimmt ihre Hände, küsst sie und erklärt, wohin er sie schicken wird. Nun geschieht etwas äußerst Sonderbares. Ich schwöre, dass ich eine Träne auf seiner Wange glitzern sehe, während er sie zu gehen heißt, und frage mich, ob sich im Flintstein seines Herzens womöglich doch noch ein Klümpchen weichen Lehms befindet, zu dem diese unerreichbarste aller Frauen durchgedrungen ist. In der Tat bin ich ein wenig überrascht, dass er ihre Abreise nicht schon vor etlichen Monden angeordnet hat. Denn die arme Salamatu ist wahnsinnig, so verrückt wie der sprichwörtliche Hase im März, seitdem vor zwei Jahren ihr Sohn starb – vergiftet, so sagt man, durch eine Hand, die von der klingenden Münze der Missgunst gekauft war.

Die wahnsinnige Weiße Königin und all die anderen sind indessen also verschickt: nach Tafilet, jener grünen Stadt im Osten, die einzig von der königlichen Nachkommenschaft bevölkert wird. Denn obwohl in jedem Jahr Hunderte königlicher Eicheln zu Boden fallen, wächst nur eine von ihnen zu dem Baum heran, der einmal Sultan von Marokko wird. Die Übrigen erhalten eines Tages Gewänder in königlichem Grün und werden nach Tafilet verpflanzt, wo jeder Mann ein Prinz und jede Frau eine Prinzessin ist und sich Halbgeschwister und Geschwister blutschänderisch vermehren. In der Tat, aus diesen verpflanzten Sämlingen wächst ein wahrer Wald der verbannten Kindschaft heran.

Und morgen werde ich ebenfalls fortgeschickt, wenn auch in andere Gefilde. In Gesellschaft der schlauen Alten sowie einer Schar von Eunuchen werde ich das Land bereisen, mit dem Auftrag, neue Pferde für unsere leer stehenden Ställe zusammenzutreiben. Eine Herde Füllen für den Sultan, auf dass er sie einreite.

Unser Reiseweg steht bereits fest, er verläuft wie durch einen Obstgarten voller reifer Früchte. Zuerst wenden wir uns gen Osten und besuchen die Basare am Fuße der Berge des Hohen Atlas, um unser Kontingent an bronzefarbenen Berbermädchen zu pflücken – herb wie wilde Aprikosen und mit Zöpfen bis zu den Knien. Als Nächstes nach Süden zu den Märkten von Sus, wo die lieblichen dunklen Pflaumen Nubiens zum Verkauf stehen – die wenigen, sollte ich hinzufügen, die den schrecklichen Transport durch die brennenden Wüsten dieses Kontinents überleben. Dann beschreiben wir einen weiten Bogen nach Norden, immer an der Küste entlang, um in den Atlantikhäfen die Konterbande der Korsaren zu begutachten. Dort gibt es eine reiche Auswahl jener hellhäutigen Früchte, an denen der Sultan besonders großen Geschmack findet.

Denn obwohl die meisten Schiffe, die von diesen Gestaden absegeln, mit einem Fang der üblichen, flossigen Sorte zurückkehren, so gibt es auch jene, die sich auf die Suche nach größerer Beute begeben, ihren Netzen entsagen und zu Menschenfischern werden – und darin unwissentlich dem Gebot gehorchen, das Jesus seinen Jüngern im fernen Galiläa gab.

Auf eben diese Weise geriet auch ich – verkümmerter Fisch, der ich bin – an den Haken, wurde nach Luft schnappend und mit hervorquellenden Augen auf den Tisch des Fischers geworfen, betastet und begafft, schließlich auf eine lebende Schildkröte gesetzt und dem Sultan serviert wie eine Meeräsche auf einem Silberteller.

7

Helen waren die roten Schuhe gleich aufgefallen, schon als sie zum ersten Mal die Kabine der Bairds gesäubert hatte. Sie waren ungetragen, noch in Seidenpapier gewickelt, die Sohlen so hell wie an dem Tag, an dem sie geschustert wurden. Helen nahm die Schuhe, roch an dem weichen Leder und fuhr mit dem Daumen die fein gearbeiteten Nähte entlang. Wenn sie verheiratet war, würde sie auch ein solches Paar Schuhe besitzen.

Am folgenden Tag schrubbte sie sich gründlich die Füße und probierte die Schuhe an, sobald sie allein in der Kabine war. Sie hatte damit gerechnet, dass sie zu klein sein würden – sie wirkten so viel zierlicher als das grobe Schuhwerk, an das sie gewöhnt war. Doch sie passten wie angegossen. Helen hob einen Fuß auf die Zehenspitzen, als wolle sie im nächsten Augenblick eine Polka tanzen, und überlegte, wie es sich wohl anfühlen mochte, wenn man Seidenstrümpfe über Knöchel und Knie streifte.

Am Tag danach war es das violette Kleid. Von Melissas vielen Kleidern gefiel Helen dieses am besten. Sie zog es behutsam aus dem Wandschrank, hielt es sich vor den Körper und raffte den leise raschelnden Stoff, als stiege sie gerade die Freitreppe eines Bostoner Herrenhauses empor. Nachdem sie einen Handspiegel in den Fensterrahmen geklemmt hatte, trat sie so weit zurück, wie es in der kleinen Kabine möglich war, und versuchte, sich vorzustellen, wie sie in dem Kleid aussehen würde. In den folgenden Tagen hielt sie sich nach und nach alle Kleider an – das weiße Musselinkleid mit dem Muster aus kleinen Blumen, die schwere Robe aus blauem Samt, das Kleid mit den gelben Streifen, das rote und die beiden grünen. Doch am Ende nahm sie immer wieder das violette Kleid zur Hand.

Es hat eine solch prachtvolle Farbe, dachte sie. Eine Farbe, in der man Aufmerksamkeit erregt. Eine Farbe wie für eine Königin. Helen musterte eingehend jede einzelne Krause, jede Falte. Sie wendete das Kleid auf links, um jede einzelne Naht zu betrachten, und tanzte mit ihm in der engen Kabine. Und eines Tages, als sie sich sorgfältig Körper und Haare gewaschen hatte und die Bairds im Quartier des Kapitäns beim Kartenspiel saßen, beschloss sie, es anzuprobieren.

Das Meer lag an jenem Tag ruhig da, und die Sonne brannte vom Himmel. Helen verriegelte die Kabinentür und riss das kleine Fenster auf. Nachdem sie ihre eigene Kleidung abgestreift hatte, stand sie einen Augenblick lang nackt da und ließ die Luft ihre feuchten Locken kühlen. Dann hob sie das violette Kleid hoch, zog es sich voller Ehrfurcht langsam über den Kopf und schlängelte ihre sommersprossigen Arme durch die knisternden Ärmel.

Helens Herz pochte laut. Die Seide war erst kalt, dann warm auf ihrer Haut. Sie war wie violettes Wasser, das über ihre Schenkel strömte. Helen reckte sich seitwärts und begann, die lange Reihe winziger Haken zu schließen, die von der Hüfte bis zur Achselhöhle verlief. Als sie die Taille erreichte, wurde das Kleid eng, einige Haken später noch enger. War es auch für Melissa so eng? Wie hielt sie das den ganzen Tag lang aus? Noch zehn Haken. Helen atmete ein und hoffte, dass ihr Schweiß keine Flecken hinterlassen würde. Noch fünf Haken. Sie lehnte sich gegen die Tür und hielt die Luft an. Geschafft!

Dann löste sie ihr Haar und schüttelte es nach vorn über die Schulter. Wie hübsch es aussah! Es funkelte wie Kupfer auf der violetten Seide. Wo war der Handspiegel? Sie durchstöberte eine Schublade: da. Den Spiegel auf Armeslänge von sich gestreckt betrachtete sie das Bild, das sich ihr bot. Dann nahm sie mit einer Hand ihr Haar zusammen und suchte nach Nadeln und einem Kamm, um es festzustecken. Wie steckte Melissa ihre Haare hoch? Helen legte den Spiegel auf das Kopfkissen und beugte sich darüber.

Plötzlich drangen Schreie und Rufe in einen Winkel ihres Bewusstseins – ein wildes Spiel oder vielleicht eine Rauferei auf Deck. Dann polterte plötzlich jemand durch den Gang, schlug gegen die Türen und brüllte: »Piraten ahoi! Alle Männer und Waffen an Deck!«

Helen wirbelte herum zum Fenster und erkannte in der Ferne vier Pinassen, die das glatte Wasser durchschnitten und auf das Schiff zukamen. Die Reihen der Ruder hoben und senkten sich wie die Rippenbögen von vier Schwimmern, atmeten ein und aus, ein und aus. Hinter Helen versuchte jemand, die Tür aufzuschließen. Robert Baird schrie: »Meine Pistolen! Sie sind da drin! Aufmachen!«, und hämmerte mit den Fäusten gegen die Tür.

Helen starrte die Tür an. Wie konnte sie ihn hereinlassen? Sie trug Melissas Kleid. Fieberhaft begann sie, die Haken zu öffnen. Einen, zwei, drei. Ihre Finger waren taub, schlaff wie Würste. Sie wandte sich wieder zum Fenster. Die Boote hatten sich weiter genähert. Helen sah, wie sich die Ruderer in die Riemen legten. Vier Haken, fünf, sechs, sieben. Sie hörte, wie Robert anfing gegen die Tür zu treten, und versuchte, sich das Kleid einfach über den Kopf zu zerren. Doch sie bekam es nicht über die Schultern, also zog sie es wieder hinunter und riss weiterhin an den Haken.

Acht, neun, zehn. Schreie drangen aus der Hauptkabine, die unter ihren Füßen lag. Aus den Tritten wurde ein dumpfes Knallen, da Robert nun mit der Schulter die Tür rammte.

Elf, zwölf, dreizehn. Helen bemerkte ein neues Geräusch

unter all dem Geschrei, dem Rufen und Poltern. Ein gleichmäßiges Ächzen, wie ihre Stiefmutter Meg es ausgestoßen hatte, als sie ein Kind bekam. Es waren die Ruderer. Helen drehte sich zum offenen Fenster und konnte nun ganz deutlich die Männer erkennen, die sich im Takt vorbeugten und wieder aufrichteten.

Ihre Haut war schwarz! Helen erstarrte. Bildete sie sich das womöglich nur ein? Nein – ein paar von ihnen waren zwar ein wenig heller, aber die meisten waren so dunkel wie Blasentang. Als sie noch näher heranjagten, sah Helen, dass einige von ihnen ein Zickzackmuster aus blutenden Wunden auf dem Rücken trugen. Eine Wolke von Fliegen ließ sich abwechselnd auf den Ruderern nieder und stob wieder auf, wenn sie an den Rudern zogen. Ihre Gesichter waren schmerzverzerrt. Wer hatte sie dermaßen geschlagen? Helens Blick flog zu den bärtigen Männern, die über ihnen standen, zu den aufgerollten Peitschen in ihren Händen, den Speeren und Bögen, den Pistolen und Messern an ihren Gürteln. Warum kleideten sich diese anderen Männer wie Frauen, mit flatternden weißen Röcken und bunten Schärpen?

Auf einen plötzlichen, kurzen Zuruf hin hoben die Ruderer ihre Riemen aus dem Wasser. Das Ächzen verstummte, und die Boote glitten nun lautlos auf das Schiff zu. Die Tür hinter ihr splitterte und brach auf.

8

Salee, 28. Juni 1769

Wir sind nun seit drei Wochen unterwegs, und ich weiß nicht mehr, wie viele verschiedene Arten von stechenden Tierchen sich bereits in meiner armen sommersprossigen Haut verbissen haben. Dieses Land ist so außerordentlich vielfältig, mit seinen heulenden Wüsten und taumelnden Bergen, seinen üppigen Wäldern und Wiesen, seinen brandungsumtosten Küsten, die gespickt sind mit den Knochen toter Schiffe! Und jeder Ort verfügt über einen ureigenen Bestand an Ungeziefer, welches sich in Ohrläppchen oder Lippen bohrt, seine Eier in menschlichen Haaren ablegt und sich zwischen den Zehen eingräbt. Wenn ich mich morgen bei der Zoologischen Gesellschaft von Edinburgh präsentierte, würden sich deren schnurrbärtige Mitglieder in den ehrwürdigen Sälen bestimmt darum raufen, mich zu untersuchen.

Am schlimmsten ist es in den Oasen, wo man bei jedem Wasserschöpfen eine Wolke von Mücken mit dem Blutdurst von Vampiren aufstört. Die zukünftigen Haremsdamen schützen sich mittels ihrer Überwürfe, der *Haiks*, doch wir Männer sind dazu gezwungen, bei jeder Rast Reisigfeuer zu entzünden, um die Insektenwolke durch eine Rauchwolke zu vertreiben.

Ungeachtet dieser Qualen und der unaufhörlichen Speichelleckerei der Scheiche und Kalifen, die uns bewirten, finde ich Gefallen an unserer Exkursion in das Reich jenseits der Palastmauern. Mir war nicht bewusst, dass ich schon allein die Bewegungen der Luft unter freiem Himmel vermisst hatte

– ihre schwindeln machenden grünen Brisen, die Nadelstiche der salzigen Gischt und sogar die Staubwolken, die von den Tieren aufgewirbelt werden. Im Harem entsteht der einzige Luftzug durch das Schnattern von eintausend Zungen und das Wedeln von eintausend mit Troddeln verzierten Fächern. Und erst die Aussicht hier draußen! An meinem ersten Tag hoch zu Ross auf meinem weißen Hengst glich ich einem Wetterhahn, indem ich mein Haupt hierhin und dorthin wandte, um die wilde Schönheit dieses Landes zu erfassen.

Seit dem Beginn unserer Reise haben wir drei Viertel der veranschlagten Summe ausgegeben und nahezu fünfzig neue Frauen erworben. Aus der alten Malia und mir sind regelrechte Connaisseure geworden. Wir stecken die Köpfe zusammen, diskutieren *sotto voce* über die Vorzüge jeder angebotenen Schönheit und feilschen dann mit hartäugigen Verwandten oder Kupplern um den Preis.

Welch ein eigentümliches Unterfangen es ist, für einen anderen Mann Mätressen auszuwählen, also das Aroma jeder Frau nach seinem Geschmack zu beurteilen! Natürlich gibt es gewisse grundsätzliche Erfordernisse, wie zum Beispiel Fruchtbarkeit (die von Malia mittels Alchimie festgestellt wird), eine bestimmte Symmetrie der Gesichtszüge und die bereits erwähnte Fülligkeit.

Doch im Vergleich zu diesen beleibten Jungfrauen mit ihren mit Grübchen verzierten Armen und teigweichen Brüsten erscheint mir meine große Batoum ursprünglich und kraftvoll. Wo diese hinter vorgehaltener Hand kichern, streckt sie ihren mächtigen Brustkorb heraus und brüllt vor Lachen. Wo diese gereizt nach einer Sklavin rufen, damit sie ihre Taschen schleppe, trägt Batoum ihr Bündel einfach selbst, ohne einen Gedanken daran zu verschwenden. Und ich wette mit jedem, dass es keinen erhebenderen Anblick gibt als den der Schwarzen Königin – hoch gewachsen, prachtvoll, elegant dahingleitend, barfüßig, breitarschig, mit ihrem Wasserkrug auf dem Kopf.

Das ist wahre Schönheit für mich: ihr stürmisches Gelächter und ihr ehrliches Herz, ihr gewaltiges Hinterteil, das sich mir entgegenreckt, wenn sie sich über ihr *Sorghum* und ihre Hirse beugt (denn sie besteht darauf, in ihrem privaten Garten die Feldfrüchte ihres Volkes anzubauen und sie selbst in ihrem eigenen Kessel zu kochen). Batoum, meine Köchin und Gärtnerin, meine Seelöwin, meine Bärin – wie sehr ich ihre scharfsichtige Weisheit, ihre Kochkunst und ihren sämigen Haferbrei vermisse!

Wir sind im Serail des Statthalters von Salee untergebracht – sehr zum Verdruss seiner amtierenden Konkubinen, die dreiundzwanzig ihrer feuchten Gemächer räumen mussten, um Platz für uns zu schaffen. Denn inzwischen besteht unsere schwerfällige Reisegesellschaft aus achtzig Personen: den handverlesenen Schönheiten (einschließlich der mit Pusteln übersäten Tochter des Statthalters, die wir aus Gründen der Höflichkeit nicht ablehnen konnten), einer Reihe von Sklavinnen, die sie striegeln und füttern, sowie einem Bataillon unserer kräftigsten Eunuchen zu ihrem Schutz.

Wir sollen weitere zwei Tage hier verweilen, indessen die alte Malia ihren eigenen Geschäften nachgeht – welche, wie ich zu vermuten wage, die heimliche Weitergabe der Beutel voller Münzen beinhalten, die sie unter ihren Gewändern trägt und die ihren Rücken noch krummer, ihren Blick noch verschlagener machen als gewöhnlich und ihr tapferes Maultier unter der Last schwanken lassen.

Malia hat vor, den Steuereintreibern des Sultans einen Strich durch die Rechnung zu machen, indem sie einen Teil ihres Vermögens bei ihren zahlreichen, in dieser Stadt lebenden Sprösslingen lagert. Dessen bin ich mir sicher, denn eben dies ist zum Hauptanliegen eines jeden Bürgers geworden, seitdem der

Sultan sein Steuersystem reformiert hat. Manch einer vergräbt seine Schätze gar im Ziegenstall und läuft in Lumpen umher, um Armut vorzutäuschen.

Ich habe Malia von meinem Verdacht wissen lassen, indem ich einige Male um sie herumgeschlichen bin, während sie vorsichtig von ihrem Maultier stieg, und mich beiläufig über das merkwürdige Klimpern äußerte, das all ihre Bewegungen begleitet. Dieses Wissen wird mir hoffentlich zustatten kommen, falls sie jemals die wahre Natur meiner Beziehung zu Batoum entdeckt. Denn obwohl zwischen uns im Verlauf der Reise eine gewisse Kameradschaft entstanden ist, bezweifle ich, dass sie stark genug wäre, um Malias absolute Ergebenheit gegenüber dem Sultan ins Wanken zu bringen.

Ich habe Malia in den vergangenen Wochen aus unmittelbarer Nähe beobachtet und dadurch vieles über die Arifas, die weisen Frauen dieses Reiches, gelernt. Ich habe zum Beispiel herausgefunden, warum sie sich den Nagel des kleinsten Fingers der linken Hand zu einer zwei Zoll langen Kralle wachsen lassen. Unter Männern wird gemunkelt, diese Klaue zeige ihre Verwandtschaft mit den gefürchteten Hyänen, die wegen ihres abfallenden Rückens und unbeholfenen Gangs – wahrlich das Abbild eines Menschen auf allen vieren – für Hexen in Tiergestalt gehalten werden. Als weiterer Beweis gilt, dass sie mit Vorliebe die Säuglinge von Ziegenhirten verschlingen (frisches, neugeborenes Fleisch war schon immer Hekates landläufiger Leckerbissen).

Wenngleich ich bezweifle, dass Malia jemals ein derartiger Happen über die vertrockneten Lippen kommen würde, so kann ich doch bestätigen, dass die unheimliche Kralle dazu dient, Schwangerschaften zu beenden. Ich habe diese Operation inzwischen viele Male mit angesehen, und sie wird mit erstaunlicher Feinfühligkeit durchgeführt. Es handelt sich übrigens um eine Prozedur, die alle potenziellen Konkubinen *en route* zum Schlafgemach des Sultans über sich ergehen lassen müssen, damit kein Kuckucksei in das königliche Nest gelangt.

Beim Anblick der grausen Klaue zusammenzuckend wagte ich einmal zu äußern, dass eine Untersuchung des Hymen möglicherweise ebenso dienlich sei, worauf die alte Hexe in meckerndes Gelächter ausbrach und verkündete, wir Männer seien in dieser Hinsicht vollkommene Schwachköpfe. Immerfort kichernd beschrieb sie mir dann ausführlich eine List nach der anderen, zu denen die Weiber greifen, um einem Trottel weiszumachen, er senke seinen Schaft in eine Jungfrau. Und deshalb kann ich nur raten, dass ein Mann lieber im Hühnerstall seiner Schwiegermutter nach einem fehlenden Küken suchen sollte, als in der Hochzeitsnacht die Laken auf Jungfernblut zu prüfen.

Ja, die alte Malia prahlt gern mit ihrer Kralle und täuscht übernatürliche Kräfte vor (und schlägt den ganzen Harem mit ihren Künsten in den Bann), aber nachdem ich das stetige Umherhuschen ihrer Augen bemerkt habe, bin ich der Meinung, dass sich hinter ihrer scheinbar übersinnlichen Intuition nichts als kluge Kalkulation verbirgt. Ich kann die Einzelheiten nicht benennen, die sie auf diese Weise zusammenrechnet, doch ich glaube, dass ihr Blick, der hin und her wandert wie die Perlen eines Abakus, ihre sagenumwobenen Fähigkeiten erklärt – und ihre außergewöhnliche Fruchtbarkeit in jungen Jahren.

Heute Morgen erst habe ich ihr diese Hypothese unterbreitet, woraufhin ein verschmitztes Lächeln die schlaffen Wangen nach oben schob. »Wenn du deinen Gatten liebst«, sagte sie mit einem bescheidenen Achselzucken, »dann fallen dir gewisse Dinge natürlich auf.« Was auch immer die Dinge waren, die ihr auffielen – unsere schrumpelige Sibylle behauptet, sie habe in dreißig Jahren ebenso viele Welpen geworfen – und zwar ausschließlich Söhne.

Nach ihrer sechsten Niederkunft, so sagt sie, begann sich ihr Ruf zu verbreiten, und nach der zehnten wurde ihr Haus regelrecht von erbenlosen Frauen belagert, die nach ihrem Geheimnis schrien. An diesem Punkt versteigert ihr schlauer Mann (ein gelernter Bäcker) seinen Ofen und errichtet vor dem Haus einen *Kiosk*, um Nutzen aus den eher fleischlichen Kochkünsten seiner Frau zu ziehen.

Bei der fünfzehnten Schwangerschaft ist sie bereits ganz die Termitenkönigin und bläht sich dank der kandierten Früchte, die ihre Klientel ihr bringt, zu gewaltigen Ausmaßen auf. Und jedes Jahr flutscht ein neuer Sohn heraus wie ein Stück Seife – stets um die Zeit, in der das Id gefeiert wird. Hier gluckst sie und schlägt sich auf die knorrigen Knie, denn schwangere Frauen sind davon befreit, die Fastenzeit des Ramadan einzuhalten, die dem Id vorangeht.

Seitdem haben die Dekaden Malias Maße sehr dezimiert und eine formlose Ansammlung von Falten hinterlassen, gleich einem zerknitterten Nachthemd, das über einem Stuhl hängt. Ihre Lippen wölben sich runzlig über ihre zahnlosen Kiefer, mit denen sie ununterbrochen auf den Qat-Blättern herumkaut, die sie von den sudanesischen Eunuchen erwirbt. »Ich habe dreißig Jahre lang nur gegessen!«, gackert sie und lässt ihr grünes Zahnfleisch sehen. »Während den anderen Frauen vor Hunger der Magen knurrte.«

9

Die Möwen begannen bei Tagesanbruch zu fressen. Helen lag mit geschlossenen Augen da und wünschte sich, sie würde immer noch schlafen. Jeden Morgen wurde sie von ihren abscheulichen, heiseren Schreien wachgerüttelt und hatte sofort wieder den Leichnam des armen Robert Baird vor Augen. Jeden Morgen durchlebte sie schreckliche Minuten lang noch einmal alles, was in der vergangenen Woche geschehen war: Die Piraten schwangen sich mit flatternden Gewändern über die Reling und stürmten dann wie weiße Fledermäuse durch die Korridore; Säuglinge wurden von Degen aufgespießt und einer nach dem anderen ins Meer geworfen; die nackten schwarzhäutigen Männer hockten an Deck und wühlten in großen Kleiderhaufen nach Geld, Schnupftabaksdosen und Taschenuhren.

Helen schauderte. Der Überfall war kaltblütig verlaufen, geordnet und geplant. Alle Passagiere wurden auf dem Oberdeck zusammengetrieben, wurden gemustert wie Schafe auf dem Markt, die Kleinkinder und Alten hervorgezerrt und über die Längsseite ins Wasser gestoßen.

Sie dachte daran, wie sie sich durch die Menge nach hinten gedrängt hatte, voller Angst, Melissa könne sie in dem violetten Kleid entdecken. Als wäre das noch wichtig gewesen. Als hätte immer noch die Aussicht bestanden, nach Boston zu gelangen. Vielleicht hätten die reichen Leute mit den Seeräubern reden, ihnen Geld geben oder etwas anderes anbieten können. Dann hatte sie eine Frau schreien hören und den Hals gereckt, um herauszufinden, was vor sich ging.

Es war Melissa, die in der Mitte des Decks umhertaumelte. Sie wurde von fünf weiß gewandeten Piraten umringt, die abwechselnd mit ihren Degen nach ihr hieben. Einen Augenblick später erkannte Helen, dass sie versuchten, ihr das Kleid vom Körper zu schneiden. Streifen von besticktem Musselin und von Spitze flatterten zu Boden wie Federn, während Stück für Stück ihr weißer Leib zum Vorschein kam. Blutige Schnitte bedeckten ihn dort, wo die Degen bis ins Fleisch gedrungen waren. Als Melissa in die Knie ging, wandten sich die Piraten ihrem Haar zu und säbelten ihr lachend die feinen Locken ab, bis sie aussah wie ein flaumiges Küken.

Helen zuckte zusammen, als sie sich vorstellte, was sie ihr als Nächstes angetan hätten, wenn nicht in diesem Moment ihr fuchsgesichtiger Anführer aus der Kapitänskajüte getreten wäre und sie zurückgehalten hätte. Zornig fuhr er sie in dieser fremdartigen Sprache an, stieß mit dem Fuß gegen Melissas Körper und zeigte empört auf ihre Wunden. Er schien zu sagen: »Jetzt ist sie wertlos.« Dann spuckte er auf den Boden, zog ein langes Messer und schnitt ihr die Kehle durch.

Einen Augenblick lang herrschte entsetztes Schweigen, ehe ein furchtbarer Schrei ertönte. Robert Baird wankte, ein blutendes Bein hinter sich herziehend, über das Deck und stürzte sich auf den Mörder seiner Frau. Die Antwort des Piratenanführers erfolgte auf der Stelle. Er wich dem wild um sich schlagenden Mann geschickt aus, packte ihn an den Haaren, skalpierte ihn und ließ ihn an den Mast binden. Dann hob er eine Hand voll Musselin auf und wischte sorgsam seine Klinge daran ab. Den übrigen Passagieren bedeutete er mit einem Achselzucken, dass diese Strafe ihnen allen eine Lehre sein sollte.

Robert Baird hatte noch drei Tage lang gelebt, festgezurrt am Mast, in nächster Nähe des Ortes, an dem Helen, Betty und sechs weitere junge Frauen eingeschlossen worden waren – getrennt von den anderen Passagieren, in der kleinen Kabine, die einmal der Schiffskoch und sein Maat genutzt hatten. Drei Tage lang hatten die Frauen stumm dagesessen, sich die Hände auf die Ohren gepresst und versucht, das Stöhnen zu überhören, das er im Fieberwahn ausstieß, während die Möwen ihre Schnäbel in sein Fleisch hackten und daran zerrten.

Helen lauschte dem Getrappel der Schwimmfüße auf dem Holzdach über ihrem Kopf. Waren diese Vögel denn immer noch nicht mit ihm fertig? Es musste ein paar Stellen geben, an die sie nicht herankamen, vielleicht seinen Unterleib oder seine Füße in den Stiefeln. Tränen quollen unter ihren geschlossenen Lidern hervor. Sie hörte, wie sich die Möwen lautstark zankten, stellte sich vor, wie sie die Fetzen von seinen stinkenden Knochen pickten, bis sein toter Körper zuckte und tanzte, als sei er eine Marionette.

Helen drehte sich in der Hängematte auf die Seite. Das Seidenkleid raschelte. Zum Glück hatten sie sich für ihr grausames Spiel Melissa ausgesucht und nicht sie. Wenn die Piraten sie zuerst entdeckt hätten, hätten sie geglaubt, dass auch sie zu den reichen Leuten gehörte. Wenn sie das violette Kleid gesehen hätten ... Helen malte sich aus, wie sie mit ihren Degen nach ihr geschlagen hätten und ihre Haare zu Boden gefallen wären wie Zedernspäne. Zum Glück hatte sie diesen braunen Schal gefunden. Zum Glück musste sie nicht mit den anderen Gefangenen unten in der Hauptkabine ausharren.

Die Seeräuber gaben den Gefangenen Nahrung und Wasser, Helen hatte das Klappern der Töpfe gehört. Aber irgendetwas Schreckliches ging in der schmierigen Scheune unter Deck vor, eine Krankheit breitete sich in der feuchten Dunkelheit aus, sodass jedes Mal, wenn die Falltüren geöffnet wurden und sich ein wenig Licht auf die Menschenmenge ergoss, das verzweifelte Ächzen der Gefangenen zu vernehmen war, die in ihrer Mitte weitere Tote entdeckt hatten.

Wie lange würde es noch so weitergehen? Wenn sie doch

nur schlafen könnte wie die anderen, die Augen schließen und fortdämmern – und erst wieder aufwachen, wenn alles vorbei war! Sie seufzte und erstarrte im nächsten Augenblick, weil sie das Sch-sch hörte, mit dem die Piraten in ihren spitzen Pantoffeln über Deck liefen. So früh standen sie für gewöhnlich nie auf. Helen wälzte sich aus der Hängematte und starrte durch das Fenster in die graue Morgendämmerung.

»Wach auf«, flüsterte sie und stieß Betty an. »Ich glaube, wir sind irgendwo angekommen.«

Schon als das Schiff angegriffen wurde, hatten sie gewusst, dass sie in die Sklaverei verkauft werden würden. Daheim in Schottland fand jeden Monat eine besondere Kollekte für die Missionare statt, die Christen von den Piraten aus der Berberei freikauften.

»Vielleicht kauft uns ein reicher Mann mit einem Herrenhaus«, flüsterte Helen, während die jungen Frauen aus der Kabine getrieben wurden und im hellen Sonnenlicht blinzelten.

»Wahrscheinlich eher ein armer Mann mit einem Hurenhaus.« Betty griff nach Helens Hand. »Pass auf, dass du mich nicht loslässt«, mahnte sie. »Wir dürfen uns nicht verlieren.«

Auf Deck beobachtete Helen, wie die übrigen Gefangenen durch die Falltüren nach oben kletterten, abgezehrt und mit aschgrauen Gesichtern. Sie sah den Proviantmeister, den die Seeräuber mit Tritten zur Eile antrieben, und erkannte auch den großen, schüchternen Dougie, der sich wie ein gebrechlicher Großvater auf die Schulter eines anderen stützte.

Auf dem glitzernden Meer rings um das Schiff begann sich ein Schwarm kleiner Schaluppen zu versammeln, die in der Dünung auf und ab tanzten. Nah am Ufer, dort, wo sich die Wellen mit sprühender weißer Gischt brachen, wateten große braunhäutige Männer mit langen, pechschwarzen Mähnen durch das Wasser und hoben die Menschen aus den kleinen Booten auf ihre Schultern, um sie an Land zu tragen.

Ein trockener, knisternder Laut ließ Helen sich wieder dem Deck zuwenden. Das, was von Robert Baird übrig war, wurde vom Mast geschnitten und über Bord geworfen. Sie sah, wie seine sonnengebleichten Kleider sich voll sogen und dunkler wurden, während das grüne Wasser ihn verschluckte. Lieber Gott, bitte lass damit alles vorbei sein, betete sie im Stillen.

»Schau dir nur diese prächtige Stadt an!« Betty betrachtete die hoch aufragenden Mauern aus rotem Stein, die auf den weißen Klippen oberhalb der Bucht thronten. »Und dieser riesige Torbogen mit den hübschen, gemeißelten Köpfen darüber ...« Ihre Stimme stockte. Helen folgte ihrem Blick mit den Augen. Die Köpfe, die das Tor dieser Stadt schmückten, waren nicht gemeißelt. Sie sah rostrote Flecken auf den Steinen unter ihnen, leere Augenhöhlen, die aufs Meer hinausstarrten. Ein trockenes Schluchzen schüttelte ihren Körper. Sie hatte die Antwort erhalten: Es würde womöglich niemals vorbei sein.

Auf der anderen Seite des fürchterlichen Tores wimmelten die Straßen von Männern in langen, braunen Gewändern. Sie begafften gierig die schottischen Frauen, die mit Stricken aneinander gebunden waren und wie betäubt hinter dem Anführer der Piraten einherstolperten. Knochige Finger stießen in Helens Brüste und ihren Hintern, bärtige Münder grinsten anzüglich und spuckten nach ihr. Hitze wallte von der weiß glühenden Sonne herab und wurde von den roten Lehmwänden zurückgeworfen wie ein Echo. Helen fühlte das Brennen auf ihrem Gesicht und ihrer Brust, auf den nackten Armen und den Oberseiten der Füße.

Sie suchte in der Menschenmenge nach dem Gesicht einer Frau, hoffte auf Mitleid für ein Mädchen in Not. Doch es waren keine Frauen zu sehen, nicht eine einzige Mutter oder Tochter, nur Männer, überall dunkelhäutige, bärtige Männer, die Rauch aus Wasserkrügen saugten, Schlangen aus Flechtkörben lockten, mit dem Gesicht nach unten auf kleinen Teppichen lagen und vor sich hin murmelten, auf dem Boden hockten und in winzige Tassen bliesen, mit ihren flachen gelben Pantoffeln durch Maultierdung und zerquetschte Früchte schlurften – eine ganze Stadt voller Männer, die mitten am Morgen in Nachthemden umherliefen.

Zweimal musste sich die Gruppe an einem ungeheuer großen, gelben Pferd vorbeischlängeln. Es hatte zottige Füße mit jeweils zwei Zehen und einen Buckel auf dem Rücken. Dicht an die Mauern gedrängt standen hier und dort kleinere Gestalten in Gruppen zusammen. Sie waren von Kopf bis Fuß in braune Umhänge gehüllt, spähten durch winzige Schlitze hinaus und schwatzten unentwegt.

Helen starrte einen schwarzhäutigen Straßensänger an. Er schlug den Rhythmus des Liedes auf seinen Oberschenkel, der so dick und hart war wie ein Baumstumpf. Gütiger Gott, das konnte doch nicht sein! Anscheinend gab es in diesem Land eine Krankheit, durch die Menschen – und auch Tiere – in wahre Ungeheuer verwandelt wurden. Vielleicht mussten sich deshalb so viele von ihnen ungeachtet der Hitze mit schweren Umhängen vermummen.

Der Piratenanführer blieb schließlich vor einer gewaltigen beschlagenen Tür stehen. Sie war in eine der Lehmmauern eingelassen, von denen die Straßen gesäumt wurden. Er klopfte kräftig dagegen, woraufhin sich in Augenhöhe ratternd ein hölzernes Gitter auftat. Im nächsten Moment wurde eine Reihe von Riegeln zurückgeschoben, und schon stolperte Helen durch einen stickigen, dunklen Korridor und wurde dann durch eine weitere Tür in einen sonnendurchfluteten Innenhof gezerrt.

Eine massige Matrone blickte der Gruppe entgegen und wischte sich die Hände an ihrem weiten, gestreiften Rock ab. Mit vor Schweiß glänzendem Gesicht wogte sie auf den Piratenanführer zu und betupfte dabei ihre schlaffen roten Lippen mit einem Teil des Tuches, das ihr öliges Haar bedeckte. Der Pirat wich einen Schritt zurück, worauf sie sich mit einem gierigen Funkeln in den Augen Helen und den anderen Gefangenen zuwandte. Sie watschelte um die Frauen herum, riss ihnen die Mieder und Münder auf und bohrte ihnen fachmännisch den Finger in die Bäuche.

Bei zweien der Mädchen zeigten sich große Zahnlücken. Die Matrone stieß ein verächtliches Schnauben aus, stampfte über den Hof und verschwand hinter einem von mehreren bodenlangen weißen Vorhängen. Einige Minuten später tauchte sie mit einem Säckchen voller Münzen in der Hand wieder auf, schwenkte es vor dem Gesicht des Piraten hin und her und redete in anklagendem Tonfall auf ihn ein, bis er sich schließlich den Beutel schnappte, hastig verbeugte und davonging.

Sobald sich die Tür hinter ihm geschlossen hatte, wurden die Vorhänge beiseite gezogen, und ein Dutzend wohl genährter, ungefähr achtjähriger Mädchen kam ins Sonnenlicht herausgehuscht. Helen sah sich argwöhnisch um. Vielleicht war dies eine Schule, und sie sollten die Lehrerinnen sein. Oder die Schülerinnen – vielleicht waren sie hierher gebracht worden, damit sie diese merkwürdige Sprache mit den jaulenden Lauten lernten. Der Ort wirkte sauber und ordentlich, und ein köstlicher Geruch nach Fleisch wehte aus der rauchgeschwärzten Küche herüber. Helen lief das Wasser im Mund zusammen.

Die kleinen Mädchen flatterten kichernd um die Neuankömmlinge herum und berührten scheu ihre Kleidung. Ihre Handflächen und Fußsohlen waren gelb bemalt und blitzten bei jeder Bewegung auf wie die Flügel von Distelfinken. Einen

Augenblick später erschienen drei beleibte braunhäutige Frauen und blieben eng beieinander stehen. Helen starrte ihr Haar an. Es war so dick wie Schafwolle und so kurz wie die Haare der schwarzen Männer auf dem Schiff. Und ihre Lippen – wulstig und geschwollen. War es dies, was sich unter den Umhängen draußen auf der Straße verbarg?

Auf ein Wort der Matrone hin begann eine der Frauen, die Stricke um die Knöchel der Gefangenen zu lösen, während die anderen beiden bis zum Rand mit Wasser gefüllte Schüsseln und große Klumpen gräulicher Seife zu einem schattigen Winkel des Hofes trugen. Betty stieß Helen in die Seite und flüsterte: »Sieht aus, als würden wir gleich gewaschen.«

»Ja«, wisperte Helen zurück. »Aber ich kann mich doch nicht ausziehen vor diesen dungbraunen ...«

Sie wurde von einer kräftigen Ohrfeige unterbrochen. Die beiden braunen Frauen packten sie und bedeuteten ihr, mit erhobenen Armen stehen zu bleiben, während sie das violette Kleid aufhakten und ihr über den Kopf zogen. Dann führten sie sie wie ein dreckiges Pferd über den Hof zum Waschplatz und fingen an, sie von Kopf bis Fuß abzuschrubben. Helen wollte vor Scham im Boden versinken. Seit ihrer Kindheit hatte niemand sie mehr nackt gesehen. Sie kniff die Augen zu und versuchte sich einzureden, sie sei wieder sechs Jahre alt und es sei ihre Großmutter, deren Fingernägel sie in den Achselhöhlen kratzten und deren Hände sie zwischen den Beinen einschäumten.

Doch ihr stand noch Schlimmeres bevor. Nach der Säuberung wurde sie in einen der Räume mit Vorhang gebracht, wo eine übel riechende, zähe gelbe Masse über einem Holzkohlefeuer siedete. Dort musste sie sich auf eine Strohmatte legen. Eine der braunhäutigen Frauen hielt sie fest, während die andere einen brennend heißen Batzen der gelben Masse auf Helens Schamhaar klatschte. Sie wartete eine Weile, derweil sich Helen vor Schreck und Schmerzen wand, riss den Batzen dann jählings herunter und dabei einen großen Büschel Schamhaare mitsamt den Wurzeln aus.

Helen unterdrückte nur mit Mühe einen Schrei. Was taten sie da mit ihr? Aber schon bald wurde es ihr klar: Sie entfernten jedes einzelne Haar auf ihrem Körper. Es war die reinste Qual, denn abgesehen von dem stechenden Schmerz beim Ausrupfen der Haare enthielt das stinkende Gemisch irgendeine Zutat, die auf ihrer Haut brannte wie Feuer, immer und immer wieder, bis ihr Schritt, ihre Achselhöhlen, Arme und Beine rot und wund waren – und glatt wie Atlas.

Die Sonne neigte sich bereits dem Horizont zu, bevor alle schottischen Mädchen fertig waren. Nackt und zitternd standen sie in der Mitte des Innenhofs und vermieden es schamhaft, einander in die Augen zu blicken. Wie eigenartig sie aussehen, dachte Helen. Weiße, mit Flohbissen übersäte Rücken, Gliedmaßen so rot wie geputzte Karotten.

Die Matrone watschelte heran und musterte sie prüfend. Ihr schwammiger Mund verzog sich zu einem Grinsen, während sie mit der Hand über die glatten Flanken fuhr. Besonders schienen ihr die hellhäutigen Mädchen zu gefallen – zwei Schwestern mit feinem blonden Haar und blassen Wimpern und Helen mit ihren schweren kupferroten Locken.

Saubere Gewänder wurden herbeigebracht: sackartige gestreifte Beinkleider aus Kattun und weite weiße Blusen, die bis zu den Knien reichten, farbige Schärpen und bestickte Westen. Als die Mädchen sich ankleideten, grunzte die Matrone ihre Zustimmung. Dann zeigte eine der braunhäutigen Frauen auf Helen und eilte davon, um etwas zu holen.

Es war das violette Seidenkleid. Frisch gewaschen und gebügelt bauschte es sich schimmernd in den Armen der Frau. Die Matrone strich mit ihren dicken Fingern darüber und betrachtete die winzigen Stiche entlang der Nähte. Dann wandte sie ihren Blick wieder Helen zu, und ein Ausdruck purer Habgier trat in ihr schweißiges Gesicht.

An jenem Abend erhielten die Mädchen zum ersten Mal seit zwei Monaten wieder gutes Essen und schliefen auf Matratzen.

»Hast du Dougie gesehen?«, flüsterte Betty, nachdem die Lampen gelöscht worden waren. »Er war so schrecklich blass und dünn.« Und nach kurzem Schweigen fragte sie: »Glaubst du, dass wir ihn jemals wiedersehen?«

Helen antwortete nicht. Niemand antwortete. Keine von ihnen hatte auch nur ein Wort gesagt, seitdem sie von den fremden Frauen ausgezogen worden waren. Sie waren wund und schutzlos. Ihre Beine fühlten sich glatt und kalt an, ihre Schöße stachen und brannten. Sie hatten keine Männer und kein Geld. Sie konnten die fremde Sprache weder sprechen noch verstehen, also hatte es gar keinen Sinn zu fliehen. Außerdem erschien ihnen die Stadt da draußen noch viel beängstigender als dieses Haus voller hartherziger Frauen.

Helen legte sich die Hand auf den Bauch, dachte an das Kind darin und an den einfältigen, gutmütigen Dougie, der sich als Vater angeboten hatte. Dann bewegte sie die Hand schaudernd nach unten, zu der beschämenden Blöße zwischen ihren Beinen, und fragte sich, was für Männer es waren, die ihre Frauen so haarlos wie kleine Mädchen haben wollten.

10

29. Juni 1769

Ich habe mich mit Lungile angefreundet, dem neuen Eunuchen. Als wir in der vergangenen Woche anhielten, um die Tiere zu tränken, bemerkte ich, dass er sich abseits von den anderen hinter einen Termitenhügel setzte. Er zog den Kopf zwischen die Schultern wie ein Geier, doch er konnte sich nicht verbergen, denn seine Ausmaße sind gewaltig. Selbst im Sitzen ragt er so hoch auf wie eine mittelgroße Frau, und für seine gelben Pantoffeln müssen die Häute von mindestens drei Ziegen verarbeitet worden sein.

Er schien Schmerzen zu haben, also ging ich in meiner Eigenschaft als Obereunuch, der eine gewisse Verantwortung für das Wohlergehen seiner Schützlinge trägt, zu ihm, um mit ihm zu reden.

»Es ist nichts«, zischt der Riese und runzelt eindrucksvoll die breite Stirn. »Es wird schon aufhören.« Er knirscht mit den Zähnen und beugt sich über seine melonengroßen Knie.

»Soll ich Malia holen?«, beharre ich in dem Wissen, dass die weise Alte eine Vielzahl pulverförmiger Heilmittel in kleinen Stoffbeuteln um ihren faltigen Hals trägt.

»Nein, bitte nicht ...« Und nun schlingt er die affenartigen Arme um seine baumstammdicken Oberschenkel, als wolle er etwas verstecken, und beginnt seltsam zu zucken. »Ich sage doch, es wird vorübergehen. Es geht immer vorüber.« Aber in seiner Stimme erklingt eine Leidenschaft, die meine Neugier schürt. Ich erkundige mich, ob ich etwas tun kann, wodurch sein Unbehagen gelindert würde. Woraufhin er ein bitteres Lachen ausstößt und erwidert: »Bei dem, was mich plagt, kann mir niemand helfen.«

Unverzagt lasse ich mich neben ihm auf einem Felsen nieder und halte einen ausgedehnten Vortrag über die Vorzüge von grüner Butter, wobei ich auch erwähne, dass der Statthalter uns eine Probe dieser erlesenen Köstlichkeit versprochen hat, wenn wir den Hafen von Salee erreichen. An dieser Stelle sollte ich darauf hinweisen, dass der Maure, dem ja die Freuden des Genusses von Wein verboten sind, stattdessen Butter lagert, die er in Ziegenleder einwickelt und für bis zu zwanzig Jahre im Boden vergräbt, wo sie einen Grad von Ranzigkeit erlangt, der auch dem dümmsten Milchmädchen von Dunbar auffallen würde.

»Nach vier Jahren lerne ich dieses Zeug gerade erst zu schätzen«, bemerke ich und werde mit einem spöttischen, angewiderten Lächeln belohnt.

»In meinem Dorf würde man eine Frau zu ihrem Vater zurückschicken, wenn sie solchen Dreck auftrüge. Aber frischen Quark mit Honig und Sesampaste könnte ich jeden Tag essen. Oder Salzkäse und Sauerteig ...« Während er redet, glättet sich seine gerunzelte Stirn, und als er bei geschmortem Wildgeflügel mit Cayennepfeffer angekommen ist (mit dem Umweg über eine Blattsorte, die seine Mutter in Ziegenfett zu braten pflegte), leckt er sich bereits wehmütig die wulstigen Lippen.

Dies weckt auch in mir Erinnerungen, und zwar an colcannon, das Kartoffel-Kohl-Püree, skink und stovies, den Kartoffeleintopf mit Räucherfisch, clootie dumplings, den Pudding mit getrockneten Früchten, und kale soup, die Grünkohlsuppe. Eine Weile lang fahren wir beide auf diese Art fort und vergleichen die Gerichte unserer Heimatländer, bis Lungile (der gerade genüsslich Kaldaunen auf einen Spieß steckt) plötzlich innehält und mir so herzhaft auf die Schulter klopft, dass ich mich überschlage wie ein eingerollter Igel.

»Mein lieber Bruder, du hast mich geheilt! All das Gerede übers Essen hat mich von meinen – ähem – Beschwerden abgelenkt...« Worauf er zweifelnd den Blick senkt und die Falten weißen Stoffes zwischen seinen Oberschenkeln betrachtet. Dann gesteht er, die Zuckungen, deren Zeuge ich war, seien dadurch hervorgerufen worden, dass eine der Frauen ihren *Haik* hochzog, um einen Zeckenbiss am Knöchel zu untersuchen.

Offenbar verhält es sich mit unserem armen Riesen wie mit jenen Männern, die, nachdem sie ein Bein an Waffengewalt oder Wundbrand verloren haben, von einem geisterhaften Schmerz oder Juckreiz im fehlenden Glied in den Wahnsinn getrieben werden. Lungile wird von Gelüsten gequält, die er nicht zu befriedigen vermag. Wie es scheint, sind seine zarten Hoden erst vor wenigen Wochen abgehackt worden, und der Rest seines gewaltigen Körpers befindet sich seither in Aufruhr und Verwirrung. So bäumt sich sein Hengst beim Anblick unserer neuen Stutfohlen immer noch auf, auch wenn (sozusagen) keine Säcke mit Saatgut mehr auf seinem Karren liegen. Schlimmer noch – der elende Karren ist so wund wie ein aufgeplatzter Zahnfleischabszess und brennt wie Feuer, wann immer der Hengst sich rührt.

»Ich erwache jeden Morgen unter Qualen«, ächzt er. »Noch bevor meine Augen offen sind, krümme ich mich schon vor Schmerzen. Und danach immer wieder, unzählige Male am Tag. Wenn ich in der Küche arbeiten würde, wäre es nicht so schlimm. Aber im Harem ... vor allem, weil ich meine eigenen Frauen schon so lange nicht mehr gesehen habe. Bruder, ich weiß nicht, wie ich das überleben soll. O nein ...« Einmal mehr runzelt er die Stirn und umklammert mit riesigen braunen Händen seine Fußgelenke. »Schnell, rede mit mir wieder über das Essen.«

Ich leiste seiner Bitte Folge, und so wechseln wir zwischen richtiger Konversation und improvisiertem Geschwätz über die *Cuisine* unserer Heimatländer hin und her, bis wir beide vor Lachen einen Schluckauf bekommen. Als es an der Zeit ist, wieder aufzusitzen, erkenne ich, dass ich in dem niedergeschlagenen Koloss einen Freund gefunden habe, den ersten Mann seit vier Jahren, der zu meinem Herzen vorgedrungen ist.

Seitdem reisen wir zusammen, ich hoch zu Pferd auf meinem sanftmütigen weißen Hengst, er zu Fuß an meiner Seite, seine langbeinige Mähre am Zügel führend (ich muss euch wohl kaum daran erinnern, dass seine arme Wunde sich durch den Reitersitz entzünden würde). Auf diese Weise befinden sich unsere Häupter auf gleicher Höhe, was uns ausreichend Gelegenheit gibt, unsere Vertrautheit zu vertiefen.

Anscheinend geriet er während eines Stammeskrieges in seiner nubischen Heimat in Gefangenschaft, wurde verschnürt wie ein monströses Huhn und an einen Berberhändler verkauft, zusammen mit einem mürrischen Dromedar, das ihn durch die Wüste nach Marrakesch trug. Dort wurde er poliert wie bestes Ebenholz und an die Schwarze Garde weiterverkauft. Dieses Bataillon, genannt *Buchari*, ist die Privatarmee des Sultans: zehntausend wilde Stammeskrieger, dunkel wie Torfziegel und standhaft wie Eichen. Er hält sich diese Männer aus denselben Gründen, aus denen sich ein Gutsherr Hofhunde hält – damit sie sein Haus bewachen und seine Feinde anfallen. Überdies verwendet er sie auch zur Zucht, wählt aus einer Laune heraus einige Hundert von ihnen aus und paart sie mit den stämmigsten Sklavinnen, die seine Kuppler finden können. Die riesenhaften Welpen, die aus diesen Verbindungen hervorgehen, werden in die Armee aufgenommen und so erzogen, dass sie nichts anderes kennen als Reiten und Kämpfen.

Wie konnte sich also, höre ich Euch fragen, ein stolzes Mitglied der *Buchari* in den schwermütigen Wallach verwandeln, der nun neben mir einhertrottet? Es geschah eines Morgens gegen Ende März, als der Sultan die *Buchari* zu sich befahl, um einige Krieger zur Zucht auszuwählen. »Er trabte mit seinem

Pferd die Reihen entlang und musterte uns vom Sattel aus, während die Schirmträger ihm nachhasteten, um sein Gesicht zu beschatten. Dann blieb er plötzlich stehen – ich weiß nicht mehr, warum –, und sie rannten gegen sein Pferd.«

Als Lungile dies erzählte, schloss ich die Augen und ließ meinen Kopf nach vorn in die Mähne meines Rosses sinken. Die Szene stand mir klar vor Augen: Die Königlichen Sonnenschirme fallen mit verhedderten Speichen zu Boden, der Königliche Hengst bäumt sich auf und trampelt über die umherrollenden grünen Turbane, die Königliche Hoheit rutscht nach hinten, über den Schweif und von ihrem Pferd.

»Niemand hat gelacht. Aber das hat auch nichts genutzt. Er stieg wieder auf und befahl uns niederzuknien. Ich fiel auf die Knie so schnell ich konnte. Aber das war offenbar nicht schnell genug. Vielleicht war ich ja auch selbst auf Knien einfach noch zu groß. Was auch immer der Grund gewesen sein mag, ihm genügte er, um nach den *Tabibs* zu schicken.«

Ich bemerkte, dass sich Lungiles Nackenmuskeln anspannten. »Er hat alles mit angesehen«, stieß er zwischen den Zähnen hervor. »Die Schnitte selbst und auch die Behandlung danach, als sie dieses brennende schwarze Zeug auftrugen. Er wollte, dass ich um Gnade bettele, aber ich biss mir auf die Zunge, um nicht zu schreien, denn er sollte nicht merken, wie schlimm die Schmerzen waren.« Lungile straffte für einen Moment die Schultern, fiel dann jedoch wieder in sich zusammen. »Weißt du, Fidschil, manchmal frage ich mich, was geschehen wäre, wenn ich mich auf den Bauch geworfen und gejault hätte wie ein geprügelter Hund. Vielleicht hätte er die anderen dann verschont.«

Das, geschätzter Leser, ist also der Herrscher, der Haremsstuten ohnmächtig darniedersinken lässt. Wenn Ihr ihm begegnen würdet, hieltet Ihr ihn gewiss für den edelmütigsten Mann auf Erden. Doch unser aller Leben ist von seinem Gutdünken abhängig.

11

Am folgenden Morgen öffnete die fettleibige Matrone nicht lange nach Sonnenaufgang ihr Geschäft. Während Helen und die anderen Mädchen noch frühstückten, wogte sie in Schichten gestreifter Seide aus ihrem Privatgemach und sprenkelte Duftwasser über den frisch gefegten Innenhof. Dann zog sie sich in den Schatten eines Baumes zurück und bemalte ihr grobschlächtiges Gesicht, bis eine dicke schwarze Linie ihre buschigen Augenbrauen miteinander verband, ihre Knopfaugen schwarz umrahmt waren und sich auf jeder Wange ein ordentlicher roter Kreis befand.

Als sie fertig war, nickte sie den drei braunhäutigen Frauen zu, die die schottischen Gefangenen daraufhin mit Ohrfeigen zum Schweigen brachten und sie zusammen mit der Schar kleiner einheimischer Mädchen in einen der Räume mit Vorhang trieben. Fliegen summten träge über ihnen durch die warme Luft. Die Mädchen drängten sich in dem dämmrigen Gelass und lauschten angestrengt, um in Erfahrung zu bringen, was draußen auf dem sonnigen Hof vor sich ging.

Schon bald ließ sich ein gewisses Muster erkennen: ein Klopfen an der Außentür, gefolgt von einem kurzen, leisen Wortwechsel, dann das Knirschen von Riegeln, die zurückgeschoben wurden, um jemandem Einlass zu gewähren. Als Nächstes wurde Tee zubereitet. Helen konnte hören, wie Stücke aus dem Zuckerhut gehackt und Tassen klirrend auf ein Messingtablett gestellt wurden. Wenn der Tee fertig war, wuchtete die Matrone ihre massige Gestalt mit dem Tablett am Vorhang vorbei in den Raum mit den Mädchen, die dort im Halbdunkel auf dem

Boden kauerten. Während ihr Blick über die ihr zugewandten Gesichter schweifte, überlegte sie einen Moment lang, bevor sie eines der Mädchen auf die Füße zog, damit es das Tablett hinaus zu ihrem Gast brachte. Eine halbe Stunde später zeigte das erneute Knirschen der Riegel an, dass der Besucher verabschiedet wurde. Dann begann der Ablauf von neuem.

Anfangs wurden nur die einheimischen Mädchen ausgewählt, die jedes Mal vor Aufregung zappelten, wenn eines von ihnen hinaus ins Sonnenlicht entschwand. Nachdem drei fort waren, fiel Helen auf, dass keines von ihnen zurückgekehrt war. Sie starrte die verbleibenden Mädchen an, doch sie wirkten nicht ängstlich, sondern so, als hätten sie sich mit ihrem Schicksal abgefunden. Also machte sie eine der braunhäutigen Frauen auf sich aufmerksam, zeigte auf die kleinen Mädchen, zog fragend die Augenbrauen hoch und bewegte die Hände, als würde sie den Boden scheuern. Würden sie als Dienstmädchen arbeiten?

Die braune Frau stieß ein bellendes Lachen aus und zuckte mit ihren fleischigen Schultern. Dann vollführte sie eine Reihe unmissverständlicher, runder Gesten mit beiden Händen. Sie sollten Kinder gebären, besagten die Gesten, und zwar so viele wie möglich.

Die Schottinnen sahen einander entsetzt an. »Aber sie sind doch selbst noch Kinder«, flüsterte Helen Betty ins Ohr. »Besser eine kleine Ehefrau als eine kleine Hure«, flüsterte diese zurück. Dennoch schauderte beiden bei der Vorstellung, dass sich der Körper eines erwachsenen Mannes auf eines dieser pummeligen kleinen Mädchen wälzte. Welche Sorte Mann konnte ein kleines Mädchen zur Frau wollen?

Erst am nächsten Morgen beorderte die Matrone die ersten schottischen Mädchen hinaus ins Licht des Hofes. Sie wählte jene beiden, deren Zahnlücken sie bei der ersten Musterung so erzürnt hatten. Angsterfüllt klammerten sich die Mädchen an Helen und die anderen. Doch die braunhäutigen Frauen, offenkundig gewöhnt an diese Art von Reaktion, hielten ihnen seelenruhig die Münder zu und zerrten sie an den Haaren auf die Beine. Ein paar kräftige Kniffe, und schon traten die beiden widerstandslos durch den Vorhang nach draußen.

Helen reckte den Hals und versuchte, einen Blick auf die Männer zu erhaschen, zu denen sie geführt wurden, doch der Vorhang fiel zu, ehe sie irgendetwas sehen konnte. Sie zupfte eine der Frauen am Ärmel und machte die Gesten, die jene zuvor benutzt hatte und die »Kinder gebären« bedeuteten. Die Frau kicherte und schüttelte den Kopf. Dann bildete sie mit dem Daumen und Zeigefinger der einen Hand einen Kreis und stieß den Zeigefinger der anderen Hand mehrmals hinein.

Am folgenden Tag wurden zwei weitere schottische Mädchen zusammen verkauft, dann weniger als eine Stunde später Betty und schließlich die beiden blonden Schwestern. Bereits mitten am Vormittag war Helen die einzige verbliebene Schottin.

Sie saß in dem dämmrigen Raum, den Rücken an die Wand gelehnt und die Arme um ihre Knie geschlungen. Sie war nun ganz allein. Der Gedanke schloss sich wie ein eiserner Ring um ihre Brust, bis sie einige Male leise keuchend nach Luft schnappte.

Eines der kleinen Mädchen strich ihr über den Arm und schob ihr eine Schüssel mit süß duftenden, roten Früchten hin. Doch Helen starrte nur vor sich hin. Im unteren Teil des weißen Vorhangs befand sich ein winziges Loch, auf das sich ihr Blick wie gebannt richtete. Betty war fort. Schon jetzt vermisste sie ihr Geplapper und ihr Grinsen, bei dem die Hasenzähne noch deutlicher hervortraten, vermisste das Gefühl, dass sie da war. Durch das Loch erspähte sie auf der anderen Seite des Innenhofs ein Blatt. Jedes Mal, wenn sich der Vorhang bewegte, sah sie ein anderes Stück des dazugehörigen Strauches.

Sie versuchte herauszufinden, um welche Sorte von Pflanze es sich handelte.

Bald würde irgendein Mann kommen und sie mitnehmen, vielleicht zu einem Hurenhaus in der Nähe des Hafens. Und dann? Helen mühte sich, die Bilder zu verdrängen, die vor ihrem geistigen Auge erstanden: Bilder von rauen Bärten und schwarzen Zähnen, feuchten Zungen und heißem Fleisch, das sich in sie bohrte …

Da – ein rosafarbenes Aufblitzen. Es war ein Rosenstrauch.

Plötzlich erstarrte sie. Erneut wurden die Riegel zurückgezogen. Helen hörte die Matrone einen Willkommensgruß brabbeln. Dann bemerkte sie, dass die braunhäutigen Frauen, die auf ihrer Seite neben dem Vorhang standen, in helle Aufregung geraten waren. Sie setzte sich aufrecht hin und betrachtete forschend ihre Gesichter. Einen Augenblick später teilte sich der Vorhang und die Matrone erschien. Sie war hochrot angelaufen und tupfte sich Rinnsale von Schweiß von den Wangen. Das Tuch in ihrer fleischigen Hand zitterte.

Eine Flut gezischter Befehle ließ eine der Frauen davoneilen. Kurz darauf kam sie mit dem violetten Kleid zurück.

Angst schnürte Helen die Kehle zu, und sie schlang die Arme noch fester um ihren Leib. Dann schoss ihr ein Gedanke durch den Kopf: Warum wurde sie anders gekleidet als die anderen? Sie wagte kaum zu hoffen, zog aber dennoch eine der braunhäutigen Frauen am Ärmel und machte das Zeichen für »Kinder bekommen«. Die Frau nickte unwillig und warf ihr einen vernichtenden Blick zu, der besagte: Wer würde sich mit einer Hure schon so viel Mühe geben?

Fünf Minuten später trat Helen hinter dem Vorhang vor. Unversehens spürte sie die Hitze der Sonne auf ihrem Scheitel, und Schweißperlen bildeten sich auf ihrer Oberlippe. Sie blickte an sich hinunter. Das prächtige Zelt aus violetter Seide schwang um ihre enthaarten Beine, das enge Mieder erbebte im Takt ihres pochenden Herzens. Während sie in den steifen, spitz zulaufenden Pantoffeln, die man ihr gegeben hatte, unbeholfen über den Hof schlurfte, starrte sie den Gestalten entgegen, die im Schatten des Baumes warteten, und versuchte, ihren zukünftigen Ehemann auszumachen.

Doch dort waren keine Männer. Nur eine alte Frau und ein hässlicher kleiner Knabe von ungefähr sieben Jahren, der ein langes weißes Hemd und bauschige Hosen trug. Helen runzelte verdutzt die Stirn. Vielleicht war die Mutter des Jungen gestorben, und sein Vater wollte es ihm überlassen, sich eine neue Mutter auszusuchen.

Der Junge rappelte sich hoch, zog mit Schwung seinen roten Hut und verbeugte sich in ihre Richtung. Dann lief er auf seinen krummen Beinchen munter auf sie zu, wobei er merkwürdig schwankte. Da erkannte sie, dass sie keinen Knaben vor sich hatte, sondern einen Mann. Aber einen Mann, wie sie ihn noch nie zuvor gesehen hatte, mit einem eingedrückten Gesicht, einer aufgeblähten Stirn und winzigen, geschrumpften Gliedmaßen.

Er blieb vor ihr stehen und streckte seine schmale, knochige Hand nach ihr aus. Sein unförmiger Kopf reichte bis an Helens Oberschenkel. Starr vor Schrecken sah sie zu ihm hinunter, während er ihre Hand nahm und sein fratzenhaftes Gesicht darauf zu bewegte. Seine Augen waren geschlossen, und seine rotblonden Wimpern zitterten leicht, als er mit seinen Lippen sanft Helens Fingerspitzen berührte.

Zweiter Teil

12

Salee, 2. Juli 1769

Ach, ich bin getroffen! Atemlosigkeit lässt mein Herz schneller klopfen und das Pergament auf meinem Schoß rascheln. Ich hätte das Sumpffieber im Verdacht, wenn diese Zuckungen nicht eher wohlig wären. Es ist, als seien meine Sinne geschält worden wie eine Rebe dunkler Trauben, sodass sie nun den zitternden, feuchten Nasen einer Meute von Beagles gleichen.

Wie aus heiterem Himmel überfiel es mich heute in Madame Jasmines Etablissement. Wir waren dorthin dem Gerücht gefolgt, es sei die Quelle für die neuen hellhäutigen Huren in Salees *Salons des Diversions*. Die alte Malia und ich verspürten eine wachsende Unruhe, *vous comprenez*. Denn obwohl wir erlesene Leckerbissen in vielerlei verschiedenen Farben für den Gaumen des Sultans gesammelt hatten, fehlte uns doch noch eine süße, blasse Zutat. Und seine Hoheit hätten das Gericht zweifellos für fade erachtet, wenn unser Rezept nicht die Hefe einer hellen Haut enthalten hätte (denn nichts treibt seinen Teig schneller in die Höhe).

Wir klopfen also an, und *La Jasmine* geleitet uns hinein, wobei sie uns zum Empfang geradezu mit einer Dunstglocke aus Weihrauch erstickt, um uns unmittelbar danach mit Orangenwasser zu übergießen, als hätten unsere Gewänder durch den Rauch tatsächlich Feuer gefangen. Dann verfällt sie auf der Stelle in ein großes Geschwafel über die junge französische Gräfin, die sie für den Sultan aufgespart hat, nennt einen absurden Preis und befiehlt ihren Amazonen, die Ware herauszureichen.

Und plötzlich ist sie da, wogt linkisch heran wie eine Glockenblume, herausgeputzt in einem grässlichen violetten Kleid, das *La Jasmine* bei einer hohlköpfigen Näherin aus dem jüdischen Viertel in Auftrag gegeben haben muss. Ich beobachte, wie sie vorwärts schlappt in jenen spitzen, roten Pantoffeln, die hier alle Frauen tragen, wie sie das scheußliche Kleid mit den Händen glatt streicht, und spüre in meiner Kehle eine schmerzende Zärtlichkeit aufsteigen, von der ich geschworen hatte, dass ich sie niemals wieder fühlen würde.

Anfangs sah sie mich gar nicht oder war vielmehr geblendet – zuerst von der Sonne, die sie blinzeln ließ wie ein verwirrtes Neugeborenes, dann von ihrer Erwartung, einen hoch gewachsenen, bärtigen Mauren vorzufinden. Schon da muss ich sie geliebt haben, denn ich sprang auf und verneigte mich so tief wie ein geschniegelter Engländer, machte Männchen wie ein dummes Schoßhündchen, um sie zu belustigen.

Natürlich war es vergebens, mein erbärmliches, hündisches Getue. Sie schauderte bereits, noch bevor ich den Hof überquert hatte, und als ich sie auf die höfliche Weise der Mauren begrüßen wollte, war ihr Antlitz dermaßen von Abscheu erfüllt, dass ich meine Augen schließen musste.

Währenddessen füllte Madame Jasmine die Luft mit ihrem Geplapper, entschuldigte sich für die schmale Taille der Gräfin, behauptete, eine solche Figur sei in Frankreich die neueste Mode, und so weiter und so weiter. Doch sobald ich die Hand des Mädchens berührt hatte, wusste ich, dass dies keine weiche, schlaffe Adelspfote war. Ich hatte die Hand einer arbeitenden Maid vor mir, mit kräftigen Fingern, abgebrochenen Nägeln und dunklen Schatten auf den Knöcheln, wo sich der Schmutz in den Poren festsetzt.

Dann hörte ich sie einige wenige Worte sprechen, da sie versuchte, sich mit einem der finster blickenden Weiber an ihrer Seite zu verständigen. Ich fürchtete wahrlich, das Herz müsse mir zerspringen! Denn hier waren sie, die langen Vokale und kurzen Konsonanten meiner Heimat. Ich hätte diesen Teint, diese Haarfarbe eigentlich auf der Stelle wiedererkennen müssen, denn keine andere Nation hat – so glaube ich – jemals diese besondere Kombination von Haar und Haut hervorgebracht: eine Mischung aus roten und goldenen Strähnen, die sich kraftvoll wellen, ohne derb zu wirken, und eine Haut wie Buttermilch, gesprenkelt mit zimtfarbenen Sommersprossen, die inzwischen leider gänzlich aus der Mode geraten sind.

Peggy Doig hatte genau dieselbe Haar- und Hautfarbe, und wenn ich nun darüber nachdenke, hat sich der Panzer meines kleinen Krebsherzens womöglich gerade deswegen geöffnet. Denn war die arme Peggy nicht mein erster Schatz? Und sind wir Menschen nicht Gewohnheitstiere, sodass jenes, was den Knaben reizt, auch den Mann in Wallung bringt? Warum sonst wären wir so vernarrt in die Brüste einer Frau, wenn der Zweck unserer Gelüste unsere Aufmerksamkeit doch tiefer lenken müsste? Wir sind nichts als verwaiste Lämmer, die Milch aus einer Schweineblase saugen, getäuscht von dem Stückchen Schafwolle, welches man darum gewickelt hat.

Die Wolle, die mich zum Narren hält, ist womöglich dieses schottische Goldhaar, obgleich ich gestehen muss, niemals in den ersehnten Genuss des Saugens gekommen zu sein. Denn zu der Zeit, als ich die hübsche Peggy traf, war sie im achten Monat und dermaßen verliebt in meinen Bruder James, der ihren Bauch zu verantworten hatte, dass sie den brünstigen Krebs kaum bemerkte, der seufzend zu ihren Füßen umherkrabbelte.

Sie war blind – ebenso blind wie nun dies fremde Mädchen – für den empfindsamen Mann, der in der Haut dieses Gnomes steckt. Was ist ein Körper anderes als eine Hülle für den Geist? Und wenn wir für den Akt der Liebe unsere Kleider ablegen, hoffen wir dann nicht auch, für ein paar kostbare Momente die fleischliche Barriere zu überwinden, die unsere Geister voneinander trennt?

3. Juli 1769

Das Mädchen schläft. Ich habe gerade eben einen Blick in ihre Kammer geworfen und sie leise schnarchend direkt an der Wand liegen sehen, abseits von den anderen. Der Aufenthalt in Malias Gemach heute Morgen scheint ihr nicht geschadet zu haben, auch wenn der Gedanke daran, wie sich die grausige Klaue in ihr rosiges Fleisch bohrt, für mich kaum zu ertragen war.

Ich bat die weise Alte, das Mädchen zu verschonen, doch sie blieb unnachgiebig und wies mich darauf hin, dass die Maid ein Kind unter dem Herzen trüge. »Wenn du willst, dass die *Bint* mit uns kommt, muss ich das Kind des anderen Mannes entfernen«, sagt sie knapp und richtet neugierig ihre hellwachen Augen auf mich. Zweifellos wundert sie sich über meine plötzliche Besorgnis. »Aber ich werde vorsichtig sein, das verspreche ich. Der Schmerz vergeht schnell wieder.« Dann klopft sie mir mit ihrer dürren Hand auf den Rücken und schlurft davon, um das arme Mädchen zu holen.

Vor Angst breche ich beinahe meinen Vorsatz, meine schottische Herkunft geheim zu halten. Ich habe den Plan gefasst, mich als Mauren auszugeben, bis sie sich an mein Äußeres gewöhnt hat. Es wäre zu früh, ihr jetzt die Wahrheit zu sagen. Noch erschrecke ich sie zu sehr. Später vielleicht, wenn mein Anblick ihr nicht mehr zuwider ist, werde ich sie damit überraschen, dass wir eine gemeinsame Heimat haben, und zu hoffen wagen, in ihrem Herzen etwas wie Zuneigung zu wecken.

Falls Appetit als Maßstab gelten kann, hat die alte Malia die

Wahrheit gesagt und das Mädchen ist rasch genesen. Ich sah, wie sie beim Abendessen einige gute Hand voll Hammelfleisch verspeiste (das Taubenfleisch lehnte sie allerdings ab, vermutlich deshalb, weil es in dem gallegrünen Argan-Öl getränkt war, das in diesen Breiten so beliebt ist). Sie isst bereits wie eine Einheimische, wühlt gemeinsam mit den anderen in der Schüssel und formt den Couscous mit den Fingern zu kleinen Klumpen, die sie sich in den Mund wirft.

Der Maure verabscheut es, seine Lippen mit den Händen zu berühren, da er der sonderbaren Überzeugung ist, dass dadurch Krankheiten hervorgerufen werden – indem unsichtbare Substanzen von der Hand in den Mund gelangen. Daher besteht er geradezu besessen darauf, zwischen den Aufgaben seiner beiden Hände zu unterscheiden. Die Linke ist für *les matières merdes* reserviert, die Rechte für alles Übrige (Allah besitzt natürlich zwei rechte Hände).

Der Maure sitzt also beim Essen seitlich vor dem großen Teller, den sich alle teilen, und kämpft rechtshändig mit Fischgräten und Muskelmagenknorpeln, während seine Linke nutzlos herabhängt. Bei älteren Mauren kann man sogar eine deutliche Verkümmerung des linken Armes erkennen, die von ständiger Vernachlässigung rührt, sowie eine Art Versteinerung der linken Hand zu einem tassenförmigen Gebilde, da sie mit dieser das Wasser schöpfen, mit dem sie ihre unteren Regionen säubern. Ja, sie sind ein äußerst reinliches Volk und waschen sich so häufig und inbrünstig, wie Ihr Euch wahrscheinlich an einem gewöhnlichen Tag bekreuzigt. Seid dessen versichert: Wie befleckt die Seele eines Mauren auch sein mag, sein Hinterteil wird sauber sein, wenn er vor seinen Schöpfer tritt.

Ich frage mich, von wem sie das Kind hat. Von einem ergrauten Korsar (Gütiger Gott, hoffentlich nicht), einer Schar von Korsaren, die sich abwechselten? Nein, beruhige dich, mein Herz. Malia hätte etwas gesagt, wenn sie auf diese Weise missbraucht worden wäre, hätte von Kratzern oder Wunden berichtet. Also ein Kind der Liebe, von einem verlorenen Liebsten. Wie lange wird er in ihrem Herzen wohnen? Wie lange, bis sie mich ohne Widerwillen wird ansehen können?

Welch seltsamer Zauber die Liebe ist! Auf dem Weg zum Abendessen ertappte ich mich dabei, wie ich im Garten des Statthalters einen gewöhnlichen weißen Hibiskus anstarrte und seine Leuchtkraft inmitten der blauen Dämmerung bestaunte. Ich glaube, ich könnte ewig geduldig sein, solange diese Freude jede einzelne Minute mit neuer Wahrnehmungskraft würzt.

13

Das Klack-Klock der Maultierhufe auf dem Pfad wirkte einschläfernd. Helens Kopf unter dem weißen Kattun sank nach vorn, und die Augen fielen ihr immer wieder zu. Der Umhang schien die Hitze noch zu vergrößern, saugte sie durch den Stoff in sich hinein und staute sie. Schweiß rann aus Helens Achselhöhlen, zwischen ihren Brüsten und in ihren Kniekehlen.

Sie hatte es aufgegeben, die vorüberziehende Landschaft zu betrachten. Wenn sie den Umhang so offen hielt, dass nur ihre Augen zu sehen waren – wie es ihr befohlen worden war –, schmerzten ihr nach kurzer Zeit die Arme. Es war leichter, die Seiten wie Vorhänge über das Gesicht zu ziehen und es dabei zu belassen. Und es war tröstlich, für eine Weile blind zu sein, auf dem Maultier durchgerüttelt zu werden, ohne zu wissen, wohin die Reise ging, verborgen vor den Augen, von denen sie seit ihrer Gefangennahme ständig angestarrt worden war.

Eingehüllt in diesen *Haik*, wie der Umhang offenbar genannt wurde, war sie so gut wie hilflos. Wenn sie hinaussehen wollte, benötigte sie beide Hände, um den Stoff so zu halten, dass der schmale Schlitz entstand, den die Bewacher ihr erlaubten. Doch dann konnte sie nichts *tun*, denn wenn sie mit einer Hand losließ, fielen die Falten in sich zusammen und versperrten ihr erneut die Sicht. Da jede Verrichtung einen endlosen Kampf mit dem *Haik* mit sich brachte, hatte sie schon bald die Lust verloren, etwas zu trinken, Dinge zu berühren oder zu versuchen, mit jemandem zu reden. Doch nach ein paar Stunden des Nichtstuns und Nichtsehens begann ihr ganzer Körper schläfrig in sich zusammenzusacken, und ihr

Interesse an der Außenwelt stumpfte ab, bis sie sich nur noch der stickigen, kleinen Welt im Inneren des *Haiks* bewusst war: der feuchten Bluse, die an ihrem Rücken klebte, der Krämpfe ihres leeren Schoßes, des rostigen Geruchs ihres Blutes auf dem Stück Tuch, das die alte Frau ihr gegeben hatte.

»Das Kind ist tot«, flüsterte sie und wartete darauf, dass ihr die Trauer einen Stich versetzte. Doch sie verspürte lediglich Erleichterung. Und die Schmerzen waren erträglich gewesen, sobald sie verstanden hatte, was die alte Hexe tat. »Hol es einfach nur aus mir heraus«, hatte Helen durch zusammengebissene Zähne gemurmelt, während die knotigen Hände ihre Knie auseinander drückten. Eine Minute der Qual, dann war es überstanden. Kurz darauf hatten die Krämpfe begonnen. Nun, da das Kind weg war, würde vielleicht auch alles andere endlich vergessen sein – der sabbernde Proviantmeister, die gierig fressenden Möwen, der Gestank nach Durchfall und Tod. Das war damals gewesen. *Es* war damals gewesen. Diese Reise, dieser langsame, heiße Ritt, das war heute.

Helens Maultier stolperte unversehens, und sie klammerte sich schnell an seine Mähne. Ein Windstoß peitschte die losen Enden ihres *Haiks* empor und schleuderte sie ihr über die Schultern. Sie spürte kurz einen kühlen Luftzug an ihrer Kehle und konnte einen Blick auf die Maultierkolonne werfen, die sich mit ihrer Ladung weiß verhüllter Gestalten vor ihr erstreckte. Sie sah auch die braunen Riesen, die auf ihren schwarzen Hengsten gemächlich nebenher trabten. Von Horizont zu Horizont dehnte sich ein Wald aus baumhohem Wiesenkerbel, und gigantische weiße Hyazinthen ragten zwanzig Fuß hoch aus Büschen mit schwertförmigen Blättern. War denn in diesem Land alles übermäßig groß? Dann wendete einer der Riesen plötzlich sein Pferd und bedeutete ihr, sich zu bedecken. Das Ross schnaubte. Fetzen von Schaum stoben durch das gleißende Licht, während Helen den flatternden Umhang wieder über ihr Gesicht zog. Sie kehrte in ihr weißes Zelt zurück und atmete wieder die Gerüche ihres eigenen Körpers ein.

Eine, vielleicht auch zwei oder drei Stunden später hielt die Kavalkade an. Helen raffte den Stoff zu einem Spalt und spähte hinaus. Sie hatten eine Art Siedlung erreicht. Ungefähr dreißig Zelte aus Tierhäuten standen innerhalb eines Distelzaunes. In einem der niedrigen Eingänge erhob sich gerade ein sehniger alter Mann, der einen Kranz aus schmuddeligem Tuch um den Kopf trug. Er wurde von drei steifbeinigen Hunden begleitet, die erst bellten und dann vor ihm auf den Bäuchen krochen, weil er unter seinem dreckigen weißen Kleid flüchtig nach ihnen trat. Warum kleideten sich hier alle Männer wie Frauen? Schon bald krabbelten immer mehr Menschen aus den Zelten: nackte Kinder mit geschorenen Köpfen und staubigen Bäuchen, eine halb blinde Großmutter, die sich mit ihrem Arm die Nase putzte, und jüngere Frauen in rauen, wollenen *Haiks*.

Als Helen hinter sich das hohle Stampfen großer Hufe hörte, drehte sie sich um und sah den Zwerg, der sie gekauft hatte, auf seinem gewaltigen weißen Hengst herangaloppieren. Er blieb vor dem alten Mann stehen, glitt aus dem Sattel, verbeugte sich höflich und wies dabei mit seinem kurzen Ärmchen auf die Reihe von Maultieren. Die Furcht im Gesicht des Alten wich einem Lächeln. Langsam krümmte er seinen steifen Körper und sank vor den kleinen Füßen seines Besuchers nieder. Der Zwerg muss eine Art Gutsherr sein, dachte Helen, während sie beobachtete, wie er dem Alten freundlich wieder auf die Beine half. Hatte er deshalb so viele Frauen?

Sie glaubte, dass er »Fidschil« hieß, war sich jedoch nicht sicher, denn sobald er das Wort ausgesprochen und sich dabei auf den breiten Brustkorb geschlagen hatte, als wolle er sich ihr vorstellen, waren die anderen Frauen in Kichern ausgebrochen. Sie kicherten viel, wenn er in der Nähe war, selbst dann, wenn er sie zu beschimpfen schien. Würde er es auch mit ihr machen? Helens Nacken verkrampfte sich bei dem Gedanken, seine dünnen O-Beine könnten auf ihr liegen, seine Kinderhände nach ihren Brüsten grabschen.

Alle saßen ab, also rutschte auch Helen hinab auf den Boden und wurde gleich darauf zu einem der Zelte geführt. Sie kroch durch die Öffnung in das dunkle, verräucherte Zeltinnere, in dessen Mitte ein kleines Feuer brannte. In einer Ecke kniete ein junges, bis zur Hüfte nacktes Mädchen vor einer großen Tonschale und aß bräunliche Klumpen, die aussahen wie Haferbrei. Neben ihr hockten vier ältere, ebenfalls halb nackte Frauen, deren Leiber rußverschmiert waren und nach saurem Schweiß rochen. Sie rückten ein Stück zur Seite, um Platz für Helen zu machen, halfen ihr dabei, den *Haik* abzustreifen, und reichten ihr dann eine Schüssel mit Wasser, in der sie sich waschen sollte. Als sie fertig war, klopften die Frauen auf die Strohmatte neben dem jungen Mädchen und zeigten auf den Berg von Nahrung, der sich in der Schale türmte.

Verglichen mit dem starken, würzigen Geschmack all der anderen Speisen, die Helen bisher gekostet hatte, schmeckten die braunen Brocken mild und süß. Sie aß hungrig und zeigte ihre Dankbarkeit mit einem Lächeln. Die Frauen grinsten zurück, bedeuteten ihr mit einem Nicken weiterzuessen und sahen dabei beifällig zu dem Mädchen an ihrer Seite, das mit ausdruckslosem Gesicht unentwegt kaute und immer wieder in die Schale griff, als sei es in Trance. Es war sehr dick und hatte rundliche kleine Brüste, die auf Fleischwülsten mit der Farbe ungekochter Würste auflagen. Helen nahm noch eine Hand voll der braunen Masse und fragte sich, warum nur sie beide etwas aßen. Der Eifer der älteren Frauen beunruhigte sie.

Sie lehnte sich zurück, um zu zeigen, dass sie satt war, doch die Frauen schoben die Schale wieder näher an sie heran und schlugen sich klatschend auf ihre eigenen schwabbeligen Bäuche. Helen schüttelte den Kopf und erklärte durch Gebärden, dass sie genug hatte, doch sie griffen nach ihrem Arm und führten ihn zu der Schale. Also steckte sie sich eine weitere Hand voll in den Mund, obwohl ihr langsam übel wurde. Hatte der Zwerg sie an den alten Mann verkauft? Bekam sie deshalb besondere Speisen? Wenn sie nun aus dem Zelt trat – würde die Maultierkolonne fort sein, würden nur noch Hufabdrücke und Dunghaufen anzeigen, dass sie hier Rast gemacht hatte?

Schweiß prickelte auf ihrer Stirn. Auch wenn sie keine Ahnung hatte, wohin sie ritten, auch wenn sie die Vorstellung hasste, womöglich den Zwerg heiraten zu müssen, hatte die Reise bisher etwas Hoffnungsvolles an sich gehabt. Die meisten der anderen Mädchen wirkten aufgeregt, sogar glücklich über das, was vor ihnen lag. Es hatte viel anzügliches Augenrollen und stürmisches Gelächter unter denjenigen gegeben, die dieselbe Sprache sprachen, außerdem gutes Essen im Überfluss, wo immer die Kolonne anhielt, und feine Gewänder für jede von ihnen.

Helen betrachtete die feisten Frauen in dem verrauchten Zelt. Mit ihren fettigen Flechtzöpfen und den fleckigen Röcken sahen sie aus wie ungehobelte Highlander, zudem stank die erbärmliche Behausung nach Ziege. Und das pummelige Mädchen an ihrer Seite schob ihren Kiefer beim Kauen hin und her wie eine Milchkuh.

Kräftige Finger stießen Helens Hand wieder in den körnigen Brei, also stopfte sie sich noch einen Bissen in den Mund, und noch einen, wobei sie sich vorstellte, dass sie nun für immer hier leben würde, und noch einen, den sie sich in den Schlund zwingen musste. Dann hörte sie ein entferntes Wiehern – brachen die anderen bereits auf? Voller Schrecken kroch sie zum Zelteingang.

Hinter ihr ertönten Schreie. Raue Hände packten ihre Fußgelenke, doch sie strampelte sich frei. Sie krabbelte durch den

Eingang und sah im selben Augenblick ein Paar rote Pantoffeln, das ihr eilig durch den Staub entgegenschlappte.

Es war die alte Frau, die dafür gesorgt hatte, dass sie das Kind verlor. Nun ruderte sie mit den Armen, um sie zurückzuscheuchen. Hinter ihr trieben in einiger Entfernung die braunen Riesen die Maultiere in eine Umfriedung. Helen zog den Kopf ein und kroch langsam rückwärts, wieder in das Zelt hinein. Die Alte folgte ihr ärgerlich schnatternd und zeigte auf den *Haik*, den die anderen Frauen in Händen hielten. Da begriff Helen: Sie hatte ihren *Haik* vergessen – deswegen hatten sie versucht, sie aufzuhalten. Sie lachte laut auf und fühlte sich ganz schwach vor Erleichterung. Und dann brach sie plötzlich in Tränen aus.

Als sie erst einmal angefangen hatte, konnte sie nicht mehr aufhören zu weinen. Ihr Kind war tot, Betty war fort, und sie war von Menschen umgeben, die sie nicht verstand. Wogen von Einsamkeit schlugen tosend über ihr zusammen, ließen sie schluchzen und zittern, sich vor und zurück wiegen und die Fäuste in ihrem Bauch vergraben. Die Alte kauerte ruhig neben ihr und legte ihr nach einer Weile ein sauberes Stück Stoff auf die Knie.

Nachdem Helen sich die Nase geputzt und ihre Tränen getrocknet hatte, blickte sie auf und stellte fest, dass die älteren Frauen in ein angeregtes Gespräch vertieft waren. Als sie jedoch bemerkten, dass sie sich wieder gefasst hatte, verstummten sie und trugen eine Schüssel mit heißem Wasser zu ihr. Dann wandten sie sich taktvoll ab, während die Alte ihr half, sich zwischen den Beinen zu waschen, und ihr schließlich ein frisches Tuch gab.

Danach wurde ein Korb mit glänzenden, braunen Früchten herumgereicht, die sie *Balah* nannten. Helen nahm eine und biss vorsichtig hinein. Sie war köstlich, süßer als alles, was sie jemals gegessen hatte. Als sie erneut in den Korb griff, spürte sie den Blick der alten Frau auf sich. Die Alte lächelte und legte ihre Hand auf Helens Bauch. Dann hob sie sie ganz langsam wieder an. »Iss viel, damit du rund wirst«, besagte die Geste. »Bald wird es wieder ein Kind geben.«

Die Blutungen hielten noch fünf Tage lang an. Wann immer Helen in Zukunft Monatsblut roch, würde sie sich stets an diese Reise erinnern: an die heiße, abgestandene Luft unter dem *Haik*, an die vielen verschiedenen Orte, an denen die Kolonne Rast gemacht hatte, an die Schüsseln mit Wasser und all die merkwürdigen Behausungen, in die sie hatte kriechen müssen, um sich zu waschen.

Sie durfte den *Haik* immer erst dann ablegen, wenn sie sich im Inneren eines übel riechenden Zeltes oder in einem durch Vorhänge abgetrennten Raum befand. Abgesehen von dem einen Mal, als ihr der Umhang aus dem Gesicht geweht worden war, hatte sie seit Beginn der Reise nie wirklich frische Luft schöpfen können. Sie hatte sich daran gewöhnt, ständig durch enge Öffnungen zu spähen – Zelteingänge, Luftschlitze, Türgitter. Die Außenwelt hatte sich in etwas Fernes, Traumähnliches verwandelt, in eine Ansammlung von seltsamen Einzelheiten, umrahmt von weißem Kattun, Lehmziegeln oder schwarzem Ziegenleder: eine Frau, die zusammen mit einem Esel vor einen Pflug gespannt war; ein Mann, der auf dem Boden hockte und Hühnern die Kehle durchschnitt; drei riesige Gänse mit Menschenbeinen, die ein ausgetrocknetes Flussbett entlangtrotteten. An einem Tag sah Helen Ziegen auf Bäume klettern, am nächsten eine ganze Herde der großen buckligen Pferde, die sich auf die Knie ließen, um Wasser aus einem grünen Teich zu trinken. Es gab Felder mit etwas, das aussah wie glitzernder, nie schmelzender Schnee, Mauern, die mit blauen Handabdrücken bedeckt waren, Morgen über Morgen voller grüner, mit Dornen übersäter Rüben.

Am Abend des sechsten Tages schüttelte Helen den Kopf, als die alte Frau, die offenbar Malia hieß, ihr ein sauberes Tuch anbot. Mit einem zufriedenen Nicken stopfte die Alte das Stück Stoff zurück in ihren Beutel. Dann griff sie nach Helens Oberarm und drückte ihn, um seine Rundlichkeit zu prüfen. Nachdem sie vorwurfsvoll mit der Zunge geschnalzt hatte, zeigte sie auf einen schmalen Spalt in der Wand, durch den man einige halb nackte, braunhäutige Mädchen erkennen konnte, die Speiseschüsseln in ein lang gestrecktes Lehmhaus trugen.

Helen seufzte. Sie hatte keinen Hunger. Es war viel zu heiß, außerdem klebten ihre Zähne immer noch von den *Balah*-Früchten, die gleich nach der Ankunft aufgetischt worden waren. Sie wusste, dass alle sie für zu dünn hielten, aber sie wollte nicht so aussehen wie die anderen Mädchen mit ihren dicken Handgelenken und den massigen Hälsen. Ein paar von ihnen waren so fett, dass sie noch nicht einmal ohne Hilfe vom Boden aufstehen konnten. Und sie alle hatten denselben watschelnden Gang, schlurften mit wogenden Hinterteilen und aneinander reibenden Schenkeln in ihren Pantoffeln einher. Sie wirkten so weich und schutzlos, diese großen, plumpen Maden: gerade noch fähig, sich fortzubewegen, zu essen und sich die Haare zu kämmen. Als würden sie in ihrem eigenen Fleisch versinken.

Helen und drei andere Mädchen erhielten besondere Kost. Zwei von ihnen schienen krank zu sein – ihre kastanienbraune Haut wirkte trocken und gespannt, und sie zogen ihre *Haiks* selbst in den Unterkünften nur selten aus. Das dritte Mädchen war hoch gewachsen und langgliedrig, hatte schwarze Haare, rastlose blaue Augen und eigenartige, aus dunkelblauen Punkten bestehende Linien auf Nase, Kinn und Hals. Manchmal aßen die vier getrennt von den anderen, meistens servierte man ihnen nach dem Essen noch eine Schüssel mit der braunen, haferbreiähnlichen Masse oder einen schweren Honigkuchen.

An diesem Abend schien es, dass die Frauen alle gemeinsam speisen würden. Helen schlappte mit den anderen in spitzen Pantoffeln in den Raum, schüttelte ihren *Haik* ab und blickte sich suchend nach ihren üblichen Gefährtinnen um. Neben einer kleinen Öllampe am anderen Ende entdeckte sie Nazime, das Mädchen mit den blauen Punkten, und bahnte sich langsam einen Weg durch die schnatternden Frauen, die zu beiden Seiten der überquellenden Schalen auf dem Teppich knieten.

»*Masa el-kher*«, sagte sie und ließ sich neben Nazime nieder. Diese spendete Helens Bemühungen, die einheimische Sprache zu sprechen, Beifall, indem sie in ihre großen Hände klatschte. Dann runzelte sie die Stirn und konzentrierte sich. »Ghuut ii-wör-ning«, stieß sie zögernd hervor, wobei sie das ›G‹ hinten im Rachen raspelte. Sie lächelten einander scheu an, dann ließ Helen ihren Blick über die Berge von Essen schweifen und verzog das Gesicht. Nazime schnitt ebenfalls eine Grimasse, sagte: »*Waja mi'deh*«, und griff sich an den Bauch. Plötzlich setzte sie sich aufrechter hin und nickte in Richtung Tür.

Der Zwerg betrat den Raum, begleitet vom größten der braunen Riesen. Beide trugen blendend weiße Gewänder und unterhielten sich lachend. Der eine reckte dabei den Hals so weit es ging, der andere beugte sich hinunter wie ein Storch zu seinem Küken. Aufgeregtes Geflüster begleitete sie, während sie quer durch das Speisezimmer schritten. Was ging da vor? Die Männer nahmen ihre Mahlzeiten doch üblicherweise mit dem Herrn des jeweiligen Dorfes ein, das die Reisegesellschaft beherbergte!

Als der Zwerg die rückwärtige Wand erreichte, drehte er sich um und hielt inne. Einen Moment lang wirkte er beunruhigt und warf einen schnellen Blick durch den Raum. Doch dann trafen seine Augen auf Helen, und sie bemerkte ein kurzes Aufblitzen – Erleichterung? Genugtuung? – in ihnen, bevor er sie wieder abwandte. Er straffte die Schultern und erhob eine seiner knochigen, kleinen Pfoten. Die Frauen verfielen in ein atemloses, von leisem Gekicher unterbrochenes Schweigen, während er zu sprechen begann.

Was er zu sagen hatte, versetzte seine Zuhörerinnen in Aufruhr. Sie schnappten nach Luft, Röte überzog ihre Gesichter, und im flackernden Licht der Öllampen strahlten ihre Augen. Sie fingen an aufgeregt zu flüstern, dann zu schwatzen und riefen einander schließlich quer über die Schalen und Schüsseln eindringliche Bemerkungen zu. Einige rutschten auf ihren Hinterbacken über den Teppich, um ein paar Plätze weiter fieberhafte Gespräche zu führen. Der Zwerg grinste angesichts des allgemeinen Durcheinanders und stieß den braunen Riesen, der mit gekreuzten Beinen neben ihm saß, in die Seite.

Helen zupfte Nazime am Ärmel. »Was hat er gesagt?«, fragte sie gespannt auf Englisch. Doch Nazime schien ihr gar nicht zuzuhören. Sie hockte steif und mit ineinander verschränkten Händen da, den Blick starr auf eine halb leere Schüssel mit Fleischklößen gerichtet. Helen versuchte es noch einmal, doch als Nazime wieder nicht antwortete, wandte sie sich ungeduldig dem Mädchen an ihrer anderen Seite zu, einem lauten Geschöpf mit gewaltigen Brüsten. »Worum geht es?«, erkundigte sie sich und erhielt eine ganze Reihe von Gebärden zur Antwort, zu denen auch einige der anderen Mädchen ringsum beitrugen. Ein großes Haus mit vielen, vielen Zimmern – sie zeichneten es in die Luft –, schöne Kleider, mehr Schmuck, als sie je zuvor gesehen hatte. Schon bald. Sie würden sich schlafen legen. Am nächsten Morgen weiterreiten. Und vor Sonnenuntergang würden sie das Ziel ihrer Reise erreichen. Dort wartete ein Mann auf sie – ein wichtiger Mann. Beischlaf. Kinder. Bald. Morgen.

Ihre freudige Stimmung war so ansteckend, dass Helen versuchte, ein paar der Wörter nachzusprechen – ›Mann‹, ›Beischlaf‹ und ›bald‹ –, woraufhin die Mädchen lauthals lachten und in die Hände klatschten. Sie begannen, Helen mit kurzen Sätzen auf die Probe zu stellen, nahmen jeden ihrer Versuche, sie nachzusprechen mit stürmischem Beifall auf und berichtigten unermüdlich ihre Aussprache. Dann fiel dem großbusigen Mädchen etwas ein, und es ruderte mit den Armen, um die anderen zum Schweigen zu bringen.

»*La ilaha illa llah wa muhammad rasulu llah*«, sagte sie feierlich und bedeutete Helen mit einem Nicken, ihr nachzusprechen.

Helen zögerte. Die plötzliche Stille beunruhigte sie. Sie blickte sich um. Alle starrten sie an, nickend und lächelnd. Was bedeuteten die Worte? Warum waren sie so wichtig? Ihre Augen flogen zu Nazime, doch diese schien in einen Zustand völliger Abwesenheit geraten zu sein. Helen fühlte den Blick des Zwergs auf sich ruhen und sah zu ihm hinüber. Hatten die Worte womöglich etwas mit ihm zu tun? Würde sie etwas versprechen, wenn sie sie nachsprach? Helen rechnete damit, in seiner Miene wieder diesen Ausdruck von Genugtuung zu finden, aber sein Gesicht lag im Schatten. Das Mädchen mit den großen Brüsten wiederholte den Satz. Die anderen Mädchen lächelten, nickten, warteten, forderten von ihr zu sprechen.

Eine Minute verging, dann ertönte der Satz noch einmal. Immer mehr Frauen verfielen in Schweigen, lächelten auf diese geduldige, ermunternde Weise und warteten darauf, dass Helen die Worte sagte – bis es ihr unmöglich wurde, sich zu verweigern. Sie zuckte mit den Achseln, lächelte und sprach den Satz aus, so gut sie es vermochte. Auf der Stelle brach im gesamten Raum ein Tumult los. Die Frauen klatschten und jubelten, lachten und umarmten einander.

Plötzlich entstand jäh eine andere Art von Aufruhr. Der braune Riese war mit einem Schrei auf die Füße gesprungen und stürzte zur Tür. Helen wirbelte herum und sah gerade noch, wie Nazime in die Nacht hinaushetzte.

Nazime wurde als Strafe für ihren Fluchtversuch geschlagen – auf die Fußsohlen, wo die Wunden nicht zu sehen waren. Helen horchte auf die Schläge und das Ächzen des braunen Riesen, der sie verabreichte. Die Geräusche drangen aus einem Gelass am anderen Ende der Schlafunterkünfte. Nazime jedoch wimmerte noch nicht einmal.

Später, als die anderen Frauen schon längst schliefen, hörte Helen, wie die Riegel der Tür zurückgeschoben wurden, und erkannte für einen Augenblick die Umrisse des Riesen, die sich gegen das Mondlicht abzeichneten. Nazime hing steif in seinen Armen. Er trug sie durch das Zimmer, kniete nieder und legte sie behutsam auf die Matratze neben Helens. Sein Oberkörper war nackt, und Helen roch seinen scharfen Schweiß und sah den Glanz auf seinem feuchten Rücken. Aus der Nähe wirkte er sogar noch gewaltiger. Mit seiner langen, platten Nase, den schräg gestellten Augen und den spitz zugefeilten, schimmernden Zähnen kauerte er über Nazime wie eine riesige schwarze Katze.

Helen hielt den Atem an. Warum ging er nicht? Würde er Nazime Gewalt antun? Die Adern in seinem kräftigen Hals traten deutlich hervor. Immer wieder knetete er seine breiten Hände. Nazime starrte ihm indessen unverwandt in die Augen, als wolle sie ihn warnen, ihr nicht noch einmal wehzutun. Sie blickten einander lange Zeit an, dann drehte er sich plötzlich um und verließ den Raum.

Nachdem er fort war, flüsterte Helen auf Englisch: »Warum hast du das getan?« Nazime seufzte und setzte sich auf. Als ihre geschwollenen Füße die Matratze berührten, zuckte sie vor Schmerz zusammen. Sie presste die Hände auf ihre Brust, dorthin, wo das Herz schlug, und zeigte dann auf die Tür. Als ihr klar wurde, dass Helen sie nicht verstand, kroch sie mühsam hinüber zu einer schmalen Öffnung in der Wand und bedeutete Helen, ihr zu folgen. Helen kniete sich neben sie und spähte hindurch.

Der Vollmond stand hoch am klaren Himmel und tauchte den sandigen Boden und die Lehmgebäude in blaues Licht. Zwei der Riesen drehten gerade ihre Runde und glitten in ihren weißen Gewändern dahin wie Geister. Hinter dem Dorf erstreckte sich spärlich bewachsenes Ödland: Gras, das im Mondschein wogte wie silberner Nebel, verkümmerte Bäume mit winzigen Blättern.

Helen spürte, dass Nazime ungeduldig wurde, und sah genauer hin. Da entdeckte sie die Berge – steile Gipfel füllten den fernen Horizont, die oberen Hänge mit Schnee bedeckt. Und dahinter ragten weitere, noch höhere Berge auf, wie große Wellen mit weißen Schaumkronen, die sich lautlos dem Mond entgegentürmten.

Helen ließ sich auf die Fersen zurücksinken und wandte sich zu Nazime. »Haus?«, fragte sie, wobei sie eines der Wörter benutzte, die sie am Abend gelernt hatte. Nazime nickte und presste sich erneut die Hände auf die Brust. Tränen rannen über ihre Wangen. Das war also der Grund, warum sie versucht hatte fortzulaufen. Sie hatte in der Ferne die Berge gesehen und wollte nach Hause. Sie wusste, dass dies ihre letzte Gelegenheit war, ehe sie ihren Bestimmungsort erreichten.

Auf einmal überlief Helen ein kalter Schauer, und sie begriff. Wenn sie erst einmal an jenem geheimnisvollen Ort voller Pracht und Bequemlichkeit waren, würde es kein Entkommen mehr geben.

14

En route, 10. Juli 1769

Ihr Name lautet Helen! Ich erfuhr ihn heute Abend beim Essen. Wenn ich mich nicht irre, bedeutet er auf Griechisch ›strahlend‹, was kaum passender sein könnte, denn im Schein der Lampen schimmerte ihr Antlitz wie Porzellan, und ihr Haar leuchtete inmitten der dunklen Flechten der anderen wie ein Feuer.

Nachdem ich verkündet hatte, dass wir am folgenden Tag in Marrakesch eintreffen würden, gerieten die Frauen in helle Aufregung und sprudelten lebenden Springbrunnen gleich ihr glucksendes Gekicher hervor. Und sie lehrten Helen einige maurische Wörter, indem sie einander mit den Fingern anstießen, »Fatima«, »Maryam«, »Ayescha« und dergleichen riefen, jede Einzelne beim Namen nannten und begeistert quietschten und klatschten, wenn Helen ihnen die Wörter nachsprach.

Auf diese Weise entlockten sie ihr (zum Entzücken meiner angestrengt lauschenden Ohren) auch ihren Namen und tauschten dann weitere Belanglosigkeiten aus, die Väter, Häuser et cetera betrafen. Doch kurz darauf geschah etwas äußerst Merkwürdiges. Wie als Antwort auf meine heimlichen Gebete rangen die arglosen Mädchen ihr durch Eifer, Geduld und Lächeln das ab, was andernfalls womöglich durch Folter aus ihr herausgepresst worden wäre – ein Bekenntnis zum mohammedanischen Glauben. Ich meine, den Abscheu bereits erwähnt zu haben, den der Maure *Les Infidèles* entgegenbringt. Dieser Abscheu ist so groß, dass der Maure einen räudigen

Sklaven freundlich grüßt (da dieser ebenfalls Mohammedaner ist), an einem mit Edelsteinen geschmückten jüdischen Kaufmann jedoch mit abgewandtem Kopf und angewiderter Miene vorübereilt.

Entledigte sich allerdings eben jener jüdische Kaufmann seiner blauen Kappe und äußerte er dazu noch einige wenige entscheidende Worte, so würde ihm auf der Stelle ein zusammengerollter Gebetsteppich überreicht, er würde mit dem Schnabel gen Osten gedreht und gedrängt, gemeinsam mit seinen Mitgläubigen zu beten. Bei meiner Seele, ein Mann vermag diesen wirren Glauben genauso schnell anzunehmen wie er sich von seiner Gemahlin trennen kann – nein, sogar noch schneller, denn die Gemahlin muss dreimal verstoßen werden, während man sich lediglich einmal zu Allah bekennen muss, um mit ihm vereinigt zu werden.

Helen war die Bedeutung ihrer Erklärung natürlich nicht bewusst, aber Allah pflegt bei solchen Angelegenheiten nicht kleinlich zu sein. Daher wird es ihr erspart bleiben, voller Gewissensbisse ihrem christlichen Glauben abzuschwören, und ich darf sie dem Sultan in der sicheren Gewissheit präsentieren, dass sie sich seinem Gott anheim gegeben hat.

Welch Ironie, dass wir, obwohl wir nun ihren Namen wissen, gezwungen sein werden, ihn wieder zu vergessen! Denn jeder Konvertit muss auf einen mohammedanischen Namen umgetauft werden. Unglückseligerweise ist die Auswahl sehr beschränkt, was insbesondere unter den Sklaven des Sultans für einige Verwirrung sorgt, da diese *en masse* den Namen erhalten, der für das jeweilige Jahr ihres Erwerbs festgelegt wurde – Eurem guten Roten gleich, der das Jahr seiner Abfüllung im Etikett trägt.

Obwohl ich nun in diesem Punkt keine Befürchtungen mehr hegen muss, frage ich mich dennoch, ob Helen an ihrem Glauben festgehalten hätte. Als ich mich vor vier Jahren demselben Dilemma gegenübersah, verleugnete ich Gott den Herrn ohne zu zögern, beruhigt durch das Wissen um seine unendliche Nachsicht. Und konnte auf diese Art vermeiden, auf einen Bratspieß gebunden und über dem Feuer geröstet zu werden wie ein mariniertes Moorhuhn.

Ein Akt der Feigheit, sagt Ihr? Nichtsdestotrotz hält ein ebensolcher Hasenfuß wie ich den Schlüssel zum himmlischen Königreich in Händen. War der heilige Petrus etwa nicht der erbärmlichste aller Feiglinge, da er seinen Herrn nicht nur einmal, sondern ganze drei Mal verleugnete?

Ich bin für meine Feigheit gleichermaßen belohnt worden, denn ist der Harem nicht ein wahrer Micro-Himmel? Und trage ich nicht den Schlüssel zu diesem Himmel an meinem Gürtel? Wenn der heilige Petrus und ich uns also irgendwann in der Zukunft auf einer weichen Wolke begegnen, wird er mir zuzwinkern und mich zu einer Partie Whist einladen, zur Verärgerung jener Narren, die für ihren Glauben gelitten haben. Ich bin sicher, dass unser Guter Hirte nicht viel von Märtyrern hält und in ihrer Aufopferungsfreudigkeit nichts anderes als eine Verspottung seines Geschenks (nämlich des Lebens) sieht. Den Tod zu wählen ist kein Beweis für unerschütterlichen Glauben, sondern für maßlosen Starrsinn.

Unsere Junge Königin Duvia mag als einschlägiges Beispiel dienen. Als das spanische Schiff, auf dem sie reiste, gekapert wurde, war sie erst zehn Jahre alt, und doch weigerte sie sich, ihren papistischen Rosenkranz auszuhändigen. Ich kann mir bildhaft vorstellen, wie sie in ihrer verrutschten Mantilla zusammengekauert auf dem Boden hockte, knurrte wie ein Kätzchen und die kleinen Nüstern blähte. Sie mussten ihr die Finger brechen, einen nach dem anderen, um ihr die Elfenbeinperlen zu entwinden, und dann jedes einzelne Haar aus ihrer Kopfhaut rupfen, bevor sie Allah widerwillig die Treue schwor.

Falls Ihr nun stutzt – ich finde keinen Gefallen an der Folter, obgleich meine Stellung mich manchmal dazu zwingt, im Harem disziplinarische Maßnahmen zu ergreifen. In meinen ersten sechs Monaten war dies unnötig, da ein Echo der Strenge meines Vorgängers durch die Korridore hallte, noch lange nachdem sich auf unerklärliche Weise der Spieß eines *Schwarma kebab* in sein Herz verirrte. Seitdem ich sein Amt übernommen habe, verlasse ich mich eher auf Verunstaltung denn auf Schmerz, da ich bemerkt habe, welche Qualen Frauen um ihrer Schönheit willen zu ertragen bereit sind. Folglich lasse ich Übeltäterinnen die Stirnfransen versengen, die Augenbrauen abrasieren oder die Brüste oder Wangen mit grüner Farbe beflecken. Schon mehrmals haben Frauen in meiner Gegenwart auf Knien um eine gründliche Auspeitschung gebettelt und sich gar erboten, selbst die Geißel oder die *Chabuk* zu holen, um die Schmach eines verfärbten Gesichts abzuwenden.

Dennoch gibt es Gelegenheiten, bei denen eine körperliche Züchtigung erforderlich ist, wie gerade heute Abend bei einem törichten Berbermädchen. Aufgrund der Kratzer in den Gesichtern der kräftigen Verwandten, die sie mir verkauften, hatte ich bereits damit gerechnet, dass sie sich als schwer zu bändigen erweisen würde. In der Tat stehen Berberfrauen überall im Ruf, feurig zu sein wie wilde Füchsinnen in den Bergen ihrer fernen Heimat. Obwohl sie wie ihre Schwestern aus dem Flachland Mohammedanerinnen sind, gehen Berberfrauen unverschleiert, da kaum jemand sie mit ihren Ziegen über die zerklüfteten Felsen springen sieht. Sie haben tätowierte Gesichter, kraftvolle Schenkel und sind für ihre Leidenschaftlichkeit in Liebesdingen berühmt – was auch der Grund ist, warum wir dieses unglückliche Geschöpf erworben haben, im festen Glauben, dass unser Gebieter Geschmack an einer kleinen Prise fleischlichen Cayennepfeffers finden wird.

Nun, just als wir alle uns zu Helens Bekehrung beglückwünschen, springt dieses schwachköpfige Mädchen auf und nimmt Reißaus. Natürlich war ihr Fluchtversuch von vornherein zum Scheitern verurteilt. Lungile holte sie im Handumdrehen ein und schaffte sie in einen leeren Raum. Und dort schlug er sie nach meinen Anweisungen mit einer fünfschwänzigen Katze auf die Fußsohlen und züchtigte ihr hitziges Temperament auf diese Weise in eben jenen Körperteilen, mit denen sie zu fliehen versucht hatte.

Der arme Lungile! Hinterher wirkte er recht niedergeschlagen, setzte sich in eine Ecke und schlang die Arme um seine Knie. In diesen Dingen ist er ungeübt, *vous comprenez*. Darüber hinaus leidet er seit seiner Entmannung unter heftigen Schweißausbrüchen, wie sie reife Frauen erleben, wenn ihre Schöße die Fruchtbarkeit verlieren. Dann durchnässt der Schweiß seinen *Schalwar* und rinnt bis in seine Pantoffeln, sodass sie bei jedem seiner Schritte quatschen und quietschen.

Nachdem er also die besagte Züchtigung vollzogen hat, betritt er unser Gemach, lässt sich schwer auf den Diwan fallen, streckt seine riesigen Hände aus und starrt übellaunig auf jene eigenartig gelben Handflächen, die extrem dunkelhäutigen Menschen zu Eigen sind.

»Was für ein Mann ist das«, stößt er seufzend hervor und wringt dabei den triefnassen Saum seines Hemdes aus, »dessen einzige Aufgabe darin besteht, eines anderen Mannes Frau zu züchtigen?« Er senkt den kahl geschorenen Kopf und stöhnt, denn die Antwort lautet natürlich: ein Eunuch, der kein Mann mehr ist.

Nun schleppe ich dem Sultan also nicht nur ein lahmendes Berbermädchen an, sondern auch noch einen trübsinnigen Eunuchen, ganz zu schweigen von den zwei schlaffen Baganda-Schönheiten, die wir wegen ihrer sagenumwobenen Gelenkigkeit und Agilität *d'amour* erstanden haben (und die, wie es heißt, mit außerordentlich langen *Labien* ausgestattet sind.

Der Sultan hatte diesbezüglich seiner brennenden Neugier Ausdruck verliehen). Doch laut Malia kränkeln die beiden, da sie auf dem Weg zu dem Händler, der sie uns verkaufte, ebenfalls die Neugier zahlreicher unbedeutender Stammesfürsten weckten. Malia pflegt sie natürlich sorgfältig und hat sie der üblichen Mastkur unterworfen, aber sie sind immer noch so dünn und elend wie zwei Köderwürmer in einer Schale und müssen ihren angeborenen Glanz erst wiedererlangen.

Daher muss ich gestehen, dass mich eine leichte Unruhe befällt, wenn ich an unsere morgendliche Ankunft im Palast denke. Denn obwohl ich die Vorlieben des Sultans seit vier Jahren kenne und beobachte, fürchte ich, dass ich ebenso wenig über die Feinheiten seines Geschmackes weiß wie über die exakten Maße der Königlichen Pantoffeln. Und genau darin liegt der Quell meiner Besorgnis, denn es gibt kaum etwas, das die Geduld so arg strapaziert wie schlecht sitzendes Schuhwerk, und falls diese hübschen Schühchen eine königliche Blase herbeischeuern, werde ich der Erste sein, der den Tritt des königlichen Zorns zu spüren bekommt.

15

Selbst wenn Helen nicht gewusst hätte, dass sie einem bedeutenden Ort entgegenreisten, hätte der Weg es ihr verraten. Wo vorher drei oder vier schmale Pfade gewesen waren, die sich ständig überkreuzten wie ein Flechtzopf, erstreckte sich nun, wenn sie durch den *Haik* spähte, eine breite, braune Straße.

Sie ritten an Herden von Ziegen und langhornigen Rindern vorüber, die von großen Männern mit geschorenen Köpfen gehütet wurden, und passierten Marktstände mit Schilfdächern, in denen Wasser und Obst feilgeboten wurde. Die Mädchen vor und hinter Helen begannen aufgeregt zu schwatzen und einander Bemerkungen zuzurufen. Helens Arme schmerzten von der Anstrengung, ständig den Sichtschlitz offen zu halten. Sie sah zwei der riesigen gelben Pferde, haushoch mit zusammengerollten Teppichen bepackt, und einen jungen Mann in einer Art Schlitten, der von zwei schwarzhäutigen, bis zur Hüfte nackten Frauen gezogen wurde. Maultiere und Hunde, barfüßige Kinder mit kahlen Köpfen. Warum waren manche Frauen verhüllt und andere schmählich entblößt? Welche Krankheit veranlasste so viele dieser Menschen, sich das Haupthaar abzuscheren?

Dann tauchten in der Ferne vor dem Hintergrund der schneebedeckten Berge die roten Mauern einer Stadt auf, eingerahmt von jenen seltsamen, farnähnlichen Bäumen. Im nächsten Augenblick erkannte Helen, dass es sich eigentlich um zwei Städte handelte – eine große, wild wuchernde, die von Ansammlungen brauner Zelte und grasenden Viehherden umgeben war, und eine kleinere, säuberlich abgetrennte, die ungefähr eine halbe Meile weiter östlich lag.

Die Maultierkolonne schlug den Weg zu der kleineren Stadt ein. Schon bald entdeckte Helen immer mehr Einzelheiten. Ein Meer aus weißen Zelten, grün gekachelte Türme, die über die dreißig Fuß hohen Mauern ragten, rot gewandete Gestalten, die mit ihren gelben Pferden in Verbänden dahintrabten. Wenig später näherte sich die Kolonne den Mauern, und die Tore öffneten sich.

Danach verschwamm alles zu einem Durcheinander aus Eindrücken und Geräuschen. Die anderen Mädchen stürmten ungeordnet voran, sodass Helens Maultier in einen holprigen Trab verfiel und sie beinahe abwarf. Sie krallte sich mit der einen Hand an seiner Mähne fest, umklammerte mit der anderen die Enden ihres *Haiks* und ritt die letzte halbe Meile blindlings dahin, bis sie schließlich irgendwo innerhalb der Mauern zum Stehen kamen.

Nachdem sie abgesessen hatten und durch einige Tore geleitet worden waren, entledigten sich plötzlich alle ihrer *Haiks*. Endlich konnte sich Helen richtig umsehen. Sie hatte einen hübschen Springbrunnen vor sich und Wände mit gemusterten Kacheln, grüne Dächer, die in der Sonne glänzten, Mauerbögen und überdachte Wandelgänge, Holzschnitzereien, Blumen – und Frauen, wohin sie auch blickte, überall Frauen in den strahlendsten Kleidern, die sie je gesehen hatte.

Vielleicht gab es deshalb zwei Städte – eine war für Männer und diese kleinere für die Frauen. Doch das Haus, in dem sie sich gerade befand, konnte nicht ihr endgültiges Ziel sein, dazu war es viel zu groß – oder? Nun wurden die Mädchen durch eine Reihe sonniger Innenhöfe getrieben, wo in jedem Fenster und Eingang fettleibige Frauen saßen und sie anstarrten. Über ihnen waren Wäscheleinen gespannt, von denen nicht wie in Schottland Grau und Braun tropfte, sondern an denen sich große, hauchzarte Segel aus Türkis, Gelb und Rosa blähten.

Helen hatte keine Zeit, alles in sich aufzunehmen. Sie stolperte über ihre eigenen Pantoffeln – weshalb hetzte man sie so? Schließlich erreichten die Neuankömmlinge einige halb leere Höfe, und man teilte ihr einen kleinen Raum mit weiß getünchten Wänden zu. Kurz darauf erschien ein Sklavenmädchen mit einer Schüssel voller Wasser, Seife und einem Nachtgeschirr. Beim zweiten Mal brachte es einen Kamm, einen Spiegel und einige saubere Gewänder mit.

Es kniete ehrfürchtig vor Helen nieder und zupfte sie dann nachdrücklich am Arm. Sie solle sich schnell waschen und umziehen, besagte die Geste. Jemand – oder etwas – warte auf sie.

Die Bluse war knielang, aus hellgrüner Seide und feiner als alles, was sie während der Reise zum Anziehen bekommen hatte. Dazu gehörten Beinkleider mit grünen und goldenen Streifen und eine bestickte Weste. Helen wusch sich, kleidete sich an und kämmte kurz ihr Haar.

Sie fand einen kleinen Tiegel mit Schminkrot und blickte sich suchend nach dem Spiegel um. Sie hatte noch nie Farbe für das Gesicht benutzt und war sich nicht sicher, wie man sie auftrug. Dort lag auch ein Behälter mit *Kochl* – ein weiteres Rätsel – sowie ein kleiner Pinsel. Doch weder das eine noch das andere konnte sie ausprobieren, denn plötzlich tauchte der Zwerg auf und rief sie alle in den Hof.

Einige Minuten später betraten sie einen reizenden Garten, dessen schattige Lauben mit Geißblatt, Rosen und üppig blühenden violetten Blumen bewachsen waren, die Helen noch nie zuvor gesehen hatte. Der Zwerg lief auf und ab und versuchte, die Mädchen in einer geraden Linie aufzustellen, aber sie fanden sich immer wieder zu kichernden Grüppchen zusammen. Dann erhoben sich auf einmal alle auf die Zehenspitzen, reckten die Hälse und starrten in dieselbe Richtung. Helen folgte ihren Blicken. Eine hoch gewachsene, weiß gekleidete

Gestalt kam auf sie zugeschlendert, gefolgt von einem Sklaven mit einem breiten, grünen Sonnenschirm.

War das der Mann, für den man sie den weiten Weg hierher gebracht hatte? Helen wagte kaum hinzusehen. Was, wenn er verunstaltet oder pockennarbig war? Wie sollte sie das ertragen?

Langsam schritt er die Reihe entlang und begrüßte jede Einzelne von ihnen. Helen spürte, wie ein Rinnsal von Schweiß zwischen ihren Schulterblättern hinablief. Die Frau neben ihr begann vor Aufregung leise zu wimmern. Der Kopf des Mannes war geschoren, so viel konnte Helen erkennen, und seine Haut hatte die Farbe von Highland-Whisky. Sie hörte ihn mit tiefer, geschmeidiger Stimme sprechen. Dann lachte er und warf den Kopf zurück, wobei Helen einen Blick auf seinen schwarzen Bart erhaschte. Er erwies sich als ungefähr im gleichen Alter wie ihr Vater und hatte Falten auf der Stirn und rings um die Augen.

Der Mann sprach mit der Frau neben Helen und nahm ihre Hand. Grundgütiger, offenbar verlangte er, dass sie ihre Weste auszog! Ihre großen Brüste zeichneten sich deutlich unter der dünnen Seidenbluse ab. War ihr das nicht peinlich? Helen starrte der Frau forschend ins Gesicht, doch diese lächelte nur und schob ihren Brustkorb völlig schamlos noch weiter vor.

Und nun war sie an der Reihe. Er stand direkt vor ihr. Sie sah ihm kurz in die Augen und senkte dann den Blick. Seine Füße steckten in grünen Lederpantoffeln. Am Saum seines Gewandes haftete ein wenig Blütenstaub. Er roch nach Pfefferminz und Seife. Das Blut rauschte in Helens Ohren und verdrängte alle anderen Laute, während er Daumen und Zeigefinger unter ihr Kinn legte und ihr Gesicht sanft zu sich emporbog.

16

Marrakesch, 11. Juli 1769

Lieber Gott, was für ein Tag! Ich bin völlig erschöpft davon, all diese Frauen zu beaufsichtigen, sodass ich nun auf meinem Diwan liege wie ein alter, grauschnäuziger Hütehund. Sobald sie in der Ferne den Palast erspähten, hatten wir unsere liebe Not zu verhindern, dass sie ihre Maultiere zu einem Galopp anspornten. Den Eunuchen gelang es kraft einiger geschickter Manöver, sie im Zaum zu halten, aber es war dennoch eine höchst ungeordnete Karawane, die durch die Palasttore trabte, denn sie alle gackerten und schlugen unter ihren *Haiks* mit den Flügeln wie fünfzig Säcke voller Hennen.

Wir helfen ihnen abzusitzen, bringen sie in den Harem und verteilen sie auf die verschiedenen Gemächer. Dann erreicht uns die Nachricht, dass der Sultan darauf brennt, seine Neuerwerbungen zu besichtigen. Also heißt es, sie alle wieder zusammenzutreiben, ihnen die Kämme und *Kochl*-Pinsel aus den flatternden Händen zu winden und sie in den großen Garten zu bringen.

Natürlich sitze ich wie auf glühenden Kohlen und bin gespannt, wie er auf Helen reagieren wird, die ich am Ende der Reihe platziert habe (einem guten Gastgeber gleich, der seinen besten Cognac erst zum Abschluss des Festmahls kredenzt). Als er sie erblickt, verengen sich seine Augen, und sein Gesicht nimmt einen Ausdruck an, den ich inzwischen gut kenne und der sehr viel mehr verrät als Begierde. Es ist die Miene eines Connaisseurs angesichts einer seltenen Kostbarkeit. Er führt sanft ihre Hand an seine Lippen und wickelt sich selbstgefällig eine ihrer kupferroten Locken um den Finger. Dann teilt er der alten Malia durch ein Nicken mit, sie möge sie vorbereiten.

Schließlich verbeugt er sich vor allen Frauen mit jenem eleganten Schnörkel, den er sich vom spanischen Botschafter abgeschaut hat.

»Du hast meine Wünsche verstanden«, sagt er, indem er sich mir zuwendet. Und ich spüre, wie vor Freude eine ungewohnte Röte meine Wangen überzieht, als sei ich ein kleiner Knabe, der von seinem Vater gelobt wird (denn der Sultan ist äußerst anspruchsvoll und üblicherweise recht geizig mit seinen Auszeichnungen). »Ich hatte schon befürchtet, dein nördlich geprägter Geschmack könne sich durchsetzen«, fährt er fort, zieht die Schmucknadel aus seinem Turban und überreicht sie mir. »Aber du hast gelernt, Frauen zu würdigen wie ein wahrer Maure.«

Daraufhin entfernt er sich, während Helen in die andere Richtung geleitet wird, damit sie sich jenen Prozeduren unterwirft, die für notwendig erachtet werden, um eine Frau für das Bett Seiner Majestät herzurichten. Und so bleibe ich zurück, wie ein Korken, der auf den schäumenden Wogen des Meeres tanzt, umringt von übersprudelnden Jungfern, die vom Sultan schwärmen – von seiner Eleganz und vornehmen Haltung, von seinen schönen Augen, seinem edlen Mund und dergleichen. Auf einmal überkommt mich eine große Müdigkeit. Ich starre den glitzernden Tand in meinen Händen an (ein ungeschliffener Smaragd, der dem Sultan von irgendeinem unterwürfigen Scheich verehrt wurde), doch alles, woran ich denken kann, sind ihre grünen Augen, die mit zitternden Wimpern zu ihm aufblicken.

Sieben Uhr ... nun wird sie bei ihm sein. Überall in diesem verfluchten Palast ticken Uhren vor sich hin, die einzigen Maschinen, die es in diesem gottverlassenen Land gibt. Ticktack, ticktack, stottern sie die Minuten hervor. Ich frage mich, ob seine Musiker bereits gespielt haben. Oder war er so ungeduldig, dass er sie nicht ertragen konnte? Bisweilen schickt er sie alle fort, genau wie seine Vorkoster, und lässt die *Tagine* und die Schalen voller Obst unberührt.

Ich hätte wissen müssen, dass er sie erwählen würde – welcher Mann hätte es nicht getan? Aber so schnell? Ich dachte, er würde vielleicht zuerst das Berbermädchen nehmen, oder die hoch gewachsene Hottentottin von dem Händler aus Timbuktu.

Batoum kam gerade herein, ganz Musselin und Jasminblüten, mit einem Krug verbotenen Dattelweines. Ich täuschte eine Verstimmung von der langen Reise vor, und sie neigte sich zärtlich zu mir und küsste mich auf die Stirn, wobei ihr Gewand aufklaffte. Dann bot sie an, Malia zu holen. Ich nehme den Krug. Von ihr jedoch will ich nichts wissen – von keiner von ihnen.

Wie viele Stunden wird er sie bei sich behalten? Dieses Übermaß an Gefühlen hatte ich nicht erwartet – denn habe ich nicht immer verloren, was ich liebte? Ist dies nicht die wichtigste Lektion meines kümmerlichen Lebens? Sie ist sein, mit jeder Locke, jeder Wimper. Und ich bin sein Kuppler, mit seinem Smaragd in der Tasche – meinem Kupplerlohn.

17

Malia strich Helen leicht über die Wange, schlurfte dann durch die große Flügeltür hinaus und schloss sie sorgsam hinter sich ab. Helen hörte sie mit den Riesen murmeln, die draußen Wache standen, und vernahm kurz darauf, wie sich das Sch-sch ihrer roten Pantoffeln über den langen düsteren Korridor entfernte.

Sie wagte nicht, sich zu rühren, sondern blieb regungslos so sitzen, wie die alte Frau es ihr gezeigt hatte: seitlich gegen einen Berg von Seidenkissen gelehnt. Bis auf das Plätschern des Springbrunnens im Innenhof und das Surren der Motten rings um die Öllampen war alles still. Sie musste weit von den Frauenunterkünften entfernt sein, aber Malia war so eilig mit ihr durch die dunklen Wandelgänge gehastet, dass sie jeglichen Orientierungssinn verloren hatte.

Er würde bald kommen, der Mann, der sie ausgewählt hatte, der fremde Mann, dessen Hände nach Pfefferminz rochen. Sie lauschte angestrengt auf Schritte, doch alles, was sie hörte, waren dumpfe Geräusche, die klangen, als würden in der Ferne in einem Kornspeicher Getreidesäcke aufgestapelt. Der Raum, in dem sie sich befand, sah mit seinen weißen Säulen und der hohen Decke aus geschnitztem Holz wie eine kleine Kirche aus. Er war prachtvoll geschmückt, hatte gemusterte Kacheln an den Wänden und auf dem Boden und war mit großen, verzierten Bänken und Webteppichen ausgestattet, die im Schein der Lampen leuchteten.

Unmittelbar neben Helens Ohr begann auf einmal eine Grille zu zirpen. Helen sprang auf und unterdrückte einen

Schrei. Dann tapste sie durch das Gemach und spähte nach draußen, um sich zu beruhigen. Durch den Innenhof flatterten Fledermäuse, deren ledrige Flügel in der Nachtluft raschelten. Auf der anderen Seite stand eine Flügeltür einen Spaltbreit offen, dahinter flackerte Licht. Helen schlich auf Zehenspitzen an dem Springbrunnen vorbei und drückte die Tür auf.

Dieser Raum war offensichtlich ein Schlafzimmer, eingerichtet ganz in Weiß, mit einer Art Bett, um das bodenlange Vorhänge hingen und auf dem sich Kattunkissen türmten. Würde es dort geschehen? Plötzlich hatte sie ein Bild vor Augen: der Mund des fremden Mannes, verzerrt in höchster Lust. Würde sie ihre Kleider ablegen müssen? Eine Welle von Scham ließ sie in Schweiß ausbrechen, und ihr Blick schoss wild hin und her auf der Suche nach einer Fluchtmöglichkeit.

Sie entdeckte eine schmale Tür, die sie zuvor nicht bemerkt hatte, und stieß sie auf. Dahinter verbarg sich ein Waschraum. Im Licht einer kleinen Lampe sah Helen Wasserkrüge und weiße Tücher an Holzhaken. In eine der Wände war hoch oben ein hölzernes Gitter eingelassen. Helen versuchte verzweifelt, es mit den Händen zu erreichen. Dann erblickte sie in einem Spiegel an der gegenüberliegenden Wand ihr Gesicht. Diesmal gelang es ihr nicht, den Schrei zu ersticken.

Was hatten sie mit ihr gemacht? Ein dicker schwarzer Strich quer über ihrer Stirn verdeckte ihre Augenbrauen. Darunter starrten sie zwei riesige, schwarz umrandete Augen an, schräg wie die einer Katze. Auf ihren Wangen prangten zwei große, helle Flecken von Schminkrot, und ihre Lippen waren angemalt, als sei sie eine Hure. Sie hatte gewusst, dass sie geschminkt wurde – zwei braunhäutige Sklavenmädchen hatten beinahe eine Stunde darauf verwendet –, aber sie hatte nicht erwartet, dass das Ergebnis so furchtbar sein würde.

Sie hatten ihr Haar offen gelassen. Es umwogte die grelle Larve, die einmal ihr Gesicht gewesen war, und schlängelte sich über die bestickte Weste. Helen betastete die winzigen Knöpfe ihrer Bluse. Malia hatte sie alle geöffnet, sodass der hauchfeine Stoff ein lang gezogenes V bildete, das den Blick an der Wölbung der Brüste vorbei nach unten lenkte, zu ihrer Taille, wo die Bluse von einer roten Seidenschärpe zusammengehalten wurde. Sollte diese aufgeputzte Dirne mit den halb entblößten Brüsten etwa schön sein?

Das Geschöpf, das ihr da aus dem Spiegel entgegensah, hatte etwas Schamloses an sich. Die Farben der Gewänder, die man für sie ausgesucht hatte – verschiedene Rot- und Goldtöne –, fanden ihren Widerhall in ihrem Haar, ihren Lippen und in den Flecken, die auf ihre Hände gemalt worden waren. Angst lag in ihren Augen, aber zugleich auch Dreistigkeit. Helen betrachtete dieses merkwürdige Wesen für einen Moment, dann begann sie fieberhaft, die Knöpfe der Bluse zu schließen. Sie riss eines der weißen Tücher vom Haken und rieb sich die rote Farbe von den Lippen. Da vernahm sie ein Geräusch hinter sich und fuhr herum.

Der fremde Mann stand in der Mitte des weißen Raumes. Er schüttelte seinen weißen Umhang ab, ließ ihn zu Boden gleiten und entledigte sich auch seiner gewundenen Kopfbedeckung. Dann schritt er lächelnd und mit ausgebreiteten Armen auf Helen zu. Er war vollkommen kahl, hatte eine Zahnlücke und trug dicke Goldringe in den wohlgeformten braunen Ohren. Er sagte etwas in der Sprache der Einheimischen, lachte leise und entwand Helens steifen Fingern das Tuch. Nachdem er es mit der Zunge angefeuchtet hatte, wischte er damit sanft über ihren farbverschmierten Mund.

Nun konnte sie ihn riechen: Knoblauch, Weihrauch, Schweiß – und der Duft nach Pfefferminz, der ihr bereits zuvor aufgefallen war. Seine Zunge inmitten des schwarzen Bartes wirkte so rosa wie die eines Hundes. Helens Haut fühlte sich klamm an, dort, wo er sie gesäubert hatte. Er trat einen Schritt zurück, musterte sie mit einem belustigten Lächeln und fing an, die kleinen Knöpfe zu öffnen.

Helen starrte die braune Hand an, die sich spinnengleich über die Vorderseite ihrer Bluse bewegte, die schwarzen Haare auf den langen Fingern und die weißen Halbmonde der Fingernägel. Sie sah seinen Zeigefinger unter den Stoff gleiten und langsam über die Unterseite ihrer Brust nach oben streichen. Als er ihre Brustwarze berührte, verspürte sie ein Prickeln und griff sich unvermittelt an die Brust, um ihn abzuwehren.

Der Mann zog seine Hand sofort zurück und runzelte überrascht die Stirn wie jemand, den plötzlich das Hündchen, das er hätschelt, beißt. Doch dann kräuselten sich seine Lippen wieder, und er zog amüsiert die Augenbrauen hoch. Er verbeugte sich spöttisch vor Helen, wies auf die Wasserkrüge und stieß einige barsche Worte hervor. Nachdem er sich die grünen Pantoffeln abgestreift hatte, setzte er sich auf das weiße Bett und gab ihr zu verstehen, dass sie seine Füße waschen sollte.

Unendlich erleichtert füllte Helen eine große Kupferschüssel mit Wasser und kniete vor ihm nieder. War sie noch einmal davongekommen? Sie hob einen Fuß hoch und griff nach der Seife. Während sie ihn einseifte, bäumte und buckelte er sich in ihren Händen wie ein Pferd – nichts als harte Knochen und sehnige Muskeln. Als sie die langen, behaarten Zehen wusch und sich zwingen musste, mit den Fingern in die Zwischenräume zu dringen, seufzte der Mann vor Wonne, und sie schauderte. Nach einer Weile spürte sie seine Hände in ihrem Haar. Er hielt es empor ins Licht und ließ einzelne Strähnen durch seine Finger gleiten. Helen seifte die Zehen des anderen Fußes ein. Wieder seufzte er, lehnte sich zurück in die Kissen und ließ die Beine locker auseinander fallen.

Helen legte sich ein Tuch auf den Schoß und hob seine Füße darauf. Dann trocknete sie sie sorgfältig ab, einen nach dem anderen, wobei sie sich bemühte, ja nicht den glatten Pelz aus schwarzen Haaren zu berühren, der seine Knöchel bedeckte. Der Mann atmete tief ein, spannte erneut die Füße an und drückte sie mit gleichmäßigen Bewegungen in das Fleisch ihrer Oberschenkel. Dann ließ er ihr Haar los und zog langsam den Saum seines Gewandes hoch, sodass sie die Umrisse seines Dings in der weißen Pluderhose erkennen konnte.

Zitternd vor Entsetzen zog Helen den Kopf ein, ergriff die grünen Pantoffeln und steckte sie ihm schnell an die Füße. Er lachte leise und murmelte etwas, stellte rechts und links von ihr je einen Fuß auf den Boden und klemmte ihren Körper zwischen seinen Knien ein. Helen blickte hoch in sein Gesicht. In den lachenden Augen lag der Funke einer Drohung. Er nickte vielsagend. Sie folgte seinem Blick nach unten, dorthin, wo er gerade die Kordel löste, die seine Hose zusammenhielt.

Helen starrte auf das zuckende rote Ding, das ihr entgegensprang, roh wie der Muskelmagen eines Huhns und von dicken blauen Adern durchzogen wie die Beine einer Bettelfrau. War es von einer Krankheit befallen? John Baynes Ding hatte nicht so ausgesehen. Sie wollte sich losmachen, aber der Mann verstärkte den Druck seiner Knie. Hitze entströmte der dunklen Spalte zwischen seinen Beinen. Er beugte sich vor, griff mit beiden Händen in Helens Haare und breitete sie über seine Oberschenkel wie einen Schal. Helen sah seine schlanken Hände zu beiden Seiten ihres Gesichts, sah sein Ding, das sich emporreckte wie ein großer Giftpilz. Er grub die Finger in ihr Haar und zog ihren Kopf langsam darauf zu.

Als das Ding gegen ihr Kinn stieß, drehte sie das Gesicht zur Seite, sodass es eine heiße Schmierspur auf ihrer Wange hinterließ. Daraufhin zerrte der Mann heftiger an ihren Haaren. Sollte sie etwa den Mund öffnen? Voller Angst und Ekel warf sie wie rasend den Kopf von einer Seite auf die andere.

Fluchend gab er sie auf der Stelle frei, schüttelte ihre kupferroten Locken ab und stand auf, um seine Hose zu richten.

Helen begann, zu seinen Füßen kauernd die feuchten Tücher zu falten und übereinander zu legen. Dann wollte sie die Schüssel wegbringen, doch der Mann rührte sich plötzlich und trat sie ihr aus den Armen. Das Schmutzwasser ergoss sich über Helen, und die Schüssel fiel mit lautem Geklapper zu Boden. Das Geräusch hallte sekundenlang durch den Raum. Schwarze Schminkfarbe rann Helens Wangen hinab und auf ihre nasse Bluse. Wasser tropfte aus ihren Haaren in die Pfütze rings um ihre Knie. Vorsichtig blickte sie auf. Er stand breitbeinig über ihr und sah auf sie hinab. Sein Blick war voller Verachtung.

Mit einem Klatschen befahl er die Wachen herbei. Sie trugen Helen hinaus und schleiften sie dann durch das Gewirr dunkler Gänge zurück zu den Frauengemächern. Auf halbem Wege dorthin kam ihnen Malia entgegengeeilt, in Begleitung eines hoch gewachsenen Mädchens mit rotbrauner Haut. Das Mädchen schlang sich im Gehen eine gelbe Schärpe um die Hüfte und zog damit die Bluse über ihren großen Brustwarzen straff. Ihre Augen funkelten vor Aufregung, und duftendes Öl glänzte auf ihrer Haut. Als sie Helens schwarz verschmiertes Gesicht und ihre durchnässten Kleider sah, blieb sie kurz stehen, lachte laut auf und lief dann triumphierend Malias weiter hastender Gestalt nach.

Bei ihrer Rückkehr warteten ungefähr fünfzig Frauen auf sie. Sie hatte das Summen ihrer Stimmen schon hören können, lange bevor sie von den Wachen durch das hohe Tor zu den Frauenunterkünften geschoben worden war. Die Frauen strömten in die Eingangshalle, schubsten einander beiseite, um einen Blick auf Helen zu erhaschen, und kicherten über ihr triefnasses Gewand. Ihre Gesichter kamen aus der Dunkelheit auf sie zu – eine Wand von schnatternden Mündern, die ihren Kopf mit Lärm füllten.

Helen presste die Hände auf ihre Ohren und drängte sich durch die Menge. Die Frauen wogten mit kreischendem Gelächter hinter ihr her, folgten ihr durch den ersten Innenhof, dann durch den zweiten. Helen schleuderte die Pantoffeln von sich und begann zu laufen, vorbei an einer nicht enden wollenden Reihe von offenen Gemächern, in denen Frauen im Licht der Lampen ihre Haare kämmten, die Kleider wechselten und Säuglinge stillten. Schon bald wurden die Verfolgerinnen des Spiels überdrüssig und fielen zurück, bis nur noch eine Hand voll neugieriger, halb nackter Kinder hinter der atemlosen, schluchzenden Helen hertrottete.

Als sie in einer dunklen Ecke einen Springbrunnen entdeckte, wusch sie ihr Gesicht und setzte sich dann erschöpft mit dem Rücken zur Wand auf den Boden.

Auch diese Kinder hatten geschorene Köpfe, aber jedes besaß noch eine einzelne lange Strähne, die zu einem Zopf geflochten war. Schweigend bildeten sie vor Helen einen Halbkreis und starrten sie aus schwarz umränderten Augen unverwandt an. Einen Moment lang starrte sie, zitternd vor Kälte, zurück, dann legte sie sich einfach hin und schloss die Augen. Sie hörte die Kinder miteinander flüstern und mit ihren bloßen Füßen über die kühlen Kacheln scharren.

Als sie ein leichtes Ziehen am Ärmel verspürte, schlug sie die Augen wieder auf. Eines der Kinder beugte sich mit einem besorgten Stirnrunzeln über sie. Der Junge zog noch einmal an ihrer Bluse und zeigte dann mit dem Finger auf den Korridor. »Lass mich allein«, bat Helen, doch er hörte nicht auf, an ihrem Gewand zu zerren, bis sie schließlich aufgab und sich widerwillig erhob.

Zehn Minuten später stand sie vor dem Raum, den man ihr bei der Ankunft zugewiesen hatte – wie lange war das her, fünf, sechs, sieben Stunden? Nachdem eines der Kinder eine Kerze geholt hatte, schob Helen den Türriegel zurück und trat ein. Dort, an einem Haken neben der Tür, hing ihr *Haik* und schien auf sie zu warten wie ein alter Freund. Die Kleider, die sie auf der Reise getragen hatte, lagen frisch gewaschen und säuberlich gefaltet auf einer mit Schnitzereien verzierten Holztruhe.

18

12. Juli 1769

Er hat sie verschmäht! O barmherziger Gott, du hast meine Gebete erhört. Ich weiß es von Malia, die in heller Aufregung hereinrauschte und erzählte, der Sultan habe das Mädchen mit Schmutzwasser übergossen und fortgeschickt.

»Warum hast du mir ein dermaßen dummes Weib gebracht?«, beschimpft er die bebende Alte und klagt, Helen wisse offenbar nichts darüber, wie man einem Mann Vergnügen bereitet, sei insgesamt zu dürr für seinen Geschmack, und wäre da nicht ihr prächtiges Haar, so hätte er sie auf der Stelle enthaupten lassen.

Das Geschrei der Frauen früher am Abend war durchaus an mein Ohr gedrungen, doch wie eine kränkelnde Haselmaus hatte ich mich so tief in meinem Elend vergraben, dass mich noch nicht einmal die Neugier ein Tasthaar rühren ließ. In der Annahme, es handele sich bei dem Lärm um irgendeine kindische Narretei (vielleicht quälten sie ein flennendes Sklavenmädchen oder tollten mit einem zu Späßen aufgelegten Eunuchen herum), schloss ich die Augen, hob Batoums Weinkrug an meine Lippen und versank wie eine durchweichte Apfelsine in einem Topf mit warmem Ale.

Kurz darauf stürmt Malia herein, und ich muss mich überschlagen, um die Beweise meiner einsamen Ausschweifung zu verbergen. Aber sie bemerkt ohnehin nichts, da sie viel zu aufgeregt ist, und ruft immer wieder »Weh mir!«, und »Was soll ich nur tun?«, ganz außer sich vor Bestürzung, sodass ich meine Freude angesichts der Neuigkeit in meiner Brust verschließen und das strahlende Lächeln, das sich auf meinem Gesicht ausbreiten will, mittels eines finsteren Stirnrunzelns unterdrücken muss.

»Ich hätte sie unterweisen sollen«, jammert die Alte. »Aber er war zu ungeduldig! Wir hätten länger im Haus des Statthalters bleiben und sie alle gründlich vorbereiten sollen ...« Sie schlurft auf und ab, kaut auf ihrem langen grauen Zopf herum und faselt davon, ihr guter Ruf sei in Gefahr.

»Jetzt müssen wir sie natürlich loswerden«, verkündet sie schließlich, was mich ebenfalls in Aufregung stürzt, denn ich hatte nicht damit gerechnet, dass sich mein Gewinn so schnell wieder in einen Verlust verwandeln könnte. Daher breche ich nun meinerseits in Geschnatter aus, um der besorgten Alten diesen Gedanken auszureden, widerspreche all ihren Argumenten mit wirrem Gerede und stoße dabei dennoch auf eine überzeugende Lösung, und zwar: Wir erfinden eine plötzliche Krankheit für Helen, die ihre Unzulänglichkeiten erklärt und sie für einen Monat oder länger an ihr Gemach fesselt. Während dieser Zeit werden wir sie so sorgfältig in die Gepflogenheiten der maurischen Liebeskunst einführen und so unnachgiebig mit den Leckereien der Palastküche füttern, dass Seine Majestät bei einer erneuten Vorführung entzückt sein und den Fleck in Malias Archivbuch tilgen wird.

Ich wusste, dass ich der Alten damit beikommen würde, denn ihre Stellung im Palast (und die heimliche Prozession klimpernder Beutel zu ihrer Schatulle in Salee) gründet sich auf ihren ausgeprägten Sachverstand. In der Tat besteht ihr einziger Lebenszweck darin, Seiner Majestät Abwechslung und Söhne zu liefern. Dieser Aufgabe widmet sie sich dermaßen hingebungsvoll, dass sie Gerüchten zufolge niemals schläft und man sie zu jeder Tages- und Nachtzeit in den gekachelten Gassen dieser abgelegenen Stadt treffen kann, den Kopf schief gelegt und nach neuen Erkenntnissen spähend (darin einem Star gleich, der in einer Wiese nach Käfern sucht), die ihr dienlich sein könnten.

Sie stimmt der List also zu und verlässt mein Gemach. Doch gerade, als ich erleichtert wieder in die Kissen sinken will, tritt in flatterndem Nachtgewand Batoum ein. Sie habe befürchtet, so sagt sie, dass sich meine Verstimmung weiter verschlechtert haben könnte. Mit diesen Worten kommt sie näher und runzelt besorgt ihre schöne Stirn, denn mein Gesicht ist tiefrot angelaufen (wie sie mir mitteilt), und meine Augen glänzen wie im Fieber.

Einen Moment lang bin ich verwirrt, da ich meine frühere Ausrede vergessen habe, und stammele törichtes Zeug, während ich in meinem Gedächtnis nach einem Anhaltspunkt krame. Dann bemerke ich, dass sie mich durchdringend ansieht, und verstumme.

»Du bist für das neue weiße Mädchen entbrannt, nicht wahr, Fidschil?«, sagt sie leise. »Deshalb hast du mich vorhin weggeschickt.«

Sofort mache ich mich auf einen Wutausbruch gefasst (ich glaube, dass ich mir sogar meinen *Kissa* über den Kopf zog). Doch sie bleibt still. Und als ich es wage, wieder hinzusehen, erkenne ich einen seltsam zärtlichen Ausdruck in ihren Augen, verbunden mit einer süßen Traurigkeit, die mir schier das Herz zerreißt. Und ich begreife, dass ihre Liebe zu mir nicht von jener gewöhnlichen, besitzergreifenden Art ist, die es eher ertrüge, den Geliebten verstümmelt als untreu zu sehen. Nein, Batoums Liebe ist wie sie selbst – gütig und großmütig.

Sie hat mir schon oft von den eifersüchtigen Rasereien berichtet, die diesen Palast in seinen Grundfesten erschüttern, und dabei jedes Mal vor Verachtung geschnaubt. Nun bekundet sie ihre Überraschung, dass meine Pantoffeln bisher noch nie vor der Tür einer anderen Frau standen, und behauptet, sie würde dies nicht als Kränkung empfinden, solange es mich glücklich mache.

Nach dieser Segnung purzeln die Worte aus mir heraus wie Münzen aus der Jacke eines Taschendiebes, denn außer auf diesen Seiten habe ich noch nie von Helen gesprochen. Also hört Batoum mir zu, immer noch mit dem zärtlichen, gütigen Ausdruck in den Augen, bis ich meine Rede mit der Erklärung beschließe, die sicherste Methode, das Mädchen im Harem zu behalten, sei, es darin zu unterrichten, dem Sultan Vergnügen zu bereiten. Woraufhin sie strahlend lächelt, ihre prächtigen Schultern rollt und sich als Lehrerin anbietet.

Ich kann nicht sagen, was für ein Gesicht ich machte, aber es ließ sie in stürmisches Gelächter ausbrechen, sodass ihre Brüste bebten und die Ohrringe klimperten. Ich war zutiefst gerührt, wie Ihr Euch gewiss vorstellen könnt. Ich glaube nicht, dass ich selbst jemals eine derartige Großzügigkeit an den Tag legen könnte. Genau das sage ich auch zu Batoum, doch sie zuckt mit den Achseln, lacht erneut und weist mich auf etwas hin, das zu bedenken ich versäumt hatte: Wenn Helen geht, würde Microphilus sich gezwungen sehen, ihr zu folgen. »Und ich kann den Gedanken an ein Leben hier ohne dich nicht ertragen, Fidschil«, sagt sie und richtet wieder diesen traurigen, liebevollen Blick auf mich.

Ihr werdet verstehen, dass ich nicht anders konnte, als sie zu umarmen. In der Tat war mein Herz so randvoll mit Zuneigung, dass es meinen Körper in einen allgemeinen Zustand der Enge und des Überfließens versetzte (an dem Tränen und andere Sekrete beteiligt waren), welchen Batoum jedoch mittels eines bestimmten, von ihr selbst erdachten Balsams beendete.

Hinterher, als ich gesättigt und gelassen in ihren Armen lag, befragte ich sie über ihre Großherzigkeit in Liebesdingen. Sie führt diese auf die Heiratssitten ihrer Heimat Mauretanien zurück, die dem Konkurrenzkampf zwischen Frauen den Boden entziehen. So darf ein Mann eine beliebige Zahl von Frauen heiraten, vorausgesetzt, er übergibt jeder von ihnen ein Stück Land, auf dem sie die alleinige Herrin ist. Dies enthebt die Frauen der Abhängigkeit von ihrem Mann. Im Grunde wird gar der Mann abhängig von seinen Frauen, denn ist es nicht ihre Arbeit, die seine Schüssel mit Haferbrei füllt? Und er besucht abwechselnd jede von ihnen (denn jede besitzt außerdem ein eigenes Haus, auch wenn die Häuser üblicherweise nahe beieinander stehen), wobei er sich immer der Reihe nach Nahrung und Behaglichkeit verschafft, einem Wanderprediger gleich, der sich an jedem Sonntag vor einer anderen Kirche herumtreibt.

Das freie Leben der mauretanischen Frauen (das mich an die Wäscherinnen in Fife erinnert) unterscheidet sich sehr vom Leben der Frauen in der Berberei. Hier ist es allen Frauen – es sei denn, sie sind hochbetagt oder arm – untersagt, sich außerhalb der Mauern ihrer festungsartigen Häuser aufzuhalten, daher beschäftigen sich ihre Gedanken beinahe ausschließlich mit ihren Männern, und sie verfügen über keine andere Zehrung als die, für die ihre Männer sorgen.

»Sie sind wie Eulenküken, die sich um eine tote Maus zanken«, spottet Batoum, »während wir durch die Nacht fliegen und selbst Beute jagen.« Dann kichert sie, küsst mich auf die Nasenspitze und erzählt, die Frauen ihres Volkes seien dermaßen mit der Landwirtschaft beschäftigt, dass sie ihre Männer manchmal sogar darum bäten, eine zweite Frau zu heiraten, um sich unbeschwerter ihren Äckern widmen zu können. »Denn wenn er mit der einen spielt, kann sich die andere ausruhen und in Frieden um ihre Kinder kümmern.«

Woraufhin sie sich entfernt, um mich gleichfalls »in Frieden ruhen« zu lassen. Nur dass es für mich ungeachtet meiner amourösen Anstrengungen und der Unmengen von Wein, die ich getrunken habe, in dieser Nacht keine Ruhe zu geben scheint. Denn obwohl mein Herz im Takt von »Er hat sie nicht gehabt« schlägt, quält sich mein Hirn mit der Vorstellung, wie mein schönes Mädchen durch die düsteren Gänge läuft, tränenüberströmt und tropfnass, verfolgt von hundert heulenden Banshees.

Daher habe ich beschlossen, sie bei Sonnenaufgang aufzusuchen und ihr meine schottische Abstammung zu offenbaren, in der Hoffnung, ihr durch freundliche Worte in ihrer Muttersprache beistehen zu können. Vielleicht ist die Zeit nun reif, vielleicht ist sie so ausgehungert nach der Frucht menschlicher Gesellschaft, dass ihr selbst dieser kleine knorrige Apfel appetitlich erscheint.

Ich habe meine Toilette bereits gemacht: meinen Körper mit einem Luffaschwamm abgerieben und meine Zähne mit der hier üblichen ausgefransten Wurzel geputzt, um den Geruch des Dattelweins zu vertreiben. Ich habe mein Haar zu einem verspielten *queue de cheval* gebunden, neue Gewänder angelegt und meinen *Kissa* übergeworfen, sodass ich mit der Kapuze und all den raschelnden weißen Schichten nun gewiss einer Knoblauchzehe ähnele (auch wenn ich süßer dufte, wie ich hoffe).

19

Helen schlug die Augen auf. Flüsterte jemand ihren Namen? Sie lag still da und lauschte. Es war früh am Morgen. Das erste graue Licht des Tages sickerte unter der Tür hindurch und kroch langsam über den Boden ihres dunklen Zimmers.

»Miss Helen ...« Sie sah den Schatten von Füßen draußen auf dem Gang. Ein leises Klopfen, dann das dumpfe Geräusch, weil jemand mit der Schulter gegen die Tür drückte. Helen wickelte sich fest in ihren *Haik*, in dem sie auch geschlafen hatte, und ging zögernd durch den Raum.

»Miss Helen ...« Die Stimme klang rau und zweifellos zu alt, als dass sie einem der Kinder hätte gehören können, die ihr gestern geholfen hatten. Sie zog den Holzriegel vor dem Sichtgitter beiseite. Eine kleine Gestalt in weißem Umhang mit Kapuze stand vor der Tür. Freundlich flüsterte Helen den Morgengruß – »*Sabah el-kher*« –, doch als die Gestalt den Kopf hob, schnappte sie nach Luft. Unter der Kapuze grinste ihr das Gesicht des Zwerges entgegen.

»Endlich bist du aufgewacht!«, zischte er eindringlich. »Öffne die Tür!«

Helen wich mit pochendem Herzen zurück. Würde er sie wegen der Geschehnisse der vergangenen Nacht bestrafen? Sie dachte an Nazimes wunde, geschwollene Fußsohlen.

»Komm schon, Mädchen, hab keine Angst. Ich werde dir nichts zuleide tun.«

Plötzlich wurde ihr bewusst, dass sie verstand, was er sagte. Der Berberzwerg sprach Englisch! Sie trat wieder vor das Gitter. »Was willst du?«, fragte sie vorsichtig und versuchte, so viel wie möglich von dem düsteren Gang hinter ihm zu erspähen. »Wo ist der riesige schwarze Mann mit dem Stock?«

»In seiner Kammer, würde ich wetten, wo er von seiner Heimat und seinen Kindern träumt. Er wird sich frühestens in einer Stunde rühren. Bitte mach die Tür auf.«

»Wer hat dir Englisch beigebracht?«

»Meine Mutter natürlich – nun ja, sie war nicht meine leibliche Mutter. Von der habe ich nur gelernt, wie unsinnig es ist, geboren zu werden«, flüsterte er und reckte den Kopf so weit wie möglich nach oben. »Es war Big Kath aus Pittenweem, von der ich meine ersten Wörter lernte ...«

»Pittenweem?« Konnte das sein? Mit aufgerissenen Augen betrachtete sie sein blasses Gesicht und das rotblonde Haar. »Du kommst aus Schottland?«

»Ay, ich bin so schottisch wie die Distel, aber nicht ganz so stachelig. Und ich hätte auf der Scholle bleiben sollen, der ich entwuchs. Aber eines Tages riss ich mir in rechtschaffenem Zorn selbst die Wurzel aus und bestieg ein Schiff nach Den Haag, um meinen Bruder Jamie aufzuspüren und wieder nach Hause zu bringen. Ach, ich kann nicht den ganzen Tag lang flüstern! Meine Kehle peinigt mich jetzt schon. Hab doch Mitleid mit mir, Mädchen ...« Er blickte mit so kläglichem Gesichtsausdruck zu Helen empor, dass sie lächelte und den Türriegel zurückschob.

Flugs trat er ein und stolzierte durch das kleine Gemach, erstaunlich schmuck und vornehm in seinen weißen Gewändern. Helen zog ihren zerknitterten *Haik* enger um sich, da ihr einfiel, dass sie nichts darunter trug. Sie kam sich schmutzig und zerzaust vor. Stank sie? Alle anderen hier waren stets so sauber! Ihre Kopfhaut juckte, und die Haut in ihren Achselhöhlen war klebrig. Hatte sie immer noch die verschmierte schwarze Schminke im Gesicht?

»Es tut mir Leid«, sagte sie, während sie den Haufen feuchter Kleidung vom vergangenen Abend mit dem Fuß in eine dunkle Ecke schob. »Ich habe mich gestern Abend nicht mehr gewaschen. Ich war so müde, dass ich noch nicht einmal meine Kleider zusammengelegt habe ...« Bei dem Gedanken an ihre Begegnung mit dem großen, kahlköpfigen Mann trat ihr der Schweiß auf die Stirn. Wusste der Zwerg davon? Natürlich wusste er es. Jeder wusste es. Sie verspürte den Drang zu pinkeln und bemerkte, dass der Nachttopf mitsamt seinem Inhalt gut sichtbar am Ende des Bettes stand. »Bist du der Einzige hier, der Englisch spricht?«, fragte sie und ging hinüber, um sich vor den Topf zu stellen.

»Ja, aber falls du über Kenntnisse des Lateinischen verfügst, wird sich unsere Junge Königin Duvia sehr darüber freuen.« Er wanderte durch den dämmrigen Raum, hob Dinge auf und legte sie gleich wieder hin: einen hölzernen Kamm, einen Feuersteinbehälter, einen Korb aus Palmblättern mit drei Kerzen darin. »Wir hatten hier einmal zwei französische Schwestern, die ein paar Brocken Latein beherrschten, aber sie wurden fortgeschickt ...«

»Fortgeschickt? Was meinst du damit?«

»Sie waren zwar hübsch, aber leider ein wenig *träge*, wenn du verstehst.« Er nahm ein Stück Seife und roch daran. »Der Sultan bevorzugt ...«

»Der Sultan? Dieser Glatzkopf mit der Zahnlücke? Gütiger Gott ...« Sie schlug sich die Hand vor den Mund. Sie hatte nicht geahnt, dass er ein bedeutender Mann war. »Ist ein Sultan nicht so etwas wie ein König?«

»Ja, Mädchen. Er ist der König von Marokko, auch wenn er keine Krone trägt, sondern eher eine Art Kissen aus weißem Tuch, in das ein Rubin gesteckt ist.«

Ein König – sie war bei einem König gewesen. Er herrschte über das Land, durch das sie gereist war, über die Menschen, über alles, was sie gesehen hatte. Und sie hatte ihn abgewiesen.

Blitzartig trat ihr ein Bild vor Augen: eine Reihe von aufgespießten Köpfen über einem Stadttor. Als sie erneut zu sprechen begann, klang ihre Stimme leise und gepresst. »Was geschah mit ihnen – mit den französischen Mädchen, die ihm nicht gefielen?«

»Sie wurden weggebracht und irgendwohin verkauft – nach Salee, Tanger oder in eine der anderen Hafenstädte. Höchstwahrscheinlich nach Mogador. Dort wird gerade ein neuer Palast gebaut, und es wimmelt nur so von Zimmermännern, Maurern, Zieglern und Spenglern …« Der Zwerg betrachtete forschend ihr Gesicht. »Scharen von Männern, die weit weg sind von ihren Frauen.«

»Ich habe ihn verärgert«, flüsterte Helen. Ihre Beine begannen zu zittern, sodass sie sich auf das Bett setzen musste. Die grauen Augen des kleinen Mannes befanden sich nun zum ersten Mal auf gleicher Höhe mit den ihren.

»Ich weiß, Mädchen«, erwiderte er sanft. »Deshalb wollte ich mit dir reden. Ich habe einen Plan.«

»Willst du mir helfen zu fliehen?«, platzte es aus ihr heraus. Für einen Augenblick sah sie sich auf seinem weißen Hengst davongaloppieren, nach Boston, Perth, irgendwohin.

»Nein, Mädchen«, sagte er seufzend. »Ich fürchte, der sicherste Ort für eine Frau in diesem verdammenswerten Land ist genau hier – der Harem des Sultans. Solange du dich innerhalb dieser Mauern befindest, darf dich kein Mann anrühren, abgesehen von Seiner Majestät natürlich. Aber ich glaube nicht, dass er dich übermäßig belästigen wird, angesichts all der anderen drallen Schönen, mit denen er spielen kann. Und selbst wenn er dich fünfzig Nächte hintereinander hat – wäre das nicht besser als fünfzig ungeschlachte Flegel in fünfzig Nächten? Der Sultan ist zumindest sauber … ich meine, er wird dir nicht den harten Schanker anhängen. Darauf achtet Malia schon.«

Helen schauderte. Auf einmal musste sie an Betty denken, an den Ausdruck auf ihrem Gesicht, als sie fortgeführt wurde. Sauber ... Sie dachte an den Proviantmeister auf dem Schiff, seinen aufgedunsenen Unterleib und seine verrotteten Zähne. Sie dachte an fünfzig Proviantmeister mit dreckigen Hosen und besudelten Bärten. Wenigstens war der Sultan ein Ehrenmann. Er hätte ihr auch Gewalt antun oder sie schlagen können. Wenigstens roch er gut. Der Sultan! Herr Jesus, sie war von einem Sultan liebkost worden ... »Aber er hat mich doch weggeschickt«, warf sie kleinlaut ein.

»Oh, deswegen brauchst du dich nicht zu sorgen«, antwortete der Zwerg und winkte ab. »Die alte Malia wird ihm sagen, du seiest krank. Aber wenn er wieder nach dir verlangt, musst du darauf achten, ihm zu gefallen.« Er starrte sie einen Augenblick lang bedeutungsvoll an. »Es wird nicht genügen, einfach nur bei ihm zu liegen«, warnte er sie. »Er wird gewisse *Dienste* erwarten.«

Helen senkte beschämt den Kopf, woraufhin er sich hastig abwandte. »Bitte verzeih mir. Es gehört sich nicht, vor einer Dame von solchen Dingen zu sprechen.«

»Nein! Bitte geh nicht. Ich wusste nur nicht ...« Sie zögerte und blickte mit vor Scham brennenden Wangen zur Seite. »Ich bin nur mit dem einen ... Ich meine, es war nur einmal.« Sie roch den fischigen Schweiß, der durch die Falten ihres *Haiks* dünstete.

»Schon gut, Mädchen«, entgegnete der Zwerg beruhigend. Dann erläuterte er seinen Plan, sie mit einer Frau bekannt zu machen, die sie darin unterweisen würde, was er »die mannigfaltigen Möglichkeiten der maurischen Liebe« nannte. »Wenn der Sultan nach Beendigung dieser Lehre nicht von dir betört ist, dann heiße ich nicht ...« Plötzlich lachte er und klopfte sich mit der Hand auf den Oberschenkel. »Nun stehen wir vor einem schwierigen Problem!«, rief er höchst belustigt. »Denn ich weiß nicht, mit welchem Namen ich mich dir vorstellen soll. Mein mohammedanischer Name lautet Mansur, aber so hat mich hier noch nie jemand genannt. Und meinen christlichen Namen zu benutzen würde ich nicht wagen, selbst wenn ich es wollte – was ich nicht will, da er das einzige Geschenk ist, das meine gleichgültige Mutter mir je gemacht hat.«

»Ich dachte, du würdest ›Fidschil‹ genannt«, warf Helen schüchtern ein.

»Ja, das ist mein Spitzname. Aber frag mich nicht nach seiner Bedeutung, denn um nichts in der Welt möchte ich dich erneut in Verlegenheit bringen. Und ›Microphilus‹ mag ich auch nicht vorschlagen. Erstens gab ein zu kurz geratener schottischer Knirps sich selbst diesen Namen, um sich größer zu fühlen, und zweitens ist er so lang, dass du ihn dir nur mit Mühe merken würdest, sodass ich fürchten müsste, er könnte wichtigere Dinge aus deinem Gedächtnis verdrängen.« Er warf ihr einen verschmitzten Blick zu.

»Microphilus? Das ist doch gar nicht so schwer«, widersprach sie. Dann musste sie angesichts seines triumphierenden Grinsens lächeln.

»Wobei mir einfällt«, fügte er rasch hinzu, »dass wir *tout de suite* einen mohammedanischen Namen für dich aussuchen sollten, da hier alle Menschen dieses Glaubens sind und Christen für Tiere halten, die man nach Belieben allerlei Qualen und Demütigungen unterwerfen kann …« Er brach ab und eilte zur Tür. Draußen auf dem Gang waren Schritte zu hören. »Die Sklavinnen kommen, um die Nachtgeschirre abzuholen. Schnell, wir müssen dir einen Namen geben.«

Eine gedrungene, verdrießlich wirkende Frau trat geschäftig in den Raum und warf sich vor dem Zwerg auf die Knie. Angesichts ihres geneigten Kopfes lächelte er breit, redete kurz in der Sprache der Einheimischen auf sie ein und wandte sich dann wieder Helen zu. »Du hast Glück!«, sagte er strahlend.

»Dieser alte Sauertopf heißt Rima. Sie ist die verschwiegenste und treueste aller Palastsklavinnen. Für beides wirst du schon bald dankbar sein, denn im Harem werden überall Ränke geschmiedet und mit Hilfe der Sklavinnen von einer Gebieterin zur nächsten getragen wie Blütenstaub von Blume zu Blume.«

Die Sklavin rutschte auf Knien herum, bis sie Helen gegenübersaß. Dichte graue Locken bedeckten ihr Haupt wie eine Kappe, und ihre Nase war dermaßen eingedrückt, dass sie beinahe flach wirkte und wahrscheinlich schon mehrmals gebrochen worden war. »Batoum muss sie geschickt haben«, erklärte Microphilus. »Rima ist eigentlich ihre Sklavin, aber sie scheint sie dir überlassen zu wollen. Batoum ist die Frau, von der ich dir erzählt habe. Sie wird deine Lehrerin sein. Welch großmütige, freundliche Dame sie ist! Sie ist wahrhaftig die Güte selbst.«

Die Sklavin erhob sich, nickte Helen mürrisch zu und begann, die feuchten Kleider aufzuheben.

»Ich werde ihr sagen, dein Name sei Asisa«, verkündete Microphilus. »Wir haben keine Zeit mehr, die Angelegenheit zu besprechen.« Er redete hastig auf Rima ein, die mit unbeweglicher Miene zu ihm hinabstarrte, bis er geendet hatte. Dann holte sie den Nachttopf und ging zur Tür. Mit dem Topf in den Armen blieb sie neben der offenen Tür stehen und gab dem Zwerg mit jeder Faser ihres stämmigen Körpers zu verstehen, dass es für ihn nun an der Zeit war, sich zu entfernen.

Von diesem Moment an übernahm die Sklavin das Regiment. Sie brachte Helen heißes Wasser zum Waschen, saubere Gewänder und schließlich einen Korb mit warmem Fladenbrot und weißem Käse. Nachdem sich Helen gesäubert und angezogen hatte, stellte sie fest, dass sie völlig ausgehungert war. Sie setzte sich im Halbdunkel auf den Boden, riss große Stücke aus dem Brot und tunkte sie gierig in eine Schüssel mit köstlichem grünen Öl.

Während sie aß, blickte sie sich um und bemerkte, dass der Raum eigentlich zwei Türen hatte. Die Tür, durch die sie gekommen war und die ganz normale Ausmaße hatte, war in eine sehr viel größere eingelassen, die die gesamte Breite der Wand einnahm. Nun schob Rima die Riegel dieses Tores zurück und öffnete es.

Sonnenlicht ergoss sich über den gekachelten Boden, ließ das Öl funkeln und wärmte Helens Schenkel in den dünnen Beinkleidern aus Musselin. Von draußen war Schwalbengezwitscher zu vernehmen. Eine merkwürdige kleine Eidechse mit breiten Zehen huschte herein und lief an der Wand hoch. Helen kauerte sich auf die Fersen, wischte sich mit dem Handrücken über den Mund und seufzte. Endlich war es wirklich vorbei. Sie war unversehrt, sie war sauber, sie war satt. Niemand würde sie bestrafen. Und es würde noch Wochen dauern, bis sie wieder dem Sultan entgegentreten musste. Bis dahin konnte viel geschehen.

Der Innenhof vor ihrem Gemach erwachte langsam zum Leben. Blaue Rauchkringel drangen aus dem geschwärzten Eingang der gegenüberliegenden Küche, und zwei braunhäutige Sklavenmädchen stiegen mit großen Servierbrettern voller Speisen die steinerne Treppe zu einem Raum empor, der von einem Wandelgang umgeben war. Andere Sklavinnen trugen riesige rote Wasserkrüge auf dem Kopf und überquerten immer wieder gemächlich den Hof. Irgendwo in der Nähe muss ein Brunnen sein, dachte Helen. Nein, es sind sicher mehrere Brunnen – in Gedanken fügte sie ein Mosaik aus einzelnen Bildern zusammen – und viele Küchen. Der Harem musste aus unzähligen Innenhöfen bestehen, jeder mit einer eigenen Küche und eigenen Sklavinnen. Ihr Zimmer befand sich inmitten einer ganzen Reihe ähnlicher Räume, die insgesamt drei Seiten des Innenhofs einnahmen. Um den gesamten Hof lief ein schattiger Wandelgang, unterbrochen von schmalen Treppen, die zu den Veranden im ersten Stock führten. Darüber glänzten geschwungene, mit grünen Kacheln bedeckte Dächer in der Sonne.

Helen drehte den Kopf und warf einen Blick auf Rima, die gerade den Boden fegte. Ihre eigene Sklavin! Sie wünschte sich, die Leute zu Hause in Muthill könnten sie so sehen: im Palast eines Königs, mit einem eigenen, hübschen Gemach und schönen Kleidern. Sie musste sich wegen der Kleider bei Microphilus erkundigen – wie viele ihr erlaubt waren und ob sie sie selbst aussuchen durfte. Vielleicht wusste ja auch Rima Bescheid. Helen kramte in ihrem Vorrat aus maurischen Wörtern nach denjenigen, aus denen sich eine Frage zusammenflicken ließ. Doch die Sklavin schien völlig in die Aufgabe vertieft zu sein, den Staub zu einem ordentlichen Haufen zusammenzukehren.

Dann tat sie etwas äußerst Seltsames. Anstatt den Kehricht nach draußen zu fegen, ging sie zu dem bodenlangen weißen Vorhang, der neben der Tür angebracht war, und zog ihn zu. Im milchigen Dämmerlicht kauerte sie sich vor den kleinen Schmutzhaufen, untersuchte ihn sorgfältig, klaubte ein paar von Helens langen Haaren heraus und wickelte sie sich geschickt um Daumen und Zeigefinger.

»*Afrit*«, knurrte sie, entzündete eine Kerze und hielt das kleine Knäuel über die Flamme. Die Haare knisterten, schrumpften und erfüllten den Raum mit dem Gestank versengten Horns. Helen nickte. *Afrit* – dafür brauchte sie keine Übersetzung. Unter so vielen Frauen musste mindestens eine Hexe sein, die für ihre Zaubersprüche Haare, getrocknetes Blut und abgeschnittene Fingernägel sammelte.

Nachdem Rima die Haare beseitigt hatte, ging sie durch das Zimmer, legte in jede Ecke ein kleines Stückchen Käse und sprenkelte einige Tropfen des grünen Öls darüber. »*Dschu' dschinn*«, erklärte sie. Helen nickte noch einmal. Wenn man in Muthill ein neues Haus bezog, verstreute man Hafermehl, um sich den Geist, der vielleicht dort lebte, zum Freund zu machen. Und man wusch den Boden mit Salzwasser, um den Teufel fern zu halten. Als könne die Sklavin ihre Gedanken lesen, bückte sie sich über das Servierbrett, von dem Helen aß, nahm eine Hand voll Salzkörner und warf sie unter das Bett.

»*Schukran*«, sagte Helen leise – »Danke« – und wurde mit einem grimmigen Lächeln belohnt.

Rima wischte sich die Hände an ihrer Bluse ab, ging zur Tür und griff nach dem Vorhang. Doch Helen sprang auf und fiel ihr in den Arm. Sie hörte Stimmen im Hof und war noch nicht bereit, den anderen Frauen gegenüberzutreten. Nicht, nachdem sie am vergangenen Abend so von ihnen verhöhnt und gepeinigt worden war. Später vielleicht, wenn es ein wenig ruhiger war. Wenn sie ihr Haar mit einem Schal verdeckte, erkannten die anderen sie ja vielleicht gar nicht wieder. Sie zog den Vorhang einen Spalt weit auf und spähte hinaus.

Alle Türen standen nun weit offen, und der Innenhof wimmelte von fettleibigen Frauen, deren Hautfarbe sämtliche Abstufungen von Braun sehen ließ. Einige lehnten in ihren Türen und riefen nach Sklavinnen, andere watschelten mit wogenden Brüsten von Raum zu Raum, bunte Seidengewänder und Tücher über den Armen. Mehrere trugen schmutzig aussehende Verbände um die kahlen Köpfe oder hatten sie sich um Hände oder Füße gewickelt. Litten sie an einer Krankheit oder hatte man sie geschlagen? Und die Kinder, die überall herumrannten – waren sie von Natur aus kahlköpfig oder geschoren? Einige Frauen rieben ihr Zahnfleisch mit einer schwarzen Paste ein und bleckten vor Handspiegeln aus Messing die Zähne, um die Wirkung zu prüfen. An diesem Ort schienen sich die Menschen einfach alles zu schwärzen – Augenbrauen, Augen, Zahnfleisch ... Selbst den Kleinkindern wurden schon die Augen schwarz bemalt, als seien sie Huren. Außerdem ölten sich alle ein – Helen sah eine Frau Öl auf ihren braunen Brüsten verteilen, bis sie glänzten wie polierte Möbelstücke.

Sie suchte nach einem bekannten Gesicht und glaubte, zwei der jüngeren Mädchen von der Reise zu erkennen. Sie erklommen gerade die Treppe, die zu dem Speiseraum über der Küche führte. Dann erregte eine andere Gestalt ihre Aufmerksamkeit. Sie humpelte über den Hof wie eine alte Frau, tief über ihren Stock gebeugt, sodass ihr der schwarze Zopf bis auf die Knie baumelte.

»Nazime!« Die Gestalt richtete sich auf und blickte sich um. Dann lächelte sie strahlend und schleppte sich mühsam dorthin, wo Helen ihr durch den Vorhang hindurch zuwinkte.

»*Kif el-halik* – wie geht es dir?« Sobald Nazime den Raum betreten hatte, musterte sie Helen mit besorgtem Gesichtsausdruck. »Ich habe gehört, wie sie dich gejagt haben«, sagte sie auf Maurisch und legte dabei die Hand an ihr Ohr. »Aber ich konnte dir nicht helfen« – sie zeigte mit einer hilflosen Geste auf ihre verbundenen Füße. »Einfältige Schweine!« Bei diesen Worten vollführte sie eine angewiderte Handbewegung in Richtung des Innenhofes.

»Wo ist dein Zimmer?«, erkundigte sich Helen auf Englisch, wobei sie zuerst auf ihr Bett und dann mit fragendem Blick auf den Vorhang wies. Inzwischen war sie recht geschickt darin, englische und maurische Wörter mit Gebärden und Grimassen zu verbinden, um sich auf diese Weise verständlich zu machen. Es stellte sich heraus, dass Nazimes Raum in einem anderen Hof lag. Doch sie sprach mit einer von Helens Nachbarinnen und vereinbarte einen Tausch. »Sie ist froh – mein Zimmer ist größer als ihres.« Nazime zeichnete ein Viereck in die Luft. »Sie zieht jetzt sofort um – du kannst dir nicht vorstellen, wie viele Sachen sie hat!«

Helen spähte wieder durch den Vorhang. Eine dicke Frau mit gelbbrauner Haut eilte zwischen dem Raum nebenan und dem Wandelgang hin und her und bellte einem bleichen Ungetüm von Mann mit riesigem Bauch und schwarzen Mustern auf dem haarlosen Kopf Befehle zu. Während sie abwechselnd »Halt still!« und »Beeil dich!« schrie, lud sie ihm die Arme mit Kleidern voll und schlang Ketten und Schals um seinen Stiernacken. Jedes Mal, wenn sie wieder vor ihm auftauchte, schüttelte er sich nachdrücklich, schnitt eine Grimasse, streckte die Zunge heraus oder zog seine Knollennase kraus, bis er schließlich den Kopf zurückwarf und mit einer Wolke duftiger Seide um die kräftigen Schultern den Gang entlang davonstolzierte.

Zwei Minuten später kehrte er zurück, um die nächste Ladung abzuholen: zwei Körbe voller bestickter Pantoffeln, drei aufgerollte Matten und einen Stapel gestreifter Seidenkissen. So viele hübsche Dinge! Helen knetete aufgeregt ihre Hände und malte sich aus, wie sie ihr eigenes, schmucklos weißes Zimmer mit solchen Schätzen anfüllte. Woher hatte die Frau all diese Sachen? Und wer war dieser wunderliche Mann? Sie hatte gedacht, im Harem dürften sich nur Frauen aufhalten. Wenn er ein Sklave war, warum behandelte er die Frau dann so unhöflich? Vielleicht war er ja in Wirklichkeit nur eine ungeheuer große Frau – seine Wangen wirkten so glatt, und schwangen da nicht Brüste unter seinem weiten Hemd? Außerdem bewegte er sich wie eine Frau, mit kleinen, watschelnden Schritten und wackelndem Hintern.

Helen zog Nazime am Ärmel, zeigte auf den Mann und fragte: »Wer ist das?«

Nazime schüttelte mitleidig den Kopf. »Ein Eunuch.« Sie tat, als packe sie einen Hodensack und schneide ihn ab. »Er ist verschnitten worden, damit er keine Kinder machen kann. Der Harem ist voll von ihnen. Schau nur …«

Vier weitere riesige Männer mit weichen, bartlosen Gesichtern schlenderten in den Hof und ließen sich neben der Küche im Schatten des Wandelganges nieder. Sie klatschten nach Tee, griffen dann nach den Musikinstrumenten, die sie mitgebracht hatten, und begannen zu spielen. Die Musik klang eigenartig. Ein dumpfer Takt, auf einer Art dünner Laute gezupft, ein hohes Summen aus einem kleinen Dudelsack, das Dröhnen einer Trommel und das Rasseln eines Tamburins. In den gewaltigen Pranken der Musiker sahen die Instrumente winzig aus – die Laute wie ein Holzlöffel und der Dudelsack wie eine quiekende Feldmaus.

Die Musikanten wurden mit Schreien des Entzückens begrüßt. Fünf oder sechs Frauen hasteten, mit langen Seidenschals winkend, aus ihren Gemächern. Unter Gekicher und Augenrollen streiften sie ihre Blusen ab, lockerten den Sitz ihrer Beinkleider und banden sich die Schals um Stirn, Oberarme und Hüften, sodass die losen Enden über ihre Körper schlängelten. Helen starrte mit offenem Mund durch den Vorhangspalt. Hatten die Frauen etwa vor, so zu tanzen – mit entblößten Brüsten?

Im nächsten Augenblick streckten sie ihre Arme zur Seite und fingen an, mit Schultern und Hüften zu wackeln, bis die Zungen aus bunter Seide über ihre Haut leckten. Helen wollte in Lachen ausbrechen, weil das Fleisch der Frauen so glibberig wabbelte wie Innereien auf dem Hackklotz eines Schlächters. Gleichzeitig war sie jedoch entsetzt. Schämten sie sich nicht? Jede Bewegung ihrer fetten Schultern, jedes Zucken ihrer Hüften ... als würden sie sich vor aller Augen dem Liebesspiel hingeben.

Einer der Musiker pflückte ein paar große rote Blumen, hüpfte um die Tänzerinnen herum und steckte ihnen die Stängel genau zwischen die Hinterbacken in die Hosen. Mit kreischendem Gelächter stürzten sie sich auf ihn, rissen ihm die Kleider vom Leib, schlangen Schals um seinen Wanst und jubelten, als auch er zu tanzen begann, wobei er sein breites, mit Grübchen verziertes Gesäß hin und her schwang und die Seide um seinen kurzen Stummel von Penis band.

Helen trat vom Vorhang zurück und wandte sich ihrer Freundin zu. Nazime konnte sich vor Lachen kaum halten. »Deine Miene – du bist so entsetzt! Aber du weißt doch, dass dies ein Ort der Sinneslust ist« – sie benutzte das Wort, das Helen nur zu gut kannte. »Das ist alles, woran sie hier denken. Die Kleider, die Schminke, das Tanzen – alles für die Sinneslust, um die Frauen auf den Beischlaf vorzubereiten und darauf, Kinder auszutragen.«

»Und was ist mit diesen Männern?«

»Oh, ihre Dinger sind nicht zu gebrauchen.« Nazime wedelte schlaff mit dem Handgelenk. »Aber sie haben ja auch noch Hände, nicht wahr? Und Zungen.« Sie vollführte einige anzügliche Gesten und brach angesichts von Helens Gesichtsausdruck erneut in Gelächter aus. »Und nicht nur die Eunuchen haben Hände, weißt du«, fügte sie grinsend hinzu und ließ ihre Finger über Helens nackten Arm laufen.

Helen lächelte unsicher, wandte sich wieder zum Vorhang und lugte hinaus. Die Musik war schneller geworden, und einige der Frauen hatten sich zu Paaren zusammengefunden. Sie tanzten von Angesicht zu Angesicht, passten ihre Bewegungen einander an und kamen sich dabei so nahe, dass sich ihre Bäuche fast berührten. Die anderen klatschten, jubelten und stachelten sie an.

Dann wurde die Musik plötzlich ohne Vorwarnung leiser und verstummte schließlich ganz, da die vier Eunuchen einer nach dem anderen eine hoch gewachsene, dicke braune Frau in einem schlichten weißen Gewand bemerkten, die über den Hof auf sie zuschritt. Die Tänzerinnen und Zuschauerinnen fielen auf die Knie, die Eunuchen legten ihre Instrumente ab, eilten ihr entgegen und trällerten dabei einen Willkommensgruß. Dann warfen sie sich vor ihr nieder und küssten ihre bloßen Füße. Die große Frau winkte sie fort, drehte sich in der Mitte des Innenhofs einmal langsam um die eigene Achse und ließ ihren Blick über die offenen Türen schweifen.

Ihre Augen hefteten sich auf Helens Vorhang. »Asisa!«, rief sie – den Namen, den Microphilus für sie ausgesucht hatte. »Bist du da drin?«, fragte sie auf Englisch mit schwerem Akzent und fügte dann einige maurische Wörter hinzu, die alle zum Lachen brachten.

Rimas lädiertes Gesicht erschien neben Helens Schulter. »Das ist Königin Batoum«, sagte sie, und ihre Stimme klang warm und voller Zuneigung. »Soll ich den Vorhang zurückziehen?«

Fünf Minuten später spazierte Helen in Begleitung von Königin Batoum durch den Harem. Inzwischen stand die Sonne hoch am Himmel und funkelte in Batoums schweren Ohrringen, ihrem einzigen Schmuck außer einem Satz von Schlüsseln, die sie an einem Lederriemen um den Hals trug. Sie war mindestens einen Kopf größer als Helen, doppelt so breit und glitt wie ein Schiff unter vollen Segeln gemächlich durch die Höfe, wobei sie in ihrem Kielwasser unterwürfig auf dem Boden liegende und kniende Frauen hinterließ.

War dies die Batoum, von der Microphilus gesprochen hatte? Diejenige, die ihr beibringen würde, wie man den Sultan zufrieden stellte? Warum hatte er nicht gesagt, dass sie eine Königin war? Helen versuchte sich vorzustellen, wie der Sultan es mit ihr tat. Gefielen ihm große, fettleibige, glatzköpfige Frauen? Diese Narben auf ihren Wangen, die aussahen wie die Schnurrhaare einer Katze – fand er sie schön? Und wie konnte er solch breite, geschwollene Lippen küssen?

Batoum bemerkte Helens Blick und zeigte mit einem breiten Grinsen ihre strahlend weißen Zähne und ihr hellrosa Zahnfleisch. »Eine so dicke braune Dame hast du noch nie zuvor gesehen, oder?«, fragte sie auf Maurisch. Als sie Helens Verwirrung sah, wiederholte sie langsam auf Englisch: »Dicke ... Dame ...«, streckte ihre gewaltige Brust heraus und schlug sich auf den ausladenden, runden Hintern. »Fidschil sagt, es gibt keine braunen Menschen in deinem Land« – sie benutzte ein Wort, das Helen verstand und das für sie »zu Hause« bedeutete. »Also – wie gefällt dir unser reizendes Gefängnis?«, fragte sie und beschrieb mit erstaunlich zierlicher Hand einen Kreis.

Helen sah sich um und betrachtete den Harem zum ersten Mal bei Tageslicht. Er glich einer Stadt, die sich auf ein Fest vorbereitet. Wohin sie auch blickte, überall kleideten sich Frauen an oder aus, bemalten sich die Gesichter, kämmten einander die Haare. Die meisten Türen standen weit offen und gaben den Blick auf Gemächer voller Uhren, Spiegel und Kerzenleuchter frei. Bunte Kissen türmten sich auf Diwanen, um die bestickte Tücher drapiert waren. Die Einrichtungsgegenstände ergossen sich sogar noch bis in die Wandelgänge, wo Frauen auf gemusterten Teppichen im Schatten lagen, ihre Kinder stillten, Tee tranken oder ihre Hände und Füße mit dunklen Ornamenten bemalten.

»Hier wohnen die Königinnen.« Batoum lotste Helen einen breiten Weg entlang, über den sich Pflanzbögen mit prächtigen violetten Blüten wölbten. »Es gibt vier Königinnen«, erklärte sie und betrat einen ausgedehnten, menschenleeren Hof. »*Wahid, itnen, talata, arba'a*. Eins, zwei, drei, vier«, wiederholte sie auf Englisch und wies nacheinander auf vier große, kunstvoll gearbeitete, zweiflügelige Tore, eines in jeder der vier Mauern, die den Hof umgaben.

Helen sah sich um. Es war so still nach all dem Tumult, der im Hauptharem herrschte! Hier gab es keine umherlaufenden Kinder, kein Geschnatter, keine Gruppen von feisten Frauen. Und es war so prunkvoll – beinahe so prunkvoll wie die Gemächer des Sultans, mit einem blau gekachelten Springbrunnen in der Mitte. Die beiden Frauen schlenderten durch die Wandelgänge.

Als sie sich dem ersten Tor näherten, fragte Helen: »*Min hadritha?* – Wer ist das?« Hinter dem Tor lag ein bezaubernder Hof. Mit weißen Rosen bewachsene Lauben und golddurchwirkte Teppiche luden zum Verweilen ein. Doch dort lief eine bleiche, knochige Frau mit herrlichem kastanienbraunen Haar fieberhaft auf und ab, brabbelte vor sich hin und kratzte sich dabei die spindeldürren Arme. Eine Horde aufgeregter Sklavinnen wimmelte mit Gewändern, Tellern voller Obst und Wasserkrügen um sie herum. Sämtliche Wände waren mit gemalten blauen Händen bedeckt, und aus jeder Handfläche starrte ein Auge – mit anklagendem, unverwandtem Blick.

»Das ist Königin Zara«, sagte Batoum mit leiser Stimme. »Früher war sie sehr schön.« Bei diesen Worten streichelte sie kurz über ihre eigene, glänzende Wange und schüttelte dann traurig den Kopf.

Noch während sie die Frau beobachteten, sackte diese auf einmal in sich zusammen, als wäre alles Leben aus ihr gewichen. Eine der Sklavinnen sprang herbei und legte einen *Haik* um ihre knorrigen Schultern, doch sein Gewicht schien sie vollends niederzudrücken. Sie sank auf die Knie und winkte kraftlos nach einem Handspiegel.

»Was um alles in der Welt hat sie nur?«, stieß Helen hervor. Eine Unzahl von Blasen entstellte Königin Zaras Nase und ihren Mund, und ihre Haut war über und über mit braunen Flecken bedeckt.

Batoum zuckte ihre breiten Schultern. »Wer weiß? Vielleicht *Afrit*. Oder Gift.« Sie drückte Finger und Daumen zusammen und führte sie zu ihrem Mund, als würde sie Couscous essen.

Helen runzelte verwirrt die Stirn – war etwa das Essen für Königin Zaras Zustand verantwortlich? Dann ging ihr ein

Licht auf. »Oh, du meinst Gift!«, rief sie auf Englisch und fuhr dann fort: »*Khubs atel*? – Schlechtes Brot?«

Batoum nickte. »Irgendjemand da draußen«, zischte sie und zeigte wütend auf den Weg, der zum Hauptharem führte. »Sie wollen alle Königin sein.«

Nun begriff Helen. Irgendwo im Harem gab es einen geheimen Vorrat mit Königin Zaras langen kastanienbraunen Haaren, oder ein Päckchen mit giftigem Pulver, das sich unter ihr Salz mischen ließ.

Die Frauen gingen weiter. »Hier lebt Königin Duvia.« Helen spähte durch das nächste Tor. Während Zaras Innenhof von kühler, weiß-goldener Eleganz war, erstrahlte Duvias Reich in leuchtenden Farben. Überall standen riesige Tontöpfe voller Pflanzen, deren Blüten wie bunte Girlanden wirkten.

Helen hörte Gelächter und blickte in die Richtung, aus der das Geräusch kam. Ein Mädchen von ungefähr dreizehn Jahren saß mit gekreuzten Beinen im Schatten und hatte einen rundlichen Säugling auf dem Schoß. Sie kitzelte ihn mit einem Strauß Federn, sodass er gluckste und mit den Ärmchen ruderte. Hinter ihr und an jeder Mauer hingen zierliche Messingkäfige mit kleinen Vögeln, deren Zwitschern und Tirilieren die Luft erfüllte. Ein Hort von Schätzen und Kostbarkeiten lag rings um sie im gesamten Hof verstreut: Puppen in hübschen Kleidern, eine klimpernde Spieluhr, glitzernde Halsketten und Armbänder, Schüsseln mit halb aufgegessenen Speisen. Vier seltsame Geschöpfe, die aussahen wie fette Eidechsen mit Schalen auf dem Rücken, krochen langsam durch die Unordnung.

Das junge Mädchen war hinreißend mit seinen dunklen, quicklebendigen Augen in dem zarten, herzförmigen Gesicht. Ein Diadem aus roten Rosenknospen schmiegte sich in ihre blauschwarzen Locken. Im Gegensatz zu Königin Zara war sie so pummelig und putzmunter wie die flatternden Singvögel in den Käfigen um sie herum. Duvia ... Duvia – wo hatte Helen diesen Namen nur schon einmal gehört? Natürlich – dies musste die »Junge Königin« sein, von der ihr der Zwerg erzählt hatte und die Latein sprach. Helen hatte nicht erwartet, dass sie *so* jung sein würde.

»Ist das ihr Kind?«, fragte sie und zeigte auf den Säugling. Batoum nickte seufzend. Helen vermochte den Ausdruck in ihren Augen nicht zu deuten, er schien zwischen Mitleid und Zorn zu schwanken.

Der Säugling griff nach einer der runden Brüste der Jungen Königin, woraufhin eine Sklavin herbeieilte, ihn auf den Arm nahm und in einem der Innenräume verschwand. Einen Moment lang runzelte Duvia überrascht die Stirn, dann hob sie eine der Puppen auf und begann, ihr die Kleider auszuziehen.

»Hast du Kinder?«, fragte Helen, während sie und Batoum auf das dritte Tor zuschritten.

Batoum lächelte. »Drei Söhne«, erwiderte sie stolz und maß mit der flachen Hand drei verschiedene Höhen zwischen ihrem Bauch und ihrem Kinn ab. »Aber sie leben nicht mehr bei mir.« Sie wies in eine unbestimmte Ferne und zuckte bekümmert mit den Achseln. »Sie sind jetzt bei den Männern.« Was meinte sie damit? Helen fiel ein, dass ihr im Harem noch keine Knaben begegnet waren – zumindest keine, die älter als ungefähr sechs Jahre waren.

Sie blieben vor dem dritten Tor stehen, und Helen warf einen Blick hindurch. »Hier hat Königin Salamatu gewohnt«, erklärte Batoum. Der Hof war menschenleer. Bienen umsummten die wild wuchernden Lauben, vertrocknete Blätter und verwelkte, braune Blüten bedeckten den gekachelten Boden und lagen in raschelnden Haufen vor verschlossenen Türen. Einst musste dieser Ort wunderschön gewesen sein. Goldene Kacheln glänzten an dem im Inneren schleimiggrünen Springbrunnen, eine rotseidene Markise hing schlaff an einem Baum.

147

»Wurde sie auch vergiftet?« Helen wiederholte das Wort, das sie zuvor von Batoum gehört hatte, doch die große Frau schüttelte den Kopf. »Nein, der Sultan hat sie vergangenen Monat fortgeschickt. Nach Tafilet. Fort ...« Erneut machte sie eine vage Geste in die Ferne. »So, da wären wir endlich!« Batoum holte den Schlüsselbund zwischen ihren wogenden Brüsten hervor und schloss das vierte Tor auf.

Helen hielt erstaunt inne. Batoums Hof war sogar noch kahler als der von Königin Salamatu, aber tadellos sauber. Es gab weder Blumen noch schmückendes Beiwerk, nur weiße Mauern, Kacheln mit blauen Mustern und eine einfache Binsenmatte, die in einer Ecke unter dem einzigen Baum ausgerollt war. Im Schatten bügelte eine junge Sklavin Gewänder, wobei sie von Zeit zu Zeit mit dem Plätteisen in die Küche ging, um es gegen ein zweites auszutauschen, das dort auf dem Feuer stand.

Batoum schöpfte eine Tasse voll Wasser aus einem Krug und trank mit großen Schlucken. »Ich habe nur noch eine Sklavin.« Sie nickte kurz in Richtung des Mädchens. »Ich mache meine Arbeit gern selbst. Das hält mich bei Kräften.« Mit diesen Worten schob sie ihre weiten Ärmel zurück und enthüllte Arme, die so muskulös waren wie diejenigen eines Mannes. »Arbeit gut«, wiederholte sie auf Englisch. »Und nun lass uns Tee zubereiten – du kannst mir dabei helfen, die Blätter zu pflücken.«

Sie führte Helen durch einen Torbogen zu einem quadratischen Stück Land, das von einer hohen Mauer umgeben war. »Dort drüben, bei der Speiröhre.« Sie durchquerten einen Wald fransiger roter Samenköpfe, um zu dem Beet mit Minze auf der anderen Seite zu gelangen. »Ich liebe diesen Garten«, sagte Batoum, während sie Samenkörner von ihrem Gewand abstreifte. Helen dachte an den Küchengarten zu Hause in Muthill, die fruchtbare, schwarzrote Erde zwischen ihren Zehen. Sie kauerte sich neben die große dunkelhäutige Frau und grub ihre Hände in die kühlen Minzblätter.

»Fidschil bat mich, mich mit dir zu treffen«, sagte Batoum. Sie pflückte immer nur die jüngsten Triebe und sammelte sie in ihrer Bluse. »Fidschil gut«, fügte sie schlicht hinzu. Helen blickte auf, verwundert über die Zuneigung in ihrer Stimme. Was hatte der hässliche Gnom getan, dass sie so liebevoll von ihm sprach? Gemeinsam begaben sich die Frauen wieder in den Hof, wo Batoum die Blätter in einen Kupferkessel schüttete und begann, Stücke aus einem Zuckerhut zu hacken.

Lasimni – ich brauche«, stieß Helen hervor, »*Mu'alim* – einen Lehrer.« Sie errötete und sah zu Boden. »Der mir hilft, mit dem Sultan ...«

»Ach ja, der Sultan.« Batoums mandelförmige Augen blitzten belustigt. »Der Sultan ist ein feuriger Mann. Sehr feurig.« Als Helen verständnislos die Stirn in Falten zog, erhob sich Batoum und bewegte ihre Hüfte mit starrem Gesichtsausdruck einige Male schnell vor und zurück. Nachdem sie kurz aufgehört hatte, fing sie wieder an: vor und zurück, mit zusammengebissenen Zähnen. Dann hielt sie erneut inne und brach in stürmisches Gelächter aus.

»Herrje!«, keuchte sie und wischte sich die Tränen aus den Augen. »Ich sollte nicht darüber lachen. Eigentlich ist es traurig. Weißt du, der Sultan muss es treiben. Er braucht das.« Sie wurde schlagartig ernst und zerkrümelte nachdenklich ein Stück Zucker über den Minzblättern. »Es beruhigt ihn.« Sie erklärte ihre Worte durch eine besänftigende Geste. »Manchmal beschläft er in einer Nacht zwei oder drei Frauen.« Sie zählte sie an ihren Fingern ab. »Er spricht mit keiner von ihnen, er rammelt sie nur, bis er völlig erschöpft ist.«

Helen sah der dunkelhäutigen Frau dabei zu, wie sie kochendes Wasser in den Kessel goss. Sie hatte nur wenige Wörter verstanden, aber die Gebärden waren deutlich genug gewesen. Der Sultan tat es nicht einfach und schlief danach ein wie andere Männer. Er musste es wieder und wieder tun, wie ein

Wahnsinniger, wie dieser Bulle in Muthill, der an einem einzigen Nachmittag eine ganze Herde decken konnte. Helen dachte an die glänzenden Haare auf den Zehen des Sultans, an sein rotes Ding, das gegen ihr Kinn stieß. Wie viele Stunden würde es dauern? Sie spürte, wie sich ihr vor Entsetzen die Kehle zuschnürte. »Ich kann nicht«, brach es aus ihr heraus.

»Asisa, hör mir zu.« Batoum packte Helen an beiden Schultern, schüttelte sie derb und starrte ihr wütend in die Augen. »Wenn du dich dem Sultan noch einmal verweigerst, lässt er dich töten.« Sie gab Helen frei und machte eine unmissverständliche, schneidende Geste, als hätte sie eine Sense in der Hand. »Töten. Tot. Hast du verstanden?« Helen nickte stumm. »Das nächste Mal ist deine letzte Chance. Du musst ihm Genuss verschaffen, wirklichen Genuss.« Helen schluckte und nickte noch einmal.

»Dann lass uns anfangen.«

20

14. Juli 1769

Heute hämmerte uns die Hitze nieder wie Nägel, sodass sich unsere armen Köpfe unter den gleichgültigen Schlägen zur Seite neigten und unsere Augen schielend aus ihren Höhlen quollen. Ausnahmslos alle waren gereizt und fauchten sich an wie Katzen. Selbst die kriecherischsten Sklavenmädchen waren zänkisch, verschütteten den Inhalt der Samoware und stellten die Servierbretter mit lautem Knallen ab.

An solchen Tagen sehne ich mich nach meinem Heimatland, nach dem Knirschen von Raureif unter meinen Stiefeln. Ja, sogar nach den Stiefeln selbst, denn seit vier Jahren habe ich nicht mehr das Klappern starker Schuhnägel vernommen oder mit einer festen Stiefelspitze gegen eine Grassode getreten. Hier gibt es nur Pantoffeln, Tag und Nacht, die mit schiefen Absätzen einherschlurfen, als gäbe es kein Morgen, als sei jedes Ziel gleichermaßen bedeutend (will sagen: unbedeutend) und jede Verabredung gleichermaßen dringend (will sagen: überhaupt nicht dringend). Es ist unmöglich, sich in diesen Dingern schnell fortzubewegen. Versucht man, mehr als ein zügiges Watscheln zustande zu bringen, so läuft man Gefahr, über die absurd aufgestülpten Endstücke zu stolpern, mit flatternden Gewändern an Rosenbüschen hängen zu bleiben oder ihre Enden arglosen Kindern in die kleinen Gesichter zu peitschen.

Ach, wie gern würde ich jetzt die Küste bei St. Andrews entlangmarschieren! Mir den salzigen Wind um die Ohren pfeifen lassen, während mir vor Kälte die Nase läuft und die Augen brennen! Und wissen, dass Helen mich zu Hause erwartet, mit süßem Haferkuchen auf dem Tisch und dampfendem schwarzen Tee im Kessel.

Dieser Tage werden all meine Träumereien zu Gebeten. Lieber Gott, lass sie in einer Kattunschürze und mit Mehlstaub auf dem Kinn gemeinsam mit mir in Schottland sein. Lieber Gott, mach, dass sie mich liebt, und schaffe uns fort, hinaus aus diesem erstickenden Ofen, wo es nur grünlichen Tee und heißen, trockenen Wind gibt, der geradewegs von der Wüste im Osten herüberheult. Und wo der einzige Regen, den wir in den nächsten drei Monden sehen werden, nicht aus Wasser, sondern aus raschelnd zu Boden fallenden Akazienblättern besteht.

Sie nennt mich »Microphilus« – wie entzückend ist ihr angestrengtes Stirnrunzeln beim Ordnen der Silben! Ich fürchte, sie neulich mit meinem Gerede über die Vorlieben des Sultans erschreckt zu haben. Ich hatte angenommen, selbst sie als junges Mädchen vom Land sei vertrauter mit den männlichen Bedürfnissen. Doch wie es scheint, war sie bis vor kurzem noch Jungfrau, was mich nur noch verliebter macht. Ihre verschämte Einfalt, gepaart mit ihrem braven, bäuerlichen Benehmen, hat etwas Besonderes an sich – sie ist wie eine Prinzessin, die in einer Fischerkate haust, ein Aschenputtel mit nackten, schmutzigen Füßen.

Ich Narr – als könnte sie mich lieben! Und dennoch ... wenn der Sultan ihrer früher oder später überdrüssig wird, wem an diesem Ort sollte sie sich sonst zuwenden? Hier darf ich größere Hoffnungen hegen als jemals in Schottland. Hier gibt es nur mich. Und ich werde da sein, wann immer sie aufblickt. Irgendwann wird sie wie ein frisch geschlüpftes Entenküken mir folgen müssen, denn es gibt niemand anderen.

Warum freue ich mich darüber? Warum sollten die abgenutzten Reste einer Liebe mich glücklicher machen als Batoums uneingeschränkte Achtung und Zuneigung? Denn die Schwarze Königin liebt mich, das steht außer Zweifel. Als wir in der vergangenen Nacht beieinander lagen und ich mit dem Mund ihren Schoß liebkoste, hielt sie auf einmal meinen Kopf fest, zog mich zu sich hinauf und drückte mich wie einen verschmierten Säugling zärtlich an ihre dunklen Kissen. »Armer Fidschil«, seufzte sie leise. »Warum reicht dir das nicht zum Glück?«

Ja, warum? Seitdem ich Helen zum ersten Mal sah, bin ich wie besessen ...

Ich habe gerade nahezu drei Stunden in der Gesellschaft von Lungile verbracht. Als ich, die Feder gezückt, weitere Lobreden auf mein Entenküken verfassen will, höre ich plötzlich die quatschenden Schritte riesiger Füße in nassen Pantoffeln und sehe ihn kurz darauf den kolossalen Kopf einziehen, um nicht gegen den Türpfosten meines Gemachs zu stoßen.

»Den Flohgöttern sei Dank, du bist hier!«, ruft er, faltet seinen langen Körper zusammen und setzt sich neben mich auf den Teppich. »Wo hast du dein Wasser?« Er greift nach dem Krug und trinkt Kelle um Kelle. »Heute bin ich wie ein Schwamm«, klagt er. »Ich triefe aus jeder Pore. Ist es immer noch heiß? Ich kann nicht mehr sagen, ob es dieses verfluchte Fieber oder das Wetter ist, das mich so auslaufen lässt.« Er wischt sich mit einem durchnässten Ärmel über die Stirn und hüllt mich dadurch in seine übel riechenden Ausdünstungen ein.

Seine Hose hängt schwer von Feuchtigkeit an ihm herunter, und er krempelt den Stoff bis zu den Knien hoch. »Ich würde verrückt, wenn ich nicht hierher kommen könnte«, stößt er hervor und lehnt sich mit dem Rücken gegen den Diwan. »Die anderen ... Männer ...« – wie er bei diesem Wort stockt! – »... sind sie jemals still, Bruder Floh? Hören sie jemals mit ihrem törichten Geschwätz auf? Oder mit ihren weibischen Tänzeleien? Vielleicht, wenn sie tot sind ...« Und mit diesen Worten umklammern seine Finger die Luft, als hätte er die fleischige Kehle eines Eunuchen vor sich.

In letzter Zeit sitzen wir häufig so beisammen, Seite an Seite in meinem Quartier, und vertiefen die Freundschaft, die während unserer Reise begann. Und wir haben uns angewöhnt, am Abend eine *Huka* miteinander zu rauchen, ein merkwürdiger, aber geselliger maurischer Brauch, bei dem eine kunstvolle Pfeife mit einem großen Gefäß voller kaltem Wasser verbunden wird. Wie so viele angenehme Zerstreuungen in diesem Land ist auch dieser Zeitvertreib nur den Männern gestattet. Überall in der Stadt kann man sie beobachten, wie sie in schweigenden Gruppen vor den Gasthöfen hocken, die Lippen schürzen und Rauch ausblasen wie plattäugige Fische.

Was die Fähigkeit zu schweigen betrifft, gibt es einen bedeutenden Unterschied zwischen den Geschlechtern. Ich habe bemerkt, dass Frauen den Raum um sich herum mit Geschwätz anfüllen, als sei Geplapper die Hirse, mit der man die Herde der Freundschaft füttern muss, damit sie gedeiht und Fleisch ansetzt. Wir Männer sind ganz anders, wir nähren unsere Kameradschaft mit Schweigen, sei es das Schweigen bei schwerer Arbeit, die Ruhe auf einem langen Weg oder die konzentrierte Stille, die eine Partie Backgammon oder Schach begleitet. Doch nichts übertrifft ein gemeinsam und schweigend gerauchtes Stück Tabak am Ende des Tages.

Soweit ich feststellen kann, ist es überall auf der Welt dasselbe – die schwatzhaften Frauen sitzen mit den Kindern im Haus, die schweigenden Männer versammeln sich draußen und rauchen in der Dunkelheit. In Nubien, so hat mir Lungile erzählt, dürfen Frauen die Leeseite der Häuser nicht betreten. Und dieses Verbot hat sich hier in der Berberei zu einer Obsession gesteigert, sodass Frauen ihre vier Wände gar nicht verlassen können, um die kostbare Ruhe der Männer mit ihrer Kakophonie zu stören.

Daraus folgt, dass die Geschwätzigkeit unserer Eunuchen womöglich von ihrer Entmannung herrührt. Nachdem wir die *Huka* entzündet und eine Weile lang abwechselnd am Mundstück gesogen haben, unterbreite ich Lungile diese These, woraufhin er wehmütig nickt. »Aber am schlimmsten ist ihre Eitelkeit«, murrt er. »Die Art, wie sie sich die Augenbrauen zupfen und vor jedem Spiegel einen Schmollmund machen. Es ist mein schlimmster Albtraum, dass ich ihnen eines Tages ähneln könnte. Wenn meine Männlichkeit erst einmal endgültig entwichen ist ...« Er streicht niedergeschlagen über seine durchweichte *Dschellaba*, ein Bild der Verzweiflung.

Ich versuche ihn zu trösten, indem ich erkläre, dass unsere aufgeputzten »Tantchen« oder *Khaleh* bereits in jugendlichem Alter entonkelt wurden und man sie sofort danach Seiner Majestät präsentierte. Folglich können sie sich nicht mehr an die Gesellschaft richtiger Männer erinnern und kennen nur weibliches Gebaren. Doch Lungile ist immer noch bedrückt. »Weißt du, wie sie mich nennen?«, fragt er. Ein Schweißtropfen hängt zitternd an seinem Kinn. »Großmütterchen! Weil ich an Wechselfieber leide wie ein altes Weib. Als hätte ich nie bei meinen Frauen gelegen und prachtvolle Söhne gezeugt! Wenn sie mich damals gesehen hätten ...« Seine Kiefermuskeln verhärten sich, und der Tropfen fällt auf seine Brust. »Ich war ein Krieger, Fidschil, ich besaß tausend Stück Vieh und hätte den Kopfschmuck eines Stammesfürsten geerbt.«

Dies ist ein ständig wiederkehrender Gegenstand unserer Gespräche: der hohe Rang, den er in seinem Heimatland innehatte, verglichen mit der Schmach seiner gegenwärtigen Lage. »Als ich in der Schwarzen Garde war, konnte ich mir wenigstens noch vorstellen, eines Tages zu fliehen«, jammert er und nimmt einen tiefen Zug aus der Pfeife. »Aber jetzt ist das völlig unmöglich. Wohin sollte ich gehen? Ich kann doch meinen Söhnen und meinem Vater nicht in diesem Zustand gegenübertreten, mit diesem schwitzenden Frauenkörper! Weißt du, Fidschil, es gibt Tage, da möchte ich lieber sterben, als auch nur eine weitere Minute in der Gesellschaft dieser fetten Kapaune zu verbringen.« Sein Kinn zuckt nun, seine Stimme klingt heiser, und er kneift die Augen zusammen, um die Tränen zurückzuhalten. Aber sie sickern doch heraus und vereinigen sich mit den Bächlein von Schweiß, die über sein Gesicht rinnen.

Ich klopfe ihm ratlos auf den Rücken in dem Versuch, sein Elend zu lindern, und schaue weg, als er einmal mehr mit dem Ärmel über sein Gesicht fährt. Dann verstummen wir beide für einen Moment. Ich sauge an der Pfeife, er putzt sich die breite Nase, und in der *Huka* blubbern beruhigend die Blasen. Und gerade, als ich in Erwägung ziehe, ihm meine Leidenschaft für Helen zu gestehen, stottert er selbst ein Geständnis hervor, sodass ich mich frage, ob die Wüstenluft womöglich eine merkwürdige Seuche verbreitet hat, da wir beide so heftig entflammt sind.

Denn wie es scheint, hat sich unser großer Gog in das Berbermädchen verliebt, dessen Füße er vor wenigen Tagen so widerwillig züchtigte. Diese Leidenschaft hat ihn in tiefste Verwirrung gestürzt, wie Ihr Euch wohl denken könnt. Denn er hat keine Ahnung, wie, ob oder gar womit es weitergehen soll. Obwohl sein Rapier spitz nach vorne springt, wann immer er an sie denkt, fürchtet er, dass es im Falle eines wirklichen Kampfes versagen könnte. Und wäre es nicht ein eintöniges Duell, wenn niemand durchbohrt würde?

Angesichts dieses Dilemmas vergräbt er den Kopf in den Händen und brummt düster: »Es wäre besser, es gar nicht erst zu versuchen. Aber in meinen Träumen, Fidschil...« – nun blickt er auf, und seine Augen beginnen zu leuchten – »... in meinen Träumen bin ich wie vorher. Und meine Milch fließt wie eh und je.« Dann verfinstert sich seine Miene wieder, und er knirscht mit den Zähnen. »Aber so ist es wertlos, weibisch, ohne ...«

Denn natürlich stellt sich die quälende Frage nach der Schwängerung, die für einen Afrikaner entscheidend ist. »Ich bin leer, Fidschil. Ein Scharlatan. So fühlt es sich an. Früher war ich stolz, wenn er sich erhob, weil ich wusste, wozu er da war: um in sie einzudringen und Kinder zu zeugen. Ich war ein Büffel, ein Elefantenbulle, eine Gewitterwolke am Ende der Dürre. Doch jetzt« – er sieht angeekelt nach unten und lächelt verächtlich – »bin ich ein verlassener Termitenhügel, ein abgestorbener Ast.« (Sein Sinn für Größenverhältnisse ist offensichtlich trotz des Traumas noch intakt.)

»Hast du dich ihr genähert?«, wage ich zu fragen, worauf er einen gewaltigen Seufzer ausstößt.

»Wie könnte ich? Ich habe ihr doch nichts zu bieten – selbst wenn sie mich haben wollte, was ganz gewiss nicht der Fall ist. Vor allem nicht nach jener Nacht. Hinterher hat sie mich mit solch wilden Augen angesehen! Ich sage dir, Fidschil, ihr Blick hat sich in mein Herz gebrannt.«

Urplötzlich schlägt seine Stimmung um, und er zischt zornig: »Er genießt es, nicht wahr? Hast du ihn im Garten gesehen? Schlendert die Reihe der Frauen entlang, dreht sich immer wieder um und nickt in meine Richtung. Ich wette, es bereitet ihm größeres Vergnügen als alle Frauen zusammen, mir solche Blicke zuzuwerfen, mir, dem stärksten Mann in der *Buchari*, der nun sein Sklave ist, sein Geschöpf – nein, noch schlimmer: der Sklave seiner Frauen.«

Ich bemerke sofort, wohin dies führt, denn sind in einem Mann Begierde und Angriffslust nicht untrennbar miteinander verbunden, sodass die eine die andere heraufbeschwört? Warum sonst lassen sich Krieger dazu hinreißen, die Frauen ihrer Feinde zu schänden, obwohl sie ihre eigenen Frauen lieben, obwohl sie erschöpft sind und der Krieg sie anwidert, obwohl der Gestank herausquellender Eingeweide sie in der Kehle würgt? Und so schwingt Lungile wie ein Pendel an der Feder der Verbitterung zwischen Hass und Begierde hin und her. In einem Augenblick hasst er den Sultan, im nächsten begehrt er des Sultans Frau – Hass, Begierde und wieder Hass, bis sich seine riesigen Hände zu Fäusten ballen und er vor Erregung zittert.

»Ich werde ihn töten, Fidschil, das schwöre ich. Eines Tages, wenn er alles andere vergessen hat und ich für ihn nur noch Lungile die Haremstante bin. Wenn er es am wenigsten erwartet. Er muss für das, was er mir angetan hat, bestraft werden.«

21

»*Bi'tiser ti-akhart* – Verzeihung, dass ich so spät komme.« Rima hob den Krug mit dampfend heißem Wasser von ihrem Kopf und leerte ihn in Helens Waschschüssel. »Heute Morgen wollen alle gleichzeitig Wasser haben. An den Brunnen schlagen sich die Sklavinnen schon darum. Ich musste bis zu Königin Batoums Gemächern laufen.«

»*Schu sar*? – Was ist los? Weshalb sind heute alle so früh auf?«, fragte Helen und zeigte durch den geschlossenen Vorhang auf den Hof. Sie hatte das Gefühl, die ganze Nacht wach gelegen zu haben. Frauen waren mit flackernden Kerzen vor ihrem Zimmer auf und ab gehastet, hatten an Türen geklopft, sich gestritten und ihren Sklavinnen mit gellenden Stimmen Befehle zugerufen.

»Sie machen sich bereit.« Rima schniefte und kräuselte die Lippen. »Heute ist *el-khamis* – Donnerstag –, der Tag, an dem sich der Sultan die Frauen aussucht. So geht das jede Woche.« Sie wies mit einer ruckartigen Bewegung des Kopfes auf den lärmenden Innenhof. »Aber das gilt nicht für dich, *Lalla*. Königin Batoum sagt, dass du hier bleiben sollst.« Auch wenn Helen nur wenige Wörter bewusst verstand, erahnte sie doch die ungefähre Bedeutung dessen, was Rima ihr sagen wollte: Heute war der besondere Tag, an dem der Sultan den Harem besuchte, aber Helen sollte sich verborgen halten.

Schnell wusch sie sich und streifte ihre Gewänder über: weiche, locker fallende Hosen und eine lange weiße Bluse. »*Sa'dini!* – Helft mir!«, ertönte es plötzlich wehklagend von draußen. Helen zog den Vorhang auf. Ein Mädchen von ungefähr sechzehn Jahren stand schluchzend und völlig nackt mitten im Hof und riss an seinem Haar. Offenbar hatte die Kleine es zu vielen Zöpfen flechten wollen, aber irgendetwas falsch gemacht, sodass sich grüne Seidenbänder hoffnungslos mit ihren feuchten schwarzen Locken verknotet hatten. Doch niemand hatte auch nur einen Blick für sie übrig. Unmittelbar neben ihr rangen zwei ältere Frauen knurrend um den Besitz eines türkisblauen Schals. Eine ebenfalls nackte, kahlköpfige Frau mit einem Korb unter dem Arm stürmte vorüber, verfolgt von einem fetten Mädchen in ballonartigen blauen Beinkleidern.

Auf dem Boden des Wandelganges vor Helens Zimmer lag eine Weste. Sie hob sie auf und blickte sich suchend nach der Besitzerin um. Die Weste war rosarot, mit Goldfäden bestickt und innen mit gelber Seide gefüttert. Helen sehnte sich danach, die schwere, kühle Glätte auf ihrer Haut zu spüren. Wenn sie doch nur ihr gehörte ... und wenn sie dazu noch eine gelbe Hose und eine goldene Schärpe hätte ... wo kamen nur all diese schönen Dinge her? Und das Geschmeide – alle Frauen trugen Ohrgehänge und Halsketten, manchmal sogar zwei oder drei übereinander, und Armreifen, selbst um die Fußgelenke. Woher hatten sie ihren Schmuck?

»Was für eine Unordnung!«, schnaubte Nazime und stieg über eine rote Bluse und einen violetten Schal hinweg.

»Musst du dich nicht schön machen?« Helen tat so, als tunke sie ihren Finger in einen Tiegel mit Schminkrot und rieb ihn sich dann über die Wange.

Nazime warf sich spöttisch in Pose. »Soll ich etwa die Brust herausstrecken wie eine aufgeplusterte Taube und mir für ihn große Hundeaugen malen? Nein! Ich werde mich in meinem Zimmer verstecken, bis alles vorbei ist.«

»Und wenn Malia kommt?«

»Dann sage ich ihr, dass ich diese Woche unrein bin«, erwiderte sie leichthin. »Du weißt schon ...« Sie zeigte auf ihren

Schritt und gab vor, ihre Monatstücher auszuwringen. Helen sah sie zweifelnd an. Die alte Hexe hatte ganz genau gewusst, wann sie, Helen, geblutet hatte. Sie glaubte nicht, dass Nazime sie täuschen konnte. Und tatsächlich – ein paar Stunden später, nachdem die anderen Frauen bereits in den Garten gewatschelt waren, erschien eine finster dreinblickende Malia, um Nazime zu holen.

Helen brannte vor Neugier und folgte den beiden in sicherer Entfernung. Sie wollte sehen, wie die anderen Frauen sich aufgeputzt hatten, wollte die mit Edelsteinen besetzten Armbänder und Nasenringe betrachten, die Muster, die sich einige auf Hände und Wangen gemalt hatten, die drapierten Schals und Flechtfrisuren. Und den Sultan – allein das Wort jagte ihr einen Schauer über den Rücken. Sie wollte den Sultan wiedersehen.

Die Frauen hatten sich im Garten unter einem riesigen weißen Baldachin versammelt, der zwischen die Bäume gespannt war. Malia versuchte, sie in Reihen anzuordnen, aber sie waren einfach nicht zu bändigen. Helen hatte nicht damit gerechnet, dass es so viele waren. Vier-, vielleicht sogar fünfhundert Frauen jedweder Gestalt und Hautfarbe drängelten und schubsten einander, kicherten und quietschten, umgeben von einem Regenbogen aus Seidenschals. Nazime stand in der ersten Reihe und verlagerte ihr Gewicht ungeduldig von einem Bein auf das andere.

Ein wenig abseits des weißen Baldachins befanden sich vier kleinere, hellgrüne Baldachine mit goldenen Troddeln – sie waren für die Königinnen gedacht. Unter einem von ihnen kniete Batoum und stellte goldene Tassen auf ein niedriges Tischchen. Unter einem anderen saß, ganz in leuchtendes Rosa gekleidet, die Junge Königin Duvia. Sie zog vor ihrem juwelenbesetzten Handspiegel einen Schmollmund und malte sich die vollen Lippen rot an. Hinter ihr kauerte eine hutzelige Sklavin und fächelte dem schlafenden Säugling auf ihrem Schoß Kühlung zu. Die übrigen beiden Baldachinen waren leer, wie Heiligennischen ohne Figuren.

Die Frauen stießen einander an, zeigten mit den Fingern auf die verwaisten Baldachine und tratschten ganz offensichtlich über die fehlenden Königinnen. Würde Königin Zara bald sterben? Spannung würzte die Luft. Wann würde der Sultan Salamatu ersetzen, die Vierte Königin, die sich zurückgezogen hatte? Wen würde er dazu ausersehen? Vielleicht ja eine derjenigen, die er heute wählte! Helen musterte die unruhigen Reihen dickleibiger Frauen.

Eine Gewehrsalve und eine anschließende Fanfare ließen alle Anwesenden im Garten verstummen. Dann war er plötzlich da, ganz in Weiß. Mit einem Apfel in der Hand schritt er den von der Sonne beschienenen Pfad entlang. Helen duckte sich gerade noch rechtzeitig hinter einen Busch. Sie hatte eine Art von Prozession erwartet, aber hinter ihm trottete lediglich Microphilus, Seite an Seite mit dem braunen Riesen Lungile.

Der Sultan näherte sich zuerst den Baldachinen der Königinnen, begrüßte Batoum und danach Duvia, die auf die Füße sprang und einen Knicks machte wie eine Dame aus Perth. Sie griff nach seiner Hand (dass sie es wagte!) und zog ihn mit sich, hinüber zu ihrem Kind. Die Sklavin streckte ihm den Säugling entgegen, und er streichelte mit dem Handrücken über seine Wange. Er ist der Vater dieses Kindes, dachte Helen. Und jedes anderen Kindes im Harem. Irgendwann – vielleicht genau an diesem Tag ein Jahr zuvor – hatte er es mit Duvia getan, und nun hatte sie ein Kind. Helen beobachtete die Hand, die das Kinn des Säuglings liebkoste, und erinnerte sich an die schwarzen Haare auf dem Handgelenk, an seine knochigen Zehen und seine lange Zunge, an seine Beine, die so schlank und muskulös waren wie die eines Pferdes. Hatte er auch Duvia zwischen diesen Beinen eingeklemmt? Wie hatte sie das ertragen?

Doch Duvia schien keinen Groll gegen ihn zu hegen. Selbst aus dieser Entfernung war deutlich, dass sie ihren hoch gewachsenen Gemahl geradezu anbetete. Sie zupfte ihn am Ärmel, damit er sich zu ihr niederbeugte, und flüsterte ihm etwas ins Ohr, das ihn zum Lachen brachte.

Um ihre schmerzenden Knöchel zu entlasten, veränderte Helen vorsichtig ihre Haltung, bis sie im Staub des Gartens kniete. Der Sultan hatte sich inzwischen von den Königinnen verabschiedet und ging hinüber zu den anderen Frauen. Während er an ihnen vorbeischlenderte, verbeugten sie sich eine nach der anderen wie eine bunte Welle. Welche würde er auswählen? Wenn sie doch nur sein Gesicht sehen könnte. Malia tätschelte jedes der Mädchen in der ersten Reihe und schnatterte wie eine Krämerin, die ihre Waren anpreist. Aber wo war Nazime?

Helen ließ ihre Augen über die Reihen wandern und entdeckte ihre Freundin schließlich auf einem der hintersten Plätze. Sie war die Einzige, die nicht ihren Hals nach dem Sultan reckte. Helen kicherte in sich hinein und folgte Nazimes Blick. Er ruhte auf dem Riesen Lungile, der ebenso unverwandt zurückstarrte. Seine breite Brust hob und senkte sich in heftiger Gefühlsregung, seine gerunzelte Stirn glänzte von Schweiß. War er immer noch wütend auf sie, weil sie zu fliehen versucht hatte? Seine gewaltigen Hände kneteten ein Stück seiner *Dschellaba*. Dann richtete er den Blick auf den Sultan, der gerade mit einer der Frauen sprach. Helen beobachtete, wie sich seine Augen verengten und seine Kiefer zu mahlen begannen.

Microphilus zerrte Lungile am Ärmel, um seine Aufmerksamkeit zu erregen, doch der Riese schüttelte ihn ab. Daraufhin griff der Zwerg nach Lungiles verkrampften Händen und löste sanft einen Finger nach dem anderen von dem weißen Wollstoff. Lungiles Miene glättete sich, seine kräftigen Schultern sanken nach vorn, und er bückte sich seufzend hinunter zu seinem Begleiter. Was hatte ihn bloß dermaßen aus der Fassung gebracht?

Aber es blieb keine Zeit, darüber nachzudenken. Der Sultan nahm eine der neuen Frauen bei der Hand und ließ sie sich einmal um sich selbst drehen. Ihr Gesäß war so mächtig, dass es einer Turnüre glich. Helen sah es durch den dünnen Musselin der Hose schimmern wie die Hinterbacken einer Stute. Der Sultan strich mit der Hand darüber und lachte bewundernd, während die Frau ihre Arme hob und anfing, auf schamlose Art zu tanzen, wobei sie ihn mit ihrem breiten Mund über die Schulter hinweg anlächelte.

Grundgütiger, das war es also, was ihm gefiel! Und dieses große, dunkelbraune Mädchen mit Brüsten wie Eutern und einem Ring durch die geblähten Nüstern ... Als Nächste wählte er eine kleine Frau mit sandfarbener Haut, der kurze schwarze Flechtzöpfe in die Stirn hingen.

Alle Frauen hatten breite Münder, große weiße Zähne und platte Nasen. Und sie alle waren fettleibig. Nicht nur pausbäckig und pummelig wie die beiden Robertson-Mädchen in Muthill, sondern so feist, wie man es bei den Mädchen in Schottland nie sah. Fett wie die alte Mutter Crabtree vom Pfarrhaus. Und es war einfach unzüchtig, wie sie ihre Körper zur Schau stellten.

Was hatte Batoum gesagt? Eine nach der anderen, bis er völlig erschöpft ist. Helen versuchte sich vorzustellen, wie er bei ihnen lag, mit knirschenden Zähnen und wilden Augen. Versuchte, dieses Bild mit dem ruhigen, höflichen Mann im Garten in Einklang zu bringen, der gerade lächelnd seine weiten weißen Ärmel zurückschlug. Er machte eine Bemerkung, woraufhin alle lachten, sich hin und her wiegten und sich schäkernd die Schals vor die Gesichter hielten. Die Frauen in den hinteren Reihen mühten sich auf Zehenspitzen, einen Blick zu erhaschen.

Kurz darauf war alles vorbei, und der Sultan stolzierte den Weg zurück, den er gekommen war. Er biss genüsslich in den Apfel. Helen hielt den Atem an, als er an ihr vorüberging. Sie sah ihn kauen und stellte sich das helle Fruchtfleisch in seinem Mund vor, seinen Speichel, den Schlund, der sich beim Schlucken öffnete und schloss. Schwarze Haare lugten aus dem Halsausschnitt seines strahlend weißen Gewandes hervor.

Er warf den halb gegessenen Apfel fort. Die Frucht rollte bis in die Nähe von Helens Versteck, wankte noch ein wenig und blieb dann liegen. Staub klebte an dem weißen Fleisch. Einen Moment später stürmten vier Frauen heran und balgten sich darum, sie aufzuheben.

22

16. Juli 1769

Batoum ermutigt Helen zum Tanzen und lehrt sie jene lüsternen, schlängelnden Bewegungen, die den Einheimischen hier die Gavotte ersetzen. Dies ist Teil des Plans, den sie sich ausgedacht hat, um die Zimperlichkeit des Mädchens zu überwinden. »Durch die Bewegungen sammelt sich das Blut in den Lenden«, erläutert sie und fügt hinzu, dass auf diese Weise etwas angeregt werde, was sie als »Makakengemüt« bezeichnet. Es handelt sich dabei um ein Organ in der Nähe des unteren Rückgrats, das von ihrem Volk nach der promisken Affenart benannt wurde, die in ihren Heimatdörfern über die Abfallhaufen tollt.

Batoum beteuert, das Makakengemüt sei wie ein zweites Gehirn und könne, einmal in Gang gesetzt, Schamgefühl und Eitelkeit bezwingen, welche dem Bereich unseres höheren Verstandes angehören und die freie Entfaltung der geschlechtlichen Lust behindern. Sie unternahm den Beweis, indem sie die Haut über meinem Kreuzbein rieb, und ich muss gestehen, dass sie damit ein höchst köstliches Gefühl von Mattigkeit in mir hervorrief, gepaart mit einer gewissen Lockerung der Gedankengänge, die ich von meinen Experimenten mit Opium in Edinburgh kenne.

Und nun warte ich gespannt darauf, ob die ersten unsicheren Drehungen und Windungen des Mädchens eine ähnliche Lockerung bewerkstelligen werden. Allerdings muss ich mich bis zum Morgen gedulden, denn ich habe beschlossen, mich auf einen Besuch alle zwei Tage zu beschränken, in der Hoffnung, somit in ihr die Erwartung (wenn schon nicht den Wunsch) zu erzeugen, mich zu sehen. Ich weiß aus leidvoller Erfahrung, dass nichts eine Frau so schnell ermüdet wie ein Übermaß an Aufmerksamkeit. Der unscheinbarste *Beaux* kann nachgerade unwiderstehlich werden, wenn eine Frau den Eindruck hat, er sei unerreichbar oder unempfänglich für ihren Liebreiz. In derselben Manier mag eine gewöhnliche Handschuhborte durch kluges Horten seitens des Tuchhändlers dermaßen an Wert gewinnen, dass Frauen aufeinander losgehen wie Hyänen, um die letzte Elle zu ergattern. Also versuche ich mich in Helens Augen aufzuwerten, indem ich sie immer nur mit kurzer Anwesenheit beehre (obgleich ich bereits so kurz bin, wie ein erwachsener Mann sein kann, und es von Microphilus im wahrsten Sinne des Wortes nur noch eine Elle gibt).

Welch Ironie, dass diese List eine größere Wirkung auf den Sultan hatte (den ich nicht zu sehen wünschte) als auf Helen (die zu sehen ich wünschte). Denn aus Furcht, er könnte mir befehlen, das Mädchen fortzuschicken, habe ich auch ihn gemieden. Doch heute Morgen ließ er mir die Nachricht zukommen, er bedürfe meiner Wenigkeit und ich solle in der Schatzkammer auf ihn warten.

Als ich dort eintraf, lief Abd el Kader, der *Alim*, geschäftig im Vorzimmer herum, schnalzte angesichts einer neuen Ladung von Uhren missbilligend mit der Zunge, rechnete mithilfe seiner knochigen Finger ihren Wert aus und notierte die Widmungen und Aufschriften in einem ledergebundenen Buch. Ich habe keine Ahnung, was er mit diesen Aufzeichnungen anfängt, aber es scheint ihn auf eine tiefgründige Art sowohl zu erzürnen als auch zu befriedigen, jede neue Ergänzung zum überbordenden Reichtum unseres Gebieters zu registrieren.

Die Schatzkammer ist knüppelvoll mit Kostbarkeiten, die dem Sultan von aufdringlichen Untertanen verehrt wurden.

Meines Wissens sind allein drei Räume mit Teeutensilien gefüllt. Weitere sechs beherbergen ein unglaubliches Durcheinander an Reitausstattungen: mit Knöpfen geschmückte, wie Diwane gepolsterte Sättel, mit Edelsteinen besetzte Zügel und Sporen, Satteldecken, die prächtiger bestickt sind als das schönste Gewand (denn der Maure bringt seinem Ross größere Wertschätzung entgegen als jeglicher Frau).

Sobald der *Alim* mich erblickte, erstarrte er wie ein Jagdhund. Seine Nasenflügel zuckten argwöhnisch (er empfindet mir gegenüber einen Abscheu, der ebenso stark ist wie die Vorliebe seines Herrn für meine Gesellschaft). Ich hatte ein langes Stück weißen *Dulbend*-Stoffes bei mir, entfaltete es vor ihm und bat ihn, mich in die Kunst einzuweihen, es auf meinem Haupt zu jenem grandiosen Schneckenhaus zu wickeln, das die älteren Männer tragen. Ich spielte mit dem Gedanken, meinen neuen Smaragd auf eine Weise vorzuführen, die den Sultan erheitern würde, und wollte mich mit einem übergroßen Turban und einer schleppenden *Dschellaba* als Wellhornschnecke verkleiden.

Der *Alim* widmete sich der Aufgabe mit engelsgleicher Geduld, erläuterte mit Begeisterung die religiöse Bedeutung jeder Windung und befestigte das Endstück mit einer Sorgfalt, die beinahe an Zärtlichkeit grenzte. Einen Augenblick lang zögerte ich, mit dem kostbaren Tand zu prahlen, doch das Verlangen, seine Frömmigkeit zu verspotten, war einfach zu groß. Also werfe ich die Smaragdnadel beiläufig von einer Hand in die andere, als wolle ich das Licht darin funkeln sehen, worauf ihm vor Neid die Augen tränen, die Finger zittern und er Mühe hat, das Kleinod nicht an sich zu reißen.

»Denke an den Zehnten«, zischt er durch seinen spärlich gewachsenen Bart und bezieht sich damit auf ein mohammedanisches Gesetz, welches verlangt, dass der zehnte Teil jeglichen Vermögens der Kirche für die Armenfürsorge zufließe.

»Gewiss doch«, erwidere ich, »aber da musst du dich direkt an den Sultan wenden, denn ich bin sein Sklave, und alles, was ich besitze, gehört letzten Endes ihm.«

Just in diesem Moment fegt Seine Majestät herein, die Wangen vor Unmut gerötet. »Fidschil, rede mit mir!«, ruft er und steigt über den *Alim* hinweg, der wie ein Bündel Weißwäsche vor ihm auf dem Boden liegt. »Ich habe die Berater satt, die sich weigern, mir zu raten, mich mit offenen Mündern anstarren und mit ihren Gebetsperlen tändeln.« Dann berichtet er ausführlich über den Ärger, den ihm sein neuer Palast in Mogador bereitet: Es sei kein Geld mehr da, um die Kunsthandwerker zu bezahlen, die nun drohten, nach Hause zu gehen, er könne sie nicht einfach enthaupten lassen, denn wer meldet sich dann, um ihre Stelle einzunehmen? Selbst die Sklaven könnten nicht weiterarbeiten, weil die ansässigen Bauern behaupteten, sie nicht mehr mit Nahrung versorgen zu können. (Vielleicht sollte ich erklären, dass genau wie die Soldaten auch die Sklaven des Sultans als Gäste des Volkes gelten, sodass jede königliche Exkursion sich wie ein Heuschreckenschwarm durch das Land frisst. Aus diesem Grund wird der Anführer eines wirklichen Heuschreckenschwarms von den Einheimischen auch »Sultan« genannt.)

»Und warum ist kein Geld mehr da?«, verlangt der Gebieter zu wissen und schleudert seinen *Kissa* gereizt über die Schulter nach hinten. »Sag mir, was nutzt es, ein Steuersystem einzuführen, wenn die Eintreiber mit meinen Steuern Ehemänner für ihre Töchter kaufen? Da könnte ich genauso gut wieder zu Plünderung und Erpressung übergehen, wie sie unter meinem Vater üblich waren.« Er stößt einen lautstarken Seufzer aus, denn er hatte große Hoffnungen in sein neues Steuersystem gesetzt und geglaubt, damit zwei Bedürfnisse zugleich befriedigen zu können – zum einen seine Habgier, die ich bereits erwähnte, zum anderen sein Streben nach Kultiviertheit, von dem er nicht nur fürchtet, es könne die Lektüre von literarischen Werken erfordern, sondern das auch einen Verzicht auf die Geldbeschaffungsmaßnahmen seines grausamen Vorgängers unvermeidlich macht. Abgesehen von offener Gewalt bestand die wichtigste dieser Maßnahmen darin, unter irgendeinem Vorwand einen reichen Scheich zu verhaften und so lange einzukerkern, bis seine Verwandten das »Bußgeld« für ihn zahlten.

Die Wahl des richtigen Opfers war natürlich entscheidend, da viele Erben die bequeme Beseitigung eines unbequemen Patriarchen sogar eher mit Freuden begrüßten. Und in der Tat sind des Sultans Verliese ebenso voll mit unausgelösten Scheichen und Stammesfürsten wie seine Schatzkammern mit Salzstreuern und Bettüberwürfen. Doch wo eine weise Wahl getroffen wurde, war der Zuwachs für das königliche Geldsäckel beträchtlich (und erfolgte in einer weit zweckmäßigeren Währung als die nun alltägliche Flut von Uhren und Überwürfen).

»Soll ich den Palast etwa mit Servierbrettern decken lassen?«, klagt der Sultan und vergräbt die Hand in einer Kiste voller silberner Löffel. »Oder die Spengler mit bestickten Sonnenschirmen bezahlen? Als mein Vater starb, wurden sechzigtausend Seidenkissen verbrannt. Einige waren so alt, dass sie bereits zerfielen, während sie zum Scheiterhaufen getragen wurden. Doch innerhalb von fünf Jahren waren die Schatzkammern wieder zum Bersten gefüllt. Sieh dir das an: noch mehr Uhren!« Seufzend streicht er mit den Fingern über einen Zeitmesser. »Sag mir, Fidschil, ist das in Schottland auch so? Erstickt dein König ebenfalls in prächtigem Plunder?«

Ständig wendet er sich mit derlei Fragen an mich, als sei Schottland die stolze Zitadelle der Zivilisation und meine Wenigkeit ihr gelehrtester Vertreter. Also erläutere ich unser Steuersystem so gut ich es vermag und beschreibe dann unsere Leihbanken, die tageweise Geld verleihen. »Auf diese Weise kann unser König Gewinn aus seiner Henne und darüber hinaus aus all ihren Eiern ziehen«, erkläre ich. »Während Ihr lediglich die Henne behalten dürft.«

»Eine äußerst zivilisierte Vereinbarung«, bemerkt der Sultan wehmütig. »Wenn ich meine Steuergelder mit Gewinn verleihen könnte wie die Juden ...« Hier hüstelt der *Alim* vorwurfsvoll, denn im mohammedanischen Recht wird Wucher unnachgiebig geahndet. »Oder wenn ich Juden damit beauftragen könnte, für mich eine Königliche Bank zu betreiben ...« Ein Funke von Hoffnung flackert einen Moment lang in seinen Augen auf und verlöscht, als der *Alim* sich geräuschvoll räuspert.

In diesem Augenblick beginnen dreitausend Uhren die volle Stunde zu schlagen, sodass wir uns gezwungen sehen, die Hände auf unsere Ohren zu pressen und in den Hof zu flüchten. Nachdem der Lärm verebbt ist, zeigt sich Entschlossenheit in den Augen des Sultans. »Ich werde Steuern von den Korsaren eintreiben, die von Salee aus operieren«, verkündet er triumphierend. »Ich verstehe nicht, warum ich dies bisher versäumt habe, denn sie bringen doch eine Ernte ein, genau wie die Bauern, nicht wahr? Und überhaupt gibt es in dieser Gegend zu viel Reichtum. Zu viele *Kasbahs* und Söldnertruppen. Sie beunruhigen mich. Was meinst du, Fidschil? Fünfzig oder sechzig Prozent? Natürlich werden ihre Schiffe dann sehr viel weniger Gewinn abwerfen, und einige werden sogar vom Meer verschwinden.«

Ich wage einzuwerfen, dass dies ebenfalls auf unsere wahren Bauern zutrifft und seine heiß geliebten Abgaben bereits dazu geführt haben, dass weniger Land bestellt wird. Doch er ist nicht in der Stimmung, auf Bedenken einzugehen. Eine Welle von Tatkraft hat ihn erfasst, und er malt sich aus, wie seine Piratensteuer ihm sowohl zu einem neuen Palast als auch zu einem besseren Ruf in Europa verhelfen wird.« »Denn für einen modernen Monarchen ist es erniedrigend, als ›Dieb von Marrakesch‹ bezeichnet zu werden. Das bedeutet natürlich, dass ich einen neuen Statthalter für Salee brauche. Jemanden, der nicht mit den Korsaren unter einer Decke steckt ...« Mit diesen und weiteren Worten schreitet er rastlos zwischen Reihen von unbenutzten Kutschen auf und ab und überlegt, wie er jeden hinterlistigen Statthalter aus seinem mit Bakschisch gepolsterten Bau treiben wird. »Ich will meine eigenen Leute auf diesen Posten sehen«, verkündet er der Luft um uns herum, »damit sie meine Steuern auf zivilisierte Art verwalten.«

Mit diesem Entschluss schickt er sich an zu gehen, hält dann jedoch inne und ruft mich zu sich. »Ich habe beinahe den eigentlichen Grund für mein Kommen vergessen«, sagt er lächelnd (denn durch all die neuen Pläne hat sich seine Gemütsverfassung wundersam gewandelt). »Sag mir, Fidschil, was fehlt der Königin Zara? Sie hat seit zwei Monaten nicht mehr bei mir gelegen, und ihre Dienerinnen behaupten, sie sei zu krank, um mich auch nur zu sehen. Sie haben unsere besten *Tabibs* kommen lassen – ohne Erfolg. Die Leute glauben langsam, sie sei verflucht worden.«

Ich bin so erleichtert, dass er mich nicht über Helen ausfragt, dass es mir für einen Moment die Sprache verschlägt. »Finde die Wahrheit heraus, Fidschil«, befiehlt er ungeduldig. »Und mach dem ein Ende. Niemand soll denken, er könne der Gattin des Sultans ungestraft Schaden zufügen.«

Gleich anschließend teilt er mir mit (da ich keiner zusammenhängenden Antwort fähig zu sein scheine), er habe erfahren, dass Königin Batoum dem neuen rothaarigen Mädchen Benehmen beigebracht habe. »Wenn die *Bint* vorzeigbar ist, lass es mich wissen«, erklärt er, »damit ich sie meinem neuen Statthalter von Salee zum Geschenk machen kann.«

23

Helen schloss die Augen und wiegte sich im Takt der Musik. Sie stellte sich vor, in einem warmen Meer zu stehen, dessen Strömung an ihren Beinen sog. Die Schärpe ihrer Hose war die Wasseroberfläche, die locker ihre Hüften umspielte. Wellen plätscherten gegen ihren Bauch und ließen ihren Körper wogen wie Stränge von Seetang. Sie versuchte, die beiden anderen Frauen zu vergessen – Batoum, die im Schneidersitz vor ihr saß und duftendes Öl auf ihren Armen verrieb, und ihre dünne kleine Sklavin, die mit gelben Handflächen auf eine Trommel schlug und mit hoher, näselnder Stimme immer wieder dasselbe Lied sang.

Es war spät am Morgen, und in Batoums schmucklosem Innenhof flirrte die Hitze. Selbst im Schatten war die Luft heiß und klebrig. Nach drei Wochen ständiger Mast fühlte sich Helens Körper schwer und aufgedunsen an. Ihre Brüste hingen tiefer und schwangen bei jeder Bewegung feucht hin und her. Schweiß rann aus den Falten, die sich unter ihren Hinterbacken gebildet hatten. Es war leichter, mit geschlossenen Augen zu tanzen – dann musste sie wenigstens nicht ihre wackelnden Euter und rosa Zitzen betrachten, die unverhüllt für alle zu sehen waren. Den Frauen hier schien es egal zu sein, ob jemand sie beobachtete. Am Tag zuvor hatte sie eine Frau gesehen, die in ihrem Gemach mit einer zahmen Schlange spielte. Sie ließ sie durch ihre Hände gleiten wie ein grünes Seil, legte sie sich um die Arme, ließ sie in ihre Kleider schlängeln und zwischen ihre Beine. Ihr Mund war vor Lust leicht geöffnet, während das Tier sich durch die Spalten ihres Körpers wand.

Helen fragte sich, wie sich das anfühlen mochte – der Kopf, der die Umgebung erforschte, die Zunge, die so schnell zuckte wie ein Wimpernschlag.

»*Formidable!*« Microphilus' Stimme riss sie aus ihren Gedanken. Schnell schlug sie die Augen auf. »Du bewegst dich wie *une exotique vraie.*« Wie lange stand er schon da? Hastig hob Helen einen Schal auf und bedeckte ihre Brüste. »Meine liebreizende Batoum war dir eine gute Lehrerin«, erklärte er, sprang hinüber zu der großen Frau und presste ihre Hand an seine Lippen. Batoum zog mit einer zärtlich-neckischen Geste an seinem kleinen Pferdeschwanz und flüsterte ihm etwas ins Ohr. Er brach in Lachen aus, umfasste ihr glänzendes Gesicht mit seinen Kinderpfoten und drückte ihr einen schmatzenden Kuss auf die Stirn.

Dann setzte er sich auf einen ihrer Oberschenkel, wandte den Kopf und grinste Helen an. »Hat sie dich schon über die fünfzehn verschiedenen Arten zu küssen unterrichtet? Nein? Nun ja, vielleicht ist dein Mund ein bisschen zu klein für derlei Spitzfindigkeiten. In diesen Breiten sind die Mädchen meistens mit Schnäuzchen von größerem Umfang gesegnet.« Er berührte Batoums Unterlippe bewundernd mit dem Zeigefinger.

Helen starrte ihn voller Verwirrung an. Es war das erste Mal, dass sie ihn zusammen mit Batoum sah. Waren die beiden etwa ein Paar? Nein, unmöglich, alle Männer im Harem waren verschnitten. Außerdem war sein Ding sowieso wie das eines Knaben, das hatte Nazime gesagt. Deswegen nannten sie ihn auch Fidschil. Helen stellte sich kurz sein Geschlechtsteil vor, wie es winzig, rot und behaart in seinen weiten Beinkleidern baumelte.

»Der Sultan scheint eure Begegnung von vergangener Woche vergessen zu haben«, bemerkte er und fuhr mit der Hand wie zufällig über Batoums schimmernden Unterarm. »Als ich ihn das letzte Mal sah, sprach er ausschließlich davon, wie sich noch mehr Geld aus seinen Not leidenden Untertanen herausholen ließe. Wenn es möglich wäre, durch Druck Münzen aus ihnen zu pressen, würde er gleich morgen eine gewaltige Mangel im Vorhof des Palasts aufstellen.« Er übersetzte für Batoum, dann steckten die beiden die Köpfe zusammen und schwatzten auf Maurisch miteinander. Batoum sah aus wie eine Mutter mit ihrem Kleinkind auf dem Schoß.

Helen zog ihre Bluse an und band die Schärpe wieder enger um ihre Hüfte. Sie hatte ihren Mund nie für besonders klein gehalten. Aber nun, da Microphilus es erwähnt hatte, stellte sie fest, dass er verglichen mit den Mündern der anderen Mädchen tatsächlich klein war. Sie betrachtete Batoums dicke Lippen, gefurcht und wulstig wie ein Baumschwamm. Fast alle der dunkelhäutigen Frauen hatten große Münder. Und die meisten der hellhäutigeren Mädchen ebenso – breite rote Lippen und große, ebenmäßige Zähne. Und riesige Brüste mit weit hervorstehenden dunkelroten Warzen. Nicht wie ihre zierlichen blassrosa Knospen.

Die Sklavin entfernte sich, um Tee zuzubereiten, und Helen schlenderte hinüber zum Wasserkrug. Sie bemerkte, dass Batoum sie kurz mit einem besorgten Stirnrunzeln anblickte. Worüber redeten sie und Microphilus? Wenn sie diese dumme Sprache doch nur besser verstehen könnte! Sie griff nach der Schöpfkelle aus Messing, senkte sie in das Wasser, rührte langsam darin und atmete tief den kühlen, moosigen Geruch ein. Sie verspürte Einsamkeit und eine gewisse Verlegenheit, wie damals in der Gegenwart ihres Vaters und ihrer Stiefmutter. Wollten die beiden allein sein? Ihr war nicht bewusst gewesen, dass sie einander so nahe standen.

Wieder ertönte Gelächter und ließ Helen aufblicken. Microphilus hielt Batoums mollige Hand nun auf seinem Knie und strich behutsam Öl in ihre Ellbogenbeuge. Helen starrte die Königin an – ihre Wogen von Fleisch, die langen Narben auf ihren runden Wangen, ihre Nasenlöcher, die schwarzen Höhlen glichen. Wie hatte ein Geschöpf wie dieses Königin werden können? Dann dachte Helen an die sieben Frauen, die der Sultan an jenem Tag ausgesucht hatte. Sie alle waren fett wie Spanferkel, knollennasig und hatten breite Münder. Offenbar gefiel es ihm, wenn seine Frauen so aussahen.

Weshalb also hatte er von all den neuen Mädchen zuerst sie ausgewählt? Höchstwahrscheinlich aus Neugier. Weil er wissen wollte, wie sie ohne Kleider aussah. Vielleicht hatte er es noch nie zuvor mit einem schottischen Mädchen getan. Aber er hatte sie fortgeschickt, ohne überhaupt nachzusehen. Womöglich widerte sie ihn ebenso sehr an wie er sie. Helen stockte der Atem in der Brust. Zu Hause fanden die Leute sie hübsch. Aber hier war alles anders. Hier schwärzten die Frauen ihr Zahnfleisch und schoren sich die Köpfe. Sie schnitten Linien in ihre Wangen und bemalten ihre Gesichter wie Puppen. Sie waren so dick, dass sie bei jedem Schritt keuchten. Helen war bisher nie der Gedanke gekommen, der Sultan könnte sie widerwärtig finden. Hatte er sie deshalb weggeschickt?

»Weggebracht« – war das nicht das Wort, das der Zwerg benutzt hatte? Fort in die Hafenstädte, zu all den bärtigen Männern, die weit weg waren von ihren Frauen. Helen ließ die Kelle in das Wasser fallen. Klappernd stieß sie gegen die Seite des Kruges. Wenn diese schwerfälligen braunhäutigen Frauen als schön galten, musste der Sultan sie einfach hässlich finden.

Microphilus schien nun über die kranke Königin zu sprechen. Helen hörte den Namen Zara. »Ich habe sie vor einigen Tagen gesehen«, warf sie mit leiser Stimme ein und dachte an das schmerzliche Wimmern, mit dem die arme Frau ihr Spiegelbild angestarrt hatte. »Sie hatte fleckige Haut und Blasen im Gesicht und kratzte sich wie verrückt. Welche Krankheit kann solches Elend verursachen?«

Microphilus seufzte. »Ich weiß es nicht, Mädchen. Es gibt so viele Krankheiten in diesem heißen Land, mit seinen Sumpfgebieten und den übel riechenden Dünsten, ganz zu schweigen von den stechenden Insekten« – er schlug nach einer roten Wespe, die um den Ölkrug schwirrte – »die den sieben Plagen im Alten Ägypten in nichts nachstehen. Natürlich sind die *Tabibs* gerufen worden und haben die Königin betrachtet und befühlt, soweit es ihnen durch die winzigen Öffnungen möglich war, die erlaubt sind. Und sie haben verschiedene Salben und Aufgüsse verordnet. Aber ihr Zustand verschlechtert sich von Tag zu Tag, wie man mir sagt, und die Besorgnis des Sultans wächst. Königin Zara ist nämlich seine Lieblingsfrau.«

Batoum blähte die Nüstern und stieß einen wütenden Schwall maurischer Wörter hervor. »Sie sagt, an diesem Ort sei es gefährlich, bevorzugt zu werden«, erklärte der Zwerg. »Es gibt immer jemanden, der dir Böses wünscht. Sie glaubt, dass die arme Königin vergiftet wird. Aber ich bin mir dessen nicht so sicher. Nur jemand mit großer Schläue und viel Geschick wäre in der Lage, ihre Vorkosterin zu umgehen.«

»Was meinst du damit?« Helen setzte sich schüchtern neben ihn und Batoum.

»In diesem Land werden so häufig Menschen vergiftet, dass man besonders geschulte Sklaven kaufen kann, die das Essen kosten, bevor es deine Lippen berührt.«

Batoum schob den Zwerg von ihrem Schoß und erhob sich mit einem verächtlichen Knurren. Er ließ den Saum seines Gewandes kurz gegen ihre Unterschenkel schnellen. »Unsere Schwarze Königin hält nicht viel von Vorkostern.« Die Bewunderung in seiner Stimme war nicht zu überhören. »Sie bereitet ihre Speisen lieber eigenhändig zu, als zuzulassen, dass ein armes Sklavenmädchen um ihretwillen sich wird.«

Die Königin trottete in Richtung Küche. Microphilus folgte ihr mit den Augen, gähnte und streckte seine Stummelbeine auf der Binsenmatte aus. »Wie dem auch sei, wenn Zara tatsächlich vergiftet wird, warum hat der Täter sein Werk dann nicht schon längst vollendet? Sie ist nun schon seit nahezu einem halben Jahr krank.«

»Und wenn etwas anderes die Ursache ist?«, fragte Helen, der plötzlich klar wurde, dass er durch den dünnen Musselin der Bluse ihre Brüste und ihren Bauch sehen konnte.

»Ah, meinst du damit vielleicht die *Afrit*? Oder die *Ghule* und *Dschinn*?« Er kicherte. »Du hast dem alten Sauertopf gut zugehört, nicht wahr? Nun, du bist nicht die Einzige, die sich diese Frage stellt. Der Sultan höchstpersönlich möchte, dass ich als sein Frettchen das böse Karnickel aufspüre, das an Zaras *maladie* schuld ist.«

»Aber wer würde so etwas tun?« Helen legte ihre Haare nach vorn, um sich zu bedecken.

Microphilus stieß erneut einen Seufzer aus. »Jemand, der Königin werden will – also so gut wie jede Frau im Harem. Doch wenn ich die Auswahl einschränken müsste, würde ich an eine Frau ohne Söhne denken, die Zara ihre beiden strammen Knaben neidet. Oder an eine Frau *mit* Sohn, die möchte, dass dieser einmal den Thron besteigt. Hier tritt nämlich nicht unbedingt der älteste Sohn die Thronfolge an, sondern derjenige, den der Sultan vor seinem Tod ernennt. Und es gibt kaum eine bessere Empfehlung für einen jungen Mann als seine Ähnlichkeit mit einer Lieblingsfrau.« Er schien auf Helens Bauch zu starren, dann auf die Hennaflecken in ihren Handflächen.

»Und was muss ein Mädchen tun, um Königin zu werden?« Helen verschränkte die Arme vor der Brust und wagte es nicht, ihm in die Augen zu sehen.

»Nicht mehr und nicht weniger, als was du tust«, erwiderte er leise und wandte den Blick ab. »Doch wenn die Zeit kommt, sorge dafür, dass du einen kleinen Jungen in deinem Leib trägst.«

»Aber nicht alle Frauen mit Söhnen sind Königinnen.«

»Nein, denn der Sultan darf nur vier Ehefrauen haben. Und wenn diese Ränge besetzt sind, gilt es zu warten, bis eine der Königinnen stirbt oder von Seiner Majestät verstoßen wird. Gegenwärtig gibt es eine freie Stelle, weil er sich vor kaum sechs Wochen von Salamatu getrennt hat. Aber falls Zara stirbt, werden nur noch zwei Königinnen übrig sein: *La Batoum* mit ihrem Trio kräftiger junger Krieger und die kleine Duvia, die just in diesem Frühjahr ihren ersten Sohn geworfen hat.«

Batoums Sklavin trat mit einem leise klirrenden Messingtablett heran und servierte den wohlriechenden Tee. Dann nahm sie erneut ihren Platz an der Trommel ein. Kurz darauf tauchte auch Batoum wieder auf und stolzierte zu ihnen herüber. Im Gehen streifte sie ihre Bluse ab, schob die Beinkleider hinunter zu ihren Hüften und begann zu tanzen.

»*Regarde! La Reine de la Danse!*« Microphilus klatschte entzückt in die Hände. »Ist das nicht ein vortrefflicher Anblick? Er steht den sieben Weltwundern in nichts nach.«

Batoum lächelte ihm schelmisch zu, zog die schwarzen Augenbrauen in die Höhe und schwang ihren Körper hin und her, bis alles an ihm in Bewegung geriet. Microphilus erwiderte ihr Lächeln. Helen folgte seinem Blick zu Batoums Brustwarzen, die gefurcht waren wie der Daumen eines Mannes, und hinab zu ihrem Bauch, der sich wie Sirup über die Hose ergoss. Verglichen mit der Schwarzen Königin kam sie sich blass und unbeholfen vor, teigig, die Haut voller Hitzeflecken.

»Findest du sie hübsch?« Sie bemühte sich, ihre Stimme beiläufig klingen zu lassen.

»Ja, auch wenn ›hübsch‹ nicht das erste Wort ist, das mir in den Sinn kommt. Vielleicht eher ›prachtvoll‹. Oder ›erhaben‹.« Microphilus betrachtete die Königin, die sich in der Mitte des Innenhofs in den Hüften wiegte.

»Obwohl sie den Kopf geschoren hat und diese einfachen Kleider trägt? Und was ist mit dieser Umgebung...« Helen deutete auf den Hof. »Wieso hat sie ihn nicht ausgestattet wie die anderen Königinnen, mit schönen Blumen und Seidenteppichen?«

»Manche behaupten, dass sie die wöchentlichen Zuwendungen des Sultans hortet, statt sie auszugeben. Sie glauben, dass sie sich so schlicht kleidet, weil ihre Kleidertruhen voller Goldmünzen und Geschmeide sind. Meines Wissens könnten sie Recht haben. In ihrem Haus gibt es eine ganze Reihe von Gemächern, die ich noch nie betreten habe. Sie schließt sie stets ab und trägt die Schlüssel um den Hals. Sie sagt, dann müsse sich ihre Sklavin nicht darum kümmern, die Räume zu säubern.« Der Zwerg kicherte anerkennend. »Die Schwarze Königin hat nichts übrig für den Firlefanz, mit dem sich die anderen Frauen beschäftigen. Sie befasst sich am liebsten damit, ihr Stückchen Land umzugraben ...« Er hob die zierliche Teetasse an seine Lippen und trank einen Schluck. Dann fügte er grinsend hinzu: »Und natürlich mit mir.«

Helen ertappte sich dabei, dass sie seine vom Öl glänzenden Hände betrachtete. Sie waren so klein wie diejenigen eines Kindes, aber sehnig und geädert wie Männerhände. Die feinen Haare auf den Handgelenken glitzerten wie Gold, und winzige Sommersprossen bedeckten die Haut. Plötzlich fiel ihr wieder ein, was Nazime über die verschnittenen Männer gesagt hatte: »Sie haben ja auch noch Hände, nicht wahr? Und Zungen.« Tausend Nadelstichen gleich prickelte auf einmal der Schweiß auf Helens Kopfhaut. Hastig stand sie auf und entschuldigte sich.

Sobald das Tor hinter Helen ins Schloss gefallen war, verlangsamte sie ihren Schritt. Sie wollte keine Aufmerksamkeit erregen – niemand bewegte sich zu dieser Tageszeit schneller als nötig. Es war einfach zu heiß. Erschöpfte Spatzen kauerten mit offenen Schnäbeln in den Büschen. Die Frauen schlenderten träge durch die Wandelgänge, zurück zu ihren Gemächern, um dort Mittagsschlaf zu halten. Pantoffeln schleiften über den Boden, schlaffe Hände versuchten, feuchten Gesichtern Luft zuzufächeln.

Natürlich bemerkten die anderen Frauen Helen sehr wohl. Auch wenn die Hitze ihnen die Lider schwer werden ließ, gelang es ihnen immer noch, fragend die Augenbrauen zu heben und sie anzustarren – ihr Haar, ihre bleichen Arme, ihren Bauch. Immer in dieser Reihenfolge. Die neue Frau, diese seltsame Hautfarbe, ist sie schwanger? Dann ein grüßendes Kopfnicken oder eine gezischte Bemerkung, die Helen wünschen ließ, sie könne sich in den Falten ihres *Haiks* verbergen. Würde sie ihn jemals wieder tragen, jemals diesen erstickenden Stall voller fettleibiger Frauen verlassen? Schweiß rann zwischen ihren Brüsten hinab, und die Bluse klebte ihr wie Leim am Rücken.

»*Sabah el-kher*, Asisa!« Eine spöttisch klingende Stimme entbot ihr einen guten Tag. Sie gehörte dem Mädchen, das Malia in jener Nacht an ihrer Stelle zum Sultan geführt hatte. Sie und drei andere schritten gemächlich daher wie eine Gruppe brauner Fohlen mit wippenden Mähnen aus vielen winzigen Flechtzöpfen.

Helen erwiderte den Gruß, indem sie kurz das Kinn hob, und strich sich dann ihre feuchten Locken aus dem verschwitzten Gesicht. Die Frauen hielten einander an den Händen und schwatzten, als seien sie Schwestern. Sie wirkten glücklich und entspannt. Sprachen sie über sie? Würde sie für den Rest ihres Lebens ständig angestiert werden?

Helen dachte an Königin Salamatus verlassenen Innenhof, seinen versiegten Springbrunnen und die wild wuchernden, ungepflegten Pflanzen. Wenn sie eine Königin wäre, müsste sie sich von niemandem anstarren lassen. Als Königin konnte sie alle wegschicken. Im Geiste begann sie abgefallene Blütenblätter zusammenzukehren, schmutzige Kacheln zu scheuern und weiche Teppiche auszurollen.

Als Helen ihren Hof erreichte, waren die Vorhänge aller anderen Räume bereits zugezogen. Auf dem Weg zu ihrem Gemach hörte sie Schnarchen, unterdrücktes Kichern und Gemurmel. Einem plötzlichen Impuls folgend blieb sie vor Nazimes Zimmer stehen und rief leise nach ihr. Aus dem Inneren drang Poltern, dumpfes Gelächter, und dann sagte eine fremde Frauenstimme auf Maurisch: »Verschwinde!«

»Kümmere dich nicht um sie.« Nazime öffnete den Vorhang einen Spalt breit. »Sie ist so unhöflich.« Mit diesen Worten warf sie jemandem im Halbdunkel des Zimmers über die Schulter hinweg ein breites Grinsen zu. »Komm doch bitte herein.« Sie griff nach Helens Hand, wobei der Vorhang ein Stück weiter aufklaffte. »Wir haben nur ein bisschen gespielt.« Nazime war nackt, ihr langer Zopf gelöst. Ihre Lippen wirkten geschwollen, und ihre eigenartigen, hellblauen Augen glänzten. Auf der Matratze hinter ihr räkelte sich eine Frau und streckte schamlos ihre braunen Glieder von sich.

»Verzeihung ...« Helen wich zurück. Nazime zuckte mit den Schultern und schloss den Vorhang.

In ihrem eigenen Zimmer herrschte drückende Hitze. Nachdem Helen ihre Gewänder abgelegt hatte, setzte sie sich auf die Kante des Diwans. Ihre Beine wirkten bleich und klumpig. Sie grub die Fingernägel in ihre teigigen Oberschenkel und betrachtete das Muster aus kleinen roten Halbmonden, das sie hinterließen. Zwei Fliegen landeten auf ihrem Knie und fingen an, sich zu bekriegen und ihre Köpfe gegeneinander zu stoßen wie winzige Ziegen. Im nächsten Augenblick wanden sie sich summend umher und rieben ihre schwarzen Bäuche aneinander. Angewidert schnippte Helen sie fort.

24

19. Juli 1769

Meine Sinne sind noch ganz betört von dem Hochgenuss, der ihnen vergönnt war: Helen, die ohne Bluse tanzte, die Beinkleider tief auf den Hüften. Meine Augen konnten sich nicht satt sehen an den zarten Farben ihrer Nacktheit, an all den Innenseiten und Unterseiten des Garten Eden, den milchweißen Rundungen im Inneren eines Schneckenhauses, den seidigen Tiefen eines Hasenohres, den hauchdünnen Äderchen dieser scheuen Anemone, die bei den Bauernmädchen ›Buschwindröschen‹ heißt.

Dann setzte sie sich neben mich. O glückliche Nase, die du dich mit ihrem Duft füllen durftest! Ich muss diese verfluchte Hitze segnen, weil sie jenen herben Geruch nach Süßholz und Muskatblüte erzeugt hat – und jenen anderen Duft, der das Makakengemüt quält: nach Pferden und Heu und einer frischen Fuchslosung an einem Maimorgen.

Der Geruch war es, der mich aus der Fassung brachte. Es war, als könne ich ihre Essenz einatmen, denn was ist ein Duft anderes als ein Destillat aus den Geheimnissen der Haut, ein Dampf, der aus den verborgensten Winkeln des Körpers steigt? Sie redete mit mir – irgendeinen Unsinn über die Königinnen. Ich vermute, dass ich ihr antwortete, denn das Gespräch dauerte einige Minuten. Doch ihre Nähe überwältigte mich dermaßen, dass eine aufgezogene Puppe mit ihr schwatzte, während der wirkliche Microphilus gierig alle Luft in ihrer Umgebung aufsog und die sittsamen Falten ihres Bauches beäugte, die wie eingerollte Blütenblätter unter dem Musselin ihrer *Kamis* lagen.

Zuvor war es mir trotz der Ablenkung gelungen, mit Batoum ein kurzes Zwiegespräch darüber zu führen, wie der Plan des Sultans, Helen nach Salee zu schicken, vereitelt werden könnte.

»Überlass den Sultan mir«, erklärt die Schwarze Königin mit einem Achselzucken. »Und nun rede mit ihr«, befiehlt sie und verschwindet in ihrer Küche. Hinterher behauptete sie, der Anblick sei so komisch gewesen, dass sie es kaum habe aushalten können: das schüchterne Mädchen, das sich hin und her wand, um seine bloßen Brüste zu verbergen, und der schmachtende Narr, der sinnloses Zeug plapperte, während ihm beinahe die Augen aus dem Kopf fielen.

Seitdem übe ich mich in Enthaltsamkeit und lasse meine ausgehungerten Augen jeden zweiten Tag darben, als seien sie papistische Büßer zur Fastenzeit. Denn Helen darf nicht erfahren, dass ich sie liebe, nein, nicht, solange meine Gestalt ihr zuwider ist. Es ist besser, wenn sie glaubt, dass ich an Batoum hänge – eine missgebildete Marionette an den Fäden einer fabelhaften Königin. Ich darf nicht ihre Geringschätzung auf mich ziehen, denn die Verachtung einer Frau ist wie geronnene Milch: Wenn sich der Quark erst einmal von der Molke geschieden hat, kann nichts auf der Welt sie wieder zu einem sahnigen Ganzen vereinigen.

Unterdessen habe ich meine Tätigkeit als Spürhund aufgenommen. Diese Beschäftigung erweist sich als eine perfekte Ablenkung, andernfalls würde ich unablässig um Helens Quartier herumschnüffeln wie ein läufiger Terrier und nach weiteren köstlichen Duftspuren suchen.

Ich begann mit einem Besuch bei Königin Zara. Allmächtiger, wie sehr hat sie sich verändert, seitdem ich sie vor wenigen Wochen zum letzten Mal sah! Anfangs weigerte sie sich, mich zu empfangen, aus Furcht, der Sultan könnte mich geschickt haben, um ihr nachzuspionieren. Der armen Königin schwirren unzählige solcher wahnhaften Vorstellungen durch den Kopf. In einem Moment hegt sie einen Verdacht, den sie noch im selben Atemzug wieder verwirft, sodass ich mich nach nur zwei Minuten in ihrer Gesellschaft schon völlig erschöpft fühle.

Sie ist dünn wie eine Schnake, scheint nur noch aus Handgelenken und Ellbogen zu bestehen, und ihr stumpfes Haar hängt vor ihrem Gesicht wie Strähnen von Schafwolle an einer Weißdornhecke. Aus ihren fiebrigen Augen blickt mich ein verwirrter Geist an, der nichts mehr mit der feinfühligen Königin gemein hat, als die ich sie kenne. Früher strahlte die *Lalla* Zara stets eine gewisse Ruhe aus, selbstsichere Gelassenheit spiegelte sich in ihren makellosen Gesichtszügen, sie glich einem würdevollen Wasservogel – einem Schwan oder Steißfuß –, mit ihrem schlanken Hals und dem schmalen Gesicht, das milde und beinahe mit Erstaunen auf die schwellenden Massen ihres üppigen Körpers hinabblickte. Vielleicht war es das, was sie für den Sultan so reizvoll machte – die vornehme Ruhe, die über das sinnliche weiche Fleisch unter all der Seide hinwegtäuschte.

Das Fleisch ist so gut wie verschwunden, und gleichfalls die Ruhe. Es ist eine hagere Hexe, die in den Wandelgängen ihres Hofes auf und ab läuft, mit blutverkrusteten Nasenlöchern und rosafarbenem Speichel in den Mundwinkeln. Um den Hals trägt sie ein Amulett aus blauem Glas in der Form eines Auges, das bei jeder Bewegung dumpf gegen ihr Brustbein schlägt. Das Emblem vermag angeblich das Böse abzuwehren, daher haben Zaras Sklavinnen auf ihr Geheiß all ihre Wände damit bemalt. Jedes Auge sitzt inmitten einer blauen Handfläche, welche die Hand von Mohammeds Lieblingsfrau symbolisiert. Die Wirkung ist zutiefst verstörend – als sei ein entkörpertes

Publikum auf bizarre Weise wieder zum Leben erweckt worden und starre unheilvoll auf den Besucher hernieder.

Also nehme ich unter diesem hundertfachen stieren Blick Platz und erkundige mich nach Zaras Leiden (wann es begann, ob es mit irgendwelchen Vorkommnissen oder Speisen in Verbindung zu bringen ist und dergleichen mehr). Ich bemerke sehr wohl, dass sie sich zu konzentrieren versucht, aber in ihrem Schädel scheint ein Schwarm Bienen umherzusummen, sodass ich meine Fragen wieder und wieder stellen muss, während sie den Kopf schüttelt, als wolle sie ihre Ohren davon befreien.

Schließlich sind es ihre fünf Sklavinnen, die mir antworten, dieweil ihre Gebieterin sich die schuppigen Knöchel kratzt, zerstreut umherblickt und alle naselang nach einem Becher Wasser ruft, den sie dann nach einem kurzen Schluck von sich schiebt. Offenbar begann das Übel vor beinahe sechs Monaten, als sie zum ersten Mal einen Schwall schwarzer Flüssigkeit erbrach und danach tagelang bettlägerig war. Ihre Kopfhaut wurde so heiß und empfindlich, dass sie niemandem mehr erlaubte, ihr Haar zu kämmen, sondern lediglich Krug um Krug kalten Wassers verlangte, das man ihr unablässig auf die Locken zu träufeln hatte. Einige Tage später klangen die Beschwerden ab, nur um in der folgenden Woche wiederzukehren. Sie klangen ab, kehrten wieder, klangen ab, kehrten wieder – und dies jedes Mal mit zusätzlichen Symptomen, wie zum Beispiel merkwürdigen braunen Flecken auf der Haut, entzündeten Augen, schwarzem Stuhl und blutendem Zahnfleisch.

»Und sie hat Erscheinungen, Herr«, meldet sich eine zierliche *Bint*. »Gestern sah ich sie mitten am Tag auf dem Hof herumkriechen. Sie lächelte und sagte, sie würde die Mäusekinder betrachten. Aber auf dem Boden lagen nur ein paar abgefallene Jasminblüten, das schwöre ich bei Allah dem Barmherzigen.«

Ich frage die Sklavinnen, ob sie Anzeichen für einen Eindringling bemerkt haben, woraufhin sie einander aus den Augenwinkeln Blicke zuwerfen, während sich eine von ihnen erhebt und ihre verwirrte Gebieterin außer Hörweite führt. Die anderen berichten mir flüsternd und unter Schaudern von einigen verhexten kleinen Gegenständen, die sie in den Gemächern der Königin gefunden haben und die aus Vogelschnäbeln, Wespenstacheln, Fledermausohren, Schlangenzungen und dergleichen gemacht waren. Sie nennen sie *Afrit* – ›Stachelschweine‹. Ich habe daheim in Pittenweem schon ähnliche Gebilde gesehen (allerdings mit Zutaten aus dem Meer, da wir ein Volk von Fischern sind). Sie gelten als Verkörperung des Bösen und vermögen großen Schrecken zu verbreiten, einen Schrecken, den die in den *Afrits* enthaltenen Flüche nur noch verstärken.

»Hat Königin Zara diese Machwerke zu Gesicht bekommen?«, frage ich. Jede einzelne der Sklavinnen zuckt hilflos mit den Schultern, dann tauschen sie erneut Blicke aus. »Nur das erste«, gibt eine zu. »Danach haben wir jeden Tag sorgfältig alles abgesucht.« Mit kläglichem Nicken tasten sie alle nach den vielgestaltigen Amuletten an ihren dunklen Hälsen. »Aber dann, in der vergangenen Woche, hat sie wieder eines gefunden. Seitdem fallen ihr die Haare aus.«

Ich entließ die Sklavinnen, damit sie ihrer Herrin aufwarten konnten, trank Tee und sann über Möglichkeiten nach, den Übeltäter zu entlarven (denn ich weigere mich zu glauben, dass die Stachelschweine von selbst an diesen Ort gelangt sind, ganz gleich, wie gespenstisch sie erscheinen mögen). Nach einer Weile beschloss ich, einen Spion zu rekrutieren, der in meiner Abwesenheit mein Auge und Ohr sein würde. Meine Wahl fiel auf den knorrigen Gärtner, der die Höfe der Königinnen fegt. Eigentlich wählte sich dieser Methusalem jedoch selbst, da ich erst zweimal über ihn stolpern musste, um ihn überhaupt zu bemerken. Bei meiner Seele, kein Geschöpf eignete sich je besser für seinen Beruf, denn er ist das Abbild dessen, was er zusammenrecht: die Farbe ein fleckiges Braun, die Beschaffenheit recht steif und raschelnd – ein wahrer Laubhaufen von einem Mann.

Unter dem Vorwand, er solle in meinem Garten eine kränkelnde Rose untersuchen, schleife ich ihn davon und befehle ihm, die Vorgänge in *Lalla* Zaras *ménage* zu beobachten und mir alles Ungewöhnliche sofort zu melden. Mit dem unsichtbaren Methusalem auf meiner Seite hoffe ich, unsere Hexe zu fangen (oder den Hausgeist, den sie damit beauftragt hat, ihre stacheligen Botschaften zu überbringen).

Als Nächstes stattete ich der *Lalla* Duvia einen Besuch ab, um so unauffällig wie möglich herauszufinden, ob sie ebenfalls Stachelschweine erhalten hat. Ich entdeckte sie inmitten ihrer Blumen, wo sie wie eine Elfenkönigin mit rosigen Wangen zwischen den Blüten hervorspähte. Ihr Hof ist ein Wirrwarr von Farben, die Mauern und Lauben sind überwuchert mit leuchtenden Blumen, zwischen denen wie Früchte Käfige mit trillernden Finken hängen.

»*Ave*, Fidschil!«, ruft sie, tritt aus dem Dickicht hervor, überreicht mir eine gelbe Rose und bietet mir ihre rundliche kleine Hand zum Kuss. »*Quis me visite?*«

Habe ich bereits erwähnt, dass die Kleine eine Vorliebe für lateinische Konversation hat? Ich empfinde diese Angewohnheit als recht strapaziös, vor allem, wenn Duvia auch noch ihre Muttersprache Spanisch und obendrein einige Brocken Maurisch einflicht. Ich wünschte, ich hätte sie niemals wissen lassen, dass ich in dieser Sprache bewandert bin (die Hybris war schon immer mein Verderben). Wären unsere Gespräche weniger konjugierend und deklinierend gewesen, so würden wir einander inzwischen vielleicht besser kennen. Wie dem auch sei, dem Sultan bereitet es Vergnügen, sie ihre Konjunktive deklamieren zu hören. Sie ist seine Madonna von Madrid, ein Kästlein voll europäischer Kultur, die er so schätzt.

Ich nehme also die mühselige Aufgabe in Angriff, zu erklären, weshalb ich gekommen bin, und bringe Nomen und Verben in Einklang, so gut ich es vermag, während ihre Sklavinnen in einer Laube mit rosa Blüten die Teeutensilien ausbreiten.

»Ich kann sie hören«, unterbricht mich das mehrsprachige Mädchen. »Nachts, wenn alles still ist. Sie seufzt und stöhnt, als würde ihr das Herz brechen. Es schmerzt mich, dass sie so leidet.« Duvia runzelt bekümmert die seidigen Augenbrauen.

Ohne ein Wort über die *Afrit* zu verlieren, frage ich sie, ob ihr in den Monaten seit Königin Zaras Erkrankung etwas Ungewöhnliches aufgefallen sei. »Habt Ihr eigentümliche Gebrechen bei Euch oder Euren Sklavinnen bemerkt, sind Fremde vor Eurem Tor umhergeschlichen?«

Einen Augenblick lang zieht sie nachdenklich die Stirn in Falten. »Erinnerst du dich nicht an diese Geschichte mit meiner Sklavin Fatima? Überall im Harem wurden Sklavinnen krank, und sie gehörte zu denen, die starben. Aber das muss vor mehr als einem Jahr gewesen sein.« Ich erinnere mich nur zu gut: Damals brach von einem Tag auf den anderen eine bösartige Seuche aus, die die *Tabibs* vor ein Rätsel stellte und ebenso plötzlich wieder verschwand, wie sie aufgetreten war. »Und seitdem sind wir gesund, gepriesen sei Allah der Barmherzige.«

Duvia klatscht nach einer Waschschüssel und beginnt, mit einem Luffaschwamm die Erde von ihren Händen zu schrubben. (Die Hortikultur ist für sie eine wahre Leidenschaft. Sie liebt es, ihre Pflanzen hervorzulocken und zu liebkosen und pflegt sie mit derselben Hingabe, mit der andere Frauen ihren Leib gürten. Meinem Methusalem zufolge hat sie ihren eigenen Gärtner schon vor langer Zeit entlassen und kümmert sich seither selbst um alles – bis auf die Beseitigung der Abfälle, welche er für sie übernimmt.)

»Aber nun bin ich ein wenig verwirrt«, fährt sie fort und

rollt die Beine ihres staubigen *Schalwars* hoch, damit die Sklavinnen ihre von Dornen zerkratzten Füße waschen können.

»Jeder hat gesagt, die *Lalla* Zara sei mit einem Fluch belegt worden. Sie hat schließlich all diese Hände auf ihre Wände malen lassen, also haben wir angenommen …« Hier hält sie inne und schaudert leicht. »Doch nun redest du, als litte sie an einer Krankheit – *Madre mia!*« Entsetzt weiten sich ihre dunklen Augen. »Willst du damit sagen, dass es uns allen so ergehen könnte wie ihr?«

Woraufhin ich ihr eilends versichere, dass sich bisher bei niemandem ähnliche Symptome gezeigt haben, dass meines Wissens niemand sonst in Gefahr sei, dass es sich um einen Fluch oder Zauber, um Gift oder sogar um eine von der Sonne verursachte Art von Wahnsinn handeln könne, dass ich es einfach nicht wisse und dass der Sultan mir aufgetragen habe, die Angelegenheit zu untersuchen.

»Armer Fidschil«, kichert sie, offenbar beruhigt durch meinen stürmischen Ausbruch. »Hat der Sultan dir arg zugesetzt?« Dann wird ihr Tonfall wieder ernst. »Hast du schon Salamatus alte Gemächer durchsucht? Sie und Zara waren doch stets Rivalinnen. Könnte sie … ach, ich weiß nicht, wie diese böse Magie wirkt. Aber vielleicht hat sie etwas in ihrem Quartier zurückgelassen. Seit Monaten ist niemand mehr dort gewesen.«

Ich schlürfe meinen Tee und sinne darüber nach – darüber und über die *Lalla* Duvia, die in meiner Gegenwart kurz ihren kleinen Sohn auf den Knien schaukelt, nun jedoch sichtlich darauf brennt, wieder in ihren Garten zurückzukehren. Sogar während sie in mehreren Sprachen Höflichkeiten äußert, lässt sie nicht davon ab, verwelkte Blüten von einem tiefroten Strauch zu zupfen und ihre kleinen Behälter mit Vogelsaat zu einem Turm aufzustapeln.

Sie ist sonderbar, diese unermüdliche Geduld, mit der sich Duvia ihren Pflanzen und Finken widmet, und sie steht im

Gegensatz zu ihrer üblichen Rastlosigkeit. Vielleicht findet sie Befriedigung darin, mit ihren zierlichen Fingern über weiche Federn und samtene Blätter zu streichen und ihre Sinne mit Schönheit und lieblichem Vogelgesang zu erfreuen. Vielleicht besteht darin das Geheimnis, wie sie sich selbst geheilt hat. Denn obwohl erst drei Jahre vergangen sind, seitdem sie durch Folter gezwungen wurde, ihrem Gott abzuschwören, scheint sie ein fröhliches, völlig unbekümmertes Mädchen zu sein, mit reizenden Grübchen und zerknitterten Seidengewändern voller grüner Flecken.

Von ihren Verletzungen ist nur wenig zurückgeblieben (die Folterknechte des Harems würden sich hüten, die Schönheit eines Mädchens auf Dauer zu verderben). Ihre Locken reichen schon wieder hinab auf ihren Rücken und sind dichter und glänzender als je zuvor. Und man würde niemals vermuten, dass ihre hübschen Hände so lange in Schienen steckten, wenn an ihren Bewegungen nicht etwas Merkwürdiges wäre, eine gewisse Unbeholfenheit, wenn sie sich das Haar aus dem Gesicht streicht, als hätte sie vergessen, dass sie Finger besitzt und müsse die Seiten ihrer Pfoten benutzen wie eine Katze, die ihre Schnurrhaare putzt. Überhaupt hat die Junge Königin etwas Katzenhaftes an sich: die Art, wie sie ihre Gewänder glättet, wenn sie sich auf dem Teppich niederlässt (als müsse sie die steifen Volants ihrer spanischen Unterröcke ordnen), die spitze kleine Nase, die runden Wangen, die schelmisch blickenden großen Augen, das dumpfe Gefühl, dass sie mich jeden Moment anspringen wird, um die Schleife meines *queue de cheval* zu stehlen ...

Und mit dem Vorschlag, Salamatus Gemächer zu durchsuchen, hat sie außerdem ihre Klugheit bewiesen. Denn obgleich ich keinen Verdacht gegen die unglückliche Weiße Königin hege (sie war viel zu verwirrt, um Zara auf solch raffinierte Weise Schaden zuzufügen), könnte ihr unbewohnter Bau sich als ideale Höhle für eine Spinne erweisen. Also habe ich mir die Schlüssel beschafft und werde morgen bei Tagesanbruch dorthin eilen, um ihre Gemächer zu öffnen.

20. Juli 1769

Wie schnell sich die Natur ihr Terrain zurückerobert! Die Weiße Königin ist erst wenige Monate fort, doch schon hat die Grüne Königin, Mutter Natur, die Herrschaft über ihr Quartier übernommen. Zerfranste Vorhänge aus Laubwerk ergießen sich wie grüne Wasserfälle über die Mauern, Triebe und Ranken kriechen über die Kacheln wie die Finger unzähliger ertrinkender Ophelias. Frösche lauern an den trüben Tümpeln. Einer von ihnen treibt mit dem Bauch nach oben im Wasser, gespickt mit Fliegen. Ich ziehe eine seidene Markise aus einem Baum, und sie zerfällt mir in den Händen. Selbst in Zaras Gemächern wispern meine Füße durch Staub und welke Blätter, die unter den verschlossenen Türen hindurch einen Weg ins Innere gefunden haben müssen.

Für einige Zeit vergesse ich meinen Auftrag, schlendere einfach nur durch die öden Räume und denke an die weißhäutige, wahnsinnige, entschwundene Königin. Ich erinnere mich an ihren verrückten Gesang – närrische Reels, die ihr irischer Vater ihr beigebracht haben musste. Sie klatschte in die Hände und hüpfte umher, als würde sie mit einem Seemann tanzen, wild, laut und atemlos, bis an ihrem Tor Trauben von Kindern hingen, um einen Blick auf die Weiße Königin zu erhaschen, die in ihren Seidengewändern umherwirbelte wie ein Derwisch. Und dann ahmten sie sie nach – welcher Fratz könnte dieser Versuchung widerstehen? –, bis der Harem voller kleiner, lachender Kreisel war, die mit fliegenden Zöpfen zotige Matrosenlieder kreischten.

Ich glaube, sie war mir zugetan. Sie nannte mich immer ihren Leprechaun und bettelte mich wie ein kleines Mädchen um Geschichten an, als säßen wir vor einem dampfenden, knisternden Torffeuer und draußen vor den Haremsmauern erstreckte sich schwammiges Moorland. Und der Sultan liebte sie, trotz all ihrer Verrücktheit. Es heißt, sie sei im Bett sehr zärtlich gewesen.

Nach einiger Zeit besinne ich mich und gehe daran, ihre Gemächer zu durchstöbern, ohne genau zu wissen, wonach ich eigentlich suche. Nach der Miniaturausgabe eines Fleischertisches, neben dem ein Haufen säuberlich ausgeweideter Rümpfe liegt? Nach einem *chiffonier* voller abscheulicher Überreste? Ich finde ein paar Spuren, die einmal Fußabdrücke gewesen sein könnten; einen Klumpen Federn, wie ihn Sperber ausspeien; die vertrockneten Kadaver zweier kleiner Nagetiere; einige Nähnadeln, die zwischen den Kacheln eines der Wandelgänge stecken. Aber nichts, womit man in einem verlassenen Haus nicht rechnen würde. Nichts, was beweist oder widerlegt, dass dies der Entstehungsort unserer Stachelschweine ist.

So wenig bleibt von uns zurück, wenn wir gehen.

25

Helen tauchte das Holzstäbchen in die blaue Paste, beugte sich über den Spiegel und zog vorsichtig einen Strich am Ansatz ihrer Wimpern entlang. Es brannte ein wenig, also öffnete sie weit die Augen, damit ihre Tränen nicht überflossen und die Farbe verschmierten. Durch den feuchten Schleier von Salzwasser betrachtet schienen ihre Augen im Spiegel zu schwimmen – grüne Fische mit blauen Umrissen.

War das besser als schwarz? Seufzend starrte Helen auf ihre gereizten Augen, auf die klebrigen blauen Krümel an ihren Wimpern und schließlich hinunter auf das Tablett mit den farbfleckigen Tiegeln und dem verschütteten Puder. Hinter ihr verrichtete Rima leise ihre Arbeit, fegte den Boden und faltete Gewänder. Draußen im Hof gossen die Sklavinnen frisches Wasser in die Krüge und erfüllten so die Luft mit Gluckern und Rauschen.

Sah sie nun hübscher aus als bei ihrer Ankunft? Helen versuchte ein Lächeln. Oder nur schwerfälliger, mehr wie ein dummer Bauerntrampel? Ihr Gesicht war eindeutig pausbäckiger geworden, vor allem, wenn sie es nach unten neigte. Genau so würde sie aussehen, wenn sie neben dem Sultan läge und sich über ihn beugte – mit diesen Falten unter dem Kinn. Und er würde sie mit seinen spinnenartigen Händen berühren, sie an sich ziehen, hinab zu seinem trockenen Bart und dem feuchten Mund. Helen wandte sich ab.

»*Mniha* – gut«, brummte Rima widerstrebend, als ihr Blick auf Helens Gesicht fiel. Dann kniete sie nieder und stellte eine Waschschüssel ab. »*Tfadali* – Hier, bitte.«

In der Nähe wartete ein niedriger Tisch voller Speisen: ein Teller mit dampfenden gelben Bohnen in Hammelsoße, eine Schüssel mit dem rahmigen Brei, der *Hummus* genannt wurde, große Stücke warmen Brotes und ein paar der prallen grünen Früchte mit dem roten Fruchtfleisch. Helen rutschte auf Knien hinüber und griff zu. Sie benutzte das Brot, um sich die Bissen in den Mund zu schaufeln. Wie immer schmeckte es köstlich, die Bohnen waren wie Samt auf ihrer Zunge und die Soße rann ihr aus den Mundwinkeln.

Daheim würde Meg jetzt missmutig, mit erhitzten Wangen und ungekämmten Haaren das Mittagessen auftragen – sauren Haferbrei, der im Topf Blasen warf, die wiederum mit leisem Knallen zerplatzten. Helen erinnerte sich an den Knoten, den sie stets vor Hunger im Magen gespürt hatte, während der Brei kochte, und daran, wie ihr das Wasser im Mund zusammengelaufen war, wenn Meg eine Kelle voll auf ihren Teller klatschte. Hier war sie niemals hungrig und aß trotzdem den ganzen Tag, weil es immer etwas zu essen gab, weil es immer lecker war. Sie konnte all die Farben schmecken, die sich in ihrem Magen mischten. Dann dachte sie an die schleimige Erbsensuppe auf dem Schiff. Ob Betty auch gerade aß? Gewiss wäre sie begeistert vom Leben im Harem, wo man jeden Tag Fleisch bekam, sich den Bauch voll schlagen durfte, bis man keinen Bissen mehr hinunterbrachte, wo man keine Rüben ausgraben und kein Feuerholz holen musste. Vielleicht konnte sie Microphilus bitten, jemanden nach Betty suchen und sie herbringen zu lassen – nicht für den Sultan, aber möglicherweise als Sklavin. Einen Augenblick lang sann Helen über diesen Einfall nach und stellte sich vor, wie es wäre, Betty bei sich zu haben, die sich ihre Sachen borgen und ununterbrochen schwatzen würde. Wenn sie den Zwerg das nächste Mal traf, würde sie ihn fragen.

Ein vertrautes Geräusch ließ sie innehalten – das Knistern

von Salzkörnern, die unter ihr Bett geworfen wurden. Ohne sich umzudrehen wusste sie genau, welchen Ausdruck Rimas entstelltes Gesicht nun trug: Ihre Augen waren verengt, ihre Lippen zusammengepresst, als würfe sie Kiesel nach einer Ratte. Helen blickte auf das Stück Brot in ihrer Hand, das sich mit der schweren braunen Soße voll gesogen hatte. Sie biss noch einmal ab, ließ den Rest auf den Teller mit den Bohnen fallen und sah sich nach der Schüssel um, in der sie ihre Hände waschen wollte.

Dann kroch sie wieder hinüber zum Spiegel. Sie hatte Microphilus nicht mehr gesehen, seitdem er ihr beim Tanzen zugeschaut hatte. Und hinterher hatte er sie so merkwürdig angestarrt! Wenn sie ihn nun nach Betty fragte, würde ihn das womöglich verärgern. Später vielleicht, wenn er freundlicher gestimmt war. Irgendwann, wenn Batoum nicht in der Nähe war. Der Obereunuch und die Erste Königin. Wahrscheinlich war er jetzt gerade bei ihr. Oder er durchsuchte den Harem – nach Giftspuren auf einem Flaschenhals, nach einem Beutel mit Haaren, nach einem heimlich gehorteten Häuflein abgeschnittener Zehennägel. Helen lief ein Schauer über den Rücken. Ihre blau umrandeten Augen kamen ihr auf einmal grauenhaft vor, böse und derb wie die Augen auf Königin Zaras Wänden.

Nachdem Rima gegangen war, zog Helen den langen Vorhang zu und legte sich auf das Bett. Sie hörte die anderen Frauen reden, vernahm das Schlurfen ihrer Pantoffeln, sah ihre breiten Schatten verzerrt über die Falten des Stoffes huschen. Helen schloss die Augen. Sie fühlte sich warm und satt. Bald würden die Uhren zur vollen Stunde schlagen und jenes seltsame Geschrei würde ertönen, von den Türmen, die man nicht sehen konnte. Und alle würden ihre bestickten Matten ausrollen, um zu beten. Helen bemühte sich immer, außer Sichtweite zu sein, wenn es so weit war. Obwohl Nazime ihr gezeigt hatte, was zu tun war, schämte sie sich dabei, all diese fremden Wörter zu brabbeln, sich auf Brust, Kopf und Nacken zu klopfen wie die anderen und sich vor ihrem Allah zu verbeugen. Und sie fühlte sich schuldig, auch wenn Microphilus behauptete, Jesus würde sie gewiss verstehen.

»Asisa ...« Nazime strich mit dem Handrücken über ihre Wange. Helen schreckte hoch – war sie etwa eingenickt? Diese Hitze machte sie so träge und schläfrig! Wie spät war es? Blinzelnd betrachtete sie das weiße Dreieck aus Sonnenlicht, das durch den Spalt im Vorhang fiel.

»*Ta'ila* – Komm mit.« Nazime lächelte und zupfte sie am Arm. »*Wayn el-baschkir?*« Sie wies auf das mehrmals gefaltete Tuch, das über ihrer Schulter lag. »Es ist so heiß!« Mit der einen Hand hielt sie ihren schweren Zopf empor, mit der anderen fächelte sie sich Luft zu. »*Ta'ila*«, wiederholte sie, tat so, als würde sie sich Wasser ins Gesicht spritzen, und zog Helen auf die Füße.

Helen zögerte. Bisher hatte sie sich noch nicht in das Badehaus gewagt, wo alle ihren Hintern und ihre Brüste anstarren konnten und wo es so viele Vorschriften zu beachten gab – welche Hand man benutzen durfte, welchen Körperteil man zuerst waschen musste. Doch Nazime schleppte bereits ihr Trockentuch, ihren Kamm und den Krug mit Duftöl herbei.

Das Badehaus war ein weitläufiger Saal, in dessen Dach Fenster aus farbigem Glas eingesetzt waren. Es wirkte dunkel und dampfig wie eine unterirdische Höhle. Drei tiefe, blau gekachelte Wasserbecken mit Stufen an jedem Ende befanden sich darin, und einige kleinere Dampfbecken, in die immer wieder glühend heißes Wasser aus den brodelnden Kesseln gegossen wurde, die über einer Reihe von Feuerstellen hingen. Nackte Frauen drängten sich in den großen Becken, wuschen ihre Haare, wateten durch das Wasser oder tauchten inmitten eines Wirbels von Luftblasen unter. Viele von ihnen waren schwanger, die meisten anderen so fettleibig, dass man nicht sagen konnte, ob sie ein Kind erwarteten oder nicht.

Eine alte Sklavin mit faltiger Haut und nichts als einem karierten Tuch um die Hüften kam auf Helen zugehumpelt und gab beim Anblick von Helens weißer Haut erstaunte Ausrufe von sich.

»Keine Sorge.« Nazime drückte ihre Hand. »Sie werden sich schon bald daran gewöhnen und dich nicht mehr anstarren.«

Die alte Frau führte sie zu einer Nische, breitete eine Strohmatte auf dem Boden aus und kniete sich erwartungsvoll daneben. »*Tschaddalirtahi*«, sagte sie mit heiserer Stimme, »für Euer Wohlbefinden«, und bedeutete ihnen, sich hinzulegen.

Helens Augen wanderten unsicher über die Gänge rings um die Becken. Betagte Sklavinnen beugten sich über die entblößten Körper von ungefähr dreißig Frauen, die bäuchlings auf Matten lagen, kneteten ihr Fleisch oder rieben mit grauen Steinen über ihre Füße und Knie.

Nazime streifte ihre Gewänder ab, legte sich auf den Rücken und streckte ihre kräftigen Beine aus. Sie war um einiges rundlicher geworden, aber bei weitem nicht so üppig wie die anderen. Das Muster aus blauen Punkten, das auf ihr Gesicht tätowiert war, setzte sich unter dem Kinn und auf ihrem Hals fort, lief wie Schnüre von Wassertropfen zwischen ihren prallen Brüsten entlang und über den strammen Bauch nach unten, bis es in der haarlosen Spalte zwischen ihren Schenkeln verschwand. »Wie die Fußspuren von Fliegen, nicht wahr?« Nazime grinste zu Helen empor und ließ ihre Fingerspitzen über die blauen Male spazieren.

Helen errötete und begann sich zu entkleiden, wobei sie sich zur Seite drehte, um ihren Leib vor den Blicken der anderen zu schützen. Längst wünschte sie, sie wäre in ihrem Zimmer geblieben. Sie setzte sich und schlang die Arme um ihre Knie. Ihr Haar hing über ihren Rücken wie eine warme Decke, ihre Brustwarzen fühlten sich fremd an und spannten. Die neuen Speckrollen ihres Bauches klebten an der Unterseite ihrer Brüste. Argwöhnisch sah sie sich um. Konnte ihr jemand zwischen die Beine gucken?

Nach einer Weile bemerkte sie, dass ein Mädchen im nächstgelegenen Becken sie beobachtete. Seine kleinen Augen befanden sich auf gleicher Höhe mit den ihren. Die Haut des Mädchens war rotbraun wie Schiefer aus Perth, und es trug sechs breite Goldreife um den langen Hals. Es starrte Helen an, lächelte und begann, Wasser über seine spitz aufragenden Brüste zu schöpfen und sich in die Brustwarzen zu kneifen, bis sie Brombeeren ähnelten.

Warum tat die Kleine so etwas? Helen senkte den Kopf und ließ ihr Haar nach vorn fallen, damit es ihr Gesicht verbarg. Als sie durch den Lockenvorhang spähte, entdeckte sie die Frau, die an jenem Tag in Nazimes Zimmer gewesen war. Sie watete auf das rotbraune Mädchen zu und spritzte es nass. Dann packte sie seine Hände und schlug einige Male darauf, als habe sie ein ungezogenes Kind vor sich. Im nächsten Moment balgten sich die beiden unter Lachen und Kreischen und umschlangen einander mit ihren Beinen.

Helen errötete erneut und blickte sich verstohlen um. Sie konnte sich einfach nicht daran gewöhnen, dass alle hier einander ständig berührten. Kümmerte es sie denn nicht, dass man ihnen zusah? Sie spürte die Strohmatte unter ihren weichen Hinterbacken, die warme Luft zwischen ihren Beinen. Sie rollte sich auf den Bauch und vergrub ihr Gesicht in den Armen. Was machten diese Frauen nur miteinander?

Als sie schließlich wieder aufblickte, hatten die beiden Frauen das Becken verlassen, und die alte Sklavin war dabei, Nazimes große Füße zu kneten und an ihren langen Zehen zu ziehen, bis sie knackten. »Meine Beine – wie die eines Mannes, oder?« Nazime beugte leicht das Knie und spannte ihren Oberschenkel an. »Gut zum Laufen«, fügte sie grinsend hinzu.

Plötzlich verstummten die Gespräche und das Gelächter in den Wasserbecken. Schnell richteten sich Nazime und Helen auf. Alle starrten hinüber zum Eingang des Badehauses, durch den gerade eine in Weiß gehüllte Gestalt schritt, gefolgt von zwei besorgt aussehenden Sklavinnen. Es war Königin Zara, und Helen konnte selbst aus der Entfernung ihre spitzen Schulterknochen erkennen, die sich unter der *Faradschiya* abzeichneten, und die spindeldürren Handgelenke, die aus den Ärmeln des mantelähnlichen Überwurfs mit Kapuze ragten. Zara wedelte ihre Sklavinnen fort wie lästige Fliegen und gab ihnen zu verstehen, nicht so viel Aufhebens zu machen. Obwohl ihre Haut immer noch voller brauner Flecken war, wirkte sie ein wenig glatter als zuvor. Zara ging langsam, aber sicheren Schrittes und erhobenen Hauptes zu einem der Dampfbecken.

Vor dem Becken hielt sie inne und wandte sich um. Sie ließ ihren Blick über die Gesichter der Frauen schweifen und schlug dann die Kapuze zurück, sodass alle ihren fleckigen Kopf sahen und die wenigen langen Strähnen, die von ihrer dunklen Haarpracht noch übrig waren.

Als Helen am Nachmittag aus dem Badehaus zurückkehrte, saß Microphilus vor ihrem Zimmer auf dem Boden. Sobald er sie erblickte, sprang er auf die Füße.

»*Bonjour, mon amie!*«, rief er, zog mit Schwung seinen roten Filzhut und wirbelte ihn an der Troddel umher. »Ich habe mich gefragt, ob du womöglich Vergnügen daran hättest, vor dem Abendessen ein wenig mit mir durch den Garten zu spazieren. Am anderen Ende liegt ein Zypressenhain, und dort ist es im Schatten so kühl wie in einem See, und die Luft riecht scharf und würzig.«

Unwillkürlich fasste Helen nach ihren nassen Haaren. »Oh, sorge dich nicht darum«, sagte er. »Es wellt sich so lieblich wie die Locken einer Meerjungfrau, also werde ich wahrhaft glauben können, mich unter Wasser zu befinden, wenn wir dort sind.« Er griff nach einem türkisfarbenen Sonnenschirm und überreichte ihn Helen mit einer Verbeugung. »Um deine Wangen vor den gefürchteten Sommersprossen zu bewahren. Obgleich es mir ein Rätsel ist, warum ihr Damen diese hübschen Fleckchen so verabscheut.«

Sie brachen auf. Helen bemühte sich, langsam zu gehen, während der Zwerg auf seinen kurzen, krummen Beinen neben ihr herschwankte. Wenn er saß, vergaß sie inzwischen beinahe seine mangelnde Größe, doch nun wurde sie sich nur zu sehr seiner kleinen Arme bewusst, mit denen er ruderte wie ein Lund mit den Flügeln, und seiner winzigen Hufe in den gelben Pantoffeln. Sie blickte zu ihm hinab. Sein Schädel wölbte sich über den Augen weit nach vorn, und die Troddel an seinem Hut schwang bei jedem seiner Schritte heftig hin und her.

Was sagte er gerade? Sie musste immer wieder an Königin Zara denken und daran, was mit ihrem herrlichen kastanienbraunen Haar geschehen war. War sie eines Morgens aufgewacht und hatte die ganze Pracht auf ihrem Kopfkissen gefunden? Helen glaubte eher, dass es nach und nach in ihrem Kamm hängen geblieben war. Und ein Büschel nach dem anderen war zischend über dem Küchenfeuer geschmolzen.

»Könnten die Haare eines Mädchens durch Gift ausfallen?«, fragte sie unvermittelt.

»Dir ist also auch der neueste Kummer unserer armen Königin zu Ohren gekommen. Ich habe mit den *Tabibs* noch nicht über die Ursache gesprochen, aber die Kunst des Giftmischens ist in diesem Land so weit verbreitet, dass es ganz gewiss irgendwo eine garstige Hexe gibt, die für jede gewünschte Entstellung das passende Rezept liefert. So geht es überall auf diesem riesigen Erdteil. Laut Batoum lebt die Hälfte der Männer in ihrem Heimatland in panischer Angst vor den eigenen Frauen. Und zwar, weil es Männern dort nicht gestattet ist, die Küche zu betreten.«

Helen kicherte. War das sein Ernst? »Was meinst du damit?«

»Batoum sagt, die Männer hören zwar den Rührstock im Kochtopf klappern und ihre Frauen miteinander gackern, können aber nicht sehen, was in der Küche zusammengebraut wird. Also fürchten sie, allerlei Übles werde in ihr Mahl gemischt. Weißt du, die Männer speisen immer zuerst, und wenn es nur ein kleines Brathähnchen gibt, müssen die Frauen und Kinder sich mit ein paar Tropfen Bratensoße auf ihrem Haferbrei begnügen.«

»Die Frau könnte also das Fleisch vergiften, und das übrige Essen wäre ungefährlich.«

»Genauso ist es! Und wer könnte es ihr verdenken, dass sie in Versuchung gerät, nachdem sie sich stundenlang mit der Zubereitung eines schmackhaften Eintopfes abgeplagt hat, nur um ihn im Schlund ihres undankbaren Mannes verschwinden zu sehen? Denn natürlich zittert ausschließlich der *schlechte* Ehemann, wenn ihm sein Mahl serviert wird. Ein Mann, der seiner Frau mit Achtung begegnet, kann es sich mit Genuss schmecken lassen. Es ist der rotäugige Rüpel voller Hirsebier, der seine Kinder schlägt, wenn sie auch nur niesen, der am meisten fürchtet, seine Frauen könnten Hexen sein.«

Als sie das Tor zum Garten erreicht hatten, beeilte sich der Zwerg, es für Helen aufzuhalten. Auf der anderen Seite erwartete sie ein Gewirr von Pfaden, die sich durch die sorgfältig gestalteten Gärten zogen und in den Waldungen verloren. Eine Gruppe von Frauen trat beiseite, um Helen passieren zu lassen, und kniete dann ehrerbietig vor Microphilus nieder. Helen hob ihr Kinn. Sie vergaß immer wieder, dass er der Oberste

Haremswächter war. Sie folgte ihm einen von Geißblatt- und Rosenbögen überschatteten Weg entlang, spürte die Blicke der Frauen in ihrem Rücken und war stolz, dass sie hörten, wie er sich mit ihr in einer Sprache unterhielt, die sie nicht verstehen konnten.

Was erzählte er da gerade? Sie beugte sich ein Stück nach vorn. Irgendetwas über Lungile, diesen braunen Riesen.

»... sagt, eines der neuen Mädchen habe es ihm angetan.«

»Meinst du damit den Bewacher von unserer Reise? Denjenigen, der Nazime verdroschen hat?«

»Eben diesen. Und du wirst in keinem Land der Welt einen getreueren Mann finden als ihn. Auch wenn er streng genommen kein wirklicher Mann mehr ist, wenn du verstehst, was ich meine.« Der Zwerg nickte hinüber zu zwei fahlhäutigen Eunuchen, die abseits im Schatten saßen. Der eine tauchte einen kleinen Pinsel in eine Schüssel mit Henna und bemalte das kahle Haupt des anderen mit einem Muster aus Schnörkeln.

»Der Riese ist verschnitten? Aber er sieht so anders aus, nicht so aufgedunsen!« Helen erinnerte sich daran, wie er damals in jener Nacht vor Nazime gekauert hatte, an die straffen Muskeln seines nackten Rückens, an seine schmalen Hüften und die sehnigen Knöchel.

»Das liegt daran, dass die meisten Haremseunuchen bereits als Knaben verschnitten wurden, während man den armen Lungile erst vor knapp vier Monden kastrierte. Ihr Saft staut sich seit Jahren in den dicken Baumstämmen ihrer Körper an, dieweil der seine immer noch durch die Äste fließt. Lieber Gott, er träumt noch immer von seinen fünf Frauen in Nubien, während die anderen darüber plappern, wie man Gewänder drapiert oder Früchte kandiert.«

Helen dachte kurz nach. »Wer ist denn das Mädchen, das er liebt?«

»Es tut mir Leid, mein Kind, ich musste schwören, nichts

zu verraten. Ich habe schon zu viel gesagt, aber meine Zunge ist so glücklich, Wörter in ihrer Muttersprache hervorbringen zu dürfen, dass sie fast mit mir durchgeht.« Er lächelte zu ihr empor. »Wenn ich so mit dir daherspaziere, könnte ich beinahe glauben, ein guter Geist hätte uns zurück nach Schottland gezaubert.«

Für eine Weile setzten sie ihren Weg schweigend fort. Dann witterte Helen einen wohl bekannten Geruch und zog die Nase kraus. »Werden hier in der Nähe Pferde gehalten?« Plötzlich hatte sie ihren Vater vor Augen: seinen von Rußflecken übersäten Rücken, seine Hand auf der Flanke einer braunen Stute.

»Gleich hinter dieser Mauer. Dort liegen beinahe vier Äcker voller Stallungen, und es gibt so viele Stallknechte wie Frauen im Harem. Die Reitpferde sind natürlich Hengste, denn der Maure setzt sein edles Hinterteil auf nichts Geringeres. Die Stuten sind dazu da, Säcke mit Weizen und Bohnen zum Markt zu befördern.« Der Zwerg Microphilus pflückte ein paar Lavendelblüten und zerrieb sie zwischen seinen Fingern. »Nun, da ich darüber nachdenke, fällt mir ein, dass ich in diesem Land noch keinen einzigen kastrierten Gaul gesehen habe. Es ist, als würde der Maure sein Pferd als eine Art Verlängerung seines eigenen Körpers betrachten, sodass er schon allein bei dem Gedanken an die Klinge des Hufschmieds schützend seine *couillions* umklammert.«

Helen lächelte unsicher. So etwas machte er ständig – verwandelte eine merkwürdige kleine Einzelheit in ein Gleichnis. Wie Jesus im Neuen Testament. Obwohl Jesus niemals von solchen Dingen gesprochen hätte ...

»Für einen Afrikaner ist die Kastration eine der schlimmsten Strafen, die er sich vorstellen kann, denn er misst seine Männlichkeit an der Anzahl der von ihm gezeugten Kinder. Schneide seine Felltasche ab, und du setzt ihn in den Augen seiner Freunde wieder auf den Schoß seiner Mutter. Das gilt natürlich nicht für die echten Eunuchen. Sie haben das Leben eines wahren Mannes niemals kennen gelernt. Ihre Kastration ist eher Berufung als Verstümmelung, und sie alle wurden von Kindheit an auf dieses Dasein vorbereitet.«

»Lungile ist also bestraft worden?«

»Ay. Und es war der Sultan höchstpersönlich, der diese Bestrafung angeordnet und sogar dabei zugesehen hat, allerdings aus sicherer Entfernung.« Helen konnte sich die Szene nur zu gut ausmalen: der Sultan, dessen Spinnenhände locker auf seinen Knien ruhten, sein weißes Gewand, das bis zu den Knöcheln reichte, und der braune Riese, der wild um sich schlug und von einem Dutzend Männer festgehalten werden musste.

»Was hatte er denn verbrochen?«

»Er kniete zu langsam nieder, als der Sultan die *Buchari* inspizierte. Es dauert eine Weile, einen Körper von dieser Größe zusammenzufalten.« Microphilus wählte bewusst einen leichten Tonfall.

»Für so etwas kann man einen Mann doch nicht verschneiden!«

»O doch, Mädchen, man kann. Wenn man Sultan ist, kann man alles tun, was einem gefällt. In jener Woche ließ er jeden zehnten Krieger der *Buchari* kastrieren – nahezu eintausend Männer. Er hat versucht, die Bestie zu zähmen, indem er ihr gleichsam einen Ring durch die Nase zog, obwohl der Ring bei vielen Mitgliedern der Schwarzen Garde (nämlich jenen, die den Blut trinkenden Stämmen des Ostens angehören) ohnehin schon vorhanden war. Er bezahlt seine Garde gut, aber er ist sich nie wirklich sicher, ob er sie auch zu bändigen vermag. Und wenn du sie sehen könntest, würdest du verstehen, warum er ihr solchen Argwohn entgegenbringt. Die *Buchari* ist die unbezähmbarste Bande, die du dir vorstellen kannst.«

»Stammt der Lärm, den wir manchmal von draußen hören, von ihnen?« Helen hatte an eine Art Aufstand gedacht, als sie die Geräusche zum ersten Mal vernahm – das Geschrei und die donnernden Hufe, die Schüsse und wiehernden Pferde.

»Sie nennen das ›Pulverspiel‹, auch wenn es für die armen Pferde kaum ein Spiel ist, denn um ihre Tapferkeit zu erproben, werden sie über eine zwanzig Fuß hohe Mauer gehetzt, während Musketenschüsse ihnen in den Ohren gellen und ihnen der Schaum vor dem Maul steht.«

Sie schlenderten nun unmittelbar an der Umgrenzungsmauer entlang. Die heiße Luft schimmerte auf den kleinen Kissen aus Thymian, die zwischen den Pflastersteinen wuchsen. Helen versuchte sich vorzustellen, wie es auf der anderen Seite aussah: zehntausend prachtvolle Hengste, die in ihren Ställen schnaubten, dahinter ein Meer von weißen Zelten und darin das bedrohliche Funkeln von Nasenringen.

Plötzlich lachte Microphilus leise auf. »Oh, unser Gebieter ist ungeachtet all seiner Grausamkeit ein kluger Mann. Auf sein Geheiß arbeiten nun einhundert der armen Kastraten als Pferdeknechte und müssen mit den Königlichen Hengsten jeden Morgen eine gemächliche Runde rings um das Lager der *Buchari* traben.« Er legte den Kopf schief. »Ist das etwa kein Geniestreich, Mädchen? Er lässt seine gesamte Armee jeden Morgen aufs Neue erschauern. Und er hat verfügt, dass dieser traurige Trab zur selben Zeit stattfindet wie das Frühstück der Männer – was ihren Appetit dermaßen dämpft, dass es ihm gelungen ist, seine wöchentliche Bäckerrechnung um zweihunderttausend Sesterzen zu kürzen.«

Sollte das ein Scherz sein? Helen war sich nicht sicher, doch als sie zu Microphilus hinabblickte, erkannte sie den Schalk in seinen grauen Augen. Sie begann zu lachen und entgegnete: »Ich kann nicht glauben, dass sich ein König mit ein paar Laiben Brot befassen würde.« Dann kam ihr ein Gedanke in den Sinn. »Diese Männer, die verschnitten wurden, können sie immer noch …?« Sie biss sich auf die Lippe. »Ich meine, ist es dasselbe wie bei Pferden?« Sie errötete und zog verlegen an dem Band, das um den Griff des Sonnenschirms gewickelt war.

Microphilus lachte erneut. »Du bist nicht die Erste, die diese Frage stellt. Nun, Gerüchten zufolge soll es einige Männer geben, die bisweilen ein kleines Bisschen heraufzubeschwören vermögen.« Helen stolperte über die ungleichmäßigen Wegsteine. Warum hatte sie das bloß gefragt? Was musste er nun von ihr denken? »Aber zum größten Teil sind sie einfach nicht mehr an der Sache interessiert. Und der Sultan käme nicht einmal auf die Idee, dass es überhaupt noch möglich ist. So, da wären wir.«

Der Pfad führte hinab in ein schattiges kleines Tal. Über ihnen schoben sich dunkle Äste ineinander, und unter ihren Füßen flüsterten trockene Nadeln. Helen atmete tief ein. Wie Speere durchschnitten Sonnenstrahlen die nach Erde und Harz duftende Luft. Microphilus lief zu einer grasbewachsenen Lichtung und warf sich mit einem zufriedenen Seufzer auf den Rücken. Helen lehnte sich in seiner Nähe an einen Baum. Schwalben flogen zwitschernd durch den flirrenden Himmel über ihnen, und in den obersten Zweigen der Bäume hüpften winzige grüne Vögel umher. Ob er oft mit Batoum hierher kam? Helen ertappte sich dabei, wie sie auf seinen Schritt starrte, auf die Falten seiner weißen *Dschellaba*, auf seinen breiten Brustkorb, der sich mit jedem Atemzug hob und senkte.

»Wahrscheinlich würdest du gern einige Dinge über mich wissen.« Microphilus lächelte mit geschlossenen Augen, verschränkte die kurzen Arme hinter dem Kopf und streckte seine Beine von sich.

»Was meinst du damit?« Ihre Wangen brannten.

»Bist du nicht neugierig darauf, zu welchen Kunststückchen dieser kleine Affe fähig ist?« Er öffnete ein Auge und blinzelte ihr zu.

»Ich habe mich nur gefragt, wie man es macht ...« Sein prustendes Lachen ließ sie verstummen. Vor Belustigung trommelte er mit den Fersen auf dem Boden. »Nicht das ...«, stammelte sie hastig. »Ich habe damit nicht gemeint, wie man *das* macht.«

»Ich weiß.« Er richtete sich auf und rieb sich die Augen. »Verzeih mir, Mädchen.«

»Ich habe an die Schmerzen gedacht.« Sie erinnerte sich an das Kastrationseisen ihres Vaters, an die Schreie der Hengste, an den plötzlichen Geruch nach gebratenem Pferdefleisch. Wurden die Männer auf dieselbe Art verschnitten?

»Das Messer ist so scharf, dass es die Hoden schneller abtrennt, als der Mann ›Allah‹ sagen kann. Erst das heiße Pech lässt ihn jaulen. Sie schmieren es auf die Wunde, um sie zu versiegeln.«

»Wie hast du das ausgehalten?«

»Ich? Oh, ich bin nicht verschnitten.« Er zupfte einen Grashalm aus und kaute darauf herum.

»Nein, natürlich nicht. Das hatte ich ganz vergessen. Nazime hat mir davon erzählt ...« Sie hielt beschämt inne.

»Soso, Nazime hat dir davon erzählt. Und was genau hat sie gesagt?«

»Dass du ...« Ob er wütend war? »Sie sagte, du könntest nicht ... denn du hättest kein ... ach, das war alles nur Weibergeschwätz ...« Helen verstummte. Wieso hatte sie überhaupt davon angefangen? Nun würde er sie hassen. Sie griff nach einem Tannenzapfen und begann, die holzigen kleinen Schuppen abzubrechen.

»Du hast also erfahren, warum ich Fidschil genannt werde.« Als sie das Lächeln in seiner Stimme hörte, hob sie den Kopf. »Nun, kannst du ein Geheimnis für dich behalten? Nein, nick nicht einfach nur mit dem Kopf wie eine Bachstelze, Mädchen. Wenn du auch nur ein Sterbenswörtchen von dem verrätst, was ich dir anvertrauen werde, dann kann ich selbst schon einmal das Messer schärfen und auch gleich das Feuer entzünden, um Pech zu kochen. Vorausgesetzt, man lässt mich am Leben. Was nicht sehr wahrscheinlich ist, wenn meine – ähem – *Vollständigkeit* offenbar wird.«

»Soll das heißen, du bist genau wie jeder andere gewöhnliche Mann?«, platzte es aus Helen heraus.

»Nein, nicht wie jeder *gewöhnliche* Mann.« Microphilus spie den Grashalm auf den Boden und suchte sich einen neuen. »Aber ich möchte dich nicht in Verlegenheit bringen, also erspare ich dir die Einzelheiten.«

26

22. Juli 1769

Lieber Gott, bin ich des Wahnsinns? Ich habe Helen mein Geheimnis enthüllt! Wir ergingen uns freundschaftlich gemeinsam im Garten und kamen an einigen Frauen vorbei, die vor mir niederknieten (das maurische Pendant zu einem Knicks, an dem sie ihre Körperfülle ohnehin hindern würde). Mir eitlem Narren plusterte sich natürlich sofort das Gefieder. Bei dem Gedanken steigt mir selbst jetzt noch die Schamesröte ins Gesicht – ich watschelte daher wie ein eingebildeter Ganter, der mit stolzgeschwellter Brust von seiner Macht über die Gänseschar kündet. Und Helen war so lieblich anzusehen, matt und erhitzt vom Bad, mit weichen blauen Linien um die Augen ... Sie hat sich einen neuen Gang angewöhnt, der ihrem gewachsenen Umfang Rechnung trägt, ein verschämtes Schwingen der Hinterbacken, das über die Maßen betörend ist.

Was habe ich mir nur dabei gedacht? Dass ich sie beeindrucken, sie mit meiner heimlichen Männlichkeit für mich einnehmen könnte? Wenn mein Haupt kaum an ihren Schoß reicht? O Microphilus, du Holzkopf! Du hast dich nicht in der Gewalt, wenn dieses Mädchen in der Nähe ist.

Dies ist Batoums Werk. Ihre Achtung und Zuneigung lässt mich die Absonderlichkeit meiner äußeren Erscheinung vergessen. Doch für Helen bin ich nichts weiter als ein Zwerg. Mag ich auch hinsichtlich meiner Männlichkeit unversehrt sein – macht mich das etwa weniger zwergenhaft? Wirke ich nicht vielmehr noch missgebildeter auf sie, weil ich diesbezüglich voll ausgebildet bin? Entmannt kann ich ihr Kiesel sein, ihr Radieschen, das harmlose kleine Ding, das ihr die Zeit vertreibt. Aber mit meiner Rübe verwandele ich mich in ein Monstrum.

Welche Macht habe ich in ihre Hände gelegt! Was, wenn sie dem Berbermädchen alles erzählt? (Nazime hat weiß Gott wenig Veranlassung, mich zu mögen.) Ein Wort zum Sultan, und Microphilus ist nicht mehr. Radieschen oder Rübe – in der elenden Fleischsuppe, die von mir übrig bleiben wird, ist das nicht von Bedeutung.

23. Juli 1769

Mein Spion hat mir Bericht erstattet (auch wenn ›Bericht‹ im Grunde nicht der passende Ausdruck für seinen stockenden, umständlichen Vortrag ist). Heute Morgen tauchte er plötzlich hinter einem Dornbusch auf und trat mir in den Weg, sodass ich vor Furcht beinahe aus der Haut fuhr. Welch eine krautige Kreuzung, halb Mann und halb Moos – jeder, der uns zusammen sieht, muss denken, dass Fidschil Selbstgespräche führt. Eine Mutmaßung, die nicht weit von der Wahrheit entfernt ist, denn unser moosiger Methusalem besitzt so wenig Übung in der Kunst des Sprechens, dass ihm die Worte nur äußerst schwerfällig über die Lippen kommen und er ausgedehnte Pausen macht, in denen er über seine Äußerungen nachzusinnen scheint, als verblüffe es ihn, sich überhaupt reden zu hören. Er hat in der Tat sogar seinen eigenen Namen vergessen, da er seit einer Ewigkeit nicht mehr mit diesem angeredet wurde.

Er ist selbstverständlich ein Eunuch, den anderen *Khaleh* jedoch gänzlich unähnlich, denn das Dickicht auf seinem Kopf scheint seit zwanzig Jahren keinen Kamm mehr gesehen zu haben, und sein Bart ist so lang und verfilzt, dass eine Heckenbraunelle darin ihr Nest bauen könnte. Die Gärtner werden von den jüngeren *Khaleh* gemieden, da sie für deren Geschmack nichts als knorrige, alte Laubbäume sind. Also scharen sie sich zu raschelnden Gruppen zusammen, um Sämlinge, Ableger und gemurmelte Bemerkungen über die Kunst des Stutzens auszutauschen.

»Noch ein Stachelschwein, Herr«, zischt mein Spion, während er sich vorsichtig umblickt und mir einen runden Beutel übergibt. Er hat das dornige Ding bei Sonnenaufgang in Königin Zaras Wandelgang gefunden, und zwar an einer Stelle, an der seine Gebieterin unausweichlich vorüberkommt, wenn sie ihren Baderaum aufsucht. »Das ist das Werk eines *Ghul*«, verkündet er, und die Worte fallen aus seinem Mund wie welke Blätter. Dann erklärt er, er schlage sein Nachtlager neuerdings vor Königin Zaras Hoftor auf, sodass kein körperhaftes Wesen in ihre Gemächer hätte eindringen können, ohne ihn zu wecken.

Ich nahm den Beutel mit in mein Quartier, öffnete ihn und unterzog den Inhalt einer sorgfältigen Prüfung (während derer mir Schauer über den Rücken liefen). Alles war genau so, wie Zaras Sklavinnen es beschrieben hatten. Das Stachelschwein zeugte sowohl von Bösartigkeit als auch von Schlauheit und bestand aus einer Fülle unerfreulicher Ingredienzien, die ineinander verschlungen waren wie die unverdaulichen Beutereste, die Fledermäuse und Eulen wieder hervorwürgen. Ich kann nicht genau sagen, wie die Einzelteile miteinander verbunden waren, da ich die meisten Verbindungen beim Entwirren zerstörte. Doch ich entdeckte einige hauchdünne, wie von Spinnen oder Seidenraupen gesponnene Fäden, und ein paar glänzende Spuren, wie Schnecken sie auf Bodenkacheln hinterlassen.

Ich breitete die Stücke auf dem Boden meines Gemaches aus und ordnete sie verschiedenen Kategorien zu, nämlich Vögeln (Schnäbel, Füße, Klauen, Federn), Insekten (Stachel, Scheren,

Fühler, Beine), Tieren (Ohren, Augen, Zehen, Krallen, Schwänze, Fell) und Pflanzen (Dornen, Wurzeln, Samen, Ranken). Hinzu kamen noch eine Vielfalt von Eingeweiden (einschliesslich eines winzigen Herzens) sowie einige verschrumpelte Merkwürdigkeiten, die ich nicht identifizieren konnte, deren Geruch aber auf fleischlichen Ursprung schliessen liess.

Ich stand nun also vor diesen finsteren Zutaten und zerbrach mir den Kopf über ihre Herkunft, als mir plötzlich siedend heiss ein Gedanke in den Sinn kam: Falls besagtes Stachelschwein mit Gift getränkt war, wären seine Stacheln die perfekten Nadeln für die Verabreichung desselben. Woraufhin ich auf der Stelle zu meiner Waschschüssel stürze, mir die Hände schrubbe und sie dann im Schein meiner Lampe auf Verletzungen untersuche. Und inmitten der fieberhaften Tätigkeit fällt mir ein, dass nicht die Königin dieses Gebilde berührt hat, sondern der Gärtner. Welchen Schaden die Dornen auch immer anzurichten vermögen, sie können nicht vergiftet sein, denn sonst wäre der Gärtner ihnen als Erster zum Opfer gefallen.

Wenn es sich hier um Hexerei handelt, ist sie also von einer sehr hinterlistigen und mächtigen Sorte. Denn scheinbar wird die Königin von diesen Stachelschweinen niedergestreckt, ohne sie überhaupt angefasst zu haben, nein, sogar ohne zu wissen, dass sie da sind (sie hat lediglich eines von ihnen zu Gesicht bekommen). Darüber hinaus (und falls wir unserem Methusalem Glauben schenken dürfen) tauchen die borstigen Bündel offenbar wie aus dem Nichts auf. Daher heisst es für mich Abschied nehmen von der lieb gewonnenen Vorstellung, ich könne den Übeltäter auf frischer Tat ertappen. Es scheint keinen Täter zu geben. Es sei denn, wir haben es mit einer fliegenden Hexe zu tun …

Mir bleibt nur die Hoffnung, dass ich irgendwo im Harem eine Art von Werkstatt entdecke, voll gestopft mit dornigem Zubehör. Doch womöglich haust die fragliche Hexe noch nicht einmal innerhalb dieser Mauern. Vielleicht verkauft eines der Marktweiber den Frauen Hexenwerk. Vielleicht ... ach, genug davon. Mein Verstand gleicht einem *purée*. Ich gehe zu Bett.

24. Juli 1769

Welch eine Nacht liegt hinter mir! Zahllose grässliche Gestalten bevölkerten meine Träume, sie alle waren seltsam grau, sie alle kicherten und bleckten ihre nadelspitzen Zähne, einige schwangen Messer, andere sabberten über Löffeln mit einer braunen Flüssigkeit. Ich erwachte keuchend und schweißgebadet, das feuchte Laken um den Hals geschlungen und den Mund voller Federn, da ich im Schlaf in mein Kissen gebissen hatte.

Ich befreite mich aus dem Laken, entzündete eine Lampe, saß für eine Weile zitternd da und spähte ängstlich hinüber zu dem Tuch, auf das ich die Bestandteile des Stachelschweins gelegt hatte. Ich rechnete damit, dass sich schon im nächsten Augenblick etwas darauf regen würde, dass das Stachelschwein sich von selbst wieder zusammenfüge und über den Boden auf mich zutrappeln würde. Und genau das hätte es womöglich auch getan, wenn ich nicht aufgesprungen wäre, das Tuch an allen vier Enden eingeschlagen und auf die Glut des Küchenfeuers geworfen hätte.

Erst als es zu brennen begann und mir der Gestank von verschmortem Horn und versengtem Fell in die Nase stieg, erinnerte ich mich an die rätselhaften Stücke, die ich noch eingehender hatte untersuchen wollen. (Meine einzigen Anhaltspunkte gingen in Rauch auf!) Verzweifelt stocherte ich mit einem Stock in der Glut, fegte einige glimmende Überbleibsel heraus, verbrannte mir dabei die Finger und verdarb meine *Kamis* mit heißer Asche. Solchermaßen mit Schmutz bedeckt floh ich bebend und immer noch Federn spuckend aus meinen Gemächern und eilte zu Batoums Quartier.

Sie schlief tief und fest. Ihre dunkle Kammer war eine Höhle samtigen Atems. Und ihre ruhenden Rundungen, die sich sachte hoben und senkten, boten meiner bedürftigen Seele ein tröstliches Lager. Leise und vorsichtig, um sie nicht zu wecken, kroch ich an ihre Seite und dämmerte dort endlich einem friedvollen Schlaf entgegen, eingehüllt in eine Decke aus Moschus, mit meiner Nase in ihrer Achselhöhle.

26. Juli 1769

Ich habe gerade mit der alten Malia gesprochen, die mir offenbar aufgelauert hatte und mich flugs in eine stille Ecke zog.

»Haben *Lalla* Zaras Sklavinnen die *Afrit*-Stachelschweine erwähnt, die sie gefunden haben?«, erkundigt sie sich. »Sie haben in der vergangenen Woche irgendetwas verbrannt, während *Lalla* Zara im Badehaus war, und ich erkannte den Geruch nach Eidechsenschwanz.«

»Weißt du, wie die Stachelschweine in ihre Gemächer gelangt sind?« Einen Moment lang halte ich den Atem an, denn vielleicht besitzt das schlaue alte Weib Kenntnisse, die mich zu dem Schuldigen führen. »Ist dir sonst noch etwas aufgefallen?« Doch sie lässt sich nichts entlocken.

»Zara ist alt. Am Ende«, erwidert sie stattdessen. »Sie hat ihre Söhne bekommen, sie wird keine Kinder mehr gebären. Es ist an der Zeit, dass sie sich nach Tafilet zurückzieht und ihren Platz einer jüngeren Frau überlässt.«

Das ist, kurz und bündig ausgedrückt, Malias Haltung gegenüber den Frauen des Harems. Solange sie frisch und fruchtbar sind, schleicht die Alte wie eine Löwin um sie herum. Doch haben sie erst einmal unter Ächzen und Stöhnen eine Brut von männlichen Bälgern entbunden, verlieren sie in ihren Augen jegliche Bedeutung. Die Einzelheiten von Zaras Verfall interessieren Malia so wenig wie das Knistern einer Ginsterschote, die ihre Samen bereits ausgestoßen hat. Sie erachtet es für weit bedenklicher, dass sich unter einigen Frauen eine Betätigung verbreitet hat, deren maurische Bezeichnung sich ungefähr mit den Worten ›infames Reiben‹ übersetzen lässt.

»Hast du sie gesehen, Fidschil?« Nun funkelt echte Aufregung in Malias wachsamen Augen. »Sie treiben es miteinander! Die Frauen des Sultans! Es ist ein Skandal.«

Sie bezieht sich auf die Vertraulichkeiten, denen die Mädchen gemeinsam frönen und die ihnen als Ersatz für eheliche Liebkosungen dienen. Ich habe sogar flüstern hören, dass viele Frauen diese sanftere Liebe der herkömmlichen vorziehen, sobald sie einmal davon gekostet haben, da sie sie als befriedigender empfinden (sowohl, was die Vielfalt, als auch, was die Dauer betrifft). Es heißt, die Beteiligten entwickelten einen großen Einfallsreichtum, und die Abwesenheit des Hauptakteurs sporne die Nebendarstellerinnen zu guten (einige würden sagen überragenden) Leistungen im Akt der Liebe an.

Malia fürchtet, dass dieses Aufblühen von Sinnlichkeit zwischen den Frauen ihre Achtung vor dem Sultan verringern könnte, was eine Verminderung der Güte dessen zur Folge hätte, was sie ›die Königliche Sahne‹ nennt (die ihrer Meinung nach nur in Gegenwart eines ehrfürchtigen Weibes eine angemessen dickflüssige Konsistenz erreicht).

»An seiner Stelle würde ich sie alle beschneiden lassen«, knurrt sie und bezieht sich damit auf einen Eingriff, bei dem das Lustorgan der Frau entfernt wird. Es handelt sich um einen Brauch, der auf diesem Erdteil weit verbreitet ist, vor allem bei jenen Stämmen, die die Vielehe erlauben. Er hat den Zweck, das Verlangen der Frauen zu dämpfen, was dem armen Ehemann zumindest einen Anschein von Autorität erhält. Und ich kann mir lebhaft vorstellen, was geschähe, gäbe es diese Sitte nicht und ein Mann würde Nacht für Nacht von seinen lüsternen Konkubinen belagert oder (schlimmer noch) mit groben Worten abgewiesen, weil sie lieber ohne ihn ihren Haferbrei rühren.

Ungefähr zweihundert der Frauen im Harem sind beschnitten, darunter auch die kranke Königin Zara. Malia behauptet, die Beschneidung mache die Frauen zu besseren Liebhaberinnen, da nichts sie mehr davon ablenken könne, dem Sultan Vergnügen zu bereiten (und dadurch die Königliche Sahne hervorzulocken). Dort, wo die Operation allgemein üblich sei, weigere sich ein Mann sogar, unbeschnittene Frauen zu heiraten. Er glaube, dass solche Frauen zwangsläufig zu Ehebrecherinnen werden, weil sie unfähig sind, ihre Gelüste im Zaum zu halten.

Doch die Alte vermag mich nicht zu überzeugen, denn welch größere Freude kann es für einen Mann geben, als der Frau, die er liebt, Genuss zu verschaffen? Wenn ihr Genuss sozusagen gestutzt ist, wäre seine Freude dann nicht gleichermaßen geschmälert? Ich äußere diesen Gedanken gegenüber Malia, woraufhin sie sich vor Lachen schier ausschütten will. Sie wiegt sich vor und zurück, schnappt pfeifend nach Luft und schlägt sich auf die knochigen Knie. »O Fidschil!«, keucht sie schließlich und wischt sich mit dem Ärmel die Tränen aus den Augen. »Du weißt nichts über wahre Männer! Die ›große Freude‹, von der du sprichst, rührt daher, dass der Mann seine Milch verspritzt. Nicht mehr und nicht weniger. Gewiss kommt die Milch eines Mannes manchmal schneller, wenn er glaubt, dass seine Frau ebenfalls Vergnügen empfindet – und die Frau eines solchen Ehemannes muss lustvolle Laute ausstoßen und ihre Hüften bewegen, um ihm zu helfen. Aber andere Männer ziehen eine stumme Frau vor, die während ihrer Bemühungen die Augen schließt und ruhig liegen bleibt. Oder eine, deren

Beine sich nicht ohne ein paar kräftige Schläge öffnen. Es ist nicht von Bedeutung, was die Frau fühlt, solange sie nur seine Milch hervorlockt.«

Äußerst belustigt über diesen Beweis meiner Unwissenheit zeigt sie mir mit einem breiten Grinsen ihr grünes Zahnfleisch. Doch dann kehren ihre Sorgen zurück, und schon bald knurrt sie wieder und macht ein finsteres Gesicht.

Ihr Zorn richtet sich auf das Berbermädchen, das inzwischen eine kleine Gefolgschaft liebeskranker Frauen um sich geschart hat. »Wenn da nicht ihre blauen Augen wären, hätte ich sie schon längst fortgeschickt«, murrt Malia. »Die Frauen sind wie behext von ihr. Das gefällt mir nicht, Fidschil. Einige gehen sogar donnerstags nicht mehr in den Garten.« Unwillkürlich kneten ihre Hände den Stoff ihrer *Kamis.* »Und außerdem will die *Bint* nicht essen! Sie sagt, sie sei nun fett genug. Woher will sie das wissen? So wahr mir Allah helfe – möge sein Name gepriesen sein –, dieses Weib ist gefährlich.«

27

Die Hitze nahm in den folgenden Wochen weiter zu, versengte die Rosenblüten und ließ die Akeleien austrocknen. Nachts schleppten die Frauen ihre Matratzen in den Hof und schliefen schnarchend unter freiem Himmel. Tagsüber räkelten sie sich ohne Blusen im Schatten, die Füße in Schüsseln mit kaltem Wasser.

Helen hatte etwas Derartiges noch nie erlebt. Ihre Haut war ständig schweißgebadet, die Gewänder klebten an ihr wie nasse Blätter. Sie gewöhnte sich an, ruhig auf dem Boden ihres Zimmers zu liegen und ihr feuchtes Fleisch auf die kühlen Kacheln zu drücken, während ihr der Schweiß in die Ohren rann. Zwischen Schlafen und Wachen hörte sie die Schreie der Mauersegler hoch oben am Himmel und stellte sich vor, wie ihre Flügel durch die blaue Luft schnitten. In Gedanken folgte sie ihnen, tauchte im Sturzflug in den Hof hinab, schwang sich dann wieder empor, flog über das Badehaus und die Wäschekammern, vorbei an den Türmen, die sie noch nie gesehen hatte, und über das Lager der Armee. Und dann? Was war auf der anderen Seite der Mauer?

Sie versuchte sich an den Tag ihrer Ankunft zu erinnern. Der Viehmarkt fiel ihr ein – aufgehängte Rümpfe, räudige Hunde, die den blutigen Staub beschnüffelten, Ziegen, die Kiesel aus schwarzem Dung auf die Erde fallen ließen. Sie hatte eine kleine Ansammlung brauner Zelte gesehen, Reihen von Häusern mit flachen Dächern und in der Ferne die weißen Zelte, von denen sie nun wusste, dass sie zum Lager der *Buchari* gehörten. Jenseits des Palastes ragte eine hohe Mauer empor, an die sich ein Saum aus schäbigen Hütten schmiegte. Hinter dieser Mauer lag die Stadt Marrakesch mit ihren engen Gassen voller weiß gewandeter Männer. War es dort auch so heiß? Helen fühlte sich wie die bleiche Larve im Inneren eines Ameisennestes – wohl behütet saß sie in ihrer winzigen Kammer, während die Welt um sie herum ihren Geschäften nachging.

Wie lange lebte sie bereits im Harem? Sie begann zu rechnen. In der letzten Woche erst hatte Malia an ihre Tür geklopft und ihr Monatstücher gebracht – woher wusste sie, wann sie damit kommen musste? –, und das war das zweite Mal gewesen. Also neun Wochen? Oder zehn? Lange genug, um dickere Schenkel und einen runderen Bauch zu bekommen. Wenn sich Helen zum Essen niederkniete, spürte sie neuerdings, wie ihre Fersen tief in ihren weichen Hintern einsanken.

Malia schien mit ihrem Aussehen zufrieden zu sein. »Endlich bist du eine richtige Frau!«, hatte sie gekräht und ihren knotigen Finger in das Grübchen an Helens Ellbogen gebohrt. »Als Fidschil mir erzählte, dass sich die Frauen in eurem Land die Bäuche einschnüren, konnte ich es gar nicht glauben. Nur eine dralle Mutter bekommt auch einen drallen Säugling. Das Kind braucht Platz zum Wachsen! ›Sieh dich an‹, habe ich zu ihm gesagt. ›Wie groß wärst du jetzt, wenn sich deine Mutter nicht so eng zusammengeschnürt hätte?‹«

War er deswegen ein Zwerg? Helen hatte die Stirn gerunzelt. Aber die Kinder vornehmer Damen waren doch nicht alle wie er! »Er ist der einzige kleine Mann, den ich je gesehen habe«, hatte sie erwidert. »Und ich glaube, es war Allah – möge sein Name gepriesen sein –, der ihn so gemacht hat, nicht seine Mutter.« Inzwischen erschien es Helen ganz selbstverständlich, den Namen des Maurengottes so auszusprechen wie alle anderen, mit einem dieser kleinen Gebete, die sie stets hinzufügten. Das gehörte dazu, wenn sie ihre Sprache lernen wollte.

Nun, da sie viel von dem verstand, was gesagt wurde, fühlte

sie sich wohler. Sie erkannte, ob die Frauen über sie tratschten oder nicht, und lächelte, wenn jemand ihr »Rotnase!« zurief, weil sie zu lange in der Sonne geblieben war. Weil sie inzwischen so dick war wie die anderen und wusste, wie sie sich zu verhalten hatte, wurde sie auch nicht mehr so häufig angestarrt – es sei denn, sie befand sich in Begleitung von Batoum oder Microphilus. Aber das hieß nur, dass man sie mit größerer Achtung betrachtete.

Wenn es nicht so heiß gewesen wäre, hätte Helen dieses Dasein sogar genossen – sie musste keine Wassereimer mehr schleppen und keine Hühner mehr ausnehmen. Ihre Fingernägel waren nicht mehr eingerissen und voller Gartenerde, sondern sauber und rosig wie diejenigen eines Säuglings. Sie hatte runde Wangen, weiche Fußsohlen und konnte sich den Bauch mit üppigen Speisen füllen. Sie besaß ein eigenes Gemach und eine Dienerin. Und vor allem verfügte sie zum ersten Mal in ihrem Leben über eigenes Geld.

Microphilus verteilte die Zuwendungen am *el-sabt*, dem Tag nach dem Heiligen Tag der Mauren. Noch am selben Nachmittag kamen die Marktweiber und breiteten im großen ersten Hof des Harems ihre Waren aus. Helen hatte zuvor noch nirgendwo so viele schöne Dinge auf einmal gesehen: Berge von Ringen, in die sie ihre Finger tauchte wie in kühlen Kies; Bahnen von Seide und Brokat, die sich schmeichelnd um ihre Schultern legten; Troddeln und Quasten, Schals und Bänder; ein Feld aus Teppichen; Tassen, Löffel, Uhren, Tabletts – alles war farbenfroh, alles klimperte, tickte, glitzerte in der Sonne.

Anfangs hatte Helen nie etwas gekauft – sie vermochte nicht zu feilschen wie die anderen und kannte den Wert der verschiedenen Münzen nicht. Doch sobald sie begriffen hatte, worauf es ankam, wurde der Markttag zum Höhepunkt ihrer Woche. Sie liebte es, weiche Wildlederbeutel mit Schmuckstücken in den Händen zu wiegen und dann langsam zu öffnen.

Sie hatte das Bedürfnis, alles zu berühren, alles zu kaufen: die geschnitzten Kästchen mit den winzigen Steinen, die hauchfeinen, glatten Blusen und Beinkleider. Leder und Bienenwachs, Weihrauch und Sandelholz – sie wollte all diese Gerüche besitzen und in ihr Zimmer tragen. Und sie wollte jede einzelne der süßen Köstlichkeiten probieren: die gezuckerten Früchte und das klebrige Gebäck, Honigkuchen und Nusstörtchen, Tabletts voller Süßigkeiten, von denen die Marktfrauen die Wespen verscheuchen mussten. Zurück in ihrem Gemach leckte Helen die Zuckerreste von ihren Lippen und packte ihre Schätze aus – bei geschlossenem Vorhang, als hätte sie sie gestohlen. Aber all das gehörte ihr, der violette Schal, der hübsche Kamm, das gelbe Kissen, und sie strich mit den Fingern über jedes Stück und entschied, welchen Platz es erhalten sollte.

Sie erinnerte sich an ihre Kindheit, an die Zeit, bevor ihr Vater wieder geheiratet hatte. Damals hatte er ihr von jedem seiner Marktbesuche eine Überraschung mitgebracht – eine Apfelsine, ein Haarband oder ein bisschen Nähgarn – und hatte sie raten lassen, in welcher seiner Taschen sich das Geschenk verbarg. Doch als erst einmal ihre Halbgeschwister da waren, bekamen *sie* die Mitbringsel. Helen hatte sich bemüht, es nicht so schwer zu nehmen, aber es schmerzte sie, wenn sie zuschauen musste, wie die anderen in Vaters Manteltaschen wühlten, selbst wenn es sich bei den Dingen, die sie aufstöberten, um Schätze handelte, für die sie selbst schon längst zu alt war.

Nachdem sich die Frauen auf dem Markt mit Leckereien voll gestopft hatten, wurden sie immer sehr ausgelassen, als habe Honig auf sie eine ähnliche Wirkung wie Whisky. In der Woche zuvor hatten sie im Garten nach einem langen Ast gesucht und einen Spiegel daran befestigt. Dann hatten sie den Ast kichernd gegen die dicke Außenmauer gelehnt und versucht, einen Krieger oder Pferdeknecht mit heruntergelassenen Hosen zu erspähen – selbst ein kräftiger Sklavenjunge hätte ihnen genügt.

Doch der Spiegel war auf der anderen Seite hintergefallen und zerbrochen, bevor sie irgendetwas gesehen hatten. Helen klangen noch jetzt ihre enttäuschten Aufschreie im Ohr.

Das schien das Einzige zu sein, was sie im Sinn hatten – es zu tun, »zu spielen«, wie sie es nannten, sich dafür bereit zu machen und hinterher lachend die Köpfe zusammenzustecken. Und darüber zu klatschen, wer mit wem spielte, zu flüstern und zu kichern, vor Türen zu lauschen oder durch Vorhänge zu schielen. Die Kinder waren sogar noch schlimmer, sie krochen unter die Betten oder versteckten sich in den Kleidertruhen von Frauen, die sie für Gespielinnen hielten, nur um irgendwann johlend davonzustürmen und überall atemlos zu berichten, was sie gehört hatten. Erst vor wenigen Tagen hatte Nazime einen kleinen Jungen in ihrem Wasserkrug gefunden.

Helen ertappte sich dabei, wie auch sie das Ohr an die Wand presste und sich vorzustellen versuchte, was in Nazimes Gemach geschah. Oder sie machte sich absichtlich ein wenig früher auf den Weg zu Batoums Quartier, in der Hoffnung, sie und Microphilus zu erwischen. Sie starrte die Mädchen an, die der Sultan auserwählt hatte, wenn sie in den Harem zurückkehrten – hochnäsig und selbstgefällig, weil sie mit einem richtigen Mann gespielt hatten. Hatte er ihnen tatsächlich Schmerzen zugefügt, oder taten sie nur so, als könnten sie vor Schmerzen zwischen den Beinen kaum noch laufen?

Mittlerweile war Helen klar geworden, dass an diesem Ort so gut wie nichts von dem galt, was sie über die körperliche Liebe zu wissen geglaubt hatte. Die Frauen konnten es mit verschnittenen Männern treiben, miteinander oder mit Tieren. Wahrscheinlich würden sie es auch mit den Jungen tun, wenn diese nicht schon so früh aus dem Harem weggeschickt würden. Ein Mann wiederum konnte seiner Ehefrau, einer Mätresse oder einer Sklavin beiwohnen, oder gar allen dreien zugleich, wenn es ihm beliebte.

Und all diese Speisen, die kauenden Münder, die Zungen und Finger, auf denen das grüne Öl glänzte ... Die Gewänder, weich und fließend wie Nachthemden ... Und nirgendwo gab es Stühle, nur Matten und Matratzen, sodass man sich anlehnen oder hinlegen musste. Dann war es ständig so heiß, selbst in der Nacht, dass man sich dreimal am Tag wusch und ein frisches Seidengewand überstreifte, und dann rieb man sich wieder mit Duftöl ein, weil es sich auf der Haut so gut anfühlte, und was sollte man auch sonst tun, wenn man niemanden hatte, mit dem man es tun konnte?

Schläfrig lag Helen auf dem Boden und stellte sich Batoum und Microphilus zusammen vor. Konnte er sich mit diesen kurzen Armen überhaupt hochstemmen? Was hatte er damit gemeint, als er sagte, er sei nicht wie jeder gewöhnliche Mann? Daheim in Schottland hatte ihr Vater seiner Stute einmal einen Esel zugeführt, weil er auf dem Frühjahrsmarkt in Dunblane ein Maultierfohlen verkaufen wollte. Als sie sah, wie der Esel unbeholfen mit seinen Vorderhufen auf den Hinterbacken der Stute herumstrampelte, verspürte sie ein überwältigendes Gefühl von Ekel. Seine Hinterbeine suchten zitternd Halt auf dem kleinen Hügel, auf dem sie ihn festgebunden hatten, um den Größenunterschied auszugleichen, und sein gewaltiges, rosarotes Ding zuckte steif hin und her, während er damit blindlings nach oben stieß.

Zwei Ereignisse bestimmten das Leben im Harem: der wöchentliche Markt und der Morgen, an dem sich die Frauen für den Sultan im Garten versammelten. Die vier Tage dazwischen galten den Vorbereitungen. Die Frauen probierten all ihre verschiedenen Schals und Schminken, Haartrachten und Schmuckstücke aus und wurden immer aufgeregter, je näher *el-khamis* – der Donnerstag – rückte. In der Nacht zuvor saßen einige der Mädchen bis zum Morgengrauen vor ihren Talgkerzen und zupften sich Haare aus, die ihre Sklavinnen übersehen hatten. Und hinterher, nachdem sich der Sultan seine Gespielinnen für die Woche ausgesucht hatte, sanken auf einmal alle Übrigen in sich zusammen, hielten sich die Köpfe oder Bäuche, klagten über Schwindel, Übelkeit oder Erschöpfung und jammerten und stöhnten bis zum Markttag, an dem die Vorbereitungen aufs Neue begannen.

»Warum lieben sie ihn alle so sehr?«, wollte Helen eines Morgens von Batoum wissen. Die beiden Frauen hatten sich im Schatten auf einem Teppich niedergelassen, und die Königin entwirrte ein Knäuel aus buntem Garn.

»Den Sultan? Aber er ist doch der Traum jeder Frau!« Batoum drückte einen Strang roter Seide an ihre Brust und schloss in gespielter Verzückung die Augen. »Reich, mächtig, gut aussehend – welche Frau könnte da widerstehen?«

Helen verzog das Gesicht. »Aber er ist doch so behaart, und so alt …«, entgegnete sie. Sie verstummte jedoch, weil sie nicht wusste, wie sie das merkwürdige Gefühl beschreiben sollte, das in ihrem Magen entstand, wenn sie an seine braune Hand dachte, die wie ein Ohrwurm in ihre Gewänder kroch. Sie hatte einmal ein Bild des Teufels gesehen, auf dem er einen schwarzen Bart trug, und die gleiche gebogene Nase hatte wie der Sultan, und furchtbar haarige Beine mit Pferdehufen anstelle von Füßen.

»Den Frauen gefällt sein Äußeres.« Batoum kniete sich auf die Fersen und fuhr mit einem Kamm durch Helens Haar. »Siehst du – du ziehst einen Scheitel wie diesen und arbeitest dich dann von hinten nach vorn vor.« Sie teilte eine Strähne der kupferroten Locken ab und begann zu flechten. »Sie mögen seine weißen Zähne und seine glatte Haut. In diesem Alter ist die Haut der meisten Männer schon voller brauner Flecken. Sein Bart ist immer noch dicht und schwarz. Und diese Nase – seine Nase musst du doch schön finden!« Sie lachte über Helens Gesichtsausdruck. »Was ist mit seinen prachtvollen Augenbrauen? Ach, die Art und Weise, wie sie sich in der Mitte treffen ...« Sie wickelte den roten Seidenfaden ein paarmal um die Spitze des Zopfes und biss den Rest mit den Zähnen ab.

War er tatsächlich gut aussehend? Helen versuchte, ihn durch Batoums Augen zu betrachten. Er war dünn, aber kräftig. Und schlau – das konnte man in seinen Augen sehen. Und da sie inzwischen an Menschen mit brauner Haut gewöhnt war, kam er ihr gar nicht mehr so dunkelhäutig vor.

»Und dann ist da natürlich auch noch das Geld.«

»Welches Geld?« Helen straffte ihren Rücken.

»Wusstest du das nicht? Jede Frau, die er erwählt, erhält das Zehnfache der Summe, die Fidschil ihr üblicherweise auszahlt. Und wenn der Sultan besonders zufrieden mit ihr ist, besteht die Möglichkeit, dass sie eine richtige Kostbarkeit bekommt. Mir hat er einmal einen goldenen Sattel geschenkt, mit passendem Zaumzeug – dabei kann ich noch nicht einmal reiten!«

»Zeigst du ihn mir? Darf ich ihn mir ansehen?« Helen wollte schon aufspringen, doch Batoum zog sie sanft an den Haaren.

»Soll ich dir nun Zöpfe flechten oder nicht?«

»Verzeihung. Was hast du mit dem Sattel gemacht?« Helen blickte sich in dem kahlen Innenhof um. Hinter welcher dieser abgeschlossenen Türen befand sich der Schatz? Sie malte sich aus, wie er schimmernd in einer dämmerigen Ecke lag, neben einer Truhe voller Juwelen. Es war wie in einem Märchen – der Zauberkönig und die sagenhaften Schätze. »Was hat er dir sonst noch geschenkt?«

»Oh, viele, viele Dinge. Aber nie wieder etwas dermaßen Närrisches. Frag mich nicht nach Einzelheiten. Viele Jahre sind vergangen, seitdem er zum letzten Mal nach mir geschickt hat.« Schweigend flocht Batoum weitere drei Zöpfe, wobei sich ihre Finger so flink hin und her bewegten wie die Zunge einer

Eidechse. Bei jedem neuen Zopf spürte Helen ein leichtes Ziehen auf der Kopfhaut. Ihr war bereits ein wenig kühler. Die große Königin hatte Recht – diese vielen dünnen Zöpfe ließen mehr Luft an die Haut.

»Weißt du, es sind nicht nur die Geschenke, die die Frauen verrückt machen«, sagte Batoum mit vorsichtigem Tonfall. »Hast du sie schon einmal vom Schrei des Sultans reden hören?«

»Ich glaube nicht.«

»Eine Eigenschaft, die dir bei ihm sehr schnell auffallen wird, ist seine ... seine ...« Stirnrunzelnd suchte sie nach dem richtigen Wort. »Es ist eine Art von Kälte, obwohl der Sultan der feurigste Mann ist, mit dem ich jemals das Laken geteilt habe. Allah ist mein Zeuge – möge sein Name gepriesen sein –, dass kein Mann mich je so erschöpft hat wie der Sultan. Trotzdem hatte ich immer das Gefühl, er sei nicht wirklich da. Sein Körper ist in Wallung, aber seine Augen sehen dich einfach nur an.« Sie hatte aufgehört zu flechten und kämmte nachdenklich die letzte verbliebene Strähne von Helens Haar. »Die Kälte war stets zu spüren – als wäre da noch ein anderer Mann, der durch seine Augen blickt und denkt: ›So. Schon wieder liegen wir hier und tun es.‹ Selbst beim letzten Luststoß entringt sich ihm kein Schrei. Es ist eher ein Ächzen, ein ersticktes, kleines Geräusch, als wolle dieser andere Mann nicht, dass er seine Milch hergibt. Die Frauen sind so verrückt nach ihm, weil sie wissen, dass er nicht immer so ist. Als er zum ersten Mal mit Königin Zara spielte, schrie er so laut, dass der ganze Harem wochenlang darüber sprach. Und so war es auch bei Königin Salamatu – die Weiße Königin, die nach Tafilet geschickt wurde, bevor du hierher kamst.«

Helen versuchte zu verstehen, was Batoum ihr da erzählte. Auf irgendeine geheimnisvolle Weise hatten die beiden Frauen den Sultan offenbar so erregt, dass er ...

»Er hat sie natürlich beide geheiratet. Und es war ...«

»Wie ist er bei dir?«, unterbrach Helen sie. Ihre Gedanken überschlugen sich. Konnte man tatsächlich Königin werden, indem man einen Mann dazu brachte, laut zu schreien?

»Oh, wahre Leidenschaft hat es zwischen uns nie gegeben.« Batoums Finger fingen wieder an zu flechten. »Er hat mich geheiratet, um einen Krieg zu beenden, den er und mein Vater gegeneinander führten. Ja, ich habe ihn erregt, und es gefiel ihm, mit mir zu ringen wie mit einem Mann – denn ich war kräftig und bin genauso groß wie er und konnte seine Schultern zu Boden drücken.« Sie lachte leise und warf stolz den Kopf zurück. »Aber ich entlockte ihm nie einen Schrei wie Zara und Salamatu.«

»Und Königin Duvia?«

»Nein – obwohl ich vermute, dass sie es versucht hat. Nein, Fidschil sagt, dass der Sultan Duvia zur Frau nahm, weil der König von Hispanien ihn beleidigt hatte. Kannst du dir das vorstellen?« Batoums Gelächter ließ ihre Brüste hin und her wogen. »Eine Heirat aus Rache! Er wollte eine Europäerin als Ehefrau, schrieb an König Karl und bot ihm an, sich mit seiner Tochter zu vermählen. König Karls Antwort erzürnte ihn dermaßen, dass er den Piraten auftrug, so lange jedes hispanische Schiff zu überfallen, bis sie ein Mädchen von adeligem Geblüt gefunden hatten.«

»Wie lange ist das her? Duvia sieht noch sehr jung aus.«

»Die arme kleine *Bint*! Als sie hier eintraf, tat sie mir so Leid ... Wie sie sich an diese abscheuliche alte Stoffpuppe und ihre heiligen Perlen klammerte! Und sie war so tapfer – ich glaube, sie hat seit ihrer Ankunft kein einziges Mal geweint. Sogar der Sultan war beeindruckt.«

Helen dachte an das anmutige Mädchen mit dem Kind auf dem Schoß. »Hat er ... Ich meine, wie konnte er ...?«

»Mit ihr spielen?« Batoum zuckte die Achseln. »Selbstverständlich hat er gewartet, bis Malia sagte, es sei ungefährlich. Bei den jüngeren Mädchen ist sie immer sehr vorsichtig, und er besteht nie auf seinem Recht. Im Gegensatz zu manch anderem«, fügte sie finster hinzu, umwickelte den letzten Zopf und lehnte sich zurück, um ihr Werk zu betrachten. »Fertig! Wie fühlt es sich an? Wenn dir immer noch zu heiß ist, schere ich sie dir auch gern ab. Dann sind unsere Köpfe wie zwei Eier, ein braunes und ein weißes.«

28

21. September 1769

Merde alors! Termiten haben sich durch das Kästchen gefressen, in dem ich meine Abhandlung aufbewahre, und die vergangenen acht Wochen zu Pergamentmehl zersetzt.

Die Schuld liegt ganz allein bei mir, denn ich hatte meiner Sklavin Maryam untersagt, sich an meinen Papieren zu schaffen zu machen. Doch nur die unablässige Wachsamkeit der Sklavinnen verhindert, dass Palast und Harem Stück für Stück in den Mägen dieser Kreaturen verschwinden, die offenbar fähig sind, jedwede Substanz zu verdauen und das unheimliche Talent besitzen, sich stets genau dort durch den Boden nach oben zu bohren, wo man seine Pantoffeln abgestreift und vergessen hat. Wenn man sie dann wieder findet, ist von ihnen nur noch die oberste Schicht übrig, die einem in den Händen zerfällt und den Blick auf eine wimmelnde Orgie der Vernichtung freigibt. Ebenso erging es meinen Aufzeichnungen – obgleich der Verlust nicht besonders groß ist, denn die Hitze hat mich in den vergangenen Wochen meiner literarischen Neigungen beraubt und uns alle darniedersinken lassen wie nasse Säcke. Wie erleichtert wären wir, wenn es endlich regnen würde! Ich habe den brackigen Geschmack von abgestandenem Wasser satt, bin des braunen Staubs so überdrüssig, der in meinen Nüstern klebt wie Schnupftabak ...

Die arme Helen empfindet diese Witterung als äußerst anstrengend. Sie hat sich noch nicht die afrikanische Taktik des Ausharrens angeeignet, die mit einer gewissen Verlangsamung sämtlicher Bewegungen und Tätigkeiten einhergeht und mit dem Winterschlaf zu vergleichen ist. Daher fächelt sie sich unablässig Luft zu und zupft an ihren Gewändern, wäscht ihre feuchten Hände und wischt sich den Schweiß von der Stirn, oder plumpst in plötzlicher Erschlaffung zu Boden und überlässt sich dem Schlaf, als hoffe sie, dass die Hitze auf wundersame Weise verschwunden ist, wenn sie wieder erwacht.

Ihr neues Kleid aus Fleisch verstärkt noch ihr Unbehagen. Denn genau wie gewünscht nimmt sie stetig zu, geht auf wie ein Weißbrot auf seinem Brett über dem Ofen und hat viele neue liebliche Falten bekommen, durch die der Schweiß rinnt, und Grübchen, in denen sich die salzigen Tropfen sammeln.

Es ist interessant zu beobachten, wie die Leiber der neuen Frauen sich ausdehnen. Einige werden beinahe kugelförmig und lassen vergessen, dass sie jemals eine Taille hatten – wie eine Schafszecke, die sich mit Blut voll gesogen hat. Andere blähen sich auf wie Batoum, wobei jedoch jeder Körperteil perfekt proportioniert bleibt, und gleichen damit den Desserttrauben am Weinstock. Helen wiederum gehört einem dritten Typus an, der seine erlesenste Frucht unterhalb der Taille trägt – in Form einer prachtvollen Entfaltung der Hinterbacken. Ihr keckes, frisches Aussehen ist immer noch vorhanden: ihr lebhaftes Lächeln, ihre geschwungenen Brauen, ihr störrisch hervorstehendes, eckiges kleines Kinn. Doch ihr Hinterteil ist gewaltig angeschwollen und wölbt sich am unteren Ende ihres Rückens hervor wie ein Kürbis. Und ihr Bauch ist das schönste Kissen, auf das sein Haupt zu betten ein Mann sich wünschen kann: süß und rund wie ein Vanillepudding.

Ihre Ausbildung ist gleichermaßen vorangeschritten, sodass Batoum mir kürzlich mitteilte, es gebe auf dem Gebiet der Liebeskunst nichts mehr, was sie dem Mädchen noch beibringen könne. Batoums einzige verbleibende Sorge ist die mangelnde Begeisterung ihrer Schülerin für die Person des Sultans, die sich offenbar aus der Behaarung Seiner Königlichen Hoheit erklärt. »Sie redet von ihm wie von einer Art *Schaitan*«, klagt Batoum und bezieht sich damit auf das mohammedanische Gegenstück zu unserem schwarzen Engel Luzifer. Der Vergleich ist nicht ganz abwegig, denn der Sultan hat in der Tat etwas Tierisch-Teuflisches an sich (der dachsartige Bart, die dünnen Haxen), das jeden Geisterbeschwörer veranlassen würde, nach einem Pferdefuß Ausschau zu halten.

Nichtsdestotrotz gibt es Anzeichen dafür, dass Helens Widerwillen langsam abnimmt und sich mit der Zeit vielleicht doch noch in Wohlwollen verwandeln wird. Erst letzten Donnerstag erspähte ich sie, wie sie im Garten hinter einem Jasminstrauch kauerte und den Hals reckte, um einen Blick auf Seine Haarigkeit zu erhaschen. Und wie sie jene, die er erwählt hatte, genau beäugte und eingehend ihre Haartracht, ihre Gewänder und die Farbe in ihren Gesichtern studierte. Schon bald wird sie bereit sein (*en garde*, mein armes Herz!), schon bald wird auch das Rot ihrer Wangen von jenem Fieber der Besessenheit künden, das in diesem Sanatorium so verbreitet ist.

In der Zwischenzeit füllt sich ihre Zelle mit fürchterlichem Flitterwerk in allen Formen und Farben, das für mich keinerlei erkennbaren Nutzen hat, außer vielleicht demjenigen, in all die Körbe und geschnitzten Kästen gestopft zu werden, die sie ebenfalls erworben hat. Wie kommt es nur, dass Frauen Spitzendeckchen und Zahnstocher mit Einlegearbeiten lieben? Liegt es daran, wie Batoum behauptet, dass ihr eigenes Leben ebenso unbedeutend und ohne Zweck ist wie diese Dinge? Während meiner Zeit in Edinburgh waren bei den Müßiggängern winzige Teelöffelchen in Mode, die für jeden Tag der Woche eine andere Verzierung aufzuweisen hatten und dermaßen zart waren, dass menschliche Finger sie kaum halten konnten. Dazu kamen natürlich noch klitzekleine Tassen, bei denen man für jeden Schluck verkrampft die Oberlippe spitzte und deren Henkel so eng waren, dass man den kleinen Finger nach oben abspreizen musste wie einen Hirtenstab.

Wie sehr verabscheue ich diesen Ort doch manchmal, all die Kinkerlitzchen, die übermäßig süß riechenden Öle und belanglosen Interessen: die Drapierung eines Halstuchs, die Vorzüge der verschiedenen Sorten von Henna! Diesen drückenden Tagen wohnt ein entsetzlicher *ennui* inne, angesichts dessen selbst die Liebe ihren unterhaltsamen Zauber einbüßt, weil sie schweißtreibende Bewegungen und das Aneinanderkleben feuchter, heißer Haut mit sich bringt. In letzter Zeit begnügen Batoum und ich uns damit, einfach nur unter einem dünnen Laken nebeneinander zu liegen und miteinander zu schwatzen wie ein altes Ehepaar.

22. September 1769

Ich habe versucht, die Überreste meiner Aufzeichnungen zu entziffern. Dies Unterfangen stellt sich als überraschend kurzweilig heraus, denn jeder bruchstückhafte Satz beschwört die Stimmung herauf, in der er niedergeschrieben wurde.

Da hätten wir: »... *Tabibs die Köpfe zusammenstecken, mit ihren ...*«, was mich an die Woche erinnert (dies alles scheint schon so lange her zu sein!), in der wir damit rechneten, dass die *Lalla* Zara sterben würde. Ihr Befinden hatte sich jäh verschlechtert, ihre schwammartige Kopfhaut verlor auch noch die letzten Haare, und ihre Gliedmaßen waren mit frischen Wunden übersät, als würde ihr das Fleisch von den Knochen faulen.

Tag für Tag wurde sie in den Untersuchungsraum geführt, ein eigentümliches Gemach, das an den Palast angrenzt und mit verschiedenen Wandschirmen und Vorhängen ausgestattet ist (denn kein unversehrter Mann darf den Harem betreten, gleichgültig, wie gebrechlich und verschrumpelt er ist, gleichgültig, wie vertrocknet seine Lebenssäfte sind). Und da kommen schon die *Tabibs* und scharen sich um die brandige Hand der Königin, die aus der entsprechenden Öffnung im Wandschirm ragt, halten sie in ihren knochigen Klauen und tasten am Handgelenk nach dem darunter pulsierenden Blutstrom. (In diesem Land ermessen die Ärzte den Gesundheitszustand ihres Patienten, indem sie das innere Handgelenk an verschiedenen Stellen berühren und die geringfügigen Veränderungen vermerken, die sie im Fluss der bösen oder guten Säfte durch den Körper entdecken. Ich habe dies mit meinem eigenen Handgelenk versucht und kann mir nicht vorstellen, dass sie durch diese Methode irgendetwas Nützliches erfahren, doch sie ist wenigstens harmlos, was sich von den Methoden unserer großartigen schottischen Heilkünstler nicht unbedingt behaupten lässt.)

Da stehen sie nun also, streichen sich murmelnd über die Ziegenbärte und befühlen abwechselnd die Hand, während die unglückliche Königin auf der anderen Seite des Wandschirms leidet. Sie scheint nur noch aus fieberheißer Haut und Knochen zu bestehen und atmet pfeifend Luft in ihren eingefallenen Brustkorb, hinter sich ihre Sklavinnen, die vor Kummer ganz außer sich sind, Klagelaute ausstoßen und sich auf die Fingerknöchel beißen. Und meine Wenigkeit springt wie eine Art Kastenteufel zwischen der Welt der Frauen und der Männerwelt hin und her, denn hier im Untersuchungsraum erleben wir die mohammedanische Lebensweise in ihrer aberwitzigsten Ausprägung, wenn sie nämlich ihren Anhängern den dringend nötigen menschlichen Kontakt untersagt.

Die beiden Prinzen, Zaras Söhne, sind ebenfalls herbeigerufen worden, kauern hinter den *Tabibs* auf dem Boden und besprechen flüsternd, was dies alles für sie bedeuten könnte. Denn solange die Königin lebt, hat jeder von ihnen zumindest die Aussicht, einmal Sultan zu werden. Sollte sie jedoch sterben, können sich die beiden genauso gut schon einmal ihre Turbane um die Köpfe wickeln und sich diejenigen ihrer Sklavinnen aussuchen, die sie nach Tafilet und damit in die Vergessenheit begleiten sollen.

Doch dann beginnt sich Zaras Zustand auf wundersame Weise zu bessern. Ich verwende die Worte ›auf wundersame Weise‹, weil die *Tabibs* immer noch über die geeignete Behandlung streiten, als ihre Patientin plötzlich in einen tiefen, vier Tage anhaltenden Schlummer fällt. Hier eine Kostprobe dessen, was ich zu jener Zeit schrieb: »... *suchte heute Morgen die Lalla Zara auf und schwöre, dass ihre Wunden vor meinen Augen heilen und auf ihrem Schädel ein weicher, kastanienbrauner Flaum sprießt wie auf der seidigen Haut einer Buchecker. Die Sklavinnen sind...*« Nun, Ihr könnt Euch gewiss vorstellen, wie die Sklavinnen waren: Sie gingen auf Zehenspitzen umher, als fürchteten sie, der gute Zauber könne sich sonst in Luft auflösen, strahlten dabei jedoch über das ganze Gesicht.

Nun haben wir noch: »... *in der Hoffnung, einen Teil des Verdienstes für mich beanspruchen zu können...*« Das ist Monsieur Microphilus le Révélateur, wie er sich in den Tagen nach Königin Zaras Genesung selbst beglückwünscht und darüber nachsinnt, ob vielleicht seine Nachforschungen die Hexe veranlassten, ihr Zauberkästlein zu schließen, und auf diese Weise die unerwartete Wendung bewirkten, deren Zeuge wir alle gerade geworden waren.

Ah ja: »... *Haufen von Grassamen...*« Damit ist Methusalem gemeint, der raschelnde Gärtner, der sich angewöhnt hat, vor meinem Quartier herumzuschleichen (daher die sämigen Hinterlassenschaften), weil er mir ständig einen seiner endlosen ›Berichte‹ abzuliefern wünscht. Ich fürchte, dass ich ihm gegenüber inzwischen recht gereizt auftrete, denn obwohl er stets sehr aufgeregt und ernsthaft ist, wenn er mich anspricht, enthalten seine wirren Schilderungen doch nichts als Einzelheiten über die Verfassung der Pflanzen in *La Zaras* Garten. So verbrachte ich in der vergangenen Woche einen ganzen Nachmittag damit, seiner Darlegung über die ungewöhnlich wachsenden Triebe einer bestimmten Jasminlaube zu lauschen – dabei hätte ich mit Helen über den Markt schlendern können.

Nun, dies ist interessant ... Ich bemerke gerade, wie sich meine Handschrift verändert, wenn ich meine Begegnungen mit Helen beschreibe. Sie wird dicker und schwärzer, als würde ich meine Feder fester auf das Papier pressen, mit einer Fülle kleiner Klecksen, da ich in der Leidenschaft meiner Gefühle wild die Tinte verspritzte. Und obwohl die nächsten leserlichen Worte, »... *Sonnenlicht auf...*«, alles Mögliche meinen könnten, verrät die überschwängliche Beschaffenheit ihrer Bögen und Striche doch, dass es sich bei ihnen um Fragmente eines liebestollen Tributs an das Mädchen handelt.

Jede Woche beobachte ich Helen auf dem Markt. Es ist schwer zu beschreiben, welches Vergnügen es mir bereitet, sie zwischen den feilgebotenen Waren umherstreifen zu sehen. Sie ist so ehrfürchtig wie eine Novizin vor dem Altar und berührt jeden aufgeputzten Zierrat, als sei er eine Reliquie aus dem Heiligen Kreuz. Sie gibt Geld aus, das ich ihr zugeteilt habe, *vous comprenez* (obgleich es natürlich vom Sultan stammt, und dieser wiederum bekam es von einem alten Bauern aus den Ausläufern des Atlasgebirges, der es zweifellos als Mitgift angesammelt hatte, durch die er seine hässlichste Tochter loswerden wollte, um sich danach in aller Ruhe der Verheiratung der hübscheren zuzuwenden). Und ich bin es auch, zu dem sie gelaufen kommt, wenn ihre Arme voll sind, und den sie kurz mit vor Dankbarkeit leuchtenden Augen ansieht, bevor sie davonhüpft, um sich in ihrem Gemach am Anblick ihrer Schätze zu weiden.

»... wirkt aus der Entfernung, während obeah ...« An dieser Stelle beschrieb ich die verschiedenen Arten von Zaubersprüchen, die hier gebräuchlich sind. Soweit ich mich erinnere, war es eine äußerst gescheite Abhandlung, und ich werde versuchen, sie noch einmal niederzuschreiben. Ich hatte die Zaubersprüche in zwei Gruppen eingeteilt, nämlich in jene, die aus der Entfernung Einfluss ausüben, und jene, die nur in der Nähe wirken können.

Zu den aus der Entfernung wirkenden Zaubern gehören die häufig von Frauen angewendeten Liebeszauber, bei denen der Name des Geliebten auf ein Stück Papier oder Stoff geschrieben wird (die Schreiber verdienen viel Geld an diesen analphabetischen, liebeskranken Schönen), das die Frau dann entweder unmittelbar am Körper trägt oder in Wasser taucht, um dieses später zu trinken – was angeblich Liebe im abwesenden Manne erzeugt. Es gibt natürlich auch böse Zauber – beispielsweise kann man an das Bein eines Huhns ein rotes Stoffsäckchen binden, das sich bei jedem Scharren des Vogels bewegt. So sorgt es dafür, dass der verhassten Person, deren Haare (oder Hautschuppen oder Fingernägel) in dem Säckchen enthalten sind, allerlei Unglück widerfährt.

Die nur in der Nähe wirkenden Zauber (von einigen der Sklavinnen *obeah* genannt) lassen sich gleichermaßen in zwei Gruppen einteilen, nämlich in die Schutzzauber, die sich an Menschen oder in ihrer Nähe befinden (wie die blauen Hände, mit denen sich die *Lalla* Zara umgibt und die – das muss einmal gesagt werden – offenbar nicht die Macht besaßen, ihrem Verfall Einhalt zu gebieten), und die gewaltige Menge von Gegenständen und Substanzen, die ihren Empfängern Schaden zufügen sollen. Zu letzterer Gruppe gehören die *Afrit*-Stachelschweine sowie allerlei üble Pulver, wie zum Beispiel zermahlenes Hyänenhirn, das denjenigen, der es zu sich nimmt, in eine Art von Lachwahnsinn treibt (dies ist Zauberkunst, *vous comprenez*, im

Unterschied zu gewöhnlichem Gift, das jedes Kind bei jedem beliebigen Gewürzhändler in der Stadt kaufen kann).

Während ich dies alles erneut aufschreibe, verspüre ich genau die gleiche Ermattung, die mich vor sechs Wochen befiel, als ich zum ersten Mal die enorme Auswahl an Möglichkeiten aufführte. Denn wer – *par exemple* – kann schon mit Sicherheit sagen, ob es eine naturgegebene Neigung zum Irrsinn oder eine Prise Hyänenpulver war, die Salamatus Verstand verwirrte? Oder ob wir statt nach Stachelschweinen nicht nach einer Hühnerschar hätten suchen sollen, die irgendwo vor sich hin pickt und um deren Beine Säckchen mit Zaras Namen gebunden sind? Aber nein, ich sollte Mut fassen. Zara ist auf dem Weg der Besserung. Vielleicht stellt sich schon bald heraus, dass meine Arbeit diesbezüglich getan ist.

Nichtsdestotrotz habe ich überall bekannt gemacht, dass jede Sklavin eine Belohnung erhält, die mir Beweise für Niedertracht oder Zauberei unter den Frauen liefert. Doch womöglich werde ich gezwungen sein, das Angebot zu widerrufen, allein schon aufgrund der Masse menschlicher Rückstände (in Form von Haarbüscheln, blutigen Stofffetzen und dergleichen), die prompt in meinen Gemächern abgegeben wurden und aus denen, ich schwöre es, eine ganz neue Frau erschaffen werden könnte (auch wenn sie recht skrofulös wäre).

Ich stelle fest, dass ich durch diese Untersuchung in eine Gemütsverfassung gerate, die mir keineswegs behagt und die in jeder weichen Hand eine Phiole mit widerlichen Substanzen und unter jeder hübschen *Kamis* das nackte Entsetzen vermutet. Eben dieser Argwohn ist der Grund, warum die alte Malia so gebückt geht, ihre verfärbten, zahnlosen Kiefer aufeinander presst und immer dicht an der Wand entlangkrabbelt wie ein Kakerlak. In letzter Zeit bemerke ich, dass meine Augen genau wie die ihren unablässig hin und her huschen und meine Ohren angestrengt auf böses Geflüster lauschen.

Und ich habe es tatsächlich gehört, überall im Harem, obwohl es hauptsächlich belangloses Zeug ist. Aber in diesem Treibhaus kann aus der unbedeutendsten kleinen Nessel einer Kränkung ein wahres Schlinggewächs von Schmähungen sprießen. So ist beispielsweise ein armes Mädchen bestraft worden, nur weil es sich weigerte, sein rosa Halstuch zu verleihen. Sie haben über seinen Pantoffeln Eier aufgeschlagen und in seine Parfümtiegel gepisst, ganz zu schweigen von den intimen Dingen, die sie aus seinem Zimmer gestohlen haben. Außerdem ist zwischen den Frauen zweier ganzer Höfe eine heftige Fehde bezüglich der Nutznießung eines Maulbeerbaums ausgebrochen, sodass sich die Frauen nun gegenseitig in der Versengung von Zöpfen, Verunreinigung von Springbrunnen und noch Schlimmerem überbieten.

Als ich dies gestern zitternd vor Entrüstung in Batoums Gemach erzählte, fragte sie nur milde: »Womit sollen sie sich sonst beschäftigen?«, und zuckte die Achseln. »Ich wäre genauso, wenn ich nicht in meinem Garten arbeiten könnte.« Doch das entspricht nicht der Wahrheit, denn sie würde sich niemals dazu herablassen, in den Couscous einer anderen Frau zu spucken. Der Beweis ist ihr Verhalten gegenüber Helen, denn ist sie nicht wie eine Mutter zu dem Mädchen? Ja, Mutter, Lehrerin, Schwester – alles in einem. O Microphilus, du bist ein Narr, so leichtsinnig dein Herz zu verlieren, wo es doch in sicherer, liebevoller Obhut war!

29

»*Tisbah 'ala kher* – Gute Nacht.« Rima verließ mit einer respektvollen Geste den Raum und zog den Vorhang hinter sich zu.

Helen betrachtete die schwingenden weißen Falten – wieder war ein Tag vorüber. Die Talgkerze brannte, die Waschschüssel war gefüllt und ein Handtuch für den Morgen lag bereit, doch sie fühlte sich zu erhitzt und rastlos, um zu schlafen. Obwohl sie sich gerade erst gewaschen und abgetrocknet hatte, war ihr Rücken schon wieder feucht, und der Schweiß lief aus ihren Achselhöhlen. Sie hatte den größten Teil des Tages einfach nur dagelegen, in diesem engen Zimmer mit der stickigen Luft und den drei breitfüßigen Eidechsen, die über die weißen Wände huschten und schläfrige Fliegen jagten.

Die Eidechsen waren inzwischen fort und die Wände dunkel. Helen stand auf und spürte Salzkörner unter ihren nackten Füßen. Mit einem trockenen Rascheln krabbelte ein riesiger Kakerlak unter dem Diwan hervor und winkte mit seinen schwarzen Fühlern. Kurz darauf tauchte hinter ihrer Kleidertruhe ein zweiter auf. Manchmal wirkten sie beinahe menschlich – durch die Art und Weise, wie sie sie ansahen, wie sie warteten, bis sie allein war. Machte sich auch Königin Zara gerade für die Nacht bereit? Wusch sie ihr schuppiges, fleckiges Gesicht, zog sie ausgefallene Haare aus ihrem Kamm? Schaudernd tapste Helen hinüber zum Vorhang und öffnete ihn.

Über ihr wölbte sich der mondlose Himmel, und die samtige Luft war erfüllt vom schweren Duft der Nachtblumen. In stockdunklen Nächten wie dieser zogen sich alle schon früh zurück. Helen ließ ihren Blick über den Wandelgang schweifen und erspähte eine vertraute, gebeugt gehende Gestalt – Malia schlurfte um die ausgestreckten Leiber zweier Frauen herum, die im Freien schliefen, und blieb dann lauschend vor einem geschlossenen Vorhang stehen, durch den der schwache Schein einer Talgkerze drang. Wahrscheinlich hatte sie dem Sultan gerade seine Erwählte gebracht und befand sich nun auf dem Rückweg.

Am Morgen im Garten war er sehr gereizt gewesen – die Frauen hatten den ganzen Tag darüber geplappert, dass er sie kaum angesehen und die Sklavinnen, die ihm die Neugeborenen zeigen wollten, fortgescheucht hatte. Und dieses kleine Sklavenmädchen, das mit einem der Säuglinge im Arm gestolpert war. Bei der Erinnerung daran zuckte Helen zusammen. Fauchend vor Wut war der Sultan herumgewirbelt und hatte sich vor dem kauernden Mädchen aufgebaut. Die anderen sagten, er habe die Kleine enthaupten lassen, aber das konnte nicht stimmen. Wegen so etwas würde er doch niemanden töten lassen! Außerdem war dem Neugeborenen überhaupt nichts geschehen.

Wer mochte nun wohl bei ihm liegen? Helen schoss ein Bild durch den Kopf: der Sultan mit starrem Blick und angespanntem Kiefer, die Arme aufgestützt, über einem Mädchen mit weicher Haut. Helen stellte sich das erstickte Ächzen vor, das tief in seiner Kehle saß wie ein gefangener Wolf. Sie presste ihre Oberschenkel zusammen. Was würde sie tun müssen, um ihn zum Schreien zu bringen?

Sie wünschte, mit Nazime reden zu können, aber früher am Tag hatte sie sie untergehakt mit einer anderen Frau gesehen und hörte die beiden nun hinter dem geschlossenen Vorhang murmeln. Wäre doch bloß Betty da und würde mit ihr schwatzen! Wieder nahm sich Helen vor, Microphilus zu fragen, ob er nicht versuchen konnte, sie zu finden. Wenn sie doch nur wieder zu Hause wäre, im Küchengarten, mit kaltem, nassem Gras unter den Füßen ... Das Heimweh war wie ein dumpfer Schmerz in ihrem Bauch. Ohne nachzudenken, wohin sie eigentlich gehen wollte, schlüpfte Helen in ihre Pantoffeln.

Zehn Minuten später erreichte sie Microphilus' Quartier. Als sie das Trippeln schneller Schritte vernahm, hielt sie inne. Was, wenn Batoum bei ihm war? Sie hatte nicht daran gedacht, dass er Gesellschaft haben könnte. Während sie noch zögerte, schwang das Tor quietschend auf, und eine pummelige Sklavin huschte an ihr vorbei, den Schal tief in das Gesicht gezogen. Helen starrte ihr nach – wie viele Liebhaberinnen hatte dieser Mann? Ein seltsamer Funke trieb sie durch das Tor und in den kleinen Innenhof.

Helen hatte Microphilus' Unterkunft noch nie zuvor betreten. Sie warf einen Blick in die Küche: Sie war verlassen, die letzten Reste der Glut zuckten in der Dunkelheit. Die Tür zu Microphilus' Waschraum stand einen Spalt weit offen. Helen sah einen Spiegel, der ungefähr in Kniehöhe hing, und daneben eine brennende Kerze. Wo war er? Als sie zur Tür des Hauptraumes hinüberschlich, geriet irgendetwas Weiches unter ihren Pantoffel und gab ein kurzes, quatschendes Geräusch von sich.

Und da saß er, mit dem Rücken zu ihr. Er schien einige Papiere zu ordnen, sie mit den Händen abzuwischen und den Staub fortzublasen. Dann rollte er die Papiere zusammen, kletterte auf das Bett und schob sie in einen Stoffbeutel, der an einem Haken an der Wand hing.

Sollte sie anklopfen? Vor Verlegenheit wurde Helen noch heißer. Schweißtröpfchen bildeten sich auf ihrer Oberlippe. Es war eigenartig, ihn ganz allein in seiner Höhle zu beobachten. Woher hatte er diese feine Uhr mit den goldenen Pferden? Und diese Bücher? Seine Sachen sahen alle so vornehm aus: die Truhen aus hellem, mit Schnitzereien verziertem Holz, das silberne Teetablett und die dazu passenden kleinen Tassen, die seidene Bettdecke mit violetten und roten Streifen. Helen dachte an ihre übervollen hübschen Körbe. Vielleicht sollte sie anfangen, für einige größere Anschaffungen zu sparen.

Helens Augen huschten durch den Raum und forschten nach Hinweisen auf Batoum. Da – ein hauchdünnes Gewand an einem Haken neben dem Bett. Und stand dort auf dem Boden nicht ihr Ölkrug? Also suchte die Königin ihn tatsächlich hier auf. Angesichts dieser Entdeckung kam sich Helen töricht vor. Sie wich langsam zurück, glitt dann jedoch auf dem weichen Etwas aus, das noch immer unter ihrem Pantoffel klebte, und stolperte mit einem lauten Geräusch gegen die Wand.

»Um Allahs willen! So komm doch endlich herein!«, rief Microphilus unwirsch auf Maurisch. »Ich beiße nicht, was auch immer Gegenteiliges du gehört haben magst. Nun, lass mich raten ...« Er sprang vom Bett und durchquerte das Zimmer auf bloßen Füßen. »Bringst du mir ein besudeltes Halstuch oder vielleicht den Zahn, den man einem armen Mädchen ausgerupft hat?«

Als er Helen erblickte, rief er mit unverkennbarer Freude in der Stimme: »Helen!« Dann fuhr er auf Englisch fort: »Was ist mit dir, Mädchen? Bist du krank?«

»Nein, es geht mir gut.« Was musste er von ihr denken? »Ich konnte nicht schlafen ...« Wann hatte sie diesen Satz zum letzten Mal gesagt? Sogleich erinnerte sie sich. Heiß stieg ihr das Blut in die Wangen. Damals, vor John Baynes Haus, als er sie dabei erwischte, wie sie ihn von seinem Garten aus beobachtete. Bevor er mit ihr nach oben in die Dienstbotenkammer ging.

»*Mais, c'est vraiment bien, alors!*« Microphilus nahm ihre Hand und verneigte sich, als sei ihre Anwesenheit die natürlichste Sache der Welt. »Jetzt können wir beiden Nachteulen uns gegenseitig die Zeit vertreiben. Nimm Platz, Mädchen, dann schenke ich dir einen Schluck dieses bescheidenen Dattelweines ein, den ich aus dem Judenviertel habe einschmuggeln lassen.« Er schwenkte eine mit Stroh bedeckte Flasche. »Und wie wäre es mit einer schönen grünen *Teem* von meinem eigenen Baum?« Er hüpfte hinaus in den dunklen Hof und kehrte kurz darauf mit einer Frucht in jeder Hand zurück.

Helen kniete sich auf den Boden und nippte an dem Becher, den er ihr gereicht hatte. Sofort spürte sie die Welle von Wärme, mit der der Wein durch ihre Kehle rann und sich in ihrem Magen ausbreitete. »Wenn ich ein anständiger Gastgeber wäre, würde ich ein wenig Weihrauch entzünden und die Schwaden als Segnung zu dir fächeln. Aber ich möchte nicht, dass Rauchschleier mir den Blick auf dein hübsches Gesicht nehmen.« Er lächelte ihr zu und schenkte nach. Dann hob er seinen Becher. »Auf dich, meine liebe Helen! *Et bienvenue à la Maison Microphilus!*«

Lachend trank sie einen weiteren Schluck. Es gefiel ihr, wenn er französisch sprach wie ein richtiger Herr. Anfangs hatte es sie verlegen gemacht, wenn er Wörter benutzte, die sie nicht verstand. Doch nun fühlte sie sich geschmeichelt, dass er mit ihr nicht redete wie mit einem Bauernmädchen. Sie nippte wieder an ihrem Becher und lehnte sich entspannt gegen die Bettkante. Warum hatte sie noch nie zuvor daran gedacht, ihn zu besuchen?

»Wunderschön, wie du dich eingerichtet hast«, sagte sie und beschrieb mit der Hand einen Kreis. Dann entdeckte sie in einer offenen Lederschatulle neben dem Bett etwas Grünes, Funkelndes. »Was ist das?«

»Ach das – das ist ein Smaragd aus dem Königlichen Turban«, sagte er spöttisch. »Nur zu, nimm ihn. Probier einmal aus, wie es sich anfühlt, ein Vermögen in der Hand zu halten.«

Der Stein war kalt und so groß wie ein Staren-Ei, wog aber sehr viel schwerer. Als Helen ihn gegen das Licht der Öllampe hielt, sah sie, wie sich die Flamme hundertfach als winziges Abbild in seinem Inneren spiegelte. Kindische Habsucht durchzuckte sie und ließ sie sich unwillkürlich vorbeugen. »Woher hast du ihn?«

»Er ist ein kleines Andenken daran, dass Seine Hoheit mit mir zufrieden war«, erwiderte Microphilus leichthin, und Helen war überrascht, einen Anklang von Verbitterung in seiner Stimme zu hören. »Du könntest es auch einen Notgroschen nennen – falls ich jemals aus diesem Hühnerstall davonfliege.« Er blickte ihr einen Moment lang eindringlich in die Augen. Rasch legte sie den Smaragd zurück in die Schatulle. Wusste er, was sie dachte – dass ein Schatz wie dieser ihr gehören könnte, wenn sie mit dem Sultan spielte?

Ihre Handflächen waren feucht. Wie viele Smaragde gab es noch im Palast? Im Geiste durchwühlte sie wieder den Mantel ihres Vaters, berstend vor Aufregung, und versuchte zu raten, in welcher Tasche sich der mitgebrachte Schatz verbarg. Sie rief sich die Gemächer des Sultans in Erinnerung – bewahrte er dort Edelsteine auf, womöglich in seinem Schlafzimmer?

Um sich abzulenken, griff sie erneut in die Schatulle und zog ein silbernes Medaillon hervor, dessen Kette gerissen war. »Und wer hat dir das geschenkt?«, fragte sie in neckischem Tonfall. Das Schmuckstück war ein Liebespfand, dessen war sie sicher. Als sie es öffnete, entdeckte sie zwei kurze Locken – eine kupferrote, die auch von ihrem eigenen Haar hätte stammen können, und eine feine schwarze, die sich in die rote schmiegte wie ein Schatten. »Zwei Mädchen im selben Medaillon! Ich fürchte, du bist doch nicht der Ehrenmann, für den ich dich gehalten habe.«

»Es war dieses Medaillon, das mich hierhergeführt hat«, entgegnete er leise. »Es gehörte einem Mädchen namens Peggy. Der rotgoldene Halbmond war ihrer – die Spitze einer Korkenzieherlocke, die ich selbst abgeschnitten habe. Und das dünne schwarze Strähnchen stammt vom Kopf ihres neugeborenen Kindes. Ich sollte das Medaillon zu meinem Bruder Jamie bringen. Peggy wollte, dass er es bekam – das war ihre Art, ihm zu sagen, dass er Vater geworden war. Der kleine Junge lag im Sterben, und sie hoffte, der Anblick seiner Locke würde seinen Vater dazu bewegen, wieder nach Hause zu kommen.«

Helen betrachtete das geöffnete Schmuckstück und dachte an die rothaarige Frau und ihr totes Kind. »Es tut mir Leid.« Sie schämte sich für ihren dummen Scherz. »Und dein Bruder – warum hat er sich davongemacht?«

»Oh, er hatte ein paar reiche Freunde gefunden, die seine Überfahrt nach Holland bezahlten. Und ohne Zweifel auch eine reiche Frau, denn er war immer schon ein Schwerenöter, und die Mädchen konnten seiner munteren Art nie widerstehen.«

Microphilus nahm Helen das Medaillon aus der Hand, klappte es zu und wickelte die Kette darum, wieder und wieder, als wolle er die Erinnerung darin einsperren. »Wenn Peggy mein Mädchen gewesen wäre, hätte mich nichts von ihr fortbringen können«, sagte er grimmig und schloss die Faust um das Andenken. »Wenn der Junge mein Kind gewesen wäre ...« Seufzend bettete er das Medaillon wieder in die Schatulle.

»War sie sehr hübsch?« Helen stellte fest, dass sie diese geheimnisvolle Peggy beneidete, weil sie offenbar aufrichtige Zuneigung in ihm hervorgerufen hatte.

»Nicht hübscher als tausend andere Mädchen auch, würde ich meinen. Aber sie hatte eine gewisse Art an sich, eine Liebenswürdigkeit, die jeden Mann dazu brachte, alles zu tun, um sie lächeln zu sehen.«

»Aber nicht deinen Bruder James.« Es war eher eine Feststellung als eine Frage. Helen wandte sich wieder der Schatulle zu und musterte die übrigen Gegenstände darin: ein paar fremdländische Münzen, ein gewöhnlicher Stein und ein flacher Perlmuttknopf. Sie griff nach dem Knopf und drehte ihn in ihrer Handfläche von einer Seite auf die andere. Er schillerte in allen Farben des Regenbogens.

»Lass die Hände davon!« Microphilus entriss ihr den Knopf. Im nächsten Augenblick sagte er zerknirscht: »Verzeih mir, Mädchen. Ich wollte dich nicht erschrecken. Aber ich hüte diesen kleinen Knopf seit meiner Kindheit wie meinen Augapfel. Er stammt von dem einzigen guten Kleid, das meine Mutter jemals besaß. Mein Vater schickte es ihr – es war eines, das meine richtige Mutter nicht mehr haben wollte.«

Helen erinnerte sich, ihn schon einmal davon reden gehört zu haben, dass seine leibliche Mutter ihn zu einer Amme gegeben hatte, einem Fischweib irgendwo in Fife.

»Ich wette, die Leute in Pittenweem sprechen immer noch von diesem Kleid.« Er kicherte. »Und davon, wie Big Kath ein Quart Whisky kippte und kreuzfidel auf dem Pier umhertanzte, um mit ihrem Prachtstaat zu protzen – bis sie stolperte und hinunterfiel. Sie hätte ertrinken können ... wenn Flut gewesen wäre!« Microphilus legte den Knopf auf sein Knie und strich gedankenverloren mit dem Zeigefinger darüber. »Ich habe ihn vor unserer Tür im Dreck gefunden – später, als sie ihren Rausch ausschlief. Ich sagte ihr nicht, dass ich ihn hatte – auch nicht, als sie durch die ganze Stadt trottete und danach suchte, und die Leute sie auslachten in ihrem feinen Kleid, das über und über mit Fischschuppen bedeckt war.«

»Warum haben die Leute sie ausgelacht?«

»Ach, sie haben sich dauernd über meine Mutter lustig gemacht. Weißt du, sie hatte ein schlichtes Gemüt, also wusste sie nichts zu entgegnen. Und sie war hässlich, mit einem Schnurrbart wie ein Mann und ebensolchen Muskeln. Außerdem stank sie stets nach Schellfisch, weil sie vergaß, sich nach dem Ausnehmen die Hände zu waschen.« Er schüttelte lächelnd den Kopf. »Wahrscheinlich habe ich als Kind auch nach Fisch gerochen, denn wir schliefen im selben Bett. Wie dem auch sei, ich entsinne mich, dass ich den Knopf in den Mund steckte, um ihn zu säubern, und auf einmal Parfüm roch und schmeckte. Sogar nachdem Kath ihn mit ihren Fischfingern angefasst und dann in den Dreck hatte fallen lassen. Und ich dachte: So schmeckt und riecht meine richtige Mutter. Wenn sie mich gestillt hätte, anstatt die Diener lautstark aufzufordern, mich wegzuschaffen, hätte mein winziges Näschen diesen Duft eingesogen.« Er warf den Knopf in die Luft wie eine Münze und legte ihn dann wieder auf sein Knie.

»Bist du da nicht neugierig geworden und wolltest sie sehen?«, fragte Helen. Man stelle sich vor – von einem einfältigen Fischweib aufgezogen zu werden und dabei zu wissen, dass die richtige Mutter eine vornehme Dame ist!

Microphilus zuckte mit den Schultern. »Ich war einfach nur zornig, dass meine Kath ihre abgelegten Kleider tragen musste. Und noch nicht einmal etwas davon wusste – sie dachte, das Kleid sei eigens für sie genäht worden, obwohl es in den Achseln zwickte und sich an der Taille nicht zuknöpfen ließ.«

»Ich habe meine richtige Mutter auch nicht gekannt.« Helen trank noch einen Schluck Wein. »Sie starb bei meiner Geburt. Die Leute sagten, sie sei für eine Schwangerschaft zu zart gewesen. Als sie meinen Vater heiratete, war sie fünfzehn, sah aber noch aus wie ein Kind.« Wieso erzählte sie ihm das alles? Sie hatte seit Jahren nicht mehr an ihre Mutter gedacht.

»Hat er wieder geheiratet?« Microphilus streichelte erneut über den Knopf, ohne ihn dabei anzusehen, als hätte er sein Leben lang nie etwas anderes getan.

»Ja, nach dem Tod meiner Großmutter. Ich glaube, das war auch der eigentliche Grund – er brauchte jemanden, der sich um mich kümmerte.« Helen erzählte Microphilus, wie Meg bei ihnen eingezogen war, mit ihren braunen Röcken und dicken Knöcheln. Und wie sie ein Kind nach dem anderen geboren hatte, bis das ganze Haus von Lärm erfüllt war und es für Helen tausend neue Pflichten gab, weil Meg entweder stillte oder sich mit ihrem dicken Bauch nicht bücken konnte, und wie Helens Vater stets ein Kleinkind auf den Knien gehabt hatte.

»Du konntest deine arme Stiefmutter nicht besonders gut leiden, oder?« Microphilus grinste sie an. Helen bemerkte, dass sie ihre Hände unwillkürlich zu Fäusten geballt hatte. Mit einem kleinen Lachen lehnte sie sich zurück und streckte ihm ihren leeren Becher entgegen.

»Und was hielt sie von dir?«, wollte er wissen.

Es war ihr noch nie in den Sinn gekommen, sich eine solche Frage zu stellen. »Es war mir einerlei, was sie von mir hielt. Ich wollte meinen Vater wieder für mich haben. Also versteckte ich mich immer in der Schmiede und schaute ihm mit den Pferden zu, oder ich legte mich auf den Heuboden, damit ich nicht die Dienstmagd spielen musste.«

»Das hört sich an, als sei sie ein einsames Mädchen gewesen, diese kleine Helen.« Microphilus' Stimme klang sanft.

Sie senkte den Blick und betrachtete angestrengt ihre Knie. »Das stimmt nicht. Ich war gern allein. Und in der Schule hatte ich Freundinnen, wenn auch keine wirklich guten. Die meisten anderen Mädchen waren so derb und töricht! Sie sagten, ich sei gescheiter, als mir gut täte – nur, weil ich schnell lernte und versuchte, anständig zu reden.« Plötzlich dachte sie an Betty, die schroff darauf bestanden hatte, dass sie ihre Schuhe trug. War dies der geeignete Moment, Microphilus zu fragen, ob er nicht jemanden auf die Suche nach ihr schicken könnte?

»Ich habe die Kinder in Pittenweem gehasst.« Die Wut in seiner Stimme ließ Helen aufhorchen. »Sie liefen immer mit Wäscheklammern auf der Nase hinter uns her. Und sie schimpften Kath ›Die Fähre‹ – weil sie schon so viele Matrosen in sich gehabt hatte, verstehst du? Sie begriff einfach nicht, worum es den Männern ging. Sie glaubte bei jedem, er würde sie heiraten.« Er leerte seinen Becher in einem Zug und füllte ihn erneut mit dem süßen braunen Wein. »Ich möchte gar nicht erst wiederholen, mit welchen Ausdrücken sie mich belegten. Der Herr ist mein Zeuge – ich hätte mich im Meer ersäuft, wenn Big Kath nicht gewesen wäre.« Finster starrte er in die Flamme der Öllampe. »Später, als ich älter war, beschloss ich, klug und gebildet zu werden, um selbst für mich sorgen zu können. Also bedrängte ich meinen Vater so lange, bis er mich auf die Akademie in St. Andrews schickte.«

Helen wusste nicht, was sie sagen sollte. Auch sie war als Kind gehänselt worden, aber nicht halb so schlimm. Der Gedanke, das Bett mit einem stinkenden Fischweib teilen zu müssen, ließ sie schaudern. Wäre sie damals in Pittenweem gewesen, hätte sie sich auch eine Wäscheklammer auf die Nase gesteckt. Dennoch war es offensichtlich, dass Microphilus diese Kath sehr geliebt hatte. Helen betrachtete ihn mit einer Mischung aus Widerwillen und Anerkennung. Vielleicht war es einfacher, jemanden zu lieben, wenn man hässlich war.

Microphilus warf den Knopf noch einmal in die Luft. »Einige Wochen später entdeckte sie ihn in meiner Tasche und wollte ihn wieder an das Kleid nähen. Aber als sie merkte, wie viel er mir bedeutete, durfte ich ihn behalten. Glaubst du, dass ein Gegenstand ein Stück der Seele seines Besitzers enthält?«

»Ich weiß nicht«, murmelte Helen lahm, beschämt durch die Wärme in seiner Stimme. »Ich lief zu überstürzt davon, um irgendetwas mitzunehmen.« Was hätte sie auch mitnehmen sollen? Sie besaß kein Andenken an ihre Mutter, und eines an Meg hätte sie ohnehin nicht gewollt. Die Dinge, die ihr Vater ihr geschenkt hatte, waren entweder beschädigt oder an die anderen Kinder weitergegeben worden. Und was John Bayne betraf ... Sie schaute dem Zwerg dabei zu, wie er seinen Knopf streichelte. Wie fühlte es sich wohl an, auf diese Art geliebt zu werden: für die Schönheit der Seele, ganz gleich, ob man nach verfaultem Fisch stank, ganz gleich, ob man ein Gesicht hatte wie ein alter Highlander?

»Würdest du gern etwas besitzen, das dich an Schottland erinnert?«, fragte Microphilus unvermittelt, griff in die Schatulle und holte den Stein heraus, den sie schon zuvor gesehen hatte. »Er stammt vom Strand vor Big Kaths Kate. Früher habe ich ihn immer in der Tasche getragen und meinen Daumen in diese kleine Vertiefung gelegt.« Er zeigte es ihr. »Er passte so gut in meine Hand, dass ich mir einbildete, der Allmächtige hätte ihn eigens für mich erschaffen – als Trost für einen Knaben, der von Zeit zu Zeit ein wenig Trost bitter nötig hatte. Hier ...« Er reichte Helen den Stein. »So. Versuche es einmal selbst.«

Der Stein war weiß wie ein frischer Pilz und lag glatt und warm in ihrer Hand. Sie ließ ihren Daumen in die Vertiefung gleiten und schloss die Finger zur Faust, erstaunt, wie beruhigend es sich anfühlte, ihn dort zu spüren: Als hätte sie etwas zurückerhalten, was ihr gefehlt hatte. Ein winziges Stückchen Schottland. Auf einmal traten Tränen in Helens Augen.

»Manchmal vermisse ich mein Zuhause so sehr, dass es mir die Kehle zuschnürt«, sagte sie und gab Microphilus sein Andenken zurück. »Sogar Meg. Und die Kinder.«

»Dann behalte ihn.« Er drückte ihr den Stein wieder in die Hand. »Er gehört ohnehin nicht wirklich mir. Ich meine, im Grunde genommen ist er Gottes Kiesel. Vielleicht habe ich ihn lange genug gehabt.«

Helen schloss erneut die Finger um den Stein und wunderte sich, wie leer ihr die Hand ohne ihn vorgekommen war. Sie lächelte Microphilus an, der neben ihr im Schein der Öllampe saß, mit seinem weichen Mund und den klugen grauen Augen. Sie konnte seinen Schweiß riechen ... Seetang und feuchtes Heu ...

»Fidschil? *Masa el-kher*, mein lieber Floh!« Plötzlich füllte sich der Türrahmen mit einer flatternden weißen *Kamis*, und

Lungile steckte den Kopf in das Gemach. Dann zog er ihn rasch wieder zurück. »Verzeih mir – ich bin ein einfältiges Kamel. Das Tor stand offen, also bin ich einfach eingetreten.«

Helen ritt auf einem kleinen, ungesattelten Esel den Hügel hinab zu ihrem Haus. Sie spürte die harte Wirbelsäule des Tieres zwischen ihren Beinen und ließ ihre großen Hinterbacken von einer Seite auf die andere rollen, während seine Hufe sich den Weg durch die tiefen Furchen bahnten. Es regnete – ein warmer Regen, der durch ihre Kleider drang und sich in rötlichen Rinnsalen über den Hügel nach unten schlängelte. Die Flanken des Esels waren glatt und feucht. Helen versuchte, Halt zu finden, doch ihre Schenkel rutschten ab, also beugte sie sich vor und schlang die Arme um den Hals des Tieres. Nun drückte seine Wirbelsäule gegen ihren Bauch. Sie spannte Arme und Beine an und presste sich dicht an den Esel, während sie darum betete, dass er nicht stürzen würde, und bei seinen Bewegungen eine Art von Prickeln spürte ...

Sie erwachte mit einem merkwürdigen Pochen im Schritt. Hatte sie das Bett nass gemacht? Hastig setzte sie sich auf, aber das Laken war trocken. Von draußen ertönte Spatzengezwitscher und verriet ihr, dass bald der Tag anbrechen würde. Sie lehnte sich wieder zurück und sah auf der Truhe neben dem Bett etwas Weißes schimmern. Natürlich – der Kiesel. Sie nahm ihn in die Hand und lächelte, weil sich ihr Daumen wie von selbst in die Vertiefung schob. Ein winziges Stückchen Schottland. Ihr Lächeln wurde strahlend.

Dann erinnerte sie sich an den Smaragd. Sie hatte ein Vermögen in Händen gehalten und im Licht funkeln sehen. Welche Schätze hätte sie damit kaufen können!

30

24. September 1769

Sie hat mich gerade verlassen. Oh, es war die reine Zauberei, sie zum ersten Mal in meinen Gemächern, zum ersten Mal meine Habseligkeiten berühren zu sehen! Dort, wo sie sich mit dem Rücken an mein Bett lehnte, ist eine Falte in der Decke. Sie hat meinen Kiesel aus Pittenweem mitgenommen – ein freudiger Schauer durchläuft mich, wenn ich mir vorstelle, wie er in ihrer Tasche liegt und vergnügt gegen ihren vollen Schenkel schlägt. Wird sie ihn auf die Truhe neben ihrem Bett legen, damit er über ihren Schlummer wacht, und über ihre lieblichen Füße, wenn sie sie im Schlaf unter der dünnen Decke hervorstreckt? Mein Becher trägt den Abdruck ihrer wohlgeformten Finger. Ich habe ihn an den Mund gehoben, habe den Rand geschmeckt, den ihre Lippen berührten, den Bodensatz des Weines getrunken, der ihre Lippen benetzte.

25. September 1769

Als ich erwachte, hielt mich der Zauber noch immer umfangen.

Mein Kiesel liegt in ihrem Gemach. Sie hat neben mir auf meinem Teppich gesessen, hat mit mir gelacht und geweint. Und an dieser Stelle dort hat sie ein wenig Wein verschüttet. O glücklicher Teppich, der das Gewicht ihres vortrefflichen Hinterns tragen durfte!

Und *sie* war es, die zu *mir* kam, ohne Bitten, ohne Drängen meinerseits. Wie ich mich nach diesem Moment gesehnt habe, danach, dass sie mich aus freiem Willen aufsucht, ohne Abscheu oder Widerwillen, dass sie an mich denkt (an *mich*!), wenn sie in der Nacht nicht schlafen kann! Was tut es, dass wir keuscher waren als das Laken einer Nonne. Es wird andere Nächte geben.

Nein, Microphilus, hoffe nicht auf andere Nächte. Heute ist es genug, am Leben zu sein. Heute musst du den Tag preisen. Heute gibt es nichts, was du nicht bewältigen kannst. Denn die Liebe verleiht einem Mann Härte und Milde zugleich, sie ermöglicht ihm tiefste Erkenntnis, gepaart mit außergewöhnlicher Empfindsamkeit. Sonach bin ich heute der klügste und gütigste Mann der Welt und summe wie eine Biene durch meinen Korb voller Königinnen, tätschele hier eine gerunzelte Stirn, da eine zitternde Hand, verbreite überall freundliche Worte des Lobes und der Anteilnahme und lasse in meinem Kielwasser Schaumkronen von lächelnden Frauen zurück.

Genug des Schreibens. Ich bin zu unruhig, um länger sitzen zu bleiben. Ich muss davon sprechen, sonst zerspringe ich.

Ich fand Lungile im Garten. Er hatte seine *Kamis* abgelegt und tauchte seine Füße (sie sind zu groß für die gewöhnlichen Schüsseln) in einen der Fischteiche.

»Ich habe über die verschiedenen Wörter nachgedacht, die es in meiner Heimatsprache für ›Hitze‹ gibt«, bemerkt er niedergeschlagen, wickelt sich ein schweißnasses Tuch vom Haupt und wringt es aus. »Trockene Hitze, feuchte Hitze, die schwüle Hitze vor einem Gewitter, jene frische Hitze nach einem Frühlingsschauer, die Hitze der Jagd, der Sorge, der Angst, die Hitze des Zorns, die Hitze der Liebe…« An dieser Stelle verstummt er, wirft mir einen finsteren Blick zu und knurrt: »Warum kicherst du, Floh? Bist du hergekommen, um mich in meinem Elend zu verspotten? Ergötzt es dich, Lungiles Knie, seine Ellbogen und sogar seine Ohren von Altweiberschweiß triefen zu sehen?«

Woraufhin ich mich um angemessene Zerknirschung und eine mitleidige Miene bemühe. Doch vergebens – das Grinsen drängt sich wieder hervor und schiebt mit seinen Ellbogen meine Wangen nach oben, bis sie schmerzen und ich es einfach sagen muss.

»Bruder Wisent«, platze ich heraus, »dein Floh hat sein Herz verloren!«

Er starrt mich einen Augenblick lang an, bis meine Worte den dampfenden Mief seiner Niedergeschlagenheit durchdrungen haben. Dann breitet sich langsam ein Lächeln auf seinem Gesicht aus. »Soso, das Radieschen ist verliebt! Mit welcher Art von Hitze haben wir es denn zu tun? Sicherlich mit einer glühenden, die aber nicht ohne frische Schärfe ist.« Dann hebt er mich mit seinen Affenhänden empor, lässt mich in der Luft baumeln und lacht über das verzückte Grinsen, das immer noch meine Wangen dehnt. »Ist es Batoum, du schlaues Füchschen? Ich habe schon immer vermutet, dass zwischen euch irgendetwas vor sich geht.«

Seltsamerweise überkommt mich plötzlich eine gewisse Scheu, und ich fühle die Röte über meinen Hals nach oben kriechen, bis mein ganzes Gesicht vor Verlegenheit brennt. »Nein, es ist die Rothaarige, die wir bei Madame Jasmine fanden«, murmele ich. »Sie wird Asisa genannt, aber ihr richtiger Name ist Helen, das bedeutet ›strahlend‹. Ich liebe sie, seitdem ich sie zum ersten Mal erblickte. Gestern Nacht suchte sie mich in meinen Gemächern auf und …«

»Ihr habt euch geküsst? O Fidschil, wie ich dich beneide! Du durftest die Frau berühren, die du liebst!«

»Nein, es gab keine Küsse.«

»Doch ihr habt euch umarmt …«

»Nein.«

Einen Moment lang sieht er mich scheel an, und seine Miene verrät grenzenloses Erstaunen. Dann schlägt er mit seiner breiten, gelben Handfläche gegen das gefurchte Feld seiner Stirn. »Ach ja. Vergib mir, Bruder. Ich vergaß die Kümmerlichkeit deines ... ähem ... ich meine, die ... ich hatte dein Problem vergessen. Was ist also in der letzten Nacht geschehen, dass du strahlst wie eine kleine, rote Sonne?«

Ich berichte ihm von unserer Begegnung: wie sie mein Quartier betrat (»Sie kam zu dir? Ausgezeichnet«, erklärt mein Wisent weise), dass wir über unsere Mütter sprachen (»Ein sehr gutes Thema, ein Thema für Liebende.«), dass sie beinahe bis zum Morgengrauen blieb (»Und überrascht schien, dass die Zeit so schnell verflogen war? O Fidschil, sie ist dein!«). Als ich das Ende meiner Erzählung erreiche, lachen wir beide und schütteln uns die Hände.

Und irgendwann, nachdem wir uns in meine Gemächer begeben und dort eine *Huka* entzündet haben, wenden wir uns der angenehmen Aufgabe zu, die Reize unserer beiden Liebsten zu vergleichen, denn natürlich haben wir auch begonnen, über seine teure Nazime zu reden, da sich seine Leidenschaft für das Berbermädchen in den vergangenen Monaten weiter vertieft hat. Lungile hält eine lange Lobrede auf ihr seidiges Haar (»Wenn sie es morgens kämmt, fließt es über ihren Rücken wie Wasser, Fidschil. Und wenn sie es flechtet, entgehen ihr im Nacken immer diese lieblichen, feinen Strähnchen.«), die ich mit einer Hymne auf Helens schwere Lockenpracht beantworte, welche er wiederum mit Äußerungen über Nazimes anmutige Nase pariert (»Eine vornehme Nase, Fidschil. Gerade und kräftig, mit Tätowierungen, die darüber marschieren wie Krieger in die Schlacht.«).

Die Konversation weckt in mir Erinnerungen an den verrückten Dialog, den wir während unserer Reise führten, als wir Reminiszenzen an die *Cuisine* unserer Heimatländer austauschten, um Lungile von den qualvollen Folgen seiner Kastration abzulenken. Ich weise ihn darauf hin, und er stößt ein kurzes Lachen aus, sackt dann jedoch jäh vor meinem Diwan zusammen wie eine durchstochene Blase.

»Lungile, was ist mit dir?«, frage ich, äußerst beunruhigt angesichts dieses dramatischen Wandels vom Lothario zum Lazarus. »Hast du Schmerzen? Ich dachte, deine Wunden seien inzwischen verheilt.«

»Verheilt? O ja. Sie sind vollkommen verheilt«, erwidert er mit einem bitteren Lachen. »Es gibt nichts, was mich jetzt noch quält. Überhaupt nichts, worum ich mir Gedanken machen müsste. Nichts, nichts, nichts ...«, sagt er mit heiserer Stimme und verstummt.

Und plötzlich, dank des gesteigerten Wahrnehmungsvermögens, das mir die Liebe verleiht, verstehe ich genau, was er mir mitzuteilen versucht. »Wie lange schon?«, frage ich und richte meinen Blick in die Ferne (denn es fällt Männern nicht leicht, derlei heikle Angelegenheiten zu erörtern).

»Mehr als zwei Monde«, seufzt er verzweifelt. »Er hängt einfach nur da, wie das Ohr einer Ziege. Sogar wenn ich an ihm ... du weißt schon ... *ziehe*.« Und bei diesen Worten starrt er mir grimmig in die Augen, als wolle er mich warnen, nur ja nicht zu lachen.

»Hast du dich Nazime deswegen nicht offenbart?«

Er lässt seinen großen Kopf hängen. »Es ist die Schmach, Fidschil. Sie ist sogar schlimmer als das Wechselfieber. Bei dir ist es anders. Du weißt nichts davon, wie es sich anfühlt, wenn das Blut Schwall auf Schwall in deinen Flaschenkürbis schießt, kennst nicht den Stolz, wenn er sich vor dir aufrichtet und deine Frau keuchen und nach ihm greifen lässt. Oder das Prickeln, wenn sich deine Euter straffen.«

In all diesen Punkten irrt er sich natürlich, doch das wage ich ihm nicht zu sagen, da ich fürchte, seine Verzweiflung nur noch zu vergrößern. Stattdessen werfe ich ein, dass einige Frauen dem männlichen Glied nicht allzu verfallen seien und die sanfteren Freuden von Hand und Zunge vorzögen.

Offenbar habe ich seine Neugierde geweckt, denn er hebt den Kopf, wendet sich mir zu und zieht fragend eine seiner Augenbrauen hoch. Er habe doch sicherlich bemerkt, fahre ich fort, dass einige der Frauen ineinander verliebt seien? Ich sehe ihm an, dass dem nicht so ist, doch er beginnt sogleich, in Gedanken zwei und zwei zusammenzuzählen und erhält als Ergebnis ein hübsches Sümmchen.

»Du meinst, sie bereiten sich gegenseitig Vergnügen?« Er spricht die Worte zögernd aus, verwundert. »Ohne ... nur mit ...«

»Nur mit den Händen, in der Tat. Und mit der Zunge – so hat man es mir zumindest erzählt. Und mit den Zähnen oder Fingernägeln, wenn sie dazu aufgelegt sind.« (Ich gestehe, dass ich anfing, unser Gespräch in höchstem Maße unterhaltsam zu finden, da sein Gesichtsausdruck sich innerhalb kürzester Zeit häufiger veränderte als die Larve jedweden burlesken *Pierrot*.) »Es mag sein, dass einige wenige einen Ersatz benutzen, zum Beispiel eine Karotte oder Gurke. Aber meistens sind sie es zufrieden, ihre eigenen Körperteile einzusetzen.« Nun starrt Lungile mich ungläubig an. Sein Mund öffnet und schließt sich, während er im Geiste eine Frage nach der anderen formuliert und wieder verwirft.

»Wie sonst, frage ich dich, könnte ich wohl darauf hoffen, mit Helen Erfüllung zu erlangen? Auch wenn ich noch nicht weiß, ob ihr die Liebkosungen genügen werden, die ich ihr zu bieten vermag.« (O Microphilus, selbst deine kühnsten Träume sind noch nie so weit gegangen!) »Deine Nazime hingegen hat ...«

»Nazime?« Er umklammert meinen Arm mit eisenharten Fingern. »Nazime hat was? Was weißt du von Nazime?«

»Nur die Ruhe, Bruder Wisent! Ich wollte lediglich erklären, dass Nazime mehr Erfahrung hat als Helen. Wenn man Malia Glauben schenken kann, hat das Mädchen bereits mit mindestens sieben ...«

»Sieben? Bei den Gräbern meiner Vorfahren, ich hatte ja keine Ahnung! Gewiss, ich sah sie mit anderen Frauen umherschlendern, und beneidete diese, weil sie die Arme um ihre Taille legten, ihre Hüften an die ihre pressten ...« (Geduldig warte ich darauf, dass er die wirkliche Bedeutung meiner Worte begreift.) »Aber das heißt ja, sie könnte ...«, stammelt er endlich.

»Ja, mein Freund.«

»Ich könnte ...«

»Ja, mein lieber Freund. Du könntest. Doch zuerst musst du mit ihr reden. Denn wenn es eines gibt, was ich aus meinem Umgang mit Frauen gelernt habe, dann dies: Ein sprechender Mund wirkt bei weitem verführerischer auf sie als einer, der zwischen ihren Schenkeln schlürft.« O Leser, ich wünschte, Ihr hättet das lebensfrohe Lächeln sehen können, das Lungile mir in diesem Augenblick zuwarf!

Versteht Ihr nun, wie mein Tag verlaufen ist? Wie scharfsinnig und schlau ich bin? Dass ich einfach keinen Fehler machen kann? Dass es heute selbst dem schwafelnden Gärtner nicht gelingt, mich in Harnisch zu bringen?

Beseelt von meinem Erfolg bei Lungile eilte ich zu Malias Gemächern. Der Sultan hat mich für die nächste Woche zu sich bestellt, und ich fürchte, dass er sich nach den Fortschritten meiner Untersuchung erkundigen wird.

Ich hatte der schlauen Alten noch nie zuvor einen Besuch abgestattet (für gewöhnlich taucht sie immer genau dort auf, wo sie gebraucht wird) und war gespannt auf ihre Unterkunft. Ich erwartete eine dämmerige Höhle, in der Kräuterbeutel wie Fledermäuse von der Decke hängen. Doch nachdem Malia endlich die Tür geöffnet hatte (was einige Zeit dauerte, denn merkwürdigerweise war sie mitten am Nachmittag verriegelt), führte sie mich widerwillig in einen verschwenderisch ausgestatteten Raum, in dem kostbare Teppiche die Wände schmücken und überall Gold glänzt: in den Fäden der Brokatstoffe, auf den Rändern der Tassen, sogar auf der Schöpfkelle und dem Deckel des Wasserkruges – nichts von alldem will zu der schludrigen Schäbigkeit ihres eigenen Äußeren passen.

Meine Verblüffung muss offensichtlich gewesen sein, denn die Alte weist griesgrämig auf ihre prachtvolle Einrichtung und fragt: »Überrascht es dich, dass ich schöne Dinge mag? Wo ich doch mein ganzes Leben der Aufgabe gewidmet habe, für den Sultan Schönheit zu erschaffen?« Beschämt stottere ich eine Entschuldigung hervor, die sie mit einer ungeduldigen Handbewegung abtut. Dann beginnt sie, ein erlesenes, silbernes Teeservice auf ein Tablett zu stellen.

»Ich habe über die *Lalla* Zara nachgedacht«, erkläre ich und bemerke sofort einen Ausdruck von Unmut in Malias Miene. Ich habe es noch nie vermocht, bei ihr Interesse für die *maladie* der Alten Königin zu wecken. Alsdann erzähle ich, dass ich herauszufinden versuchte, ob während des vergangenen Jahres bei den Haremsfrauen irgendwelche anderen rätselhaften Gebrechen aufgetreten seien, und erkundige mich, ob sie diese womöglich in einem ihrer dicken Archivbücher notiert habe (wobei ich genau weiß, dass sie eine wahre Enzyklopädie an Erkenntnissen über die Frauen zusammengetragen hat).

»Du bist meine letzte Hoffnung«, sage ich theatralisch. »Denn die *Tabibs* haben sich als vollkommen nutzlos erwiesen. Ihr Erinnerungsvermögen ist von Motten zerfressen, und in ihren Aufzeichnungen befinden sich mehr Löcher als im Burnus eines Bettlers.«

Die Schmeichelei veranlasst Malia im Nu, ihr Gemach zu durchstöbern, und schon bald stapeln sich vor mir zwölf Bücher, in denen jedes Schniefen und Schnäuzen vermerkt ist, das im letzten Jahr im Serail zu hören war. Der Anblick ließ mich schaudern, denn ich habe nie gelernt, die maurische Schrift zu lesen. Doch meine Sorgen waren unbegründet, denn ehe ich sie darum bitten konnte, hatte sich Malia bereits an die Arbeit gemacht, schlug ein Buch nach dem anderen auf und fuhr mit knochigen Fingern über die Seiten (und zwar von unten nach oben, denn die Mauren lesen ihre Bücher von hinten nach vorn, die Seiten von unten nach oben und die Zeilen von rechts nach links).

»Aha«, murmelt sie nach einer Weile. Und wieder: »Aha«, während sie ihre schwarzen Ärmel zurückschiebt und schneller und schneller die Seiten des letzten Buches durchblättert. »Ich wusste, dass es irgendwo hier steht, aber ich wollte zuerst noch einmal die anderen durchsehen.«

Als sie sich schließlich auf die Fersen zurücklehnt und triumphierend die Arme vor der Brust verschränkt, sitze ich wie auf glühenden Kohlen. »Letztes Jahr um diese Zeit«, verkündet sie knapp. »Erinnerst du dich, dass unzählige Sklavinnen krank wurden? Und keiner der *Tabibs* wusste, was zu tun war?« Aus ihrer Stimme ist deutlicher Hohn herauszuhören, wenn sie von den *Tabibs* spricht, denn sie hegt einen wahren Garten von Groll gegen die Ärzte. »Wenn sie mich zu Rate gezogen hätten, hätte ich ihnen sagen können, dass es zu dieser Zeit nicht bloß einen, sondern gleich drei Ausbrüche von Krankheit im Harem gab. Der eine streckte die ganzen Sklavinnen nieder. Die beiden anderen waren weit weniger schlimm und befielen zwei weitere Gruppen von Frauen. Lies selbst!«, krächzt die Alte und hält mir das Buch unter die Nase. »Zehn Frauen mit juckender Haut und schuppenden, nässenden Stellen. Sie klagten darüber, dass ihre Zungen brannten und sie ständig speicheln mussten.« Gespannt beuge ich mich vor, weil diese Symptome eindeutige Ähnlichkeit mit Königin Zaras Beschwerden aufweisen. Doch wie sich herausstellt, genasen diese Mädchen alle innerhalb von zwei Wochen, während Zara monatelang an ihr Bett gefesselt war. Hatten sie sich vielleicht eine schwächere Form von Zaras Krankheit zugezogen?

»Und die andere Gruppe?«

»Hier, auf dieser Seite. Sie bestand aus sechs Frauen, die zu mir kamen, weil sie keine Speisen mehr bei sich behalten konnten und glaubten, sie seien schwanger. Ich untersuchte sie, aber ihre Schöße waren leer. Sie sagten, sie litten auch unter Schwindel und Schwäche, schmerzenden Beinen und Bauchweh. Es beunruhigte mich, dass sie dermaßen abgemagert waren, doch ein paar Wochen später ging es ihnen wieder gut.« Die *Lalla* Zara war ebenfalls schwach und abgezehrt, aber die anderen Symptome erschienen mir zu vage, um von Bedeutung zu sein.

»Hat eine von diesen Frauen erwähnt, sie habe Stachelschweine in ihrem Gemach gefunden?«

»Nein. Keine Stachelschweine. Allerdings vermuteten zehn – nein, elf – der Frauen, jemand hätte sie verhext. Aber das glauben sie ja immer ... Nun sieh dir einmal das an.« Wieder beugt sie sich über ihr Buch. »Hier. Und hier.« Um ihr gefällig zu sein, starre ich auf die entsprechenden Zeilen, aber es hat keinen Zweck. Ihre Schnörkel sagen mir nichts. »Die kranken Sklavinnen«, erklärt sie unwirsch. »Hier stehen ihre Namen, und daneben habe ich all ihre Symptome aufgeschrieben.« Sie drückt mir das Buch in die Hand und beobachtet eine Weile lang, wie mein Blick verständnislos über die Seite wandert.

»Soll ich es dir vorlesen?«, fragt sie schließlich seufzend, woraufhin ich demütig nicke.

»Schreckliche, brennende Bauchschmerzen und Erbrechen sämtlicher Speisen. Ständige Latrinengänge, bis nur noch Wasser kommt. Die drei Sklavinnen, die starben, wiesen lediglich diese Anzeichen auf. Als sie in den letzten Zügen lagen, glichen sie verwelkten Blättern: Sie hatten keine Tränen, keinen Speichel, überhaupt keine Feuchtigkeit mehr in sich. Aber bei den übrigen Sklavinnen gab es noch viele andere Symptome. Dort steht es: juckende, schuppende Haut, auf der Spuren zurückbleiben, wenn man sie kratzt. Brüchige Fingernägel und spröde Haare. Einige sagten, sie litten unter Haarausfall.«

Wieder beuge ich mich vor. »Waren sie kahl, wie *Lalla* Zara?«

»Nein, bei ihnen war es nicht annähernd so schlimm. Aber sie alle wurden ja auch im Laufe eines Mondes wieder gesund. Wenn die Krankheit bei ihnen länger angehalten hätte – wer weiß? Warte, ich bin gleich fertig. Abgezehrt – sie waren alle abgezehrt, aber das ist immer so, wenn der Magen das Essen wieder ausstößt. Durstig – sie verlangten dauernd nach Wasser, vermochten dann jedoch nur wenige Schlucke zu trinken.« Genau wie die *Lalla* Zara.

»Verfärbtes Zahnfleisch und dunkle Flüssigkeit, die aus dem Magen aufsteigt. Vier von ihnen hatten blutunterlaufene Augen und brennende Zungen. Zwei hatten braune Flecken auf der Haut wie von Henna. Aber die *Tabibs* interessierten sich natürlich nur für die auffälligeren Symptome. Bei Allah – möge sein Name gepriesen sein –, ich begreife nicht, warum der Sultan diese Narren auch nur in die Nähe seiner Frauen lässt!«

»Weißt du denn, was all diesen Frauen gefehlt hat?«, frage ich, doch Malia zuckt nur mit ihren knochigen Schultern und beginnt, die Bücher wegzuräumen.

»Ich werde dir sagen, was ich glaube«, murmelt sie schließlich geheimnisvoll. »Ich glaube, dass wir hier drei verschiedene Farben sehen, aber nur einen Pinsel.«

Wie immer, wenn ich mit der Alten rede, beschleicht mich das Gefühl, dass sie mir nicht alles sagt, was sie weiß.

31

»Darf ich deinen blauen *Kochl* benutzen?« Ohne auf die Erlaubnis zu warten, schlenderte Nazime hinüber zu Helens Schminktablett und kramte darauf herum. »Ich habe beschlossen, heute schön zu sein!« Sie war nackt und hatte sich blaue Seidenbänder in ihr knielanges schwarzes Haar flechten lassen.

»Was gibt es denn heute Besonderes?« Es war wieder Donnerstag, aber üblicherweise lächelte Nazime nur spöttisch über die fieberhaften Vorbereitungen der anderen Frauen, streifte lediglich eine frische *Kamis* über und tupfte sich ein wenig Rosenwasser auf die Haut.

»Heute soll der Sultan mich erwählen«, verkündete sie.

»Warum denn ausgerechnet heute?«

»Weil ich ihn heute haben will, du Dummerchen!« Nazime kauerte sich vor den Spiegel, feuchtete mit der Zunge den Pinsel an und tauchte ihn in den Tiegel mit der blauen Paste. »Es ist Nazime, die entscheidet, mit wem sie spielt. Und jetzt will ich mit dem Sultan spielen.« Ihr Haar ergoss sich wie schwarzes Wasser über ihren Rücken.

»Aber ich dachte, du magst nur ...« Helen errötete. »Ich dachte, du würdest dich für Männer nicht interessieren.«

»Dann hast du falsch gedacht, liebe Asisa. Nazime ›interessiert sich‹, wie du es nennst, für beiderlei: Männer und Frauen. Wenn mir jemand gefällt und ich in der passenden Stimmung bin, will ich ihn berühren. Es bedarf nur dieser beiden Dinge: Gefallen und Stimmung.« Sie betrachtete ihr Spiegelbild und spitzte die Lippen. »Und manchmal ein wenig Neugier. Einmal habe ich mit einem sehr alten Mann geschlafen.«

Helen riss die Augen auf und starrte sie mit offenem Mund an. Gab es nichts, was sie nicht tun würde?

»Er war ein großer Musiker, der mich lehrte, die Flöte zu spielen. Ich erinnere mich, dass er wundervolle Hände hatte.«

»Mir wäre übel geworden.«

Nazime lachte. »Dann wirst du eines Tages eine unzufriedene alte Frau sein! Was ist so schlecht daran, von einem alten Mann berührt zu werden? Wenn er geschickt und geduldig ist und man selbst voller Hunger …«

»Du kannst doch keinen faltigen alten Mann haben wollen!«

»Warum denn nicht, wenn der Hunger mich treibt? Hast du nicht auch manchmal das Gefühl, dass ein Stück trockenes Brot genau das ist, was du essen willst, selbst wenn eine große Schüssel mit gezuckerten *Teem* direkt daneben steht?«

»Du bist verrückt!« Helen kicherte. »Vorher würde ich erst einmal jede einzelne *Teem* aufessen!« Das Gespräch begann sie zu fesseln. Sie hatte nie darüber nachgedacht, ob sie selbst auch auf diese Weise hungrig sein könnte – hungrig danach, berührt zu werden, ganz gleich von wem. Von einem alten Mann, von einer Frau, von einem Sultan. Hunger – was für ein gutes Wort für dieses Gefühl der Rastlosigkeit und Leere, das sie von Zeit zu Zeit überkam …

»Ist der Sultan deine trockene *Khubs*-Kruste oder eine saftige, gezuckerte *Teem*?«

Nazime zuckte ihre tätowierten Schultern. »Ich möchte mehr über ihn herausfinden, das ist alles. Vor allem, wie es ist, mit ihm allein zu sein. Die Frauen sagen, dass er beim Liebesspiel sehr heißblütig ist, sehr leidenschaftlich, sehr hart. Und sein Körper ist kräftig und behaart wie der eines Löwen. Es wird eine Abwechslung von der weichen Haut sein, an die ich gewöhnt bin. Und überhaupt ist es an der Zeit«, fügte sie rätselhaft hinzu.

Einen Moment später rief sie »Fertig!« und wandte den Kopf, um Helen das Ergebnis vorzuführen. »Wird er mir so widerstehen können?«

Sie hatte kein Schminkrot auf ihre Lippen und Wangen aufgetragen, sondern lediglich um ihre merkwürdig hellblauen Augen zuerst jeweils eine blaue und dann eine feine schwarze Linie *Kochl* gemalt. Das Ergebnis war überwältigend, vor allem in Verbindung mit den dunkelblauen, tropfenartigen Tätowierungen, die sich unter ihren Brauen wölbten.

Nazime schritt hinüber in ihr eigenes Gemach, wo sie hellblaue Beinkleider und eine beinahe völlig durchsichtige weiße *Kamis* anzog. »Damit er meine Fliegenfußspuren sieht«, erklärte sie und straffte den hauchdünnen Stoff über den Tätowierungen, die kreisförmig ihre großen Brüste umgaben. »Das ist verführerischer als Schmuck, findest du nicht auch? Und jetzt sollte ich gehen. Ich will sicher sein, dass ich einen Platz in der ersten Reihe bekomme.«

Warum machte Malia ein dermaßen finsteres Gesicht? Aus ihrem Versteck hinter einem Rosenbusch beobachtete Helen, wie die Frauen Aufstellung nahmen. Eigentlich hätte sie doch zufrieden sein müssen, weil sich Nazime ausnahmsweise einmal Mühe gegeben hatte. Stattdessen wirkte sie wütend und zog Nazime am Ärmel in eine der hinteren Reihen.

Aber das nutzte nichts. Als der Sultan in Sicht kam, hatte sich Nazime bereits wieder nach vorn gedrängelt. Und dann geschah alles genau so, wie sie es vorausgesagt hatte. Wie ein Hund, der einer Fährte folgt, schritt er sofort auf sie zu. Malia versuchte schnatternd, ihn für eine der anderen Frauen zu interessieren, und ihr zuliebe sah er sich auch ein- oder zweimal mit abwesendem Blick um. Doch es war eindeutig Nazime, die er haben wollte, und schon wenige Minuten später eilte er mit flatternden Gewändern aus dem Garten.

Helen trat aus ihrem Versteck und starrte ihm nach. Bald würde Nazime ihr alles über ihn erzählen können.

Ein Geräusch ließ sie herumwirbeln. Es war dieser braune Riese, Lungile. Seine weiße Hose klebte an seinen Oberschenkeln, während er schwer atmend hinter dem Sultan herhastete.

Helen lag auf dem Rücken und wartete mit gespitzten Ohren auf Nazimes Schritte. Würde sie die ganze Nacht fortbleiben? Warum machten die Grillen einen solchen Lärm? – Als wüssten sie, dass sie angestrengt lauschte. Das Bettlaken fühlte sich heiß und feucht an und war zerknittert, weil sie sich lange Zeit ruhelos herumgewälzt hatte. Vielleicht war Nazime ja schon vor Stunden zurückgekehrt und schlief nun tief und fest in ihrem Zimmer.

Helen erhob sich, schlich auf Zehenspitzen hinaus und blieb vor Nazimes Tür stehen. Sie war verschlossen, genau wie zu dem Zeitpunkt, an dem sie zu Bett gegangen war – die einzige verriegelte Tür in der Reihe von weißen Vorhängen. Bei dem Anblick krampfte sich Helens Magen zusammen. Der Sultan hatte nun bereits zwei Nächte hintereinander nach Nazime verlangt.

»Pass auf – heute Nacht wirst du ihn bis hierher hören können!«, hatte sie Helen über die Schulter hinweg zugerufen, bevor sie davongelaufen war.

Dicke Schweißtropfen traten Helen auf die Stirn. Die fettige Talgkerze rutschte beinahe aus ihrer Hand. Sie ging zurück in ihr Zimmer, legte sich in ihrem Bett auf die Seite und beobachtete, wie Insekten um die Flamme schwirrten, sich die Flügel versengten und zu Boden taumelten. Es war einfach ungerecht. Gerade jetzt, da sie fettleibig genug war, gerade jetzt, da sie glaubte, bereit zu sein, um erneut vor ihm zu erscheinen. Nun war es zu spät.

Sie ließ ihren Arm über die Bettkante fallen und fing an, die zuckenden Insekten mit dem Zeigefinger zu zerquetschen. Es war, als hätte Nazime ihn verhext. Bislang hatte er noch niemanden zweimal in einer Woche zu sich gerufen. Helen betrachtete ihre Fingerspitze, den schmierigen rot-weißen Fleck, die schwarzen Beine, die daran klebten. Sie lauschte angestrengt. Was, wenn Nazime ihn diesmal zum Schreien brachte? Was, wenn er sie zu seiner vierten Königin machte?

Aber Nazime empfand noch nicht einmal Zuneigung für ihn! Das hatte sie selbst gesagt, erst an diesem Morgen im Badehaus. Sie hatte ihr Haar gewaschen, umringt von einigen der jungen Mädchen, die sie von der Reise kannten. »Oh, der Sultan ist zu hartherzig für meinen Geschmack«, hatte sie keck verkündet, die lange Zunge ihres nassen Haares eingeseift und dann auf ihrem Kopf aufgetürmt. »Er ist aufregend, ja, und schlau. Aber er öffnet sich niemals so weit, dass man etwas über ihn erfährt.«

Helen starrte ihre Freundin an. Der Sultan hatte diese prallen Brüste liebkost und zwischen diesen kräftigen Schenkeln gelegen. Wie selbstsicher die Geste wirkte, mit der sie die Arme zu ihrem Haar emporreckte! Schon jetzt war sie wie eine Königin, und auf ihrer braunen Haut glitzerten Diamanten aus Wasser.

»Sein Herz ist hart? Was meinst du damit?«, fragte eines der Mädchen, woraufhin Nazime einen Blick in die Runde ihrer Zuhörerinnen warf und lachte. »Manche sagen, er sei kalt. Aber ich glaube, es ist eher eine Art von Habsucht. Wenn ihr einen Pfirsich in zwei Hälften schneidet, wird der Sultan immer die größere Hälfte nehmen. Selbst wenn der Unterschied winzig ist. Selbst wenn noch zehn andere Pfirsiche im Korb liegen.« Sie beugte den Kopf vor und begann, die Seife mit den Fingerspitzen bis auf ihre Kopfhaut zu verteilen.

»Aber was gefällt ihm? Wie hat er dich berührt?« Die Mädchen bestürmten Nazime mit Fragen, bis diese ihre schaumbedeckte Hand emporhielt und sagte: »Er kann auf einer Frau spielen wie auf einer Laute. Doch sobald das ganze Gemach von ihrer Musik erfüllt ist, hält er inne und lächelt. Weil er wieder einmal gewonnen hat. Weil er keinen einzigen Laut von sich gegeben hat. Hartherzig – versteht ihr? Trotzdem war es ein Vergnügen«, fügte sie grinsend hinzu. »Ich habe den Kampf mit ihm genossen. Ich habe es sogar genossen zu verlieren. Und er kann lachen, dieser Sultan. Dennoch ist es mit ihm nicht, wie es mit einem Liebhaber sein sollte – dass beide miteinander verschmelzen und gemeinsam Wonne empfinden. Bei ihm ist es immer ein Kampf darum, wer zuletzt fertig ist.«

Helen stellte fest, dass sie Nazime atemlos zugehört hatte. Sie holte tief Luft und begann, ebenfalls ihr Haar zu waschen. Dann stieg sie in eines der tiefen Becken und ertränkte Nazimes Stimme in Seifenschaum und Wasser.

»Wisst ihr, ich würde mir diesen Mann nicht gern zum Feind machen.« Als Helen wieder auftauchte, redete Nazime immer noch. »Seine Hände sind zu sauber.« Die anderen Mädchen brachen in Gelächter aus.

»Das ist mein Ernst. Einem Mann, der so saubere Fingernägel hat, kann man nicht trauen. Er ist bösartig, das sage ich euch!« Sie lachten erneut und bespritzten Nazime mit Wasser. »Wisst ihr noch, wie er das arme Sklavenmädchen köpfen ließ? Was sollte ihn davon abhalten, auch einer von euch wehzutun?«

Doch später, als sie und Helen allein waren, beugte sie sich vor und flüsterte ihr ins Ohr: »Als ich sagte, der Sultan sei habsüchtig, war das nicht die ganze Wahrheit.« Sie saßen vor Nazimes Gemach und trockneten sich im Sonnenschein die Haare. »Komm mit, ich möchte dir etwas zeigen.« Nazime zog Helen in ihr Zimmer und schloss den Vorhang.

Sie öffnete ihre Kleidertruhe, griff tief hinein und legte Helen einen roten Samtbeutel auf den Schoß. »Ich wollte nicht, dass die anderen etwas davon erfahren. Das hat er mir heute Morgen geschenkt.« Helen schüttelte eine Halskette mit Saphiren aus dem Beutel und breitete sie auf ihren Knien aus. »Ist sie nicht herrlich? Ich kann mir kaum vorstellen, wie viel sie gekostet hat.«

Selbst Helen erkannte sofort, wie kostbar das Schmuckstück war. »Du musst ihm sehr gut gefallen haben.« Sie bemühte sich, herzlich zu klingen. »Die Steine haben genau dieselbe Farbe wie deine Augen. Bestimmt hat er diese Kette deshalb für dich ausgesucht.« Ihr Mund war trocken. »Soll ich sie dir anlegen?«

Sie hielt das Kleinod in Händen, wartete, bis Nazime ihre langen schwarzen Haare hochgehoben hatte, und legte es ihr dann um den schlanken Hals. Die Saphire schimmerten im Licht wie Libellenflügel.

»Ich hatte einmal einen Ring mit einem solchen Stein.« Nazime berührte die Juwelen. Dann fuhr sie mit trauriger Stimme fort: »Nimmst du die Kette bitte wieder ab, Asisa?« Sie seufzte. »Das ist das Schlimme an diesem Ort. Weil alles so angenehm und behaglich ist, vergisst man, dass man in einem Gefängnis sitzt.« Nachdem sie die Halskette wieder in ihr Versteck zurückgelegt hatte, zog sie den Vorhang auf. »Ich sollte jetzt eigentlich oben in den Bergen sein und gegen meine betrügerischen Vettern um mein Erbe kämpfen«, hatte sie hinzugefügt. »Mir meine goldene Häuptlingskette anlegen, statt für Flitterkram mit einem grausamen Mann zu schlafen. Ich kann das dumme Ding ja noch nicht einmal tragen – sonst wird womöglich jemand neidisch und rührt Gift in meinen Couscous.«

Wie konnte Nazime auch nur daran denken fortzugehen, wenn sie die Möglichkeit hatte, Königin zu werden? Helen wälzte sich auf den Rücken und starrte an die dunkle Decke. Das Geräusch von Schritten riss sie plötzlich aus ihren Überlegungen. Sie sprang auf und spähte durch den Vorhang. Doch es war nur Malia, die über den Hof trippelte wie eine große Ratte. Schlief diese Frau denn nie? Und wie konnte sie nur bei solcher Hitze in diesem großen schwarzen Umhang herumlaufen?

Helen ließ den Vorhang wieder zufallen und schlurfte hinüber zum Wasserkrug, wo sie ihr Nachtgewand abstreifte und mit Hilfe eines Tuchs lauwarmes Wasser auf ihren Rücken träufelte. Sie stellte sich vor, dass der Sultan sie betrachtete. Er saß auf dem Bett und löste die Kordel seiner Hose. Er hatte die Knie leicht gespreizt, bedeutete ihr mit einem Winken, zu ihm zu kommen, und lächelte dieses herausfordernde Lächeln. Nun zog er seine *Dschellaba* hoch, noch höher und über seinen Kopf.

Ob auch seine Brust mit Haaren bedeckt war? Und sein Rücken? Helen wartete auf den angeekelten Schauder, der sie bei solchen Gedanken stets überlief – als würde eine Spinne über ihren Schoß krabbeln. Aber sie verspürte lediglich Rastlosigkeit und eine merkwürdige Schwere. Nackt legte sie sich wieder auf das Bett. Wie würde es sich anfühlen, wenn er sich an sie presste, wenn ihre Brüste über all das Haar rieben? Sie holte tief Luft und sah ihre Brüste sich heben. Dieses Verlangen in ihrem Schoß – war das der Hunger, von dem Nazime gesprochen hatte?

Hätte sie dies doch nur gespürt, als er sie zum ersten Mal zu sich rief! Sie rollte sich auf den Bauch und vergrub ihr Gesicht in den Kissen. *Ihr* hätten diese Saphire gehören sollen, nicht Nazime. Nur, dass sie sicherlich Smaragde bekommen hätte, weil sie besser zu ihren Augen passten – eine prachtvolle Kette aus in Gold gefassten Smaragden. Was, wenn er nie wieder nach ihr schickte? Auch wenn sie inzwischen fülliger war und wusste, wie sie sich zu verhalten hatte – was, wenn er immer noch böse auf sie war? Was, wenn es für sie nie eine zweite Chance gab?

Laut stöhnend biss Helen in das Kissen. Warum dachte sie niemals nach, bevor sie etwas tat? Wie hatte sie diese erste Gelegenheit nur so vertun können? Sie erinnerte sich an Königin Salamatus verlassenes Quartier. Wenn er Nazime heiratete, würde sie all diese Gemächer für sich haben, und so viel Schmuck und so viele Kleider, wie sie nur wollte. Wenn er Nazime heiratete, würde er wieder vier Ehefrauen haben und sich jahrelang mit keiner anderen vermählen können. Es sei denn, er schickte eine von ihnen fort. Es sei denn, eine von ihnen starb ...

Helen dachte an Zaras schuppige Haut und an ihren kahlen Kopf. Die Alte Königin würde sich bestimmt nicht mehr lange halten können, oder? Dieser Gedanke vermochte sie ein wenig zu beruhigen. Vielleicht würde sie ja doch noch ihre Chance bekommen.

32

28. September 1769

Nun haben wir die Bescherung! Kaum schicke ich Lungile aus, der Berberprinzessin sein Geleit anzutragen, da wählt der Sultan sie für sein Bett.

Der arme Kerl ist ganz außer sich vor Qual, durchstreift den halb verdorrten Garten und mäht das Gesträuch mit den Händen nieder. Ich habe gehört, dass Elefantenbullen ähnlich reagieren, wenn ihnen etwas in die Quere kommt, und mit ihren Rüsseln ganze Bäume ausreißen und zu Boden schleudern. Genauso verhält es sich mit unserem Wisentbullen. Gestern suchte mich gar eine Abordnung der Gärtner auf und flehte mich an, diese Ausflüge zu unterbinden (sie selbst wagen es nicht, sich ihm zu nähern).

Also raffte ich meine Gewänder, verfolgte Lungile durch das staubtrockene Terrain und versuchte, mit ihm zu sprechen. Doch er weigerte sich, stehen zu bleiben. »Lass mich allein«, knurrte er und zerfetzte einen Jasminstrauch. »Ich muss diesen Schmerz aus meinen Händen vertreiben, sonst packen sie dich noch und schmettern deinen kleinen Leib gegen eine Mauer.«

Also ließ ich ihn gehen, auch wenn es mich betrübte. Denn bin ich nicht der Orchestermeister dieses Aufruhrs? Ay, Holzbläser, Streicher, Blechbläser und Schlagzeug – welch eine süße Sinfonie der Hoffnung habe ich für ihn gespielt!

Die alte Malia ist gleichfalls bestürzt über diese unvorhergesehene Wendung. Sie war sogar dermaßen verstört, als der Sultan das Berbermädchen für eine zweite Nacht zu sich bestellte, dass sie die Fäuste ballte und sich dabei ihre grausige Klaue in die eigene Handfläche stieß, und zwar mit solcher Gewalt, dass die Kralle abbrach. »Diese *Bint* ist eine Hexe«, krächzte das alte Weib später und betupfte die Wunde mit einem blutigen Taschentuch. »Sie hat die Hälfte der Haremsfrauen behext, und jetzt versucht sie es auch mit dem Sultan!«

Und ich muss zugeben, dass Seine Majestät im Augenblick außergewöhnlich milde wirkt. Heute Morgen schickte er nach mir, ganz der großmütige Gebieter. »Nimm Platz, Fidschil!«, ruft er und klopft neben sich auf den Teppich. »Warum hast du mich so lange vernachlässigt?«

Obwohl bereits die durchdringenden Rufe verklungen waren, mit denen der Muezzin die Gläubigen zum Vormittagsgebet auffordert, räkelte sich der Sultan immer noch in seiner zerknitterten *Kamis*, während die Sklaven wie Ameisen umherhuschten, um die Reste seines Frühstücks fortzuräumen. »Nun denn, Fidschil, erzähle mir, was du die ganze Zeit getan hast. Ich habe mein kleines Hündchen vermisst! Komm und belle mir etwas Scharfsinniges vor.«

Woraufhin sich mein Mund unwillkürlich zu einem rührseligen Kötergrinsen verzieht, wie immer, wenn er mich auf diese Weise hätschelt, und ich mich beinahe auf den Rücken werfe, damit er mir den Bauch krault. Dann beginne ich mit ergötzlichen Geschichten über die Versuche der Frauen, sich Kühlung zu verschaffen. So befahl beispielsweise eine blasse Ägypterin den Gärtnern, sie in einer schattigen Ecke einzugraben und zu gießen, als sei sie eine riesige Rübe. Und eine andere Unglückselige bedeckte sich mit den kühlenden Scheiben einer roten Melone, bevor sie sich zum Mittagsschlaf niederlegte – sodass sie aussah wie eine große schuppige Eidechse –, und erwachte kreischend unter einer Decke aus roten Ameisen.

»Und die *Lalla* Zara?«, erkundigt sich der Sultan, nachdem

sein Gelächter verklungen ist. »Wie schreiten deine Untersuchungen voran?«

Doch sobald ich anfange, den Stand meiner Nachforschungen zu erläutern, schweift sein Blick ab. Und kurz darauf unterbricht er mich mit einem gelangweilten »Nun ja, versuche weiterhin dein Bestes«, als hätte ich ihm gerade mitgeteilt, dass es seinem Schneider nicht gelungen sei, den von ihm geforderten Seidenbrokat für eine neue Weste zu beschaffen. Ich begreife, dass die Alte Königin bereits in ein Hinterzimmer seiner Gedanken verbannt ist, genau wie all die Kutschen und Uhren, für die er keine Verwendung hat – und auch dort wird sie ihm mit der Zeit zum Ärgernis werden, da sie Platz beansprucht, den er lieber mit anderen Schätzen füllen würde.

Selbst wenn Zara ihre Schönheit zurückerlangen sollte, halte ich es für unwahrscheinlich, dass er sie jemals wieder in sein Bett holt. Ihr langes Siechtum hat ihr die Aura des Todes verliehen, und obgleich sie sich seit langem weigert, den Sultan zu empfangen, ahnt er gewiss, welche Verunstaltungen sie zu verbergen sucht. Möglicherweise hat ein boshafter kleiner Kuckuck, der ein Auge auf ihr Nest geworfen hat, dem Sultan Einzelheiten über ihren Zustand ins Ohr gezwitschert und sein zart besaitetes Herz gegen sie aufgebracht.

»Die neue Berberprinzessin gefällt mir«, bemerkt Seine Majestät bald danach, dieweil er mit einem Zahnstocher aus Elfenbein in seinem Mund herumfuhrwerkt. »Eine außergewöhnliche Frau«, sagt er sinnierend und schnippt einen Essensrest zu Boden. »Nach der ersten Nacht schenkte ich ihr eine Halskette, für die sie sich auch artig bedankte. Doch als ich ihr heute Morgen ein Armband geben wollte, nahm sie es nicht an. Die *Bint* behauptet, sie interessiere sich nicht für Geschmeide. Sie bevorzuge ein Pferd – ist das zu glauben? Offenbar gestattet man den Frauen ihres Volkes das Reiten, vorausgesetzt, sie beschränken sich auf Stuten.« Meine Hundeohren spitzen sich voller Argwohn, denn ich habe den törichten Fluchtversuch nicht vergessen, den das Berbermädchen vor nicht einmal drei Monden unternahm.

Ich erzähle dem Sultan von jenem Zwischenfall, um ihn zu warnen, aber er lacht nur vergnügt über das, was er ihr ›feuriges Temperament‹ nennt, und tut meine Besorgnis mit einer beiläufigen Bewegung der Königlichen Hand ab. »Das war, bevor sie bei mir lag«, sagt er verächtlich. »Warum sollte sie jetzt noch fliehen wollen?« Was mich zum Schweigen bringt, denn ich würde mir bei jedem Mann gut überlegen, ob ich ihm erkläre, aus welchem Grund eine Frau danach strebt, sich aus seinen Umarmungen zu befreien.

Inzwischen erwägt er, welche Art von Ross er für sie aussuchen soll. »Vielleicht ein schwarzes, wie ihr Haar? Oder ein weißes, wie mein eigener Hengst? Dazu natürlich einen blauen Sattel. Weißt du, Fidschil, sie hat wirklich die erstaunlichsten blauen Augen …« Plötzlich kann er es nicht mehr erwarten, die Auswahl zu tätigen, und klatscht nach seinen Ankleidern, die sofort herbeiflattern, um ihn für den Tag herauszuputzen. »Wie viel würde es wohl kosten, ein weißes Pferd blau färben zu lassen?«, grübelt der Sultan, indessen sie ihn waschen und abtrocknen, wie Spatzen um seine Gliedmaßen herumhüpfen und an seinen Fingernägeln und zwischen seinen behaarten Zehen picken.

Es mag der Schmerz sein, den er beim Auszupfen eines Nasenhaares spürt – jedenfalls wendet er seine Aufmerksamkeit plötzlich etwas anderem zu als Pferdefleisch. »Hast du den dürren Rotschopf nach Salee geschickt?«, fragt er unvermittelt. »Ich hätte eigentlich mittlerweile irgendeine kriecherische Antwort von meinem Statthalter bekommen müssen.« Er wirft mir einen misstrauischen Blick zu.

Dies bringt mich in große Verlegenheit, denn ich hatte seine Anweisung, Helen aus dem Harem zu entfernen, ganz vergessen. Also erfinde ich aus dem Stegreif eine wirre Geschichte über die Missgeschicke, die den Wachen zustießen, welche sie nach Salee eskortieren sollten, und über die Missgeschicke der Ersatzwachen, und über die der Maultiere, während der Sultan mich mit verschränkten Armen und einer zweifelnd hochgezogenen Augenbraue anstarrt.

»Du hattest nie die Absicht, sie fortzuschicken, nicht wahr?«, stellt er schließlich fest, nachdem mein Strohfeuer von Ausflüchten mit einem letzten Flackern verloschen ist. Dann runzelt er finster die Stirn, sodass ich unversehens vor Angst zittere, denn ich habe erlebt, dass Sklaven für weitaus geringere Fehltritte garottiert wurden. Doch da bricht er plötzlich in Lachen aus, wirft den Kopf zurück und schlägt sich auf die Schenkel. »O Fidschil, Fidschil! Wenn du jetzt dein Gesicht sehen könntest!«, ruft er, wischt sich die Tränen aus den Augenwinkeln und beugt sich gespannt vor. »Und nun sage mir: Was hast du mit der *Bint* gemacht?«

Mithin muss ich mein Strohfeuer erneut entzünden und weiterreden – von Helens ungewöhnlicher Begabung für die arabische Sprache und ihrer reizvollen Art zu tanzen, während ich in Gedanken ständig hin- und hergerissen bin zwischen ›Er darf nicht nach ihr schicken‹ und ›Er darf sie nicht fortschicken‹. Wie erleichtert war ich, als der Sultan endlich in Richtung der Stallungen davonfegte!

Die Begegnung ließ mich äußerst aufgewühlt zurück, denn ich fürchtete, in ihm ein Interesse für den ›dürren Rotschopf‹ geweckt zu haben – trotz seiner neuen Begeisterung für das Reiten. Wenn ich diese Begegnung doch nur in etwas weniger Peinigendes umschreiben könnte!

Und was dann? Was würde Microphilus dann tun? Die Logik seines ganzen Lebens von innen nach außen stülpen? Die gesamte Welt auf den Kopf stellen, sodass der König auf die Krumen warten muss, die vom Tische seines Sklaven fallen?

Nein, dies wird nie geschehen. Ich bin der Vorkoster des Sultans, nicht mehr und nicht weniger. Und obgleich der Vorgeschmack köstlicher war, als ich mir je hätte vorstellen können, gibt es keine Anzeichen dafür, dass Helen unsere Bekanntschaft vertiefen will.

Und so habe ich in den vergangenen vier Nächten vergebens mit einer randvollen Flasche Dattelwein auf sie gewartet, mir den Schweiß der Aufregung aus den Achselhöhlen getupft und meinen *queue de cheval* gerichtet. Bis ich es um Mitternacht nicht mehr ertragen konnte. Und mir die ganze Flasche direkt in die Kehle schüttete, um den Schmerz in meinem törichten Herzen zu betäuben.

29. September 1769

Es ist Mittag, Batoum hat mich gerade gefunden – ich war aus einer knienden Stellung (vielleicht hatte ich gebetet) nach vorne zu Boden gesunken und lag friedlich schnarchend da, die Nase in einer Schüssel gezuckerter Mandeln. Sie hob mich empor in ihre runden Arme, wusch mich wie einen kleinen Jungen und erzählte mir mit sanfter Stimme, dass Helen sie am Morgen aufgesucht und gefragt habe, wann sie dem Sultan vorgeführt werden könne.

33

Es war Batoum, die vorgeschlagen hatte, dass sie Weiß tragen sollte – »damit du ihm ins Auge fällst wie ein blasser Nachtfalter zwischen bunten Schmetterlingen« –, die ihr das feuchte Haar geflochten und nach dem Trocknen zu einer Flut rotgoldener Locken ausgebürstet hatte. Doch als es so weit war und die Frauen ihre Hälse nach dem Eingang des Gartens reckten, hatte panischer Schrecken Helen ergriffen, und sie war durch den Wald aus glatter Seide ganz nach hinten geschlichen.

»Ich kann es nicht glauben – du hast tatsächlich versucht, dich zu verstecken?« Nazime raufte sich in gespielter Verzweiflung die Haare.

»Ich war so aufgeregt, und die anderen haben mich alle so böse angestarrt!«

»Aber er hat dich trotzdem gesehen?«

»Nun, eigentlich hielt er Ausschau nach *dir*. Aber Malia erzählte ihm, du seiest krank …« Zu diesem Zeitpunkt hatte er der alten Frau allerdings schon nicht mehr zugehört. Denn er hatte einen flüchtigen Blick auf Helen erhascht, die allein in der letzten Reihe stand: füllig, mit kupferrotem Haar, ganz in Weiß gekleidet. Er hatte all die anderen Frauen beiseite treten lassen, um zu ihr zu gelangen. Helen sonnte sich in ihrem Triumph.

»Und heute Abend wird er nach dir schicken? O Asisa, ich freue mich so für dich!« Nazime packte Helen an den Schultern und küsste sie auf beide Wangen. »Was wirst du anziehen? Lass mich dir bei den Vorbereitungen helfen.« Sie klappte Helens Kleidertruhe auf und begann, Gewänder hervorzuziehen.

»Macht es dir denn nichts aus?« Helen kniete sich neben sie. »Ich meine, nachdem du letzte Woche ...«

»Natürlich nicht! Ich habe mein Pferd bekommen, oder? Das war alles, was ich von ihm haben wollte. Und ich bin froh, dass ich zur Abwechslung einmal wieder richtig schlafen kann.«

Scherzte sie? Helen musterte ihre Freundin. Nazime lächelte, doch ihre Augen waren blutunterlaufen und blickten unruhig.

»Du bist wirklich krank, nicht wahr? Heute Morgen dachte ich, du würdest schwindeln, damit ich eine Gelegenheit bekomme, vom Sultan erwählt zu werden.«

»Jetzt geht es mir schon viel besser, aber vorhin konnte ich nichts bei mir behalten. Und ich habe immer noch einen scheußlichen Geschmack im Mund, wie von rostigen Nägeln.« Sie schnitt eine Grimasse und lächelte dann wieder. Doch sie sah nicht gut aus. Ihre Haut wirkte stumpf und trocken, und unter ihren Augen befanden sich dunkle Ringe. »Wahrscheinlich liegt es nur an der Müdigkeit. Und nun lass uns anfangen, wir haben nur ein paar Stunden Zeit. Welche von diesen willst du anziehen?«

»Die grüne.« Helen hielt sich eine grüne *Kamis* vor.

»O nein, Asisa«, widersprach Nazime mit Nachdruck. »Du brauchst etwas viel Dunkleres als das. Etwas, das deine Haut hervorhebt. Und dein Haar. Vielleicht ein dunkles Rot. Oder – was ist denn das?« Sie kramte einen violetten *Schalwar* und eine dazu passende *Kamis* aus den Tiefen der Truhe hervor. »Darin habe ich dich ja noch nie gesehen.«

Unsicher betrachtete Helen die beiden Kleidungsstücke. Sie hatte sie gekauft, ohne sich darüber klar zu sein, wie dunkel die Seide war – sie glich der Haut einer Pflaume und hatte einen rostroten Schimmer. Die Farbe erinnerte sie an Priestergewänder und die Röcke alter Jungfern. Gerade als sie eine Bemerkung darüber machen wollte, rauschte Batoum herein und ließ sich auf den Diwan fallen.

»Ah ja! Das ist genau das Richtige für dich!«, rief sie und griff nach der *Kamis*.

»Mir gefällt die grüne besser«, widersprach Helen schwach.

»Nein, nein. Viel zu hell.« Batoum schnaubte verächtlich. »Denke daran, dass es Nacht sein wird. Im Vergleich zu der Seide wird deine Haut wunderbar weiß aussehen, und die Lampen werden diesen kupferroten Glanz lieben. Er passt hervorragend zu deinem Haar.«

»Genau das habe ich auch gesagt!« Nazime lachte. »Und kein Schminkrot, oder? Sie sollte bleich sein wie eine Lilie. Abgesehen von den Lippen. Und den Brustwarzen natürlich.«

»Natürlich.«

34

3. Oktober 1769

Sie geht heute Abend zu ihm. So, nun ist es geschrieben, schwarz auf weiß. Ich weiß nicht, wie ich die langen Stunden ertragen soll, bis ...

Bis was? Bis er sie erneut fortschickt? Und dann auf einen Maulesel nach Salee setzt? Bis sie strahlend vor Verliebtheit aus seinen Gemächern tritt? Nein, Microphilus, diese Nacht kann für dich kein glückliches Ende nehmen.

Ich habe den Nachmittag mit Lungile in den Stallungen verbracht, da er den Auftrag erhalten hat, sich fortan ausschließlich der Pflege von Nazimes Stute zu widmen.

Dies ist des Sultans neuester Streich. Vermutlich bereitete es ihm kein Vergnügen mehr, seinen Lieblingsriesen dadurch zu verspotten, dass er ihn Tag für Tag inmitten einer Fülle unbeschlafbarer Konkubinen leben ließ. Daher hat er die Demütigung verschärft, indem er ihn zum Diener einer schmählichen Mähre degradierte. Was tut es da, dass sie ein Geschöpf von einzigartiger Schönheit ist, schwarze Beine und einen schwarzen Kopf hat wie eine abessinische Katze, während das Fell ihres Leibes silbern schimmert und ihre prächtige Mähne und ihr Schweif schneeweiß sind? Was tut es, dass sie schnell ist wie der Wind und sich ihr Stammbaum im Sand der Zeit verliert? Sie ist trotzdem nur eine Stute, eine bescheidene Stute, und Lungile muss sie striegeln, füttern und tränken. Sie ist eine Stute, und er muss ihren Mist schaufeln – und zwar in einen eigenen, gesonderten Kübel, den er dann auf einem eigenen, schmählichen Misthaufen entleeren muss, ein gutes Stück entfernt vom mannhaften Berg, zu dem sich die weichen, dampfenden Äpfel der Hengste türmen.

Schlimmer noch – er muss sie reiten, seine langen Beine über ihren Rücken schwingen (natürlich reichen sie fast bis auf den Boden) und mit ihr zu den Koppeln traben, wo all die anderen Stallknechte versammelt sind. Und obwohl seine arme Narbe brennt und sticht, darf er keine Miene verziehen, damit niemand dem Sultan berichtet, er habe den Riesen vor Schmerz zusammenzucken sehen.

Doch es wird noch mehr Salz in seine Wunden gestreut, denn nun lebt er wieder unter ganzen Männern, da er wie die anderen Knechte in einen der langen Schlafsäle einquartiert wurde, wo sich alle Gespräche um Ausflüge in die Hurenhäuser der Stadt drehen. Ay, ganze Männer und ganze Tiere obendrein, denn die Schlafsäle befinden sich in den Stallgebäuden, über den Ständen mit eintausend Königlichen Hengsten.

Seit Ankunft der Stute ist an Schlaf allerdings kaum noch zu denken. In den Hengsten staut sich ohnehin ständig der Trieb, sodass sie schon beim Geruch einer brünstigen Geiß die Nüstern blähen und mit aller Kraft an ihren Stricken zerren. Gewiss vermögt Ihr Euch vorzustellen, welche Wirkung erst eine ausgewachsene Stute auf diese lüsterne Herde hat! Natürlich wurde sie in den allerletzten Stand eingestellt und ist von zehn unbelegten Ständen umgeben, die als Bollwerk dienen sollen. Nichtsdestotrotz erfüllt leidenschaftliches Wiehern die Luft, und Hufe schlagen krachend gegen splitternde Trennwände. Ich schwöre, dass die Hengste sogar große Stücke aus den Türen beißen, und die Zimmermänner arbeiten ununterbrochen, um sie in Schach zu halten.

Ich vermag kaum zu beschreiben, welches Unbehagen all dies Lungile verursacht. Wohin auch immer er seinen Blick wendet, fällt er auf Körperteile in einem Zustand des Blutandrangs. Und dabei handelt es sich keinesfalls um Ponys, sondern um Hengste mit einem Stockmaß von achtzehn Handbreiten und mehr. Kein Wunder, dass er von Selbstmord spricht. Gäbe es nicht den Dattelwein, den er flaschenweise im Stand der Stute aufbewahrt (kein Mitglied der Wache würde auch nur im Traum daran denken, einen dermaßen verachtenswerten Ort zu betreten) und mit dem er sich jeden Abend bis zur Bewusstlosigkeit betäubt, hätte er gewiss schon einen Weg gesucht, seine Qualen zu beenden.

Zumindest darf er sich dort unbehelligt gegen die Heubündel lehnen und seinen Wein trinken. Und so haben wir den ganzen Nachmittag lang Seite an Seite im duftenden Stroh gesessen und uns die Flasche hin und her gereicht, während die Stute zufrieden ihr Heu fraß, die Staubkörnchen im Sonnenlicht tanzten und aus der Ferne wie Donner der Lärm erregter Hengste drang.

»Sowohl der Riese als auch der Zwerg werden also vom selben Mann zum Hahnrei gemacht«, sagt Lungile nach langem Schweigen schwermütig (jedes Schweigen dauert lange an diesem langen Nachmittag).

»Falls Helen ihm gefällt, bekommst du vielleicht deine Nazime zurück«, sage ich ungefähr eine halbe Flasche später. Zu meinen Füßen liegen bereits zwei leere Bouteillen, auf denen sich beschwipste Ameisen tummeln.

»Nein, das ist vorbei. Jetzt kann ich mich ihr niemals nähern.« Er wirft den Kopf zurück und gießt den Inhalt einer weiteren Flasche in seine braune Kehle. »Als Sklave einer Stute! Jetzt kann ich ihr noch nicht einmal mehr in die Augen sehen.« (Ich frage mich, ob der Sultan etwas von der Liebe des Riesen für Nazime ahnt. Wenn nicht mit seinem bewussten Verstand, dann vielleicht in der Tiefe seines hinterlistigen Geistes. Was, wenn er aus dem Augenwinkel heraus den Riesen die Berberprinzessin anstarren sah und die Verehrung in seinem Blick bemerkte? Dies hätte ihn gewiss hinreichend begierig gemacht, die *Bint* in sein Bett zu holen.)

»Ich habe nachgedacht«, sage ich einige Stunden später mit rührseliger Stimme, an die Seite meines Freundes gelehnt. »Ich habe darüber nachgedacht, dass ich Batoum heiraten sollte.«

Die Dunkelheit ist hereingebrochen. Ich weiß nicht, was ich mit mir anfangen soll.

Wenn sie in jener Nacht nicht zu mir gekommen wäre, wenn sie nicht den Panzer um mein Herz geöffnet hätte, könnte ich all dies besser ertragen.

Mein ganzes Leben lang kauert schon ein kleiner, roter Krebs in meiner Brust. Ich weiß nicht, wie oder wann er dorthin gelangte. Vielleicht geschah es, als ich in der Wiege lag und voller Unschuld emporblickte, nach der Liebe suchend, die jedem Kind zusteht – und stattdessen nur Bestürzung und Ekel entdeckte. Vielleicht war es zu diesem Zeitpunkt, dass sich mein Panzer zu bilden begann.

Die anderen Kinder nannten mich ›Schlammspringer‹, wegen meiner kurzen Ärmchen, meines knolligen Kopfes und weil ich mit meiner Mutter im Watt wühlte. Sie waren alle so makellos – selbst das geringste unter ihnen, selbst das hässlichste von ihnen –, alle so anmutig und langgliedrig verglichen mit dem Schlammspringer, dessen leibliche Mutter ihn ins Meer zurückgeschleudert hatte!

Ein Schlammspringer besitzt weder Panzer noch Scheren, tritt man auf ihn, so spritzen seine Eingeweide in den Sand. Doch tief im Inneren dieses Schlammspringers wuchs ein Krebs heran. Stück für Stück, Schicht auf Schicht legte sich der Panzer um mein Herz. Und so blieb es. Bis der Anblick eines rundlichen Daumens auf einem weißen Kiesel den Panzer durchdrang.

35

Der Sultan saß auf dem Boden, als Malia Helen in seine Gemächer führte. Vor ihm stand ein Servierbrett mit rötlichen Früchten.

»Die ersten *Durra-en* dieses Jahres«, verkündete er und bedeutete Malia mit einer Handbewegung, sich zu entfernen. »Komm her und koste – Asisa, nicht wahr? Wer hat diesen Namen für dich ausgesucht? Er bedeutet ›die Geliebte‹, wusstest du das? Hier, nimm an meiner Seite Platz.« Er schälte ein Stück der flaumigen, roten Haut von der Frucht, sodass das gelbe Fleisch darunter zum Vorschein kam. »Siehst du, wie leicht sich die Haut ablösen lässt? Das heißt, dass die Frucht reif ist.« Er zog einen langen, silbernen Dolch aus seinem Gürtel und schnitt einen Halbmond aus dem Fruchtfleisch. Dann spießte er ihn mit der Spitze der Klinge auf und hielt ihn Helen vor den Mund.

Sie zuckte zurück und starrte den Dolch an. »Vertraust du mir nicht, Asisa?« Seine Augen blickten spöttisch. »Fürchtest du, ich könnte dir die Nase abschneiden? Aber warum sollte ich das tun wollen, wenn es doch eine solch hübsche Nase ist, mit all diesen kleinen goldenen Tupfen?«

»Verzeiht mir, mein Gebieter.« Sie biss in die Frucht. Süßer Saft tropfte auf ihr Kinn.

»Hier, lass mich …« Er beugte sich vor und fing die Tropfen mit dem Finger auf. »Siehst du – voll ausgereift«, sagte er und bot seinen Finger ihren Lippen dar.

Helen zögerte, woraufhin er ungeduldig die Luft einzog. »Ich befahl Fidschil, dich fortzuschicken«, bemerkte er. »Hat er dir das erzählt?« Sie schüttelte den Kopf und leckte hastig den Saft von seinem Finger. »Nein, das dachte ich mir. Weißt du, ich hätte ihn dafür hinrichten lassen können. Aber als ich dich heute Morgen sah, war ich froh über seinen Ungehorsam. Ich hoffe, du bringst mich nicht dazu, dass ich meine Meinung ändere.« Er aß den Rest der *Durra-en* und streckte dann erwartungsvoll seine klebrigen Hände vor.

Helen blickte sich um – wo waren die Sklaven? Er musste sie bei ihrer Ankunft weggeschickt haben. Als sie in der Nähe eine Wasserschüssel entdeckte, sprang sie schnell auf und holte sie herbei.

Während er sich wusch, kniete sie mit gesenktem Kopf neben ihm. War dies dieselbe Schüssel, die er ihr damals aus den Händen getreten hatte? Sie kniff die Augen zusammen und versuchte, die Erinnerung zu verdrängen. Er durfte sie nicht noch einmal fortschicken.

»Würdet Ihr gern gewaschen werden, mein Gebieter?«, fragte sie vorsichtig. »Es ist ein sehr warmer Abend, vielleicht würde Euch dies ein wenig Kühlung verschaffen.«

»Wie ich sehe, hast du endlich gelernt, dich zu benehmen.« Er lächelte über ihren Ernst. »Ja, Asisa, ich möchte, dass du mich wäschst. Ich möchte alles. Zeige mir, wie gut man dich unterrichtet hat.«

Er schritt voran in einen angrenzenden Raum, in dem der Schein der Wandlampen von drei großen Spiegeln zurückgeworfen wurde und der gekachelte Boden schräg zu einem sauberen Rinnstein abfiel. Verschiedene Kruken mit heißem Wasser standen bereit, zusammen mit den üblichen, riesigen Kaltwasserkrügen. Nachdem der Sultan seine Pantoffeln abgestreift hatte, stellte er sich in die Mitte des Raumes und reckte seine Arme empor.

Helen starrte ihn einen Augenblick lang verständnislos an, dann begriff sie: Er wartete darauf, dass sie ihn entkleidete.

Kniend griff sie nach dem Saum seiner *Dschellaba*. »Du musst schnell sein«, hatte Batoum sie gewarnt, als sie dies übten. »Es ist des Sultans nicht würdig, dass sich sein Kopf in seinen Gewändern verfängt.« Helen zog ihm rasch und geschickt die *Dschellaba* über den Kopf und fand sich dann seiner nackten Brust gegenüber.

Das Haar wuchs dort sogar noch dichter, als sie sich vorgestellt hatte. Es war wie ein glatter schwarzer Pelz, verdeckte beinahe die ganze Haut und verlief in einem breiten V hinunter zu seinem Bauch. Weitere Büschel sprossen auf seinen Schultern, Oberarmen und in seinen Achselhöhlen, denen ein starker, rauchiger Geruch entströmte. Helen bekam das Gefühl, nicht mehr atmen zu können. Ihre Hände schienen weiter als sonst von ihrem Kopf entfernt zu sein. Sie beobachtete, wie ihre Finger den Knoten in der Kordel seines *Schalwar* lösten, sodass ihm das Beinkleid hinunter auf die Knöchel rutschte. Er machte einen Schritt zur Seite, während sie niederkniete und die Hose wegzog.

Gütiger Gott, er war nackt. Ein Geruch nach feuchtem Leder drang aus den Zwischenräumen zwischen seinen langen Zehen. Seine Fußknöchel waren so kahl wie die Eier einer Krähe. Nachdem Helen ihm den Stuhl gebracht hatte, beschäftigte sie sich damit, das Wasser der verschiedenen Krüge so zu mischen, dass es den richtigen Wärmegrad erreichte, wie sie es gelernt hatte.

»Und nun erzähl mir einmal, Asisa ...« Mit diesen Worten ließ er sich geschmeidig auf dem Stuhl nieder, saß entspannt mit leicht geöffneten Knien da und legte die Hände auf seine langen, behaarten Oberschenkel. »Wie unterscheiden sich maurische Männer von Christen?«

»Was den Körper betrifft, Herr?« Warum fragte er das? Helen verrieb Seife in ihren Händen und schäumte damit die Haare auf seiner Brust ein. »Meiner Meinung nach haben die Männer hier braunere, gleichmäßigere Haut«, begann sie wachsam. Spielte er mit ihr? Versuchte er sie dazu zu bringen, ihn zu beleidigen? »In dem Land, aus dem ich stamme, haben die Männer weiße Beine und Bäuche, weil ihre Haut dort nie die Sonne sieht, und rote oder braune Arme und Gesichter. Und ihre Haare können viele Farben haben: gelb, braun, rot oder schwarz. Die maurischen Männer scheinen alle schwarzes Haar zu haben.«

»Und weiter?« Er schloss die Augen und bog den Kopf zurück, damit sie seinen Hals und Bart erreichen konnte. Seine Lider waren glatt, seine Wimpern kurz und geschwungen. Auf seinen Wangenknochen wuchs ein feiner, dunkler Flaum, und seine Kopfhaut musste vor kurzem geschoren worden sein.

»Die Männer hier sind sehr viel behaarter als christliche Männer. Im Gesicht und auf dem Körper.«

»Das dachte ich mir.« Er wirkte erfreut. »Ist es wahr, dass es einigen eurer Männer noch nicht einmal gelingt, sich einen Bart wachsen zu lassen?«

»Ja, mein Gebieter. Oftmals scheren sich Männer mit hellem Haar das Kinn, weil sie dort nicht genug Haare für einen richtigen Bart haben. Allerdings glaube ich nicht, dass sich ein Christ jemals den Kopf scheren würde.« Sie seifte nun seinen Kopf und seine wohlgeformten Ohren ein. »Und ich glaube, dass die maurischen Männer sauberer sind, weil sie sich vor dem Gebet waschen. In meiner Heimat waschen sich sogar reiche Männer nur einmal in der Woche am ganzen Körper – bevor sie den Gottesdienst besuchen. Aber bei uns ist es ja auch viel kälter als hier, also legen die Menschen nicht gern ihre Kleidung ab.«

»Wie abstoßend!« Er beugte sich vor, und sie wusch seinen Rücken. »Jeder gewöhnliche Spatz säubert sich häufiger! Wie können ihre Frauen das nur ertragen? Und stimmt es, dass die Penisse christlicher Männer stinken, weil die überschüssige Haut nicht entfernt wird, und dass sie mit der Zeit wegen all des Schmutzes, der sich darunter sammelt, sogar verfaulen?«

Errötend machte sich Helen daran, seine Arme zu waschen. »Einige Männer haben dort Krankheiten, mein Gebieter. Aber den Grund dafür kenne ich nicht.« Deshalb also sah sein Ding so rot und roh aus – er hatte sich die Haut abschneiden lassen. Wie ein Kind hob er erst den einen, dann den anderen Arm, damit sie seine Achselhöhlen einseifen konnte. Sie strich mit den Händen über seine Flanken. Wie entblößt und schutzlos sie wirkten – glatte braune Sandbänke, umspült von einem Meer schwarzer Haare.

»Vermutlich sind ihre Penisse deshalb auch so klein«, bemerkte er. »Die Haut hindert sie wahrscheinlich daran, richtig zu wachsen.« Er erhob sich und stellte einen Fuß auf den Stuhl – das Zeichen dafür, dass sie ihn nun im Schritt waschen sollte. Als sich Helen nach der Seife bückte, zitterten ihre Hände. Tu es einfach, befahl sie sich selbst. Er ist schon tausendmal auf diese Art gewaschen worden. Sie schob die Hand zwischen seine Beine und versuchte sich daran zu erinnern, was Batoum über seinen Hodensack gesagt hatte. »Achte darauf, ihn nicht zu sehr zu drücken, aber greif beherzt zu, sonst kitzelst du ihn.« Sanft seifte sie den Sack ein und spürte, wie sich die beiden Hoden darin bewegten. Noch nie zuvor war sie einem Mann so nahe gewesen. Genau wie bei einem Schafbock, dachte sie fasziniert. Wie bei einem Schafbock oder einem Hund.

»Und das muss der Grund sein, warum sich Christen nicht die Mühe machen, ihre Frauen zu verbergen«, fuhr der Sultan fort, während er die Füße ein wenig weiter auseinander stellte und eine seiner Hinterbacken anhob, damit sie leichter an sein Loch herankam.

»Wie bitte, mein Gebieter?« Aus ihren Achselhöhlen rann der Schweiß – sie wusch den Hintern des Sultans! Wie sehr er doch einem Tier glich, mit all diesen Haaren. Sie bedeckten sogar seine Hinterbacken.

»Wenn die Haut nicht entfernt wird, kann sich der Penis nicht richtig ausdehnen. Demzufolge können die Männer auch nicht in solche Erregung geraten.«

»Ich verstehe nicht ...«

»Wenn die Männer nicht in Erregung geraten können, droht den Frauen von ihnen keine große Gefahr. Es entspricht doch der Wahrheit, dass es rings um eure Häuser keine Mauern gibt, oder? Dass ein Mann einfach durch das Fenster seines Freundes schauen und dessen Frauen und Töchter betrachten kann?«

Helen stellte sich vor, die Männer daheim würden sich um das Fenster ihres Hauses drängen, um einen Blick auf Meg im Nachthemd zu erhaschen, und musste kichern.

»Habe ich etwas Belustigendes gesagt?« Verärgerung klang aus seiner Stimme.

»Verzeiht mir, mein Gebieter«, erwiderte sie rasch. »In meiner Heimat haben die Männer nur eine Frau.« Sie nahm sein rotes Ding behutsam in eine Hand und begann mit der anderen, die borstigen Haare ringsumher einzuschäumen. Während sie wusch, wurde es dicker, schwerer und wärmer. Machte die Haut die Penisse der christlichen Männer tatsächlich kleiner?

»Genau das habe ich gemeint. Sie brauchen nur eine Frau, weil sie nicht so männlich sind.« Helen stockte der Atem. Sein Ding versteifte sich und ragte über ihre Hand hinaus. Ihre Lungen schienen sich mit flatternden Motten zu füllen. »In Marokko müssen sich die Frauen vor den Augen der Männer verbergen, andernfalls würden sich diese nicht beherrschen können. Siehst du, wie du mich erregst?« Sein Ding zuckte, sodass sie nach Luft schnappte und ihre Hand zurückzog.

Lachend setzte er sich wieder auf den Stuhl und zwang sie, niederzuknien und seine Schenkel einzuseifen. Sein Ding befand sich nun genau in Höhe ihrer Augen – rot, durchzogen mit blauen Adern und voller Schaum. Würde er es wirklich in sie hineinstecken? Ihr Herz pochte wild in ihrer Brust, während sie seine Füße knetete und an den Zehen zog, wie Batoum es sie gelehrt hatte.

Dann stand sie auf und mischte erneut Wasser, mit dem sie die Seife abspülen wollte. »Darf ich ...?« Sie war nicht sicher, wie sie mit seinem eingeschäumten Kopf verfahren sollte, denn es kam ihr unehrerbietig vor, das Wasser einfach über sein Gesicht zu schütten. Einen Augenblick lang sah er sie spöttisch an, dann ließ er seinen Kopf nach vorn zwischen seine Knie fallen. Nachdem sie fertig war, erhob er sich, damit sie die Seife von seinem übrigen Körper waschen konnte. Wieder und wieder füllte Helen den Krug und goss ihn über seinem Körper aus, bis er glänzte wie ein Pferd im Regen, bis sein schwarzes Haar im Schein der Lampen schimmerte und das Wasser von den nassen Büscheln in seinen Achselhöhlen und seinem Schritt tropfte.

»Wenn es so heiß ist wie heute, lasse ich mich von der Luft trocknen«, sagte er, griff nach dem großen Tuch über ihrem Arm und wickelte es sich um die Hüfte. Dann fügte er lächelnd hinzu: »Ich fürchte, deine *Kamis* ist nass geworden.«

Helen blickte an sich hinunter. Die violette Seide klebte an ihren Brüsten wie die Haut einer Pflaume. »Ich glaube, nun bin ich an der Reihe«, murmelte er und strich kurz über die Knöpfe. »Ich möchte mir wieder ins Gedächtnis rufen, worin sich weißhäutige von unseren afrikanischen Frauen unterscheiden.«

Er nahm Helens Hand, führte sie aus dem Waschraum und hieß sie, sich auf einen Teppich neben eine Lampe zu setzen. »Als Erstes dieses wundervolle Haar.« Er kniete sich neben sie und hob es an das Licht. »So seidig, mit so vielen verschiedenen Farben darin ... Es heißt, meine Großmutter habe in ihrer Jugend solches Haar gehabt, doch zu der Zeit, als mein Vater geboren wurde, hatte sie bereits so viele Gräuel mit angesehen, dass es ganz weiß geworden war ... Und dann natürlich diese blasse Haut, die in der Sonne verbrennt. Wenn ich mich recht erinnere, ist darauf jeder Kratzer zu sehen.« Er drehte ihren Arm um, sodass er die weiche Unterseite vor sich hatte, und ritzte sie dann absichtlich mit dem Fingernagel. Helen biss sich auf die Lippe, um einen Schmerzensschrei zu unterdrücken, und beobachtete, wie sich der weiße Strich in einen dicken, roten Striemen verwandelte. Kümmerte es ihn nicht, dass er ihr wehtat?

»Und dieser hübsche Mund, wie der eines Kindes. So klein, mit dünnen Lippen, so anders als die Münder unserer Frauen. Und so rosa ...« Er fuhr mit dem Finger über ihre Lippen. »Alles ist so rosa. Unter den Nägeln, in den Ohren ...« Als er ihr Haar zusammennahm, um ihre Ohren zu mustern, überlief Helen ein Schauer.

»Überall dieses liebliche Rosa«, murmelte er, streifte ihre nasse *Kamis* ab und ließ sie auf den Boden fallen. »Afrikanische Frauen sind dort braunhäutiger.« Als wolle er einer Schulklasse etwas vorführen, liebkoste er mit den Fingern eine ihrer Brustwarzen, bis sie sich zusammenzog. Dann wandte er sich auch der anderen zu, bis beide prickelten und beinahe schmerzten. Helen bemühte sich, gleichmäßig zu atmen und zu verhindern, dass sich ihre Brüste in seiner Hand hoben und senkten. Verspottete er sie? Eine Welle von Scham trieb ihr das Blut in die Wangen.

»Ahhh«, seufzte der Sultan, und aus dem Laut klang wahre Freude. »Das hatte ich ganz vergessen, diese plötzliche Röte im Gesicht. Dies ist bei unseren Frauen nicht so deutlich zu sehen. Salamatu pflegte ebenfalls auf diese Weise zu erröten, wenn sie sich unbehaglich fühlte oder versuchte, mich zu belügen.« Er schüttelte den Kopf. »Sie vermochte mich niemals zu täuschen, meine Salamatu. Ihre Haut verriet sie jedes Mal.« Er berührte

Helens Wange sehr sanft mit dem Zeigefinger. »Ich frage mich, ob es bei dir dasselbe sein wird.«

Einen Augenblick später sprang er auf und klatschte in die Hände. Auf einmal wimmelte das Gemach von Menschen. Sklavenmädchen räumten die Waschsachen fort und stellten niedrige Tische voller Speisen auf, während die fettleibigen Musikanten eintraten, die so oft im Harem aufgespielt hatten. Helen drehte ihnen schnell den Rücken zu, raffte ihre *Kamis* auf und hielt sie sich vor die nackten Brüste.

»Was tust du da?« Wieder lachte der Sultan und zerrte ihr das Kleidungsstück gebieterisch aus den Händen. »Glaubst du, du bist die erste Frau, die sie bei mir sehen?«

»Nein, mein Gebieter.« Helen spürte, dass sie erneut errötete. Wie töricht sie doch war! Ihr blieb nur diese eine Gelegenheit, ihn zufrieden zu stellen, sie durfte nicht zulassen, dass ihre Verschämtheit ihr im Wege stand. Sie atmete tief ein und strich sich das Haar aus dem Gesicht. »Möchtet Ihr, dass ich für Euch tanze, mein Gebieter?«, fragte sie sittsam, während die Musikanten begannen, ihre Instrumente zu stimmen.

»Danke, Asisa. Ich wüsste nichts, was mir besser gefiele.« Er verneigte sich höflich, doch seine Augen blitzten belustigt.

Helen fühlte sich ohne ihre *Kamis* bloßgestellt und schutzlos. Doch sie holte die beiden roten Schals hervor, die Batoum ihr geliehen hatte, und zog sich in eine dunkle Ecke zurück, um sie sich um die Oberarme zu binden. Dann lockerte sie den Sitz ihrer Beinkleider und schob sie wie üblich tief auf die Hüften, wobei sie den Blick nicht zu heben wagte, um niemandem in die Augen sehen zu müssen. Doch als sie schließlich wieder aus der Ecke trat, stellte sie fest, dass ohnehin niemand sie anstarrte. Der Sultan war weit und breit nicht zu sehen, und die Sklaven hatten sich in Luft aufgelöst, jedoch ein kleines Festmahl hinterlassen. Lediglich die Musikanten waren geblieben und unterhielten sich leise miteinander.

Ohne Helen zu beachten, fingen sie an zu spielen. Was hatte Batoum gesagt? »Wenn du verlegen bist, halte einfach die Augen geschlossen. Das wird dir dabei helfen, dich zur Musik zu bewegen. Stell dir vor, du ständest im Meer.« Helen schloss die Augen und begann zu tanzen, ließ ihre Hüften kreisen, vollführte schlängelnde Bewegungen mit den Armen, sodass sich die Schals um ihren Körper wanden. Sie war eine Meerjungfrau mit einem Schwanz aus roter Seide, und das Wasser floss weich über ihre Haut.

Als sich der Takt der Musik veränderte, öffnete sie die Augen. Der Sultan lag auf einem Diwan und musterte sie prüfend. »Komm her!«, rief er und winkte mit seinem Zeigefinger. »Warum versteckst du all diese Schönheit im Dunkeln?« Er trug nun eine blendend weiße *Dschellaba* und einen weißen *Schalwar*, und sein Bart war frisch gekämmt. Helen ging auf ihn zu, im Wissen, dass sein Blick auf ihrem Körper ruhte. »Gut. Jetzt fang noch einmal an. Hier im Licht, wo ich dich sehen kann.«

Obwohl sie sich dumm und unbeholfen vorkam, begann sie aufs Neue, sich hin und her zu wiegen. Anfangs tanzte sie ein wenig verkrampft, dann jedoch immer selbstsicherer, während sich ihr Leib in die Bewegungen hineinfand, die sie so oft geübt hatte. Sie wusste, dass sie den Sultan bei diesem Tanz eigentlich neckisch und einladend anlächeln sollte, wie Batoum es ihr gezeigt hatte. Aber sie brachte es nicht über sich, ihn anzusehen, in diese spöttischen dunklen Augen zu blicken, und starrte stattdessen an ihrem eigenen Körper hinunter. Wie füllig sie nun war, und wie bleich! Die Schals leckten über ihre Haut wie dunkelrote Zungen. Ihr Bauch bebte bei jeder Bewegung, ihr Hinterteil schwang schwerfällig von einer Seite auf die andere.

»Ich wusste nicht, dass weißhäutige Frauen tanzen können.« Er klang überrascht. »Salamatu hat diese Kunst nie gemeistert, obgleich sie sich große Mühe gab, die Arme.« Er stieß ein trauriges Lachen aus. »Aber warum so schüchtern, Asisa? Wofür schämst du dich?« Sein Tonfall klang wieder spöttisch, doch als sie aufsah, stellte sie fest, dass seine Augen sanft blickten.

»Ich bin die hiesigen Sitten und Gebräuche nicht gewohnt, mein Gebieter. In meiner Heimat würde eine Frau niemals so für einen Mann tanzen.« Mit einer verschämten Geste wies sie auf ihre Nacktheit. »In Schottland tanzen Männer und Frauen zusammen, in großen Gruppen. Niemals allein.«

»Aber man vermag die Schönheit einer Frau nicht angemessen zu würdigen, wenn man mit ihr tanzt. Und wenn die Frau den Mann erregt – was kann er tun, solange sie von einer Gruppe umgeben sind? Ich verstehe eure Männer nicht«, schnaubte er verächtlich. »Wollen sie mit ihren Frauen keine Liebesspiele machen?«

Er bedeutete den Musikanten mit einem Winken, dass sie entlassen waren, und erhob sich. »Komm.« Er griff nach Helens Hand und geleitete sie zu dem großen Spiegel, der an der gegenüberliegenden Wand hing. »Sieh dich an, Asisa. An dir ist nichts, wofür du dich schämen müsstest.«

Er stellte sich hinter sie und öffnete die Knoten der roten Schals. Lautlos glitten sie zu Boden, während seine Hände zu der Schärpe wanderten, die ihre seidenen Beinkleider hielt. Als Helen spürte, dass sich der Bund weitete, umklammerte sie ihn mit den Händen, doch er löste ihre Finger einen nach dem anderen, bis die Hose mit einem leisen Rascheln auf ihre Knöchel sank. Sie war nackt und spürte den leichten Luftzug, der den Schweiß in ihren Kniekehlen und unter ihren Hinterbacken zu trocknen begann. Sie senkte beschämt den Kopf.

»Sieh, wie wunderschön du bist.« Der Sultan legte seine Hand unter ihr Kinn und zwang sie, ihr Spiegelbild zu betrachten. »Diese bleiche Kehle und diese kleinen, runden Brüste …« Im Spiegel konnte sie hinter sich sein dunkles Gesicht erkennen, die silbergraue Strähne in seinem Bart, seine weißen Zähne, die im Licht blitzten. »Ich bevorzuge große Brüste, aber diese hübschen kleineren sind straffer.« Er umfasste sie mit den Händen. »Und dieser Bauch ...« – er knetete ihn, als sei er Brotteig – »mit einem Nabel, der so tief ist, dass ein Finger bis zum zweiten Knöchel darin verschwindet.«

Helen bemühte sich, ruhig zu atmen. »In meinem Land muss eine Frau sehr viel dünner sein und eine schmale Taille haben«, sagte sie leise und gepresst.

»Aber warum nur? Ein Mann will Wärme und Weichheit fühlen, wenn er eine Frau berührt.« Helen spürte durch seine Hose hindurch seinen aufgerichteten Penis. Er drückte ihn gegen ihren Hintern, bewegte seine Hüften und beugte die Knie, bis er ihn in die Spalte zwischen ihren Hinterbacken geschoben hatte. »Eine Frau sollte einen Mann einhüllen. Ihr Fleisch sollte ihm nachgeben, ihn willkommen heißen und aufnehmen«, murmelte er und stieß dabei gleichmäßig gegen sie.

Geschah dies tatsächlich? Helen starrte ihr Spiegelbild an: ihre zusammengepressten, bleichen Oberschenkel, die beinahe das weiße Dreieck verbargen, wo einmal ihr Schamhaar gewesen war. Ihre Ritze, kahl wie die eines Kindes. Seine braunen Finger lagen gespreizt auf ihrem Bauch, gruben sich in das weiße Fleisch, zogen sie nach hinten, zu ihm.

»Und nichts darf ihn behindern.« Sie fühlte, wie sich seine Knie gegen die Hinterseite ihrer Beine drängten und sie auseinander zwangen, sah im Spiegel, wie sich ihre Schenkel öffneten, sich ihre Knie bogen, spürte auf einmal einen kühlen Luftzug zwischen ihren Beinen. Ein Schluchzen schüttelte sie beim Anblick ihres Körpers: eine Masse schlaffen, hilflosen Fleisches in seinen Händen.

Er drückte fester gegen ihren Bauch, sodass sich ihr Becken dem Spiegel entgegenreckte. »Schau, auch hier ist dieses Rosa, an deinen geheimsten Stellen.« Helen starrte die Falten ihres rosigen Fleisches an, und in ihren Augen brannten heiße Tränen. Er tat ihr weh, indem er sie auf diese Weise festhielt.

Wie hatte sie sich nur in dieses fette Geschöpf im Spiegel verwandeln können? Wie konnte sie ihm gestatten, ihr solche Schmach zuzufügen?

Helen wand sich mit Gewalt aus seinem Griff und wirbelte wütend zu ihm herum.

»Also ist doch noch ein wenig Feuer in dir.« Der Sultan trat einen Schritt zurück und hob in gespielter Unterwerfung die Arme. »Ich bin froh, dass sie dich nicht völlig gezähmt haben.«

Helen wischte sich mit dem Handrücken die Tränen aus den Augen. »Die Männer bei mir daheim würden eine Frau niemals so behandeln«, erwiderte sie scharf. Das Atmen fiel ihr schwer.

»Wie behandeln sie ihre Frauen denn dann, deine wunderbaren, leidenschaftlichen Männer?« Da war es wieder, dieses Lächeln, das einen zur Raserei bringen konnte.

Helen vergaß ihre Blöße, straffte die Schultern und hob das Kinn. »In meinem Land ist ein Mann höflich zu der Frau, die ihm gefällt. Wenn er mit einer Frau …« – sie zögerte, suchte nach einem passenden Ausdruck – »… zusammen sein möchte, geht er zu ihrem Haus und lädt sie zu einem Spaziergang ein. Er würde ihr niemals befehlen, in sein Zimmer zu kommen. So behandelt man nur Straßenmädchen.«

»Und wenn sie ihn abweist?«

»Dann weiß der Mann, dass sie ihn nicht haben will.«

»Und wenn sie einverstanden ist?«

»Dann weiß er, dass sie Zeit mit ihm verbringen möchte. Aber selbst dann würde ein Mann niemals von einer Frau erwarten, dass sie … dass sie sofort mit ihm Liebe macht. Er würde warten, bis sie dazu bereit ist.«

»Bis *sie* bereit ist?« Er lachte laut auf.

»Sonst müsste er ihr Gewalt antun, und dann würde sie ihn hassen.«

»Willst du mir damit etwa sagen, dass meine Frauen mich hassen?« Er lächelte immer noch, doch in seinen Augen funkelte etwas anderes, Gefährlicheres.

»Nein nein, natürlich nicht«, antwortete sie schnell. »Sie alle verehren Euch, aber ...«

»Aber?«

»Aber wenn eine Frau einen Mann nicht zurückweisen darf, wie kann er dann sicher sein, dass sie ihn wirklich will?«

»Willst du mich zurückweisen, Asisa? Ist das die Bedeutung deiner Worte?«, fragte er mit steifer, kalter Stimme.

»Nein, mein Gebieter.« Sie fiel auf die Knie und küsste seine Füße. O nein, was hatte sie nur gesagt? Würde er sie nun wieder wegschicken? Der Gedanke erfüllte sie mit maßloser Angst. Sie dachte an Nazimes Halskette, an Königin Salamatus stillen, einsamen Hof.

»Du willst also mit dem Sultan spielen, ist das richtig?«

»Ja, mein Gebieter.« Sie verharrte gebückt über seinen Füßen, dankbar dafür, dass ihr Haar wie ein Vorhang ihr Gesicht verbarg.

»Aber woher weiß ich, ob du auch die Wahrheit sagst?« Jetzt verhöhnte er sie. Sie konnte sich vorstellen, wie er mit gekräuselten Lippen auf sie hinabsah. Die Gedanken jagten durch ihren Kopf – wie sollte sie ihn beschwichtigen? Was hatte Batoum gesagt? »Wenn dein Futteral nicht feucht ist, benutze Speichel, um ihn glauben zu machen, dass du ihn begehrst.« Im Schutz ihrer Haare hob sie zwei Finger an den Mund und speichelte sie lautlos ein. Doch als sie die Flüssigkeit zwischen ihre Beine reiben wollte, stellte sie fest, dass sie dort bereits so glitschig war wie Eiklar. Die Entdeckung trieb ihr erneut die Schamesröte ins Gesicht. Was für eine Sorte Frau war aus ihr geworden?

»Antworte mir!«

Helen rappelte sich auf, getroffen von der Wut in seiner

Stimme. Ihre Wangen brannten. Sie konnte ihm nicht in die Augen sehen. Stattdessen führte sie schnell ihre Finger zu ihrem Schritt und hielt sie ihm dann schweigend entgegen. Sie glänzten im Lampenschein.

»So ...« Das Wort entrang sich ihm wie ein zufriedenes Seufzen, beinahe ein Stöhnen. Wieder hob er ihr Kinn und zwang sie, zu ihm emporzublicken. »Daher weiß ein Mann, dass er geliebt wird«, sagte er voller Genugtuung.

Helen starrte in seine Augen. Sie lächelten wieder. Auf seiner Wange saß ein winziger brauner Leberfleck. Würde er sie nun küssen oder ihr eine Ohrfeige geben? Beides schien möglich. Sie hatte ein beengtes Gefühl in der Brust, spürte die Klebrigkeit, wo ihre Oberschenkel einander berührten.

»Komm«, sagte er plötzlich und führte sie über den Hof und in den Raum mit den weißen Vorhängen.

Nichts von dem, was Batoum sie gelehrt hatte, hätte Helen auf die nun folgende Stunde vorbereiten können. »An der Spitze ist der Penis eines Mannes sehr empfindlich, also musst du alles feucht halten, sonst tust du ihm weh«, hatte die Schwarze Königin sie angewiesen. Aber sie hatte nicht erwähnt, dass der Sultan ihren Körper wie ein Tintenfass benutzen würde, in das er einfach seine Finger tauchte, wann immer es ihn nach mehr Feuchtigkeit verlangte. Und sie dann an seinen Händen riechen und lecken lassen und lachen würde, wenn sie die Nase rümpfte und versuchte, das Gesicht abzuwenden. Oder dass er duftendes Öl in den Spalt zwischen ihren Hinterbacken träufeln und sie auf allen vieren knien lassen würde, um sich an ihr zu reiben wie ein Hund.

»Denke daran, dass er dich für eine Jungfrau hält«, hatte Batoum sie gewarnt und ihr beigebracht, welche Muskeln sie anspannen musste, um ihr Inneres zu verengen. Doch sie hatte nicht verraten, wie sie sich dabei fühlen würde, wenn gleichzeitig seine Finger in ihr und sein Daumen auf ihr waren, wenn er seine Hand rhythmisch bewegte, während er neben ihr saß und sie beobachtete. Batoum hatte nicht gesagt, wie schwer ihr das Atmen fallen würde, oder ihr erklärt, welchen Gesichtsausdruck sie haben sollte. Oder die schmachvollen Laute beschrieben, die bei diesen Liebkosungen entstanden: wie ein Lamm, das am Euter seiner Mutter saugt, oder wie nackte Füße, die durch matschige Gartenerde schlurfen.

Und wohin sollte sie ihren Blick richten, während er diese Dinge mit ihr tat? Auf sein Gesicht, das dieses sanfte, spöttische Lächeln trug? Auf sein Ding, dick und glänzend, das im Takt mit seinen Bewegungen zuckte? Sollte sie ihn womöglich ebenfalls berühren?

»Beweg deine Hüfte«, hatte Batoum gesagt. »Damit er glaubt, du seiest erregt. Aber nicht zu heftig, sonst wird er wütend.« War das zu heftig? Helen ertappte sich dabei, dass sie ihre Hüfte mit einer kreisenden Bewegung gegen seine Hand drängte, als würde sie immer noch tanzen. Und als er sie auf den Bauch rollte, presste sie sich in die Matratze.

»Und besteig ihn niemals, als sei er ein Pferd.« Aber was, wenn er sich auf den Diwan setzte und ihr befahl, sich vor ihn zu stellen? Was, wenn er mit seinen Knien ihre Beine auseinander zwang und dann ihren Hintern packte? Und sich mit geschlossenen Augen in die Kissen zurücklehnte und sie mit sich zog, sodass sie auf seinem Ding saß und darüber hinweg nach vorn glitt, bis nur noch die rote, pilzähnliche Spitze zu sehen war? Und dann schob er sie nach hinten, bis es wieder auftauchte, in seiner ganzen schleimigen, mit dicken blauen Adern durchzogenen Länge – als wüchse es aus ihrer eigenen, kahlen weißen Ritze. Und wieder zog er sie heran, krampfte seine harten Finger in ihren Hintern, grub seine sauberen Nägel in ihre Haut.

Sie begann, sich aus eigenem Antrieb zu bewegen und beobachtete, wie sein Ding rot und feucht vor ihr auftauchte, dann wieder unter ihr verschwand und wie eine verborgene Zunge gegen ihre geheimsten Stellen stieß. Ihre Schenkel klemmten seinen Körper auf beiden Seiten ein, zwei große Dreiecke marmorweißen Fleisches, in dem sich bei jeder Bewegung Dellen und Falten bildeten. Eine schändliche Mischung aus Schweiß und Schleim ließ sie an ihm kleben. Sein brauner Bauch war damit beschmiert, die schwarzen Haare waren verkrustet und schimmerten. Woher kam sie nur, all diese Nässe? War das bei anderen Frauen auch so?

»Das Rosa breitet sich aus wie bei einem Sonnenuntergang auf dem Meer«, erklang plötzlich seine Stimme. Helen fuhr zusammen, hielt inne und sah ihm ins Gesicht. Das spöttische Lächeln war einem Ausdruck gewichen, den sie nicht einzuordnen vermochte. »Auf dem Hals und über den Brüsten ...« Sie blickte an sich hinunter und betrachtete erstaunt die rötlichen Flecken auf ihrer Haut.

»Sie ist faszinierend, diese blasse Haut«, sagte er. »Wie die Haut der Rollschwanzeidechse, deren Farbe sich je nach der Stimmung des Tieres verändert. Salamatu pflegte auch diese Färbung anzunehmen, wenn sie erregt war.« Sein Lächeln war voller Zuneigung und Traurigkeit. »Das Rosa ihrer Haut verriet mir immer, wie sehr sie mich begehrte.«

Helen schien einen anderen Mann vor sich zu haben. Sein Gesicht wirkte glatter, jünger, als sei eine unbestimmte Sorge daraus verschwunden. »Wenn sie sich ihrem Höhepunkt näherte, bedeckte es auch ihren Hals und ihre Schulterblätter.«

Helen senkte den Blick. War das die Bedeutung dieser rosa Flecken? Sie hatte das Gefühl zu schmelzen wie Wachs um einen Docht, verspürte Schmerz und Lust zugleich. Sie wollte sich wieder bewegen, um dieses Unbehagen zu lindern. Als sie ihren Körper leicht auf den seinen drückte, spürte sie sein Ding zucken, als wolle es ihr antworten. »Fühlt es sich gut an,

Asisa?«, fragte er leise, und Helen nickte, während sie ihr Haar nach vorn fallen ließ, damit es ihr Gesicht verbarg. »Möchtest du ihn in dir haben?«

Wieder nickte sie, schob unwillkürlich die Hüfte vor, damit er in sie eindringen konnte, und presste sich dann mit einem Seufzer der Erleichterung auf ihn. Sein lustvolles Stöhnen jagte ihr einen Schauer über den Rücken. Sie begann sich erneut zu bewegen, diesmal jedoch heftiger. Mit seinem Penis in ihr waren die Empfindungen anders, dumpfer und weniger stark. Aber dann packte er erneut ihren Hintern und fing an, gegen sie zu stoßen, machte die Lustgefühle stärker und dringlicher.

Helen vergaß, wo sie sich befand, und beugte sich in ihrem Zelt aus kupferroten Haaren gierig nach vorn. All ihre Sinne richteten sich auf den Lustknoten in ihrem Schoß, zerrten an ihm, versuchten, ihn zu lösen. Sie presste ihre Hüfte fester und fester auf ihn, grub ihre Fingernägel in seine Schultern und schluchzte vor Verzweiflung. Dann überrollte es sie plötzlich, das Gefühl, um das sie kämpfte – der Sinnenrausch, mit dem der Knoten nachgab, die süßen Wellen, als er sich endlich entwirrte. Und auf einmal wurde sie sich des dunklen Körpers bewusst, der sich unter ihr aufbäumte und ihren Kopf mit seinem Schrei erfüllte.

Der Morgen dämmerte, als Malia eintraf, um Helen in den Harem zurückzubringen. Die alte Frau redete von Ziegenmilch, wie gut sie mit etwas Honig für kleine Kinder sei. Doch Helen hörte gar nicht zu. Sie genoss den leichten Schmerz zwischen ihren Beinen, das leichte Brennen auf ihren Brustwarzen, wo sein Bart sie gekratzt hatte.

»Nun denn, meine Asisa«, hatte er lächelnd gesagt, »darf ich dich wie ein anständiger Christ zu einem Spaziergang einladen?« Er nahm ihre Hand und verneigte sich. »Würdest du mir die Ehre erweisen, dich heute Nachmittag mit mir in meinem Garten zu treffen?«

»Es wird mir ein Vergnügen sein, mein Gebieter«, erwiderte sie mit einem Knicks.

»Und die nächste Nacht mit mir zu verbringen?« Er küsste ihr Handgelenk und die weiche Haut in ihrer Ellenbeuge. »Und die darauf folgende Nacht?« Er zog ihre *Kamis* ein Stück beiseite und schmiegte sein Gesicht an ihre Schulter. »Und die Nacht danach« – er befingerte die Knöpfe – »bis ich keine Stellen mehr an dir finde, die ich noch nicht geküsst habe?«

»Und was dann?« Sie lächelte auf seinen gebeugten Kopf hinunter.

»Dann werde ich – mit deiner gütigen Erlaubnis – von vorn beginnen.«

36

8. Oktober 1769

Helen sah mich nicht, aber ich sah sie.

Ich wartete in einer Ecke ihres Hofes. Ich weiß nicht, warum. Vielleicht wollte ich mich selbst davon überzeugen, ob die Gerüchte der Wahrheit entsprechen – dass die *Lalla* Asisa (so wird sie bereits jetzt von den Frauen angeredet) noch schöner geworden ist, seitdem sie beim Sultan gelegen hat, dass die Milch des Sultans ihrer Haut einen weichen Schimmer verleiht, dass sie fülliger, rosiger, strahlender ist als jemals zuvor, und dass ihr Gesicht vor Freude überfließt.

Ein Blick verriet mir, dass alle Gerüchte wahr sind.

Ich glaube, dass ich beabsichtigte, ihr etwas zu sagen, obwohl ich mir nicht vorstellen kann, was dieses etwas hätte sein sollen. »Hast du noch meinen Kieselstein?« Was sollte sie nun noch damit wollen?

Dritter Teil

37

»Erzähle mir, Asisa«, sagte der Sultan träge. »Wie bist du hierher gekommen?«

Es waren die langen, ruhigen Minuten des Atemholens nach der Liebe. Er lag auf dem Diwan, seine Haut glänzte, sein Brusthaar war feucht von Schweiß. Helen schmiegte sich unter seinem Arm an seinen Körper, schläfrig wie eine Katze in der Sonne, und atmete seinen scharfen, süßholzartigen Geruch ein.

»Das scheint schon so lange her zu sein«, begann sie. »Mein Schiff wurde von Piraten gekapert und nach Salee gesegelt.« Sie beobachtete, wie sich seine Brust hob und senkte, betrachtete die kleinen braunen Brustwarzen, die in dem schwarzen Pelz kaum zu erkennen waren. Sie verspürte das Bedürfnis, ihre Nase dort hineinzuwühlen und an ihnen zu saugen wie ein Kätzchen. »Ich war auf dem Weg in die Kolonien …«

»Allein?« Sein Arm versteifte sich.

Helens Verstand wurde mit einem Ruck wach, ein Feldhase mit aufgerichteten Ohren. Natürlich – eine mohammedanische Frau würde niemals ohne einen männlichen Verwandten reisen, sonst würde man sie für eine Hure halten. Sie gähnte und streckte sich, um Zeit zu gewinnen, während der Hase im Inneren ihres Schädels Haken schlug. Sie wagte nicht, ihm die Wahrheit zu sagen. Jede Einzelheit ihrer Geschichte – ihre Flucht aus Muthill, ihre Freundschaft mit Betty und Dougie, die Tatsache, dass sie in einer Hängematte inmitten von hundert fremden Männern geschlafen hatte – verriet, dass sie keine Jungfrau gewesen war.

»Mein Vater ...«, stieß sie hervor. »Mein Vater war bei mir. Wir hatten eine kleine Kabine – eine – jeder für sich«, stammelte sie, da sie nicht sicher war, ob sich Vater und Tochter einen Raum teilen durften. »Abseits von den anderen Passagieren.« Als sie spürte, wie ihr das Blut in die Wangen stieg, begann sie das feuchte Gewirr seiner Brusthaare mit den Fingern zu kämmen.

»Dein Vater.« Seine Stimme klang sanft. Sie schloss die Augen wie zum Gebet und ließ ihre Hand tiefer gleiten. Sie hatte ihn schon einmal in diesem Tonfall sprechen hören. Er verriet, dass er sich noch nicht entschieden hatte, ob er wütend sein sollte. Dass er sich noch in der Gewalt hielt. »Wer war dein Vater?«

»Er war ein Grundherr, mein Gebieter. Jemand, der Land besitzt, das andere Männer bestellen. Als meine Mutter starb, verkaufte er sein Land und ...« Er stützte sich auf seinen Ellbogen, sodass sie von ihm rollte und zurück in die Kissen fiel.

»Und was geschah mit deinem Vater?« Immer noch dieser gefährlich ruhige Tonfall. Der Hase erstarrte vor den Läufen der Gewehre. Ahnte er, dass sie verdorben war? Hatte sie vergessen, ihr Inneres anzuspannen, als sie miteinander Liebe machten? Sie versuchte sich zu erinnern. Sie hatte solches Verlangen nach ihm gehabt ... Was würde er tun, wenn er es entdeckte?

»Er wurde umgebracht, mein Gebieter. Von den Piraten. Sie ...« Plötzlich sah sie wieder Robert Baird vor sich, die tote Marionette, die Hemdfetzen, die an seinem leeren Brustkorb hingen. »Er wollte mich beschützen, und sie ...« Spürte er, wie ihr Herz hämmerte? »Sie skalpierten ihn und banden ihn an den Mast, für die Möwen. Sie wollten auch mich töten, aber ihr Anführer ging dazwischen und – und sperrte mich zusammen mit den anderen *Bints* ein.« Helen bemühte sich, ruhig zu atmen. Das Blut pochte in ihrem Hals. Der Sultan setzte sich auf.

»Warum belügst du mich, Asisa?« Er lächelte zu ihr hinab, doch seine Augen blickten hart. »Glaubst du, ich sei blind und würde die Farbe auf deinen Wangen nicht bemerken?«

Ihre Hand flog zu ihrem glühenden Gesicht, dann nach unten zu dem feuchten Laken, um es über ihre Brüste zu zerren. Es war vorbei – jetzt würde er alles herausfinden.

»Verzeiht mir, mein Gebieter. Vergebt mir.« Wie hatte er sich nur so schnell verändern können? Zehn Minuten zuvor hatte er noch ihren Atem getrunken und seine Erleichterung in ihren offenen Mund gestöhnt, wie ein Reisender, der nach Jahren in der Fremde nach Hause kam. Nun war er ein Fremder, mit verschlossener Miene und verkniffenem Mund.

»Und nun sag mir die Wahrheit. Dein Vater ...« Diese ruhige Stimme, wie eine Drohung. »Er war gar kein mächtiger Grundherr, oder?«

»Nein, mein Gebieter.« Warum sprach er ständig von ihrem Vater? Helen umklammerte das verknitterte Laken. Das wilde Pochen ihres Herzens erschütterte ihren gesamten Körper.

»Er besaß kein Land, nicht wahr?«

»Nein, mein Gebieter. Nur das Haus und die Schmiede. Er war Hufschmied.«

»Sieh mich an, Asisa.«

Würde er sie schlagen? Sie spannte ihre Schultern an und hob vorsichtig den Blick. Er lächelte immer noch, doch es war ein anderes Lächeln als zuvor – zärtlich und ein wenig bitter. »O meine törichte Asisa. Denkst du, es kümmert mich, ob dein Vater ein armer Mann war?«

Er glaubte, dass sie ihn wegen ihres Vaters angelogen hatte! Die Erleichterung traf sie wie ein Schlag in den Magen, und sie schluchzte laut auf. »Ich hatte Angst, es würde Euch gegen mich einnehmen.«

»Siehst du?« Er fing mit dem Finger eine Träne auf und führte sie an seine Lippen. »Du kannst mich nicht täuschen.

Deine hübschen Wangen werden dich immer verraten. Meine arme Asisa, lass dir das eine Lehre sein.« Seufzend und lachend zugleich zerrte er das Laken aus ihren Händen und zog sie auf seine Brust. »Es gibt kein Entkommen. Dein Körper wird stets aufrichtig sein, selbst wenn deine Lippen lügen.«

Helen schloss die Augen und sprach ein stilles Dankesgebet. Beinahe hätte sie ihm alles gestanden. Sie verfluchte ihre unbesonnene, vorschnelle Zunge. Was, wenn sie damit herausgeplatzt wäre, warum sie ihre Heimat verlassen hatte? Wenn sie von John Bayne und dem Kind erzählt hätte? Auf einmal überkam sie große Erschöpfung. Sie fühlte sich wie ein Fischerboot, das nach einem langen Sturm endlich oberhalb der Flutmarke auf dem Strand liegt.

Doch das Gespräch hatte ihn offenbar in beste Stimmung versetzt. Mit neckendem Tonfall und voller Zuneigung sagte er plötzlich: »Komm, wir sollten uns jetzt waschen und ankleiden. Ich will dir etwas zeigen.«

Er nahm sie mit in die Juwelenkammer. Helen hatte die anderen Frauen über diesen Raum reden hören, glaubte aber nicht, dass eine von ihnen ihn jemals von innen gesehen hatte. Die Mädchen daheim hatten immer von einem Geschäft in Perth erzählt, in dem die Kunden wie Hausgäste einer nach dem anderen in einem mit Brokat ausgekleideten Empfangszimmer bedient wurden und man ihnen Schmuckstücke zusammen mit Gebäck auf Servierbrettern reichte. Sie hatte davon geträumt, dieses Geschäft eines Tages am Arm eines feinen Herrn zu betreten. Aber verglichen mit den Schätzen der Juwelenkammer gab es dort nur schäbigen Flitterkram zu kaufen.

Hinter ihnen verriegelten die Wachen die mächtigen Türen. In der Kammer herrschte Stille, jedes Geräusch wurde von den Beuteln aus Ziegenleder und Samt aufgesogen, die sich wie Eulen in den Regalen reihten. An den Wänden standen mit Seide ausgeschlagene Kisten und Truhen, aus denen glitzernde Innereien quollen – nicht nur *ein* Vermögen, sondern Hunderte und Aberhunderte.

»Lass mich sehen. Was würde dir am besten stehen? Etwas Rotes, das zu deinen Locken passt? Oder etwas Grünes, wie deine Augen? Oder vielleicht Türkis? Wenn sich das Licht in ihnen fängt, wirken sie manchmal beinahe türkis. Aber ein Türkis besitzt keine Tiefe, also ...«

Ein schlichter violetter Teppich war auf dem Boden ausgerollt worden. Sonnenstrahlen drangen durch die vergitterten Fenster und kreuzten sich auf dem Teppich wie weiße Schwerter. Der Sultan bedeutete Helen niederzuknien und begann dann, vor ihr Halsketten aus den Beuteln zu schütteln – langsam, eine nach der anderen, ein Regen aus funkelnden Kostbarkeiten. Die Sonnenstrahlen zerbrachen auf den geschliffenen Oberflächen der Steine und erfüllten den ganzen Raum mit Regenbogensplittern. Helen blickte nach unten und fühlte, wie sie über ihr Gesicht tanzten.

»Asisa findet also Gefallen an Juwelen.« Schuldbewusst schreckte sie auf. War es so offensichtlich? Ihr Verlangen, sie alle in ihrem Schoß zusammenzuraffen, den ganzen herrlichen, glitzernden Haufen, sie vor sich baumeln und durch ihre Finger gleiten zu lassen, an ihnen zu riechen und zu lecken, sie kühl und schwer auf ihrer Haut zu spüren?

Doch er schien sich darüber zu freuen. »Willst du sie denn nicht anprobieren? Bitte, suche dir eine Kette aus. Ganz gleich welche. Dort drüben hängt ein Spiegel.«

Helen streckte zögernd die Hand aus und begann, den Haufen auf dem Teppich auszubreiten. An den Stellen, wo das Sonnenlicht die Steine berührt hatte, waren sie warm, überall sonst jedoch kalt wie Flusskiesel. Helen sah in Gold oder Silber gefasste Rubine, Saphire, Amethyste und unzählige andere

Edelsteine, deren Namen sie nicht kannte – gelbe und rote, rosafarbene und leuchtend rotbraune. Und natürlich Smaragde, geschliffen und ungeschliffen, in allen Grüntönen und Größen.

Sie wusste auf der Stelle, welche Kette sie haben wollte: eine Doppelreihe großer grüner Steine in einer schweren Goldfassung. Doch sie legte auch drei oder vier andere an und gab vor, sich nicht entscheiden zu können. Sie wollte bis in alle Ewigkeit an diesem Ort verweilen, ihre Hände in die kühlen Juwelen tauchen und sie über ihre Haut gleiten lassen wie eine Prinzessin im Turm eines Zauberschlosses.

Es war noch schöner als der Liebesakt – den Kopf zu neigen, den schweren Vorhang ihrer Haare zu teilen und zu spüren, wie der Luftzug ihr weißes Genick umspielte, wie seine geschickten Finger mit den Verschlüssen hantierten und die Steine ihren Hals liebkosten. Sie sehnte sich nach der Berührung kalter Steine an ihrer Kehle, ihren Handgelenken und Fußknöcheln, überall, wo sich blaue Adern dicht unter ihrer Haut entlangschlängelten. Begierde – nach ihnen, nach ihm – stieg aus ihren Poren wie Dampf. Er atmete ihn ein, drehte sie zu sich um. Draußen auf dem Gang klirrten die Sporen der Wachen. Drinnen gab es nur seine nach Minze schmeckende Zunge und den süßen Schmerz, als er sie auf die harten Juwelen legte.

Hinterher, in den Gemächern des Sultans, nachdem er sich erneut gewaschen und dann entfernt hatte, um zu tun, was immer er den Tag über tat, und die Sklaven all ihre Pflichten verrichtet hatten, holte Helen die Kette hervor und breitete sie auf dem frischen Bettlaken aus.

Ihre eigenen Smaragde. Sie betastete die Steine. Jeder Einzelne von ihnen war größer als der größte von Nazimes Saphiren und viel schwerer als Microphilus' mickriges Taubenei. Sie legte die Kette an und schlenderte hinüber in den Waschraum, zu einem der großen Wandspiegel mit Goldrahmen. O ja. Ihr köstliches Gewicht. Sie hob das Kinn und drehte den Kopf zur Seite, damit sich das Licht in den Steinen fing.

Tatkraft durchströmte sie. Sie benötigte neue Gewänder, die sie zu der Kette tragen konnte. Batoum hatte gesagt, dass es für jede Nacht mit dem Sultan eine besondere Entlohnung gab. Nun, sie hatte bereits fünf Nächte hintereinander mit ihm verbracht. Sie musste unbedingt zu Microphilus gehen und ihn danach fragen, was er ihr schuldig war.

Wann war Markttag? Sie hatte den Wochenablauf des Harems aus den Augen verloren, lebte ein völlig anderes Leben, seitdem der Sultan zum ersten Mal nach ihr geschickt hatte. Sie durchwachte die Nacht und verschlief den Tag. Die Gemächer des Sultans mit ihren Torbögen voller Schnitzereien und den schneeweißen Laken waren nun ihre ganze Welt. Stundenlang hatte sie an seiner Seite wachgelegen – zu aufgeregt, um zu schlafen, aber regungslos aus Angst, sie könne ihn aufwecken – und ihren Blick einfach nur durch das Schlafgemach schweifen lassen: zu den duftenden Öllampen, die zur Nacht heruntergedreht worden waren und nur noch schwach in der Dunkelheit leuchteten, zu den Rußflecken, die die Sklaven jeden Morgen von den Wänden wischten, zu den mit kaltem Wasser besprengten Obstschalen, zu seinen weißen und ihren seidenen Gewändern, die in einem Wirrwarr auf dem Boden lagen. Und sie hatte die schlurfenden Schritte der Vorkoster und Wachen auf der anderen Seite der Tür gehört.

Ein leises Klopfen – Malia kam, um sie in den Harem zurückzubringen. Helen runzelte die Stirn. Warum musste sie immer auf diese alte Hexe warten und hinter ihr durch die Höfe voller gaffender Frauen trotten, als sei sie ein Kind, dem man nicht zutraute, dass es selbst den Weg fand? Aber sie wusste genau, warum. Wenn der Sultan zurückkam, um seinen Nachmittagsschlaf zu halten, wollte er sicher sein, dass sie fort war. Damit er nach einer anderen Frau schicken konnte, falls er das wollte.

Helen griff nach dem Verschluss der Kette, zögerte dann jedoch. Warum sollte sie das Schmuckstück in ihrer Tasche verstecken wie eine gewöhnliche Diebin? Sie schob ihr Haar nach hinten über die Schultern. Sie würde den anderen etwas zu gaffen geben. Sie sollten sehen, wie sehr er sie liebte.

»Du musst vorsichtiger sein.« Nazime saß auf dem Teppich in Helens Gemach, die langen Beine unter ihren Körper gezogen. »Alle reden von den Geschenken, mit denen der Sultan die *Lalla* Asisa überhäuft. In ihren Köpfen ist aus deiner Halskette bereits eine ganze Truhe voller Kostbarkeiten geworden. Sie sagen, für dich würde bald ein besonderer Wachposten abgestellt, der nachts auf dein Zimmer Acht gibt – nein, lach nicht, die Sache ist ernst. Hast du nicht bemerkt, wie manche von ihnen dich anstarren? Mit Augen, so schmal wie Dolche? Es ist schon schlimm genug, dass du jede Nacht zu ihm gehst.«

»Ach, sie haben mich doch schon immer angestarrt.« Helen kämmte ihr Haar. »Zuerst wegen meiner weißen Haut, dann wegen Fidschil und Batoum. Hätte ich die Kette nicht getragen, würden sie jetzt darüber tratschen, welche Schätze ich wohl tief unten in meiner Kleidertruhe verberge.«

Nazime zuckte die Achseln. »Achtet Rima auf deine Speisen? Und was ist mit deinem Haar?« Sie wickelte sich eine kupferrote Strähne um den Zeigefinger. »Stell dir nur einmal vor, welchen Schaden ich hiermit anrichten könnte, wenn ich eine von Eifersucht geplagte Frau wäre.«

Helen legte den Kamm zur Seite. »Aber du bist nicht eifersüchtig, oder? Nach dem, was du gesagt hast, hatte ich angenommen … ich meine, du schienst so …«

»Ich doch nicht, du dummes Gänschen. Und wenn er mir nie wieder einen Blick schenkt – das kümmert mich nicht. Im

Gegenteil, das wäre mir sogar lieber«, fügte sie mit einem seltsamen Lächeln hinzu. »Dann könnte ich wieder in Ruhe mein eigenes Leben leben.«

Helen starrte ihre Freundin an. »Du führst etwas im Schilde, nicht wahr?« Nazimes Wangen waren gerötet, und ihre Augen hatten denselben wilden, fieberhaften Glanz, der Helen bereits in der Woche zuvor aufgefallen war. Außerdem wirkte sie dünner – als würde ihr Geheimnis, was immer es auch sein mochte, sie von innen her aufzehren.

»Schwöre beim Grab deiner Mutter, dass du es niemandem verrätst.« Nazime ergriff Helens Hand. »Du kennst doch den großen Eunuchen, der mich auf der Reise bestraft hat?«

»Lungile?«

»Der Sultan hat ihn mit der Pflege von Nazimes Pferd beauftragt.« Sie hielt inne und drückte Helens Hand fester. »Nun, Nazime hat ihn mit der Pflege von Nazime beauftragt!«

Nazime und der Riese? Helen war verstört, ihre Welt geriet aus den Fugen. Warum sollte sich Nazime für einen Eunuchen interessieren?

»Wie lange geht das schon?«, fragte sie.

»Nur ein paar Tage. Aber es ist so *intensiv*, Asisa! So habe ich mich noch nie gefühlt, egal ob mit einem Mann oder einer Frau. Es ist, als sei er mir unter die Haut gekrochen, als sei er in dem Blut, das durch meinen Körper fließt. Wenn ich in seine Augen blicke, sehe ich meine Mutter, meinen Vater. Ich sehe mein Volk und mich selbst, wie ich einmal war ...« Tränen standen in ihren blauen Augen. »Bevor man mich in diesem Hühnerstall einsperrte«, zischte sie. »Mein Geist war dabei abzusterben, Asisa. Mein Körper wurde schlaff, mein Verstand weich wie ein Kissen. Jeden Tag dasselbe: mehr als genug Nahrung, Sklaven, die für uns die Arbeit verrichten, keine anderen Gedanken als an den Markt und das Badehaus, daran, wie wir aussehen, was wir essen, wer mit wem Liebe macht, wer mit wem streitet. Lungile hat mich daran erinnert, dass eine Frau auch anders leben kann.«

»Aber wo könnt ihr ...?«

»Im Garten. Mittags, wenn alle schlafen. Er kommt mit der Stute aus den Stallungen herüber, damit ich reiten kann, und dann suchen wir uns einen Ort, an dem wir allein sind.«

»Fidschil hat mir neulich erzählt, Lungile sei verliebt.«

»Lungile sagt, er habe sich in mich verliebt, weil ich so ruhig war, während er mich schlug. Er sagte, jede andere Frau hätte mit ihrem Geschrei seine Ohren zum Platzen gebracht. Aber er dachte, ich würde ihn nicht haben wollen, weil er verschnitten ist.«

Helen stellte sich sein riesiges Ding vor, das einfach nur herunterhing, und die Narbe dahinter. »Macht dir das denn nichts aus?«

»Was? Dass er seine Zeltstange nicht in mich hineinstecken kann? Dass er keinen Grund dafür hat, sich auf mich zu werfen wie auf einen Stapel Ziegenhäute? Dass er andere Möglichkeiten finden muss, mir Genuss zu verschaffen?« Nazime lachte.

»Aber er ist so ...« Wie? Riesig. Braunhäutig. Spitzzähnig. Arm. »Ich meine, im Gegensatz zum Sultan ...«

»Im Gegensatz zum Sultan ist er aufrichtig und großherzig. Und er liebt mich, Asisa. *Mich*. Nicht bloß meine blauen Augen und mein langes Haar. Meine *Schönheit* ...« Sie spuckte das Wort geradezu hervor. Dann schüttelte sie sich plötzlich. »Mir läuft es gerade eiskalt über den Rücken«, sagte sie und rieb sich die Arme.

Helen bemerkte, wie stumpf Nazimes Haut war, wie blass und fiebrig ihre Freundin wirkte. »Bist du wohlauf? Du siehst nicht sehr gesund aus«, sagte sie. »Vielleicht solltest du Malia fragen, ob sie dir eine Arznei geben kann.«

»Es liegt an diesem Ort. Er macht mich rastlos. Weißt du, da, wo Lungile herkommt, gibt es auch Berge. Sein Volk jagt dort oben und hält in den Tälern Vieh. Ich habe ihm von meiner Heimat erzählt, vom Schnee, der auch im Sommer auf den oberen Hängen liegt, von den schwarzen Adlern und den *Dschinn* in den Berghöhlen.«

Vor Helens innerem Auge erhoben sich auf einmal die Ochil Hills und die Grampians ihrer Heimat, in den Sommermonaten bedeckt mit violettem Heidekraut, im Herbst braun von raschelndem Adlerfarn. Sie hörte das Pfeifen der Brachvögel, das Klappern der Steinschmätzer im Stechginster. Monate waren vergangen, seitdem sie zuletzt ernsthaft an Schottland gedacht hatte, Monate, seitdem sie im Geist über die Haremsmauern hinweggeflogen war. Sie wusste noch nicht einmal, wie der eigentliche Palast aussah, war noch nicht einmal neugierig, hatte gar nicht erst versucht, einen Blick in den Korridor zu werfen, den der Sultan jeden Morgen entlangging, wenn er sie verließ.

Der Gedanke an die Außenwelt machte Helen unruhig, als würde sie an eine wichtige Pflicht erinnert, die sie vergessen hatte. Wie lange war sie schon hier? Drei Monate? Vier? Sie hatte ihr Zeitgefühl verloren. »Ich muss dir etwas zeigen«, sagte sie unvermittelt, um das Thema zu wechseln. »Die hier habe ich gestern auf dem Markt gekauft.« Sie kramte eine Fülle neuer Seidengewänder aus ihrer Truhe und warf sie auf ihren Diwan. »Bei der jüdischen Händlerin – die mit dem kleinen Stand ganz am Ende, du weißt schon. Vorher konnte ich mir ihre Ware nie leisten. Aber Fidschil hat mir gestern so viel Geld gegeben …«, schnatterte sie, krabbelte zurück auf sicheren, vertrauten Boden. »Ich dachte schon, ich müsste ihn darum bitten, aber er klopfte einfach an meine Tür und überreichte es mir. Er nannte mich ›*Lalla* Asisa‹.« Sie kicherte. »Er hat natürlich nur Spaß gemacht.«

»Das ist nicht komisch, Asisa. Es ist kein Spaß, von einem Sultan geliebt zu werden.«

»Aber er liebt mich doch gar nicht.« In Wahrheit fischte sie nur nach Bestätigung. Sie wollte es Nazime noch einmal sagen hören.

»Natürlich liebt er dich. Es heißt, dass er seit *Lalla* Zaras Ankunft vor zehn Jahren mit keiner Frau so glücklich war. Du wirst von jeder Frau im Harem beneidet.«

»Außer von dir.« Helen lächelte, runzelte dann jedoch die Stirn, weil Nazime erneut fröstelte. »Ich wünschte, du würdest zu Malia gehen«, sagte sie beunruhigt. »Wenn du willst, begleite ich dich.«

»Sorge dich nicht um mich. Du bist diejenige, die aufpassen sollte. Mir fehlt nichts, was nicht von einem Ritt durch die Berge geheilt werden könnte.«

Nachdem Nazime gegangen war, musterte Helen noch einmal ihre neuen Gewänder und breitete sie auf ihrem Bett aus. Wenn sie die Seide ausschüttelte, hing sie kurz in der Luft und schwebte dann zu Boden wie Spinnweben. Sie hatte sieben verschiedene Ausstattungen gekauft, eine für jeden Wochentag. Und dazu passende Pantoffeln aus weichstem Leder, bestickt mit Goldfäden. Wenn der Sultan weiterhin jeden Abend nach ihr schickte, konnte sie in der nächsten Woche noch mehr Kleider kaufen. Und vielleicht einen edlen Teppich, wie Fidschil ihn besaß. Tief in ihrem Bauch zitterte etwas vor Hunger.

Sie dachte an den violetten Teppich in der Juwelenkammer, an den schleimigen Fleck, den sie darauf hinterlassen hatten und den die Sklaven würden beseitigen müssen, an seine langen Finger auf ihr, in ihr. Gütiger Gott, das Gefühl begann sich schon wieder zu regen! Das Verlangen, die Lust zwischen ihren Beinen. Wenn er doch nur jetzt nach ihr rufen würde! Wenn sie doch nur auf der Stelle durch die Wandelgänge und Höfe des Harems zu seinen Gemächern eilen und dann die großen Flügeltüren aufstoßen könnte, die in den übrigen Palast führten …

Sie stellte sich vor, wie er gerade in einem gewaltigen Saal saß, unter einer hohen, mit Blattgold verzierten Decke. Vor ihm standen Reihen von Bänken, wie in einer großen Kirche, obwohl die Leute es wahrscheinlich nicht wagen würden, in der Gegenwart des Sultans zu sitzen. Dann also Teppiche anstelle der Bänke, und Menschen, die sich vor ihm verneigten und auf die Knie fielen. Viele, viele Menschen, die ihm Gold, Weihrauch und Myrrhe darboten, die Heiligen Drei Könige in hundertfacher Ausführung. Sie sah sich selbst an seiner Seite, auf einem ebenso prachtvollen Thron. Er ganz in Weiß, sie in königlichem Grün und mit Smaragden geschmückt.

Helen betrachtete die drei grünen Gewänder, die sie gekauft hatte, und wählte eins aus, das sie tragen wollte. Dann holte sie ihre Smaragdkette und legte sie auf die raschelnde Seide. Sie malte sich aus, dass die Menschenmenge den Atem anhalten würde, sobald sie sie erblickte – die Königin mit der beinahe durchscheinend blassen Haut und dem feurigen Haar: Asisa, die Geliebte des Sultans.

Dann erinnerte sie sich daran, dass die Königinnen in diesem Land nicht gemeinsam mit dem König herrschten, sondern sich mit der verborgenen Pracht des Harems zufrieden geben mussten. Aber wenn sie ihn erst einmal besser kannte, würde er ihr eines Tages vielleicht den Palast zeigen. Spät am Abend vielleicht, wenn nicht mehr so viele Menschen dort waren. Wenn sie ihren *Haik* trug ...

Rima brachte das Mittagessen. »Ich habe in *Lalla* Batoums Küche gekocht, also kann kein Gift darin sein«, sagte sie knapp und beäugte Helens Erwerbungen. »Und ich habe einen der Eunuchen gebeten, ein neues Schloss an der Tür anzubringen.«

Sie ließ ihren Blick nachdenklich durch den Raum schweifen. »Es wäre besser, wenn du dein Haar von nun an nur noch hier kämmen würdest. Ich werde es auch hier waschen, nicht mehr im Badehaus. Dann kann ich ganz sicher sein. Und bevor du das Badehaus aufsuchst, solltest du dein Haar flechten und aufstecken. Und lass niemals irgendetwas in den Gemächern des Sultans zurück. Du weißt nicht, welchen Sklaven man trauen kann. Ich habe schon erlebt, dass Frauen Sklaven dafür bezahlten, in den Gemächern des Sultans Haare und abgeschnittene Fingernägel zu sammeln.«

38

16. Oktober 1769

Ich habe den Eindruck, dass Eifersucht eine ebenso starke Empfindung ist wie Liebe. Ergreift sie den Menschen nicht genau wie die Liebe, wider besseres Wissen? Und begibt sich in Situationen, die nur dazu dienen, sie noch zu verschärfen? Und stellt Betrachtungen an, die sie noch heftiger lodern lassen müssen?

Heute zum Beispiel, als der Sultan mich zu sich bestellt – warte ich da etwa auf eine schickliche Stunde, wenn ich sicher sein kann, dass er sein *Ghusl* verrichtet und sich angekleidet hat? Oder eile ich vielmehr *tout de suite* davon, angetrieben von geifernder Eifersucht, schleiche in sein Gemach, bahne mir einen Weg durch die verstreuten Überbleibsel seiner nächtlichen Orgie mit Helen und sehe hier einen zerknitterten Schal, dort ein feuchtes Tuch in einer mit Edelsteinen besetzten Schüssel? Und natürlich den Sultan selbst, der nackt inmitten des Raumes steht, gähnt und sich streckt, so selbstgefällig lächelt wie eh und je, mit rauen Lippen, ungekämmtem Bart und ihrem Duft an den Fingern.

Und woher weiß ich dies Letzte? Nun, weil Gevatterin Eifersucht mich – begierig auf einen Tritt in den Bauch – vorpreschen ließ und mir befahl, die Königliche Hand zu ergreifen, sie an meine Köterlippen zu führen und zu küssen, obgleich meine Zähne geradezu zuckten vor Verlangen zuzubeißen, obgleich ich nun selbst das verflixte *Ghusl* verrichten muss, denn Sultane werden durch den Liebesakt ebenso unrein wie gewöhnliche

Hunde, und wir alle – alle, die ihm aufwarten – müssen hinterher schleunigst zu den Waschräumen hetzen, als seien auch wir mit den ungeweihten Säften der Liebe gesalbt worden.

Ay, ich hätte meine Nüstern dem Geruch verschließen können, das ist wahr. Ausatmen statt einatmen, als ich die Hand vor mir hatte. Und mir dieses köstliche *frisson* von Schmerz verweigern, das nur Gevatterin Eifersucht gewähren kann. Das mit demselben Funken Qual und Lust entzündet, sodass sich beim leisesten Hauch ihres süßen Saftes mein Kiefer verkrampft und mein Glied verdickt. So schafft Eifersucht sowohl die Strafe als auch die Belohnung, ist das Zuckerbrot und die Peitsche, die mich mit Scheuklappen den Pfad meiner Besessenheit entlanggaloppieren lassen.

Ich stehe also in seinem Gemach und versuche, Konversation mit Seiner Majestät zu treiben, während mein Blick kreuz und quer umherhuscht, erpicht auf jeden kleinen Stich, jeden Dolchstoß, und hier auf das verdrehte Laken und dort auf das zerdrückte Kissen am Boden fällt. Der Sultan befragt mich über Helens Herkunft – woher sie stammt, wo ich sie gefunden habe und dergleichen –, während er nach Wasser klatscht und träge zu seinem Waschraum schlendert (dieweil ich mit dem besonderen Sehvermögen der Eifersucht die wundersame Länge seiner Hengstbeine und das perfekte Verhältnis von Ober- und Unterschenkel zur Kenntnis nehme).

»Ich entdeckte sie in Salee, mein Gebieter«, erwidere ich und folge ihm atemlos auf den Fersen. »Sie kam von einem Schiff, das zu den englischen Kolonien in Amerika unterwegs gewesen war.«

Nun befinde ich mich also im Waschraum! Und meine Sinne betteln geradezu um weitere Nadeln, von denen sie durchbohrt werden möchten. Da! Die feuchte Seife. Der Ölkrug mit dem schief aufgesetzten Deckel. Erst heute Morgen wusch sie sich hier, spülte seine Klebrigkeit ab – zuerst von der linken

Seite, dann von der rechten –, murmelte verträumt ihre ›*Allahu akbars*‹, rieb Öl auf ihre rundlichen Arme und die bleichen Brüste, bis sie glänzten.

»Und wer waren ihre Reisegefährten?« Er betrachtet sich im Spiegel, wartet auf meine Antwort, und ich erkenne, dass er prüfen will, ob er womöglich einer gewöhnlichen Hure beigewohnt hat.

Ich versichere ihm, sie sei bei einer der angesehensten Heiratsvermittlerinnen von Salee gekauft worden. »All diese Mädchen sind verbürgte Jungfrauen«, verkünde ich. »Und Malia untersucht natürlich jede einzelne Frau noch einmal selbst.«

»Weißt du, Fidschil, sie ist weitaus leidenschaftlicher, als es den Anschein hat.«

»Tatsächlich, mein Gebieter?« Wäre ich wirklich ein Köter, so würde mir nun schamlos die Zunge aus dem Maul hängen. Allah ist mein Zeuge, dass ich nach dieser Qual giere wie ein Derwisch nach seinem Dreschflegel.

»Als ich sie zum ersten Mal sah, war sie wie eine harte Knospe. Nun öffnet sie sich wie eine Blüte, wann immer sie bei mir ist – wie eine Rose, die der Sonne nicht zu widerstehen vermag, ganz gleich, wie sehr sie sich bemüht. Sie ist immer noch scheu, Fidschil, aber die Sonne hat so viel Kraft, dass ihre Scham schmilzt und …«

»Ja, mein Gebieter?« Ich heule innerlich und spitze dennoch zitternd die Ohren, um mehr zu hören.

Er setzt sich auf den Stuhl, lehnt sich mit geschlossenen Augen zurück und streckt seufzend seine langen Beine von sich, während Sklaven Wasser über ihn gießen. Und wieder starre ich seine kahlen Knie und seine *Schaitan*-Unterschenkel an und stelle ihn mir über ihr vor, gestützt auf seine wohlgeformten langen Arme, die harten Zehen in der Matratze vergraben.

»Es heißt, die *Lalla* Batoum sei ihre Lehrerin gewesen.«

»Ja, mein Gebieter.«

»Ich dachte es mir. Einige ihrer Fertigkeiten kamen mir bekannt vor. Zum Beispiel eine gewisse Art, sich anzuspannen, wenn man in ihr ist.«

Sein Penis beginnt vor meinen Augen zu wachsen, doch ich kann den Blick nicht abwenden. Er ist in ihr gewesen, von ihrer glatten rosigen Faust gemolken worden. Lieber Gott, wie soll ich das ertragen?

Dennoch schreibe ich nun alles nieder, durchlebe alles noch einmal (aber in peinigender Langsamkeit), verweile bei jeder Einzelheit, kratze die Worte hin, lindere so meinen Juckreiz, tauche in wilder Raserei wieder und wieder meine Feder in die Tinte, bespritze und beflecke das Pergament, vertiefe mich, wälze mich darin wie ein Hund in einem Misthaufen, bis ich von oben bis unten mit seinem herrlichen Gestank eingehüllt bin.

Es ist die wohl bekannte alte Dunstglocke, die – in vielfältigen Ausprägungen – den gesamten Harem verpestet und gegen die ich bisher stets immun war: Dieser Weihrauch der Eifersucht, der in die aufgeheizten Höfe weht und mit seinen kräuselnden Schwaden in die Nüstern der Frauen dringt. Und sie alle veranlasst, seelenwund in ihre Spiegel zu starren und sich zu grämen – über einen Mund, der zu breit, einen Bauch, der zu klein, eine Nichtigkeit, die plötzlich wichtig ist, weil er nicht sie erwählte.

Er nimmt sie einfach nicht wahr, das ist die grausame Tatsache. Donnerstag auf Donnerstag und ungeachtet all ihrer Bemühungen – sie sind unsichtbar. Genau wie ich.

17. Oktober 1769

Batoum erlöste mich gestern aus dem Teufelskreis meiner Pein, indem sie einem Erzengel gleich auf mich herabfuhr, meine Federn beiseite fegte und mich in ihr Quartier entführte. Dort wiegte sie mich auf ihrem Schoß, fütterte mich mit roten Weintrauben und neckte mich glucksend wegen meiner Niedergeschlagenheit.

»Was hast du denn erwartet?«, fragt sie durch ihre Ziehharmonika brauner Kinnfalten. »Sie ist hellhäutig, sie ist hübsch, und sie wurde von der besten Liebhaberin des ganzen Harems unterwiesen. Selbstverständlich ist er betört! Und es überrascht dich, dass sie dasselbe empfindet? Nachdem ich all meine Mühe genau darauf verwendet habe? Nachdem ich ihr vom Königlichen Schrei erzählt und sie mit Beschreibungen meines goldenen Sattels gelockt habe ...«

»Was für ein goldener Sattel?«, will ich wissen, woraufhin ihr Schoß zu schlingern beginnt, weil sie in stürmisches Gelächter ausbricht – woraus ich schließe, dass es keinen goldenen Sattel gibt (und auch niemals geben kann, wenn ich es mir recht überlege, denn welches Reittier vermöchte ein solch schweres Ding zu tragen?). Auch ich lache nun über die Bestechlichkeit junger Mädchen – und schluchze dann wieder, denn sie hat beinahe eine Kerbe in meine Liebe zu Helen geschlagen.

»Er sagte, du seiest eine gute Lehrerin gewesen«, schniefe ich mit Grabesstimme und schnäuze mich in ihren Ärmel. »Er erwähnte die Fertigkeit, sich im Inneren anzuspannen.«

»Ausgezeichnet! Wir hatten zum Üben nur Gemüse, aber ich fand ihre Bemühungen viel versprechend.«

Erneut muss ich trotz meiner Tränen lachen und erkundige mich, welche Sorte von Gemüse sie meine, worauf sie in die Küche eilt und mit verschiedenen Beispielen zurückkehrt (nämlich einem Sommerkürbis, Karotten und einer Art bitterer kleiner Gurke). Alsdann beginnt sie mit einer Vorführung, bei der wir uns bald vor Lachen die Seiten halten und ich feststelle, dass ich meine eigene Rübe ins Spiel gebracht habe und mein Gesicht zwischen ihre großen Brüste presse, wo mich der vertraute, herbe Duft nach Auberginen überwältigt. Dann ist sie auf einmal überall um mich, gurrt leise in mein Ohr und spannt sich wie ein Lämmermäulchen um den Finger eines Schäfers, bis ich im wahrsten Sinne des Wortes aus der Haut fahre.

Nun, da ich dies noch einmal lese, erkenne ich, dass man daraus schließen könnte, meine Qualen seien gelindert worden. Man könnte folgern, dass ich, während Batoums Laute in meinen Ohren klangen und ihr Geschmack meinen Mund erfüllte, während ich in ihr und sie um mich war und wir unsere reichhaltige Ratatouille zusammen kochten, zumindest für einige kostbare Minuten frei war vom Miasma der Eifersucht.

Falls Ihr zu dieser Schlussfolgerung gekommen seid, habt Ihr Euch in die Irre führen lassen.

18. Oktober 1769

Befindet sich denn außer mir jeder in dieser verdammten Welt in einem Zustand der Verzückung? Heute Morgen ging ich zu den Stallungen, hastete Gang auf Gang wollüstigen Pferdefleisches entlang, um Lungile in seinem Stand ganz am Ende zu besuchen.

Ich hoffte auf eine Wiederholung unseres weinumnebelten, gemeinsamen Watens im Elend von vor zwei Wochen, traf ihn jedoch lustig pfeifend und mit einem Lächeln im Gesicht an, das so breit war wie die Golden Mile. (Pfeifend, ich bitte Euch! Ein Riese pfeift nicht. Ein kleines Vögelchen pfeift.)

»Guten Tag, mein lieber Floh!«, ruft er und holt seine Bürsten hervor. »Ein wunderschöner Tag für einen Ausritt, meinst du nicht auch?« Dann beginnt er äußerst liebevoll, die hübsche Stute zu striegeln.

Ich fürchte, meine Erwiderung fiel recht schnippisch aus. Ich fragte ihn, wo er seine Flasche versteckt habe, und ließ mich damit wie ein Flegel vor einem stacheligen Heuballen nieder. Er hingegen nahm unverzagt sein schwachsinniges Pfeifen wieder auf, bearbeitete die Flanken der Stute, bis sie glänzten, putzte danach ihre gelben Hufe und rieb sie mit Öl ein, während ich mir den jüdischen Madeira in die Kehle goss und sich meine Stimmung mit jedem Schluck verdüsterte.

»Schau, ich habe eigens ein neues Zaumzeug anfertigen lassen«, bemerkt der gefühllose Gog nach einiger Zeit. »Nazime sagt« – wie er den Namen in seinem gewaltigen Mund hin und her rollt! – »die Gebisse der *Buchari* seien zu schwer. Und die Stute geht jetzt so viel besser, nicht wahr, Madam?« Er streichelt ihr über den Hals und die schmucken schwarzen Ohren, bis ich mich bemüßigt sehe, ihn gereizt auf seine gewandelte Haltung gegenüber dem Tier hinzuweisen. Denn vor kaum zwei Wochen vermochte er die Mähre noch nicht einmal anzusehen, da sie für ihn der Inbegriff seiner Erniedrigung war. Und nun verhätschelt er sie wie einen Schoßhund.

Daraufhin lässt er von der Stute ab, kniet sich vor mich auf den Boden und blickt mir verzückt in die Augen. »Sie liebt mich, Fidschil«, flüstert er und strahlt wie ein kleines Kind. »Du hattest Recht! O teurer Bruder, ich kann dir gar nicht genug danken. Wenn du nicht davon gesprochen hättest ... Ich meine, wenn du mich nicht ermutigt hättest, hätte ich niemals gewagt ...«

Mithin muss ich meine Missstimmung unterdrücken, auf sein Wohl trinken, ihm auf die Schulter klopfen und versuchen, mich mit ihm über sein Glück zu freuen. Denn es muss gesagt werden, dass die Liebe einen anderen Mann aus ihm gemacht hat und ich nunmehr den Stammesfürsten Lungile vor mir sehe, der bis vor kurzem noch die Berge seiner Heimat durchstreifte, Steinböcke jagte und sie sich über die Schulter warf. Ich schwöre, dass er noch mindestens eine Handbreit gewachsen ist und schimmert wie ein Pianoforte – nur dass seine Elfenbeintasten spitz zugefeilt sind.

Er fängt an, mich mit Einzelheiten zu verwöhnen. Wie sie gemeinsam durch den Garten schweifen, sie auf der Stute, er nebenher auf gelben Fußsohlen. Dass es dort an einigen Stellen tiefes, mit wildem Wein überwuchertes Dickicht gibt, in welches sich die Gärtner niemals hineinwagen und wo die beiden während unserer mittäglichen Ruhestunden die mannigfaltigen Möglichkeiten studieren, einer Frau Genuss zu verschaffen.

»Ich schäme mich so, Fidschil«, gesteht er und sieht dabei ganz nach dem Gegenteil aus. »Wenn ich doch nur einmal meine Frauen gefragt hätte, anstatt einfach anzunehmen ...« Er verstummt, die Stirn gefurcht wie ein Feldweg in Fife. Aber es dauert nicht lange, bis er weiterspricht und erneut grinst wie eine weiße Melonenscheibe. »Der Körper einer Frau ist wirklich ein Wunder! Hast du gewusst, dass Frauen einen eigenen kleinen Lustknoten besitzen, Floh? Wenn man ihn auf die richtige Weise berührt, bewegt sich ihr Futteral wie ein schluckender Schlund, und manchmal schießt sogar ein wenig Milch heraus, genau wie bei einem Mann! Als ob sie im Grunde Männer wären, nur umgestülpt, wie ein *Schalwar*, nachdem man ihn ausgezogen hat.«

»Und jetzt wirst du wohl mit Nazime davongaloppieren und bis in alle Ewigkeit glücklich und zufrieden mit ihr in den Bergen leben.« Ich klinge verbittert, ich weiß, doch ich kann nicht anders. Mein Vorrat an Großmut hat sich erschöpft. »Und ich werde mit meinem gebrochenen Herzen hier zurückbleiben.«

Sein Grinsen ist wie weggewischt. Er erhebt sich und sieht mit solch ernster Miene auf mich herab, dass mir das Blut in den Adern gefriert. Denn ich erkenne, dass dies genau das ist, was er vorhat.

39

»Heute Abend wirst du in deinem Gemach bleiben«, sagte Malia eines Tages, während sie Helen durch die Höfe voller gaffender, schwatzender Frauen geleitete. »Ich werde den Sultan davon unterrichten.«

»Aber warum denn?«, fragte Helen betroffen. Wurde sie für irgendetwas bestraft? Sie spürte die Blicke, die ihr durch den Harem folgten wie eine Welle, mit einem Kamm aus Schweigen und einer langen Kielspur aus Klatsch und Tratsch.

»Die Zeit für deine Blutung ist gekommen. Hast du das vergessen? Der Sultan darf kein Blut auf seinen Laken sehen. Das ist schlecht für die Königliche Sahne.«

Ja, sie hatte es vergessen. Sie hatte alles vergessen außer dem neuen Rhythmus ihres Lebens: Sie stand am späten Nachmittag auf, wusch sich, machte sich zurecht und folgte Malia durch den Harem zu den Gemächern des Sultans. Den Abend und die Nacht verbrachte sie mit dem Sultan. Sie unterhielt sich und aß mit ihm, lachte mit ihm, spielte mit ihm die Spiele der Liebe, wusch sich, betete, spielte wieder mit ihm – immerzu. Das war es, worauf sie vorbereitet worden war. All die Nachmittage mit Batoum, all diese merkwürdigen Übungen – nun ergab alles einen Sinn. Das Tanzen, die Gewänder, die üppigen Speisen – der Harem diente einem Zweck. Sie war dafür geschaffen worden, zu spielen. Sie lebte allein für das Liebesspiel – einmal, zweimal, mitunter dreimal in einer Nacht. Und während er schlief, verschlang sie ihn mit den Augen. Seit beinahe zwei Wochen ging es nun schon so, und sie glaubte wirklich, es würde ewig so weitergehen.

»Ich dachte, wir hätten in diesem Mond schon Erfolg gehabt«, sagte Malia seufzend. »Aber es war zu spät, wenn auch nur um wenige Stunden. Als du zum ersten Mal bei ihm lagst, war dein Schoß bereits über die Zeit der Reife hinaus. Mach dir nichts daraus, mein Kind.« Sie tätschelte mit ihrer verschrumpelten Hand Helens Arm. »Wenn du wieder so weit bist, teile ich es ihm mit. Und falls ihm dann immer noch an dir gelegen ist, wird er sicherlich nach dir schicken.«

Falls ihm dann immer noch an ihr gelegen war? Helen spürte, wie sich ihr Brustkorb verengte. Natürlich. Wenn sie nicht zur Verfügung stand, würde er einfach eine andere Frau holen lassen. Helen sah sich um. Sie und Malia gingen gerade an einem der vielen, in den oberen Stockwerken gelegenen Speiseräume vorüber. Der Geruch nach Zimt und Lammfleisch hing schwer in der Luft, und Frauen schoben sich mit ihren Kindern langsam über die Steintreppe nach oben, dem Mittagsmahl entgegen. Helen sah viele verschiedene Hautfarben, von Schwarz über Braun bis Gold, überall fülliges, glänzendes Fleisch, wehende Schals, runde Schultern, pralle Bäuche, mit denen sich die Frauen an das Geländer lehnten, während sie miteinander schwatzten.

Sie wusste, dass von Treue seinerseits keine Rede sein konnte. Er würde ihr ins Gesicht lachen, wenn sie etwas Derartiges auch nur vorschlug. Selbst dem ärmsten Mohammedaner waren vier Ehefrauen erlaubt. Er war der Sultan. Er konnte jede Frau haben, jederzeit, wann immer er wollte. Genau darum ging es im Harem.

»Könnte ich ihn nicht einfach besuchen? Das ist doch gestattet, nicht wahr, solange wir nicht …«

»Ihn besuchen? Wozu?« Malia blieb abrupt stehen und starrte sie an. »Was hat es für einen Sinn, ihn zu besuchen, wenn du nicht bei ihm liegen kannst, wie es sich gehört? Du hast seine Zeit schon viel zu lange in Anspruch genommen und die Königliche Sahne vergeudet, obwohl keine Aussicht auf ein Kind besteht.«

Natürlich war er am Donnerstag in den Garten gekommen. Zuvor hatte er darüber gescherzt, hatte es reine Zeitverschwendung genannt, da sie doch alles sei, was er wolle. Und sie hatte dort auf ihn gewartet, am Ende der ersten Reihe, in ihrem neuen Gewand aus grüner Seide, bebend vor Verlangen und Triumph. Die anderen Frauen waren in niedergeschlagenem Schweigen zurückgewichen, während er auf sie zuschritt und Malia einfach nicht beachtete, die ihn eifrig am Ärmel zog. Welch ein berauschender Augenblick, als er vor ihr innehielt, ihre Hand ergriff, seine Lippen darauf presste, sie dann umdrehte und – vor aller Augen – in die Stelle biss, wo ihr Daumen in die Handfläche überging. Als sie nach Luft schnappte, lachte er, leckte seinen Zeigefinger ab und fuhr ihr damit über die Unterlippe, ließ sie hineinbeißen und sah ihr dabei in die Augen, als wären sie ganz allein auf der Welt.

Wie konnte er diese Gefühle eine Woche lang in einer Truhe wegschließen? Erst an diesem Morgen hatte er ihr die feuchten Locken aus der Stirn gestrichen und dann begonnen, ihre Sommersprossen zu küssen, mit dem Versprechen, sie für jede einzelne von ihnen ein Jahr lang zu lieben. Bei fünfzig, als er ihren Mund erreichte, hatte er aufgehört zu zählen und stattdessen angefangen, mit seiner Zunge ihre Lippen zu liebkosen, während die Sklaven und Vorkoster mit dem Frühstück eintrafen und sich leise wieder zurückzogen, die Wachen vergebens an die Tür klopften und der *Alim* eine weitere Stunde warten musste.

Ihr Platz war in seinem Gemach. Er würde doch gewiss nach ihr schicken?

»Ich komme heute Abend noch einmal und bringe dir deine Monatstücher«, sagte Malia und ließ Helen vor der Tür ihres Gemachs stehen.

Helen öffnete die Tür mit ihrem neuen Schlüssel und trat ein. Nun war sie also wieder in ihrer kleinen weißen Schachtel.

Angewidert blickte sie sich um. Verglichen mit den Gemächern des Sultans wirkte der Raum überfüllt und geschmacklos. Warum hatte sie nur all diesen dummen, billigen Zierrat gekauft? Poliertes Messing und bemalter Ton – Bauernzeug. Sie würde alles fortwerfen und noch einmal von vorn beginnen.

Sie dachte an die endlosen Tage, die sich in dieser stickigen Kammer vor ihr ausdehnten. Die Abende. Die Nächte. Was um alles in der Welt hatte sie früher die ganze Zeit getan? Sich gewaschen. Gebetet. Gegessen. Ihren Flitterkram neu angeordnet. In Nazimes Zimmer gesessen. Schminkfarben ausprobiert. Sich gewaschen. Gebetet. Gegessen. Frische Gewänder angezogen. Sich auf den Weg zum Fischteich gemacht, es sich jedoch anders überlegt, weil es zu heiß war. Auf dem Boden gelegen und gedöst. Sich gewaschen. Gebetet. Gegessen. Geschlafen. Mit Nazime unter dem Maulbeerbaum gesessen. Wieder das Zimmer aufgesucht, weil es zu heiß war. Auf dem Boden gelegen. Tee getrunken. Sich gewaschen. Gebetet. Gegessen. Geschlafen. Geschlafen.

Rima brachte heißes Wasser, und Helen begann mit der vorgeschriebenen Reinigung, dem *Ghusl*, das ihr in den vergangenen paar Wochen in Fleisch und Blut übergegangen war. Ihr Körper fühlte sich bleiern an, träge. Draußen türmten sich die Wolken wie ein grauer Deckel über dem Kessel des Harems und schlossen die Hitze in ihm ein.

Sie war wieder hier, wieder eine Haremsfrau. Das Warten begann von neuem. Was, wenn er beim nächsten Mal einfach an ihr vorbeischritt? Die anderen würden frohlocken und sie verhöhnen. *Lalla* Asisa, die dachte, aus ihr würde die vierte Königin. *Lalla* Asisa, das hatte sie sich wohl so gedacht. Was, wenn die Frau, die heute Nacht bei ihm lag, ihm auch einen Schrei entlockte?

An der Tür klopfte es.

Malia! Es musste Malia sein, die gekommen war, um ihr zu sagen, der Sultan bestehe darauf, sie zu sehen. Helen warf sich ein weites Gewand über und riss die Tür auf.

»*Bonjour*, Mademoiselle Asisa!«

Microphilus. Die Enttäuschung raubte ihr den Atem.

»*Comment allez-vous?*«, zwitscherte er, während er schwungvoll seinen roten Fes lüpfte und eine seiner albernen, überspannten Verbeugungen vollführte.

Seufzend trat sie einen Schritt zur Seite, und er tänzelte an ihr vorbei ins Zimmer. »Ich nehme an, dass du dein Geld vielleicht gern vor dem Markttag hättest. Ich habe die Tage zusammengezählt und bin auf ein hübsches Sümmchen gekommen. Genug für eine ganze Kamelladung an neuen Seidenfähnchen.« Er zog einen Lederbeutel hervor, wog ihn in seiner kleinen Pfote und tat so, als sei er viel schwerer, als er war.

»Vielen Dank.« Helen nahm den Beutel und legte ihn auf ihre Kleidertruhe. Sie hatte sich so auf diesen Augenblick gefreut. Doch nun verspürte sie einfach nur Übelkeit. Es war alles vorbei. Der Sultan hatte sie gehabt und bezahlt, und jetzt war sie wieder da, wo sie angefangen hatte. Um nichts besser als ein Schankmädchen in Crieff.

»Stimmt etwas nicht, Mädchen?« Microphilus starrte zu ihr empor, die unförmige Stirn besorgt gerunzelt.

»Ich bin bloß müde, das ist alles.«

»Ach ja. So ist das mit der Liebe.« Er ließ seinen Blick durch den Raum schweifen. Warum ging er nicht einfach? Merkte er denn nicht, dass sie allein sein wollte?

»Hast du irgendetwas verloren?«, fragte sie matt.

»Nein, nein ...« Er wich hastig zurück. »Entschuldige«, murmelte er, ging hinaus und zog leise die Tür hinter sich zu.

Nach Einbruch der Dunkelheit, als sich alle Frauen in ihre Zimmer begeben hatten, brachte Malia ihr die Tücher, wie sie es versprochen hatte. »Und nun ruhe dich aus«, sagte sie schroff und tätschelte Helens Hand. »Und iss. Vielleicht können wir es im nächsten Mond wieder versuchen.«

Kurz nachdem sie fort war, fielen dicke Regentropfen auf die Kacheln des Hofes. Die Luft roch nach Pfeffer. Helen sah Blitze, die am Himmel die Umrisse der Wolken erhellten. Regen. Endlich.

Kurz darauf spürte sie die vertrauten Krämpfe tief in ihrem Bauch – als würde jemand an ihrem Inneren ziehen. Der Regen wurde heftiger, peitschte wie ein schwarzer Vorhang über den Hof und zischte die Mauern hinunter. Helen lag mit angezogenen Beinen auf der Seite und barg den Schmerz in sich. Nach einer Weile fühlte sie, wie warmes Blut aus ihr tropfte und in das Tuch sickerte. Bald würde sich wieder dieser Geruch einstellen, nach Fisch und altem Fleisch, und das Tuch würde hart und dunkel werden. Braun. Ranzig. Unrein.

Fünf, sechs, sieben Tage, bevor sie ihn wiedersehen durfte. Noch länger, falls er nicht nach ihr schickte. Nie mehr, falls er nicht nach ihr schickte. Draußen grollte der Donner, und der Regen sprühte durch die offene Tür. War nun jemand bei ihm? Helen biss sich auf die Fingerknöchel – natürlich! Deshalb war Malia auch so freundlich gewesen. Sie selbst hatte früher am Abend eine andere Frau zu ihm geführt.

Helen versuchte einzuschätzen, wie spät es war, doch der Regen übertönte die üblichen Abendgeräusche. Sie wusste, dass sie eigentlich aufstehen und die Tür schließen sollte, eine Lampe entzünden und sich zum Schlafen bereitmachen. Womöglich entkleidete er genau in diesem Moment eine andere. Ein Schluchzen entrang sich ihrer Brust, und sie kniff die Augen zusammen. Sie war nur eine Frau wie all die anderen, die darauf wartete, dass er ihr wieder Beachtung schenkte.

Die Schmerzen verebbten für eine Weile. Helen warf sich ihren *Haik* über, rollte sich auf dem Bett zusammen und dämmerte unglücklich vor sich hin. Die Nacht war feucht und drückend. Sie kam sich vor wie unter der Erde. Grillen, Kakerlaken und Spinnen krabbelten zur Tür herein, um dem Regen zu entkommen. Das Wasser strömte nun gleichmäßig stark vom Himmel, prasselte auf das Dach, schoss rauschend durch die Rinnen. Die Luft roch nach nassem Ton und schwarzer Erde. Nach einiger Zeit hörte Helen, wie Nazimes Tür behutsam zugezogen und abgeschlossen wurde. Einen Augenblick später klopfte es leise an ihrer eigenen offenen Tür.

»Gut, du bist wach«, flüsterte Nazime. »Ich war nicht sicher, ob du hier bist. Aber du hast deine Blutung bekommen, nicht wahr? Wir haben sie immer ungefähr zur selben Zeit, daher habe ich es mir gedacht.« Helen tastete nach ihrem Feuersteinbehälter und entzündete eine Talgkerze. Obwohl es mitten in der Nacht war, trug Nazime einen schweren schwarzen *Haik* über ihrer Kleidung. In ihrem Haar glitzerten Regentropfen, und ihre Füße waren nass.

»Ich wollte dich sehen, bevor ich mich mit Lungile treffe«, sagte sie, schlich herein und setzte sich auf Helens Diwan. »Ich wollte mich versichern, dass es dir gut geht. Es tut weh, wenn derjenige, den man liebt, bei einer anderen ist.« Sie beugte sich vor und sah Helen ins Gesicht. »Du hast geweint! O Asisa ...«

»Es ist alles vorbei ...«, schluchzte Helen und ließ ihren Tränen freien Lauf.

»Sei nicht dumm. Du hast ihn zum Schreien gebracht, oder?«

Helen putzte sich die Nase und nickte kläglich. »Aber jetzt liegt eine andere bei ihm. Was, wenn sie ...«

»Das passiert nicht. Weil sie es nicht kann. Es gibt etwas zwischen dir und ihm – wie zwischen Lungile und mir. Nichts Gewöhnliches, das alle Menschen miteinander haben könnten. Etwas, das nur euch gehört. Als würde etwas, das nur in dir ist, nach etwas rufen, das nur in ihm ist. Das findet man nicht bei jedem Menschen. Er hat Jahre gebraucht, um dich zu finden, Asisa. Er wird dich nicht innerhalb von ein paar Tagen vergessen.«

»Woher weißt du das?«, schniefte sie unglücklich.

»Alle wissen das. Darum nennen sie dich auch *Lalla* Asisa. Sie haben gesehen, wie er dich am vergangenen Donnerstag angeblickt hat. Sie wissen, dass es nur eine Frage der Zeit ist, bis er dich zur Frau nimmt.«

»Bist du sicher?« Helen richtete sich auf. Langsam ging es ihr ein wenig besser. »Ich habe mich schon gefühlt wie eines unserer Monatstücher. Du weißt schon, als hätte er mich benutzt und dann weggeworfen.«

»Er liebt dich – so sehr, wie ein Sultan jemanden lieben kann. Irgendwie ist es dir gelungen, in sein hartes Herz zu dringen. Die anderen sind für ihn bloßer Zeitvertreib. Sie werden ihn nur dazu bringen, dich noch mehr zu begehren, glaube mir. Komm, lächle und freue dich für mich. Ich gehe jetzt zu meinem Geliebten. Ja, das ist besser …« Sie schlang die Arme um Helen und drückte sie fest an sich. »So möchte ich an dich denken. Lebe wohl, liebe Schwester.«

»Aber es regnet immer noch. Wohin willst du …« Nazimes Stimme hatte eigenartig geklungen – atemlos, stockend. Helen streckte die Hand aus und wollte nach Nazimes *Haik* greifen. Zu spät. Sie war fort.

Stunden, Minuten später wurde Helen erneut wach. Der Regen hatte aufgehört. Draußen ertönten Schritte und laute Stimmen. Männerstimmen.

»Gib mir die Schlüssel!«, sagte eine der Stimmen. Dann das rasselnde, klimpernde Geräusch von Metall. Warum versuchten sie, Nazimes Tür zu öffnen?

Helen sprang aus dem Bett und zog den Vorhang einen Spaltbreit zur Seite. Da der Mond nicht schien, war nur schwer zu erkennen, was vor sich ging. Drei hoch gewachsene Wachmänner standen vor Nazimes Tür. Zwei von ihnen hielten qualmende Fackeln empor, während sich der dritte über das Schloss beugte und fluchend einen Schlüssel nach dem anderen ausprobierte. Talg tropfte zischend in die Pfützen.

War Nazime plötzlich krank geworden? Vielleicht hatte Malia die Wachen geschickt, weil sie frische Gewänder aus Nazimes Zimmer benötigte. Nein, das ergab keinen Sinn, der ganze Harem war voller Gewänder. Womöglich war Nazime mit Lungile in den Ställen entdeckt worden, oder wo immer die beiden sich sonst getroffen hatten. Aber warum versuchten sie dann, in ihren Raum zu gelangen? Vielleicht hatte sie sich mit Lungile dort eingeschlossen, und irgendjemand hatte dies den Wachen gemeldet. Aber er war ein Eunuch – wieso sollte sich jemand daran stören? Die Frauen spielten ständig miteinander, und bisher hatte es deswegen noch nie Verdruss gegeben.

Überall im Hof wurden nun die Vorhänge zurückgezogen. Wie Gespenster tauchten die Frauen aus ihren dunklen Höhlen auf, schlüpften in ihre feuchten Pantoffeln und drängten sich in den Wandelgängen aneinander. Unter aufgeregtem Geflüster rafften sie ihre Gewänder, damit sie nicht durch die Pfützen schleiften, und schlichen langsam näher heran.

Plötzlich drehte sich einer der Schlüssel im Schloss. Die Wachen stürmten in Nazimes Zimmer. Die Frauen wogten wie eine Welle hinterdrein. Helen hielt den Atem an. Doch der Raum war leer, das konnte jeder auf den ersten Blick sehen. Das Bettzeug war ordentlich gefaltet, der Nachttopf stand unbenutzt am Fuße des Diwans.

Die Wachen öffneten die wenigen Kisten und Truhen, die Nazime besaß, und kippten ihren Inhalt auf den Boden. Viel war es nicht: einige Gewänder, einige Paare Pantoffeln. Sie suchen bestimmt nach den Saphiren, dachte Helen. Warum sollten sie sonst ihre Sachen durchwühlen? Sie erinnerte sich daran, dass Nazime die Kette sonst ganz unten in ihrer Kleidertruhe aufbewahrt hatte. Jetzt musste sie sie irgendwo anders versteckt haben. Oder sie hatte sie bei sich.

»Hier ist die Sklavin.« Ein weiterer Wachmann trat heran. Er schleifte Nazimes kleines Sklavenmädchen hinter sich her. Mit weit aufgerissenen Augen und vom Schlaf zerzausten Haaren wich es an die nächste Wand zurück, als es das Durcheinander im Zimmer erblickte.

»Wo ist deine Herrin? Uns wurde gemeldet, sie sei mit Juwelen aus dem Besitz des Sultans davongelaufen.«

Davongelaufen? Helen hielt sich an einer Säule fest. Um sie herum drängten sich die anderen Frauen gackernd und schnatternd weiter vor. Sie spürte ihre Körper, die sich wie klamme Kissen gegen sie drückten, roch ihre feuchte Kopfhaut und ihren Schlafschweiß, ihre schal gewordenen Duftwässer, ihren Atem nach Knoblauch und Honigkuchen.

Nazime war mit Lungile geflohen – auf einmal war Helen sich dessen vollkommen sicher. Deshalb hatte sie den Sultan um ein Pferd gebeten! Sie hatte ihre Flucht seit Wochen geplant. Und in diesem Augenblick galoppierten die beiden auf die Berge zu, die sie so liebten, hinweg von diesem Hühnerstall, sprengten durch Pfützen, setzten über Bäche und fühlten den Wind, den echten, rauen Wind auf ihren Gesichtern. Einen Atemzug lang beneidete Helen sie glühend. Sie führten ihre Pferde hinauf in die Gebirgsausläufer, spürten Felsen und Geröll unter ihren Füßen. Wilde Dornbüsche zerrten an ihren Kleidern, und weit und breit war kein Wachmann oder Gärtner zu sehen.

Ein Schrei riss sie aus ihren Gedanken. Einer der Wachmänner drehte dem Sklavenmädchen den Arm auf den Rücken. »Wo ist sie?«, zischte er ungeduldig zwischen zusammengepressten Zähnen hervor. »Komm schon, *Bint*, du musst doch etwas wissen.«

»Ich schwöre bei Allah – dem Allwissenden, dem Allverzeihenden –, sie hat mir nichts erzählt. Ich brachte ihr das Abendessen, aber sie lag krank im Bett, also nahm ich es wieder mit. Vielleicht ist sie draußen im Garten. Seitdem sie krank wurde, geht sie nachts dort spazieren. Sie sagt, das beruhigt sie.«

»Im Garten? Im Regen? Wen hat sie dort getroffen?« Die Frauen mahnten sich gegenseitig zum Schweigen, beugten sich gespannt vor, witterten schon den Skandal.

»Niemanden! Ich weiß nicht. Sie könnte im Garten jeden treffen. Woher sollte ich das wissen?«

Helen eilte zurück in ihr Zimmer und zog den Vorhang zu. Sie wollte von niemandem befragt werden.

Irgendwo außerhalb des Hofes erklangen Rufe. Kurz darauf drängelte sich ein Wachmann durch die Menge und blieb keuchend vor Nazimes Kammer stehen. »Sie haben sie gefasst!«, schrie er. »Sie hatte die Kette bei sich. Ihr könnt die hier loslassen.« Er grinste das heulende Sklavenmädchen höhnisch an. »Der Sultan hat uns alle in den Kerker befohlen.«

40

19. Oktober 1769

Ich habe heute Nacht derartige Gräuel mit angesehen, dass ich zwei Stunden benötigte, um meine bebenden Hände zu befrieden. Selbst jetzt scheinen sie mir noch so grätenlos wie zwei Schollenfilets, und ich vermag kaum die Kraft aufzubieten, meine schlaffen Finger um die Feder zu schließen.

Die blauäugige Berberprinzessin ist tot – ihre Augen sind nicht mehr blau, denn die Metzger der Verschneidekammer haben sie ihr ausgestochen und in hohem Bogen in einen Korb geworfen, sodass die daran hängenden Innereien wie Tintenfischtentakeln hinter ihnen herflogen und nun für alle Zeiten durch meine Träume schwimmen werden.

Der Geruch ihres Blutes haftet noch immer in meinen Nüstern, obgleich ich mein Gesicht ein Dutzend Mal gewaschen, meine Füße geschrubbt und meine stinkenden Kleider mit einem Tritt hinaus in den Hof befördert habe. Soll Maryam sich darum kümmern. In der maurischen Kirche gibt es gewisse Vorschriften im Hinblick darauf, ob Blut rein ist oder nicht, je nachdem, ob es aus einem lebenden Geschöpf quillt oder in einem toten gerinnt. Ich weiß nicht, wann die Berberfrau starb. Ich weiß nicht, ob das Blut auf meinen Gewändern rein oder unrein ist. Ich hoffe, unrein. Ich hoffe, dass sie in den letzten Minuten der Folter bereits tot war. Sie war totenstill, so viel ist sicher, doch ich fürchte, nicht tot ...

Er sagte, er sei des Blickes überdrüssig, mit dem sie ihn anstarrte: herausfordernd und ohne mit der Wimper zu zucken, während die Metzger ihre Messer schärften. Wenn sie ihre Augen nicht schließen wolle, ließe er sie eben schließen. Obwohl sie sich nun natürlich niemals schließen, sondern für immer weiterstarren werden, wie die Augen der heiligen Lucia in der goldenen Schüssel, herausgehebelt aus den Höhlen ihres Schädels.

Ich muss mich fassen. Ich habe mit meiner Geschichte in der Mitte begonnen, denn dorthin kehrt mein geistiges Auge immer wieder zurück, angepflockt an die Intensität ihres letzten Blickes.

Es begann in den frühen Morgenstunden, als zwei Haremswächter mich wachrüttelten, vor Angst stammelnd nach meinen Schlüsseln fragten und berichteten, das Berbermädchen sei geflohen und der Sultan habe ihnen befohlen, die Juwelen wiederzubeschaffen, die sie von ihm bekommen habe.

Ich krabbele also aus dem Bett, schließe meinen Schlüsselkasten auf und krame in den Bunden aus Eisen, so lange ich es wage. Auf diese Weise hoffe ich Zeit zu schinden, damit den beiden Liebenden die Flucht gelingt. Denn ich habe keinen Zweifel daran, dass Lungile und sein Mädchen in die mondlose, weglose, tropfnasse Nacht geflohen sind. Und mein Verstand beginnt gleichermaßen dahinzujagen, debattiert, wie ich ihr Entkommen fördern kann, und beschließt, dass ich ihnen am besten diene, indem ich *tout de suite* zu Seiner Majestät galoppiere und Mittel und Wege ersinne, die Sintflut seiner Wut einzudämmen.

Die Eunuchen stürzen mit den Schlüsseln davon – einem riesigen Bund, darauf habe ich geachtet –, während ich meine Gewänder anlege und mich dann auf den Weg zu den Gemächern des Sultans mache.

Habe ich bereits erwähnt, dass es regnete? Wie Dolche rasselt es aus dem schwarzen Himmel, sticht auf die Kacheln ein, überschwemmt die Springbrunnen und fließt über die Höfe, sodass meine Pantoffeln quietschen, während ich durch die Wandelgänge platsche, und mein *Schalwar* voll gesogen an meinen Knöcheln klebt, zusätzlich beschwert von Laub und Dreck, die von den Dächern hinuntergespült werden.

Kurz vor der Tür des Sultans zögere ich, drücke mich tropfend an die Wand und spähe verstohlen am Pfosten vorbei. Seine Majestät läuft im Inneren des Gemaches auf und ab wie ein Zirkuslöwe und faucht die Sklaven an, die ihm Gewänder vorhalten und versuchen, ihn anzukleiden. Die braunhäutige Schöne, an der er sich ergötzt hat, sitzt mit laufender Nase und verschmiertem Mund auf dem Bett und flennt in die Laken.

»Was soll das heißen, du hast sie nicht gesehen?«, tobt der Sultan. Dann hält er inne, um sich die Hände in einer silbernen Schüssel zu waschen. »Hattest du die Augen geschlossen? Bezahle ich dich dafür, während des Dienstes zu schlafen?«

Er spricht mit einem der Wächter, die nachts an den Mauern des Harems entlang patrouillieren, einem säulenhohen Goliath, aus dem just in diesem Moment ein Atlas wird, der unter dem Gewicht von Zeus' Zorn auf seinen Kürbisknien umherkriecht und stumm mit seinen gelben Augen rollt.

Nun erklingt hinter mir ein Schnaufen und Patschen, das den Sultan fluchend herumwirbeln lässt. Zwei klitschnasse Riesen kommen schwankend auf der Schwelle zum Stehen und starren ihn mit furchterfüllten Augen an (dieweil ich mich immer noch verberge und auf einen günstigen Augenblick warte, in die Handlung einzugreifen).

»Was ist? Welchen neuen Schwachsinn werdet ihr mir jetzt berichten?« Zur selben Zeit beginnt Hagel auf das Dach zu hämmern, gleich einem Mob bei einer Steinigung, und verleiht dem Geschehen eine wilde Dringlichkeit – als würde diese noch benötigt.

»Wir haben sie gefasst, mein Gebieter!«, stößt der eine hervor (worauf mir das Herz in den Hals springt und wehklagend flüstert: »Lungile ist tot!«).

»Wir haben sie in den Kerker gebracht«, fügt der andere hinzu. »Was sollen wir mit ihr tun?«

»Und der Eunuch?« Der Sultan trocknet sich die Hände. Meine Kehle scheint voller Schlamm.

»Wir haben auch die Stute, Euer Majestät.« Ich rieche den Hammelschweiß der Wachen, sehe die Adern in ihren regennassen Nacken anschwellen.

»Habe ich nach der Stute gefragt?«, ertönt seine Stimme kalt und gefährlich.

»Der Eunuch ist entkommen, Majestät.« Lungile ist in Sicherheit! Mein Herz hüpft zurück in meine Brust, und Luft strömt in meine Lungen. Die Wachen stammeln eine Erklärung – er habe gekämpft wie ein Derwisch und zehn Männer abgeschlachtet, bevor er in Richtung der Berge davongaloppiert sei. Frohlockend und in Dankbarkeit koste ich die Vorstellung aus, wie er mit blitzenden Zähnen im Regen auf sie eindrosch, die Kleider am Körper klebend. Es drängt mich zu fragen, ob er verletzt wurde.

»Zehn Männer?« Der Sultan beißt die Zähne zusammen, während er den Schaden berechnet, die Kosten für Ersatz, für ihre vergeudete Ausbildung. »Benachrichtigt ihre Familien darüber, dass ihre Söhne ihnen Schande gemacht haben. Und entsendet weitere hundert Männer.«

»Aber der Regen, Majestät«, wendet der erste Riese unbedacht ein, wo ein geistig gesunder Mann eher seine Zunge verschluckt hätte.

»Gibt es ein Problem?« Die eisige, leise Stimme, die verhängnisvoll hochgezogene Augenbraue.

»Das Wasser wird seine Spuren verwischen ...«

»Du willst dem Sultan also widersprechen?«

»Nein, nein ...« Doch es ist zu spät, denn der Sultan hat

bereits eine Hand voll lauernder Schergen herbeigewinkt und ihnen ein Zeichen gegeben, das zu deuten sie gelehrt worden sind. Sie ziehen die stotternde Zunge des Wachmannes hervor und schneiden sie ab, noch ehe er einen Einspruch zu gurgeln vermag.

»Nun also«, schließt Seine Majestät und weicht der Blutfontäne mit einer eleganten Pirouette aus, »ich will keine weiteren Einwände hören. Ich will, dass er gefunden wird. Ob es regnet oder nicht. Habt ihr verstanden? Und bringt die *Bint* in die Verschneidekammer.«

Da wird er meiner gewahr, der ich mich immer noch auf der Schwelle herumdrücke. »Fidschil, bist du das? Komm mit mir. Ich will, dass du dir das ansiehst.« Und in seine dunklen Augen tritt ein Funkeln, wie ich es sonst an ihm bemerke, wenn er seine Frauen betrachtet – ein innerliches Händereiben voller gespannter Erwartung.

Alsbald schlurfen seine Schergen durch die feuchten Korridore davon, er fegt hinterher und ich folge ihm auf dem Fuße wie ein nasses Hündchen, während der Regen auf den Palast niederrauscht und das Wasser durch die Fensterrahmen sickert und sich über die moosbedeckten Stufen zum Kerker hinabschlängelt.

Immer wieder sehe ich ihre Augen vor mir. Blaue und rote *calamari*. Ich konnte ihr nicht helfen. Sie war so still ...

Und ich sagte nichts ...

So geht es nicht. Mein Schweigen ist ihr keine Hilfe. Ich muss in den Kerker zurückkehren.

Der Kerker des Palastes ist von einer ganz eigenen Pracht, wurde er doch mit viel Hingabe von Sultan Ismail höchstpersönlich gestaltet – dessen Vorliebe für raffinierte Foltermethoden ich bereits erwähnt habe, wenn ich mich recht entsinne. Diese

Pracht entfaltet sich selbstverständlich nicht in den Zellen der Gefangenen (die so widerwärtig sind wie überall sonst auf der Welt, und in dieser Nacht sogar besonders widerwärtig, da sie sich langsam mit einer Mischung aus Regenwasser und Palastabwässern füllen). Nein, ich beziehe mich auf die Vielzahl von Folterkammern, deren jede gleichermaßen verschwenderisch ausgestattet ist und über einen eigens bestallten Aufseher verfügt.

So haben wir eine Stechkammer, deren mit Scharnieren versehene Schreine inwendig voller Stacheln sind und tödlichen Muscheln gleichen; eine Brennkammer, mit einem großen Ofen und mannigfaltigen Brandeisen; eine Streckkammer mit Bänken, Walzen und Ledergurten; eine Tauchkammer mit riesigen Krügen voller Unflat; die Kohlenkammer, die zugleich als Räucherkammer dient; ganz zu schweigen von der Rattenkammer, den an sie grenzenden Kammern mit Schlangen, Ameisen und Bienen sowie den Säuregruben. Und damit sind lediglich die wenigen Räume aufgezählt, die ich mit eigenen Augen gesehen habe. Hinzu kommt noch die zuvor erwähnte Verschneidekammer, in welcher die unnachgiebige Berberprinzessin auf uns wartete.

Ihr bemerkt: Ich schweife ab. Ich will dies nicht schreiben.

Allah ist mein Zeuge, dass die *Bint* kein einziges Mal wimmerte. Als sie sie marterten, zuckte sie nur und blieb stumm wie eine Schneiderpuppe in der Dachstube einer Näherin. Meine Feder bebt, da ich die Szene für Euch beschreibe: das starrköpfige Mädchen und der wutentbrannte Sultan, die finsteren Folterknechte, die qualmenden Fackeln an den Wänden, von denen stinkender Talg tropft. Und die Gefangenen in ihren fauligen Zellen unter uns, ihr Jammern und Wehklagen, während das verpestete Wasser immer höher steigt.

Als ihre Augen ausgerupft sind und rote Tränen über ihre blinden Wangen quellen, ersuche ich den Sultan, er möge mir gestatten, die Kammer zu verlassen, und behaupte, ein plötzliches Schwächegefühl drohe mich zu Boden zu werfen. Woraufhin er hässlich lacht, mich kurz unter dem Kinn krault, mich für mein – wie er es nennt – ›verweichlichtes Schottentum‹ schilt und bemerkt, es sei kein Wunder, dass wir Schotten nur *eine* Frau in Schach halten könnten, da wir offenbar nicht die Courage besäßen, ordentliche Züchtigungen zu verabreichen. Und dann stellt er die Hypothese auf, das Glied des schottischen Mannes sei womöglich ebenso von Verweichlichung befallen, kichert belustigt und findet zunehmend Gefallen an seinem Thema, während seine Schergen geduldig warten und ihre Hände lockern, sodass die Klingen ihrer Messer im Licht der Fackeln blitzen.

»Nun gut.« Er gewährt mir schließlich meine Bitte – und dieses Zugeständnis scheint ihn auf merkwürdige Weise zu befriedigen. »Da dir das Stehvermögen für Männerarbeit fehlt, darfst du vor der Tür warten. Aber krabbele nicht zurück in dein Loch, denn ich will, dass die Frauen alles erfahren und folgende Lehre daraus ziehen: Niemand bestiehlt ungestraft den Sultan.« Dann verdüstert sich seine Miene, und er wendet sich wieder dem blutigen Tableau zu.

Jetzt frage ich mich, ob ich ihn hätte aufhalten können. Wenn ich ihm in diesem Augenblick zugeredet hätte, wenn ich ihm vorgespielt hätte, vor überspannter Zimperlichkeit zu taumeln oder gar in Ohnmacht zu fallen, wenn ich ihn angefleht hätte, doch Erbarmen mit seinem armen verweichlichten Schotten zu haben … Ich frage mich, ob er dann vielleicht gelächelt, mit den Achseln gezuckt und die *Bint* verschont hätte.

Oder wenn sie laut geschrien hätte, wenn sie ihm diese Genugtuung gegönnt hätte –, dann hätte er sich vielleicht erweichen lassen. Denn Schmerzensschreie sind für die Ohren des Folterers die schönste Musik und geleiten ihn zum Gipfel des Genusses wie nichts sonst. Wenn sie ihren kühnen Mund geöffnet und die Schreie befreit hätte, die sich darin wanden, wäre vielleicht auch er auf gewisse Art befreit gewesen und hätte sich von einem armen Zwerg fort...

Aber sie tat nichts dergleichen, und ich tat nichts dergleichen – vermochte es einfach nicht, sondern schlich aus der Kammer, warf mich neben der Tür in meinem nassen *Kissa* auf den Boden und lauschte dem allgegenwärtigen Zischen und Gurgeln des Regens und dem Stöhnen der Gefangenen im eiskalten, stetig steigenden Wasser.

Ich hörte das Schniefen und Ächzen der Schergen, das Raspeln und Klirren, mit dem sie ihr Werkzeug schärften. Später riss einer von ihnen die Tür auf, rief nach einem Korb, füllte ihn und reichte ihn wieder heraus, wobei er ihn mir kichernd unter die Nase hielt und kurz schüttelte, sodass ich gezwungen war, den Geruch ihres Blutes einzuatmen.

Ihre Hände lagen in diesem Korb, wie zwei Flusskrebse, und ihre langen Füße, ordentlich überkreuzt. Ihre widerspenstige Zunge, mit den Bissspuren ihrer eigenen Zähne, und die weiße Schlinge ihrer Luftröhre, denn er hatte den Folterknechten befohlen, auch ihre Stimme herauszuschneiden, weil sie sich geweigert hatte, für ihn zu singen. Und ganz zuoberst ihre starren, anklagenden Tintenfischaugen. Ich kann nicht aufhören, an diese Augen zu denken...

Kurz darauf taucht der Sultan in der Tür auf, weltmännisch wie immer in seinen makellos weißen Gewändern, lacht mich liebenswürdig an, zieht mich auf die Beine und befiehlt mir, die alte Malia in seine Gemächer zu schicken. Ich folgere daraus, dass seine Männerarbeit ein männliches Verlangen in ihm geweckt hat, und spüre eine Welle von Ekel in mir aufsteigen, die droht, jeden Moment aus mir hervorzubrechen.

Doch zugleich beschleicht mich wieder dieses eigenartige Gefühl, das ich immer verspüre, wenn ich mit seiner Unbekümmertheit konfrontiert werde. Es ist, als würde er mich wachrütteln, und alles war nur ein böser Traum – der Gestank nach Blut, der Korb voller Leichenteile. Vor mir sein vertrautes, lächelndes Gesicht. Seine unbefleckten Kleider, die nach Sandelholz duften. Sein eleganter Gang, seine huldvolle Miene.

Dieser reizende Mann würde keiner Fliege etwas zuleide tun. Obwohl ich es mit eigenen Augen sah. Obwohl ich den Geruch noch in der Nase habe.

Wir glauben vermutlich, nur ein Scheusal könne *Schaitans* Werk verrichten, und seine Taten müssten sich notgedrungen in seinem Äußeren widerspiegeln. Daher erwarten wir bei unseren Mördern auch geifernde Mäuler, Schwimmhäute zwischen den Fingern, den Ansatz eines Schwanzes oder die Augen eines Chamäleons.

Trägt ein Scheusal jedoch saubere Gewänder und ein gewinnendes Lächeln zur Schau, so mag es für immer in aller Muße seine Abscheulichkeiten begehen. Und wir sind geblendet von seiner weißen Kleidung, und reiben uns die Augen, und seufzen vor Erleichterung, dass die Schatten von uns gewichen sind. Und vergessen seine dunklen Taten. Und machen uns damit ebenso schuldig.

Später kehrte ich in den Kerker zurück, um in Erfahrung zu bringen, was mit ihrem Leichnam geschehen war. Ich hatte die Absicht, ihn von diesem Ort zu entfernen und gemäß den ehrenwerten Gesetzen Mohammeds zu waschen und zu verhüllen. Ich suchte den Aufseher der Verschneidekammer in seinem Kabuff auf und stellte fest, dass er sich genüsslich an dem Grauen weidete, das er mit angesehen hatte.

Er sagte mir, die Leiche sei bereits fort. Man habe sie auf die Stute gebunden und diese in die Nacht gejagt, die Hyänen würden gewiss alles Weitere erledigen. Woraufhin ich an das Fenster trete und in den zischenden, schwarzen Regen hinausstarre. Ein paar räudige Hunde schnüffeln und scharren im nassen Sand.

Ich drehe mich wieder um. Der Aufseher kichert dümmlich. »Was für eine Verschwendung«, sagt er und reibt über die Wölbung, die sich unter seinem *Schalwar* abzeichnet.

Da rebelliert mein Magen wirklich, holt meine Gedanken ein und schießt dann an ihnen vorbei, sodass ich zum Waschraum des Kerkers hetze und mich wieder und wieder in einen Kübel erbreche, während die Folterknechte höhnisch grinsen und sich das Blut von den Fingernägeln schrubben.

Wie anders erscheinen die Dinge im Licht des Tages ... Als ich gestern Nacht endlich zu Bett ging, war ich der Inbegriff quälender Selbstvorwürfe. Heute Morgen kann ich mein Glück kaum glauben: Lungile, der beste Freund, den ich in der Welt hatte, ist frei. Helen, die ich liebe, ist sicher und wohlauf in ihrem Quartier. Batoum, die mich liebt, ist gleichfalls sicher und wohlauf. Aber die Berberprinzessin, die ich ebenso wenig liebte wie sie mich, wird nie wieder sicher und wohlauf sein.

Und ich frage mich stets aufs Neue, was Helen gedacht hätte, wenn sie miterlebt hätte, wie der Sultan die Zerstückelung ihrer Freundin genoss. Denn was ich den Frauen auch erzähle, wie rot ich meine Erzählung auch immer einfärbe, sie werden niemals wirklich wissen – nicht in dem Maße, wie ich es weiß –, wozu ihr heiß geliebter Gebieter fähig ist. Sie sind Hennen, die geschützt im Hühnerstall sitzen, während der Bauer auf dem freien Feld einem Kaninchen den Hals umdreht.

41

Kurz vor Tagesanbruch versammelten sich einige Frauen in Nazimes Zimmer. Helen sah ihre Kerzen im Wandelgang glimmen, hörte durch den Vorhang ihre Stimmen.

Sie stöberten in Nazimes wenigen Habseligkeiten, hielten sie vor sich, reichten sie herum, räumten sie fort. Helen saß steif auf ihrem Diwan und wünschte sich, sie würden in ihre eigenen Zimmer zurückkehren. Die Stimmen der Frauen füllten ihren Kopf, wie Stare, die um einen Ast flattern, und hielten sie vom Nachdenken ab.

Sie stellten Vermutungen darüber an, was der Sultan mit Nazime gemacht hatte. Die Sklavinnen sagten, er habe sie von vier Eunuchen schlagen und dann in die Folterkammern im Kerker bringen lassen. Sie sagten, er habe ihr die Hände abhacken lassen, weil sie gestohlen hatte, und die Füße, weil sie weggelaufen war.

Helen presste sich die Hände auf die Ohren und dachte an den Sultan, wie sie ihn kannte. Sie stellte sich vor, wie er an ihrer Seite schlief, seine braunen Lider und die dichten Wimpern.

Doch jedes Mal, wenn sie die Hände senkte, hörte sie mehr. Die Frauen erzählten, dass er nach der Brustzwinge und der Dornen-*Dschellaba* verlangt hatte. Dass seine wildesten Jagdhunde Nazime die Brustwarzen abgebissen hatten. Dass ihr bei lebendigem Leib die Haut abgezogen worden war – langsam weggeschält entlang ihrer blauen Tätowierungen. Und dass man sie in die Ställe gebracht hatte, wo sich die Pferdeknechte bei ihr abgewechselt hatten, während die Hengste auf die Stute losgelassen wurden.

Helen dachte an die Frau, die in den überschwemmten Hof gestürzt war, nachdem sich die Wachen entfernt hatten, und mit verschmierter Lippenfarbe und verlaufenem *Kochl* geschluchzt hatte, sie habe beim Sultan gelegen, als die Nachricht von Nazimes Flucht kam. »Er war in mir, er stand kurz vor dem Gipfel, aber als die Wachen hereinkamen, stieß er mich einfach weg.«

»Hast du sie gesehen?« – »War sie allein?« – »Hast du etwas gehört?« Begierig auf Einzelheiten, hatten sich die Frauen um sie geschart.

»Nein, nein, nichts! Er zog sich einfach an und lief davon, in den Kerker.« Die Frau begann wieder zu schluchzen. »Er war in mir! Das war meine einzige Chance. Jetzt wird er nie wieder nach mir schicken.«

Die Stare in Helens Kopf ließen sich auf einem Ast nieder, aber während sie sich um die besten Plätze zankten, ging ihr Gezeter unvermindert weiter. Der Sultan, der ihre Sommersprossen küsste. Der Edelsteine in ihren Schoß fallen ließ. Der sich das Schminkrot einer anderen Frau von den Lippen wischte. Der Nazimes Folter anordnete. Welcher von diesen Männern war der Mann, den sie liebte?

Und die ganze Zeit über blutete auch sie. Jedes Mal, wenn sie ihre Monatstücher auswusch, dachte Helen an Nazime, daran, dass sie immer gemeinsam die Tage gezählt hatten. Jedes Mal, wenn sie das Blut davonfließen sah, sah sie Nazimes Blut, und den Sultan, der ihre Folter beobachtete. Sah ihn sein Ding in eine andere Frau stecken, erinnerte sich an das kleine Sklavenmädchen, das er im vergangenen Monat hatte bestrafen lassen, dachte an Lungiles Narbe. Was hatte er mit Nazime gemacht?

Vielleicht hatte es ein Missverständnis gegeben. Und er hatte die Beherrschung verloren. Und es später bereut. Vielleicht logen die Sklavinnen. (Warum sollten sie lügen?) War das verschmierte Schminkrot eine Lüge? Waren die kastrierten Krieger der *Buchari* eine Lüge? Die Stare kamen nicht zur Ruhe.

Als der Ruf zum Morgengebet ertönte, löste sich die Versammlung auf, und die Frauen kehrten für eine oder zwei Stunden in ihre Zimmer zurück. Doch nach dem Frühstück waren sie alle wieder da und plapperten aufgeregt weiter. Helen schickte Rima nach heißem Wasser aus, wusch sich die Haare und ertränkte so alle Geräusche.

Nazime konnte nicht tot sein. Womöglich war sie verletzt. Oder man hatte sie weggeschickt. Aber sie war nicht tot. Die Frauen dachten sich nur Geschichten aus, wilde Geschichten, damit sie nach Luft schnappen und quietschen und sich aneinander klammern konnten, oder wichtigtuerisch auf und ab watscheln, ihre fetten Gesichter in einen Raum nach dem anderen stecken und flüstern konnten: »Hast du schon gehört?« und: »Ist das nicht furchtbar?« Und so tun, als kümmere es sie, obwohl es doch in Wirklichkeit nur etwas war, worüber man tratschen konnte.

Nazime hatte versucht zu fliehen und war erwischt worden. Das war alles. Und man hatte sie bestraft. Beim letzten Mal war sie nur auf die Fußsohlen geschlagen worden. Diesmal hatte sie die Saphire mitgenommen, also war die Bestrafung natürlich härter ausgefallen. So etwas konnte der Sultan ihr nicht durchgehen lassen. Wahrscheinlich saß sie nun in einer Zelle und erholte sich von den Schlägen.

Irgendwann am Vormittag, als die feuchten Innenhöfe in der Sonne dampften, begannen die geflügelten Termiten zu schwärmen. Draußen vor den Waschräumen sammelten sie sich wie Schaum an den Eingängen ihrer Höhlen und schwangen sich in kleinen Wolken in die Luft. Helen saß vor ihrer Tür und beobachtete sie: Hoch und höher stiegen sie mit dem

Dampf empor, und noch höher, in den warmen Wind, flatterten verträumt im Kreis und flogen dann davon.

Am Abend wurde die Wache fortgesetzt. Flackernde Talgkerzen, gedämpfte Stimmen, leises Wehklagen. Und eine Stimme, die »Nein, nein, nein« stöhnte, immer und immer wieder.

»Man sagt jetzt, dass sie in die Verschneidekammer gebracht wurde«, bemerkte Rima und reichte Helen einige trockene Tücher. »Das ist der Ort, an dem die Eunuchen kastriert werden.«

»Wer sagt das?«

»Die Sklaven des Sultans. Ich treffe mich manchmal mit ihnen.« Rima nahm Helens gebrauchte Tücher entgegen und tauchte sie in eine Schüssel. Rote Wirbel durchzogen das Wasser. Draußen begann es wieder zu regnen, zögerlich, Tropfen für Tropfen. »Sie sagen, dass sie gestern Nacht gestorben ist.«

Also stimmte es. Helen wurde übel. Auf einmal schien ihre Zunge ihren ganzen Mund auszufüllen.

Plötzlich hasteten draußen nackte Füße über die Kacheln, eine Frau riss Helens Vorhang auf, spuckte sie an und schrie: »Hure! Tochter einer Hure! Du hast meine Nazime getötet!«

Es war die Frau, die Helen einmal in Nazimes Zimmer überrascht hatte. Ihr Gesicht war vom Weinen verquollen. »Vorher war sie so glücklich! Dann wählte der Sultan dich, und sie konnte es nicht ertragen. Danach habe ich sie nie mehr gesehen. Sie kam nicht mehr zu mir und war niemals in ihrem Zimmer. Jetzt ist sie tot, und es ist alles deine Schuld!«

»Wovon redest du? Nazime hat den Sultan doch nie geliebt...«

Aber die Frau war schon wieder verschwunden. Wie betäubt starrte Helen auf den schwingenden Vorhang.

Rima stand auf und zog die Tür zu. Dann drehte sie den neuen Schlüssel zweimal im Schloss.

42

19. Oktober 1769

Es ist Zeit für die Mittagsruhe, doch ich kann nicht schlafen. Jedes Mal, wenn ich die Augen schließe, sehe ich sie vor mir, ihre Augen mit den Tintenfischtentakeln.

Als ich heute Morgen den Harem aufsuchte, um die Frauen von den Geschehnissen zu unterrichten, musste ich feststellen, dass Gevatterin Klatschbase schon vor mir dort gewesen war und meine Arbeit weitaus gründlicher verrichtet hatte, als ich es je vermocht hätte. Sie alle rollten mit den Augen, schlugen sich die Hände vor die Brust und riefen »O weh!«, und »Ist es nicht entsetzlich?«, wobei ihre erröteten Gesichter unschickliches Vergnügen verrieten.

So verbreitet sich die Seuche der abscheulichen Tat durch den Genuss, den andere darin finden, ein Genuss, der das Grauen poliert, ausschmückt und zu einem Schauspiel erhebt. So sind wir alle befleckt, alle im Laster vereint, ziehen alle an unseren Schniepeln wie Schuljungen hinter einer Scheune, dieweil wir einträchtig erklären, welch schreckliche Tat es doch war. Ist die Stimme, die von Abscheu kündet, weniger schuldbeladen als diejenige, die applaudiert?

Es regnet immer noch, die Wolken schieben sich übereinander wie verwirrte, einander besteigende Ochsen, und sorgen dafür, dass die Frauen ein gewisses Maß von Anstand wahren, da sie mehr oder weniger in ihren eigenen Höfen bleiben müssen.

Einmal klopfte ich bei Helen an, doch ihre Tür war abgeschlossen. Ich hatte damit gerechnet, dass sie mich zu sich rufen würde, um Einzelheiten über Nazimes Schicksal zu erfahren, aber vielleicht ist sie noch zu verzweifelt. Also machte ich mich auf den Weg zu den Ställen und setzte mich dort für eine Weile zwischen die Heuballen. Ich suchte nach einem Andenken an meinen Freund, aber die Stallknechte hatten den Stand der verachteten Stute bereits geplündert und das Wenige, was er besaß, an sich gerissen, sodass ich nichts fand als ein Paar riesiger Pantoffeln – das sie vermutlich verschmäht hatten, weil es keinem von ihnen passte.

Ich war auch in der Palastmoschee, um für ihn zu beten. Er hat ein Pferd und Waffen. Und falls er nicht verwundet ist und der Regen noch ein paar Tage lang anhält, wird er endgültig in Sicherheit sein. Doch ich vermisse ihn. Meine *Huka* schmeckt nicht mehr ohne Lungile, der an meiner Seite raucht, an meinem Zopf zieht und mir auf der Bühne seines Gesichts die Ausprägung jeder menschlichen Empfindung zeigt.

23. Oktober 1769

Es regnet nun schon seit Tagen – der Himmel gluckt über uns gleich einer nassen, grauen Henne, und wir, ihre Küken, schleifen unsere triefenden Federn durch den Schlamm. Manchmal grollt Donner aus ihrem Bauch, aber meistens entströmt ihr bloß Regen. Er spült den Staub von den Blättern und beschießt sie mit dicken Tropfen, sodass sich der Garten in einen sumpfigen Dschungel verwandelt hat, bedeckt mit einem Teppich aus durchweichten Blütenblättern, auf dem sich gewaltige Schnecken und dicke Tausendfüßler gütlich tun.

Der Harem riecht nach Moos und Moder, da auf unseren Feuerholzstapeln inzwischen ganz verschiedene Arten von Pilzen wachsen, und die Binsenmatten, die in den Ecken der Höfe zusammengerollt sind, schlagen Wurzeln und bekommen grüne Bärte. Die Sklavinnen kehren unablässig Blätter zusammen, die in Leim getränkt zu sein scheinen, auf den Kacheln haften und sich zu schleimigen Haufen verkleben, welche mit Schaufeln vom Boden gekratzt werden müssen – indessen auch die Besen selbst zu knospen beginnen. So erobert sich die Grüne Königin ihr Herrschaftsgebiet zurück.

Meine Stimmung ist so düster wie das Wetter, und ich streune ziellos durch den Harem. Zuerst suche ich Batoums Quartier heim, wo ich verdrießlich auf und ab laufe, bis sie mich hinausbeordert, dann schleiche ich zurück zu meinen Gemächern, wo ich einsam an meiner dummen *Huka* sauge. Danach verbringe ich wieder einige Stunden bei Batoum, betrachte die tropfnasse Hirse in ihrem Garten und beobachte die lange Pilgerreise der Schnecken über ihren Hof, derweil ich müßig mit mir selbst wette, welche von ihnen zuerst ihr Ziel erreichen wird.

Ich klopfte noch einmal an Helens Tür, aber sie wollte nicht mit mir sprechen. Sie muss doch wissen, dass ich den Ereignissen im Kerker beigewohnt habe! Ich dachte, sie würde bestrebt sein, meinen Bericht zu hören.

Rima sagt, sie habe immer noch ihre Monatsblutung und plage sich stärker damit als gewöhnlich. Ich habe gehört, dass manche Frauen dabei unter recht heftigen Schmerzen leiden, so als ob sich in ihrem Inneren eine Wunde geöffnet hätte. Es heißt auch, dass während dieser Zeit eine gewisse Entleerung ihres Geistes stattfindet, als würde ihr Verstand zusammen mit dem Blut aus ihnen herausfließen, sodass sie zu Trübsal und merkwürdigen Grillen neigen.

Ich erwähnte diese Theorie gestern Morgen gegenüber Batoum, doch die Schwarze Königin widersprach ganz entschieden und verlangte zu wissen, ob ich je eine regelmäßig auftretende Verminderung ihrer Geisteskräfte an ihr bemerkt hätte

– was zu verneinen ich gezwungen war. Sie ist der Meinung, das genaue Gegenteil sei der Fall, und der Verstand einer Frau sei während ihrer Blutung sogar schärfer, da er zu dieser Zeit nicht davon getrübt werde, was sie ›Futteralfieber‹ nennt, also den Drang, sich zu paaren. Dieses Futteralfieber, so beteuert sie, mache die Frau zur Sklavin des Mannes, den sie begehre. Daher sei sie nur während ihrer Blutung, wenn besagtes Fieber abklinge, zu einer vernünftigen Einschätzung ihrer Lage fähig.

Batoum behauptet, dass in ihrer Heimat die überwältigende Mehrheit der Frauen, die ihre Männer verlassen, dies während ihrer monatlichen Blutung tun, und bezeichnet diese als ›die klaren Tage‹. Daher bemühen sich die Männer, ihre Frauen nach einer Geburt sofort wieder zu schwängern, um so die Anzahl der klaren Tage zu verringern. Und daher belügen die Frauen die Männer, wenn es darum geht, wann nach einer Geburt ihre Blutungen wieder einsetzen, um sich einige klare Tage mehr zu verschaffen, bevor sie wieder die Bürde der Fruchtbarkeit tragen müssen. (Offenbar ist es in Batoums Heimatland einem Mann nicht gestattet, seine Frau nach einer Geburt um Liebesgünste anzugehen, bis sie erneut ihre Monatstücher hervorgeholt hat.)

Wenn Batoum Recht hat (und wahrlich, wann hat sie das nicht?), dann ist Helen während ihrer Blutung am vernünftigsten. Und die Frauen ihres Hofes sollten gleichfalls mit Vernunft geschlagen sein, denn bluten sie nicht alle zur selben Zeit? Als hätte die alte Malia einen Pakt mit der Natur geschlossen, damit diese die Frauen in überschaubare Gruppen einteilt und dadurch Malias zahllose Berechnungen vereinfacht.

Als ich besagten Hof betrat, um die Ausräumung des Zimmers der Berberprinzessin zu veranlassen, waren die dort einquartierten Frauen in der Tat ungewöhnlich aufgebracht, entrüsteten sich über die – wie sie es nannten – Störung ihrer Trauer und murmelten dunkle Bemerkungen bezüglich der

Exzesse des Sultans, in einem Tonfall, den ich im Harem noch nie zuvor gehört habe.

Warum will Helen mich nicht sehen? Vielleicht sitzt der Schmerz zu tief. Sie trauert. Ich möchte ihren Kummer nicht vergrößern.

43

Als sich die Vorhänge des Regens endlich teilten, brach bereits der Tag heran. Haufen nassen Laubes türmten sich in den Höfen. Nebel verschleierte das Sonnenlicht und hängte Diamanten in die Spinnweben, die sich über jede Öffnung spannten.

Die Nachtwache in Nazimes Zimmer endete, und die Wachen kamen, um ihre Sachen wegzuräumen und die Tür abzuschließen. Die Frau, die Helen angegriffen hatte, saß noch ein oder zwei Stunden lang niedergeschlagen im Wandelgang, dann schlurfte auch sie zurück zu ihrem eigenen Hof.

Dann war es auf einmal wieder Mittwoch und Zeit, mit den Vorbereitungen für den Aufzug im Garten zu beginnen. Helen ließ sich auf der Schwelle ihres Gemachs nieder und beobachtete die Frauen, die nicht bluteten, bei ihren Bemühungen. Sie sprachen nun anders als zuvor. Sie sagten, der Sultan habe Nazime bestrafen müssen, weil sie gestohlen hatte. Dass es die übliche und angemessene Strafe sei, einem Dieb die Hände abzuhacken. Dass der Sultan keine andere Wahl gehabt hätte, weil der *Alim* auf jeden Fall darauf bestanden hätte. Vielleicht sei sie ja verblutet oder am Wundfieber gestorben. Oder in Schande zu ihrem Vater zurückgeschickt worden. Schließlich habe man kein Wort von einem Begräbnis gehört.

Am Donnerstagmorgen war es schließlich, als sei nie etwas geschehen. Die Frauen von Helens Hof waren immer noch recht bedrückt, aber im übrigen Harem ging es zu wie an jedem anderen Donnerstag – überall wurde Seide ausgebreitet, Wasser in Krüge gegossen, Henna angerührt, rannten die Sklavinnen umher und wurden Kinder beiseite gestoßen.

Als sich die Frauen auf den Weg zum Garten machten, blieb Helen in ihrem Zimmer, froh darüber, dass sie dem Sultan noch nicht gegenübertreten musste. Würde er nach ihr suchen? Oder seinen Blick einfach nur über die Reihen schweifen lassen wie über eine Schale voller Obst? Sie dachte daran, wie seine geschickten Hände die *Durra-en* geschält hatten, wie der Fruchtsaft über seine Finger geflossen war. Ein vertrauter Stich durchfuhr sie.

Wenn er wieder nach ihr schickte, würde sie ihn fragen, was mit Nazime geschehen war. Er würde es erklären, das wusste sie. All das Gerede über Folter war bloß Tratsch. Er würde dafür sorgen, dass sie alles verstand. Er war kein gewöhnlicher Mann, der eine treulose Frau maßregelte. Er war ein Sultan, und sein gesamtes Königreich verließ sich auf seine Führung. Er musste stark sein, das erwarteten die Leute von ihm.

Wenn er wieder nach ihr schickte.

Am folgenden Tag war ihre Blutung vorüber. Helen faltete die gewaschenen Tücher und legte sie beiseite.

Kurz darauf tauchte Malia auf und begann, Fragen zu stellen. »Das Blut war also dickflüssig? Gut, gut. Und du hattest starke Schmerzen? Ausgezeichnet. Das habe ich schon mehrfach erlebt, wenn die Milch des Mannes jeden Tag fließt. Sie kräftigt den Schoß und nährt ihn.«

Helen starrte sie an. So etwas, die Frau strahlte ja regelrecht über das ganze Gesicht! »Natürlich hast du mit dem Sultan großes Glück. Wenn Männer jeden Tag Milch abgeben, wird sie zumeist dünn und schwach und verweilt in der Frau nicht dort, wo es nötig wäre. Aber die Königliche Sahne behält ihre Beschaffenheit, ganz gleich, wie viel von ihr hervorgebracht wird.«

»Hat er wieder nach mir geschickt?« Helen wagte kaum zu fragen.

»Nein. Er glaubt, du hättest noch deine Blutung. Aber sie ist nun vorüber, nicht wahr? Also – wir werden sehen. Ich werde ihm mitteilen, dass du morgen bereit bist – obwohl dies nicht die günstigste Zeit ist. Es wäre besser, noch ein paar Tage zu warten, aber er hat mich gefragt, ob …«

»Was? Was hat er dich gefragt?« Helen saß plötzlich kerzengerade. »Was hat er über mich gesagt?«

»Er hat mich gefragt, wann du wieder zur Verfügung stehen würdest, das ist alles. Was hast du denn gedacht, mein Kind? Dass er dich vergessen würde?«

Sobald Malia gegangen war, rief Helen nach Rima. Sie hatte ihr Äußeres in der vergangenen Woche vernachlässigt, und nun gab es viel zu tun. Im Geiste erstellte sie eine Liste. Wenn sie sich heute die Haare entfernen ließ, würden die Rötungen morgen Abend verblasst sein. Welche ihrer Gewänder waren sauber? Sie riss den Deckel der Kleidertruhe auf und warf den Inhalt auf das Bett. Ganz unten am Boden stieß sie auf zwei Beutel: den grünen Samtbeutel, der ihre Smaragde barg, und das kleinere, braune Ledersäckchen mit dem Geld, das Microphilus ihr gegeben hatte.

Sie starrte die beiden Beutel an. Monate schienen vergangen zu sein, seitdem sie sie zum letzten Mal berührt hatte – als hätten Nazimes Tod und der Regen und ihre Blutung weit mehr als sieben Tage ihres Lebens ausgefüllt.

Sie ließ die Smaragdkette in ihre Hand gleiten und fühlte ihre Kühle, ihr Gewicht. Prickelnde Erregung breitete sich in ihrer Brust aus. Bald würden weitere Schätze folgen. Ein goldener Sattel und eine silberne Kutsche, eine Weste aus Perlen. Bald würde sie wieder bei ihm sein, bei seiner dunklen Härte unter all diesen trügerisch weißen, fließenden Gewändern.

»Asisa …« Es klang wie ein Seufzen.

Er schritt mit ausgestreckten Armen auf sie zu, das Gesicht

offen und voller Liebe. Er wirkte kleiner, als sie ihn in Erinnerung hatte, und schlanker.

Sie machte einen tiefen Knicks und wagte nicht, ihn dabei anzusehen. Ihre Beine zitterten, ihre Hände waren kalt.

Nichts hatte sich verändert.

»Als diese alte Hexe sagte, du könntest nicht zu mir kommen, hätte ich sie am liebsten mit einem Tritt in den nächsten Springbrunnen befördert. Komm, lass mich dich anschauen. Ich glaubte langsam schon, ich hätte das alles nur geträumt.«

Er beugte sich zu ihr hinab und half ihr sanft auf die Füße. Dieser Geruch – wie hatte sie seinen Geruch vergessen können? Weihrauch, Minze und Sandelholz, Süßholz und Knoblauch. Sie bemerkte, dass er sich bereits gewaschen hatte, und stellte sich seinen sauberen, sehnigen Körper unter den weiten weißen Falten vor.

»Sieben Tage ... Ich dachte, sie würden niemals enden.« Er zog sie an sich. Er war bereits hart, rieb sich durch seine Beinkleider an ihr. Begierde erwachte in ihr, so stark und brennend, dass sie erbebte.

»Was ist mit dir?« Plötzlich trat Besorgnis in seine Augen. »Hast du Schmerzen?« Sie ertappte sich dabei, wie sie seinen Mund anstarrte. Stumm von ihm forderte, sie zu küssen.

»Nein.« Sie schüttelte den Kopf. »Es ist nur ...« Wie sollte sie ihm erklären, dass es in ihr brannte und wogte und sie beinahe überfloss wie ein Mund voller Speichel? »Es ist nur, dass ich Euch vermisst habe, mein Gebieter.« Ihre Stimme war ein Flüstern. Sie presste ihre Schenkel zusammen, beschämt über die Stärke ihres Verlangens.

»Ich habe dich nicht verstanden.« Nun flüsterte auch er und umklammerte sie fester.

Sie atmete schneller, stoßweise. All ihre Gedanken kreisten um die Härte, die sich gegen ihren Bauch presste – sie sah sie im

Geiste vor sich, und auch seinen Hodensack, prall und stramm wie bei einem Schafbock, dicht an seinen Körper gezogen.

Bald. Die Feuchtigkeit sickerte aus ihrem Inneren. Waren die Sklaven schon fort? Sie warf einen Blick über ihre Schulter – die Tür schloss sich.

Er sprach weiter. »Ich will dich ...« Ihre Knie wurden weich, ihr Blut raste durch ihre Adern. Warum küsste er sie nicht? Sie sah, wie sich sein Mund öffnete und schloss und Wörter formte, aber sie hörte nicht hin. Sie starrte auf seine Lippen, die winzige Narbe an seinem Mundwinkel, seine Zunge.

Nun küsste er sie auf die Stirn, die Nase, die Wangen, näherte sich ihrem Mund und entfernte sich wieder, bis ihre Lider sich senkten und ihre geschwollenen Lippen danach schrien, endlich von ihm geküsst zu werden.

»Asisa, ich will, dass du meine Frau wirst.«

44

26. Oktober 1769

Er hat erneut nach Helen geschickt. Und ich habe erneut versucht, mit ihr zu sprechen, sie zu warnen und darauf hinzuweisen, wozu er fähig ist, damit sie ihr Herz gut hütet, wenn sie das nächste Mal beieinander liegen. Und auch ihre Zunge. Denn was, wenn sie ihn über jene Nacht befragt? Es nagt unerbittlich an ihm, dass Lungile noch immer nicht gefasst ist. Was, wenn sie ihn durch ihre Fragen unwissentlich erzürnt?

Sie hat Rima befohlen, die Tür zu bewachen und jedem zu sagen, sie sei zu beschäftigt mit ihrer *toilette*, um Besuch zu empfangen. Ich überschüttete den alten Sauertopf mit inständigen Bitten, vermochte ihn jedoch nicht zu überreden, auch wenn seine strenge Braue sich für den Bruchteil eines Augenblicks entschuldigend hob. Woraus ich schließe, dass Rima meinen Versuch einer Intervention gutheißt. Es tröstet mich zu wissen, dass ein solcher Engel über das Mädchen wacht, ein Engel zudem, dessen Geisteskräfte nicht mit den Launen des Leibes zu- und abnehmen, denn Rimas Leib verlor seine Macht über ihren Verstand schon vor vielen Jahren, setzte ihr einen Hut aus grauer Wolle auf und quartierte sie dann wieder im Haus der Vernunft ein.

Nicht so Helen, die einmal mehr die Scheuklappen der Liebe trägt und blindlings am Rand der Klippen entlanggaloppiert. Das Zaumzeug der Liebe liegt um ihren Kopf, die Gebissstange der Liebe steckt in ihrem Mund. Sie lässt nicht zu, dass ich nach den Zügeln greife.

Und meine Zügel? Wie konnte es geschehen, dass sich Microphilus in ein dermaßen leichtsinniges, halsstarriges Mädchen verliebte? Genug – ich werde mich im Zaum halten. Mag sie vor der Vernunft fliehen, ich werde dies nicht tun. Es ist an der Zeit, dass ich all dem ein Ende mache. Ich schließe dieses Tagebuch einer Besessenheit.

45

Der Morgen des Hochzeitstages brach strahlend und klar an. Nach Wochen voller Regen und Nebel war die Luft frisch und kühl, wie im schottischen Frühling. Helen zog den langen Vorhang zurück und sog alles in sich ein: den blauen Himmel, die kleinen Wölkchen, den Duft nach kalter Erde und neuen Trieben. Die anderen Frauen schliefen noch, aber die Sklavinnen liefen wie immer leise hin und her, schleppten Wasser und Feuerholz und brachten Körbe mit Früchten, Käse und dampfendem Fladenbrot.

Seufzend drehte sich Helen um und betrachtete ihr kleines Gemach. Der letzte Morgen in diesem Zimmer. Wenn sie am nächsten Morgen erwachte, würde es in jenem Teil des Harems sein, der den Königinnen vorbehalten war, in Salamatus altem Quartier. Wenn sie morgen erwachte, würde sie eine Königin sein.

Rima brachte heißes Wasser und stellte den Krug an seinem üblichen Platz ab. Doch statt wie gewöhnlich sofort wieder hinauszueilen, um das Frühstück vorzubereiten, kniete sie nun vor Helen nieder und küsste ihre Füße.

»Ich habe etwas für dich«, sagte sie steif, griff in ihre Tasche und zog einen kleinen Gegenstand hervor. »Da, wo ich herkomme, wird es *Chifumuro* genannt. Die Mütter geben es ihren Töchtern am Tag ihrer Hochzeit.« Sie blickte Helen einen Moment lang eindringlich in die Augen. »Es dient zum Schutz«, fügte sie dann leise hinzu. »Wir tragen es um den Hals – oder um den Bauch, wenn es ein Geheimnis bleiben soll.«

Helen nahm das Gebilde und musterte es: ein winziger Beutel aus blauer Seide, nicht größer als ein Daumennagel und sorgfältig mit Goldfaden zugenäht.

»Ich weiß, dass du heute deine Juwelen tragen wirst. Aber du kannst es ja an der Innenseite deines Gewandes befestigen. Hier, ich habe eine kleine Nadel gefunden, mit der es sich feststecken lässt«, sagte Rima.

Etwas Altes, etwas Neues, etwas Geborgtes... Plötzlich schoss Helen der alte Hochzeitsspruch durch den Kopf. Etwas Blaues. Mit Tränen in den Augen schloss Helen die Hand um das Geschenk. »Du wirst doch da sein, wenn ich zurückkomme, nicht wahr? Ich meine, in den neuen Gemächern.« Auf einmal verspürte sie Angst. Sie würde heute nicht bloß auf einen großen Ball gehen.

Rima verzog ihr faltiges Gesicht zu einem grimmigen Lächeln, nickte und reichte Helen ein weißes Tuch. »Und nun komm, wisch dir die Augen. Die Frauen werden schon bald hier sein, um dich zum Badehaus zu bringen. Du willst doch nicht, dass sie sagen, die *Lalla* Asisa hätte an ihrem Hochzeitstag geweint.«

Angeführt von Batoum traf eine Stunde später eine Gruppe von sechs älteren Frauen in Helens Hof ein. Sie lachten und sangen, trugen Eier und Kerzen und einen weißen *Haik*, den sie Helen um die Schultern legten. Begleitet von den fettleibigen Musikanten führten sie sie durch die verschiedenen Höfe zum Badehaus, wo sie ihre Waschungen beaufsichtigten, sie der Reihe nach siebenmal mit klarem Wasser übergossen und zu Allah beteten, er möge ihr Schutz und Fruchtbarkeit gewähren.

Nachdem sie Helen in ihr Zimmer zurückgebracht hatten, ließen sie sich im Hof nieder, bestimmten, was die Musikanten spielen sollten, und hielten das Festmahl im Auge, das im Speiseraum im ersten Stock im Gange war. Helen beobachtete sie aus der Sicherheit ihres Raumes. Abgesehen von Batoum hatte sie kaum je mit einer dieser Frauen gesprochen – und trotzdem waren sie nun hier und richteten ihr zu Ehren ein Hochzeitsmahl aus. Angesichts ihrer ein wenig barschen, aber fröhlichen und gutmütigen Art verspürte Helen einen Stich des Bedauerns, dass sie diesen Ort verließ.

Doch es war keine Zeit zum Nachdenken. Die Musikanten stimmten eine neue Melodie an, und alle begannen wieder zu singen. Die Henna-Malerinnen waren eingetroffen, mit drei Kesseln voller heißem Henna. In jeden der Kessel wurde ein Ei geschlagen und mit der Henna-Mischung verrührt. Dann zogen die Malerinnen wie eine Prozession in Helens Zimmer ein und schlossen den Vorhang.

Das Bemalen dauerte zwei Stunden. Helen musste vollkommen regungslos auf dem Boden liegen, während sich die drei Frauen über ihren nackten Körper beugten, kleine, spitze Pinsel in eine Schüssel mit der dampfenden Paste tauchten, Helen kitzelten, ihre Haut verbrannten und sie behutsam mit den Brandzeichen der verheirateten Frau versahen. Sie war schon zuvor mit Henna bemalt worden, in den Handflächen und auf den Fußsohlen, doch noch niemals war ihr gesamter Körper mit dem traditionellen Schnörkelmuster geschmückt worden. Weil ihre Haut so hell war, hatten die Malerinnen nicht das übliche braune oder schwarze Henna gewählt, sondern einen Goldton. Nachdem sie die überschüssige Farbe abgewaschen und Helens Körper mit Jasminöl eingerieben hatten, wirkte jeder Zoll ihrer Haut – von der Nase über die Brüste und den Schoß bis hinunter zu ihrem kleinen Zeh –, als sei er mit einem feinen Gespinst aus goldener Spitze bedeckt. Nun verstand Helen, warum Rima am Tag zuvor so peinlich genau darauf geachtet hatte, jedes einzelne Haar zu entfernen – die kleinste Stoppel hätte die Wirkung verdorben.

Nachdem die Malerinnen fort waren und sich Rima der lärmenden Festgesellschaft im Hof angeschlossen hatte, trat Helen vor ihren Wandspiegel und drehte sich langsam um sich selbst. Sie hatte während der letzten zwei Wochen nach jeder Mahlzeit braunen Haferbrei gegessen, um noch rundlicher zu werden, und ihre Haut spannte sich straff über ihrem Bauch und ihren Hinterbacken. Die großen Brüste bebten und schwangen leicht hin und her, wenn sie sich bewegte. Sie begriff nun, dass eine richtige Frau genau so aussehen sollte – wie eine Anhäufung von Seidenkissen, weich, träge und voller Grübchen.

Sie kniete sich mit ihrem Handspiegel auf den Boden und trug auf die Art und Weise *Kochl* und Schminkrot auf, die ihr zur zweiten Natur geworden war: erst eine grüne, dann eine schwarze Linie um die Augen, ein breiter schwarzer Strich, der ihre Augenbrauen miteinander verband, Rot auf die Lippen und Wangen. Schließlich nahm sie das schützende Kopftuch ab und begann, die vielen dünnen Zöpfe zu lösen, zu denen Rima ihre Haare am Abend zuvor geflochten hatte.

Als sie fertig war und gerade ihr Haar auskämmte, sodass es sich wie ein gewellter, kupferroter Schal um ihre Schultern legte, ertönte draußen plötzlich lauter Gesang, und Rima kam herein, um ihr die Hochzeitsgewänder zu bringen: einen schweren *Schalwar* aus goldfarbenem Atlas, dessen Fußmanschetten mit winzigen Rubinen bestickt waren, und eine hauchdünne, ebenfalls goldfarbene *Kamis*. Helen kleidete sich vorsichtig an. Noch nie in ihrem Leben hatte sie etwas derart Prunkvolles getragen. Der Atlas glitt kühl über ihre Haut, die mit ihrer Bemalung den Flügeln eines Perlenauges glich, und die *Kamis* lag federleicht auf ihren Brüsten. Als Nächstes kam die Weste, so starr und schwer wie die Jacke eines Mannes, da sie über und über mit Rubinen besetzt war, und dazu passende, schnabelförmige Pantoffeln, geradewegs vom Königlichen Schuster.

Schließlich die Juwelen. Der Sultan hatte sie selbst ausgesucht. »Jeder Stein mit der Farbe von Feuer, den der Goldschmied finden konnte«, hatte er verkündet und ungeschliffene Edelsteine vor ihr auf ein Tablett gestreut. »Daraus wird er eine Halskette machen, in den verschiedenen Farbtönen deines Haars. Und dazugehörige Armbänder, Ohrgehänge und Fußreifen. Ich will, dass du an unserem Hochzeitstag funkelst wie eine Flamme.«

Langsam, Stück für Stück, legte Helen die Schmuckstücke an. Sie stellte sich vor, wie die Menschenmenge im Palast sie voller Bewunderung anstarren würde – die schöne neue Braut des Sultans, auserwählt unter tausend Frauen, mit weißer Haut und kupferrotem Haar, ganz in Gold gekleidet. Das Gewicht der Juwelen ließ sie anders stehen, mit hoch erhobenem Kopf und angespannten Handgelenken. So steht eine Königin, dachte sie: stolz und gerade, beladen mit Kostbarkeiten.

Draußen verstärkte sich der Tumult. Gewehrsalven und Trommelschläge erklangen, kamen näher. Helen spähte durch den geschlossenen Vorhang. Hinter sieben Wachmännern, die immer wieder ihre Musketen abfeuerten, brandete eine Welle singender Frauen in den Hof. In ihrer Mitte wippte der Hochzeitsstuhl wie ein gewaltiger goldener Apfel auf den Schultern von vier Eunuchen in weißen Gewändern. Vor diesen stolzierte Microphilus einher, mit einem goldenen *Dulbend* auf dem Kopf und in Begleitung der größten schwarzen Sklavin, die Helen jemals gesehen hatte.

Sie wandte sich um und stellte fest, dass Rima sie mit zusammengekniffenen Augen beobachtete. »Die große Sklavin wird dich auf den Stuhl heben. Deine Füße dürfen den Boden erst wieder berühren, wenn du dich in den Gemächern des Sultans befindest. Das soll dich vor schlechtem Staub schützen. Hast du das *Chifumuro*?«, fragte sie. Helen nickte und tastete nach dem kleinen Beutel, den sie an das Futter ihrer Weste geheftet hatte. »Gut«, sagte Rima und zog den Vorhang zurück. »Jetzt bist du bereit.«

Der Stuhl war mehr Sarg als Sänfte. In seinem Inneren, umgeben von Kissen, vermochte Helen nur durch schmale, auf jeder Seite ungefähr in Augenhöhe angebrachte Sichtgitter nach draußen zu blicken. Es war, als habe sie sich wieder in ihren *Haik* gehüllt – sie roch den Schweiß der Eunuchen, sah sie jedoch nicht. Der Harem taumelte hinter den Gittern an ihr vorbei, zwei Reihen singender, gaffender Gesichter, unterbrochen von Rosensträuchern, Springbrunnen, *Teem*-Bäumen.

Plötzlich waren die Gesichter fort, das Stimmengewirr und der Gesang verebbten. Sie verließen den Harem. Helen hörte nun, wie die Eunuchen schnauften und in ihren Pantoffeln durch die gekachelten Wandelgänge des Palastes schlurften. Schnitzereien aus dunklem Holz erschienen hinter den Sichtgittern, goldene Kacheln, weitere Springbrunnen und abwechselnd Sonne und Schatten. Sie passierten einen Hof nach dem anderen, kleine Gruppen von kahlköpfigen Sklaven, die den Stuhl anstarrten, nur Köpfe und Schultern, bärtige Männer in weißen Turbanen ... Musik drang an Helens Ohr und verklang, dann das Klappern von Kochtöpfen. Der kräftige Geruch nach geschmortem Hammelfleisch stieg ihr in die Nase.

Dann hörte sie andere Laute: Menschen, eine Menge Menschen, die husteten, schwatzten und einander etwas zuriefen. Riegel wurden zurückgeschoben, und die Menge begann zu jubeln. Eine größere Truppe von Musikanten begann zu spielen, auf Trompeten und Trommeln, dann krachten wieder Schüsse. Die Bilder hinter den Sichtgittern verschwammen und wurden dunkel, erhellten sich und verdunkelten sich wieder, bevor sie jäh verschwanden und Helen auf einen weiten, offenen Platz getragen wurde.

Wo war sie? Sie konnte nun vollständige Körper erkennen – Männer, Tausende von Männern, in Schach gehalten von dichten Reihen anderer Männer, bei denen Helen vermutete, dass es sich um Krieger der *Buchari* handelte. Die Menge drängte jubelnd und johlend vor und versuchte, durch die Gitter einen Blick auf sie zu werfen.

Helen presste sich in die Kissen zurück, suchte unter ihrem Prunkstaat nach dem *Chifumuro* und hielt es fest umschlossen. Seit ihrer Ankunft im Harem waren sechs Monate vergangen. Sie hatte vergessen, wie Furcht erregend Männer in großen Gruppen sein konnten, wie raubtierhaft, wie roh und pockennarbig – wie hungrige Hunde mit weißen Turbanen und braunen Winterumhängen, mit Knollennasen und verrotteten Zähnen, behaarten Ohren und Nasenlöchern, dicken Fingern.

Schweißtropfen prickelten auf ihrer Stirn und Oberlippe. Sie wurde wieder durch die Straßen von Salee getrieben, wo Fremde sie kniffen und die Finger in ihr Fleisch stießen, sie sabbernd anstarrten und nach ihr spuckten. Und sie dachte an Betty, zum ersten Mal seit Wochen. Betty war immer noch irgendwo da draußen. War sie am Leben? War sie eine Hure oder eine Dienstmagd? War sie krank und lag im Sterben? Konnte eine Frau in diesem Land außerhalb eines Harems überleben?

Der Stuhl kam schwankend vor einem Tor zum Stehen, und Helen erkannte, dass sie gerade über einen riesigen Hof getragen worden war. Die Welt hinter den Gittern versank in Dunkelheit, wurde dann wieder hell, während sie einen zweiten Hof durchmaßen, der sogar noch größer war als der erste. Hier wirkte die Menschenmenge noch ungepflegter und erzeugte einen ohrenbetäubenden Lärm: zehntausend, vielleicht zwanzigtausend Männer schoben und drängelten vorwärts, während sich die Wachen ihnen breitbeinig entgegenstemmten. Was, wenn sie nicht standhielten? Helen stellte sich vor, wie die Menge mit stinkenden Mündern und flatternden Umhängen auf sie zustürmen würde.

Weitere Tore. Microphilus hatte gesagt, sie würde aus dem Palast hinaus und an den äußeren Palastmauern entlang getragen werden, ehe man sie in den Thronsaal brachte. »So will es die Tradition«, hatte er mit einem verkrampften Lächeln erklärt. »Die Braut muss durch die Straßen getragen werden, vom Haus ihres Vaters zum Haus ihres Bräutigams, zum Zeichen für alle anderen Männer, dass sie der Obhut ihres Ehemannes übergeben wird. Obwohl du natürlich einfach in den Harem zurückkehren wirst.«

Draußen. Sie musste nun draußen sein, denn auf einmal waren auf der einen Seite keinerlei Mauern mehr in Sicht. Nur weitere Männer, ärmere Männer, das sah sie an den Farben ihrer Kleidung. Braune und graue Umhänge, Männer, die starrten und drängelten, schrien und jubelten. Hier waren die Wachen beritten, zückten ihre Peitschen, zügelten die Pferde und gaben ihnen dann wieder die Sporen, sodass sie schnaubend rückwärts stampften, die Menge zurücktrieben und verloren gegangene Pantoffeln in den kalten Staub trampelten. Helen sah eingefallene Wangen und schwarze Zähne unter schmutzigen *Haiks*, Narben und Blutergüsse, den Grind von Frostbeulen auf Nasen und Lippen. Wie bei den wilden Highlandern, die mit dem ersten Schnee nach Crieff kamen.

Und jenseits all dieser Menschen erstreckte sich die weite, mit Bäumen bestandene Ebene, und dahinter ragten in weiter Ferne die Berge empor, Nazimes geliebte Berge. Helen musste den Kopf einziehen, um durch das Gitter die Bergspitzen sehen zu können: weiße Gipfel, die im Sonnenlicht glitzerten, frisch und rein wie ein Gebet. Und Bussarde, die in der kalten Luft kreisten, Wolkenfetzen, Geröll auf den höher gelegenen Pässen, wo der Enzian wuchs.

Bei der Rückkehr in den Palast nahmen sie einen anderen Weg. Dies musste der Anblick sein, der sich Würdenträgern bot, wenn sie vom Sultan empfangen wurden: weitläufige, hohe Korridore, an deren Wänden sich riesige, mit Edelsteinen besetzte Lampen befanden, unruhige Falken an feinen goldenen Ketten, mit Gewehren und Schwertern behängte Soldaten, gewaltige Kanonen, mit Schnitzereien verzierte Nischen voller Uhren und Spiegel... All dies breitete sich wie ein farbenprächtiger Teppich hinter dem Sichtfenster aus. Hier musste es sein, wo die Scheiches und Kalifen umherschlenderten, wo Entscheidungen getroffen wurden, wo der Sultan sein Reich regierte. Wo er wahrhaftig herrschte, über alles, was sie draußen gesehen hatte, über all die Menschen, über das ganze Land, das sich bis zum Meer erstreckte. Dieser Sultan, der jede Frau haben konnte, die er wollte. Und der sie zu seiner Frau gemacht hatte.

Nun musste es jeden Augenblick so weit sein. Eine Fanfare ertönte, dann knallte eine weitere Gewehrsalve, gefolgt von den Geräuschen hustender, mit den Füßen scharrender Menschen. Noch eine Menschenmenge, dachte Helen. Wichtige Männer, reiche Männer, die auf ausdrückliche Einladung an der Hochzeitsfeier des Sultans teilnehmen durften. Sie zog ihr Taschentuch hervor und wühlte damit in ihrer *Kamis*, um sich den Schweiß aus den Achselhöhlen zu tupfen. Schwarze Bärte und Turbane voller Edelsteine verbeugten sich, während sie vorübergetragen wurde. Ihre Handflächen wurden feucht. Was würden sie denken, wenn sie sie sahen?

Der Stuhl drehte sich langsam und schwankte ein letztes Mal, bevor er endgültig auf dem Boden abgesetzt wurde. Das goldene Türchen öffnete sich, und die große Sklavin hob Helen hinaus. Sie befanden sich in einem kleinen, düsteren Vorzimmer, in dem nur wenige Lampen brannten. Helen hörte die rastlose Menge auf der anderen Seite der Türen. Der Augenblick war gekommen.

Doch was geschah nun? Die große Sklavin trat einen Schritt vor und verhüllte all ihre prachtvollen Gewänder mit einem weißen *Haik*. Ehe Helen Einspruch erheben konnte, flogen die Türen auf, und die schwarzhäutige Frau führte sie in den Thronsaal. Helen mühte sich, die Falten des Umhanges so zu ordnen, dass sie den vorgeschriebenen Sehschlitz bildeten.

Dort stand er und wartete auf sie, gekleidet in einen goldenen Kaftan und eine hauchdünne weiße *Dschellaba*. Er hielt ein Schwert in der Hand, das er nun ausstreckte, damit sie darunter her schritt, wie man es ihr gesagt hatte – zum Zeichen ihres Gehorsams und ihrer Demut gegenüber ihrem Ehemann. Sie versuchte, seinen Blick zu erhaschen und etwas zu sagen, doch die Schüsse und der Jubel im Saal übertönten alles andere. Reihen von Männern mit Turbanen sprachen Gebete, und vom anderen Ende des Raumes rief jemand unablässig Namen herüber. Die Musikanten begannen wieder zu spielen, und eine Gruppe von drei Männern trat vor, eine Schüssel mit dampfendem Henna in den Händen.

Kurz darauf öffnete sich eine Flügeltür. Helen wurde hinausgeleitet und durch eine weitere Flügeltür in ein neues Gemach gebracht. Sobald sich die Tür hinter ihr schloss, erklangen die Geräusche aus dem Thronsaal nur noch gedämpft. Die große Sklavin befreite sie von ihrem *Haik*. Helen blinzelte.

Sie stand in einem herrlichen Raum. Stufen führten hinauf auf ein kleines Podest, das mit Teppichen und goldenen Kissen bedeckt war. Bis auf die ausdruckslos blickende Sklavin war der Raum menschenleer.

Helen bekam den Sultan erst am Abend wieder zu Gesicht. Durch die Wand hörte sie, dass im Thronsaal eine Art von Zeremonie stattfand, bei der gesungen wurde und ein alter Mann Verse aus dem Koran vorlas. Sie nahm an, der Sultan würde sie danach zu sich holen, aber weit gefehlt. Musik setzte ein, und sie hörte, wie Speisen aufgetragen wurden. Die große Sklavin verschwand und kehrte bald darauf mit einem Servierbrett zurück, auf dem sich köstliche Gerichte türmten, ein Festmahl für eine Person, und dazu gezuckerte Früchte, die in vergoldete Blätter gewickelt waren.

Helen stocherte halbherzig in den Köstlichkeiten herum, überzeugt, dass der Sultan jeden Augenblick nach ihr schicken würde. Tränen brannten in ihren Augen. Daheim hätte sie am Kopfende der Tafel gesessen, an der einen Seite ihren Mann, an der anderen ihren Vater. Jeder hätte sie angestarrt und ihr Hochzeitskleid bewundert. Dumme Reden wären gehalten und Whisky wäre verschüttet worden, und später hätte sie das ganze Dorf beim Tanz angeführt …

Stürmisches Gelächter drang aus dem Saal, dann wütende Stimmen. Sie glaubte, den Sultan zu hören, war sich jedoch bei der lauten Musik nicht sicher. Jemand schrie »*La!* – Nein!«, ein anderer rief Allah um Barmherzigkeit an. Was um alles in der Welt ging dort vor?

Als sich die Tür öffnete, erstarrte Helen ängstlich, doch es war nur einer der Haremseunuchen. Er schleppte einen ausladenden Spiegel mit einem verschnörkelten, goldenen Rahmen herein, hielt ihn ihr einen Moment lang vor, damit sie sich darin bewundern konnte, und lehnte ihn dann an die gegenüberliegende Wand. Ihm folgte ein zweiter Eunuch, über dem Arm einen Umhang aus Samt und Seide, den er ihr zu Füßen legte. Gefolgt von einem dritten, der eine riesige Uhr mit silbernem Gehäuse trug, und einem vierten, der vor ihr niederkniete und ihr eine seidengefütterte Schatulle voller mit Einlegearbeiten verzierter Teelöffel zeigte. Hochzeitsgeschenke! Sie mussten von den Männern dort draußen kommen.

Helen vergaß den Aufruhr im Thronsaal und beugte sich aufgeregt vor. Ein Eunuch nach dem anderen betrat das Gemach, kniete nieder und häufte um sie herum herrliche Gegenstände an. Sie sah sich selbst in dem großen Spiegel – eine goldene Königin, die über einem Meer von Schätzen schwebte. Sie hatte nicht damit gerechnet, dass sie Hochzeitsgeschenke erhalten würde. Sie hatte noch nie zuvor Dinge von solcher Schönheit erblickt.

Helen verspürte den Drang, laut zu lachen. Die Reihe der Eunuchen riss nicht ab. Nach einer Weile füllte sich das Gemach derart, dass sie nicht mehr sehen konnte, welche neuen Stücke den Ausläufern der kostbaren Hügel hinzugefügt wurden. Und das alles gehörte ihr, der Lieblingsfrau des Sultans.

»Was ist denn nach dem Essen im Thronsaal vorgefallen?«, fragte sie den Sultan später. »Erst habe ich Gelächter gehört, dann Schreie.«

»Das war nur ein törichter Sklavenjunge, dem eine Lektion erteilt wurde.« Er liebkoste ihre Wange und öffnete langsam ihre Bluse, um ihren Hals zu küssen. »Ich habe noch nie Henna-Bemalung in dieser Farbe gesehen. Wie ein goldenes Spinnennetz.« Helen fragte sich, was der Junge getan hatte. Vielleicht hatte er Soße über einen der Gäste gegossen. »Soll ich heute Nacht deine Fliege sein, Asisa? Wirst du mich in deinem Netz fangen, hier ...« – er löste ihre Schärpe – »... hier unten, wo du so klebrig bist?«

Sie schloss die Augen und lehnte sich gegen ihn. Unter ihrem *Schalwar* aus Atlas zerfloss sie in Honig und Öl. Es kümmerte sie nicht, dass sie nicht an ihrem Hochzeitsfest hatte teilnehmen dürfen. Was wirklich zählte, war, mit ihm allein zu sein, hier in diesem Gemach, wo der Sultan seine Kleider ablegte und zum Mann wurde. Zu dem Mann, der sie liebte, der sie geheiratet und zu seiner Frau gemacht hatte.

Am nächsten Morgen musste sie nicht darauf warten, dass die alte Malia sie abholte. Die Eunuchen standen mit dem Stuhl bereit, um sie zu ihren neuen Gemächern zu tragen. Als sie dort eintraf, wurde sie schon von Batoum und Microphilus erwartet, die kleine Schalen mit brennendem Weihrauch vor ihr schwenkten, während sie durch das Tor schritt. Und von Rima, die mit dem üblichen grimmigen, steifen Lächeln vor ihr niederkniete.

Helen ging bis zur Mitte des Hofes und sah sich dann um. Viele Male hatte sie durch das Tor hier herein gespäht, die wild wuchernden Pflanzen betrachtet, den schleimig grünen Springbrunnen, die mit Vogelkot und Blättern übersäten Kacheln. Nun war alles wie verwandelt, sauber und freundlich, die Pflanzen waren gestutzt, und der Brunnen glitzerte im Sonnenschein.

Ihr eigener Hof! Und all diese Zimmer, drei, vier, mindestens fünf, dazu noch der Waschraum und die Küche. Und Bäume – nun hatte sie ihren eigenen Schatten. Und niemand würde sie mehr anstarren und ständig hinter ihrem Rücken über sie flüstern. Ihr eigener Waschraum, ihr eigener Springbrunnen, ihr eigenes Tor, das sie abschließen konnte.

»Willkommen in deinem neuen Heim, *Lalla* Asisa«, sagte Microphilus mit einem seltsamen Lächeln. »Ist es das, was du dir immer erträumt hast?«

»O ja! Hast du hier aufgeräumt und sauber gemacht?«

»Ay, ich und eine kleine Heerschar von Eunuchen. Und während du bei der Hochzeit warst, hat der alte Sauertopf dem Ganzen den letzten Schliff gegeben. Aber jetzt möchtest du gewiss in Ruhe alles erkunden, ohne von unsereinem dabei gestört zu werden, also werden wir gehen.«

Helen schlenderte in den Waschraum, trat dann wieder auf den Hof hinaus. So viele Zimmer! Es gab sogar eine kleine Hütte für Besen und überzählige Wasserkrüge. Eine Hütte ... Plötzlich erinnerte sie sich an Betty, an ihre kläglichen Wünsche und Hoffnungen: eine Hütte, ein geborgtes Kind, eine Stelle als Dienstmagd. Wo war sie wohl?

»Ich frage mich, ob du vielleicht gern mehr Sklavinnen hättest«, sagte Rima eine Weile später.

Helen starrte sie an. Natürlich, mehr Sklavinnen.

»Ein Küchenmädchen und einen Gärtner«, sagte Rima. »Und vielleicht ein Mädchen, das mir zur Hand geht. Die Mädchen können in den Kammern neben der Küche wohnen. Es wäre eine Schande, sie nicht zu benutzen.«

»Ja.« Helen schritt auf die Küche zu – ihre eigene Küche, ihre eigenen Dienstbotenkammern. John Bayne hatte in seiner Dienstbotenkammer Schande über sie gebracht. Nun war sie eine Königin und hatte ihre eigenen Dienstboten.

»Möchtest du, dass ich mich für dich umhöre? Du benötigst Sklavinnen, denen du vertrauen kannst – vor allem jetzt.«

Morgen würde sie jemanden ausschicken, der nach Betty suchte. Und sie würde ihr etwas viel Besseres bieten als eine Hütte. Gleich morgen würde sie mit Microphilus darüber sprechen. Das war das Mindeste, was sie tun konnte. Nun, da sie Königin war, konnte sie schließlich machen, was ihr gefiel.

Nach dem Mittagsschlaf schleppten die Eunuchen Truhen und Körbe herbei, in denen sich Helens Hochzeitsgeschenke befanden. Sie zog die Tür zu einem der leeren Gemächer auf und blieb aufgeregt an der Schwelle stehen, während die Eunuchen die Schätze hineintrugen.

»So viele, viele hübsche Sachen!« Helen drehte sich um und erblickte die Junge Königin Duvia, die barfüßig über den Hof auf sie zu hüpfte. »Du solltest die Frauen draußen im Haupharem reden hören. Sie können es nicht glauben! *Ave!*« Duvia vollführte einen drolligen Knicks, wobei sie ihre weiten Beinkleider raffte, als seien sie Unterröcke. »Asisa, nicht wahr? Ich habe dich mit dem Sultan im Garten gesehen.« Sie lächelte, und ein Grübchen zeigte sich auf ihrer linken Wange. »Sag mir, Asisa, warum kleiden sich in diesem Land die Männer wie Frauen und die Frauen wie Männer? Was glaubst du?«

Helen lachte und schüttelte den Kopf. »Wegen der Hitze? Ich

weiß es nicht. Aber ich kann noch weniger begreifen, warum sie solche Schuhe tragen.«

»Genau! Schlapp schlapp, man schlurft in ihnen wie eine Schnecke. Ich ziehe sie an und will sie schon im nächsten Augenblick aus dem Fenster werfen.« Duvia tat so, als trete sie mit ihrem staubbedeckten Fuß einen Pantoffel von sich. »Da drüben, neben die Säule«, bellte sie plötzlich und wies gebieterisch mit dem Finger auf einen kräftigen Eunuchen, der mit einer riesigen Pflanze in einem Tontopf über den Hof stapfte.

»Siehst du, auch ich habe dir ein Hochzeitsgeschenk gebracht. In meinem Heimatland nennen wir diesen Strauch *ibiscus*. Ich habe die Sorte mit weißen Blüten und roten Hälsen ausgesucht, weil du so hellhäutig bist. Die Blüten öffnen sich am Morgen, um die Sonne zu begrüßen, und sterben am Ende des Tages. Aber jeden Tag gibt es neue Blüten. Es ist wie bei den Frauen im Harem: Wann immer der Sultan eine Frau fortschickt, wartet eine neue, frische schon darauf, ihren Platz einzunehmen. Es ist eine wunderbare Pflanze, und die Nektarvögel lieben ihre Blüten. Eigentlich habe ich dir also gleich zwei Geschenke gemacht. Die schönen Blüten und die fliegenden Edelsteine, die den Honig aus ihren Hälsen trinken.«

Kaum hatte der Eunuch die Pflanze mit einem Grunzen abgesetzt, lief Duvia auch schon hinüber, um die Blätter zu ordnen. »Wenn du möchtest, helfe ich dir dabei, dich hier einzurichten. Jetzt sieht dein Reich noch ein wenig kahl aus, aber bald wird es wunderschön sein, du wirst schon sehen! Es sei denn ...« Sie zögerte. »Vielleicht bist du ja wie Batoum. Sie mag keine ...«

»O nein! Ich liebe hübsche Dinge.«

»Gut! Ich bin so froh, dass wir Nachbarinnen sein werden! Dieses Haus war viel zu lange unbewohnt. Und voller Trauer. Nachdem *Lalla* Salamatus Sohn gestorben war, kam sie nie mehr zur Ruhe.« Duvia hielt inne und runzelte die Stirn. Dann erhellte sich ihre Miene wieder. »Aber du wirst hier glücklich sein, da bin ich sicher. Ich war so aufgeregt, als ich hörte, dass du kommen würdest – jemand, der jung ist wie ich. Batoum und Zara sind so ... ach, ich weiß nicht. Sie benehmen sich eben wie ältere Frauen, reden immer über ihre Söhne und darüber, was sie tun werden, wenn sie den Harem verlassen.«

Duvia tänzelte über Helens Hof und schwirrte einmal in diese, einmal in jene Ecke. »Es tut mir Leid, dass ich so neugierig bin. Aber Salamatu litt zwei Jahre lang unter Wahnsinn, bevor sie nach Tafilet ging. Also ist es lange her, seitdem ich zuletzt hier war. Sieh nur!« Die Junge Königin liebkoste den gewundenen Stamm eines Baumes. »Hier wächst ein herrlicher weißer Jasmin, und außerdem hast du all diese Wunderblumen! Jetzt sind sie nicht besonders hübsch, aber wenn es wieder heiß wird, werden sie ganz bezaubernd aussehen – violett, rot und rosa. Wirst du dir einen Gärtner besorgen?«

»Wahrscheinlich. Ich habe noch nicht darüber nachgedacht. Rima sagte, sie würde jemanden für mich finden.«

»Ich kümmere mich selbst um meinen Garten«, sagte Duvia stolz. »Wenn du magst, kann ich dir einiges beibringen. Und du musst mich besuchen und dir meine Vögel anschauen.« Sie lächelte Helen freundlich an. »Wenn ich nicht meine Vögel gehabt hätte, wäre ich in der ersten Zeit hier selbst wahnsinnig geworden. Ich verstand kein Wort von dem, was man mir sagte, und glaubte, alle würden mich hassen – sogar meine Sklavinnen. Lange Zeit hatte ich ständig Angst davor, dass sie mich vergiften würden, bis Malia mir eine Vorkosterin beschaffte. Sollen wir Tee trinken?« Sie klatschte in ihre rundlichen Hände, und Rima steckte den Kopf aus der Küche.

»Als ich hierher kam, wurde ich nicht wie du im Hauptharem untergebracht, deshalb habe ich Jahre gebraucht, um Arabisch zu lernen«, fuhr sie fort, nahm einen kleinen Teppich von einem der Stapel, die von den Eunuchen hereingeschleppt worden waren, und breitete ihn unter der Jasminlaube aus. »Sofort nachdem der Sultan mich bekehrt hatte, heiratete er mich, also war ich beinahe die ganze Zeit allein. Abgesehen vom Sultan natürlich.« Sie lächelte liebevoll. »Und auch Fidschil besuchte mich. Er spricht Latein, daher half er mir am Anfang sehr, vor allem, nachdem ... Ich meine, zuerst konnte ich nicht ...« Ein verwirrter Ausdruck überschattete kurz ihr Gesicht, bevor erneut ihr Lächeln hervorbrach.

Helen setzte sich und versuchte sich daran zu erinnern, was Microphilus über Duvias Bekehrung zum mohammedanischen Glauben gesagt hatte. War sie nicht durch Folter dazu gezwungen worden, dem Christentum zu entsagen? Hatten sie ihr nicht die Nägel herausgerissen oder die Finger gebrochen oder so etwas? Helen warf einen verstohlenen Blick auf Duvias kleine Hände. Sie wirkten vielleicht ein wenig steif und waren übersät mit frischen Kratzern – aber sie waren keineswegs die verwachsenen, missgebildeten Klauen, die Helen erwartet hätte.

Vielleicht hatte Microphilus gelogen. Der Sultan, den sie kannte, würde niemals einem zehnjährigen Mädchen die Finger brechen. Es war eine Sache, eine erwachsene Frau zu bestrafen, einem Kind jedoch absichtlich Schmerzen zuzufügen war etwas anderes. Und überhaupt – würde Duvia ihn nicht hassen, wenn er sie gefoltert hätte? Doch sie schien ebenso besessen von ihm wie die übrigen Frauen des Harems. Es musste jemand anderes gewesen sein, der die Bekehrung übernommen hatte.

»Hättest du gern einen kleinen Vogel? Ich habe größtenteils Kanarienvögel, aber auch ein paar Distelfinken. Und Grünfinken, obwohl sie nicht so hübsch singen. Ich bezahle einen der Gärtner dafür, dass er sie mir vom Suk in Marrakesch mitbringt. Sie sind meine Kinder.«

»Ich dachte, du hättest ein richtiges Kind?«

»Ja, aber die Sklavinnen lassen mich kaum einmal in seine Nähe. Sie fürchten, ich könnte ihn aus Versehen verletzen und sie würden dann die Schuld dafür bekommen. Weißt du, er ist ein Prinz. Er wird der nächste Sultan, wenn er erwachsen ist. Also darf ich ihn so gut wie nie anfassen. Wenn du dich erst einmal eingerichtet hast, komm doch rüber und besuche mich, dann zeige ich dir alles.«

46

20. Januar 1770

Obgleich ich geschworen habe, nie wieder zur Feder zu greifen, kratze ich aufs Neue über mein Pergament. Batoum hat mich in einem Ausbruch von Wut fortgeschickt, mit der Behauptung, sie könne mein weinerliches Wehklagen nicht länger ertragen.

Sie meint damit meine anhaltende Besessenheit von Helen, deren eigene Besessenheit vom Sultan in der vergangenen Woche von einer Hochzeit gekrönt wurde, die unerhörte Kosten verursachte (welche sich der geizige Sultan jedoch bereits in dreifacher Höhe durch Tribute wieder angeeignet und so einen guten Gewinn gemacht hat – selbst wenn man berücksichtigt, dass die vor dem Palast versammelte Menschenmenge der Tradition gemäß mit Münzen überschüttet wurde).

Sie heiratet also. Und Microphilus ist gezwungen, die Rolle des liebenden Vaters zu übernehmen, ihr einen Prunkstaat zu beschaffen und sie, herausgeputzt wie eine Puppe, in einen Kasten zu stecken, in dem sie an den Palastmauern vorbeigetragen wird. Und hier bin ich, so verwaist wie jeder Vater, dessen kostbare Tochter seinen Haushalt für immer verlassen hat.

»Drei Monde, Fidschil!«, donnert Batoum, zieht mir das Laken weg und wirft mich aus dem Bett. »Es bekümmert mich nicht, dass du dem Mädchen hinterherwinselst. Aber dass du so trübsinnig bist, wenn wir zusammen sind, ist eine Beleidigung!«

Heute Morgen brach es plötzlich aus ihr heraus, wie bei einer reifen Feige, die am Baum schwillt, bis ihre seidige Haut nachgibt und eine Naht platzt und sich durch die klaffende rote Wunde ein großer Klumpen körniger Samen ergießt.

»Wenn du ein junger Bursche wärst, könnte ich es verstehen«, schimpft sie und wühlt in ihrer Kleidertruhe nach meinem geplätteten *Schalwar*. »Manche Jünglinge werden dermaßen von ihrem Makakengemüt bestimmt, dass sie alle Gewalt über ihren höheren Verstand verlieren. Aber du bist kein Jüngling.« Wie sie zu mir herunterstarrt – mit geblähten Nüstern und zornig bebendem Busen!

»Oder wenn du ein Mann ohne Geliebte wärst«, fährt sie fort und nimmt eine Hand voll meiner Umhänge von den Haken neben der Tür, »der keine Möglichkeit hat, seine Milch zu verströmen. Wenn deine *Durra-ens* schmerzen würden und dein Makakenschwanz hoch aufragen und sich um deinen Hals wickeln würde ... Aber du hast *mich*!« Ihre Entrüstung wächst im selben Maß wie der Haufen meiner Habseligkeiten auf ihrem Boden.

»Bin ich unsichtbar, Fidschil?« Nun steht sie vor mir, breit wie eine Scheune, die Füße weit auseinander, die Hände in die Hüften gestemmt. »Dieser Körper, der dir jede Nacht Trost spendet und Vergnügen bereitet – ist er dir denn gar nichts wert?« Sie bückt sich, rafft den Haufen zusammen und drückt ihn mir in die Arme.

Ich gestehe, dass ich sprachlos bin, denn es ist das erste Mal, dass sie sich mir gegenüber auf diese Weise äußert. Selbst im vergangenen Monat, während der Fastenzeit des Ramadan, als die Küchen bis zum Einbruch der Nacht geschlossen blieben und die Bäuche des Harems vor ungewohntem Hunger knurrten und sich die Gemüter zu erhitzen begannen und schließlich überkochten, dieweil alle sehnsüchtig auf den Sonnenuntergang warteten – selbst da bewahrte Batoum ihren Gleichmut.

Und wird ihn wiedererlangen, dessen bin ich sicher – vielleicht sogar noch ehe heute Abend die Sonne untergeht. Denn sie vermochte noch nie lange Groll gegen jemanden zu hegen.

»Ich hoffte, du würdest zur Vernunft kommen, sobald sie erst einmal geheiratet hat«, fährt sie fort. »Aber nun, da dich hier nur eine Wand von ihr trennt, begreife ich, dass es noch schlimmer werden wird. Du wirst den Hals nach jeder ihrer Bewegungen recken, auf ihre Stimme lauschen, die Tage zählen, an denen der Sultan nach ihr schickt, die Gewänder auf der Wäscheleine in ihrem Hof beäugen. Als sie noch bei den anderen Frauen untergebracht war, gab es zumindest einige Tage, an denen du nicht von ihr sprachst und ich das Gefühl hatte, du seiest wirklich bei mir.«

Batoum rümpft verächtlich ihre prachtvolle breite Nase. »Ein afrikanischer Mann behandelt seine Frauen anders. Wenn er bei einer seiner Frauen ist, gehört er ihr ganz allein. Er macht es nicht so wie deine schottischen Männer – spielt mit einer Frau, während er an eine andere denkt, hält sich eine Frau, die sich um das Haus kümmert, und vergnügt sich heimlich mit anderen.« Ich suche nach beschwichtigenden Erwiderungen, die ihre Wut dämpfen könnten, aber es gibt nichts zu sagen. Jedes ihrer Worte ist wahr.

»Nun, Batoum weigert sich, eine schottische Frau zu sein. Es ist nicht gut für ihr Herz, wenn sie weiß, dass sich ihr Mann ständig nach einer anderen sehnt. Batoum ist dieses Mannes überdrüssig, dieses Fleischstückes, das gekaut und ausgespuckt wurde. Batoum verdient etwas Besseres.«

Also trotte ich in ihren Gemächern umher, lese meinen Kamm, meine Rasiermesser, meine besten Pantoffeln – und die bequemen alten – auf und schelte mich indessen für meine Torheit. Als meine Körbe gepackt sind und sich die Gewänder bis an mein Kinn stapeln, schlurfe ich hinüber zu der finster blickenden Königin, um Abschied zu nehmen, wobei ich in ihrem Gesicht hoffnungsvoll nach einem Zwinkern forsche, welches mir verrät, dass sie sich hat erweichen lassen. Tatsächlich wirkt ihre Miene weicher, doch nicht aus Zärtlichkeit. Sie wendet mir eine Maske des Kummers und der Trauer zu.

»Was, wenn sie seiner niemals müde wird? Hast du das bedacht?«, fragt sie leise. »Was, wenn sie ist wie Zara, deren Leidenschaft anhält, obwohl er schon lange aufgehört hat, nach ihr zu schicken? Wie lange willst du dich auf diese Weise erniedrigen, Fidschil? Wie lange willst du dich nach einer Frau verzehren, die nur deine kleinen Gliedmaßen sieht, nicht die Größe deines Geistes? Oh, du betrügst dich, Fidschil!« Sie seufzt und sinkt mit einem königlichen Aufwallen ihrer weißen Gewänder auf den Diwan.

»Geh, Fidschil«, befiehlt sie, und in ihren dunklen Augen glitzern Tränen. »Batoum wird keinen Mann lieben, der sich selbst so wenig schätzt. Wenn du in Batoums Bett zurückkehren möchtest, dann komme als ganzer Mann, der sie für all das will, was sie ist – und nicht als halber Mann, der von unerwidertem Verlangen gequält wird. Bis dahin – geh. Batoum hat genug von dir.«

Mit diesen Worten in meinen Ohren und einem plattfüßigen Eunuchen an meiner Seite, der meine Körbe trägt, trotte ich zurück zu meinem eigenen Quartier.

Selbstverständlich habe ich mein Quartier nie aufgegeben. Der Oberste Haremswächter kann sich nicht erlauben, sich vor aller Augen häuslich bei der Hauptkönigin niederzulassen. Auch wenn wir uns natürlich regelmäßig über sämtliche Angelegenheiten beraten müssen, die den Harem betreffen. Ay, und zwar sehr gründlich, eingedenk all unserer Pflichten, und häufig bis in die Nacht, und darüber hinaus, und während der Mittagsruhe. So eifrig waren wir, dass es sich als praktisch erwies, Duplikate meiner wichtigsten Habseligkeiten in ihren Gemächern aufzubewahren. Und auch sie hinterlegte einige

Dinge bei mir, für jene Gelegenheiten, wenn sie mich besuchte, obgleich diese Besuche weniger häufig stattfanden, denn wenn *La Batoum* in ihrer ganzen Stattlichkeit durch die Wandelgänge schreitet, erregt dies mehr Aufmerksamkeit als das geschäftige Huschen des *mus minimus*, der seinen Pflichten im Harem nachgeht.

Daher ist es unwahrscheinlich, dass Batoum geradewegs zu mir kommt, wenn sie ihre Meinung ändert. Sie wird ihr Sklavenmädchen unter einem Vorwand zu mir schicken. Ah, da klopft es schon an der Tür.

Es war nur der Wind.

Meine Körbe stehen am Fußende des Bettes. Ich habe sie nicht ausgepackt, denn ich bin davon überzeugt, dass sie mich zu sich rufen wird, wenn nicht heute Nacht, dann doch morgen, sobald ihr Zorn verraucht ist.

Als ich mein Tintenfässchen wieder hervorholte, war es trocken und verkrustet – ich habe es vor Wochen nicht sorgfältig genug verschlossen. Ich musste Maryam zu einem der Schreiber schicken, damit sie sich von ihm ein neues erbittet, und meine Federn eine Stunde lang in Wasser einweichen, um sie von den verhärteten Rückständen zu befreien. Doch es ist ein erhebendes Gefühl, erneut das Werkzeug der Vernunft in Händen zu halten und damit herumzukratzen wie ein Ameisenbär an einem Termitenhügel.

Wie ich sehe, erging ich mich vor drei Monden über das Thema der Vernunft, beschuldigte Helen eines Wahns und endete mit einem Gestöber empörter Spritzer und Kleckse. So viel zu diesen Beobachtungen. Laut Batoum bin *ich* derjenige, der einem Wahn verfallen ist. Jedenfalls habe ich diesen papierenen Hafen verlassen, in dem Weisheit der Pier, Leidenschaft das Boot und Tinte die Fangleine ist, die das eine mit dem anderen vertäut.

Warum habe ich mich so lange dahintreiben lassen, mit Gevatterin Eifersucht an der Ruderpinne, fort von Batoum, meiner sicheren Insel? Warum habe ich das Tau der Vernunft gekappt, das seit der Jugendzeit mein Anker war?

Helen hat mich zum Kentern gebracht. Seit dem Tod des Berbermädchens scheint meine bloße Anwesenheit ihr lästig zu sein. Sie ist höflich, gewiss – wie der Eigentümer eines Schuhladens, der »Guten Morgen« und »Vielen Dank« sagt, wann immer es erforderlich ist. Aber die Wärme, die Freundlichkeit sind fort. Und sie will und will mir einfach nicht in die Augen sehen …

Zwischen mir und meiner ersten Liebe, Peggy Doig, herrschte tiefe Vertrautheit, sodass sie in meiner Gegenwart über jede Einzelheit ihrer *affaire* mit meinem Bruder sprach. Obwohl wir einander niemals umarmten, betrachtete ich mich als ihren wahren Geliebten und ihn als Blender, denn vertraute sie nicht *mir* all jene Gefühle an, die sie ihm gegenüber verhehlte? Ich glaubte, so müsse es auch bei Helen sein. Doch sie lässt im steifen Korsett ihrer Tage keinen Haken für mich offen. Klopfe ich des Morgens an ihre Tür, so bereitet sie sich gerade darauf vor, zu Bett zu gehen, und wedelt mich schläfrig fort. Des Nachmittags werden mir höchstens einige wenige Minuten zugestanden, während derer sie mit einer starren Heiterkeit in ihren Schminken und Parfüms kramt, die auch ihre Reden schmückt – und somit all meinen Versuchen einer ernsthaften Unterhaltung trotzt. An den ›klaren Tagen‹ ihrer Monatsblutung verhält sie sich weniger ausweichend, das stimmt, besteht jedoch darauf, mit mir verschiedene praktische Vorhaben zu besprechen, die jede wahre Vertrautheit ausschließen. So wünscht sie einen Spiegel aufzuhängen – ob ich ihr einen tüchtigen Eunuchen schicken könnte? – sowie eine Reihe kleiner Kleiderhaken anzubringen. Des Weiteren muss ihre Tür glatt gehobelt werden, da sie vom Regen aufgequollen ist. Und darüber hinaus fragt sie sich, ob ich dafür sorgen könnte, dass ihre Wände frisch gekälkt werden.

Sie ist zu einer wahren Nachteule geworden, die erst bei Sonnenuntergang mit grün geschminkten Augen auftaucht, um träge hinter Malia durch die Wandelgänge zu schlendern, während die Sklavinnen vor ihr niederknien und ihren Namen murmeln. Und morgens schlurft sie zurück, mit schweren Lidern, geschwollenen Lippen und dem Umhang des Sultans über den Schultern, blickt sich zerstreut nach Wasser und ihrem Frühstück um und verhält sich wie eine Schlafwandlerin, bis sich ihr Vorhang schließt und den Tag aussperrt.

Nichts vermag die Daunendecke ihrer Zufriedenheit zu durchdringen. Auch nicht der Tod des Berbermädchens – selbst wenn dies in jenen ersten Tagen, da wir alle in bestürzter Erstarrung verharrten, vermutlich anders war. Auch die Fastenzeit ertrug Helen mühelos, denn war sie nicht bereits zu einem Geschöpf der Nacht geworden? Während wir anderen also schon an unseren Ärmeln nagen, um den Hunger zu lindern, streckt sie gerade erst erwachend ihre biegsamen Glieder, gähnt und zeigt dabei ihre kleinen Zähne, kämmt ihr Haar und macht sich für eine lange Nacht der Schwelgerei zurecht.

Und mir bleiben die Brosamen. Doch Gevatterin Eifersucht war noch nie eine wählerische Esserin und vermag sich an Krumen ebenso zu laben wie an einem Festmahl anzüglicher Geständnisse. Obgleich ich keineswegs der Einzige bin, der sie nährt. Nein, der gesamte Harem faucht vor Verärgerung, denn während der Sultan seine Sahne für eine einzige Erdbeere aufspart, beginnen die anderen Früchte zu gären und zu verderben. Und das schlaue alte Weib wird schier verrückt, weil der Sultan keine andere Frau mehr ansieht. Dass Helen es bisher versäumt hat, ein Kind zu empfangen, erregt die alte Malia noch zusätzlich und veranlasst sie, dermaßen fieberhaft ihre knorrigen Hände zu reiben, dass ich fürchte, sie werden noch zu schwelen beginnen und in Flammen aufgehen.

Zumindest ist das Mädchen nicht schwanger, intoniere ich wie ein Gebet. Denn ich habe mir unterdessen den seltsam tröstlichen Aberglauben zugelegt, dass der Körper aufrichtiger ist als das Herz. Solange der Samen des Sultans keine Wurzeln in ihrem Leib schlägt, darf ich auf einen Platz in ihrem Herzen hoffen.

21. Januar 1770

Ich rechne noch immer damit, dass Batoum nachgibt. Selbst während ich meine Talgkerze zur Nacht lösche, bilde ich mir ein, ein leises Klopfen zu hören und eile zur Tür, in der Erwartung, ihr Sklavenmädchen vor mir zu sehen, das mir mitteilt, ich hätte etwas im Quartier der Königin vergessen, das diese mich abzuholen bittet.

Aber es hat nicht geklopft.

22. Januar 1770

Noch immer keine Nachricht von Batoum. Ich frage mich, wie lange sie dies fortzuführen beabsichtigt.

Es dünkt mich sonderbar, so viel Zeit in meinem eigenen Quartier zu verbringen. Auch Maryam muss einiges Ungemach ertragen. Sie hatte sich angewöhnt, meine Küche als Parlament für Scheuermägde zu nutzen, dessen Abgeordnete sich dort abends zu einer Spätsitzung versammeln. Eine ganze Reihe von ihnen klopfte gestern an die Tür, doch Maryam wies sie alle ab, indem sie bedauernd mit den Achseln zuckte und mir wiederholt Blicke zuwarf, bis ich mich gezwungen fühlte, mich bei der *Bint* für die Unannehmlichkeiten zu entschuldigen, die ich ihr bereitete.

Ich werde Batoum morgen einen Besuch abstatten und mich um ein *rapprochement* bemühen.

23. Januar 1770

Es scheint, als müsse ich mich an dieses einsame Dasein gewöhnen. Gewiss, Batoum hieß mich willkommen und servierte Tee. Doch als ich über ihren prächtigen braunen Arm strich, zog sie ihn entschieden zurück, bevor meine Finger die weiche Beuge ihres Ellbogens erreichten. (Dort ist die Schwarze Königin äußerst empfindlich, sodass allein durch diese Berührung – sofern sie zart genug und Batoum in der richtigen Stimmung ist – ihre Säfte zu fließen beginnen.)

»Willst du mich beleidigen, Fidschil?«, fragt sie mit tadelndem Blick. »Du magst bereit sein, eine Frau zu lieben, die dich für ein Nichts hält, aber Batoum wird das nicht dulden. Nein, fang gar nicht erst an«, unterbricht sie mich, denn ich habe begonnen, sie meiner tiefen Zuneigung zu versichern. »Ich sah dich auf dem Weg hierher vor Asisas Tor innehalten. Und wenn du wieder gehst, wirst du dasselbe tun, nicht wahr?« Woraufhin ich seufze, ihr jedoch nicht widersprechen kann.

Als ich sie verlasse, bleibt sie vor ihrem Tor stehen und beobachtet, wie ich den weitläufigen Hof durchmesse, vergebens an Helens Tor klopfe, feststelle, dass sie bei *Lalla* Duvia ist, und schließlich betreten davonschleiche.

Es hat den Anschein, als ob die Junge Königin Duvia schon bald den Platz der Berberprinzessin als Helens Vertraute einnehmen wird. In den letzten Tagen sieht man die beiden ständig mit buntem Flitterkram von einem Hof zum anderen trippeln. Ich hatte gehofft, Helens Bekanntschaft mit Batoum würde sich nun, da sie Nachbarinnen sind, noch vertiefen, und als Korrektiv ihrer Neigung zu belanglosen Beschäftigungen entgegenwirken. Aber ich vermute, dass die jungen Mädchen mehr gemeinsam haben, da sie beide aus Europa stammen und sich daher (und aus vielen weiteren Gründen) im Harem wie Fremde fühlen müssen.

Jedenfalls teilen sie ihre Besessenheit bezüglich des Sultans, denn *La Duvia* betrachtet ihn beinahe wie eine Gottheit – mit strahlenden, unschuldsvollen, von Liebe erfüllten Augen, sodass man glauben könnte, sie würde für ihn bereitwillig den Märtyrertod sterben. Was womöglich daran liegt, dass sie so jung ist und weder über die Erfahrung noch über Gefährten, noch über einen Gott verfügt, die ihre Liebe mäßigen könnten. Ay, sie ist ein eigenartiges, zauberhaftes Mädchen. Je länger der Sultan sie während ihrer ersten Zeit im Harem folterte, um ihren Gott auszutreiben, desto begieriger schien sie ihn als den neuen Gegenstand ihrer Verehrung anzunehmen. Wie ein Welpe, der weiß, wer sein Herr ist, wenn er den Tritt des Stiefels spürt.

Als wäre Schmerz Liebe.

9. Februar 1770

Ich habe mich in meinem Eunuchendasein eingerichtet und einige Zeit in der Gesellschaft der Eunuchen verbracht – was ich seit nahezu drei Jahren nicht mehr getan habe. (Mein Quartier liegt ein wenig abseits der Kette von Höfen, in denen die Eunuchen wohnen, aber in der Nähe ihres Haupteingangs, sodass ich ihr Kommen und Gehen beobachten kann, ohne in die Alltagsgeschäfte ihrer Gemeinschaft hineingezogen zu werden.)

Manche von ihnen spielen mit Leidenschaft Backgammon,

verwetten dabei ihre Kämme und *Kochl*-Pinsel (in unverhohlener Missachtung des Gesetzes, das einem Mohammedaner das Glücksspiel untersagt) und schleudern ihre Spielmarken über das Brett. Ich habe festgestellt, dass mir dieses Spiel großes Vergnügen bereitet, obgleich ich die billigeren Marktstände plündern musste, um mir einen Vorrat an bunten Halstüchern und Tiegeln mit Schminkrot zuzulegen, die ich verwetten kann. Als ich versuchte, ein Paar *Qat*-Beutel zu setzen, verweigerten sie mir einen Platz auf dem Teppich.

Sie verfügen über einen ganz eigenen Humor, der hauptsächlich im Austausch von Kränkungen besteht. So bezichtigt einer beispielsweise seinen Kameraden, er habe einen grauenhaften Geschmack (weil er womöglich eine gelbe *Kamis* und dazu einen kirschroten *Schalwar* trägt), woraufhin sich der andere aufplustert wie ein gewaltiger Puter, den Beleidiger ein unverschämtes Miststück oder dergleichen nennt, sich seinen mit Troddeln verzierten Schal über eine seiner breiten Schultern wirft und deutlich pikiert die Nase rümpft. Auf diese Weise vermögen sie den ganzen Nachmittag lang fortzufahren, stolzieren abwechselnd jeder in das Gemach des anderen und beklagen sich theatralisch über die wechselseitigen Unverschämtheiten, bis sie gerufen werden, um irgendeine Aufgabe zu erledigen.

Sie haben nur wenige Pflichten. So müssen sie an den Mauern des Harems entlang patrouillieren (eine Pflicht, die sie verabscheuen, da sie von ihnen verlangt, ihre Schminke abzuwaschen und die Uniform – »so *langweilig!*« – der Palastwache anzulegen), sie müssen die Frauen zu bestimmten Gemächern des Palastes geleiten (wenn ihre Söhne zu Besuch sind, *par exemple*, oder wenn sie von einem der *Tabibs* untersucht werden müssen) und eine Vielzahl von Handlangerdiensten verrichten, denn die Haremsfrauen sind dermaßen träge, dass es ihren Gliedern beinahe völlig an Kraft fehlt und es daher bereits über ihre Fähigkeiten hinausgeht, einen kleinen Korb von einer Seite des Hofes zur anderen zu tragen.

Ein Trio von Eunuchen hat beschlossen, sich um mein äußeres Erscheinungsbild zu kümmern, denn es herrscht die einhellige Meinung, ich sei »eine wirklich schändliche Metze«. Sie missbilligen vor allem mein Haar, das ich, wie Ihr Euch vielleicht entsinnt, lang und in einem ungeölten Zopf auf dem Rücken trage, und meinen Backenbart (»so *vulgär!*«). »Warum lässt du uns dich nicht anständig scheren?«, bittet einer, bereit, auf der Stelle nach seinen Rasiermessern zu laufen. »Seine Brust ist eine Schande!«, ruft ein anderer angesichts meiner spärlichen blonden Locken. »Das *alles* sieht man doch am Ausschnitt deiner *Kamis*, wie *viehisch!*«

»Wie ein gewöhnlicher Bauer«, spottet der Dritte. Ginge es nach ihnen, würden sie mich so kahl scheren wie eine Pflaume, mir einen Skarabäus auf die Wange tätowieren und mich in eine Ansammlung bunter Schals hüllen.

Nachmittags trinke ich noch immer mit Batoum Tee, und sie lädt mich häufig ein, gemeinsam mit ihr zu Abend zu essen. Doch obwohl ich gelegentlich bis zur Schlafenszeit bei ihr verweile, hat sie mir untersagt, ihr Schlafgemach zu betreten. Stattdessen beugt sie sich mit offener *Kamis* über mich, sodass ich den Moschusduft ihrer warmen Hautfalten rieche, drückt mir mit ihrem herrlichen großen Mund einen Kuss auf die Stirn und scheucht mich, der ich nun schwelle und pulsiere, hinaus in die keusche Nacht.

Microphilus ist wieder ein Eunuch geworden.

47

Helen kauerte auf dem Nachttopf und hielt eine Kupferschüssel auf dem Schoß. Ihre Stirn war feucht, und kalter Schweiß lief zwischen ihren Brüsten hinab. Sie wischte sich über den Mund, ließ den Kopf nach vorn sinken und seufzte. Wann würde es endlich aufhören?

Seit Tagen musste sie sich immer wieder erbrechen, manchmal eine ganze Stunde lang. Wenn die Übelkeit sie überkam, befand sie sich für gewöhnlich in ihren Gemächern, doch manchmal – wie jetzt – war sie beim Sultan.

»Asisa?« O nein, sie hatte ihn aufgeweckt.

Eine Stunde lang hatte sie versucht, möglichst leise zu sein, während Krämpfe sie schüttelten, ihre Kehle brannte, während sich ihre Finger um die Schüssel klammerten und ihre Augen darin ihr verzerrtes Spiegelbild anstarrten, dessen Mund sich öffnete und schloss wie bei einem Fisch auf dem Trockenen.

»Wo bist du?«

»Hier drin. Ich komme gleich.« Gütiger Allah, der so barmherzig ist, betete sie, lass ihn nicht hereinkommen und mich so sehen. Hastig spülte sie sich den Mund, spuckte leise aus, atmete dann in die hohle Hand und schnupperte – er durfte kein Erbrochenes in ihrem Atem riechen. Mit zitternden Beinen stand sie auf, schüttete den Inhalt der Schüssel in den Nachttopf und legte ein Tuch darüber, damit der Gestank nicht entwich. Dann säuberte sie ihre Zähne mit einem Stück Süßholzwurzel und warf einen Blick in den Spiegel.

»Asisa – du bist schon seit einer Ewigkeit da drin. Fehlt dir etwas?«

Ihre Augen wirkten in dem blassen Gesicht riesig und dunkel, ihre Sommersprossen wie Schlammspritzer. Sollte sie es ihm jetzt schon sagen? Sie lächelte sich im Spiegel erschöpft an. Nein. Noch ein paar Tage, dann konnte sie ganz sicher sein.

Ein Kind vom Sultan! Vielleicht würde die alte Malia nun endlich aufhören, ihr ständig peinliche Fragen zu stellen. »Wie dick war dein Blut?«, »Schmerzen dir heute die Brüste?«, »Wie ist der Schleim heute Morgen?«, »Und der Geruch, bevor du dich gewaschen hast? Nach Fisch oder Fleisch?« Als wäre sie ein Tier und nicht die Lieblingskönigin des Sultans. Helen strich sich ihre schweißnassen Locken aus dem Gesicht und öffnete die Tür.

»Verzeiht mir.« Lächelnd schritt sie hinüber zum Diwan. »Ich wollte Euch nicht aufwecken.«

»Bist du krank? Du bist so bleich wie ein Gespenst.« Er setzte sich auf und sah ihr mit besorgtem Blick ins Gesicht. Seine Augen – vielleicht würde das Kind seine Augen haben, dunkelbraun, von dichten Wimpern umsäumt.

»Ich verspüre nur ein wenig Übelkeit, das ist alles. Zu viel Bewegung nach dem Abendessen, vermute ich.« Sie sah ihn von der Seite an. »Meine Großmutter hat immer gesagt, man solle sich nach einer ausgiebigen Mahlzeit ausruhen. Zum Glück ist sie jetzt nicht hier. Sultan hin oder her – sie würde Euch eine Standpauke halten, weil Ihr ihr liebstes Enkelkind zur Erschöpfung getrieben habt.«

Er zog seine dunklen Augenbrauen hoch. »Ich fange an zu begreifen, warum eure Männer nur eine Frau zu bewältigen vermögen«, sagte er lächelnd. Sein Lächeln – vielleicht würde das Kleine lächeln wie er.

»Es geht nicht darum, dass sie nur eine Frau bewältigen können«, entgegnete Helen und hob das Kinn. »Es geht darum, dass sie nur eine lieben können. Die schottischen Männer verschenken ihr Herz ...«

»Ah ja, ich hatte die Leidenschaft eurer schottischen Männer vergessen! Die eine Frau so sehr lieben, dass sie kein Verlangen nach anderen mehr verspüren.« Der Vergleich zwischen der Männlichkeit der Mauren und der von Helens Landsleuten war einer seiner liebsten Gesprächsgegenstände. »Doch auch dies verstehe ich allmählich, denn habe ich nicht selbst alles Verlangen nach anderen Frauen verloren? Malia sagt, sie beklagen sich darüber, dass ich nie nach ihnen schicke. Sie sagt, an jedem Tag der Woche könne sie mir mindestens ein Dutzend vorführen, die reif zur Schwängerung seien, wenn ich mich ihrer doch nur bedienen wollte.«

»Es tut mir Leid, mein Gebieter.« Helen schlug in gespielter Demut die Augen nieder. »Hoffentlich denkt Ihr jetzt nicht, ich hätte Eure Zeit verschwendet.« Ihre Mundwinkel zuckten. Wie erfreut er sein würde, wenn er es erfuhr!

»Worüber lächelst du, Asisa?« Er legte ihr einen Finger unter das Kinn und hob es zu sich empor. »Verschweigst du mir etwas?« Während er forschend ihr Gesicht betrachtete, stieg eine verräterische Röte in ihre Wangen.

»Was ist los? Was hast du für ein Geheimnis?« Dann begriff er plötzlich. »Es ist geschehen, nicht wahr? Deshalb hast du so viel Zeit im Waschraum verbracht.«

»Wovon sprecht Ihr?«, fragte sie unschuldig, doch das Glück sprudelte in ihrer Brust. »Ich habe lediglich etwas gegessen, das mir nicht bekommen ist.« Seine Nase, es würde vielleicht auch seine kräftige, gebogene Nase haben. Und seine langen Beine, seine geschickten Hände ...

»Nun gut«, flüsterte er und schloss sie sanft in seine Arme. »Dieses eine Geheimnis werde ich dir für eine Weile zugestehen. Aber sobald du dir ganz sicher bist, will ich, dass du es mir verrätst.«

Als Helen wieder in ihrem Quartier war, ließ sie heißes Wasser in den Waschraum bringen. Sie erinnerte sich daran, was die anderen Frauen gesagt hatten: Wenn du erbrechen musst, ist das ein Zeichen dafür, dass das Kind fest in dir verwurzelt ist.

Das Kind des Sultans! Verträumt, beinahe wie im Schlaf, verrichtete sie das *Ghusl*. Schon bald würde sie anschwellen wie die anderen schwangeren Frauen im Harem. Ihre Brüste würden sich mit Milch füllen – sie schienen schon jetzt größer geworden zu sein. Was, wenn es ein Junge wurde? Sie konnte die Mutter des nächsten Sultans von Marokko sein! Ein kleiner, dunkelhaariger Junge. Sie sah ihn vor sich, wie er über den Hof tapste und sie mit seinem rosigen Gesicht anstrahlte.

Helen krümmte sich unter einer neuen Welle von Übelkeit und erbrach ihr Frühstück auf das weiße Tuch, mit dem sie sich hatte abtrocknen wollen. Angewidert faltete sie es zusammen. Nur ein paar Wochen, hieß es, dann würde die Übelkeit aufhören. Sie bedeutete, dass aus ihrem Mädchenkörper der Körper einer Mutter wurde. Helen wusch sich den Mund mit Seifenwasser aus, spuckte und griff nach einem anderen Tuch, um sich damit das Gesicht zu trocknen.

»Ah, hier bist du.« Malia drückte die Tür auf und schlurfte herein. Klopfte diese Frau denn niemals an?

Malia sah sich schnüffelnd in dem kleinen Raum um. »Also, seit wann behält dein Bauch das Essen nicht mehr bei sich?«, fragte sie, kräuselte ihre knubbelige Nase und legte den Kopf von einer Seite auf die andere.

»Seit ungefähr einer Woche.« Helen wickelte sich hastig das Tuch um die Hüfte.

»Hier riecht es merkwürdig.« Nun beugte Malia den Kopf wie ein Jagdhund, der ein Kaninchen gewittert hat und versucht, den Ursprung des Geruches ausfindig zu machen.

»Ich habe mich gerade erbrochen.« Helen hob das besudelte Tuch auf und legte es in eine Schüssel.

»Nun ...« Malia musterte Helen von Kopf bis Fuß. »Komm

einmal hierher ans Licht, mein Kind, wo ich dich richtig sehen kann. Du bist blass. Und deine Lippen sind spröde.«

»Ich habe doch gesagt, dass mir gerade übel war.« Helen spürte ein Gefühl des Triumphs in sich aufsteigen. Was für ein Gesicht Malia machen würde, wenn sie die Ursache herausfand!

»Tja, das wird schon vorübergehen«, sagte die alte Frau. »Ich bin gekommen, um dir das hier zu bringen.« Sie nahm den Lederbeutel von ihrer Schulter, öffnete ihn und zog ein Bündel weißer Tücher hervor. »Ich werde es dem Sultan heute Nachmittag mitteilen.«

Helen starrte das weiße Bündel an. Vielleicht hatte Malia nichts bemerkt, weil es noch zu früh war?

»Mach dir keine Sorgen«, fuhr die alte Frau fort und kramte in ihrem Beutel. »Manchmal kann es etwas länger dauern. Besonders, wenn es schon einmal passiert ist und der Schössling ... ähem ... ausgerissen wurde. Es ist bedauerlich, ich weiß. Aber noch viel zu früh, um sich zu beunruhigen. Falls wir im nächsten Mond keinen Erfolg haben, gebe ich dir erst einmal einen bestimmten Kräutertrank.«

Malia schlurfte davon. Helen blickte ihr nach und lächelte in sich hinein. Törichte alte Frau. Sah sie es denn nicht? Sie musste nicht auf den nächsten Mond warten. Sie erwartete ein Kind.

Nachdem sich Helen angekleidet hatte, schlenderte sie hinaus auf den Hof. An dem sonnigen Platz, wo sie am liebsten saß, stand bereits ein Tablett mit Tee. Sie ließ sich nieder, seufzte und sah sich um: ihr Hof. Die Nektarvögel schwirrten um die *ibiscus*-Blüten, genau wie Duvia gesagt hatte, schnellten vor und bohrten ihre langen Zungen tief in die Hälse der trompetenförmigen Blüten. Helen legte sich die Hände auf den Bauch. »Ich weiß, dass du da drinnen bist«, flüsterte sie, schloss die Augen und richtete all ihr Denken auf ihr Inneres.

Die Sonne wärmte ihre Lider, ihr Körper kam ihr weich und rot vor, und sie stellte sich vor, wie die nährende Wärme sie durchdrang und bis zu dem winzigen Wesen sickerte, das in ihrer Mitte lag.

Helen öffnete die Augen und blinzelte. Das warme Rot verschwand, und einen Moment lang sah für sie alles grünlich und dunkel aus, bis sich ihre Augen an die Helligkeit gewöhnt hatten. Sie griff nach der silbernen Kanne, die Batoum ihr geschenkt hatte, und goss grünen, duftenden Tee in eine kleine silberne Tasse. Dann trank sie einen Schluck. Die schwere, süsse Flüssigkeit liebkoste ihre Zunge, der Dampf stieg in ihre Nasenlöcher. Helen setzte die Tasse wieder ab. Zu heiss. Zu süss. Plötzlich verspürte sie quälenden Durst, und ihr Mund schien zu brennen.

Sie ging hinüber zu ihrem Wasserkrug, hob den Deckel und sah flüchtig ihr Gesicht, das sich über den Krug beugte, die Sonne hinter ihren kupferroten Locken, ihre riesige Hand, die sie verdeckte, bevor die Schöpfkelle eintauchte und das Bild zersplitterte.

Das Wasser war wie Balsam auf ihrer heissen Zunge. Sie rollte es in ihrem Mund umher und schluckte. Dann trank sie erneut, schlürfte mehr segensreiche Kühle in ihren glühenden Mund. Wie hatte sie jemals den heissen Tee hinuntergebracht? Sie lehnte sich gegen die Wand und schluckte erneut. Da bemerkte sie etwas hinter dem Wasserkrug.

Es sah aus wie ein halb flügger Spatz, mit zerzausten, feuchten Federn. War er tot? Helen ging in die Knie, um ihn sich genauer anzusehen. Wenn er noch lebte, würde sich Duvia vielleicht gern um ihn kümmern. Helen streckte die Hand nach ihm aus, zog sie jedoch sofort mit einem Schmerzensschrei wieder zurück. Winzige Einstichlöcher bedeckten ihre Finger.

Und dann spürte sie ihn – leicht, aber unverkennbar. Den

vertrauten, ziehenden Schmerz in ihrem Bauch. Das Blut, das aus ihrem Schoß sickerte.

»Hast du so etwas schon jemals gesehen?« Helen blieb in gebührendem Abstand stehen und zeigte auf das stachelige Ding. Ihr lief ein Schauer nach dem anderen über den Rücken. »Zuerst dachte ich, es wäre irgendeine Art von Tier.« Galle verklebte ihren Rachen wie grüner Leim. Sie brachte es nicht über sich, das Gebilde noch einmal zu betrachten.

»Mit drei Schnäbeln? Das kann nicht sein.« Duvia hockte sich in sicherer Entfernung vor dem Wasserkrug auf den Boden und warf vorsichtig einen Blick auf das Ding. Die beiden neuen Sklavinnen drückten sich verängstigt an die Wand und umklammerten die Amulette, die sie um den Hals trugen.

»Die Leute daheim haben manchmal über solche Dinge geredet.« Helen schluckte und bemühte sich, nicht zu würgen. »Sie sagten, sie seien voller kleiner böser Geister, die in deinen Kopf kriechen, wenn du schläfst.« Sie betastete ihren *Schalwar*, fand, was sie suchte, und presste den beruhigenden Knoten des *Chifumuro* gegen ihren Schenkel.

Duvia erhob sich. »Ich finde, du solltest es verbrennen. Auf der Stelle. Bevor es Schaden anrichten kann.« Schaudernd wandte sie sich zu Helen um. »Mach dir nicht zu viele Sorgen. Wahrscheinlich ist das Ganze nur ein übler Scherz, oder eine der Frauen versucht, dir Angst einzujagen. Wenn man Königin ist, muss man mit so etwas rechnen.« Ihre Stimme klang unbekümmert, doch ihre dunklen Augen wirkten beunruhigt.

»Ich weiß!«, rief sie plötzlich. »Wir lassen es jetzt gleich verbrennen. Du kommst zum Mittagessen mit in mein Quartier, und wenn du zurückkehrst, wird nichts mehr davon übrig sein als ein wenig graue Asche, die wir in den Wind streuen.« Sie lächelte Helen zu, streckte ihren rundlichen Arm zur Seite und drehte sich auf Zehenspitzen einmal um sich selbst.

»Ihr da!« Sie zeigte gebieterisch mit dem Finger auf die beiden verschreckten Sklavinnen. »Bringt dieses Ding in die Küche und – es ist mir gleich, wie ihr das macht«, schnappte sie ungeduldig, als die beiden zu protestieren begannen. »Tut einfach, was ich sage. Seht ihr nicht, wie sehr sich Eure Herrin darüber aufregt?«

»Fühlst du dich besser?«, fragte Duvia später.

»Viel besser.« Helen lehnte sich seufzend an die warmen Kacheln. »Danke.«

Sie saßen im Schein der Nachmittagssonne in einer Ecke von Duvias Hof, eingehüllt in den Geruch feuchter Erde und frischer Blätter. Die Vögel waren ausnahmsweise einmal still, als hätten die langen, violetten Schatten und das weiche, honigfarbene Licht sie beruhigt.

Die beiden Frauen hatten den ganzen Tag miteinander verbracht, geschwatzt, gelacht, Tee getrunken und die köstlichen Leckerbissen gegessen, die die Sklavinnen ihnen brachten. Duvia schien nicht wie gewöhnliche Menschen vollständige Mahlzeiten zu essen, sondern pickte wie ein Vogel den ganzen Tag hindurch mal an diesem, mal an jenem süßen oder herzhaften Happen. Wie hübsch sie ist, dachte Helen, mit ihren schimmernden Locken und der rosigen Haut! Aber schmuddelig wie ein Kesselflicker. Ihre Fingernägel waren eingerissen – sie ließ nicht zu, dass die Sklavinnen ihre Hände anrührten –, und auf ihren Knöcheln prangten stets frische Kratzer.

»Es ist so schön hier.« Helen wies mit einer Geste über den reizenden Hof. »Ich weiß, wie man Rüben und Grünkohl zieht, aber von Blumen habe ich keine Ahnung. Hat deine Mutter dich das alles gelehrt?«

»Was – und sich ihre Hände dabei schmutzig gemacht? Nein. Wenn meine Mutter niederkniete, dann nur in ihrer Bank in der Kathedrale von Madrid. Und sie trug immer Handschuhe, aus Angst, sie könnte etwas anfassen, das sie besudelt. Mich berührte sie nur, wenn ich gerade frisch gebadet war, und danach wusch sie sich die Hände.« Duvia lachte und rieb ihren staubigen Knöchel.

»Sie besaß vierhundert Paar Handschuhe. Manchmal verbrauchte sie an einem Tag vier oder fünf Paar. Wenn sie ausgegangen war, schlich ich oft in ihr Ankleidezimmer und ordnete sie zu mehreren Stapeln. Diejenigen aus Spitze, die am Handgelenk zugeknöpft wurden, gefielen mir am besten. Sie waren natürlich viel zu groß für mich.« Wieder lachte sie. »Dann erwischte sie mich eines Tages. Ich war auf ihrem Bett eingeschlafen. Inmitten all der Handschuhe – kannst du dir das vorstellen? Ich muss ungefähr vier Jahre alt gewesen sein.«

Helen lachte. »Was hat sie gemacht?«

»Sie ließ die Dienstmädchen alle Handschuhe und die Bettdecke waschen und das Laken wechseln. Und befahl ihnen, die Tür verschlossen zu halten, damit ich nicht noch einmal hineingelangen konnte. Dann zwang sie mich, den ganzen Tag lang vor der Tür zu knien und zur Madonna um Vergebung zu beten. Sie sagte, für jede Stunde, die man in dieser Welt im Gebet verbringe, würde man einem Jahr voller Qualen im Fegefeuer entgehen.«

Duvia presste ihre Handflächen aufeinander und setzte eine fromme Miene auf. »Ich stellte mir vor, dass die Engel die Gebete zählen und in einem goldenen Buch verzeichnen würden. Doch im Laufe der Zeit fragte ich mich, ob überhaupt all meine Gebete zählten. Wenn man einfach nur die Worte aufsagt und dabei an etwas anderes denkt, kann das doch nicht so viel wert sein, als wenn man sich sammelt und den Worten seine ganze Aufmerksamkeit schenkt. Also suchte ich nach Möglichkeiten, mich zur Aufmerksamkeit zu zwingen.«

All das Gerede über Gebete ließ Helen wieder ängstlich werden. Sie hatte schon seit Wochen nicht mehr zu ihrem Gott und zu Jesus gebetet. Vielleicht war das stachelige Ding ein Zeichen dafür, dass Er böse auf sie war. Vielleicht wurde sie deswegen nicht schwanger – sie hatte ihrem ersten Kind den Tod gewünscht und wurde nun dafür bestraft.

»Ich begann, das Kruzifix fest in meinen Händen zu halten, wenn ich betete. Hattest du in Schottland einen Rosenkranz? Das ist eine Art Perlenkette mit einem Kruzifix daran, die dir dabei hilft, die Gebete abzuzählen. Ich stieß das Kruzifix beim Gebet in meine Handfläche, um zu verhindern, dass meine Gedanken abschweiften. Sieh mal ...« Duvia streckte ihre linke Hand vor, die gekrümmt war, als wolle sie Wasser schöpfen. In der Handfläche befand sich eine blasse Narbe, die einmal eine tiefe Wunde gewesen sein musste und von deren Mitte mehrere dünne Strahlen abgingen wie bei einem Stern.

Helen zuckte zusammen, doch Duvia lachte. »Deshalb war ich so bestürzt, als sie versuchten, mir meinen Rosenkranz wegzunehmen. Ich dachte, ich würde in die Hölle kommen, wenn ich zum Beten keine Perlen mehr hätte.«

»Fidschil hat mir erzählt, dass sie dir Schmerzen zufügten, als du hierher kamst.«

»Ja.« Duvia zuckte mit den Achseln. »Aber nur meinen Händen. Sie waren so dumm! Sie glaubten, ich würde Gott abschwören, wenn sie meine Finger brechen. Aber ich war schon so an Schmerzen gewöhnt, dass es mir nichts ausmachte. Ich schloss einfach die Augen und betete zu den heiligen Märtyrern, bis sie es aufgaben. Und sie wagten nicht, mich irgendwo anders anzurühren, denn wenn sie mich verdorben hätten, wäre der Sultan sehr wütend auf sie geworden. Nachdem er so viel Mühe darauf verwendet hatte, mich überhaupt zu bekommen.«

Ein zufriedener Ausdruck trat in ihr Gesicht. »Also kam er selbst zu mir, wickelte sich eine Strähne meines Haars nach der anderen um die Hand und riss sie mitsamt den Wurzeln aus.

Ich war ihm bis dahin noch kein einziges Mal begegnet. Aber dann sah ich ihn und – er war so schön! Ich willigte sofort in alles ein, was er wollte.« Sie betastete ihre Locken und blickte einen Moment lang in die Ferne.

»Er nannte mich seinen ›tapferen kleinen Engel‹«, sagte sie träumerisch. »Und wusch mich und half den anderen dabei, die Verbände anzulegen. Hinterher dachte ich, er würde ... du weißt schon ... mit mir spielen wollen. Aber Malia sagte, ich sei noch zu jung. Die alte Hexe muss sich in alles einmischen.« Einen Augenblick lang starrte Duvia finster vor sich hin, doch dann hellte sich ihre Miene wieder auf. »Tapferer kleiner Engel – so hat mich auch mein Vater immer genannt.«

»Mein Vater nannte mich Nelly. Ich konnte das nicht ausstehen. In Crieff gab es nämlich eine zahnlose alte Hure, die ›Nelly der Truthahn‹ hieß, und ich musste dabei immer an sie denken.«

»Mein christlicher Name war Maria Madonna. Mein Vater kaufte mir stets blaue und weiße Kleider, im Gedenken an die Heilige Jungfrau. Er fuhr mit mir in seiner eigenen Kutsche zur Schneiderin und sagte ihr ganz genau, was er für mich haben wollte.«

»Er scheint ein gütiger Mann gewesen zu sein.«

»Er hat mich wirklich geliebt – und *sie* ließ ihn nie in ihre Nähe. Er sagte, ich sei seine kleine Frau. Aber er hätte es nicht ertragen, mich so zu sehen.« Duvia zupfte an ihrer *Kamis* und ihrem *Schalwar*. »Er mochte es, wenn ich in der Taille eng geschnürt war. Er ließ besondere Mieder für mich anfertigen und schnürte sie immer selbst, jeden Tag ein bisschen enger, und beobachtete dabei die ganze Zeit mein Gesicht, um herauszufinden, wie weh es tat. Er war immer so sanft, wenn er mir wehtat! Ich muss die schmalste Taille der ganzen Stadt gehabt haben.«

»Ich hatte auch einmal eine Taille.« Helen betrachtete ihren

Bauch und lächelte wehmütig. »Aber das ist hier ja nicht erlaubt. Wenn ich mich allerdings weiterhin ständig erbrechen muss, gerate ich noch in Gefahr, wieder so auszusehen wie früher.«

»Ich dachte, du würdest dich ein wenig besser fühlen. Heute Nachmittag ist dir doch noch nicht übel geworden, oder?«

Helen seufzte. »Nein. Aber nachmittags fühle ich mich immer besser. Deswegen dachte ich auch ... ich meine ... bevor ich anfing zu bluten, dachte ich, ich wäre ...« Ihre Augen füllten sich mit Tränen, und sie schluchzte in ihr Taschentuch.

»Schwanger? O Asisa, es tut mir Leid. Aber du hast noch so viel Zeit! Bei mir verging beinahe ein Jahr, bevor ich meinen kleinen Suleiman bekam.« Duvia zog mitfühlend die Stirn in Falten. »Ich erinnere mich noch genau, wie ich mich damals fühlte. Jeden Monat war ich so schrecklich enttäuscht. Und hatte fürchterliche Angst, dass der Sultan wütend auf mich werden oder aufhören würde, nach mir zu schicken. Vor allem, nachdem Malia mich so lange hatte warten lassen. Doch schließlich geschah es. Und bei dir wird es genauso sein, glaube mir.«

Helen beugte sich vor. »Es liegt an diesem Ding«, sagte sie. »Sobald ich es gesehen hatte, fing ich an zu bluten.« Sie schüttelte sich.

Duvia runzelte die Stirn. »Du hältst es also für eine Art von Fluch, mit dem das Kind ausgetrieben werden kann?«

»Was sollte es sonst sein?« Je länger Helen darüber nachdachte, desto überzeugender fand sie den Gedanken.

»Ich weiß nicht«, warf Duvia zweifelnd ein. »Dann müsste doch jemand dahinter stecken, der wusste, dass du schwanger warst, oder? Dabei warst du dir doch selbst noch nicht völlig sicher. Hattest du es jemandem erzählt? Abgesehen von mir, meine ich.«

Helen versuchte, klar zu denken. Der Sultan – aber sie hatte ihm gegenüber lediglich eine Andeutung gemacht. Außerdem würde er ihr niemals Schaden zufügen. Die Sklavinnen? Sie hatte ihnen nichts gesagt, aber falls sie gehört hatten, wie sie sich erbrach, mochten sie etwas geahnt haben. Rima hatte allerdings stets darauf bestanden, höchstpersönlich das Erbrochene wegzuschaffen und die besudelten Tücher und Gewänder zu waschen. Was war mit dem Erbrochenen im Waschraum des Sultans? Darum kümmerten sich seine Sklaven. Helen spürte, wie sich ihr Magen zusammenzog. Die Nahrung wirbelte darin herum, vermischte sich mit heißer Galle und drängte langsam empor in ihren Schlund. Ihr Nacken war kalt und feucht.

»Kurz nachdem ich mich heute Morgen erbrochen hatte, kam Malia und schnüffelte herum«, sagte sie. »Sie schien zu wissen, dass ich bald bluten würde. Aber das ist ja immer so.«

»Ja, wie macht sie das nur? Die alte Hexe! Ich kann den Gedanken nicht ausstehen, dass sie weiß, was in meinem Körper vorgeht.« Duvia rümpfte die Nase. »Was ist mit dieser mürrischen alten Sklavin? Wie war doch gleich ihr Name? Rima. Ich habe mir schon häufiger Gedanken über sie gemacht. Hat sie nicht früher für Batoum gearbeitet?«

Helen schüttelte den Kopf. »Rima kann es unmöglich gewesen sein. Sie verbringt all ihre Zeit damit, auf mich aufzupassen, damit mir nichts Böses geschieht. Batoum überließ sie mir, als ich in den Harem kam.«

»Warum ausgerechnet dir? Unter so vielen neuen Frauen?«

»Ich glaube, Microphi... – Fidschil bat sie darum. Wahrscheinlich sorgte er sich um mich. Wir stammen beide aus Schottland, daher fühlt er sich wohl für mich verantwortlich.«

»Was hat Rima gesagt, als du ihr das ... das ... du weißt schon – gezeigt hast?«

»Sie war nicht da. Während ich mich wusch, kam Batoum vorbei und bat Rima, ihr bei irgendetwas zur Hand zu gehen. Weißt du, sie hat nun nur noch eine Sklavin und diesen großen

Garten, in dem sie Feldfrüchte anbaut. Deshalb bittet sie Rima manchmal um Hilfe.«

»Also könnte jede der beiden das Ding hinter den Krug gelegt haben, während du im Waschraum warst.«

»Aber warum sollten sie das tun?«

»Oder es war Malia. Oder eine der Sklavinnen.« Duvia runzelte die Stirn. Dann sprang sie unvermittelt auf. »Ich finde, wir sollten nicht mehr davon reden, sonst fangen wir noch an, alles und jeden zu verdächtigen. Die Sklavinnen haben das Ding verbrannt. Versuchen wir, es zu vergessen. Komm jetzt. Es ist schon beinahe dunkel. Du musst müde sein. Ich begleite dich zu deinen Gemächern.«

48

15. Februar 1770

Heilige Mutter Gottes, Helen ist verflucht worden!

Der Sauertopf Rima war gerade hier, das Gesicht verkniffen vor Angst, und berichtete, eines dieser abscheulichen Machwerke sei in Helens Quartier gefunden worden. Wie es scheint, war Rima bei Batoum, als es entdeckt wurde, und als sie zurückkehrte, hatte man es bereits verbrannt. Doch sie befragte die anderen Sklavinnen und zweifelt nicht daran, dass es sich um einen Zwilling jener borstigen Bündel handelt, die im vergangenen Jahr in *Lalla* Zaras Gemächern auftauchten.

Erwartet Helen nun auch Zaras Schicksal? Der fiebrige Verfall, der Zaras Schönheit abschürfte und sie an der Schwelle des Todes zurückließ?

Unsere tapfere Rima macht sich Vorwürfe. »Ich habe jeden Abend frische Salzkörner unter ihr Bett gestreut«, stammelt sie (denn wie in Schottland verwendet man auch hier Salz, um den Teufel fern zu halten). »Aber ich hätte noch mehr tun sollen – als wir in die neuen Räume zogen, habe ich nur am ersten Tag Opfergaben ausgelegt und die Böden mit Salzwasser gewaschen. Ich hätte an *Lalla* Salamatus Wahnsinn denken sollen. Ich hätte es jeden Tag tun müssen.« Und so redet sie weiter, schilt sich selbst und verdreht den Saum ihrer *Kamis* zu einem zerknitterten Knäuel.

»Ich wollte gerade blaue Farbe holen«, schließt die Getreue. »Aber ich dachte, Ihr solltet so schnell wie möglich davon erfahren. Fidschil, glaubt Ihr …?«

Und ich nicke stumm, während es in meinem Geist siedet wie in einem Kessel mit kochendem Wasser und meine Gedanken Blasen werfen, in denen ich wirre Bilder der leidgeprüften Alten Königin sehe: ihr blutiges Zahnfleisch und ihre knochigen Arme, ihr haarloser Schädel und ihre nässenden Schwären, die eklige Ansammlung von Schüsseln und Tüchern, die stets in Reichweite zu sein hatte. Geliebte Helen, wie kann ich dich davor bewahren?

Am Donnerstag im Garten wirkte sie blasser als gewöhnlich, doch ich glaubte, es sei nur das Licht, das durch den grünen Baldachin fiel. Sie war ganz in Weiß gekleidet, sogar bis hin zu den Pantoffeln, und hatte weiße Seide in ihr Haar geflochten – eine Meerjungfrau in einem grünen Teich. Und die Frauen stellten gespannt Vermutungen an, wann sie ein Kind erwarten wird. O gefräßige Eifersucht, für dich gab es an jenem Tag Fleisch im Überfluss! Würden wir bezüglich des Stachelschweins Verdächtige suchen, hätten wir nahezu fünfhundert von ihnen am vergangenen Donnerstag im Garten finden können.

Meine schlimmsten Befürchtungen sind bestätigt.

Ich kehre gerade aus Malias Höhle zurück, in der sie über einem grabsteindicken Buch hockte und angestrengt die krakeligen Einträge studierte. Offenbar leidet Helen an derselben Konstellation von Symptomen, die Malia im Anfangsstadium von *Lalla* Zaras Siechtum feststellte.

»Hier, siehst du?«, krächzt sie mit einem triumphierenden Funkeln in den Augen und zeigt auf das ausgefranste schwarze Gekritzel. »Sogar der Geruch ist derselbe.« Habe ich bereits erwähnt, dass die schlaue Alte die Angewohnheit hat, ihre Schützlinge während der Untersuchung zu beschnüffeln, als seien sie Büsche und sie selbst ein Fuchs, der seine Nase kraus zieht und seine flinken Augen schließt, um den Duft noch besser auskosten zu können?

»Also«, folgert sie, indessen sie sich wieder auf ihre rissigen Fersen kauert. »Unser Übeltäter hat ein neues Opfer gefunden.«

Woraufhin sich mein Magen zusammenzieht und einen kalten Hohlraum unter meinen Rippen bildet. Und mich das Gefühl ergreift, dies alles schon einmal erlebt zu haben. So erwäge ich in Gedanken aufs Neue all die verschiedenen Arten von Hexenkunst und Gift, all die möglichen Missetäter, die der neuen Königin Böses wünschen könnten.

Auf dem Rückweg zu meinem Quartier vertieft sich dieses Gefühl eines Déjà vu. Denn der knorrige Methusalem liegt vor meinem Tor, eine raschelnde Erinnerung an jene Zeit vor kaum vier Monden, in der Zara zur Fiedel des Todes tanzte. Als der Laubhaufen mich erblickt, springt er auf die Beine und beginnt mit dem eifrigen, zusammenhanglosen Vortrag, den ich so gut kenne, starrt eindringlich unter den Hecken seiner Brauen hervor und versprüht einen Schauer von Rindenstückchen.

Ich ziehe in Erwägung, ihm von dem neuen Stachelschwein zu erzählen, widerstehe jedoch der Versuchung. Ich weiß mich sehr wohl zu erinnern, wie gewissenhaft er während *Lalla* Zaras Krankheit seine Arbeit verrichtete: Er lauerte hinter jeder Ecke, lief raschelnd neben mir her wie ein Stapel lebenden Anmachholzes und schaufelte mir wahre Komposthaufen von Beobachtungen vor die Füße, bis meine Geduld so durchlöchert war wie der Umhang einer Bettlerin. Gewiss, er bewachte seine Gebieterin wie ein räudiger Hund die Hütte eines Kleinpächters. Dennoch vermochte er das Übel nicht abzuwenden, das sie befiel.

Als ich gerade zu meinem Waschraum ging, sah ich, dass er immer noch vor meinem Tor lagert. Seine Anwesenheit ruft in mir quälende Erinnerungen an Zaras schwer gezeichnetes Antlitz wach. Ich werde ihn nicht empfangen. Mir fehlt die Geduld, seine weitschweifigen Berichte zu entschlüsseln.

27. Februar 1770

Helen geht es von Tag zu Tag schlechter. Die Veränderungen sind auf den ersten Blick unauffällig, doch meine Augen haben sich am Wetzstein der Liebe geschärft. Wie seit jeher suche ich sie allwöchentlich auf und überreiche ihr ihre Zuwendung (als Königin erhält sie eine größere Summe, zusätzlich zu der besonderen Entlohnung für jede Nacht, die sie mit Seiner Majestät verbringt). Und ich bemerke, dass ihre Haut eine gewisse Stumpfheit aufweist, das erschlaffte Grau einer verwelkten Blüte. Ihre Wangen wirken eingefallen, und rund um ihre Augen stelle ich eine gewisse Schwellung und Rötung fest, ebenso wie um ihre Nase, als hätte sie lange und ausgiebig geweint (was durchaus der Fall sein kann).

Sie kam am vergangenen Donnerstag in den Garten, aber ich kann mir nicht vorstellen, dass sie noch einmal dort ausharren wird. Die Frauen hüpfen und flattern bereits wie bunt gefiederte Geier um ein Stück Aas. Schon bald wird sich ihnen wieder die Gelegenheit bieten, die Aufmerksamkeit ihres Gebieters zu erregen.

Batoum lädt mich regelmäßig zum Abendessen in ihre Gemächer ein, ist jedoch noch immer unerbittlich, was ihr Bett betrifft.

Es klopft an meiner Tür …

Der Sultan hat Helen fortgeschickt. Ich sollte jauchzen, doch welch ein hohler Sieg ist dies …

Um dem wankelmütigen Gebieter Gerechtigkeit widerfahren zu lassen – er scheint aufrichtig bestürzt. Falls es den Mächtigen möglich ist zu lieben (was tut es ihnen Not zu lieben, wenn sie gebieten können?), dann schätze ich, der Sultan liebt seine Weiße Königin. Aber mehr noch liebt er sein eigenes Wohlergehen, sodass seine besorgten Erkundigungen nach dem Mädchen von zwickenden Fragen bezüglich seiner eigenen Gesundheit verdrängt werden. Und so wird »Was fehlt Asisa?« von »Kann sich ein Mann daran anstecken?« überholt, noch ehe eine Antwort erfolgt ist. Und obwohl er die *Tabibs* herbeigerufen hat, sind zusätzliche Vorkoster und Wachen zur Stelle, lange bevor die Ärzte ihre steifen Gliedmaßen auf seinem Teppich platzieren.

Nun haben sie sich niedergelassen, eine Gruppe von Schildkröten, nicken weise und streichen über ihre Bärte. Ich teile das Vertrauen des Sultans in diese Ärzte keineswegs, denn sie haben sich für die Gesundheit der Frauen noch nie von irgendeinem Nutzen erwiesen, da sie zu sehr auf ihre Stellung bedacht sind, um wirkliche Heilkunst zu wagen. Wenn sich eine leidende Frau erholt, dann weil die Krankheit von selbst abklingt oder weil Malia ihr ein Mittel verabreicht hat (denn die Frauen ziehen stets auch sie zurate).

»Soll ich sie fortschicken, um eine Epidemie zu verhindern?«, erkundigt sich der Sultan erregt. Worauf mir vor Schreck ein Schauer über den Rücken läuft. Doch ich hätte mich nicht zu ängstigen brauchen, denn die *Tabibs* beobachten ihn wie Falken, um herauszufinden, ob er womöglich einen Vorwand sucht, um sich von einer lästigen Königin zu befreien. Nachdem sie erkannt haben, dass ihm diese Aussicht wahrhaft widerstrebt, blicken sie einander aus den Augenwinkeln an, schütteln geschlossen ihre Schildkrötenköpfe, als hätten sie bereits ausführlich über diese Angelegenheit nachgedacht, und erwidern, es sei unwahrscheinlich, dass sich dieses Fieber weiter ausbreite, da es weder Eunuchen noch Sklavinnen, sondern lediglich die Königinnen zu befallen scheine.

Der Sultan wirkt beruhigt und beginnt, sie über den möglichen Verlauf der Krankheit zu befragen. »Wird mit ihr dasselbe geschehen wie mit der *Lalla* Zara?«, erkundigt er sich und kann offenbar ein Schaudern nicht unterdrücken.

Daraufhin äußern sie sich so vage, wie es nur Ärzte vermögen: dass es von diesem oder jenem Umstand abhänge, dass es zu früh sei, Genaueres zu sagen, dass die beiden Frauen körperlich völlig verschieden seien, und so weiter und so fort, bis sich seine Besorgnis in Zorn verwandelt.

»Wollt ihr damit sagen, ihr wisst es nicht?«, fragt er mit jenem gefährlichen, kühlen Tonfall.

»Wir können einfach nicht sicher sein …«, hebt einer an.

»Es gibt so viele Faktoren …«, wirft ein Zweiter ein.

»Selbstverständlich werden wir unser Bestes geben …«, beschließt ein Dritter.

»Aber euer Bestes ließ die *Lalla* Zara nicht genesen, oder?«

»Die Dame ist wohlauf, Allah sei gepriesen«, wendet einer ein.

»Die Dame sieht aus wie eine Hexe«, faucht der Sultan. »Und ihr Geist ist verwirrt. Ist das das Beste, was ihr zustande bringt? Und nun hört mir ganz genau zu. Ich liebe die *Lalla* Asisa. Sie ist mir mehr wert als ihr alle zusammen. Wenn ihr kein Heilmittel findet, ehe sie sich in ein hässliches Weib verwandelt, lasse ich euch alle an die Schweine verfüttern – habt ihr verstanden? Und nun *geht*!«

Sofort umklammern sie ihre Bärte und Taschen und ergreifen die Flucht.

Da der Sultan mich nicht entlässt, bleibe ich zurück. »Ich habe Nachricht erhalten, dass die Korsaren einen englischen Arzt gefangen genommen haben«, sagt er. »Ich habe Männer auf meinen besten Pferden ausgeschickt und ihnen befohlen, ihn schnellstmöglich zum Palast zu bringen. Vielleicht vermag er Asisa zu helfen. Wenn er eintrifft, wirst du seine Worte übersetzen. Du sprichst doch Englisch, nicht wahr?«

»Ja, mein Gebieter.«

»Ich vermisse sie so sehr, Fidschil! Mit den anderen Frauen ist es nicht dasselbe. Du wirst das nicht begreifen, aber wenn ein Mann eine Frau liebt, begegnet sein Körper ihr auf eine Weise, die bei einer anderen nicht möglich ist. Sie ist so scheu und doch so leidenschaftlich, wenn ihr Feuer entfacht wird! Ich liebe es, zu beobachten, wie sich die Farbe ihrer Haut verändert, und daran zu erkennen, wie sehr sie mich liebt.«

»Ja, mein Gebieter.«

»Anfangs glaubten wir beide, ihr sei übel, weil sie ein Kind erwartet. Ich war so glücklich!«

»Ja, mein Gebieter.«

»Fidschil, ich will, dass du *Lalla* Asisa Gesellschaft leistest. Darüber wachst, wer bei ihr ein und aus geht.« Er legt mir seine lange, schmale Hand auf die Schulter und blickt mir tief in die Augen. »Ich liebe sie, Fidschil. Ich will, dass sie wieder das Laken mit mir teilt. Ich will, dass sie die Mutter des nächsten Sultans wird. Finde heraus, wer ihr dies antut.« Seine dunklen Augen schwimmen in Tränen, und seine umwölkte Stirn verrät wahrhaftige Qualen, die beinahe die Erinnerung an einen Korb auslöschen, in dem ordentlich überkreuzt die Füße einer Berberprinzessin liegen.

49

Helen schlug die Augen auf und blickte sich in ihrem Schlafgemach um. Wie spät war es? Draußen zwitscherten die Spatzen, doch es war dunkel, zu früh für die Dämmerung und den Ruf zum Morgengebet.

Hatte sie überhaupt geschlafen? Die Öllampe hinter dem Wandschirm brannte immer noch hell und beleuchtete die Nachttöpfe, Schüsseln und Tücher, die Rima jeden Abend in Reichweite stellte für den Fall, dass Helen es nicht rechtzeitig in den Waschraum schaffte. In letzter Zeit zitterten ihre Beine allerdings schon vor Erschöpfung, wenn sie einfach nur über dem Nachttopf kauerte.

Bänder von Schmerz, die Folgen stundenlangen Erbrechens, lagen wie Eisenringe um ihren Leib. Ihr Magen brannte und zog sich unaufhörlich zusammen, sodass sie nicht mehr wusste, ob er mit diesen hohlen Krämpfen nach Nahrung verlangte oder sie ausstoßen wollte. Seit kurzem aß sie überhaupt nichts mehr, sondern trank den ganzen Tag lang nur noch in kleinen Schlucken Wasser. Sie bewahrte stets einen Krug in ihrer Nähe auf. Am Fuße des Diwans stand der große Vorratskrug, den Rima mittags und spätabends mit frischem Wasser füllte. Aber Helen hatte auch überall auf dem Hof Krüge und Kellen verteilen lassen, damit sie nie nach Wasser rufen musste. Der Durst konnte sie jederzeit ebenso heftig und unvermittelt überfallen wie der Würgereiz, er konnte ihre Kehle versengen, den Mund mit dickflüssigem Speichel füllen und sie zum nächsten Schluck lindernden Wassers stürzen lassen.

Allah sei Dank, der Ruf zum Morgengebet ertönte. Bald

würde es hell sein und Rima würde kommen, um die Töpfe, Schüsseln und besudelten Tücher mitzunehmen, all die stinkenden Zeugen einer ruhelosen Nacht. Auf den Töpfen lagen Deckel, und über den Deckeln Tücher, aber Helen war sicher, dass sie den Inhalt trotzdem riechen konnte. Doch vielleicht roch sie bloß sich selbst.

Vielleicht sollte sie Rima bitten, früher zu kommen, wenn es noch dunkel war. Dann konnte sie alles fortschaffen, bevor die Fliegen erwachten. Da war schon die erste und krabbelte über den Wandschirm. Und eine zweite, die im Kreis summte und sich dann auf dem Laken niederließ. Sie vermochten sie zu riechen, das wusste Helen genau.

Der Gestank war das Schlimmste. Wenn sie einfach nur krank gewesen wäre, hätte sie den Sultan vielleicht besuchen können. Aber nicht, wenn sie derart stank. Sie wollte nie wieder diesen Ausdruck von Ekel in seinem Gesicht sehen.

Wie viele Wochen war es her? Drei? Vier? Es war kurz nach ihrer Blutung gewesen, sie hatte ihn zuvor also sieben Tage lang nicht gesehen. Und sie hatte sich davor gefürchtet, ihm gegenüberzutreten. Bei ihrer letzten Begegnung hatte sie geglaubt, schwanger zu sein, und war nicht sicher, wie er die Enttäuschung aufnehmen würde. Aber als sie es ihm erklärte, war er sehr verständnisvoll gewesen und hatte sich voller Zärtlichkeit nach ihrem Befinden erkundigt.

»Dann versuchen wir es eben in diesem Mond noch einmal«, sagte er, nahm sie in die Arme und vergrub sein Gesicht in ihrem Nacken. Doch schon im nächsten Augenblick erstarrte er und trat einen Schritt zurück.

»Bist du zu mir gekommen, ohne dich gewaschen zu haben, Asisa?«, fragte er stirnrunzelnd. »Ein Sultan ist es doch gewiss wert, dass man ihm diese kleine Höflichkeit erweist, oder?«

Und sie war vor ihm zurückgewichen. Selbstverständlich hatte sie sich gewaschen, hatte ihren ganzen Körper mit dem

Luffaschwamm abgerieben, ihre Zunge geschrubbt, bis sie brannte, ihre Zähne geputzt, bis ihr Zahnfleisch blutete. Sie hatte gehofft, dass sie sich den Geruch einbildete. Nun wusste sie, dass er echt war. Der Sultan fühlte sich zu Recht von ihr abgestoßen, sie fand sich selbst abstoßend. Der Geruch schien ihren Poren zu entströmen, ihren Ohren und Unterarmen, der Haut zwischen ihren Brüsten und den Hinterseiten ihrer Knie, ganz gleich, wie oft sie sich mit Duftwasser übergoss.

Seit jenem Tag wurde sie vom Gestank ihres eigenen Körpers heimgesucht, einem übel riechenden Schatten, der ihr überallhin folgte. Die Fliegen konnten ihn sehen, dessen war sie sicher. Helen beobachtete, wie sie sie umkreisten und dabei die Umrisse einer unsichtbaren Frau in die Luft zeichneten. Wenn die Sklavinnen sie verscheuchten, flogen sie nur für wenige Augenblicke wild im Zickzack und kehrten dann sofort zu ihrer geisterhaften Zeichnung zurück.

Auf Befehl des Sultans war Helen in der vergangenen Woche in den Untersuchungsraum gebracht worden, zu den *Tabibs*. Sie hatte sich zu Fuß auf den Weg dorthin gemacht, doch ihre Beine versagten, noch ehe sie den Hof vor den Quartieren der Königinnen überquert hatte. Also schickte Malia nach einer Bahre und zwei Eunuchen, und sie wurde stattdessen durch den Harem getragen, vor den Augen der anderen Frauen, die sich gegenseitig anstießen, flüsterten und dann leise hinterher schlurften. Ihr Schweigen hatte Helen in Angst versetzt.

Im Untersuchungsraum trennte ein hölzerner Wandschirm sie von den Ärzten, damit diese sie nicht sehen konnten, und die einzigen Körperteile, die sie untersuchten, waren ihre Hand und ihre Zunge, die sie durch bestimmte Löcher im Schirm stecken musste.

Nach einer langen, gemurmelten Unterredung hatten sie verkündet, ihre Beschwerden seien die Folge einer Überhitzung des Blutes. Sie schlugen vor, ihre Handgelenke einzuschneiden und mindestens zehn Tassen voll Blut abfließen zu lassen. Helen zuckte zusammen, lehnte sich dann jedoch erleichtert zurück in die Kissen. Die Diagnose erschien ihr einleuchtend, sie sehnte sich danach, dass jemand all das Schlechte aus ihr entfernte. Aber Malia weigerte sich, diese Behandlung zuzulassen. Sie erklärte, das Blut sei der Fluss des Körpers. Wenn ein Körper schwach sei, benötige er mehr Blut, nicht weniger. Wie viele Leidende sie schon auf diese Weise umgebracht hätten, fragte sie die Ärzte durch den Wandschirm und reckte streitlustig das Kinn.

»Es ist mir unverständlich, warum der Sultan darauf besteht, immer wieder diese Narren zu rufen«, murmelte sie später und schüttete die von den *Tabibs* verordnete Arznei in Helens Nachttopf. »Wenn jemand die Frauen kennt, dann ich. Die *Tabibs* glauben, sie müssten nur ihre Handgelenke betasten und ihre Zungen betrachten und wüssten alles über sie. Aber *ich* bin diejenige, die sie jeden Tag sieht. Ich bin diejenige, die weiß, was im Harem vor sich geht.«

Doch Malia hatte Helen kein anderes Heilmittel gegeben, sondern war lediglich mit Rima in die Küche geschlurft, um das Kochgeschirr in Augenschein zu nehmen. Was suchte sie dort? Inzwischen wurde alles, was Helen aß, in Batoums Küche zubereitet.

Bei dem Gedanken an Essen kam ihr die Galle hoch. Sie lehnte sich aus dem Bett und griff nach einer Schüssel. Da sah sie es: auf dem Boden, in der Lücke zwischen den Vorhängen. Es kauerte dort wie ein stacheliger Krebs, zeichnete sich vor dem grauen Morgenlicht ab.

Ihre Schreie ließen Rima herbeieilen. Sie riss die Vorhänge zurück. Sobald sie das Ding erblickte, schleuderte sie es hinaus auf den Hof. Dann durchsuchte sie gezielt jeden Zoll des Gemachs.

Helen hockte mit klappernden Zähnen zusammengekrümmt

auf dem Bett und umklammerte die Schüssel, während Würgekrämpfe ihren Leib schüttelten und in ihrer Kehle brannten. Als sich Rima davon überzeugt hatte, dass es im Schlafgemach keine weiteren Stachelschweine gab, half sie Helen dabei, sich zu waschen und in das Empfangszimmer hinüberzugehen, wo sie bereits einen der Diwane mit einem sauberen Laken bezogen hatte. »Schlaf jetzt, *Lalla*«, sagte sie schroff und strich leicht über Helens Wange. »Ich werde dein Zimmer säubern und mit einem besonderen Schutz versehen.«

Helen erwachte am Vormittag. Die Sonne schien warm und hell durch die Musselinvorhänge. Wo befand sie sich? Einen Augenblick lang konnte sie sich nicht erinnern, doch als sie hörte, wie im Nebenzimmer Bürsten über den Boden scheuerten und Tücher ausgewrungen wurden, fiel ihr alles wieder ein. Das Stachelschwein. Sie hatten sie hierher gebracht, um ihr Schlafzimmer zu reinigen.

Wankend erhob sie sich, rief nach heißem Wasser und ging langsam in den Waschraum. Sie streifte ihre *Kamis* ab, stellte sich so gerade hin, wie sie es vermochte, und zwang sich, in den großen Wandspiegel zu blicken. Tränen traten in ihre Augen. Sie schien mit jeder Stunde dünner zu werden. Waren diese Knochen zwischen ihren Brüsten gestern schon zu sehen gewesen? Und ihre Brüste selbst waren ihr noch nie so schlaff vorgekommen, wie aufgestochene Schweineblasen. Wo waren all ihre hübschen Rundungen und Grübchen geblieben? Ihre Haut wirkte stumpf und schuppig, ihre Augen waren rot gerändert. Ihre Kopfhaut fühlte sich heiß an und juckte, ihr Haar war feucht von Schweiß. Der Spiegel verspottete sie mit einer gerahmten Erinnerung daran, wie sie an ihrem Hochzeitstag ausgesehen hatte: glänzend und golden, strotzend vor Gesundheit. Als würde sich Schönheit von Liebe nähren und sich selbst verzehren, wenn ihr die Liebe entzogen wurde.

Helen griff nach einem Stück Süßholzwurzel, putzte fieberhaft ihre Zähne, atmete dann in die hohle Hand und schnupperte. Faulig, noch immer. Auch ihre Füße stanken. Und ihre Achselhöhlen – wie der Morast rings um den Mühlenteich in Muthill: Schneckengeruch, Froschatem.

Seufzend rief sie nach Rima. Wenn ihre Haare gewaschen waren, würde sie sich vielleicht besser fühlen. Wenn Rima kaltes statt warmem Wasser über ihre empfindliche Kopfhaut goss und behutsam vorging. Ja. Und danach würde sie sie bitten, den Spiegel zu entfernen.

Die Anstrengung hatte Helen ermüdet. Sie fröstelte. Sie hüllte sich in ihren *Haik*, trat hinaus auf den Hof und ließ sich auf einem Stapel von Kissen in der Frühlingssonne nieder. Inzwischen hatten die Sklavinnen die Herrschaft über den Waschraum übernommen und scheuerten ihn unter Rimas gestrengem Blick vom Boden bis zur Decke mit Salzwasser ab.

Hier draußen war die Fliegenplage noch schlimmer. Eine Wolke von kleinen Fliegen, die Helens Kopf umschwirrte wie ein Schatten. Größere Fliegen, die sich gewichtig auf ihrem *Haik* niederließen, ihre Vorderbeine aneinander rieben, mit zitternden Rüsseln den Stoff erforschten und versuchten, den Gestank herauszusaugen. Mit Fliegen kannte sich Helen aus. Sie liebten Dung und totes Fleisch. Sie krabbelten darauf herum und speichelten es ein, leckten daran und legten ihre Eier darin ab. Und genau das war aus ihr geworden: Dung und totes Fleisch.

Helen fiel in einen leichten Dämmerschlaf. Als Rima ihren Arm berührte, fuhr sie zusammen. »Die *Lalla* Zara ist hier, um dich zu besuchen. Soll ich ihr sagen, dass du nicht …?«

Aber es war zu spät. Die ältere Frau überquerte bereits den Hof, wobei ihre breiten Hüften langsam hin und her schwangen wie bei einer Tänzerin.

»Es tut mir Leid, dass ich nicht schon früher gekommen bin, aber wie du siehst« – sie zeigte auf ihr Gesicht – »war ich in letzter Zeit nicht in der Verfassung, jemanden zu besuchen.«

Sie nahm auf dem Teppich Platz und streifte ihren Umhang ab. Helen bemühte sich, sie nicht anzustarren. Büschel kurzen braunen Haars bedeckten ihren Schädel. Ihr Gesicht, ihr Hals und ihre Arme waren mit bräunlichen Flecken übersät, ihre Haut wirkte dünn und welk – die Haut einer alten Frau über dem Körper einer jüngeren. Ihr Altfrauengesicht und ihre faltigen Hände standen in merkwürdigem Gegensatz zu ihrem wiegenden Gang und dem üppigen Körper.

»Ich möchte dir Trost spenden. Vor einer Weile war auch ich krank, genau wie du. Vielleicht hast du davon gehört? Vielleicht hast du mich ja sogar besucht? Ich erinnere mich kaum noch an diese Zeit. Du bist eine der neuen Frauen, habe ich Recht? Ich kann mich nicht an die Hochzeit erinnern. Fand sie erst vor kurzem statt? Meine Sklavinnen erzählen mir überhaupt nichts mehr.« Ihre Stimme klang weich und lieblich, aber sie wirkte verwirrt, als versuche sie, in dichtem Nebel etwas zu erkennen.

Rima klapperte in der Küche mit dem Teegeschirr, und bald darauf duftete es nach Minze und heißem Zucker. »Ich habe viele Monate gebraucht, um mich zu erholen, und werde immer noch schnell müde, wenn ich mir zu viel zumute, aber mein Körper ist schon beinahe wieder so wie früher.« Zara lächelte zufrieden und strich mit ihren braun gefleckten Händen über ihr wogendes Fleisch.

»Du hast diese Augen auf deine Wände malen lassen...«, sagte Helen. »Ich frage mich, ob sie...«

Zara zuckte kurz mit den Schultern. »Ich habe alles versucht, aber ich wüsste nicht, dass irgendetwas davon geholfen hat. Immer wieder tauchten irgendwo Stachelschweine auf, aber eines Tages war es plötzlich vorbei.«

»Stachelschweine?« Helen fühlte sich, als würde sie eine Treppe hinunterfallen.

»Ich habe nur eines gesehen, aber meine Sklavinnen gestanden mir hinterher, dass es insgesamt fünf gewesen waren. Sie hatten sie vor mir versteckt. Sie fürchteten, mein Zustand würde sich verschlimmern, wenn ich davon wüsste.«

»Ich habe bei mir zwei gesehen«, sagte Helen mit dünner Stimme.

»Ah.« Der Laut klang beinahe zufrieden. »Das habe ich mir gedacht. Und du erbrichst dich und benutzt ständig den Nachttopf? Natürlich – deswegen bist du so dünn. Und deine Haare fallen aus? Nein? Nun, vielleicht bleibt dir dieses Schicksal erspart. Aber du bist die ganze Zeit durstig?« Sie warf einen Blick auf die Wasserkrüge. »Ja, du hast oft Durst, das sehe ich. Aber er wird nie gestillt, nicht wahr? Sag mir, hast du auch Erscheinungen? Meine Sklavinnen sagten, ich hätte überall Mäuse und Ratten gesehen, ich hätte mir eingebildet, sie würden mitten am Tag über den Hof huschen und auf den Holzschnitzereien an den Wänden und Decken sitzen. Ist das nicht sonderbar?« Zara brach plötzlich in Lachen aus, und Helen bemerkte, dass ihr viele Zähne fehlten.

»Als sich der Sultan weigerte, mich zu empfangen, wollte ich sterben. Hinterher sagte man mir, dass ich tatsächlich fast gestorben wäre. Aber jetzt bin ich auf dem Weg der Besserung, wie du siehst. Und bald wird er wieder nach mir schicken.« Sie lächelte strahlend. »Deshalb bin ich hergekommen – um dir zu beweisen, dass du gesund werden kannst. Sei guten Mutes, Schwester! Du wirst schon bald wieder du selbst sein.«

»Hast du ihr Gesicht gesehen?« Es war Mittag, und Helen saß wieder in ihrem Schlafgemach.

Rima zog das Laken glatt. »Sie war sehr lange krank. Es wird einige Zeit dauern, bis sie wieder ganz gesund ist.«

»Ich glaube nicht, dass sie je wieder gesund wird. Und sie muss von Sinnen sein, wenn sie denkt, dass er jemals wieder nach ihr schicken wird.« Helen fühlte sich innerlich leer und wie betäubt. Zaras Anblick hatte sie noch tiefer erschüttert als das stachelige Etwas.

»Zara ist Zara. Du bist du. Was ihr widerfahren ist, muss nicht unbedingt auch dir widerfahren.«

Helen betrachtete Rimas vernarbtes Gesicht und verspürte auf einmal ein überwältigendes Gefühl der Dankbarkeit. Welche Grausamkeiten hatte sie wohl erlitten, dass ihr Gesicht dermaßen entstellt war? »Ich habe dir noch nie dafür gedankt, dass du damals zu mir kamst, um dich um mich zu kümmern«, sagte sie scheu. »Ich weiß, dass du bei *Lalla* Batoum glücklich warst. Hoffentlich macht es dir nichts aus, hier zu sein. Vor allem jetzt, da so viel mehr zu tun ist …« Sie wies matt auf den Wandschirm in der Ecke.

»Schwere Arbeit macht mir nichts aus.« Rimas Mund war hart, aber ihre Augen blickten sanft. »Und *Lalla* Batoum ist klug genug, um auf sich selbst Acht zu geben.«

»Falls mir irgendetwas zustößt …«

»Sag so etwas nicht, *Lalla*.«

»Bitte. Falls mir irgendetwas zustößt – du weißt, wo meine Juwelen liegen. Du könntest dir damit die Freiheit erkaufen. Oder das Geld nach Hause zu deiner Familie schicken.«

»Schscht. Denk nicht an solche Dinge. Was sollte ich mit meiner Freiheit anfangen? Meine Familie wurde vor langer Zeit umgebracht. Ein Zuhause habe ich nie gekannt. Das ist so in der Sklaverei. Der Harem ist jetzt mein Zuhause. Meine Familie ist hier: Batoum, Asisa, die anderen Sklavinnen.«

»Ich wollte nur …«

»Ich weiß, *Lalla*. Und nun ruh dich aus.«

Nachdem Rima gegangen war, wälzte sich Helen rastlos hin und her. Die Bettdecke lastete schwer auf ihr, doch ohne sie begann sie zu frieren. Ihre Haut juckte überall, als wäre das Bett voller Flöhe. Was, wenn eine Hexe einen Floh, der sie gebissen hatte, einfing? Konnte sie daraus einen Zauber machen und sie, Helen, verwünschen? Vielleicht hatte jemand etwas in ihrem ehemaligen Zimmer im Harem gefunden, in einer der Spalten zwischen den Kacheln – Staub von ihren Fußsohlen oder eine Schuppe ihrer Kopfhaut. Vielleicht hatte Rima etwas übersehen. Ein Haar, das sich in einem Spinnennetz an der Decke verfangen hatte.

Einmal schreckte Helen hoch und sah Malia am unteren Ende des Bettes stehen, die Decke lüften und an ihren Füßen riechen.

»Ich bin nur gekommen, um dir die hier zu bringen«, murmelte sie und legte ein Bündel weißer Tücher neben den Wasserkrug. »Aber ich bin nicht sicher, ob du sie überhaupt brauchst. Du hast so viel Fleisch verloren, dass dein Körper das Blut diesmal vielleicht in sich behält.«

Später beugte sich erneut Rima über sie. »Es ist Zeit für das Abendessen, *Lalla*. Du solltest versuchen, aufzustehen und für eine Weile wach zu bleiben, sonst wirst du heute Nacht nicht schlafen können.«

Die Sonne überflutete den Hof mit goldenem Licht. Helen setzte sich langsam auf. Zu dieser Tageszeit ging es ihr immer am besten – am späten Nachmittag, wenn die Übelkeit des Morgens abgeklungen war und sie sich leicht und leer fühlte.

Sie wusch sich sorgfältig, putzte sich die Zähne und kratzte den bitteren, grauen Pelz von ihrer Zunge. Die Ereignisse des Morgens – das Stachelschwein, *Lalla* Zaras unheimliche Fröhlichkeit – erschienen ihr nun wie ein böser Traum.

Sie legte frische Gewänder an, die nach Sonne und Wind rochen. Im Moment stank sie nicht, und wenn sie Glück hatte, würde es auch noch ungefähr eine Stunde lang so bleiben. Helen steckte ihr *Chifumuro* in die Tasche. Sie hatte Rima einmal gefragt, was sich in dem kleinen Beutel befand. »Eine Pflanze mit schützenden Kräften, *Lalla*. Und Staub aus den Speiseräumen des Harems, wo sich die Frauen versammeln und Körnchen ihres Wesens zurücklassen.« Zumindest fielen ihr noch nicht die Haare aus. Vielleicht hatte sie das Rima zu verdanken. Als der Duft frischen Fladenbrotes ihr in die Nase stieg, verspürte sie plötzlich Heißhunger.

Helen trat hinaus in die Abendsonne und entdeckte Microphilus, der auf dem Teppich unter ihrem Jasminbaum auf sie wartete.

Ihre Schritte stockten. Warum hatte Rima ihr nicht mitgeteilt, dass er hier war? Sie blickte sich um, doch in der Küche war niemand mehr. Waren ihre Haare gekämmt? Was würde er dazu sagen, wie sehr sie sich verändert hatte? Seitdem der Spiegel fort war, hatte sie keine Ahnung, wie sie aussah. Was wollte er? Vielleicht brachte er ihr Geld. Er schien etwas in den Armen zu halten, etwas Kleines, Zappelndes. Die Neugier bezwang Helens Zaudern. Unsicher ging sie auf ihn zu.

»*Bonjour, ma petite!*«, rief er und sprang auf. »Ich hörte, du seiest bettlägerig, also habe ich dir einen kleinen Spielkameraden mitgebracht, der dir die Zeit vertreiben soll, bis du wieder auf den Beinen bist.« Strahlend hielt er ihr ein schwarzes Kätzchen entgegen.

Es maunzte leise und strampelte mit seinen weichen Pfoten. »Es ist ein kleines Mädchen, denn ich wage es nicht, ein männliches Tier in den Harem zu schaffen. Die unzüchtigeren Frauen würden es dir aus den Händen reißen, bevor du ›Ohrlocke‹ sagen kannst. Allah ist mein Zeuge, ich schwöre, dass es heute Morgen miauend vor meiner Tür saß, am Holz kratzte und rief: ›Ich will zu Helen!‹«

Helen nahm ihm das Kätzchen ab und ließ sich nieder. Es befreite sich strampelnd aus ihrem Griff, doch anstatt fortzulaufen, wie sie erwartet hatte, tapste es vorsichtig zweimal um sie herum, kletterte dann auf ihren Schoß und rollte sich dort zusammen, das Näschen unter den Schwanz gesteckt.

Microphilus lachte glucksend. »Siehst du«, wandte er sich an das Tier, »bist du nun zufrieden? Ich habe dir gesagt, dass ich dich zu ihr bringe, und ich bin ein Mann, der zu seinem Wort steht.«

»Woher hast du es? In Wahrheit, meine ich.«

Die Selbstverständlichkeit, mit der sich das Kätzchen einfach in ihren Schoß gekuschelt hatte, rührte Helen zutiefst. Roch es sie etwa nicht? Vielleicht mochte es den Geruch. Vielleicht wusste es, dass sie im Inneren immer noch dieselbe war.

»Nennst du mich etwa einen Lügner? Ich habe es heute Morgen in meinem Hof gefunden, das ist die reine Wahrheit. Und da es heißt, dass schwarze Katzen Glück bringen, habe ich es mitgenommen, um herauszufinden, ob seine Kräfte womöglich bei dir wirken.« Er musterte prüfend ihr Gesicht. Im Wissen, wie ausgezehrt sie wirken musste, wandte sie ihren Blick ab.

»Der Sultan hat sich heute Morgen im Garten nach dir erkundigt«, sagte er vorsichtig. »Malia berichtete ihm, du seiest immer noch leidend, woraufhin er dem Falken, den er gerade hätschelte, beinahe den Kopf abriss. Er warf kaum einen Blick auf die anderen Frauen, sondern bedeutete Malia, sie solle für ihn wählen.«

»Wirklich?« Helen starrte Microphilus misstrauisch an. War dies einer seiner Scherze? Aber nein, er schien es ernst zu meinen. Ihre Augen füllten sich mit Tränen der Erleichterung. »Ich kann mich kaum noch daran erinnern, wie er aussieht«, sagte sie mit einem kläglichen Lächeln. »Es ist, als wäre ich schon seit einer Ewigkeit krank, als wäre alles nur ein Traum gewesen. Ich kann noch nicht einmal mehr meine Juwelen tragen. Ich bekomme davon große rote Flecken auf der Haut.«

»Gestern ließ er wieder die *Tabibs* zu sich rufen und stutzte sie zurecht. Ich war noch nie der Meinung, dass sie viel taugen. Und er hat nach einem englischen Arzt geschickt, der auf einem Schiff unterwegs nach Gibraltar war und von Piraten gefangen genommen wurde ...«

»Ein englischer Arzt?« Helen beugte sich vor.

»Ay, wenn sich die Boten nicht geirrt haben. Der Sultan hat seinen Männern befohlen, ihn auf direktem Wege zum Palast zu schaffen, damit er dich untersucht, also wird er in ein bis drei Wochen hier sein. Die Frauen sind natürlich in heller Aufregung und wollen ihn ebenfalls sehen. Wenn er hier eintrifft, werden sie garantiert alle mit diesem oder jenem Fieber daniederliegen und danach lechzen, dass seine geschmeidigen weißen Hände sie durch die Öffnungen im Wandschirm betasten.«

Ein englischer Arzt. Zara war nicht von einem englischen Arzt untersucht worden. Vielleicht wusste er etwas, was die *Tabibs* nicht wussten. Wenn er sie behandelte, wurde sie vielleicht wirklich wieder gesund.

Rima reichte ihnen Waschschüsseln und trug dann das Abendessen auf: ein Servierbrett mit Fladenbrot und weichem Käse, *Hummus* und Früchten. Mit finsterer Miene betrachtete sie das Kätzchen, das inzwischen aufgewacht war und hungrig herumschnüffelte. »Nun, es wird wohl zumindest die Mäuse fern halten«, brummte sie.

»Ich glaube nicht, dass Rima die Sache mit dem Kätzchen gutheißt«, bemerkte Helen mit einem Lächeln.

»Darin irrst du dich. Gerade, als du nicht hingeschaut hast, habe ich ihr Gesicht gesehen. Der mürrische Blick war nichts als Schein. Übrigens habe ich eine weitere Kleinigkeit bei mir, die dir vielleicht gefällt.« Microphilus griff in einen Stoffbeutel, der neben ihm auf dem Boden lag. »Als guter mohammedanischer Ehefrau ist es dir eigentlich nicht gestattet, die Gabe anzunehmen. Aber falls der alte Sauertopf ein Auge zudrückt, vermute ich, dass auch Allah heute eine Ausnahme machen wird. Betrachte es als Heiltrank, der deine armen Eingeweide besänftigen soll.« Mit diesen Worten zog er eine kleine Flasche aus dem Beutel, gefolgt von einem Becher, den er flugs füllte.

Helen trank einen Schluck und grinste. »Deine Arznei ist mir tausendmal lieber als das Zeug, das die *Tabibs* mir verordneten. Malia roch einmal kurz daran und schüttete es weg.«

»Damit wollten die *Tabibs* deinem Magen gewiss nur einen solchen Schrecken einjagen, dass er sich selbst heilt.«

Das Kätzchen lief zu Microphilus, und er streichelte es sanft und ließ es an seinen Fingern knabbern. Dann kraulte er es hinter den Ohren, und es schnurrte laut und legte sich auf die Seite, damit er seinen Bauch reiben konnte. Helen betrachtete seine Hände, die feinen goldenen Haare, seine stumpfen, sauberen Finger. Freundliche Hände, die wie beiläufig das Kätzchen liebkosten und genau wussten, wie es berührt werden wollte. Großzügige Hände, die keine Gegenleistung erwarteten, keine Entlohnung verlangten.

Die Sonne sank tiefer, und Helen fröstelte. Sofort sprang Microphilus auf, holte einen weichen, wollenen Umhang und legte ihn ihr um die Schultern. Helen neigte den Kopf, damit er ihr Haar zusammennehmen und darunter hervorziehen konnte.

»Es ist leider sehr ungepflegt«, sagte sie entschuldigend. »Meine Kopfhaut ist so empfindlich, dass sie zwickt und brennt, wenn ich es kämmen lasse.«

»Das liegt daran, weil es nicht mit genug Geschick und Sachverstand gekämmt wird«, erwiderte er in verachtungsvollem Tonfall. »Rima kümmert sich rührend um dich, aber sie ist es gewohnt, schwarze Wolle zu spinnen, nicht kupferrote Seide. Wo bewahrst du deine Kämme auf? Falls es keine zu große Zumutung für dich ist, würde ich es liebend gern einmal versuchen.«

Helen lächelte unsicher. »Wenn du dir die Mühe machen möchtest ...« Wenigstens hatte sie es bereits gewaschen. Und von den Fliegen war noch nichts zu sehen. Oh, wie sehnte sie sich danach, wieder weiches, glattes Haar zu haben!

»Also, ich werde an den Spitzen anfangen und mich dann nach oben arbeiten. Auf diese Weise habe ich immer das Haar meiner Mutter entwirrt, nachdem sie es gewaschen hatte. Nicht, dass sie großen Wert darauf gelegt hätte ... Wenn ich nicht gewesen wäre, wäre sie mit einem Kopf voller Rattenschwänze vor die Tür gegangen.«

Er kniete sich hinter Helen und begann. »Sag mir, wenn es wehtut.« Helen nickte und schloss die Augen. Sie fühlte seine warme Hand auf ihrem Nacken, die behutsam eine zerzauste Strähne nach der anderen entwirrte und darauf achtete, nicht zu sehr an der entzündeten Kopfhaut zu ziehen. Wohlige kleine Schauer überliefen wie Wellen ihren Hals, ihre Arme und ihren Rücken. Ihr wurde bewusst, wie wenig Kleidung sie trug. Keinen *Schalwar*, nur eine dünne *Kamis* und den Umhang.

Sie fragte sich, ob er so auch mit Batoum umging, und erinnerte sich daran, wie er der Königin über den Arm gestreichelt und sie auf den Mund geküsst hatte.

Sie spürte die Wärme seines Körpers an ihrem Rücken. Wenn sie beide knieten, war er genauso groß wie sie. Sein nach Süßholz duftender Atem strich über ihren Nacken, dort, wo er ihr Haar gescheitelt hatte. Sie hätte sich am liebsten gegen ihn gelehnt, als sei er ein Baum, und die Kraft seines warmen Rumpfes gespürt.

Microphilus robbte auf Knien um sie herum und begann, ihr die Locken aus dem Gesicht zu kämmen. Ohne ihr Gesicht anzustarren, ohne zu sehen, wie geschwollen und grau es war. Er richtete seine ganze Aufmerksamkeit auf ihr Haar, auf jede einzelne Strähne, als wäre es das Wichtigste auf der Welt. Helen betrachtete seinen weichen Mund, seine schmalen, rosigen

Lippen, seine geraden Zähne, roch seinen reinen Atem. Sie fragte sich, wie es sein würde, ihn zu küssen.

Sie schloss die Augen und stellte es sich vor. Sie würde sich mit leicht geöffneten Lippen vorbeugen. Er würde seine Hände auf ihre Schultern legen. Ihre Lippen, ihre Zungen würden sich sehr zärtlich berühren. Und dann? Wie würde es sein, mit jemandem zu spielen, der einen vergessen ließ, wie man aussah?

Microphilus hielt inne, und sie schlug die Augen auf. Er hatte irgendetwas in der Hand – einen hauchdünnen, bräunlichen Seidenschal. Nein. Sie sah genauer hin. Keinen Schal. Es war Haar, kupferrotes Haar, das zwischen seinen Fingern hing.

50

18. März 1770

Helen scheint sich mir endlich zuzuwenden, auch wenn dies womöglich daran liegt, dass sie einfach nicht mehr die Kraft aufbringt, mich zurückzustoßen.

Ich habe ihr ein kleines Kätzchen geschenkt, das mir einen Vorwand liefert, sie regelmäßig aufzusuchen, ganz wie der Sultan es wünscht. Es war mein Plan, ihre Versuche, mich abzuweisen, mittels einer lächerlichen Posse zu untergraben, in der ich selbst die Rolle des Beschützers eines verwaisten Katzenkindes spielte. Denn Frauen lieben derlei Unsinn, bei dem sie eine Puppe, einen Schoßhund oder jedes andere weichliche, rundliche Geschöpf in den Rang eines Kindes erheben und begurren können wie vernarrte Mütter (dieweil sie das Wimmern ihrer wahren Sprösslinge überhören).

Ich weiß nicht, ob ihre Krankheit oder das Kätzchen sie dazu brachte, jedenfalls saß sie milde wie eine Milchkuh neben mir auf dem Teppich und ließ mich sogar ihr Haar kämmen.

Ihre Locken waren vom Waschen noch feucht wie Laichkraut, und sie hatte auch einen gewissen Geruch nach Laich an sich, einen grünlichen Geruch, einen schleimigen Geruch, der mir verriet – obwohl es dessen nicht bedurfte –, dass meine Najade von innen heraus verfault. Ich begann, ihre Flechten zu entwirren, und stellte fest, dass lange Strähnen in meinen Händen haften blieben und mir zwischen den Fingern hindurchglitten, als würde ich kupferne Wolle karden.

Als sie die Haare erblickte, brach sie in herzzerreißendes

Schluchzen aus und erzählte mir von einem zweiten Stachelschwein, während ich ihre knochige Schulter tätschelte und sie zu beruhigen suchte, indem ich erneut von dem englischen Arzt sprach, den der Sultan herbeordert hat.

23. März 1770

Ich sehe sie nun jeden Tag. Manchmal nur für wenige Minuten, manchmal für einen ganzen Nachmittag und länger.

Mein Herz fließt über. So habe ich Frauen reden hören, die gerade geboren hatten. »Mein Herz fließt über«, sagten sie und wiegten einen rotgesichtigen Schreihals in den Armen. Bis jetzt, bis zu diesen Tagen mit Helen, wusste ich nie, wovon sie sprachen: davon, wie es ist, jeden einzelnen Augenblick wachsam zu sein und erfüllt von Zärtlichkeit. Ay, und von Angst, in gleichem Maße. Und von Begeisterung, Kummer, Erstaunen, sodass sich die Minuten ausdehnen und die Stunden zusammenschrumpfen und man weder schlafen kann noch will.

Ich sitze an ihrer Seite, wenn sie schläft, und studiere die Karte ihres Gesichts. Sie wirkt so ausgedörrt – die Lippen rissig wie die Rinde eines Baumes, die Augenwinkel durch gelbe Tränen verkrustet. Ich sehe all die stummen Zeugen ihrer qualvollen Tage: Perlen von Blut, wo sie an ihren Niednägeln genagt und jeden kleinen Fetzen trockener Haut abgeschält hat. Abschürfungen an ihren Knöcheln, wo sie sich mit ihrem Luffaschwamm wund scheuert, laut Rima achtmal an einem Tag. Sie ist wie ein Lumpen, den die Wäscherin aus der Seifenlauge geholt, ausgewrungen, wieder hineingetaucht, erneut ausgewrungen und schließlich zum Trocknen auf die Felsen geworfen hat.

Im Schlaf scheint sie Ruhe zu finden, sinkt jedoch so tief, dass ich fürchte, sie werde niemals wieder auftauchen. Also lecke ich meine Hand und halte sie ihr unter die Nase, um den leisen Luftzug ihres Atems zu fühlen, oder bette mein forschendes Ohr auf ihren eingesunkenen Brustkorb und lausche auf das Klopfen der roten Faust im Käfig ihrer Rippen. Ich würde für immer dort verharren – und mein Leben als wohl genutzt betrachten –, um an allen Tagen dieses Klopfen an meinem Ohr zu spüren.

Zuweilen schreckt sie aus dem Schlaf, weil die Galle ihr bereits in der Kehle steht. Und alles, was ich tun kann, ist die Schüssel und das Tuch halten, die eine leeren und das andere wechseln, ihr den Mund wischen und flüstern, dass es bald vorübergeht und dass sie ein tapferes Mädchen ist. Dann nickt sie stumm und starrt mich mit großen Augen an, und ich weiß, dass sie mich nicht wirklich sieht, dass sie sich in ihren Körper zurückgezogen hat, wo sich die Galle hin und her windet, einmal in ihren Schlund züngelt und ein anderes Mal in ihr unteres Ende, bis sie nicht mehr weiß, ob sie sich über die Schüssel beugen oder in den Waschraum laufen soll.

Bei einer Gelegenheit irrte sie sich, und ihre Pein darüber, sich in meiner Gegenwart beschmutzt zu haben, ließ mich schwören, sie von da an später am Tag aufzusuchen, wenn ihre Schlange träger und sie selbst ruhiger ist. Dann schläft sie, oder wir reden miteinander, oder spielen mit dem Kätzchen, und ich erfahre mehr über dieses liebliche Mädchen aus Muthill. Dass sie von dem dort ansässigen Gutsherrn ein Kind empfing, und wie er sie in Schande brachte. Dass ein gutherziges Mädchen ihr die Kutsche nach Greenock bezahlte, sie dort mit auf ein Schiff nahm und sogar bei ihr geblieben wäre, um ihr bei der Aufzucht des Kindes zu helfen. Und ich höre von einem sanftmütigen Tölpel namens Dougie, der sie geheiratet hätte, und von der todgeweihten Dame, die ihr eine Stellung anbot und deren Kleid sie trug, als ich sie zum ersten Mal erblickte.

Woraufhin ich gestehe, wie sehr ich dieses Kleid verabscheute, was sie zu heftigem Widerspruch anstachelt, den ich kontere, was sie leidenschaftlich pariert, bis unsere Ausgelassenheit einen Waffenstillstand erklärt. Derlei harmlose Neckereien sind wie Schlucke klaren Wassers. Doch auch hier mischt sich Galle hinein. Denn ich höre ebenfalls, wie sehr sie sich nach dem Sultan sehnt, dass er der fesselndste, bestaussehende, aufregendste Mann ist, den sie jemals gesehen hat, dass ein Blick von ihm genügt, sie vor Verlangen dahinschmelzen zu lassen, dass sie sich fragt, wie er bei ihr so liebevoll, bei anderen jedoch so unbarmherzig sein kann, dass er im Grunde seines Herzens noch ein kleiner Junge ist und dass niemand außer ihr ihn so sieht, wie er wirklich ist.

27. März 1770

Heute war sie rastloser als gewöhnlich. An den Donnerstagen ist es immer schwer, denn sie hört, wie sich die anderen Frauen lachend und schwatzend zurechtmachen und wie die Kinder jammern, während man ihnen die Köpfe schert und sie in ungewohnt saubere Gewänder kleidet.

Wie es scheint, ist einmal mehr Duvia erwählt worden, denn sie hüpfte geradewegs herbei, um ihr Glück herauszuträllern, worauf sich Helen bemühte, in die Hände zu klatschen, ein hageres Lächeln aufsetzte und gute Wünsche flüsterte, bis ich die übersprudelnde Junge Königin zurück in ihre Laube scheuchte. Danach gab es nichts mehr, was ich hätte tun können, um Helen aufzumuntern.

Ich verbrachte die letzte Nacht in Batoums Gemächern. Sie hatte eine Flasche für mich beschafft, und der größte Teil des Inhalts war bereits in mir, bevor ich die mächtige Wirkung spürte. Nichtsdestotrotz ist dieser Saft weniger stark als unser schwächster Whisky. Wie wankelmütig ist doch unser Leib! In

Schottland vermochte ich drei Quart Rotwein zu trinken und danach immer noch eine ordentliche Partie Whist zu spielen, während ich mich hier nach kaum einer halben Pinte umherwälze wie ein Kater in Katzenminze.

Ich glaube, ich drängte Batoum, mit mir zu trinken, und behauptete, es gehe nichts über ein gutes Schlückchen, das den Bauch wärmt und den Geist beruhigt, doch sie schob mich fort und sagte, ihr sei warm genug und sie bedürfe keiner Beruhigung. Woraufhin ich vermutlich in betäubte Erstarrung verfiel, denn als ich wieder erwachte, lag ich neben ihr im Bett, und die Morgendämmerung zog ihre graue Decke von der Welt. Ich betrachtete Batoums friedliches Gesicht und die Farben ihres Körpers, den torfbraunen Hals und die kastanienbraunen Wangen, die Wülste ihrer Lippen, die violetten Narben auf ihren Wangen. Alles, was mir so lieb und vertraut ist. Und in jenem Moment wusste ich, dass ich mit Batoum würde glücklich sein können, dass ich sie dazu lediglich aufwecken und küssen und ihr sagen musste, dass ich meinen Wahnsinn überwunden hatte.

Lange Zeit lag ich da und sah sie einfach nur an, während sich meine Zuneigung für sie wie Balsam auf mein wundes Herz legte. Ich erinnerte mich an unsere gemeinsame Zeit, unsere Rangeleien und Spiele, ihr lautes Lachen und ihre tiefen Falten, die klugen Augen, die auf mir ruhten und denen gefiel, was sie sahen.

Doch dann schlich ich davon, bevor sie erwachte. Ich glaube, wenn sie die Augen geöffnet und mich dort vorgefunden hätte, hätte sie sich erweichen lassen. Wir hätten uns geliebt – aber es wäre eine Lüge gewesen. Und sie hätte dies im selben Augenblick erkannt, in dem es vorbei gewesen wäre. Ich will diese Erkenntnis nicht in ihren Augen sehen.

Also kroch ich fort, eingehüllt in meinen Umhang, den Mund trocken wie die Dünen der Namib, und wanderte durch den grauen Harem zu meinem Quartier. Frühlingsdüfte wehten mich an, und die Vögel durchbohrten die Luft geradezu mit ihrem Gesang. Ich musste an Pittenweem denken, an die Äcker oberhalb des Hafens, deren schwere Erde voller Fischinnereien war, und an die Möwen und Kiebitze, die darüber kreisten, und die Feldlerchen, die in unsichtbaren Höhen flogen, gegen die Himmelspforte flatterten und die Engel aufweckten.

Als ich nach Hause kam, lagerte der Methusalem vor meinem Tor. Er raschelt inmitten eines Regens von Ginsterschoten und rezitiert seine Litanei botanischer Beobachtungen, derweil ich gierig Wasser trinke und mich damit übergieße, wieder auftauche, und es ist Donnerstagmorgen und wir sind wieder da, wo ich an diesem Tag begann.

28. März 1770

William Lempriere, der englische Arzt, ist endlich eingetroffen. Er ist ein feuchtkalter Stockfisch von Mann und hat die Angewohnheit, beim Nachdenken mit seinen Fingerknöcheln zu knacken. Er besitzt die schmalsten Lippen, die ich je gesehen habe, welche er zudem auch noch recht häufig zusammenpresst, denn ungeachtet der überfließenden Gastfreundschaft des Sultans ist offenkundig, dass er nur unter Zwang hier verweilt. Er wurde in der Stadt einquartiert, bei einem Händler aus dem jüdischen Viertel.

In Begleitung des guten Doktors befindet sich eine hochnäsige Dame namens Julia Crisp. Die beiden behaupten, miteinander verheiratet zu sein, doch ich vermute, dass sie diese Scharade nur ersonnen haben, um ihre Tugend zu schützen. In der Tat, wären sie nicht auf dem Schiff eines Händlers gereist, der gute Beziehungen zu den höheren Kreisen von Salee unterhält, würde ich wetten, dass unsere züchtige Mistress Crisp auf ganz anderem Wege hierher gelangt wäre.

Ich habe als Dolmetscher bereitzustehen, was sich als höchst aufreibende Pflicht erweist. Ich brenne darauf, den Doktor am Kragen zu packen und ihn in den Untersuchungsraum zu schleifen, damit er einen Blick auf Helen wirft. Doch stattdessen muss ich ruhig mit ansehen, wie der Sultan in seiner zeremoniellen *Dschellaba* auf und ab schreitet und betont auffällig sein Monokel richtet (er hält besagten Gegenstand für den Gipfel europäischer Eleganz, sodass er all seine *Dschellabas* mit einer bestickten Brusttasche versehen lässt). Er hat ein Festmahl von gigantischen Ausmaßen auftragen lassen, das zu genießen meine Übersetzerpflichten mich hindern, und beginnt alsbald, sich seiner Großtaten bezüglich der Modernisierung seines ›Barbarischen Königreiches‹ zu rühmen und dabei seinen Hunger zu stillen, während seine Gäste einhändig mit ungewohntem Wildgeflügel ringen, das in einer Lache grünen Öles schwimmt.

Alldieweil liegt Helen, der eigentliche Grund ihrer Anwesenheit, keine hundert Ellen entfernt im Sterben. Wie kann es sein, dass sein Gedächtnis dermaßen kurz ist? Vor kaum einer Woche war er noch der bekümmerte Liebende, außer sich vor Angst um seine kostbare Asisa. Nun gibt er den aufgeklärten Staatsmann und spreizt sich wie ein Pfau vor seinem schmallippigen Publikum.

Ich schwöre, dass er die beiden durch jedes Gemach des Palastes geführt hat, inmitten einer kunterbunten Prozession, bestehend aus sechs schwerfälligen Riesen der *Buchari*, gefolgt von den Trägern des Königlichen Gebetsteppichs und der Königlichen Fliegenklatsche (sowie Sklaven niedrigeren Ranges, die für die Königlichen Handtücher und Zahnstocher und all die anderen Gegenstände verantwortlich sind, die er benötigen könnte) und natürlich der kürzlich verstärkten Reihen seiner Königlichen Vorkoster. Nach dem Palast wandte sich der Sultan den Stallungen zu, und hätte der *Buchari* befohlen, die

Uniformen anzulegen und Schaugefechte auszutragen, wenn Mistress Crisp nicht plötzlich über äußerst heftiges Kopfweh geklagt hätte, dessen Ursache sie in all der Aufregung vermutete.

Woraufhin er seine Gäste wieder in den Palast geleitet und Mistress Crisp anbietet, einen Diwan als Ruhelager zu benutzen, wozu sie sich allerdings nur unter der Bedingung überreden lässt, ihr ›Ehemann‹ müsse ständig an ihrer Seite bleiben. Sie ist eine höchst resolute junge Frau, mit klugen blauen Augen und einer Fülle blonden Haars, das sie geflochten und um ihren Kopf gewickelt trägt wie ein Tau auf dem Vorderdeck. Und was ihr Wesen betrifft, so scheint sie jene Mischung aus Honig und Essig zu sein, die mich an eine Gouvernante aus Morningside gemahnt.

Der Sultan ist sehr von ihr angetan, denn sie verkörpert – sogar mehr noch als Helen – die Essenz jener europäischen Kultiviertheit, die er sich gern aneignen würde. »Finde heraus, ob sie wirklich verheiratet sind, Fidschil«, zischt er mir mit einem habgierigen Funkeln in den Augen zu.

»Wir sind uns erst auf dem Schiff begegnet«, beichtet *La Crisp* verstört. »Ich war auf dem Weg zu meinem Verlobten in Gibraltar. Bitte verratet mich nicht, mein Herr. Wenn der Sultan davon erfährt ...« Sie muss ihren Satz nicht beenden, denn wir beide wissen, wie diese Geschichte weitergehen würde.

Ich muss gestehen, dass in jenem Moment ein perfekter, grausamer Plan in meinem Kopf Gestalt annahm – nämlich, dies alles dem Sultan zu enthüllen und dafür zu sorgen, dass sie geschwind dem Harem einverleibt wird, damit sie dort wie ein Lockvogel die Aufmerksamkeit und alles Übel von Helen ab- und auf sich lenkt. Der Plan stieg in mir auf und schwebte eine ganze Weile lang verlockend und verführerisch über dem Rand meines Geistes, bevor er wieder in den schändlichen Tiefen verschwand, in die er gehört.

Derweil drücken sich überall in der Nähe Sklaven herum und spitzen die Ohren. Laut Maryam verdienen sie große Summen dadurch, dass sie Auskünfte über den englischen Doktor durch die üblichen Dienstbotenkanäle bis in das Herz des Harems übermitteln. Auf diese Weise eilt den noch gänzlich unerprobten Fähigkeiten des guten Doktors bereits ein legendärer Ruf voraus, sodass ich mich bei der Rückkehr in mein Quartier durch eine Horde unpässlicher Haremsfrauen kämpfen muss, von denen eine jede beteuert, sie leide an einer rätselhaften Krankheit, die allein der englische Doktor heilen könne. Am Ende sah ich mich gezwungen, die Wachen zu rufen und es ihnen zu überlassen, die Frauen in Schach zu halten, andernfalls hätten sie wohl die ganze Nacht lang gegen mein Tor geklopft.

Zumindest haben die Frauen den Methusalem vertrieben, obwohl ich fürchte, dass sie ihn für eine Pflanze gehalten und einfach niedergetrampelt haben. Und dass ich ihn am Morgen finden werde, platt wie eine gepresste Glockenblume zwischen den Seiten einer Bibel, die Abdrücke von tausend Pantoffeln auf dem Rücken.

Heute Morgen suchte ich Malia auf und bat sie, eine Auswahl unter den Frauen zu treffen, da der Doktor sie keinesfalls alle untersuchen kann. Doch sie war übler Laune und weigerte sich, ihre Höhle zu verlassen. »Die wahrhaft Kranken werden irgendwann zu mir kommen«, schnaubt sie. »Die anderen darf gern der fremde Doktor behandeln.« Sie ist gekränkt, weil sie von den Unterredungen des Sultans mit den *Tabibs* ausgeschlossen wird, doch ich habe keine Zeit, sie aus ihrer verdrießlichen Stimmung zu schmeicheln.

Der Sultan hat dem Doktor zum Glück gestattet, seiner Profession nachzugehen. Ich wollte ihn überreden, zuerst Helen zu empfangen, indem ich erklärte, sie sei eine Landsmännin, doch offenbar hat sich *La Duvia* dieses Vorrecht bereits gesichert, und zwar durch ein Briefchen in grauenhaftem Latein, in dem sie Symptome aufführt, die diejenigen meines Lieblings zu spiegeln scheinen.

Wie merkwürdig. Sollte dies der Wahrheit entsprechen, dann haben wir nun drei kranke Königinnen.

51

Malia schlurfte aus Helens Waschraum und ließ sich ächzend neben ihr unter dem Jasmin nieder. »Wie lange hat es schon diese Farbe?«, fragte sie mit schmalen Augen.

Helen seufzte. »Eine Woche, vielleicht zwei.« Warum war das wichtig? Es kam einfach aus ihr heraus, das war alles, was zählte. Tag für Tag kam es brennend heraus, als würde sie verfaulen, sich von innen her auflösen, bis nur noch ein Beutel leerer Haut von ihr übrig war.

»Und wenn das Essen wieder hochkommt – ist seine Farbe dunkel oder hell?«

»Dunkel – nein, hell.« Helen schüttelte den Kopf. »Ich weiß es nicht. Am Morgen dunkel, am Nachmittag heller.« Ihre Zunge fühlte sich heiß und geschwollen an. »Manchmal fühle ich mich am Abend besser. An anderen Tagen geht es die ganze Zeit so, bis nur noch Wasser kommt.« Bis ihre Rippen schmerzten. Bis ihre Kehle wund war.

»Genau das begreife ich nicht.« Malia strich sich nachdenklich mit einem ihrer knochigen Finger über die Nase. »Warum es an einigen Tagen besser wird und sich an anderen wieder verschlechtert …« Sie verstummte und starrte in die Ferne.

Rima brachte einen Samowar und Tassen. »Es heißt, der englische Doktor sei eingetroffen.«

»Wo ist er?« Helen setzte sich mühsam auf. »Wohnt er im Palast?«

Malia schnaubte verächtlich. »Er ist in der Stadt untergebracht worden.« Sie rührte heftig ihren Tee um. »Alle Frauen haben plötzlich irgendwelche Krankheiten, die er heilen soll.

Selbst die *Lalla* Duvia will von ihm untersucht werden, dabei ist sie so kräftig wie ein Kamel.«

»Wann kann ich ihn sehen?« Der englische Doktor war endlich da!

»Frag mich nicht.« Malia schlürfte ihren Tee. »Morgen. Nächste Woche. Sobald der Sultan damit fertig ist, sie willkommen zu heißen.«

»Sie?«

»Eine englische Frau ist auch dabei. Ein hübsches kleines Ding – gelbes Haar, rosige Wangen. Natürlich viel zu dürr, und sie trägt eines dieser gefährlichen engen Gewänder.«

Helen sank zurück auf ihre Kissen. In ihrer Brust öffnete sich ein Abgrund. Es war, als sei sie bereits tot und könne die Zukunft belauschen. Eine andere Weiße Königin. Zuerst Salamatu, dann Asisa, nun diese neue Frau.

»Er hat versucht, sie für den Harem zu kaufen, aber sie ist dem Doktor versprochen.«

Helen streckte die Hand nach der Schöpfkelle aus, ließ sie dann jedoch wieder in ihren Schoß fallen. Ihre Knochen waren so schwer, dass die Haut darüber schmerzte. Doch sie hatte alles klar vor Augen: die errötende Fremde und ihren aufmerksamen Begleiter, den Sultan, entzückt und reizend. Entschlossen. Natürlich wollte er sie haben. Wie hatten die Leute daheim sie noch gleich genannt, diese sanftmütigen Damen aus dem Süden? Englische Rosen. Er wollte sie für seinen Garten.

Nachdem Malia gegangen war, lag Helen lange Zeit mit geschlossenen Augen da. Ihre Kehle krampfte sich zusammen, aber sie war zu erschöpft, um zu schluchzen.

Es war vorbei. Sie ließ sich von dieser Erkenntnis durchdringen. Sie hatte alles gehabt, wie in einem Märchen, alles, wovon sie jemals geträumt hatte. Unter ihren Lidern brannten Tränen, beißend wie Essig. Wie lange hatte er ihr gehört? Fünf Monde, sechs? Fliegen summten um das Teetablett. Helen stellte sich vor, wie sie über die Ränder der Tassen krabbelten, hineinschnellten und den zuckersüßen Bodensatz aufsogen.

Sie hörte Rima im Waschraum Schüsseln entleeren und spülen, hörte das Klatschen nasser Putzlumpen, dann die regelmäßigen, kratzenden Geräusche des Besens, zum dritten Mal an diesem Tag. Obwohl es nun zwei weitere Sklavinnen gab, erledigte Rima das Fegen immer selbst, schüttelte jeden Teppich aus, schob jeden Krug beiseite, bückte sich und untersuchte den Kehricht, fegte weiter, bückte sich erneut, erhob sich und lief geduldig immer wieder über den Hof zum Küchenfeuer.

Helen spürte eine Berührung an ihrer Wange und schlug die Augen auf. Es war das Kätzchen, das ihr seine weiche schwarze Pfote entgegenstreckte. »Versuchst du mich zu erschrecken, Miezchen?« Sie blinzelte ihre Tränen weg, hob das Fellknäuel empor und drohte ihm mit dem Finger. Die Katze umklammerte mit nadelfeinen Krallen ihre Fingerspitze und biss spielerisch hinein. Helen spürte den Herzschlag im Körbchen ihrer Rippen. Wie wild und zugleich zerbrechlich die Katze wirkte, gefangen in ihrer kleinen Welt, in der das Wichtigste war, die Beute anzuspringen und zu töten …

Helen richtete sich auf, barg das Kätzchen in den Händen und vergrub ihre Nase in dem feinen Flaum seines Bauches. »Mit mir ist es vorbei, Mieze. Weißt du das schon? Ich bin hässlich und verwelkt wie ein altes Blatt.« Die Katze begann zu schnurren. »Dummes Kätzchen«, flüsterte sie, »kümmert es dich denn nicht, wie ich aussehe? Soll ich dich mitnehmen, wenn er mich fortschickt – damit du die Ratten aus der Hütte vertreibst, in der ich enden werde?«

Sie kraulte es hinter den Ohren, und es reckte sein spitzes Kinn vor, schnurrte lauter und rieb sein Köpfchen an Helens Hand. Kurz darauf sagte sie lächelnd: »Davon hast du jetzt also genug, nicht wahr?«, denn die kleine Katze drehte sich auf den Rücken, streckte mit geschlossenen Augen alle viere von sich und wartete darauf, dass Helen ihren Bauch streichelte. Sie rieb ihn sanft im Takt des Schnurrens und umfasste den kleinen Leib mit der anderen Hand. »Du argloses kleines Geschöpf! Ich könnte dich töten, weißt du? Dir all deine Knochen brechen wie eine Hand voll Zweige.«

Als Microphilus am Tag zuvor zu Besuch gewesen war, hatte er dasselbe gesagt. »Woher weiß sie, dass ihr in meiner Hand nichts geschehen wird?«, hatte er sich verwundert gefragt. »Es muss etwas sein, das sie riechen kann, etwas, das anders riecht als die Haremskinder. Denn wenn die sie in die Finger bekämen, würden sie sie knacken wie eine Nuss.«

Seitdem er Helen die Katze geschenkt hatte, kam er jeden Tag. »Ich will dich ja nicht stören«, sagte er und verbeugte sich mit entschuldigender Miene, »aber die Katze bat mich, heute einmal früher zu kommen.« Oder: »Sie bestand darauf, dass ich ihr ein Band zum Spielen bringe.« Und dann nahm er ganz selbstverständlich Platz, als sei dies auch sein Heim.

Wenn sich Helen wohl genug fühlte, setzte er sich neben sie und erzählte ihr Geschichten über die Ereignisse im Harem und seine Abenteuer in Edinburgh und London. Manchmal schlief sie dabei ein, und wenn sie wieder erwachte, schwatzte er mit Rima oder streichelte die Katze. Oder saß einfach nur schweigend da und beobachtete sie, genau wie ihre Großmutter es immer getan hatte, wenn sie früher krank gewesen war. Und oftmals, wenn plötzlich ein Anfall von Übelkeit Helen überfiel, griff er selbst nach der Schüssel und hielt sie ihr unter.

»Es tut mir Leid«, flüsterte sie hinterher. »Es ist schon schlimm genug, dass mich die Sklavinnen so sehen.«

»Wie sehen sie dich denn?«, fragte er und reichte ihr eine Kelle voll Wasser, damit sie ihren Mund ausspülen konnte.

»Ach, ich weiß nicht. Ich stinke und kotze wie ein Kind.«

»Was hast du gegen Kinder? Ich mag Kinder.«

»Aber ich bin kein Kind! Ich bin eine Frau. Und ich schäme mich bei dem Gedanken, dass ein Mann sieht, wie ich ...«

»Denkst du, du bist das erste Mädchen, das sich in meiner Gegenwart erbricht? Wenn ich die Aufsicht über tausend Frauen habe?«

Allmählich begann sie ihm zu glauben, wenn er sagte, dass er dies schon hundertmal gesehen hatte, dass es so gewöhnlich und natürlich war, wie einen Stall auszufegen, dass er sie nicht abstoßend fand und dass er sie noch genauso gern hatte wie eh und je.

Bei jedem Besuch kämmte er ihr Haar. Es war etwas, worauf sie sich jedes Mal freute – das sanfte Ziehen des Kamms, die kühle Luft in ihrem Nacken, die grauen Augen, deren Blick sich nur darauf richtete, was seine Hände taten. Nicht auf ihre schorfige Haut oder ihre spröden Lippen, nur auf ihr Haar, auf eine Strähne nach der anderen: hochheben, entwirren, glätten und loslassen, hochheben, entwirren, glätten und loslassen, bis es glatt war wie ein Laken unter dem Plätteisen.

»Bist du schon einmal in Tafilet gewesen?«, fragte sie ihn eines Nachmittags. »Ich meine den Ort, an den die alten Königinnen geschickt werden.«

Nein, er war nie dort gewesen, aber er hatte davon gehört. Die Sommer dort seien heißer, sagte er, und die Winter kälter. »Aber jemand aus Schottland würde über das, was dieses empfindliche Volk als Kälte betrachtet, nur lachen.« In der Umgebung gebe es ein paar hübsche kleine Städte mit all den Annehmlichkeiten, die man erwarten könne, und einige wilde Stämme, »aber nicht so ungezähmt wie unsere Highlander«.

Und wenn sie den Harem verließ? Der Gedanke schlich sich ein. Den Sultan verlassen, keine Königin mehr sein. Wenn sie alles aufgab, war der Fluch vielleicht gebannt, und sie wurde wieder gesund.

Tafilet. Obwohl sie wusste, dass der Ort weit im Landesinneren lag, stellte sie ihn sich als Insel vor, umgeben von glitzerndem Wasser. Anfangs hatte Helen nichts Konkretes vor Augen, aber jedes Mal, wenn er ihr in den Sinn kam, fügte sie ihrem Bild weitere Einzelheiten hinzu: eine Hügelkette, eine Ziegenherde, einige Zelte innerhalb einer Umfriedung. Ein paar hübsche kleine Städte. In den ruhigen Wellentälern zwischen den Wogen ihrer Übelkeit nahm das Bild immer mehr Gestalt an. Tafilet – wie ein Gebet. Ein Ort der Ruhe, ein Ort mit reiner Luft, ein Ort mit weitem, offenem Land.

In jener Nacht schlief sie mit dem Gedanken an Tafilet ein, und als sie in den frühen Morgenstunden erwachte, schwebte er immer noch durch ihren Kopf.

Zur Abwechslung war es einmal nicht Übelkeit, von der sie geweckt wurde, sondern Hunger. Helen warf sich ihren *Haik* über und tappte auf unsicheren Beinen in die Küche, bemüht, die Sklavenmädchen nicht zu stören, die sich vor der Kochstelle zusammengerollt hatten. Sie schirmte die Kerze mit der Hand ab, ging hinüber zum Vorratsregal und hob das Fliegentuch.

Es gab eine Fülle von Speisen: *Teem* und Trauben, Ziegenkäse und Oliven, kalten Couscous mit Mandeln und ein paar gebratene Lammkeulen in Kräuterkruste. Doch Helen drehte sich erneut der Magen um. Sie ließ das Tuch fallen und griff stattdessen nach dem Brotbeutel, der außer Reichweite der Ameisen an der Wand hing.

Sie öffnete den Beutel und zog einen frischen Laib hervor, der am Nachmittag zuvor gebacken worden war. Dann brach sie ihn in der Mitte durch und vergrub ihre Nase in seinem weichen, bröckeligen Inneren. Frisch und rein. Nun begriff sie, was Nazime gemeint hatte, als sie sagte: »Manchmal ist ein Stück Brot genau das, was du willst.« Das Wasser lief Helen im Mund zusammen. Sie biss hinein. Es war fest und salzig, einfach und gut. Die Art von Nahrung, der man trauen konnte.

Sie hörte das Getrippel von Pfoten und wandte sich um. Das Kätzchen war ihr gefolgt und spielte mit den Krümeln.

»Pscht! Du wirst noch die anderen aufwecken.« Es begleitete Helen wieder hinaus und hüpfte vor dem Feuerholzstapel hinter einer Grille her, während Helen eine Binsenmatte ausrollte und sich unter ihren Lieblingsbaum setzte. Sie lehnte sich an den Stamm und aß einen weiteren Bissen. Eine kleine Freude – frisches Brot, das nicht wieder ausgestoßen wird, das dich nährt. Während sie das Kätzchen dabei beobachtete, wie es weiße Motten jagte, fügten sich ihrem Bild weitere Einzelheiten hinzu. Tafilet: ein einfaches Haus und einfache Nahrung, die Aussicht auf die Berge. Ein aufrechter Baum, an den man sich lehnen konnte.

Am folgenden Tag erbrach sie sich den ganzen Morgen lang, die Knie wie Pudding, tief über die Schüssel gebeugt. Hinterher kroch sie zurück unter ihre verschwitzte Decke und schlief erschöpft ein.

Eine Stunde später wurde sie von Duvia geweckt, die an ihrem Arm rüttelte. »Es tut mir Leid ... Rima hat versucht, mich davon abzuhalten, dich zu stören ...« Ihre Stimme zitterte. »Ich weiß, dass du krank bist, aber ich wusste nicht, wem ich es sonst sagen sollte ...«

»Was ist los?« Helen stützte sich auf ihre Kissen und richtete sich mühsam auf. Das Bettzeug scheuerte über ihr Rückgrat, und ihre Zunge schmeckte wie Sand. »Was ist mit dir – ist dir übel?«

Duvia nickte. Ihr Gesicht hatte die Farbe von Teig. »Das ist jetzt der dritte Tag hintereinander, aber Malia glaubt, ich würde alles nur vortäuschen, weil ich den englischen Doktor sehen will. Doch das stimmt nicht. Asisa, du weißt, dass ich nie unnötig Aufhebens mache. Und dann, heute Morgen ...« Sie hielt inne, und Helen begriff.

»Du hast eines dieser Dinger gefunden, nicht wahr?«

Duvia nickte kläglich. »Ich dachte, mir könnte nichts geschehen. Schließlich schickt der Sultan so gut wie nie nach mir. Ich dachte, es ginge nur um dich und Zara. Aber jetzt ...« Sie rang ihre Hände. »Jetzt sieht es so aus, als ginge es um alle Königinnen.«

»Hat sie es aufbewahrt?«, fragte Microphilus leise. Rima hatte ihn holen lassen, sobald sie den Ausdruck auf Duvias Gesicht erblickte.

»Ich weiß nicht. Wahrscheinlich hat sie es verbrannt. Das hat Rima auch mit meinem getan. Wir wollten sie einfach nur loswerden ...« Helen schüttelte sich. »Ich ertrage das alles nicht!«, brach es aus ihr heraus. »Ich muss ständig daran denken, dass es uns umbringt, eine nach der anderen. Alle Königinnen. Zuerst Zara, dann mich, und jetzt Duvia.«

»Beruhige dich, Mädchen. Bisher ist noch niemand an dieser Krankheit gestorben, und der *Lalla* Zara geht es mit jedem Tag besser.«

»Besser? O ja«, erwiderte Helen bitter. »Sie kotzt sich nicht mehr die Eingeweide aus dem Leib. Und ihr Haar wächst wieder. Aber ihre Haut ist immer noch so fleckig wie die einer Bettlerin. Hast du sie gesehen? Und sie redet wirres Zeug. Sie glaubt, der Sultan würde bald wieder nach ihr schicken!«

»Solche Dinge brauchen eben Zeit. Übrigens wird der Doktor *La Duvia* heute Nachmittag untersuchen. Und morgen dich. Er scheint recht vernünftig zu sein. Wenn wir ihm doch nur eine richtige Untersuchung ermöglichen könnten! Aber vielleicht kann ihm sein Mädchen dabei helfen. Mistress Crisp nennt sie sich, Julia Crisp. Der Sultan ist recht angetan von ihr.«

»Was hast du gerade gesagt?« Helen hörte nicht zu. In ihrem Verstand entfaltete sich gerade ein eigentümlicher Gedankengang. Zuerst Zara, dann ich, und jetzt Duvia. Jede Königin – nur nicht Batoum. Ein Gefühl der Angst überlief ihre Kopfhaut wie kaltes Wasser. Warum war Batoum nicht krank geworden?

»Miss Crisp darf den Harem natürlich betreten, also dachte ich, der Doktor könnte ihr von der anderen Seite des Wandschirms Anweisungen geben. Sie würde ihm sozusagen die Augen ersetzen.« Microphilus hielt inne und musterte Helens Gesicht. »Was ist dir, Mädchen? Soll ich die Schüssel holen? Du bist so weiß wie ein Laken.«

Er hastete davon und brachte ihr eine Schüssel. Sie hielt sie auf ihren Knien und krümmte sich darüber. Natürlich, Batoum. Warum war ihr dieser Verdacht nicht schon früher gekommen? All diese abgeschlossenen Gemächer! Drei große Söhne, die den Thron erben würden! Sie hatte so getan, als sei ihr der Sultan gleichgültig, und in Wirklichkeit die ganze Zeit Pläne geschmiedet. Helen umklammerte die Schüssel mit kalten Fingern.

»Versuch nicht, dich dagegen zu wehren, Mädchen. Hol tief Luft und lass es einfach kommen.«

Helen begann zu würgen. Die heftigen Krämpfe pressten ihren Magen zusammen, schienen ihn gegen ihr Rückgrat zu werfen. Rima. Gütiger Gott, wahrscheinlich steckte Rima mit ihr unter einer Decke. Helens Zähne begannen zu klappern, und ihr Kinn zitterte.

»Es war nicht meine Absicht, dich so aus der Fassung zu bringen. Der Sultan macht sich nicht wirklich etwas aus dem Mädchen. Du bist es, die er liebt. Außerdem ist sie sowieso dem Doktor versprochen. In ein paar Wochen wird sie wieder fort sein.«

»Fort?« Helen blickte auf. Wovon redete er?

»Du siehst also, du brauchst dich nicht zu sorgen. Warte nur ab. In drei Wochen, vielleicht auch früher, wird alles wieder so sein wie vorher.«

Microphilus reichte ihr eine Kelle voll Wasser, die sie langsam und unter Frösteln trank. Ihr Kopf fühlte sich furchtbar groß und schwer an, wie ein Felsbrocken, der unsicher auf ihrem Hals schwankte. Ihre Haut war heiß, doch sie konnte nicht aufhören zu zittern. Er hüllte sie in einen dicken *Haik*, und sie ließ sich gegen ihn sinken und schloss die Augen. Das Rot hinter ihren Lidern wurde matt. Kurz darauf trieb sie in wohltuender Dunkelheit dahin.

»Ich erzählte ihr von Miss Julia, und da wurde sie ohnmächtig.«

»Sie ist so geschwächt, das arme Lämmchen. Jede Kleinigkeit lässt sie zusammenbrechen.«

Helen kam langsam zu sich, schwebte durch graue Wasser empor an die Oberfläche eines Sees. Zwei Menschen sprachen miteinander, sie konnte ihre verzerrten Gestalten erkennen. Ihr Kopf ruhte auf etwas Warmem.

»Glaubst du, ich sollte Malia holen?« Es war Microphilus, doch seine Stimme schien aus dem Inneren ihres eigenen Kopfes zu kommen. Er stand über sie gebeugt. Nein, er stand nicht. Ihr Kopf lag in seinem Schoß, deshalb klang seine Stimme so merkwürdig.

»Ich bezweifele, dass sie irgendetwas tun kann. Aber Rima sollte heute Nacht in ihrer Nähe schlafen, nur zur Sicherheit.« Batoums Stimme. Was machte sie hier? Helen versuchte, den Kopf zu heben, doch ein Anfall von Schwindel hielt sie zurück.

Einen Augenblick später wurde sie sanft angehoben und auf ein frisches Laken gelegt. Würde es sich so anfühlen, wenn sie tot war? Stimmen, die über ihr schwebten, Decken, die über sie gezogen wurden. Batoum und Rima. Sie waren so freundlich gewesen! Helen hatte gedacht, sie hätten sie gern. All die Besorgtheit um ihr Essen ... All das Fegen und Putzen ... Dabei hatten sie die ganze Zeit nur darauf gewartet, dass sie starb.

Sie hörte das leise Schlurfen nackter Füße auf den Kacheln, das dumpfe Schwappen im vollen Wasserkrug neben dem Bett. Microphilus stand auf der Türschwelle und flüsterte eindringlich mit Batoum.

Für einen Moment schien sich Helens Schädeldecke zu heben, und ein kalter Abgrund öffnete sich in ihrem Geist. Natürlich. Es war so offensichtlich! Wenn Batoum und Rima ihr den Tod wünschten, dann galt dies auch für Microphilus. Er hatte Batoum schon immer geliebt. Wahrscheinlich horteten die beiden in einem ihrer verschlossenen Gemächer Gold und heckten in einem anderen Flüche und Hexereien aus.

»Lass sie allein, Fidschil. Sie braucht jetzt Schlaf.« Batoums schmeichelnde, besänftigende Stimme. »Du kannst hier nichts mehr tun.« Helen blinzelte zu ihnen hinüber. Batoums Hand lag auf seiner Schulter und zog ihn behutsam mit sich fort.

Als sie erwachte, war es dunkel. Ihr Mund war so trocken, dass ihr die Zunge am Gaumen klebte. Rima lag schlafend neben ihr auf dem Boden. Helen kroch leise zum Fußende des Bettes, nahm die Kelle von ihrem Haken an der Wand und tauchte sie in den Wasserkrug. Doch als sie Rima ächzen und sich im Schlaf bewegen hörte, legte sie die Kelle weg, griff nach ihrem *Haik* und glitt hinaus in den Hof.

Es war eine klare Nacht. Ein kühler Wind wehte, und kleine Wolken jagten am Vollmond vorüber. Sie ging schwankend zum Brunnen, dessen Wasserstrahl aus der Mauer hervorsprudelte, und trank gierig aus der hohlen Hand. Als sie sich wieder aufrichtete, spürte sie, wie das Wasser ihre heiße Kehle hinunterlief und in ihren brennenden Magen rann. Es kühlte und beruhigte ihr Inneres.

Sie ließ sich an ihrem Baum nieder, zog den *Haik* enger

um sich und steckte ihn unter den nackten Zehen fest. Dann blickte sie durch die Zweige nach oben. Der Himmel war ein gewaltiger schwarzer Bogen, übersät mit blinkenden Sternen. Ob Allah irgendwo dort draußen war? Sie sagten, er hätte tausendmal tausend Engel erschaffen, die über die Welt wachten. Wachte einer von ihnen auch über sie?

Helen dachte an ihre erste Nacht im Harem, in der sie kopflos durch die Wandelgänge gehetzt war, verfolgt von einer Horde von Kindern. Verwirrt und einsam und verängstigt. Damals hatte sie wenigstens Nazime gehabt, mit der sie reden konnte. Und sie dachte an jene andere schreckliche Zeit, auf dem Schiff, als die Piraten Robert Baird an den Mast gebunden hatten, oder in Salee, wo sie auf der Straße angespuckt worden war. Damals war Betty bei ihr gewesen. Aber jetzt, da sie dem Tod so nahe war wie noch nie zuvor, war sie ganz allein.

Microphilus, Batoum und Rima wollten ihren Tod. Die Menschen, die sie liebte – die Liebe hatte sich nach und nach in ihr Herz geschlichen, wie der Wechsel der Jahreszeiten –, hatten sich verschworen, um sie aus dem Weg zu räumen. Das Blut floss bleiern durch ihre Adern. Sie hatte ihnen vertraut, denn sogar als der Sultan sie zurückwies, waren sie stets für sie da gewesen. Nein, in Wahrheit nicht – sie hatten ihr alles nur vorgespielt.

Rings um sie erzeugte der Wind leise, raschelnde Geräusche: in ihrem Baum, dort, wo der Jasmin das Dach bedeckte, in den welken Blättern, die über die Kacheln tanzten. Drüben am Feuerholzstapel kratzte etwas, und über ihrem Kopf schwirrten lederne Flügel. Sie dachte an die Stachelschweine und spürte, wie sich ihre Kopfhaut zusammenzog. Plötzlich stürmte eine winzige, dunkle Gestalt über den Hof auf sie zu. Die Luft in Helens Lungen erstarrte zu Stein und brach kurz darauf in einer Lawine von Schluchzern aus ihr heraus. Das Kätzchen sprang auf ihren Schoß.

Sie hob es hoch und drückte es an ihre tränenüberströmte Wange. »Wenigstens bist du bei mir, Miezchen«, flüsterte sie in sein Fell. Nach einer Weile stand sie auf und ging zurück in ihr Gemach. Während sie zuhörte, wie das Kätzchen Wasser aus der Kelle schleckte, schlief sie ein.

52

29. März 1770

Ich komme gerade von Helen, die aus Schmerz über die Neigung des Sultans für unsere englische Gouvernante ohnmächtig wurde.

In den letzten Wochen wagte ich zu hoffen – ach, was tut es, welche Hoffnungen ich hegte? Ich habe mich geirrt, mehr ist dazu nicht zu sagen. Sie ist sein, mit Herz und Eingeweiden. Kaum hatte ich die korsettierte Madame Crisp erwähnt, erbleichte Helen wie ein Leichentuch, sank in ihre Kissen und begann vor Kummer geradezu zu stammeln.

Rima und ich versuchten sie zu beruhigen, doch sie wedelte uns mit ihren knochigen Armen fort wie Fledermäuse, die sich in ihrem Haar verfangen haben. Ich erklärte, dass das Mädchen versprochen sei, aber sie schenkte meinen Beteuerungen kein Gehör und starrte uns nur an, als seien wir Folterknechte aus den Verliesen des Sultans. Und rang auf seltsame Weise nach Luft, während ihre Lippen blau wurden, und sank schließlich in eine tiefe Ohnmacht.

Microphilus, welcher Beweise bedarfst du noch? Sie liebt den Sultan bis ins Mark. Ganz gleich, dass er unbeständig ist wie ein Kaninchenbock, ganz gleich, dass er lieber vor dem Doktor prahlt und poltert, als ihn zu seiner sterbenden Frau zu schicken, ganz gleich, dass er fähig ist, einem Mädchen ohne zu zögern die Augen auszustechen. Sie hat ihn vergoldet, er ist ihr Goldener Mann, für sie gibt es keinen anderen.

Peggy war genauso, und die Geschichten über die Liebschaften meines Bruders veranlassten sie lediglich dazu, sich noch heftiger nach ihm zu verzehren, als würde er durch seine Missachtung ihrer Person in ihren Augen noch anziehender. Doch niemals verzehrte sie sich nach mir. Weder, bevor sie ihn kannte, noch jemals danach – nicht *einmal* begannen ihre Augen zu strahlen, wenn sie mich erblickte, nicht *einmal* ruhten sie auf mir wie Batoums Augen, die mich sehen und denen gefällt, was sie sehen.

Ich habe geweint. Eine höchst eigenartige Erfahrung. Vermutlich haben Männer keine Übung im Weinen, sodass sich die Schluchzer aus uns herausquälen müssen wie Erbrochenes oder uns entweichen wie jenes Keuchen, das von einem Schlag in den Magen hervorgerufen wird. Und wir wissen nicht, wie wir unsere Stimme handhaben sollen, ob wir heulen sollen wie eine Frau oder auf eher männliche Weise stöhnen, als empfänden wir körperlichen Schmerz.

Ich hätte nicht gedacht, dass meine Nase dermaßen triefen und dabei weitaus mehr Flüssigkeit absondern würde als meine Augen. Oder dass mein ganzes Gesicht dermaßen heiß und rot werden würde. Nichtsdestotrotz fühle ich mich seltsam erfrischt, als hätte all diese Nässe einen Klumpen aus Verwirrung und Schmerz aufgelöst, dessen Abwesenheit mich nun so klar sehen lässt wie schon seit langer Zeit nicht mehr.

Als die Tränen kamen, hielt ich gerade meinen Knopf in Händen und rief mir noch einmal seine Herkunft ins Gedächtnis. Er stammt von einem Kleid, das meine leibliche Mutter nicht mehr haben wollte, da es ihr entweder zu alt oder zu unmodern erschien. Ich werde niemals erfahren, warum sie es ablegte, denn ich habe sie nie gekannt. Ich weiß nur, dass mein Vater es meiner Pflegemutter zum Geschenk machte, die es an ihre fischige Brust drückte, als sei es das prächtigste Ballkleid, das es gibt, und es von da an jeden Tag trug, obgleich es ihr nie richtig passte – weshalb wohl auch der Knopf absprang.

Wie dem auch sei, ich fand den Knopf als kleiner Junge und hüte ihn seither wie einen Schatz. Er ist alles, was ich je von meiner leiblichen Mutter bekommen habe, versteht Ihr: dieses kleine, harte Ding, abgerissen von etwas, das sie fortgeworfen hatte. Er ist aus Perlmutt gemacht, und wenn das Licht auf ihn fällt, schimmert seine Oberfläche in allen Farben des Regenbogens.

Doch als ich ihn eben zur Hand nahm (wie an jedem Tag, seitdem ich ihn fand), spürte ich, dass sich die Schichten meines Geistes verschoben und zu einer neuen Erkenntnis ordneten. All diese Jahre habe ich ihn in Ehren gehalten, als Vermächtnis meiner leiblichen Mutter, die mich ebenso leichtfertig weggab wie das Kleid. Dabei ist er in Wirklichkeit ein Andenken an meine gute Pflegemutter Kath, die mich liebte wie ihr eigen Fleisch und Blut, obwohl alle sie deswegen verlachten und Mutter des Schlammspringers oder Schlimmeres schimpften.

Die ganze Zeit über hielt ich meine echte Mutter in der Hand und erkannte es nicht, so beschäftigt waren meine Gedanken mit der falschen, die mich fortgegeben hatte.

All die Jahre meiner Kindheit lebte ich in der Hoffnung, Madame Boswell würde eines Tages in ihrer mit Federn geschmückten Kutsche vorfahren, um mich zu sich zu holen. Sie würde erhaben über das Kopfsteinpflaster rattern, und die Leute würden ihre Netze und Muschelmesser fallen lassen und sich fragen, warum eine vornehme Dame wie diese ihr Dorf besuchte. Und dann würde sie aus der Kutsche steigen und sich über mich beugen, ihren lieblichen Duft in der fischigen Luft verströmen, und mich emporheben und heimbringen in das große Haus in Auchinleck.

Ich wäre mit ihr gegangen, ohne mich auch nur einmal umzudrehen.

Aber sie kam nicht, noch sandte sie jemals eine Nachricht. Noch wusste sie von dem Kleid, dem Knopf oder dem Knaben, dem er so viel bedeutete. Und es hätte sie auch nicht gekümmert.

Und nun hat dieser Knopf mein törichtes Herz aufgeknöpft. Ich halte die wahre Liebe in meiner Hand. Batoum liebt mich mit der höchsten Wertschätzung, die ich jemals gekannt habe. Also werde ich ihre Liebe erwidern.

Auch wenn meine Statur die eines halben Mannes ist, so werde ich doch wieder ein ganzes Herz haben. Und ihr dieses Herz schenken, so sie es denn noch haben will. Und wir werden wie Eichhörnchen gemeinsam Sesterzen horten, für unseren langen Winter in Tafilet. Bis dahin werde ich mich wie ein Bruder um Helen kümmern, und damit zufrieden sein.

53

Am folgenden Tag schlief Helen bis spät in den Morgen und dämmerte danach an der Oberfläche ihres Bewusstseins dahin, bis der Mittag vorüber war. Schlaf war der sicherste Ort. Jedes Mal, wenn sie aus dieser schwarzen Höhle auftauchte, wollte sie sofort wieder hineinkriechen, fort vom grellen Schein des Verstandes. Ihr Magen war leer, ein schlaffer, flacher Beutel. In ihrem Kopf summte es. Ein Schmerz saß hinter ihren Augen.

Flüchtig fragte sie sich, ob sie im Sterben lag. Vielleicht bedeutete Sterben ja nichts anderes als die Erkenntnis, dass man nicht mehr denken, sich bewegen oder sprechen wollte. Wenn sie starb, konnte ihr niemand mehr wehtun – weder der Sultan noch Microphilus, weder Rima noch Batoum. Dann ging sie auf die Reise zum Ewigen Vater, der sie für immer lieben würde.

Lange Zeit lag sie reglos da, schwebte in einem Zustand halber Ohnmacht, wartete darauf zu sterben. Dann stieß ein nagendes Gefühl in ihrem Magen sie grob zurück in die Welt der Lebenden. Sie schlug die Augen auf und sah sich um. Dem Licht nach zu urteilen, das durch die Vorhänge fiel, stand die Sonne hoch am Himmel. Der Wasserkrug befand sich nicht mehr an seinem Platz. Sie hörte, wie Rima ihn im Waschraum ausschüttete.

Ein sonderbares Geräusch, einem Husten gleich, erregte ihre Aufmerksamkeit. Es war die Katze, die sich auf der Türschwelle erbrach, mit heiseren, erstickten Lauten, steifen Beinen und vorgerecktem Kinn. Sie spie eine kleine, dunkle Pfütze aus und starrte sie an. Dann wich sie zurück und fing erneut an zu würgen.

Helen schwang schwerfällig ihre Füße aus dem Bett und griff nach ihrem Gewand. Das Kätzchen sah sie für einen Moment mit weit hervorstehenden Augen an, bevor es abermals zu würgen begann. Helen erhob sich und ging langsam auf das Tier zu. Ihre Knochen schienen nicht richtig miteinander verbunden zu sein, sie hatte den Eindruck, dass nur ihre Haut sie noch zusammenhielt.

Seit jenem Tag, an dem der Sultan sie zum ersten Mal erwählt hatte, musste Batoum gewacht und gewartet haben. Sie hatte es so dargestellt, als würde sie ihr helfen, und auf den rechten Augenblick gewartet. Das Gleiche galt für Rima, die immer so fürsorglich schien. Helen ließ sich zu Boden sinken und nahm das Kätzchen auf den Arm. »Jetzt versuchen sie auch noch dich zu töten.«

»Wer versucht wen zu töten?«

Microphilus zog den Vorhang zurück und trat ein, dicht gefolgt von Rima, die Tücher und eine Schüssel mit dampfend heißem Wasser trug. Ihre Gesichter wirkten wie voller Besorgnis. Gesichter, die verlogen vorgaben, beunruhigt zu sein, während sie beobachteten, wie sie litt. Das Kätzchen lag schwer atmend auf der Seite. Schwarzer Schaum bedeckte sein Maul.

»Ich hoffe, ihr seid jetzt zufrieden«, sagte Helen, den heißen kleinen Leib in Händen haltend.

»Was meinst du damit?« Microphilus klang verwirrt.

»Sie wird sterben – sieh nur! Warum musstet ihr auch sie töten? Das Einzige, was mir geblieben ist ...«

»Die Katze? Was ist mit ihr?«

»Wessen Idee war das? Deine oder Batoums?« Aus dem Schmerz hinter Helens Augen war ein Eisenring geworden, der sich fest um ihren Kopf legte. »Habt ihr euch gut unterhalten? Und hinter meinem Rücken gelacht? Es muss ein Vergnügen gewesen sein, mit anzusehen, wie ich mir um des Sultans willen Mühe gebe und mich dann in ihn verliebe, und zu wissen, dass ihr dem Ganzen jederzeit ein Ende machen könnt. Und vorzutäuschen, dass ihr mir helfen wollt, während ihr in Wirklichkeit ...«

»Helen, Mädchen ...« Microphilus trat einen Schritt auf sie zu, doch sie wich zurück an die Wand.

»Zara, Duvia, ich ... Vermutlich hattet ihr auch bei Salamatu die Hände im Spiel. Das Schlimmste ist, dass ich euch vertraut habe. Ich dachte, ihr alle würdet versuchen, mich zu beschützen. Ich habe geglaubt, weil du Schotte bist, würdest du ...« Tränen der Erschöpfung rannen über ihre Wangen.

»Du kannst mir vertrauen ...«

»Versuch es nicht schon wieder. Tu nicht so, als würdest du dich sorgen und nach dem Schuldigen suchen, obwohl du die ganze Zeit genau weißt, dass es Batoum ist ...«

»Batoum?« Er lachte kurz auf. Es klang wie ein Niesen.

»Du hast es so gut wie selbst gesagt.« Wie konnte er es wagen, über sie zu lachen? »Wessen Söhne werden den Thron erben, wenn die anderen Königinnen tot sind? In wessen Küche wird mein Essen zubereitet? Wer ist die einzige Königin, die nicht krank geworden ist?« Das Kätzchen kroch auf dem Bauch zur Schöpfkelle und schleckte gierig Wasser.

»Ach, Helen, welcher Rüsselkäfer hat an deinem Verstand geknabbert? Batoum würde eher Flügel bekommen und nach Peterhead fliegen, als dir Schaden zuzufügen.«

»Warum bringt sie das Ganze nicht rasch zu Ende? Oder genießt ihr es, uns alle leiden zu sehen? Ist es das?«

Zumindest hatte er nun aufgehört zu lachen. »Wie lange ist es schon krank?« Er starrte auf das Kätzchen.

54

30. März 1770

Ich kehre gerade aus Helens Quartier zurück, wo sie einem zusammengefallenen Sack Knochen gleich auf dem Boden saß und um ihre kranke Mieze weinte. Ich fürchte, dass die Tentakeln ihrer Krankheit nun ihren Verstand umschlungen haben, denn ihr traten vor Wut und Qual beinahe die Augen aus dem Kopf, während sie darüber fantasierte, dass Batoum sie umzubringen versuche – unterstützt von mir und dem tüchtigen Sauertopf.

Ich glaube, der Anblick der Katze hat ihren Geist verwirrt. Sie ist wie der Bergmann, der tief in der Grube eingeschlossen ist, der sieht, dass der Kanarienvogel im Kohlenmiasma zusammenbricht und ganz sicher weiß, dass er als Nächster erliegen wird.

Ich bemühte mich, sie zu beruhigen, doch sie fauchte mir nur zu, ich solle sie »sterben lassen«. Rima pflegt sie, so gut sie es vermag, aber das überreizte Mädchen erbebt wie ein aufgeschreckter Faun, wann immer man es berührt. Die Albträume ihres schlafenden Geistes verfolgen sie bis in ihre wachen Stunden. Ich bete aus ganzem Herzen dafür, dass sie bald wieder zur Vernunft kommt, denn falls wir kein Heilmittel für ihre Krankheit finden, wird sie den Beistand von Freunden in den nächsten Wochen bitter nötig haben.

Wer um Allahs willen tut ihr das an? Helen hat Recht – der Verstand zeigt mit dem Finger auf Batoum. Dennoch kann ich sie nicht verdächtigen. Ich weiß, dass sie den Sultan nicht liebt.

Und in vier Jahren hat sie kein einziges Mal davon gesprochen, dass sie irgendeinen Ehrgeiz für ihre Söhne hegt – abgesehen von dem Wunsch, sie mögen aus den verrohenden Rängen der Armee und der Kirche mit einem Rest jener Menschlichkeit hervorgehen, die sie ihnen einpflanzte, als sie Kinder waren.

Dennoch hat sich in einem Winkel meines Verstandes eine Frage festgehakt. Warum sollte jemand eine kleine Katze verhexen? Um zu verhindern, dass sie Glück bringt? Doch die Menschen hier hängen nicht diesem schottischen Aberglauben an. Vielleicht handelt es sich um nichts als einen grausamen Zufall, und das Kätzchen hat an der Beere einer Eibe genascht, an einer Tollkirsche oder einem anderen Gift, von dem ich nichts weiß – einem knusprigen Skorpion oder Ohrwurm. Ein Zufall passt besser zu den Tatsachen. Aber der Haken ist immer noch da. Meine Rockschöße haben sich darin verfangen.

31. März 1770

Es hat sich eine interessante Entwicklung ergeben. Ich habe den Morgen mit Dr. Lempriere verbracht, der sich als höchst scharfsinniger Mann erwies, als Mann, dessen Wunderlichkeiten von einem äußerst ausgewogenen Verstand künden, dem die Feinheiten der Konversation weit weniger wichtig sind als die entschlossene Anwendung seiner Wissenschaft. Die vergangenen Tage, das Zuhören und Nicken, der Pomp und das Gepränge, verlangten ihm ein Übermaß an Geduld ab, da er darauf brannte, seine Patientinnen zu sehen.

Ich erläuterte die Lage, erklärte ihm, dass er die Frauen durch kleine Öffnungen für Zunge und Hand hindurch untersuchen muss, so gut es eben geht. Doch er glaubt mir nicht, bis er den Wandschirm mit eigenen Augen sieht und versucht, durch die Öffnungen zu spähen – was ihm *mais bien sûr* nicht gelingt, da sie mit Sichtgittern ausgestattet sind, deren Riegel erst zurückgezogen werden, wenn die Patientin sich *in situ* befindet.

Woraufhin er in helles Gelächter ausbricht, das dem Wiehern eines Pferdes ähnelt, seinen langen Kopf schüttelt und schnaubt: »Wie kann man so etwas von mir erwarten?«, und »Das ist wider alle Vernunft!«, und dergleichen mehr, bis ich ihn höflich daran erinnere, dass seine wohlbehaltene Abreise von der erfolgreichen Untersuchung der Frauen abhängt. Und da legt *La Crisp* ihre Gouvernantenhand auf seinen Arm und heißt ihn, sein Möglichstes zu tun, denn sie beobachtet die amourösen Ambitionen des Sultans mit stündlich wachsender Besorgnis.

Während wir also *La Duvias* Ankunft harren, befragen unsere beiden Gäste mich darüber, warum in diesem Land die Geschlechter so streng voneinander getrennt werden, worauf ich antworte, indem ich sie auf die Überzeugung des Mauren hinweise, dass die Begierden eines Mannes wie trockenes Zunderholz seien. »Und die Frau ist der Funke, welcher eine Leidenschaft entzündet, die er nicht zu beherrschen vermag.‹« Um das Ganze zu veranschaulichen, erzähle ich ihnen von einem neuen Gesetz in Marrakesch, das Männern verbietet, während der Stunden des Tages einen Spiegel mit sich zu führen. Bei Zuwiderhandlung laufen sie Gefahr, zu Tode gesteinigt zu werden, für ein Verbrechen namens *Zina* – Wollust außerhalb der Ehe.

»Die Frauen besuchen einander, indem sie den Weg über die Dächer nehmen«, erkläre ich, »da sie die Straßen nicht ohne ihre *Haiks* betreten dürfen, diese im Sommer jedoch viel zu heiß sind. Also stolzieren sie hoch über den Köpfen der Männer umher, von einem Flachdach zum nächsten, über ihre eigenen erhabenen Wege, mit unverhüllten Häuptern und im Wind wehenden Gewändern. Und den Männern ist es nicht erlaubt aufzusehen, damit der Anblick sie nicht entflammt.«

Nun lachen sowohl Doktor als auch Gouvernante, denn sie ahnen, wie meine Geschichte enden wird. Nämlich dergestalt, dass einige unternehmungslustige Jünglinge, die mit pflichtgetreu gesenkten Gesichtern durch die Straßen schlurften, dabei ertappt wurden, wie sie ihre Augen an den Bildern in kleinen Spiegeln weideten, die sie in geschickten Winkeln in den Händen bargen.

Während die Heiterkeit unserer Gäste verebbt, verkündet ein Rascheln hinter dem Wandschirm die Ankunft der *Lalla* Duvia in ihrem papistischen Beichtstuhl. Nach einer Weile wird der obere Riegel ratternd zurückgeschoben und dem Priester grob die königliche Zunge herausgestreckt, auf welcher er gewissenhaft nach Anzeichen von Sünde sucht. Und sie auch findet, denn obwohl zierlich und spitz, ist die Zunge auch pelzig und übel riechend. Als Nächstes reicht *La Duvia* ihm ihre wie stets von Dornen zerkratzte Hand, und er betastet gebührlich das Gelenk, um den Puls zu finden.

»Das ist einfach unmöglich!«, schnauft er und lässt die Hand fallen, die nach kurzem Baumeln wieder hinter dem Schirm verschwindet. »Wie soll ich meiner Aufgabe nachkommen, ohne die Patientin zu sehen?« Und seine Knöchel knacken wie Ginsterschoten an einem Mittsommertag.

»Vielleicht könnte der gute Microphilus sie für Euch befragen?«, schlägt die Gouvernante mit besänftigender Stimme vor. »Mein Herr«, wendet sie sich an mich, mit einem Blick, der keinen Einwand duldet, »Ihr würdet dem Doktor doch gewiss gestatten, bestimmte andere Körperteile der Dame zu untersuchen, wenn dies notwendig ist? Vorausgesetzt, er sieht nie ihre gesamte Person auf einmal?« Woraufhin ich nicke und dem Doktor einen Blick zuwerfe. Er zuckt unwirsch mit den Schultern, und so sind wir uns einig.

Auf diese Weise fahren wir fort – ich befrage die Dame durch die untere Öffnung (die ungefähr in Höhe meines Mundes liegt), und sie antwortet durch die obere, wobei sie zugleich an wechselnden Öffnungen einen zerschrammten Fuß oder ein entzündetes Ohr, ein blutunterlaufenes Auge oder eine geschwollene Wange vorzeigt, wie der Doktor es wünscht.

»Mein erster Gedanke war, dass die Dame vergiftet worden ist«, sinniert er, nachdem sich *La Duvia* wieder in ihren Gemächern befindet. »Zittern und schwarzes Erbrochenes sind ein sicheres Zeichen. Aber es gibt zusätzliche Symptome, die mich verwirren. Sie hat zum Beispiel über Schmerzen in den Gliedmaßen und über Atemnot geklagt, was auf eine Art rheumatisches Fieber hindeuten würde …« Mit einem befremdeten Ausdruck in seinem Pferdegesicht verstummt er.

Ich erwähne, dass zwei weitere Ehefrauen des Sultans von ähnlichen Symptomen heimgesucht werden, und nach einer kurzen Erörterung der Ehegesetze Mohammeds (die die beiden Besucher kennen, aber nicht ganz begreifen können, sodass sie aufgeregt die Köpfe schütteln) bittet der Doktor darum, man möge Zara und Asisa in den Untersuchungsraum bringen.

Zara wartet bereits im Vorzimmer, da sie ihre Autorität gegenüber einer Ansammlung aufdringlicher Haremsfrauen geltend gemacht hat, deren empörte Stimmen nun auf der anderen Seite gegen die Türen schlagen. Gleich darauf wird die Alte Königin eingelassen, und ihre Zunge und Hand strecken sich vor und werden untersucht, ebenso wie verschiedene andere Körperteile, und durch die untere Öffnung werden Fragen geworfen wie Briefe. Und mit jeder Antwort wächst die Zuversicht des Doktors, bis sein Knöchelknacken verstummt und sich seine langen Finger in einer wahren Ekstase der Erleuchtung strecken.

(Man beachte, dass ich die Stachelschweine ihm gegenüber mit keiner Silbe erwähnt habe, denn ich möchte nicht, dass sein Verstand in jenen Irrgarten stolpert, in dem bereits ich mich verlief, wo alle Hexenkünste denkbar und alle Übeltäter schuldig erscheinen. Ich hoffe, dass uns ohne diese stacheligen Wegweiser vielleicht klarer wird, welchen Pfad wir nehmen sollten.)

Obwohl der Doktor Helen nicht zu Gesicht bekommen hat (und ich werde mich hüten, sie ihm vorzuführen, solange sie dermaßen verstört ist), erklärt er sich davon überzeugt, dass alle drei Königinnen unter einer gewöhnlichen Arsenvergiftung leiden. Seine schmalen Lippen verziehen sich zu einem breiten Grinsen, doch mein Mund weigert sich, ihn zu seiner Diagnose zu beglückwünschen. Denn dies ist nicht die Antwort, auf die ich gehofft hatte. Arsen war unser allererster Verdächtiger, denn die Substanz ist geschmack- und geruchlos, höchst einfach zu verabreichen und ein beliebtes Mordwerkzeug in jedem Land, in dem sie verfügbar ist. Jeder *Tabib* in Marokko ist mit den Symptomen vertraut, und so beschäftigt der Sultan eine ganze Reihe von *Tabibs*, die jederzeit in seinen Gemächern bereitzustehen haben, um bei seinen Vorkostern nach Anzeichen einer solchen Vergiftung Ausschau zu halten.

Meine Skepsis stand mir wohl ins Gesicht geschrieben, denn der pferdegesichtige Arzt beeilte sich, seinen Befund weiter auszuführen. »Die Folgen einer akuten Vergiftung sind wohl bekannt«, erläutert er und presst seine Fingerspitzen aufeinander. »Das Opfer erkrankt innerhalb weniger Stunden, und bald darauf tritt der Tod ein. Aber wenn über einen langen Zeitraum hinweg winzige Dosen verabreicht werden, ähneln die Symptome eher jenen wie bei Königin Zara.« Wie sich herausstellt, erlebte er einmal einen solchen Fall in der Nähe seiner Heimat Shoreditch. Eine kleine Menge des Pulvers (das in einem hohen Regal aufbewahrt wurde) fiel in den Mehlsack einer Familie und gelangte auf diese Weise auch versehentlich in das Brot. Während der folgenden Wochen litt der gesamte Haushalt unter den Beschwerden, die wir bei unseren Königinnen beobachten.

Ihr vermögt Euch gewiss vorzustellen, wie meine Gedanken zu jagen beginnen, doch ich habe keine Zeit, sie zu ordnen, denn das Geplapper der Frauen blubbert wie Wasser in einem Topf und droht überzukochen, sodass ich unverzüglich auf die andere Seite des Schirms und in den Warteraum eile. Es kostet mich nahezu eine Stunde, sie in eine Art Reihenfolge zu bringen – die einen werden noch am selbigen Morgen untersucht, die anderen nach der Rückkehr des Doktors am folgenden Tag. Einige haben Kissen mitgebracht und beabsichtigen, im äußeren Hof ihr Lager aufzuschlagen, um sich einer guten Ausgangsposition für die bevorstehende Schlacht zu versichern. Und so ziehen sich untätige Geister in sich selbst zurück, richten all ihre Aufmerksamkeit auf ihre eigenen Sorgen und werden dadurch noch untätiger, noch in sich gekehrter, in einem sich immer schneller drehenden Strudel aus Kleinkrämerei.

Der Doktor untersucht zehn weitere Frauen und versetzt sie in mächtiges Erstaunen, indem er ihnen ein harmloses Gebräu verordnet, das zum Teil aus Natron besteht, beim Trinken schäumt und sie veranlasst, höchst eindrucksvoll zu rülpsen und dabei, wie er erklärt (wobei er mir zuzwinkert), ihre bösen Geister auszutreiben. Dann schließen wir die Öffnungen wie die Vorsetzläden eines Geschäfts und überlassen die übrigen Frauen ihrem gekränkten Murren.

Endlich bin ich frei, zurück in mein Quartier zu hasten und alles niederzukritzeln, in der Hoffnung, dass es sich beim Schreiben klärt wie Butter, die man erhitzt und ohne zu rühren wieder abkühlen lässt.

Die drei Königinnen werden nicht verhext, sondern vergiftet. Aber langsam, sodass die Symptome einer Krankheit ähneln. Und sie werden nicht getötet. Warum nicht? Warum wurde Zara, als sie an die Tür des Todes hämmerte, nicht die tödliche Dosis verabreicht? Gewiss nicht aus Furcht vor Entdeckung, denn niemand – weder die *Tabibs* noch Malia – vermuteten Gift als die Ursache des Übels. Dafür sorgte die geschickte Platzierung der Stachelschweine.

Oh, unser Übeltäter ist gerissen, so gerissen ...

Und sie werden auch gewiss nicht vergiftet, damit sie keine Kinder gebären (auch wenn der Doktor der Meinung ist, dass eine längerfristige Gabe von Arsen die Empfängnis verhindert), denn als Zara und *La Duvia* erkrankten, hatten sie ihre Prinzen schon lange geworfen. Warum also verurteilt man drei Königinnen zum Siechtum, lässt sie jedoch am Leben? Und wie kommt es, dass in ihren Haushalten niemand sonst betroffen ist, obwohl dort alle dieselben Speisen essen und aus denselben Wasserkrügen trinken?

Ich werde noch einmal meine Abhandlung aus dem vergangenen Jahr lesen. Vielleicht stoße ich dort auf Vermutungen, die mir nun zum Nutzen gereichen.

Ich habe nichts gefunden, was mir bei meinen gegenwärtigen Überlegungen helfen könnte. Aber genug über Batoum, das mich in meinem Entschluss bestärkte.

Ich werde nun zu ihr gehen, während der Harem Mittagsschlaf hält und ich ungestört passieren kann, und sie bitten, mich heute Abend in meinem Quartier zu besuchen. Ich will ihr meinen Knopf zeigen und meine anderen Andenken an Schottland, ihr erklären, dass sich Microphilus nun endlich um sein Herz kümmert, ihr das zerrissene und geflickte Ding darbieten und sie anflehen, mir bei seiner Heilung zu helfen.

Sie war einverstanden – obgleich ich schon dachte, ich würde nie zu ihr gelangen, denn der Methusalem war mir auf den Fersen. Wie es scheint, wurde er an jenem Morgen vor meinem Tor nicht völlig niedergetrampelt, sondern entkam dem Gedränge mit einem gequetschten Zeh und einer verrenkten Schulter. Ich sagte ihm, ich sei beschäftigt, doch er ließ sich nicht abschrecken und humpelte mir über vier Höfe nach, bis ich in eine Seitengasse schlich und ihm entwischte.

Es ist also vollbracht. Batoum wird heute Abend zu mir kommen, und wir werden zusammen essen. Ich habe Maryam gebeten, eine *Tagine* aus Lammfleisch mit Knoblauchzehen und getrockneten Aprikosen zuzubereiten, und werde den guten Tropfen hervorholen, den ich für meinen Geburtstag aufgespart habe. Das Bett ist frisch bezogen, und die Lampen sind bis zum Rand mit duftendem Öl gefüllt.

Ich verspüre nicht dieselbe Art von Verzückung, die ich bei dem Gedanken an Helen fühlte, nicht dasselbe zarte Freischälen meiner Sinne wie bei ihrem Anblick, doch dies mag sich mit der Zeit einstellen, wenn ich erst einmal wahrhaftig der ihre bin und sie wahrhaftig die meine ist.

Ich habe mich hingelegt, vermag jedoch nicht zu schlafen. Bilder schwirren durch meinen Kopf: all die Zungen, die sich durch die Öffnung strecken – rote, violette, weiße, graue. All die Hände, eine Hand nach der anderen, mit klimpernden Armreifen und Ringen, die ins Fleisch dicker Finger eingegraben sind. Und die Füße, in sämtlichen Größen, mit Zehenringen oder Henna geschmückt. Duvias Fuß, schmutzig und zerkratzt von der Gartenarbeit, mit einem Muster aus frischen Dornenabdrücken auf der Sohle. Und der gute Doktor, der sich über all diese Körperteile beugt wie die Jünglinge in Marrakesch über ihre geheimen Spiegel …

Mir ist ein neuer Gedanke gekommen. Was, wenn unsere Giftmischerin (ich bin nun fest davon überzeugt, dass wir nach einer Giftmischerin suchen und die Stachelschweine nur eine Ablenkung sind), was also, wenn unsere Giftmischerin auf die Dächer der Königinnen klettert? Was, wenn sie – und jetzt fällt es mir plötzlich wie Schuppen von den Augen – ein Loch im Dach des Gemaches einer Königin entdeckt, hindurchspäht und sich den Standort des Wasserkruges merkt (denn wir alle schlafen des Nachts mit einem kleinen Wasserkrug neben dem Bett)? Oder wenn sie selbst ein Loch bohrt, oder mehrere Löcher, bis sich eines genau über dem Wasserkrug befindet? Es würde nur einen Moment dauern, das Gift hindurchrieseln zu lassen. Und niemand außer der Königin würde krank.

Es sei denn, er tränke Wasser aus ihrem Krug. Das Kätzchen! Nun hängen meine Rockschöße nicht länger am Haken, denn habe ich nicht selbst gesehen, wie das Tier aus Helens Kelle schleckte?

Jemand, der über die Dächer steigt, könnte auch die Stachelschweine mitbringen und sie in den Hof fallen lassen, ohne je einen Fuß auf den Boden zu setzen.

O Microphilus, du bist ein Besessener! Ich werde sogleich eine Leiter aus einem der Lagerräume herbeischaffen. Wenn sich in den Dächern der Königinnen sorgsam gebohrte Löcher befinden, habe ich meinen Beweis.

Scheinbar habe ich mich geirrt. Ich kann es nicht verstehen.

Ich holte wie gesagt eine Leiter (und war gezwungen, ein Mitglied der Palastwache zu bestechen, denn Leitern sind im Harem nicht erlaubt, da man fürchtet, die Frauen könnten womöglich den ganzen Tag lang darauf sitzen und nach den Kriegern schielen) und rüttelte einen kräftigen Eunuchen aus seiner Mittagsruhe, damit er sie für mich trug. Und lehnte sie im Hof der Königinnen gegen eine Mauer und kletterte hinauf auf *Lalla* Zaras Dach. Und gewahrte dort mit wachsender Aufregung eben jene Anordnung kleiner Löcher, die ich erwartet hatte. Sie alle waren sachkundig mit Korken verschlossen, wie sie für Flaschen mit Argan-Öl verwendet werden. Daraufhin klettere ich hinüber auf Duvias Dach – es ist erstaunlich leicht, sich auf diese Weise fortzubewegen – und winke zu ihr hinab, denn die Frauen erwachen nun langsam alle aus ihrem Mittagsschlaf, und sie steht in ihrem Garten und versorgt ihre Finken.

Doch auf dem Dach ihres Schlafgemachs entdecke ich keine Spur eines Lochs. Also fasse ich wieder auf der obersten Sprosse Fuß und beginne niedergeschlagen hinabzusteigen. Und stelle zu meiner heftigen Verärgerung fest, dass der Gärtner die Seiten der Leiter umklammert und mir erst dann den Weg freigeben will, wenn ich mich einverstanden erklärt habe, ihn anzuhören.

Ich bin zu verstimmt, um Einwände zu erheben, also breitet er eine Bambusmatte aus, die er zu diesem Zweck mitgebracht hat, heißt mich darauf Platz zu nehmen und berichtet mir dann eifrig und ausführlich über die Wunderblumen in *Lalla* Duvias Garten. Sie wüchsen nicht richtig, erklärt er, denn – und hier schlägt er sich zur Steigerung des Effekts vor die Brust und leitet damit einen kurzen, vorzeitigen Herbst ein – denn jemand sei auf ihnen *herumgeklettert.*

Ich danke ihm mit matter Stimme und erhebe mich ächzend, und er rollt seine Matte zusammen und trottet davon zu seinem Komposthaufen oder wo auch immer er seine raschelnde Gestalt zur Ruhe betten mag.

Da haben wir es also. *Lalla* Duvias Kletterpflanzen werden beklettert. Aber es gibt keine Löcher in ihrem Dach. Klettert die Giftmischerin vielleicht hinunter in ihren Hof und schleicht sich in ihr Gemach?

Warum muss ich immerzu an ihren Fuß denken? Jedes Mal, wenn ich die Augen schließe, ist er da, streckt sich mir entgegen wie die staubige Zunge eines Riesen und verspottet mich. Die gescheite Gouvernante äußerte sich erstaunt über die Dornenabdrücke, war überrascht, dass eine Königin eigenhändig ihren Garten pflegt, doch ich erklärte ihr, *La Duvias* Blumen seien ebenso wie ihre Finken ein hoch geschätzter Zeitvertreib. Aber warum sind nicht nur ihre Knöchel mit Kratzern bedeckt, sondern auch die Fußsohlen? Vielleicht klettert sie selbst auf ihren Wunderblumen herum. Sie reichen bis auf das Dach, also muss sie vermutlich wie ein Äffchen emporturnen, um sie zu stutzen, da sie ihren eigenen Gärtner schon vor langer Zeit entlassen hat und der Methusalem lediglich die Abfälle beseitigt. Somit wäre diese Frage geklärt. Duvia beklettert ihre eigenen Kletterpflanzen. Und jetzt schlafe, Microphilus, deine Mittagsruhe ist schon lange überfällig.

Es nutzt nichts. Meine Augen schließen sich, doch nun sehen sie die Junge Königin, die fröhlich im Sonnenschein zwischen ihren Pflanzen umherklettert, das Gartenmesser in der Hand.

Was, wenn es kein Gartenmesser ist? Sondern eine Phiole mit Arsen? Und was, wenn es nicht der Sonnenschein, sondern das Licht des Mondes ist, das ihren Aufstieg beleuchtet?

Was, wenn sie, nachdem sie von der bevorstehenden Ankunft des Doktors erfahren hatte und seine angeblichen Fähigkeiten zu fürchten begann, selbst das Gift einnahm, um ihn von ihrer Fährte abzubringen? Wenn sie genug Verstand hatte, uns mit den Stachelschweinen zu ködern, wäre eine solche Scharade für sie ein Kinderspiel. Ay, und dann ersann sie für sich einige zusätzliche, merkwürdige Symptome, um ihn noch weiter von ihrer Spur abzulenken. O schlaue Königin! O böse Königin! O maßlos schlauer Microphilus!

Ich muss unverzüglich Helen unterrichten. Kein Schluck dieses Wassers darf mehr über ihre Lippen kommen.

55

Helen beobachtete, wie die Schatten draußen auf dem Hof erst kürzer und dann wieder länger wurden, während die Sonne über den Himmel zog. Das Kätzchen lag mit stumpfen Augen auf dem Boden und atmete schwer. Die Sklavinnen trugen Speisen und warmes Wasser herein, doch Helen beachtete sie nicht, und sie drängten sie auch nicht. Ihre Glieder waren wie Wasser, sie vermochte kaum zum Nachttopf zu stolpern.

Vom Tor drangen Geräusche herüber. Sie hörte, wie Microphilus Rima zurief, sie solle es öffnen. Helen schloss die Augen und bereitete sich innerlich darauf vor, ihm entgegenzutreten. Doch er begann in eindringlichem Tonfall mit Rima zu sprechen und sie über die Wasserkrüge auszufragen. Wie oft sie sie nachfüllte, woher das Wasser stammte. Und wann füllte sie diesen kleinen Krug in *Lalla* Asisas Schlafgemach?

Helen seufzte. Welche neue List hatte er sich ausgedacht, um sie zu täuschen? Sie hörte ihn herbeihasten, hörte, wie er seine Pantoffeln abschüttelte, sodass sie gegen die Wand polterten. Er stürmte in den Raum, ohne anzuklopfen. »Ich weiß, dass ich der Letzte bin, den du sehen willst, aber ich muss dir etwas zeigen.«

Er starrte an die hölzerne Decke. »Steht dieser Krug immer hier?« Sie nickte stumm. »Und benutzt du immer diese Kelle, um daraus zu trinken?« Ein zweites Nicken. Warum interessierte er sich auf einmal so sehr für ihr Wasser?

Er räumte den Krug beiseite und zerrte stattdessen ihre größte Kleidertruhe an seine Stelle.

»Was machst du da?«

Ohne sich um Helen zu kümmern, kletterte Microphilus auf die Truhe und streckte die Hand zur Decke. »Verflucht seien diese kurzen Beinchen! Ich wünschte, ich hätte die Leiter mitgebracht. Du wirst es selbst tun müssen, Mädchen, falls du noch genug Kraft hast. Aber ich kann auch Rima rufen, wenn du keine ...«

»Was soll ich tun?«

»Dich auf die Truhe stellen und über die Decke tasten.«

»Was redest du da?«

»Tu es einfach. Wenn ich Recht habe, wirst du unmittelbar über deinem Wasserkrug ein kleines Guckloch finden. Auf diese Weise hat sie es gemacht. Sie ist auf das Dach geklettert wie ein Äffchen und hat ein Loch hineingebohrt. Wahrscheinlich musste sie einige Löcher bohren, ehe sie genau die richtige Stelle traf. Und dann musste sie nur noch ein Schilfrohr hindurchstecken und das Gift in dein Trinkwasser rieseln lassen. Deshalb fühlst du dich morgens immer am schlechtesten – da gelangt es geradewegs in deinen leeren Magen. Bis zum Nachmittag erholst du dich dann ein wenig. Ich hatte nie das Wasser im Verdacht, weil die Krüge direkt am Brunnen gefüllt werden, und Rima niemanden in dein Gemach lässt ...«

Helen setzte sich auf und versuchte zu begreifen, was er da sagte. Er hatte entdeckt, dass Batoum ihr Trinkwasser vergiftete? »Wie hast du es herausgefunden?«

»Ich bin auf Zaras Dach geklettert – und da waren meine Beweise, rund wie Neunpencestücke.«

»Ich meine, wie hast du herausgefunden, dass es Batoum war?«

»Unsinn, Mädchen. Es war nicht Batoum. Es hätte niemals Batoum sein können. Die kleine Duvia ist das böse Äffchen in diesem Dschungel.«

Helen schüttelte den Kopf. Sie war verwirrt und fühlte sich wie betäubt. »Aber sie ist doch selbst krank – und was ist mit dem Stachelschwein, das sie gefunden hat? Ich habe gesehen, wie verängstigt sie war. Das kann sie nicht bloß gespielt haben.«

»Oh, sie ist sehr gerissen, diese Kleine. Ich glaube, sie hatte Angst, dass der englische Doktor ihr Verbrechen entdecken würde, also schluckte sie selbst auch ein kleines bisschen von dem Gift, um den Verdacht von sich abzulenken. Komm, Mädchen, hier oben befindet sich das letzte Puzzlestück. Aber meine Arme sind nicht lang genug, um es einzusetzen.«

Er streckte ihr die Hand entgegen, und Helen glitt aus dem Bett und stieg vorsichtig auf die Truhe. Plötzlich tanzten kleine, graue Punkte vor ihren Augen, und sie schwankte leicht. Sie stützte sich kurz an der Wand ab, richtete sich dann wieder auf und hob den Arm, bis ihre Hand die Decke berührte. Sie wagte es nicht, nach oben zu blicken, fing jedoch an, mit den Fingern über das geölte Holz zu tasten.

»Du solltest nach einer Art Pfropfen suchen, wie der Spund in einem Whiskyfass. Etwas, das man hinausdrücken und wieder einsetzen kann, ohne dass jemand es bemerkt.«

Auf einmal fühlte sie etwas – einen groben Kreis, wie ein Knoten im Holz. Als sie leicht dagegendrückte, bewegte er sich. Sie stellte sich vor, wie Duvia mitten in der Nacht über ihr auf dem Dach kauerte, lautlos den kleinen Spund entfernte und durch das Loch zu ihr hinabstarrte. Duvia, die wie eine Katze über die Dächer schlich.

»Ich habe ihn gefunden«, sagte sie leise.

Duvia. Schlagartig schien alle Kraft sie zu verlassen. »Die Katze ... Sie hat gestern Nacht mein Wasser getrunken. Deshalb ist sie so krank.«

Duvia war die Giftmischerin. Nicht Batoum. Nicht Rima. Helen stolperte von der Kleidertruhe und sank zu Boden. Nicht Microphilus.

»Ich glaubte, du würdest ihr helfen.« Sie sah ihn an. »Batoum, meine ich. Und Rima auch. Ich dachte, ihr würdet alle unter einer Decke stecken. Pläne aushecken, mit mir spielen.«

»Ich weiß, Mädchen.« Er kniete neben ihr nieder und nahm ihre Hand.

»Deshalb war ich so wütend. Ich dachte, du hättest ... Dabei warst du doch immer so freundlich. Ich dachte, du wärst ... Ach, ich weiß nicht ...« Verzweifelte Schluchzer stiegen wie eiserne Blasen in ihrer Brust empor. Ihr Gesicht verzog sich. »Und als das Kätzchen auch noch krank wurde, war es, als hätte ich auf der ganzen Welt niemanden mehr.«

Nun brach sie in Tränen aus, und tiefe, heftige Schluchzer schüttelten ihren Körper, sodass sie sich schließlich an ihn lehnte und die Arme um ihn legte, und er sie an seiner Brust wiegte, während ihre Nase lief und ihrem Mund schmerzvolle Laute entwichen.

»Schon gut«, murmelte er in ihr Haar. »Weine ruhig. Lass alles heraus.« Sie fühlte seinen breiten Rücken unter ihren Fingern, seinen Brustkorb. »Jetzt ist es vorbei. Nun kannst du dich ausruhen. Niemand wird dir mehr Schaden zufügen.« Er hatte sie doch nicht getäuscht.

Sie wollte sich für immer an ihm festhalten, an seiner unerschütterlichen Brust, an der vertrauten Wölbung seines Nackens. An dem Mann, der sie kotzen und scheißen und toben und weinen gesehen hatte. Der ihr immer beigestanden hatte. Der ihr ganzes Wesen gesehen hatte. Und dem gefallen hatte, was er sah.

Allmählich verebbte ihr Schluchzen, und ihr Körper entspannte sich. Während sie langsam die verkrampften Finger löste, wurde sie gewahr, dass ihre Lippen auf seinem Nacken lagen, auf der weichen Haut und den feinen Härchen, die seinem *queue de cheval* entgangen waren. Sie atmete ein, und ihre Lungen füllten sich mit seinem Geruch – seinem Duft nach verbranntem Gras, nach Sonnenschein und jungen Hunden.

Ohne nachzudenken presste sie ihre Lippen auf seinen Nacken, öffnete ihren Mund, schmeckte ihn, sog seinen Duft ein und vergrub ihre Nase in seinem Haar.

Irgendwo in weiter Ferne hörte sie ihn stöhnen und spürte, wie sich seine Hände von ihrem Rücken lösten und sanft auf ihre Schultern legten. Nicht, um sie an sich zu ziehen, nicht, um sie von sich zu stoßen – einfach nur, um sie dort zu halten, wo sie sein wollte.

Helen schloss den Mund und ließ ihre Lippen nach oben gleiten, zu der kleinen Einbuchtung unter seinem Ohrläppchen. Wie ein Säugling, der nach der Zitze sucht, fuhr sie mit dem Mund den Rand seines Kiefers entlang, dann weiter, hinunter zu der Vertiefung am Ansatz seiner Kehle, über die Erhebungen zu beiden Seiten, schmeckte die salzige Haut und spürte sein Blut gegen ihre Zungenspitze pochen.

»Was tust du da?« Seine Stimme klang weich und zärtlich. Er nahm ihren Kopf in beide Hände und zog ihn hinauf, damit er ihr ins Gesicht sehen konnte.

»Es tut mir Leid ...« Sie wich zurück. Er wollte sie nicht.

»Nein, Mädchen – sag niemals ›Es tut mir Leid‹.«

»Ich war nicht bei Sinnen.« Erneut traten ihr Tränen in die Augen. Sie hatte vergessen, wie hässlich sie geworden war, dass sie nur noch aus Haut und Knochen bestand, dass ihr die Haare ausfielen. Und ihr Gestank – gütiger Gott, was hatte sie sich nur dabei gedacht? »Ich hatte vergessen, dass ich so ... Ich meine, ich habe mich seit dem Frühstück nicht gewaschen. Ich werde wahrscheinlich ...«

»Schscht, Mädchen. Daran liegt es nicht. Als ob ich mich an so etwas stören würde ...« Er strich ihr die Haare aus dem Gesicht. Seine Augen wirkten dunkel und ernst. »Ich möchte nur nicht, dass du morgen früh die Augen aufschlägst und dir wünschst, ich wäre nie auf deinem Teller gelandet.« Er zog ein Tuch aus seiner Tasche und tupfte ihr die Tränen von den Wangen. »Ich bin sozusagen nur etwas für Kenner. Und es kann eine ganze Weile dauern, sich an meinen Geschmack zu gewöhnen. Ich möchte sicher sein, dass er dir nicht zuwider ist.«

Helen hörte ihm nur mit halbem Ohr zu. Sie starrte auf den feuchten Fleck auf seiner Schulter, wo ihre Tränen seine *Kamis* benetzt hatten, und auf die Falten, wo sie sich an ihn gepresst hatte. Die Vorderseite ihres Leibes fühlte sich kalt und wund an, als sei ihr die Haut abgeschält worden. Als sei sein Körper der Verband, den man auf ihre Wunden gelegt hatte.

Wieder stiegen Tränen in ihr auf. »Ich weiß nicht, was ich sagen soll.« Sie wollte sich wieder an ihn schmiegen, ihre Wundheit verbergen.

»Du musst nichts sagen.«

»Es tat so weh, aber als du mich in den Armen hieltest, wurde es besser. Ach, ich weiß nicht … als würde man verletzt und dann wieder gesund gepflegt …« Sie lächelte unsicher. »Aber jetzt tut es wieder weh.« Sie wollte unbedingt, dass er begriff. »Hier«, flüsterte sie, griff nach seiner Hand und legte sie zwischen ihre Brüste. »Und hier.« Sie führte sie tiefer, an die weiche Stelle unter ihrem Nabel. »Es fühlt sich wund an. Als hätte ich etwas verloren.«

Sie betrachtete sein Gesicht. Er hielt den Blick auf seine Hand an ihrem Bauch gerichtet. »Es ist wie damals, als du mir den Stein gabst – erinnerst du dich? Ich drückte meinen Daumen in die Vertiefung. Und als ich ihn dir zurückgab, fühlte sich meine Hand auf einmal so leer an, und du sagtest, ich solle ihn behalten.«

Sie spürte, wie die Hand auf ihrem Bauch ihren Druck verstärkte. Es war, als hätte er einen Hebel bewegt, der sie beide sich langsam nach vorn neigen und füreinander öffnen ließ.

56

1. April 1770

Der Tag bricht an, und Batoum ist tot.

Ich habe es geschrieben, vermag es aber dennoch kaum zu glauben.

Sie kam zu meinem Quartier, doch ich war nicht dort. Während Helen und ich uns liebten ... Gott vergib mir ...

Während ich bei Helen war, wartete Batoum hier auf mich. Und als ich nicht kam, trank sie Gift. Während ich sanft Helens bleiche Schenkel auseinander schob, hob Batoum meinen vergifteten Wein an ihre Lippen. Während ich Helens kleine Lustseufzer genoss, umklammerte Batoum meine Bettdecke mit erstarrenden Fingern.

In den frühen Morgenstunden, als Helen neben mir schlummerte, erinnerte ich mich an mein Stelldichein mit der Schwarzen Königin und eilte barfüßig durch den Harem zu meinem Quartier. Batoum hatte sich mit ihrem Schlüssel Einlass verschafft, und aus meinem Schlafgemach drang der schwache Schein einer Talgkerze.

Ich hielt im Hof inne und fragte mich, was ich ihr sagen sollte. Dass die Liebe zu Helen wie Champagner durch meine Adern perlte? Dass ihr Duft auf meiner Wange, auf meinen Schenkeln, in meinen Haaren haftete? Dass es mir Leid tat? Zwei, vielleicht drei Minuten lang wartete ich. Es war so still – nur mein vom Laufen beschleunigter Atem, das Seufzen der Kohlen auf dem Feuerrost in der Küche, das Wispern des *Teem*-Baumes in der Ecke des Hofes.

Ich zog den Vorhang zurück und schlich hinein, wobei ich versuchte, leise zu atmen, um sie nicht aufzuwecken. Sie lag mit dem Rücken zu mir zusammengerollt da, die Decke um sich gewunden wie eine Schlange. Es war, als hätte sie sich in das Bettzeug eingedreht – gleich einem Hemd, das im Sturm an der Wäscheklammer zerrt, um ihr zu entwischen, sich stattdessen jedoch nur noch fester um sie wickelt.

Als ich mich auf Zehenspitzen näherte, bemerkte ich, dass ihre Beine mit dem Laken verflochten waren, wie ich es noch nie gesehen hatte. O Batoum, mein weichstes Kissen, wie friedlich warst du stets im Schlaf! Niemals schlugst du um dich oder warfst dich hin und her ...

Da wusste ich, dass etwas nicht stimmte. Wie lang mir dieser Augenblick erschien, in dem sich die Eindrücke vor mir auftürmten wie Wolken über einem Berggipfel: der gekrümmte Leib, der säuerliche Gestank, die dunkle Lache. Ich trat einen Schritt vor und schüttelte ihre steife Schulter, und sie rollte zu mir herum wie der Felsbrocken auf Golgatha, kalt wie Stein, mit angezogenen Knien, die Finger in die Decke gekrallt, das Gesicht in Qual erstarrt.

Selige Batoum, ich tat mein Bestes, dein Antlitz zu besänftigen, deine verkrampften Lippen voneinander zu lösen, die hübschen Kissen deiner Wangen aufzuschütteln.

Ich hetzte zu Malia, in der Hoffnung, es könne noch ein Funke von Leben in Batoum sein, aus dem sich ein Feuer schüren ließe. Ich riss die Alte aus ihrer schimmernden Höhle, und sie folgte mir mit zerzaustem Zopf und flatterndem *Haik* durch die düsteren Wandelgänge. Sie war es, die entdeckte, dass du Gift getrunken hattest, die eine Kerze an dein Gesicht hielt und dein Kinn abwischte, die den umgestürzten Becher aufhob und auf das Tablett stellte. Die den Korken wieder in die Flasche steckte und vergebens nach der Phiole suchte.

Warum hast du die tödlichen Tropfen mit meinem Wein

verdünnt? Erhofftest du dir ein sanfteres Gleiten in den Schlaf?

Wir bahrten dich auf, Malia und ich, häuften bei Kerzenschein Kohlen in die Glut und erhitzten Wasser. Wir sprachen nicht, sondern taten nur unsere Arbeit: streckten deine starken Arme und richteten deine Beine. In den Kniebeugen, dort, wo die Haut violett ist, hattest du noch Wärme in dir. Meine Tränen beflecken das Pergament ...

Als ich nicht in mein Gemach kam, suchtest du da nach mir? Gingst du auch über den Hof der Königinnen? Hörtest du uns? Helens Aufschrei, als der Höhepunkt gekommen war, ihr Schluchzen danach, mein Stöhnen? O Batoum, nie hätte ich gedacht, dass es dir solche Pein bereiten würde ...

Meine Büffelkuh, mein Flusspferd, nun liegst du ruhig auf meinem Bett. Aber du schnarchst nicht, und deine Brust wogt nicht mehr wie das Meer. Du wälzt dich nicht herum, Walross in der Gischt der Laken, prustest nicht leise und streckst deine Flossen nach mir aus. Du wirst dich nie wieder umdrehen, es sei denn in deinem Leichentuch, traurige Larve in ihrem letzten Kokon, bis in alle Ewigkeit die braunen Arme an den Leib und die Brüste flach gepresst.

Als ich aus Helens Bett schlüpfte, meine *Kamis* überstreifte und mich vorbeugte, um ihre schlafende Wange zu küssen, hörte ich, wie mein Knopf zu Boden fiel und in eine Ecke rollte. Und ich lächelte in der Dunkelheit und ließ ihn liegen. Ich dachte: Die Herrin von Auchinleck ist endlich gekommen, um ihren Schlammspringer nach Hause zu holen, der Frosch ist geküsst worden und hat sich in einen Prinzen verwandelt. Und ich vergaß, was ich mir selbst und dir gelobt hatte.

In jenem Moment, da ich ihre Lippen auf meinem Hals spürte, sie unterbrach und fragte, was sie tue – hätte ich doch da an dich gedacht, wäre ich doch zu dir gegangen, als es noch

Nachmittag war! Hätte ich doch den Hof überquert und an dein Tor geklopft ...

Mehr vermag ich nicht zu schreiben.

Der Harem ist erwacht. Die Eunuchen machen Toilette, mit all ihren Ölen und Rasiermessern, Fußglättern und Pinzetten. Ich habe eine oder zwei Stunden geschlafen, an Batoums kalten Arm geschmiegt wie ein Lamm, und zum Guten Hirten gebetet, er möge mir vergeben.

Ich habe an all die Nächte gedacht, die ich voller Hingabe in der braunen Kapelle ihrer Arme verbrachte, an ihren Torf und Weihrauch, ihr rotes Tabernakel. Wir redeten, selbst während wir uns liebten, und lachten zusammen, und sie erzählte mir Geschichten aus ihrer Heimat, über die Unterschiede zwischen Männern und Frauen, und säte die Saat ihrer Weisheit.

Einmal sprach sie zu mir über den Tod. Ihr Volk glaubt, dass die Seelen der Toten in Vögel fahren, und in Bäume, die sich tief in das Herz graben, um dort über das Leben ihrer Nachfahren zu wachen. Um diejenigen zu strafen, die ihr Missfallen erregen, und denjenigen Reichtum und Glück zu bescheren, die ihren Beifall finden. »Also werde ich niemals ganz von dir gehen, Fidschil.«

War dies meine Strafe? Dass ich dich erstarrt und mit Spuren meines eigenen, vergifteten Weins auf dem Kinn in meinem Gemach entdeckte? Ist dies die Vergeltung für das Leid, das ich dir zufügte?

Nein. Das kann ich nicht glauben. Ich kann nicht glauben, dass dein ganzes Leben eine Lüge war. Deine Güte gegenüber Helen – alles nur Schein? Deine geduldige Nachsicht gegenüber meiner Besessenheit, dein weiser Rat, während die Tage zu Monaten wurden ... Eine solche Frau dürstet nicht nach Rache, noch stillt sie diesen Durst mutwillig im Gemach des Geliebten.

Denk nach, Microphilus. Du bist von Schuld geblendet. Die Batoum, die du kanntest, würde ihr Leben niemals auf diese Weise beenden – schändlich, gehässig, ihren Schmerz zur Schau stellend. Nein, die Schwarze Königin ginge stolz und würdevoll in ihre dunkle Nacht: im Licht der Lampen, mit einem sanften Schlaftrunk in ihren eigenen Gemächern. Und sie würde ihren Freunden Lebewohl sagen, damit diese die Schuld nicht bei sich suchen, und sie würde im Tode ebenso großmütig und gutherzig sein wie im Leben.

Sie würde nicht dieses entsetzliche Ende wählen, dessen bin ich sicher.

Und wo ist die Phiole? Wenn sie den Wein vergiftet hat, müsste die Phiole dort auf dem Tablett liegen. Doch wir fanden keine Spur von einem Fläschchen. Und aus welchem Grund sollte sie es versteckt haben?

Also hielt eine andere Hand die Phiole. Aber eine andere Hand konnte nicht wissen, dass Batoum dort sein würde. Was bedeutet – welch andere Deutung kann es geben? –, dass dieses Ende für mich bestimmt war.

57

Helen drehte sich auf den Rücken, und die letzten Fetzen des Schlafs fielen einer nach dem anderen von ihr ab. Sie gähnte ausgiebig und streckte ihre Glieder wie eine Katze in der Sonne. Ein ruhiges, friedliches Gefühl erfüllte sie. Man hatte versucht, sie zu vergiften, aber nun war sie in Sicherheit.

Die Krankheit klang bereits ab. Helen spürte, wie sie aus ihrem Körper entwich. Reines Blut floss wieder durch ihre Adern. Es pochte in ihren Ohren und Handgelenken und spülte all das Schlechte hinweg, schoss frisch und rot durch ihren Bauch, hinunter zu dem süßen Schmerz zwischen ihren Beinen, der roten Knospe der Erinnerung.

Microphilus – wie hatte er sie überrascht! Der Gedanke ließ sie laut auflachen. Kein Wunder, dass Batoum ihn so sehr liebte. Sie hatte täppische Scheu erwartet, aber er näherte sich ihrem Körper mit derselben selbstsicheren Geschicklichkeit, mit der er ihr Haar kämmte. Er achtete darauf, ihr nicht wehzutun, sie nicht zu erschöpfen oder gegen ihre armen Knochen zu stoßen, und zugleich gelang es ihm, jedem Teil ihres Leibes Genuss zu entlocken.

»Ist es so gut, Mädchen?«, hatte er lächelnd gefragt und sie auf Kissen gebettet, oder gesagt: »Lass es uns einmal so versuchen«, und sie gedreht und gewendet wie eine bettlägerige Großmutter. Als er ihr die *Kamis* hatte ausziehen wollen, hatte sie ihn aufgehalten, weil sie sich ihrer dürren Rippen schämte. Also hatte er stattdessen ihre Arme liebkost und die blauen Linien zwischen Handgelenk und Ellenbeuge nachgezeichnet, bis sie sich entspannt zurücklehnte, seine Augen auf sich ruhen sah und in ihnen las, wie schön sie war. Bis sie die *Kamis* mit eigenen Händen abstreifte und spürte, wie er mit seinen Lippen die Leiter ihrer Rippen erklomm, Sprosse für Sprosse, bis hinauf zu ihren kleinen Brüsten, die er behutsam in seinen Händen barg wie zwei Vögel.

Helens Magen knurrte vor Hunger. Sie malte sich aus, was sie alles zum Frühstück essen konnte: warmes Brot, in grünes Öl getunkt, gebratene Pfefferschoten, deren Haut Blasen geschlagen hatte, gelben Quark und Rebhuhneier, eine gewaltige Schüssel voller *Teem* und *Balah* mit Ziegenrahm und Honig ...

Er war so vorsichtig gewesen ... Hatte sie Stück für Stück entblößt und dann wieder bedeckt, mit seinem Mund, seinen Händen, seiner Brust. Stück für Stück seinen Körper dem ihren angepasst, bis sie nicht mehr wusste, wo er anfing und sie aufhörte.

Der Duft nach frisch gebackenem Brot wehte durch die Vorhänge. Helen erhob sich, tappte mit zitternden Beinen durch den Raum und trat hinaus auf den sonnendurchfluteten Hof. Sie spürte die Wärme der Kacheln unter ihren nackten Fußsohlen, und als sie die gelben Rosen streifte, nickten diese mit den Köpfen.

»Rima!«, rief sie und blickte sich um. »Wo bist du? Ich sterbe vor Hunger!«

Ihr schwindelte leicht, also stützte sie sich auf dem Weg in die Küche mit einer Hand an der Mauer ab. »Ist schon irgendetwas zubereitet? Ich habe mir im Bett vorgestellt, was ich gern essen möchte«, fuhr sie fort. »Allah ist mein Zeuge – ich könnte ein ganzes Pferd verschlingen!« Sie spähte in die Küche. Wo waren bloß alle? Vielleicht in den Lagerräumen. Oder im Waschhaus.

Helen blinzelte hinauf zur Sonne und versuchte zu schätzen, wie spät es war. Da öffnete sich quietschend das Tor, und Rima schlurfte herein.

»Ah, da bist du ja – gut. Ich habe solchen Hunger!« Als sie Rimas Gesichtsausdruck sah, gefror ihr das Lächeln auf den Lippen.

Die ältere Frau schien sich in einer Art Trance zu befinden. Ihr Mund war starr, ihre Augen blickten leer, ihre vernarbten Wangen wirkten hart wie Stein. »Frühstück ... ja«, murmelte sie und bewegte sich auf die Küche zu. »Das Brot ist fertig.« Sie sah sich abwesend um. »Und Wasser. Das Wasser ist warm, falls du ...« Sie machte eine schlaffe Handbewegung. »Waschen ... Falls du dich waschen willst.«

»Was ist mit dir?«, fragte Helen.

»Sie haben den Körper schon gewaschen«, fuhr Rima in einem eigenartigen, nüchternen Tonfall fort. »Das ist also erledigt.«

»Welchen Körper?« Helens Magen verkrampfte sich. War jemand gestorben?

»Ich hätte es gern selbst getan. Aber nun ist es schon geschehen.« Rima hob das Tuch, das über dem frischen Fladenbrot lag, und Schwaden von Dampf stiegen in die Luft. »Du kannst Fisch haben, wenn du möchtest. Setz dich hin, dann bringe ich ihn dir. Ich habe auch für sie einen gemacht, weißt du.«

»Was hast du gemacht? Rima ...« Helen packte die andere Frau am Arm. »Bitte sag mir, was geschehen ist!«

»Ein *Chifumuro*. Als ich es ihr gab, lachte sie. Aber sie trug es, mir zuliebe. Weil ich sagte, ich könne sonst nicht ruhig schlafen. Also hängte sie es sich um den Hals, zusammen mit ihren Schlüsseln.«

Helen lehnte sich an die Wand. Batoum trug ihre Schlüssel um den Hals.

»In der Schüssel da drüben ist frisches Obst.« Eine weitere matte Geste, als würde sich ihre Hand von selbst bewegen. »Sie werden sie schon bald zurückbringen. Ich muss das Gemach herrichten. Salz in der Küche, selbstverständlich. Und

Myrte...« Wieder dieser abwesende Blick, als hätte sie etwas vergessen. »Ich hätte den Körper gern selbst gewaschen«, sagte sie noch einmal. »Aber jetzt ist es schon getan.«

Rima starrte vor sich hin. »Das Wasser ist warm«, wiederholte sie, drehte sich dann plötzlich um, lief über den Hof und durch das Tor hinaus in den Hof der Königinnen. Helen folgte ihr, so schnell ihre wackeligen Beine es zuließen. War auch Batoum vergiftet worden? Aber sie war doch noch nicht einmal krank gewesen!

Rima überquerte den großen Hof, drückte das Tor zu Batoums Quartier auf und verschwand. Helen ging langsam darauf zu, zögerte dann jedoch, weil sie bemerkte, dass Duvias Tor offen stand.

Duvia kniete unter einer ihrer prächtigen Rosenlauben. Sie hatte die goldenen Vogelkäfige von den Haken genommen und war von fröhlich zwitschernden Lauten umgeben. Microphilus stand vor ihr und hielt etwas in der Hand. Helen stahl sich näher heran und erkannte, dass es sich um eine Weinflasche handelte.

»Es war für mich gedacht, nicht wahr?« Seine Stimme klang verbittert und zornig.

»Woher soll ich das wissen?« Duvia zuckte mit den Schultern. »Was ist los?« Sie griff nach dem Türchen eines der Käfige. Der Fink darin zirpte erschrocken und flatterte aufgeregt gegen die Gitterstäbe.

»Einen Moment lang glaubte ich, sie hätte sich selbst getötet. Doch dann wurde mir klar, dass sie so etwas niemals tun würde. Nicht in meinem Gemach, wo jeder sie hätte finden können.« Seine Brust hob und senkte sich heftig. Offenbar hatte er Mühe, sich in der Gewalt zu halten. Helen sah, dass seine Augen rot gerändert waren.

»Wovon redest du?« Duvia zerrte ungeduldig an der kleinen Tür. »Du jagst meinem armen Schätzchen Angst ein.« Eine leichte Brise fuhr in die Zweige der Laube. Rote Blütenblätter sanken sanft zu Boden.

»Du hast es getan, weil du mich gestern auf dem Dach gesehen hast, nicht wahr? Da wusstest du, dass ich entdeckt hatte, wie es gemacht worden war.«

Die Tür sprang endlich auf, und Duvia steckte ihre Hand in den Käfig. »Schon gut, mein Schatz. Fürchte dich nicht. Er ist nur ein einfältiger alter Eunuch.«

»Also hast du versucht, mich umzubringen, bevor ich herausfand, dass du es warst.«

Die Flügelfedern des Vogels bogen sich und gerieten zwischen die Stäbe, während er wild flatterte, um ihren Fingern zu entkommen. »Schon gut, hör ihm gar nicht zu. Er ist bestürzt und weiß nicht, was er sagt.«

»Du bist gestern Abend in mein Quartier geschlichen, nicht wahr? Und hast Gift in meinen Wein gemischt. Tödliches Gift. Stark genug, um einen Menschen innerhalb von Minuten zu töten. Aber nicht ich habe es getrunken.«

Duvias Hand schloss sich um den aufgeregten Vogel und drückte die Flügel an seinen Leib. Helen beobachtete, wie er verzweifelt mit den Krallen zuckte und seinen Kopf verdrehte. »Heraus mit dir, *mi querido*. Es ist Zeit für deine Medizin.« Sie holte den Finken aus dem Käfig und hielt ihn sich vor die Brust.

»Sie hatte noch nicht einmal genug Zeit, um nach Hilfe zu rufen.« Microphilus versagte die Stimme, und Tränen strömten über seine Wangen. Er wischte sich mit dem Ärmel über die Augen. »Der Gärtner versucht schon lange, mich darauf aufmerksam zu machen, aber ich schenkte ihm keine Beachtung. Er sprach ständig von deinen verfluchten Rankgewächsen, davon, dass sie stets an denselben Stellen kahl und geknickt seien. So bist du auf die Dächer geklettert, nicht wahr?«

»Warum um alles in der Welt sollte ich auf die Dächer klettern wollen?« Duvia bewegte Daumen und Zeigefinger, bis sie sich zu beiden Seiten des Vogelkopfes befanden. Sie hielt ihn fest und griff nach einem winzigen Löffel.

»Um Gift in Asisas Wasserkrug rieseln zu lassen. Und in *Lalla* Zaras. Ich habe die Löcher gefunden, die du gebohrt hast.«

Helen hörte Schritte hinter sich und warf einen Blick über ihre Schulter. Es war Rima, starr wie eine Statue, mit einem Korb über dem Arm.

»Dieser kleine Schatz braucht Medizin. Seine Federn fallen aus, und er hat aufgehört zu singen«, sagte Duvia. Sie tauchte den Löffel in ein Fläschchen mit bräunlicher Flüssigkeit und stupste ihn dann gegen den Schnabel des Vogels.

»Du warst es, die diese Stachelschweine in den Quartieren der anderen Königinnen verteilt hat, um sie glauben zu machen, jemand hätte sie verflucht.«

Duvia bog den Kopf des Finken zurück und versuchte, seinen Schnabel zu öffnen. »Komm jetzt, mach schön den Mund auf. Tu es für Mama. Danach wird es dir viel besser gehen.«

»Warum hast du dir die Mühe gemacht, sie jeden Tag aufs Neue zu vergiften? Warum hast du sie nicht einfach mit einer tödlichen Dosis umgebracht?«

»Komm, Schätzchen, mach auf.« Ihre Zähne knirschten, ihre Finger verstärkten ihren Griff. »Wenn sie tot wären, würde er bloß ein paar andere heiraten«, sagte sie ruhig und betrachtete den Vogel in ihrer Hand. Er hatte aufgehört zu zappeln. »Aber wenn sie einfach nur hässlich sind, muss er mich lieben. Weißt du, diese Dornen sind wirklich eine Qual. Manchmal drangen sie tief in meine Fußsohlen. Dann dachte ich an die Nägel, mit denen Jesus an das Heilige Kreuz geschlagen wurde, und daran, wie er den Schmerz seinem Vater darbrachte.«

Langsam öffnete sie ihre Hand. »Er nannte mich immer seinen tapferen Engel, weißt du.« Der Vogel war tot, seine Augen wirkten milchig, sein Kopf hing schlaff zur Seite. Duvia zuckte mit den Achseln und legte ihn auf den Boden des goldenen Käfigs. »Manchmal verendet etwas, auch wenn man ihm gar nicht wehtun wollte«, sagte sie, streckte ihre Hände vor und blickte sich nach einer Sklavin um, die ihr eine Schüssel mit Wasser bringen sollte.

Einen Augenblick lang herrschte bestürztes Schweigen. Dann erklang plötzlich ein Wutschrei, und Rima stürzte über den Hof. Sie entriss Microphilus die Weinflasche, rammte Duvia ihr Knie in den Bauch, zerrte ihr mit der anderen Hand den Kopf nach hinten und zwang die Flasche an ihre Lippen. Die Junge Königin wand sich und versuchte, ihren Kopf wegzudrehen, schlug mit den Armen um sich und kratzte, aber die alte Sklavin war zu stark für sie.

Rote Flüssigkeit ergoss sich aus dem Flaschenhals, spritzte auf Duvias zusammengepresste Lippen, über ihr Kinn, in ihre kleine Nase. Sie atmete sie ein und begann zu würgen, während ihre Augen von einer Seite auf die andere rollten. Ihr Gesicht lief scharlachrot an, ihr Brustkorb bebte, und sie versuchte zu atmen, zu husten, um Hilfe zu schreien, ohne dabei den Mund zu öffnen. Rimas Fingerknöchel schimmerten bleich durch ihre dunkle Haut, während sie den Flaschenhals immer wieder gegen Duvias Mund stieß. Und eine weitere Welle der tödlichen Flüssigkeit drang heraus, spritzte in verzweifelte Augen und füllte geblähte Nüstern, bis Duvia endlich aufhörte, sich zu wehren, und ihren Mund öffnete.

58

2. April 1770

Ich habe mein Schreibwerkzeug in Batoums Quartier gebracht. Sie ist die gefällte Jägerin, ich bin der arme Jagdhund, der nicht von ihrer Seite weichen will, der winselt und ihre leblose Hand mit der Pfote berührt, seine Schnauze gegen ihre Wange stößt, um sie zu wecken, damit sie die Fährte wieder aufnimmt.

Malia und Rima haben alles hergerichtet, damit die Frauen dem Leichnam die letzte Ehre erweisen können. Sie sind den ganzen Nachmittag über schweigend herbeigeströmt. Einige haben Speiseschüsseln zurückgelassen, die zum Schutz gegen die Fliegen mit Deckeln verschlossen sind, und als ich diese abnehme, entdecke ich darunter ganz verschiedene Sorten von Getreide, die von Allah weiß woher stammen. Und Stößel und Mörser. Wie kommt es, dass sie alle von dem Sauerbrei wissen, den Batoum so gern zubereitete? Wie kommt es, dass sie bei ihnen allen so beliebt war?

Jetzt ist die Nacht angebrochen, und die Wachen haben die Frauen fortgeschickt. Ich wusste nicht, dass so viele Tränen in mir sind. Nun, da ich gelernt habe zu weinen, kann ich gar nicht mehr damit aufhören. Meine Schultern schmerzen, und meine Nase ist vom unablässigen Schnäuzen und Wischen geschwollen. Ich muss immer wieder daran denken, dass es *mein* Tod war, den sie trank. Hätte sie nicht aus meiner Flasche getrunken, dann hätte diese geduldig darauf gewartet, dass ich sie selbst leere. Im Tod wie auch im Leben geschah alles, was Batoum tat, zu meinem Wohl.

Ich habe nach Eis geschickt, um sie damit zur Nacht zu betten. Wir werden sie am Morgen begraben. Batoum, dein Antlitz ist nun ausdruckslos. Du bewohnst nicht mehr diesen Leib. Hast du schon die Ruhestätte für deine Seele gewählt? Vielleicht die weiße Eule der Nacht oder den schwarzen Adler des Tages? Oder den großen Arganbaum in der Mitte des Haremsgartens, in dem die Störche nisten und der einen Heiligenschein aus Bienen trägt? Oder deinen eigenen Jasmin am Rande deines Gartens, wo du einen Rock aus raschelnder roter Hirse und kühlende Minze zu deinen Füßen hast? Vielleicht bist du ja auch weitergezogen – nach Süden, zu den Ebenen Mauretaniens, zu deinen eigenen Vögeln und Bäumen, deinem eigenen edlen Volk. Endlich frei.

Sie sprach oft von ihrem Heimatland. Nicht mit verzweifelter Sehnsucht in der Stimme, wie jene Sklaven, die als Erwachsene hierher gebracht werden, sondern mit unbefangener Vertrautheit, wie jemand, der seine Heimat lediglich für eine kurze Reise verlassen hat und plant, am nächsten Tag zurückzukehren. Auch wenn ich sie nie nach Einzelheiten fragte, glaube ich, dass sie Nachrichten von ihren Anverwandten erhielt und ihnen auch selbst Botschaften sandte, auf einem Wege, den sie und Rima ersonnen hatten. Wahrscheinlich vertraute sie bewährten Kurieren ihre Depeschen an und versicherte sich mit klingender Münze ihrer Verschwiegenheit. Ich weiß, dass dieser Briefwechsel ihr Freude bereitete und dass ihre Heimat in ihrem Herzen sogar noch tiefer verwurzelt war, als meine es in meinem ist.

Malia sagt, dass sie den Sultan erst am Morgen unterrichten wird. »Dies ist eine Frauensache«, knurrte sie. »Es gibt keinen Grund, warum er mehr darüber wissen sollte, als unbedingt nötig ist.« Und so bleibt der Ehemann ebenso von der Welt seiner Frau ausgeschlossen wie sie von der seinen. So war es immer und wird es immer sein, in Marokko und in Schottland, in Nubien und Frankreich und an jedem Ort, von dem ich jemals gehört habe. Der Mann fürchtet und ehrt die Fähigkeiten seiner Frau, genau wie sie die seinen, und zugleich bekriegen sie einander fortwährend und schließen nur auf den Laken für kurze Zeit einen Waffenstillstand – und häufig noch nicht einmal dort, denn das Bett kann das blutigste Schlachtfeld von allen sein. Batoum, ich hätte bis ans Ende meiner Tage süße Schlachten mit dir schlagen sollen.

Noch mehr Tränen. Ich war gezwungen, in ihrer Truhe nach frischen Taschentüchern zu stöbern. Und mich durch ihre windfrischen, weißen Gewänder zu wühlen, die noch ihren Duft bewahren. Keine bunte Seide, keine verborgenen Juwelenbeutel.

Ich weiß nicht, was mit *La Duvias* Leichnam geschehen ist. Es gestaltete sich schwierig, Sklavinnen zu finden, die ihn waschen wollten, da ihm der Makel der Hexerei anhaftet. Ay, und der Makel des Wahnsinns. Nie werde ich vergessen, wie sie mit ruhiger, leiser Stimme ihre Gräueltaten gestand, wie sie mit ihren hübschen Schultern zuckte, als sei Mord eine unvermeidliche Notwendigkeit.

Offenbar übte sie sich seit zwei Jahren in der Kunst des Giftmischens, und zwar in jenem kleinen, stets abgeschlossenen Raum, wo sie auch ihre Schätze hortete. Sie experimentierte mit verschiedenen Substanzen und Dosierungen, sowohl an Tieren als auch an Menschen, verkrüppelte und beseitigte dabei mehrere unglückliche Geschöpfe – und verursachte die rätselhaften Epidemien, die dem schlauen alten Weib so unbegreiflich waren.

Nun ist die Giftmischerin vergiftet. Die Wespe wird nie wieder stechen.

Soeben war Helen hier und wollte mich in ihr Quartier entführen. Es scheint ein ganzes Leben her zu sein, dass ich in ihren Armen lag. Als sei all dies einem anderen Mann widerfahren.

Dieser Mann hat meinen Körper verlassen, lehnt nun an der Wand und beobachtet mich. Mag er die ganze Nacht dort stehen, wenn er es wünscht. Er ist unwürdig und treulos, und ich will nichts mit ihm zu schaffen haben.

59

Helen zog leise Batoums Tor hinter sich zu. Sie war verwirrt und fühlte sich einsam. Microphilus hatte kaum aufgeblickt, als sie ihm anbot, die Nacht bei ihr zu verbringen. Es ist zu früh, sagte sie sich. Er braucht Zeit, um Batoum zu betrauern. Sie beide brauchten Zeit. Und wenn es eine Woche dauern sollte.

Gedämpftes Stimmengewirr klang vom Harem herüber, und jenseits des Hofes der Königinnen sah Helen flackernden Lichtschein und die Umrisse der Wachen, die dort postiert worden waren, um die Trauernden in Schach zu halten. Sie betrachtete die vier goldenen Tore. Gestern hatten noch alle vier Königinnen gelebt. Jetzt waren es nur noch zwei.

Sie ging an Duvias Tor vorbei. Licht drang aus dem Gemach, in dem sie aufgebahrt worden war, aber Helen wusste, dass für sie niemand die Totenwache hielt. Ihre Sklavinnen hatten sich geweigert, auch nur eine weitere Nacht in ihrem Quartier zu verbringen. Der Leichnam war noch nicht einmal gewaschen, da hatten sie schon blaue Farbe angemischt und alle erreichbaren Wände mit Händen und Augen beschmiert, wobei sie in ihrer Hast dermaßen kleckerten, dass nun große Flecken den Boden bedeckten und die groben Augen blaue Farbe weinten.

Helen betrat ihren Hof und schlurfte müde in ihr Schlafgemach. Sie legte sich auf das Bett, starrte an die Decke und ertappte sich dabei, dass sie nach dem kleinen Loch suchte, das Duvia gebohrt hatte. Wie heimtückisch – eine Königin nach der anderen, Tag für Tag, und Duvia sah zu, wie sie immer hässlicher und kränker wurden, bis der Sultan sie zurückwies.

Helen schauderte. Sie zog eine Decke über sich. Wie konnte dieses hübsche kleine Mädchen nur solche Bösartigkeit in sich tragen? Sie hatte alles genau geplant. Sie hatte heimlich die Augen von Fröschen, die Schnäbel von Vögeln, die Fühler von Käfern und die Stachel von Bienen gesammelt, Tag für Tag. Sie hatte die Tiere getötet, zerschnitten, neu zusammengebunden und sie in jenem fürchterlichen kleinen Lagerraum gehortet.

»Soll ich die Lampe entzünden, *Lalla*?« Rima stand in der Tür, einen glimmenden Zweig in der Hand.

»Ja, danke.« Helen richtete sich auf. Die Öllampe begann flackernd zu brennen. Helen blinzelte und sah dann der älteren Frau eindringlich ins Gesicht. »Wenn du wieder zu ...« Sie hielt inne, da sie Batoums Namen nicht erwähnen wollte. »Ich meine, wenn du mit Fidschil für den Rest der Nacht bei ihr ... du musst nicht unbedingt hier bleiben.«

»Das ist meine Aufgabe«, erwiderte Rima knapp und holte eine Hand voll Salzkörner aus ihrer Tasche. »Ich habe hier zu tun.« Bedächtig ging sie im Raum auf und ab und ließ dabei das Salz wie Sand durch ihre Finger rinnen. »Sie sind heute Nacht wach«, sagte sie mit grimmiger Miene. »Und hungrig. Sie haben Blut geleckt und wollen mehr.«

Helen beobachtete das beruhigende Ritual. »Ich habe nicht gewusst, dass Batoum in seinem Quartier wartete«, sagte sie leise.

»Nein, *Lalla*.« Rima wischte sich die Hände an ihrer *Kamis* ab.

»Ich habe ihn nicht gebeten zu bleiben. Er erklärte mir, auf welche Weise Duvia mein Wasser vergiftet hatte. Wir achteten nicht auf die Zeit ...« Sie verstummte.

Rima seufzte und griff nach dem Wasserkrug. »Sie hätte dir keine Vorwürfe gemacht.«

Microphilus kam in den frühen Morgenstunden. Als Helen erwachte, saß er im Schneidersitz neben ihrem Bett auf dem Boden, wie so oft während ihrer Krankheit.

Sie berührte seine Schulter. »Ist dir kalt?«

Er schüttelte den Kopf, doch sie fühlte, dass er unter seiner dünnen *Kamis* zitterte. »Komm her.« Sie schlug die Bettdecke zurück. »Lass mich dich wärmen.« Sie zog sanft an seinem Zopf, und er stand langsam auf und legte sich an ihre Seite.

Sein Körper war eiskalt, und Helen schlang ihre mageren Arme um ihn und hüllte ihn in die Decke wie in einen *Haik*. Sie wünschte, sie wäre weicher, größer, tiefer, um die Schauder dämpfen zu können, die ihn schüttelten. Seine Zähne klapperten an ihrer knochigen Brust, seine Füße lagen wie Eisblöcke zwischen ihren Schenkeln.

Allmählich verebbte das Zittern. Er lag nun regungslos in ihren Armen und atmete so leise, dass sie glaubte, er sei eingeschlafen. Sie spürte seinen warmen, festen Bauch an ihrem, spürte die sanften Bewegungen, mit denen er ein- und ausatmete. Ihre Brüste prickelten, erinnerten sich an seinen Mund. Sie berührte mit den Lippen ganz sachte seine gewölbte Stirn. Er stieß einen tiefen Seufzer aus und schmiegte sich enger an sie. Sein Atem umspielte ihren Hals, sein Herz pochte gegen ihre Rippen. Nein, es war *ihr* Herz. Schlief er wirklich? Helen ließ ihre Hände langsam über seinen breiten Rücken gleiten, über die Muskeln zu beiden Seiten seines Rückgrats. Ohne darüber nachzudenken, ob er wach war oder schlief, nur aus dem Verlangen heraus, die Umrisse seines Körpers nachzuzeichnen. Wieder seufzte er, und sie fühlte, wie sein Ding an ihrem Bauch wuchs und zuckte, gefangen in den Falten seines *Schalwar*. Helen lächelte in der Dunkelheit, tastete nach dem Saum seiner *Kamis* und schob sie langsam nach oben, schlüpfte mit den Händen unter den Stoff und drückte die gesamte Länge ihrer warmen Unterarme auf seine nackte Haut.

Dann küsste sie Microphilus und schmeckte Tränen auf seinen Lippen. Sie wandten einander die Gesichter zu und hielten inne, atmeten jeder den Atem des anderen. Helens Haut summte. Sie verspürte ein Pochen in ihrem Schoß und seine Antwort – ein Pochen an der Stelle, wo er sich an ihren Bauch drängte.

»Ist das gut so?«, flüsterte sie an seinem Mund und merkte, dass er lächelte und nickte.

Sie erwiderte sein Lächeln, passte ihren Mund dem seinen an und fuhr mit der Zungenspitze über seine Lippen, bis sie nachgaben und sich für sie öffneten. Und sie tauchten ineinander ein, nass wie Austern, Lächeln auf Lächeln.

Sie küssten sich lange, fanden und schmeckten einander mit ihren Mündern. Es schien richtig, so beieinander zu liegen – ruhig, zärtlich und voller Ehrfurcht –, auch wenn sich Helen danach sehnte, sich an ihn zu pressen und auf ihm zu winden. Schließlich lösten sie sich voneinander und starrten einander in der Dunkelheit an. Helen hörte den Schrei eines Käuzchens irgendwo draußen im Obstgarten. Ein Hund bellte und begann gleich darauf unter einem kräftigen Tritt zu winseln.

»Ich wollte sie bitten, mich zu heiraten«, sagte Microphilus leise. »Gestern Nacht. Deshalb war sie in meinem Quartier.«

Helen schnürte es die Kehle zu. Die Luft gerann in ihren Lungen.

»Sie liebte mich schon so lange – ich hatte das Gefühl, ihr das schuldig zu sein. Natürlich wäre es bis zu ihrem Umzug nach Tafilet nicht wie eine richtige Ehe gewesen. Aber ich wollte es ihr versprechen.«

»Warum bist du dann bei mir geblieben?«, fragte Helen mit angespannter Stimme und zog ihren Arm unter ihm hervor.

»O Helen«, seufzte er matt. »Werde jetzt nicht abweisend. Du weißt genau, warum ich bei dir geblieben bin.« Er drehte sich auf den Rücken und starrte an die Decke. »Ich muss ständig daran denken: Wenn ich ihr doch nur gesagt hätte, dass ich nicht in mein Quartier komme! Als ich zum Waschraum ging – nach dem ersten Mal, erinnerst du dich? Da hätte ich kurz zu ihr laufen und ihr sagen können, sie solle mich an diesem Abend nicht mehr besuchen. Ich hätte dazu bloß den Hof überqueren müssen. Aber ich war dermaßen damit beschäftigt, dich zu lieben, dass mir der Gedanke nie in den Sinn kam.«

»Es tut mir Leid.« Helen legte ihre Hand auf seine Brust und stellte sich vor, wie sich sein Herz zusammenzog und wieder ausdehnte.

»Ich muss immer wieder daran denken, dass sie allein in meinem Raum saß, wartete und sich fragte, wo ich blieb. Und dann dieses Zeug trank ...« Seine Stimme stockte. »Ich frage mich die ganze Zeit, was sie gedacht hat. Als es anfing ... sie muss sofort gewusst haben, dass der Wein vergiftet war. Was, wenn sie geglaubt hat, ich hätte es getan?«

»Aber warum hättest du so etwas tun sollen?« Helen spürte seine Brust unter ihrer Hand beben.

»Genau dieselbe Frage muss sie sich auch gestellt haben. Während sie im Sterben lag, muss sie gedacht haben: ›Warum will Fidschil meinen Tod?‹ Das war ihr letzter Gedanke, Helen. ›Warum ist er nicht hier? Warum will er meinen Tod?‹«

»Das kannst du nicht wissen. Du warst nicht dort ...«

»Nein. Ich war nicht dort.« Seine Stimme klang erstickt. »Das ist der Anfang und das Ende der Geschichte, wie auch immer ich es betrachte. Wenn ich dort gewesen wäre, würde sie jetzt noch leben. Aber ich war nicht dort.«

Helen spürte, wie sein Körper für eine Weile von lautlosen Schluchzern geschüttelt wurde. Dann wurde er langsam ruhiger. »Möchtest du, dass ich dich wieder in die Arme nehme?«, fragte sie scheu.

Er stieß einen tiefen Seufzer aus, machte jedoch keine Anstalten, ihr entgegenzukommen. »Oh, ich weiß nicht, Mädchen.

Wenn wir uns küssen, leert sich mein Kopf von allen Gedanken. Aber ich bin nicht sicher, ob ich gerade jetzt gedankenlos sein sollte.«

Helen verspürte einen schmerzhaften Stich, nickte jedoch. Lange Zeit lagen sie Seite an Seite und starrten schweigend in die Dunkelheit. Sie versuchte, sich daran zu erinnern, worin sie Trost gefunden hatte, wenn sie vor Angst und Übelkeit nichts mehr hatte sagen können.

»Ich könnte dich waschen«, schlug sie schließlich vor. Die Worte »wie eine richtige Ehefrau« lagen ihr auf der Zunge, doch sie sprach sie nicht aus. »Es wird dir dabei helfen, einzuschlafen. Ich gehe und setze Wasser auf.«

Sie entzündete eine Talgkerze und legte Tücher bereit. In der warmen, stillen Nacht vollzog sie das vertraute Sakrament, ehrfürchtig wie ein Priester vor dem Altar: Aufdecken und Entfalten, Messgewand und Albe, Segnen und Einschenken, Brot und Kelch.

Er nahm es hin, drehte sich auf die Seite, wenn sie ihn darum bat, und überließ es ihr, seine Arme und Beine zu heben. Zum ersten Mal sah sie ihn richtig an und vermochte ihn in Gedanken zu einem Ganzen zu fügen – die unverhüllten Teile, die sie jeden Tag zu Gesicht bekam, und die verborgenen Teile, die sie nur mit ihren Händen ertastet hatte. Er war sehr blass, sehr breit und sehr glatt. Überhaupt nicht wie ein Baum, dachte sie. Eher wie ein ...

Wie ein was?

Sie blickte auf ihn nieder. Seine Augen waren geschlossen, seine Glieder entspannt, seine Brust hob und senkte sich gleichmäßig. Sein Ding lag zur Seite geneigt auf seinem dunklen Busch, und ein kleines Dreieck rotblonder Locken prangte zwischen seinen Brustwarzen. Er war wie ein Mann.

60

3. April 1770

Der Donnerstag schlich sich an diesem Morgen früh heran, tippte mir auf die Schulter und gebot mir, in mein Quartier zu eilen, frische Gewänder anzulegen und dann hinaus in den Garten zu hasten, um den Sultan zu begrüßen.

Jener Ort, den die Papisten Fegefeuer nennen, ist nun mein Heim. Ich bin gefangen zwischen Himmel und Hölle, dort, wo niemand errettet und niemand verdammt wird, wo alles Unschuld ist und nichts Vergebung erfordert. Meine Liebe ist tot. Meine Liebe lebt. Mein Herz ist gespannt wie die Saite einer Laute. Nun muss ich meine Füße in meine Pantoffeln stecken, die Pantoffeln auf den festen Boden stellen und mich von ihnen zurück in die Normalität tragen lassen.

Dort steht also der Sultan und betrachtet vier leere grüne Baldachine. Hätte ich diese Szene vorausgesehen, so hätte ich ihn vielleicht darauf vorbereiten können. Aber ich tat es nicht, und so sind wir in diese Situation geraten. *Naturellement* war er über die Todesfälle unterrichtet – Malia selbst hatte es ihm gesagt –, doch erst, als er die Reihe leerer Nischen sieht, wird er gewahr, dass er all seine Königinnen verloren hat.

Unter den Frauen herrscht das übliche Gedrängel und Geschiebe, mit dem sie die Aufmerksamkeit des Sultans erregen wollen. In der schweren Luft scheint ihre Erregung geradezu greifbar, als könne man sie mit Daumen und Zeigefinger erhaschen. Seit der Sultan ein Prinzchen war, hat es keine derartige Gelegenheit zum Aufstieg mehr gegeben.

Doch er nimmt ihre Anwesenheit nicht wahr, steht ohnmächtig vor seiner unübersehbaren Schande. Es mag noch als Unglück gelten, *eine* Frau zu verlieren, doch wenn es deren vier sind, zeugt dies von einem Mann, der seiner Ehefrauen nicht Herr zu werden vermag.

In einem abgeschiedenen Reich wie diesem gilt die Fähigkeit eines Mannes, seine Frauen zu bändigen, ebenso als Maß seiner Männlichkeit wie die Größe seiner Herde. Denn alle hier wissen, dass Frauen törichte, halsstarrige Geschöpfe sind, die in ihre Häuser gesperrt und von Männern beaufsichtigt werden müssen. So wie der Kuhhirte ausgepeitscht wird – und nicht die Kälbchen –, wenn seine Herde ein Erbsenfeld niedertrampelt, so sind die Männer für die Taten ihrer Frauen verantwortlich.

Folglich ist der Sultan ob seines Verlustes eher erzürnt denn betrübt. »Zuerst Zaras, dann Asisas Schönheit zerstört«, schäumt er mit finsterer Miene, während er den Garten verlässt. »Nun Duvia und Batoum vergiftet. Ich werde noch zum Gespött ganz Afrikas!«

Und so wetteifern Wut und Eitelkeit in seiner Brust (die Trauer wurde bereits bei der ersten Hürde überholt), und jede kommt zu ihrem Triumph. Zuerst die Eitelkeit, die ihn veranlasst, den guten Doktor und seine Gouvernante auf schnellstem Wege nach Salee zu schicken und auf das erste Schiff nach Gibraltar abzuschieben, bevor die Nachricht vom Tod der Königinnen sie erreichen kann. Er verbot mir, ihnen Lebewohl zu sagen, aus Furcht, ich könnte ihnen gegenüber seine Schmach erwähnen, welche dann auf einer Woge des Gespötts nach Europa gelangen würde, sodass der »Dieb von Marrakesch« dort umgetauft würde in den »König ohne Königinnen«.

Kaum ist die Eitelkeit besänftigt, übernimmt die Wut das Ruder, und er beordert uns alle in seine Gemächer – mich und

Malia, die Wachen und die *Tabibs* – und schreitet vor uns auf und ab, rollt seine Ärmel hoch, verlangt nacheinander Tee und *Kif* und *Balah* und schickt die Sklaven mit dem Tabletts dann doch alle wieder fort. Wir warten – starre, unbedeutende Bauern auf seinem Schachbrett, während er uns ungeduldig hin und her schiebt und herauszufinden versucht, wie seine Damen geschlagen werden konnten.

Ich fühle mich indes wie der Zuschauer einer Puppenaufführung, deren Handlung belanglos und armselig ist und in weiter Entfernung stattzufinden scheint. Immer wieder kehren meine Gedanken zu der Schwarzen Königin zurück, die in ihrem gelben Sarg außerhalb der Palastmauern begraben liegt. Wie ihre prächtigen Farben nun verblassen müssen, all die herrlichen Braun- und Violetttöne, die ich so liebte, all die glänzenden Kastanien und Auberginen, dies alles verdunkelt sich nun und schrumpft zusammen, während das Leben darin zerfällt.

Der Sultan tobt eine Stunde lang, doch er kann nicht in uns dringen. Die *Tabibs* stellen Betrachtungen an, die Wachen zittern, und Malia und ich übertreffen uns gegenseitig in eloquenter Unwissenheit. Wir sind ein Musterbeispiel an höflichen Ausflüchten. Und obgleich die Wut noch nicht beschwichtigt ist, besteht schließlich die Müdigkeit darauf, dass wir uns entfernen. Ich fürchte jedoch, dass die Wut nicht ruhig schlafen wird. Diese Geschichte ist noch nicht vorüber.

Nun zu erfreulicheren Dingen: Ich möchte berichten, wie wir uns einander näherten, Helen und ich. Wie wir uns gegenseitig entkleideten, als seien wir schüchterne Kinder, sie meine Stoffpuppe, ich ihr Meister Petz. Wie ich ihr, als sie sich ziert und ihre kleinen Zitzen und die hervorstechenden Hüftknochen versteckt, mit sanften Worten schmeichele, Schönheit in sie hineinstreichele, bis sie alle Scham vergisst und mich mit ihren mageren Armen umfängt. Nun mache ich mich daran, ihre Frucht zu schälen und ihr Fischaroma zu kosten, und süße Affenlaute gurgeln in ihrer Kehle. Ich segne Batoum dafür, dass sie mich von meiner alten Scham für meine krummen Beine und meine Hundepfötchen befreite, danke ihr für all die Kraft, die ich über die Jahre ansammelte, um diesen Baumstamm ziehen zu können, meine knorrigen Knie und Holzfällerschultern. Batoum liebte sie und damit sind sie liebenswert und können Helen besser lieben als jeder Sultan.

Ich habe mich lange nach diesem Festmahl verzehrt, doch nun, da Helen hier auf meinem Tische liegt, weiß ich kaum, wo ich beginnen soll. Heute Morgen lachte sie mich dafür aus, dass ich verzückt am Ende ihres Rückens verweilte, die samtigen Mulden auf jeder Seite ihres Kreuzbeins beschnüffelte und in die Vertiefungen hineinleckte, um ihren Geschmack zu kosten. Gleichzeitig klimperte ich die aufgereihten Tasten ihres Rückgrates entlang, stöberte mit meinem kleinen Finger tiefer und stieß in ihren Kaninchenbau vor. »Hast du mich vergessen?«, fragt sie mit gespielter Verdrießlichkeit, stößt mich weg, rollt sich herum und zieht mich auf sich. Allah sei gepriesen, ihre Säfte fließen für mich! Ich muss wieder innehalten, erkunde sie mit den Fingern und staune darüber, wie die Rüschen ihrer Haut arrangiert sind, geschickt wie der Bau eines Seeotters, dazu gemacht, dass ich in sie hineinschlüpfe.

Nun wird sie erneut ungeduldig, liebestoll, windet ihr knochiges Becken und ruft: »Fidschil, ich bitte dich, keine Tändeleien mehr!«, zerrt an meiner Hand und küsst mich, salzig wie Aal-Saft. Ihre Wangen sind heiß und ihr Atem geht stoßweise, ihre Reiterknochen umkreisen mich und geben mir die Sporen, bis ich mich erweichen lasse und dorthin galoppiere, wo sie mich haben will.

4. April 1770

Heute öffneten wir Batoums verschlossene Gemächer, mit den Schlüsseln, die sie immer um den Hals trug. Ich weiß nicht, was wir zu finden hofften – vielleicht Ballen aussortierter Seide, Schmuckkästchen, Truhen, angefüllt mit all ihren Hochzeitsgeschenken, Kisten voller Kürbisflaschen und Kopfputz aus ihrer Heimat und Allah weiß was noch, oder zumindest Lederbeutel voller Münzen, denn Batoum erhielt eine wöchentliche Zuwendung, die ich ihr persönlich übergab, und hatte doch nichts, wofür sie sie ausgeben konnte, außer ihrer Sklavin, ihrer Sense und den hauchdünnen weißen Gewändern, die sie trug.

Als wir aber die Türen aufstießen, mussten wir feststellen, dass jeder Raum, den wir betraten, leer war. Helen und Rima begleiteten mich, sowie eine Reihe stämmiger Eunuchen, die ich damit betraut hatte, die Fundstücke zu sortieren und wegzuschaffen. Unsere Schritte hallten wider, während wir durch die leeren, frisch gefegten Gemächer wanderten, in denen nicht einmal eine Hausameise zu finden war.

Immer, wenn ich Batoum ob ihrer Schlüssel geneckt hatte, versicherte sie mir, dass ihre Gemächer leer stünden. Aber ich glaubte nie, dass sie tatsächlich die Wahrheit sagte. Als wir nun diese Räume durchschritten und unsere schlurfenden Echos vernahmen, schien es mir, als zuckten die Wände mit den Schultern und sagten: »Wir sind das, was ihr hier seht – nicht mehr, nicht weniger. Uns zu durchsuchen ist vergebens.« Nach und nach lächle ich mit ihnen und denke an den *Alim*, der in der Königlichen Schatzkammer voller Vorfreude seine Knöchel aneinander reibt und die Feder gezückt hält, um Batoums Reichtümer in die Bestandsliste des Sultans aufzunehmen. (Ich hatte in der Vergangenheit schon häufig Gelegenheit, mich über die ungewöhnliche Großzügigkeit des Sultans gegenüber seinen Favoritinnen zu wundern, vor allem, da er in anderen Angelegenheiten so knauserig zu sein pflegt. Die Erklärung liegt auf der Hand: Die Gaben des Sultans werden den Empfängerinnen nur leihweise überlassen. Sobald die Pächterinnen dieser Pracht in Ungnade fallen, wird all ihre Habe unverzüglich in die Schatzkammer ihres Herrn zurückgebracht.)

Nun lacht auch Helen und wirbelt über die kahlen Kacheln. Selbst Rima lächelt, so gut sie es mit ihren steinernen Wangen vermag. Und ich schicke die Eunuchen zum *Alim*, und sie trotten davon, während wir uns auf eine Binsenmatte unter einen *Teem*-Baum setzen (denn Teppiche hat es hier nie gegeben) und die Schwarze Königin und ihren letzten Triumph preisen.

Mir entgeht nicht, dass sich der Sauertopf umsieht und verschwörerisch eine Augenbraue in die Höhe zieht, als hätte er eine Neuigkeit kundzutun. Doch erst nachdem uns Tee gereicht wurde und das Dienstmädchen wieder verschwunden ist, beugt sich Rima vor und eröffnet uns flüsternd, was mit Batoums Reichtümern geschah.

Erwähnte ich bereits, auf welche Weise Batoum hierher kam? Sie wurde als Teil eines Friedensvertrags von ihrem Vater an den Sultan übergeben, der Batoum im Angesicht all ihrer Landsleute niederringen musste – wie es der Sitte bei ihrem Volke entspricht –, bevor er sie auf seinem Hengst davontragen durfte. Obgleich sie zur obersten Herrin des Harems wurde, scheint Batoum nie vergessen zu haben, dass sie eine Kriegsgefangene war. Sie empfing regelmäßig Nachrichten aus ihrem Heimatland, anfangs von ihrem Vater, später, nach dessen Tod, von ihrem jüngeren Bruder, der den Kopfschmuck seines Vaters geerbt hatte.

»Erinnerst du dich an die Zeit, in der sie so unglücklich war?«, fragt der Sauertopf, und in Gedanken durchlebe ich noch einmal jene Wochen einige Jahre zuvor, während derer Batoum Tag und Nacht in ihrem Gemüsegarten arbeitete, ihre

Hacke in die rote Erde trieb, obwohl darin keinerlei Klumpen mehr zu finden waren, und noch im Mondlicht mit Tränen auf den Wangen auf den Boden einstach. »Damals erfuhren wir vom Tode ihres Vaters. Sie wäre geflohen, hätte ihr Leben aufs Spiel gesetzt, um in ihre Heimat zu gelangen und den Kopfschmuck ihres Vaters zu tragen – wenn sie dich nicht geliebt hätte, Fidschil.«

Also blieb sie hier und schickte stattdessen all ihren Besitz in die Heimat: Münzen, Armbänder, Haarspangen – alles wurde von Rima aus dem Harem geschmuggelt, gen Süden auf den Weg gebracht und an der Goldküste gegen Musketen eingetauscht. »Sie bereiten einen Angriff vor!«, zischt der Sauertopf, und diebische Freude zuckt in seinen Mundwinkeln. »Sie sind Marokkos marodierender Scheiche müde.«

Nun frage ich mich, ob dereinst tatsächlich ein goldener Sattel existierte, der mit allem anderen fortgeschafft wurde.

5. April 1770

Der *Alim* beehrte uns gerade mit seinem Besuch, mit einer Kapuze über dem Kopf (denn es ist ihm natürlich nicht gestattet, die Frauen zu sehen) und mit einer Eskorte aus Eunuchen. Diese sind ausgelassen, lachen hinter vorgehaltener Hand und erfinden sonderbare Hindernisse, denen der *Alim* aus dem Weg zu gehen hat – »O nein, nicht da entlang, Euer Gnaden, dort trocknen die Frauen ihre *Schalwars*!« – und bringen ihn auf diese Weise dazu, sich tief hinabzubeugen und unter einer eingebildeten Wäscheleine voller tropfender Gewänder hindurchzuschreiten. Dann rufen sie: »Seitwärts, Euer Heiligkeit, da vorn bekommt Zenaida gerade ihren Hintern bemalt!«, und treiben das Spiel immer weiter, bis sich eine ganze Prozession kichernder und rempelnder Frauen um sie herum bildet. Derweil wächst des *Alims* Unbehagen, und im Zelt seines Gewands regt sich sein knorriger alter Zweig bei dem Gedanken an all die sinnlichen Szenen, die ihm entgehen.

Er hat darauf bestanden, Batoums Gemächer höchstselbst in Augenschein zu nehmen, denn er ist nicht gewillt, den Darstellungen der Eunuchen Glauben zu schenken. Ich schließe die Tore und verscheuche die Frauen, während er sich von seiner Kapuze befreit und blinzelnd in der Mitte des größten Raumes stehen bleibt. Grollend und mit finsterem Gesichtsausdruck schaut er sich in dem leeren Gemach um und wandert darin umher, so wie wir am vorherigen Tage. Erschüttert kratzt er sich den Kopf, durchschreitet mit knirschenden Zähnen Gemach um Gemach und kehrt schließlich dorthin zurück, wo ich mit seiner Kapuze warte.

»Der Sultan wird von dieser Sache erfahren«, murmelt er, während ich ihn wieder verhülle.

Der Sultan erfährt also ordnungsgemäß von der Sache und reagiert, wie man es hatte erwarten können, mit noch größerer Wut und noch zahlreicheren Vorladungen, woraufhin wir alle noch einmal mit ausdruckslosen Gesichtern zu ihm schlurfen und verhört und umhergeschoben werden. Schließlich schickt er alle fort, bis auf Malia. Heute Nacht bedarf der Sultan vier weiterer Mädchen, um seinen Juckreiz zu lindern.

28. April 1770

Helen nimmt langsam wieder an Leibesfülle zu. Sie beschwert sich über ihren ständigen Heißhunger, gibt unseren Schäferstündchen die Schuld und ordert zu jeder Tages- und Nachtzeit alle nur denkbaren Speisen. Rima ist nun dazu übergegangen, vor dem Schlafengehen ein reich gedecktes Tablett vorzubereiten, auf dem sich *Hummus* und Butterkuchen, *Balah* und Honig türmen. Um Mitternacht tappt Helen dann über den Hof, umschwirrt von Motten, die in ihre Lampe taumeln, und kehrt mit vollem Mund und süßem Öl auf dem Kinn zurück.

Meine Kehle schmerzt vor Liebe, wenn ich sie so sehe. Gierig leckt sie sich die Finger ab und sitzt mit gekreuzten Beinen im Lichtschein. Ich esse mit ihr, betrinke mich an ihrem Anblick, beobachte, wie ihre Knochen wieder unter ihre Decke aus hellem Fleisch sinken, zuerst die Wangen, dann die Brust, und schließlich ihre Rippen. Helens grüne Augen lächeln mich an. Sie sind zufrieden mit dem, was sie sehen.

61

Helen saß unter ihrem Jasmin und schlürfte süßen Minztee, doch sie war verärgert und rastlos. Ihre Gedanken kehrten immer wieder zu Batoum zurück: Die Schwarze Königin hatte all ihre Reichtümer in ihre Heimat geschickt. Sie hatte so viel besessen, aber bedeutet hatte es ihr nichts. Irgendwo in weiter Ferne bereiteten sich nun Männer darauf vor, mit Waffen zu kämpfen, die mit Batoums Juwelen bezahlt worden waren, und mit dem goldenen Sattel, von dem sie gesprochen hatte und der eingeschmolzen und gegen Pistolen und Schießpulver eingetauscht worden war.

Kein Wunder, dass sie sich nicht für Schals und Pantoffeln interessiert hatte! Wie nannte sie den Harem noch? »Unser hübsches Gefängnis.« Während all der Stunden, die sie in ihrem Garten gearbeitet hatte, mussten ihre Gedanken über die Mauer geflogen und in ihre ferne Heimat geeilt sein, wo ihre Brüder auf sie warteten.

Der Gedanke an die Weite dort draußen machte Helen schwindelig. Die Sklavinnen sprachen von Ozeanen aus Sand, die tiefer waren, als ein Mann graben konnte, und von endlosen Wochen ohne Wasser. Es gab dort Flüsse voller menschenfressender Eidechsen, Wälder voller Affenmenschen, Bäume, die so gewaltig waren, dass man in ihren Astgabeln einen Garten anlegen konnte. Irgendwo da draußen war auch Tafilet.

Tafilet – dorthin konnte sie mit Microphilus gehen. Sich dorthin zurückziehen, vielleicht sogar Kinder haben, einen kleinen Hof, einen Springbrunnen, ein paar hübsche, saubere Zimmer. Es wäre wie daheim.

Helen dachte an Muthill, erinnerte sich daran, wie sie früher immer den Weg hinter der Schmiede entlanggestürmt war, aus reiner Freude am Laufen. Sie streckte ihre Beine aus und betrachtete ihre Füße: zart, seidenweich, verwöhnt. Und ihre Oberschenkel: rundlich und voller Grübchen. Wie hatte sie jemals den ganzen Weg nach Crieff laufen können? Nazime war auf ihre kräftigen Beine stolz gewesen. Doch sie hatte ja auch ihre Flucht geplant. Batoum hatte gelacht und ihre starken Arme vorgestreckt. Sie heckte einen Aufstand aus. Der Harem war für sie beide nur ein weiteres Sklavenschiff. Ihr Horizont lag weit hinter seinen Mauern.

Helen dachte an das hübsche, achtzehnjährige Mädchen, das vor vielen Monaten den Weg nach Muthill entlanggelaufen war, das mit bloßem Haupt und wehendem Rock über Pfützen gesprungen war und dabei die Sonne auf seinen Armen gespürt hatte. Wie lange war es her, dass sie irgendwohin gerannt war? Oder zumindest gegangen? Seitdem sie krank geworden war, hatte sie sich nicht über den Hof der Königinnen hinausgewagt.

Sie erhob sich. Sie wollte der Welt wieder entgegentreten.

»Hierher, *Lalla*?« Rima brachte den großen Spiegel herein und hielt ihn gegen die Wand. »Hier sind die Stellen, an denen die Nägel waren.«

»Ja, gut. So ist es genau richtig.« Helen trat einen Schritt zurück, während Rima neue Nägel in die Wand hämmerte und den großen Spiegel vorsichtig auf sie herabließ. »Dieser Spiegel war das erste Geschenk, das sie mir an meinem Hochzeitstag brachten«, sagte Helen und berührte den goldenen Rahmen. »Ich hatte schon vergessen, wie schön er ist.«

»Und dieser hier, *Lalla*?« Rima hob einen zweiten Spiegel empor. Es war einer der drei, die im Waschraum gehangen hatten, doch Helen hatte Anweisung gegeben, ihn in ihre Gemächer zu schaffen. Rima warf ihrer Herrin einen Seitenblick zu. »Vielleicht noch ein bisschen tiefer?«

Helen grinste. »Ein ganzes Stück tiefer, würde ich meinen.«

Rima ritzte mit dem Daumennagel eine Markierung in die Wand und griff nach dem Hammer. Als sie fertig war, trat Helen vor den großen Spiegel. Sie hatte ein wenig Angst. Zum ersten Mal, seitdem sie befohlen hatte, aus ihren Gemächern sämtliche Spiegel zu entfernen, sah sie sich wieder in voller Größe. Monatelang hatte sie sich lediglich auf einen kleinen Handspiegel verlassen, der gerade ausreichte, damit sie *Kochl* und Schminkrot auftragen und ihr Kinn auf Unreinheiten prüfen konnte. Nun starrte sie ihr Spiegelbild an.

Das Gesicht, das ihr entgegenblickte, schien älter zu sein. Die mädchenhaften Rundungen ihrer Wangen hatten sich verloren, und die Sommersprossen waren verblasst. Sie wirkte ernster. Ihre Augen waren dunkel, ihr Mund streng. Sie trug eine einfache weiße *Kamis*, und das Haar hing ihr in einem schlichten Zopf über die Schulter. Ihre Krankheit, ihre Angst und die anschließende Genesung hatten ihrem Gesicht eine Ernsthaftigkeit verliehen, die es noch nie zuvor besessen hatte. Das Mädchen war verschwunden. Sie sah nun aus wie eine Frau.

»Ich freue mich, dich wieder wohlauf zu sehen, *Lalla*«, sagte Rima leise, während sie das Zimmer verließ.

Helen starrte weiter auf ihr Spiegelbild. Sie konnte es nicht glauben. Sie war wieder hübsch. Nein, mehr als hübsch. Sie war schön. Allah der Barmherzige hatte ihr ihre Schönheit zurückgegeben. Langsam löste sie das Band um ihren Zopf und schüttelte ihre Locken, bis sie ihr Gesicht in kupferroten Wellen umrahmten. Sie schlüpfte aus der *Kamis* und musterte ihren Körper. Sie war noch immer recht dünn, aber nicht dünner als bei ihrer Ankunft im Harem. Die Knochen zwischen ihren Brüsten waren wieder mit weichem Fleisch bedeckt, ihre Schultern wieder sanft gerundet und ihre Brüste voll und straff. Ihre

Haut – Allah sei Dank – zeigte keine Spur der entsetzlichen braunen Flecken, die die arme Zara so verunstalteten.

Helen öffnete ihre Kleidertruhe. Darin gab es Gewänder, von denen sie vergessen hatte, dass sie sie überhaupt besaß. Gewänder, die sie von der ersten Zuwendung des Sultans erworben hatte. Seit Wochen trug sie nichts anderes als einfachen weißen Kattun. Als sie sich halb durch die Truhe gewühlt hatte, fand sie ihre Hochzeitsgewänder, sorgfältig in sauberen Musselin gewickelt. Wo waren ihre Juwelen? Sie griff tiefer hinein, zog ein regenbogenfarbenes Bündel Seide heraus und warf es achtlos fort. Endlich – ihre Juwelenkästchen, ganz unten auf dem Boden der Truhe. Und die Schlüssel? Sie stürzte zu der losen Kachel in der Ecke des Gemachs und stemmte sie hoch.

Helen steckte jeden winzigen Schlüssel in sein Schloss, drehte ihn um und hörte, wie die kleinen, geölten Verriegelungen im Inneren klickten. Sie öffnete sämtliche Kästchen, hockte sich dann auf die Fersen und starrte sie an. Wie hatte sie all dies nur vergessen können? Ihr Perlenarmband und ihre liebste Smaragdkette, all ihre Ohrringe und die edelsteinbesetzten Kämme für ihr Haar ... Und hier, im prächtigsten aller Kästchen, lagen ihre Hochzeitsjuwelen, die wie glühende Kohlen in einem Nest aus goldenem Atlas ruhten.

Die Zeit schien stillzustehen, während Helen zwischen ihren Schätzen wie inmitten alter Freunde saß und jedes einzelne Stück musterte. Diese Kette, mit dem kniffligen Verschluss – sie erinnerte sich, dass der Sultan gelacht hatte, weil sie vergebens versuchte, sie zu schließen. Dann hatte er ihr Haar zurückgestrichen und ihr in die Schulter gebissen. Sie dachte an die Juwelenkammer, wo er Kostbarkeiten auf ihren Schoß häufte, an den Schmerz, mit dem sich die Schmuckstücke in ihren Rücken gebohrt hatten, während er seine Knie zwischen ihre Beine drängte. Helen fühlte, wie ihr die Röte ins Gesicht stieg. Wie lange schien dies alles her zu sein!

Sie griff nach ihrer Hochzeitskette, stellte sich vor den Spiegel und dachte an die goldene Braut mit dem fein bemalten Gesicht und dem schimmernden Atlas. Eine Welle von Erregung und Entschlossenheit ergriff sie, und sie wickelte ihre Hochzeitsgewänder aus und begann, sie anzuziehen.

Zuerst den kühlen *Schalwar* aus Atlas und die hauchdünne Bluse, dann die schwere Weste. Zum Schluss die Juwelen. Helen reckte den Kopf, nahm die Schultern zurück und stand in königlicher Haltung vor dem Spiegel. Sie war wieder Königin. Die Sonne fiel schräg ins Zimmer und funkelte in ihrem Haar, auf der goldenen Stickerei und in den scharlachroten Edelsteinen. Sie spürte, wie sich tief in ihrer Kehle eine kleine Flamme des Triumphs entzündete. Sie war wieder sie selbst. Sie war hübsch. Sie war die schönste und beliebteste Königin des ganzen Harems.

Helen wandte sich vom Spiegel ab, begann, mit den Hüften zu kreisen, wie Batoum es sie vor vielen Monaten gelehrt hatte, und fühlte das Gewicht des Schmucks auf ihrer Haut. Da fiel ihr Blick plötzlich in den zweiten Spiegel, in dem nur die untere Hälfte ihres Körpers zu sehen war.

Sie hielt inne und starrte auf die beiden Spiegel, der eine hoch hängend, der andere tief. Einer für die Königin, einer für den Zwerg. Sie trat einen Schritt zur Seite und stellte sich vor, wie Microphilus neben ihr stehen und sein Spiegelbild den leeren Spiegel füllen würde. Stellte sich vor, wie sie gemeinsam spazieren gingen, die Königin und der Zwerg, dessen kleine Füße trippelten, dessen aufgeblähter Kopf hin und her wackelte, dessen Hand wie die eines Kindes nach ihrer griff.

Ein Ruck fuhr durch Helens Glieder. Vor drei Monaten hatte sie noch mit dem Sultan gespielt. Jetzt war sie die Geliebte eines Zwerges.

Als Helen ein leises Räuspern hinter sich vernahm, wirbelte sie herum. Rima bückte sich über das Meer aus Seide.

»Das Durcheinander tut mir Leid«, sagte Helen. Sie fühlte sich schuldig, so wie damals in Melissas Kabine, als sie Kleider trug, die nicht ihr gehörten.

»Könntest du das bitte glätten, Rima?« Helen bückte sich und fischte wahllos eines der Gewänder heraus.

»Natürlich, *Lalla*.« Rima sah sie an.

»Morgen ist Donnerstag, nicht wahr?«

»Ja, *Lalla*.«

»Ich denke, es ist an der Zeit, dass ich wieder in den Garten gehe.«

»Ich kann mich nicht für immer verstecken.«

»Ich weiß.« Microphilus legte das Stück Brot nieder, das er in der Hand hielt, und sah Helen über das Tablett hinweg an. Sie saßen in ihrem Hof und aßen zu Abend.

»Selbst Zara ist letzte Woche hingegangen«, sagte Helen.

»Ich weiß. Ich war dort, hast du das vergessen? Schließlich habe *ich* dir davon erzählt.«

»Er hat nach mir gefragt.«

»Ja, das stimmt.« Sie hatten zusammen darüber gelacht, dass der Sultan mit einer wütenden Handbewegung auf die drei leeren Baldachine gedeutet und gefragt hatte, ob er etwa ein Christ sei, dass er nur eine Ehefrau besitze?

»Ich muss ihm früher oder später gegenübertreten.«

Microphilus seufzte. »Du musst mir nichts erklären, Mädchen. Wir wussten, dass es eines Tages so kommen würde.«

»Es macht dir also nichts aus?«

»Macht es dem Fuchs etwas aus, wenn seine Pfote in der Falle zermalmt wird?« Er lächelte, doch seine Augen blieben dunkel.

Helen nahm einen Klumpen Couscous und tunkte ihn in die Soße. Sie konnte Microphilus nicht in die Augen blicken. Sie fürchtete, er würde fragen, warum sie den Sultan sehen wollte.

Sie kannte die Antwort nicht. Um herauszufinden, ob er sie noch immer liebte? Weil sie sich danach sehnte, dass wieder der ganze Harem über sie redete? Weil sie sich dafür schämte, einen Zwerg zu lieben?

»Ich bin immer noch so dürr, ich nehme nicht an, dass er nach mir schicken wird.«

»Mach es nicht noch schlimmer, indem du lügst«, sagte Microphilus scharf. »Du bist so schön wie zuvor, und das weißt du auch. Und er wird es ebenfalls erkennen, sobald sein Blick auf dich fällt.« Eine Sklavin reichte ihm Wasser, und er wusch seine Hände. »Sorge dich nicht. Von mir hast du keinen Eifersuchtsanfall zu befürchten. Ich weiß, dass du zu ihm gehen musst, wenn er nach dir ruft. Ich weiß, dass du deine Rolle so überzeugend wie möglich zu spielen hast, damit er keinen Verdacht schöpft.«

Er nahm ihre nasse Hand und trocknete sie. »Dies ist mir die liebste Hand auf der ganzen Welt«, sagte er, drehte sie um und zeichnete mit dem Finger die bläulichen Venen des Handgelenks nach. »Das war das Erste, was ich von dir berührte, erinnerst du dich? Bei Madame Jasmine. Du trugst dieses grässliche violette Kleid, und ich verbeugte mich und küsste deine Hand. Deine Fingernägel waren abgebrochen und rochen nach Hammelfleisch. Ich erinnere mich, dass ich dachte: Das hier ist eine Hand, die zupacken kann. Madame Jasmine versuchte mir weiszumachen, du seiest eine französische Gräfin, aber sobald ich deine Hand hielt, wusste ich es besser.«

»Was meinst du damit, du wusstest es besser?« Helen entzog ihm ihre Hand.

»Eine Gräfin hat keine Schwielen an den Daumen und Narben auf den Knöcheln.«

Warum musste er sie nur immer wieder daran erinnern, woher sie stammte? Immerhin war sie jetzt hier, oder? Sie hielt ihre Hände im Lichtschein vor sich und betrachtete sie. Sie waren sauber und zart, sorgfältig von Rima gepflegt. Keine Spur von rauer Haut. Morgen würde sie ihren schönsten Armreif tragen und den Ring, den der Sultan ihr an ihrem Hochzeitstag geschenkt hatte.

Microphilus starrte sie an.

Helen errötete. »Was schaust du denn so?«

»Ich sehe dich an, Mädchen. Ich sehe dich einfach nur an.« Er seufzte erneut und straffte die Schultern. »Ich denke, ich schlafe heute Nacht besser in meinen eigenen Gemächern.«

»Wieso?« Sie wusste, dass sie ihm widersprechen sollte. Sie wusste, dass sie ihn verletzte.

»Du hast noch vieles zu erledigen, wenn du morgen in den Garten gehen willst.«

»Denk nicht, dass ich dich wegschicke.«

»Keine Sorge.«

»Ich habe nur wirklich noch so viel zu tun.« Plötzlich hörte Helen das Blut in ihren Ohren pochen. Morgen würde sie den Sultan sehen. Sie war wieder eine Königin. Sie erhob sich.

»Dann möchtest du auch sicher keinen Tee mehr trinken.« Microphilus lächelte verkniffen und erhob sich ebenfalls.

»Es tut mir Leid.« Verwirrt bemerkte Helen, dass Rima bereits mit dem Teetablett über den Hof kam. »Das habe ich ganz vergessen.«

»Ich weiß, Mädchen.« Er hielt kurz inne. »Gute Nacht. Lass es mich wissen, wenn du mich wiedersehen willst.« Und er war fort, noch ehe sie ein weiteres Wort sagen konnte.

62

21. Mai 1770

Ich habe sie verloren. An einem Tag sind wir zusammen und winden uns wie zwei Larven im süßen Schleim unseres Tümpels. Am nächsten erhebt sie sich aus dem Wasser und schüttelt die Tropfen von ihren Schultern, entledigt sich des Unkrauts, der Ranken, die uns aneinander banden, geht fort von mir, setzt ihren Fuß auf trockenes Land.

Sie hat all ihre libellenseidenen Gewänder hinausgebracht und waschen lassen. Nun trocknen sie in der Sonne, die zerknitterten Flügel, vom Wind umweht, blähen sich und leuchten.

Morgen wird er seinen Finger ausstrecken, auf dass sie sich dort niederlässt.

Und ich werde in meinen Panzer zurückkehren. Der Krebsmann, der Köderwurm. Die Eintagsfliege hat sich verwandelt und ist dem Wasser entflohen.

63

Einige schreckliche Minuten lang hatte Helen geglaubt, der Sultan würde sie nicht beachten. Er hatte zu den Baldachinen der Königinnen geblickt, hatte gesehen, dass sie dort war, sich jedoch abgewandt, ohne zu ihr zu kommen.

Hinterher begriff sie, dass er sich vor ihrem Anblick gefürchtet hatte – gefürchtet hatte, die Krankheit habe sie verdorben wie *Lalla* Zara, die nun wieder jede Woche in den Garten kam, mit erwartungsvollem, zerstörtem Gesicht über den wieder erblühten sanften Wogen ihres Körpers.

Aber Malia hatte an seinem Ärmel gezupft und etwas gesagt, das ihn zunächst zögern und dann dorthin gehen ließ, wo Helen wartete. Sie fühlte sich plötzlich unsicher und verletzlich und zog sich schnell ihren seidenen Schleier unterhalb der Augen über das Gesicht. Während sich der Sultan ihr näherte, wandelte sich sein Gesichtsausdruck langsam von Ekel zu vorsichtiger Hoffnung, da er ihre makellose weiße Stirn, die kupferroten Locken und das funkelnde Grün ihrer Augen erblickte.

»Asisa?« Zögernd beugte er sich zu ihr hinab. »Ist es wahr, was Malia mir sagt? Dass du wieder genesen bist?« Er streckte die Hand aus, um den Schleier von ihrem Gesicht zu ziehen, hielt dann jedoch inne. Erneut sickerte Ekel in seine Augen.

Als Helen erkannte, wie viel ihm an ihrer äußeren Erscheinung lag, durchbohrte ein eisiger Splitter ihr Herz. War das die Art von Liebe, die sie wollte?

»Es ist so lange her ... Ich vermag es kaum zu glauben.« Immer noch zögerte er, wagte es nicht, den Schleier zu lüften.

Helens erkaltetes Herz enthob sich ihrem Körper und schwebte über ihnen. Es beobachtete, wie sie den Sultan anlächelte, wie ihre grünen Seidentücher sanft wogten, sah das Funkeln ihrer Smaragde, die schwer auf ihrer Brust lagen, sah die Zuversicht wachsen. Er gehörte wieder ihr, dessen war sie sich sicher. Indem sie sich halb von ihm abwandte, zwang sie ihn, näher zu treten, ihr zu folgen, seine Hand nach ihr auszustrecken und ihr den Schleier aus den Fingern zu winden. Die Augen des Harems richteten sich auf sie, während sie sich langsam unter dem grünen Baldachin umdrehte, ein grünes Blatt auf dem Wasser, und den Sultan in seiner weißen Robe hinter sich her zog.

Die Sonne stand tief am Himmel. Helen folgte Malia durch den Harem zu den Gemächern des Sultans. Sie war gewaschen und mit Duftwasser besprengt, ihr Haar floss über ihre Schultern, und die Seide umschmeichelte ihre Haut. Überall, wo sie vorbeikam, knieten Frauen nieder oder warfen sich zu Boden. »Es ist die *Lalla* Asisa«, hörte sie sie flüstern. Mit hoch erhobenem Kopf atmete sie tief ein und sog die goldene Luft in ihre Lungen.

Sie war wieder eine Königin! Gierig befühlte sie den Gedanken, diese Münze in ihrer Tasche, dieses süße Etwas, das die anderen nicht besaßen.

In seinen Gemächern fand sie alles unverändert vor. All die hübschen Lampen, die prächtigen Teppiche, die Schalen mit Früchten, die goldenen Becher – alles leuchtete und glänzte wie in einem Märchen. Und er ... So groß, so sicher, so voller Verlangen nach ihr, dass ihr das Blut durch die Adern raste, und ihr Körper zerfloss genau wie zuvor.

Aber die ganze Zeit, während sie keuchte und sich mit ihm wand, schwebte jener eisige Geist über ihr, sah Sultan und Königin sich aneinander laben, schwebte dann weiter hinauf über den Harem – und fand Microphilus, der sie in guten und in schlechten Tagen liebte, und der nun allein in die Dunkelheit starrte.

64

23. Mai 1770

Gerade bin ich von Helen zurückgekehrt. Sie würdigte mich keines Blickes. Ich meine damit nicht, dass sie nicht mit mir gesprochen hat, *au contraire*, sie schnatterte drauflos und tat es den Spatzen gleich, bis der Raum zwischen uns der Worte übervoll war wie eine flatternde Mauer und sie selbst hinter dieser hin und her huschte und sich mit dringlichen Nichtigkeiten beschäftigte, bis ich anbot, mich zurückzuziehen.

Nun ergeht sie sich in Entschuldigungen und zieht weitere Vorhänge aus Worten vor: »Ich bin so verwirrt!«, und »Es war so schwer!«, und »Bitte, versuche zu verstehen.«

Und in der Tat, ich verstehe. Ihr ausweichender Blick spricht eine deutlichere Sprache als all ihr Wälzen in Worten. Sie ist wieder die seine.

Ich übergab ihr ihre wöchentliche Zuwendung, hoffte, meine Ängste von vorgestern seien grundlos gewesen, hoffte, sie würde zu ihm gehen und ihm Vergnügen bereiten und dann mit ganzem Herzen in meine Arme zurückkehren.

Doch sie ließ mich noch nicht einmal in ihr Gemach. Glaubte sie etwa, ich würde mich ihr aufdrängen, sobald wir allein waren? Glaubte sie, ich würde sie niederwerfen und niederringen wie eine gebrandmarkte Färse? Weiß sie denn nicht, dass Liebe wertlos ist, wenn sie nicht aus freien Stücken gegeben wird?

Ich vermag nicht zu sagen, ob ich Wut oder Schmerz empfand, während ich beobachtete, wie sie mit dem Rücken zu mir herumfuhrwerkte und flüchtige Entschuldigungen und geheucheltes Bedauern hervorstieß. Als hätte sie mich niemals geküsst, während meine Finger schwammen und tauchten wie Seehunde.

Ich dachte, sie liebt mich. Wir sind einander so nah gewesen, mit geöffneter Brust, die Rippen aufgefächert wie knöcherne Blütenblätter, die vor Honig überfließen, und unser beider Herzen waren wie rote Bienen, die gemeinsam summten und saugten. In jenen Wochen labte sie sich an der Liebe und wurde wieder schön, als seien Seufzer Zuckerwerk und Gelächter Öl, das sie füllte und zum Glänzen brachte, bis sie reif war für den Sultan. Ich bin ein unübertrefflicher Kuppler.

Und so muss mein Kastenteufel wieder zurück in seinen Kasten. Armer, törichter Teufel: wieder hinein mit dir, die Feder gespannt, den Kopf gebeugt und den Deckel fest verschlossen.

Hat sie nicht bemerkt, wie er ihr im Garten auswich, aus Furcht, ihr Gesicht könne von der Krankheit entstellt sein, sodass er vorbeigeschritten wäre, hätte nicht das alte Weib an seinem Ärmel gezupft? Wie lange hält eine solche Liebe an? Bis zum nächsten Stirnrunzeln, der nächsten Krankheit, der ersten Falte. Helen, du tust dir Unrecht, dich selbst so gering zu achten.

Es ist Abend, und ich lese diese Zeilen noch einmal und höre sie von Batoums samtener Stimme gesprochen. Als sie damals meine Sachen zusammenpackte, schalt sie mich, es sei eine Demütigung, mich an Helen zu verschenken, die mich weniger schätze als eine verbogene Zinnmünze.

In Batoums Händen war ich Gold, wog schwer wie Gold, massives Gold, wertvoll bis ins Mark.

Aber ich wusste Batoum nicht zu schätzen, und nun ist sie tot und ich bin umso ärmer.

Jetzt hat Helen ihre Zinnmünze in die Almosenbüchse geworfen. Ich verdiene nichts anderes.

24. Mai 1770

Heute Morgen habe ich mein Haar gewaschen. Hinfort sind all ihre Gerüche und Parfüms. Meine Gewänder sind rein, mein Gesicht ist rasiert, meine Nägel sind maniküurt. Nichts bleibt zurück außer dem, was auf diesen Seiten niedergeschrieben ist – die ich aufbewahren werde, um den Schlammspringer an seine Fehler zu erinnern.

Ich habe meinen Knopf wieder gefunden und ihn auf meinen Tisch gelegt, mit der schimmernden Seite nach unten und der stumpfen nach oben. Liebe steckt einem Menschen im Mark. Dort gibt es keinen Perlenglanz, dort ist überhaupt nichts zu sehen, es sei denn, mit dem geistigen Auge.

Batoum liebte mich in- und auswendig, liebte jede meiner Schichten. Mit weniger gebe ich mich nicht mehr zufrieden.

65

Rima wickelte das weiße Tuch um Helens nasses Haar zu einem lockeren *Dulbend* und kauerte dann nieder, um die Wasserspritzer vom Boden des Waschraumes zu wischen. »Oh, darum brauchst du dich jetzt nicht zu kümmern.« Helen griff nach dem vorgewärmten Topf mit Öl und träufelte sich ein wenig in die Handfläche. »Ich werde dich rufen, sobald ich fertig bin.«

»Wie du wünschst, *Lalla*.« Rima sammelte die feuchten Tücher auf, trat mit der Schulter voran durch den Vorhang und schob ihn mit dem Fuß wieder zu.

Sobald sie fort war, ging Helen zum Spiegel hinüber und löste den *Dulbend*. Ihre feuchten Haare fielen dicht und dunkel wie Schlangen auf ihre nackten Schultern. Ihre Brüste erschienen größer als zuvor, beinahe durchscheinend und mit blauen Adern durchzogen. Vielleicht sollte sie sich nicht mehr in der Sonne aufhalten, bis die Sommersprossen verblasst waren. Bis sie noch blasser war, als *Lalla* Salamatu es jemals gewesen war. Vielleicht sollte sie anfangen, stets weiße Seide zu tragen, und Perlen dazu. Damit die anderen Frauen sie die Weiße Königin nannten.

»Ah, da bist du ja.« Malia schlurfte schnaufend durch die Vorhänge. Helen ergriff eines der Tücher und hielt es sich vor die Brust. Sie war sicher, dass das alte Weib mit Absicht ohne Vorwarnung hereinplatzte.

»Ich weiß nicht, ob du sie wirklich brauchen wirst.« Malia kauerte sich hin und zog das übliche Bündel Tücher aus ihrem Beutel. »Es sollte morgen wieder an der Zeit sein, aber wenn der Körper sehr geschwächt war, kommt das Blut manchmal monatelang nicht zurück.«

Sie verschloss den Beutel, erhob sich und betrachtete Helen. »Und doch ...« – sie kam näher heran – »scheinst du sehr ...« Sie zögerte und kniff die Augen zusammen. »Diese Hautfarbe ist besser. Viel besser. Aber die Augenlider – das ist merkwürdig.« Sie griff nach dem Tuch, das Helen umklammerte, und zog es ihr weg. »Und die Brustwarzen sind dunkler. Ich frage mich ...« Die Alte befeuchtete einen ihrer knochigen Finger und fuhr damit zwischen Helens Brüsten entlang. »Sage mir, hast du in diesem Mond schon den Ausfluss, den Ei-Ausfluss gehabt?«, fragte sie, hielt sich den Finger vor die Nase und schnüffelte daran.

»Ich weiß nicht.« Helen errötete vor Ärger und bedeckte sich wieder. Sie würde sich beim Sultan beschweren. Diese Frau zeigte ihr gegenüber keinerlei Respekt.

Malia schnüffelte abermals an ihrem Finger und sah Helen dann ins Gesicht. »Die Lider und die Zitzen, das sind eindeutige Anzeichen. Und der Geruch.« Seufzend begann sie die Tücher wieder in ihren Beutel zu stopfen. »Was wirst du unternehmen?«

»Was meinst du?« Helens Magen zog sich zusammen.

»Das Kind ... Hast du gedacht, ich würde es nicht bemerken?« Malia warf ihr einen eindringlichen, verärgerten Blick zu.

Welches Kind? Was erzählte sie da? »Aber das kann nicht sein! Ich war schließlich sehr krank. Monatelang passierte gar nichts. Keine Blutung ...«

»Das hat keine Bedeutung. Wenn eine Frau früh genug verheiratet wird, kann ihr ganzes Leben vergehen, ohne dass sie jemals blutet. Jedes Mal, wenn ein Ei reif ist, verwandelt die Milch ihres Mannes es in ein Kind.« Das alte Weib schüttelte ungläubig den Kopf. »Warum bist du nicht vorsichtiger gewesen?«

Helen starrte die Alte an. Ein Kind. Aber nicht das Kind des Sultans. Selbst sie wusste, dass das unmöglich war. Ihr stockte der Atem. Microphilus' Kind. Irgendwann in den letzten sechs Wochen hatte ihr Körper ein Ei hervorgebracht, und nun hatte sein Samen in ihr Wurzeln geschlagen.

»Du weißt, dass ich dies eigentlich auf der Stelle dem Sultan berichten müsste.« Malia beobachtete sie.

»Nein! Er würde mich töten lassen. Nein – bitte, bitte sag ihm nichts.« Helen dachte fieberhaft nach. Vielleicht konnte sie vorgeben, es sei das Kind des Sultans. Sie konnte erst seit wenigen Wochen schwanger sein. Er würde niemals dahinter kommen. Wenn sie es nur geheim hielt, würde vielleicht alles gut werden.

»Ahnt Fidschil etwas davon?«, fragte Malia.

»Wie?« Was wusste die alte Hexe noch?

Malia fauchte vor Verärgerung. »Weiß Fidschil, dass du ein Kind erwartest?«

Helen lehnte sich gegen die Wand. Das alles geschah viel zu schnell. »Nein. Ich habe seit Tagen kaum mit ihm gesprochen. Seitdem der Sultan mich zu sich rief.« Ihre Gedanken überschlugen sich. Was, wenn das Kind ein Zwerg war? Der Sultan würde sofort wissen, dass sie bei Microphilus gelegen hatte. Sie würde es weggeben müssen. Vorgeben, es sei gestorben, und Rima dazu bewegen, es zu einer Frau in die Stadt zu bringen.

»Und Rima? Oder die anderen Sklavinnen?«

»Nein. Keiner weiß davon. Ich wusste es selbst nicht einmal ...« Sie versuchte sich daran zu erinnern, was Microphilus über seine Familie erzählt hatte. Seine Mutter hatte ihn fortgegeben, demnach musste sie normal gewesen sein. Sein Vater ebenfalls. Und sein Bruder Jamie: ein Schwerenöter, also konnte er kein Zwerg gewesen sein. Was aber war mit Vettern, Tanten, Onkeln?

»Es ist also noch nicht zu spät. Wir können die Lage noch

retten. Ich werde meine Hände waschen und mich um die Sklavinnen kümmern. Du gehst in dein Schlafgemach und bereitest dich vor.«

»Wovon sprichst du?«

»Ich werde das sofort erledigen. Bevor irgendjemand Verdacht schöpft.« Schon war sie fort.

Helen blickte auf den wehenden Vorhang. Es erledigen. Natürlich. Wie beim letzten Mal. Es wie eine Muschel heraushaken, mit einem gebogenen Nagel, bevor irgendjemand etwas bemerkte. Dem Sultan vorheucheln, sie habe ihre Blutung, und eine Woche später wäre alles wie gewohnt. Ein kurzer, schmerzvoller Ruck, und es wäre ausgestanden. Niemand brauchte je zu erfahren, dass sie mit einem Zwerg geschlafen hatte. Warum verspürte sie dann den Drang, »Nein!« zu schreien?

Helen legte eine Hand auf ihren Bauch, weit unten, und drückte behutsam darauf. Ein Kind.

»Ich habe ihnen gesagt, ich müsse dich untersuchen.« Malia schob sich durch den Vorhang, griff zur Seife und goss Wasser in eine Schüssel. »Um zu prüfen, ob du wirklich vollkommen genesen bist.«

Helen starrte auf die Hände der alten Frau, auf die gebogene Klaue, die nun eingeseift war. »Ich kann nicht«, sagte sie.

»Du kannst nicht?« Die nassen Hände hielten mitten in der Bewegung inne. »Was meinst du damit?«

»Es ist nicht wegen des Schmerzes ...«

»Soll das etwa heißen, du willst dieses Kind?« Aus jeder Pore von Malias altem Körper strömte Missbilligung.

»Nein, nein. Es kommt nur so plötzlich! Ich brauche Zeit, um mich an den Gedanken zu gewöhnen.«

»Nun gut.« Malia zuckte mit den Achseln und trocknete ihre Hände. »Aber warte nicht zu lange. In den ersten Wochen ist es leicht. Es kommt einfach so heraus. Später kann es Schwierigkeiten geben.«

Es gab nichts, worum sie sich hätte Sorgen machen müssen. Alles was sie zu tun hatte, war Malia zu rufen und es aus sich herausholen lassen. Helen legte sich nieder und versuchte zu ruhen, stand jedoch sogleich wieder auf und ging unruhig im Hof auf und ab. Sie pflückte eine fahle *ibiscus*-Blüte und zerriss die großen Blätter in feine Streifen. Sie fühlte sich wie ertappt und eines Verbrechens beschuldigt. Es war, als hätte Microphilus einen winzigen Spion entsandt, der sie beobachtete und bestrafte.

Doch wofür? Dafür, dass sie mit ihrem eigenen Mann Liebe machte? Wie konnte er es wagen, deswegen wütend auf sie zu sein!

Aber er war nicht wütend. Er hatte ihr nicht ein einziges Mal Vorwürfe gemacht. Alles, was er je getan hatte, war sie zu lieben und gesundzupflegen. Diese Wochen mit ihm waren wie ein Leben in einer anderen Welt gewesen, auf einer seltsamen Insel mitten im Harem. Wo Hässlichkeit schön und Reichtum bedeutungslos war. Und frisches Brot die köstlichste Speise der Welt. Aber sie befand sich nicht mehr auf dieser Insel. Sie war wieder in der wirklichen Welt.

Nun wuchs ein Kind in ihr, das sie zurück auf die Insel zog. Weg von allem, was sie jemals gewollt hatte.

Doch alles, was sie zu tun hatte, war Malia zu rufen und es aus sich herausholen lassen. Morgen in aller Frühe, schwor sie sich mit zusammengepressten Zähnen, würde sie es loswerden.

Nachdem sich Helen an jenem Abend gewaschen und mit Duftwasser besprengt hatte, holte sie ihren Tiegel mit Schminkrot hervor. Sie fühlte sich wagemutig, rastlos, wütend. Sie tauchte einen Finger in die rote Masse und trug sie vorsichtig um ihre Brustwarzen herum auf. Die Haut schrumpfte und kräuselte sich wie Seide unter heißem Eisen. Dann kniff sie in ihre Lippen und zog an ihnen, bis sie geschwollen und voller Leben waren.

Helen trug rote und bernsteinfarbene Gewänder, und ihre Hochzeitsjuwelen flossen wie blutige Tropfen um ihren Hals. Sie betrachtete sich in dem großen Spiegel. Heute Nacht würde sie eine Rote Königin sein.

Die Musikanten waren versammelt und spielten bereits, als sie die Gemächer des Sultans betrat, doch er war nirgendwo zu sehen. Helen schlenderte hinüber zu der Schale mit Früchten, griff nach einem roten Apfel, legte ihn dann jedoch wieder hin. Eine Sklavin entzündete ringsum im Gemach die Lampen, legte ihre Hand schützend um die Kerze. Es war ein kühler Abend, und in der Ecke brannte ein Feuer. Helen ging hinüber, stellte sich direkt vor die Flammen und spürte die heißen Zungen vor ihrem Körper flackern.

Wo war er bloß? Sie wollte seinen rauen Bart auf ihrer Haut spüren, seine Zähne, seine Knochen, die sich in ihr Fleisch gruben und sie daran erinnerten, dass sie die seine war. Helen setzte sich auf den Teppich, erhob sich jedoch kurz darauf wieder und öffnete die Tür zum Hof. Aber draußen war es zu kalt, also schloss sie die Tür und kehrte zum Feuer zurück. Nach einer Weile begann sie sich zur Musik zu bewegen und spürte, wie sich die warme Seide über ihren Körper schlängelte.

»Asisa ...«

Helen schloss die Augen. Endlich. »Ich glaubte schon, Ihr würdet niemals kommen«, sagte sie und wandte ihm ihr Gesicht zu.

»Lästige Regierungsgeschäfte – wie ich sie verabscheue! Sie sagen, ich soll Abgesandte an die südliche Grenze schicken. Sie behaupten, die Scheichs müssen beschwichtigt werden.« Er ließ seinen *Kissa* hinabgleiten, und ein Sklave huschte sogleich damit fort. »Komm her. Erzähl mir von deinem Tag. Wie hast du ihn verbracht?«

»Gerade eben tanzte ich vor dem Feuer.«

»Das klingt vergnüglich. Zeig es mir.« Er warf sich auf den Teppich, und ein Sklave erschien mit einer Schüssel Wasser, um ihm die Füße zu waschen. »Der Palast in Mogador ist so gut wie fertig. Ich dachte, wir könnten den Sommer dort verbringen. Würde dir das gefallen? Es ist so viel kühler nahe am Meer.«

Helen begann erneut zu tanzen, dieses Mal mit dem Rücken zum Feuer. Sie hatte ihn schon vorher von diesem Palast am Meer erzählen hören. Es sollte der imposanteste sein, der je gebaut wurde, mit Dächern aus Jade und goldenen Springbrunnen. Sie breitete die Arme aus, ließ sich von der Musik betören, verspürte eine angenehme Hitze auf der Haut, zwischen ihren Schenkeln. Sie fragte sich, wie wohl die Quartiere der Königin aussehen mochten.

»Mir gefällt dieser Feuertanz«, sagte er leise und blickte sie aus verschleierten Augen an. »Du erscheinst mir anders heute Nacht. Was ist mit dir?«

»Ich weiß es nicht, mein Gebieter.« Helen sah zu ihm hinab. »Möglicherweise liegt es daran, dass wir so lange nicht beisammen waren. Ich fühle mich ...«

»Ja?« Er lächelte, griff nach der Schärpe ihres *Schalwars* und zog sie näher zu sich heran. »Wie fühlst du dich?«

»Ich weiß nicht. Rastlos. Hungrig.« Heiß, ungeduldig, berstend.

»Soll ich Essen bringen lassen?«

Helen blickte ihn eindringlich an. »Ich meine nicht diese Art von Hunger.« Sie betrachtete seine Zähne, scharf und glänzend im Licht der Lampen.

»Ich verstehe nicht ...« Seine Augen lächelten, seine Finger lockerten den Knoten der Schärpe. »Was für einen Hunger verspürst du?«

Der rote *Schalwar* löste sich von ihren Hüften und glitt

langsam nach unten. Sie wurde sich jäh der Musiker bewusst. »Aber bitte, mein Gebieter ...« Sie ergriff die fallende Seide und blickte um sich.

»Geht! Ihr alle!« Er bedeutete den Eunuchen, sich zu entfernen, und sie rafften ihre Instrumente zusammen und verschwanden. Die Türe schloss sich gerade in dem Moment, als der *Schalwar* mit einem Rascheln auf Helens Knöchel niedersank.

Der Sultan zog sie zu sich hinab, auf den Teppich vor dem Feuer, und lockerte seinen eigenen *Schalwar* eben genug, um sein Ding herauszulassen. Helen kauerte mit geöffneter Bluse über ihm wie eine Lichtputzschere über einer Kerze, und ihre geröteten Brustwarzen schlugen gegen seine Zähne. Sie grub ihre Finger in seine Schultern, zog seine *Kamis* beiseite, damit sie ihn riechen konnte, seinen Duft nach Lakritz und Sandelholz, presste die Zähne aufeinander und atmete stoßweise.

»Bitte ...« Es war nicht genug. Sie verzehrte sich danach, ihn auf sich zu spüren.

»Bitte was, Asisa?« Er ließ seine Hand über ihre Hinterbacken gleiten und drang mit seinen Fingern in ihre feuchte Spalte ein.

»Tiefer«, hauchte sie und spürte ein Zucken tief in ihrem Inneren. »Bitte, ich möchte, dass Ihr noch tiefer in mir seid.« Wieder ein Zucken, dann warf er sie auf den Rücken und zog sie an sich wie eine Lumpenpuppe, ächzte und stieß in sie hinein, tat ihr weh, verletzte sie, wo sie es wünschte, immer und immer wieder, dort, wo das Kind war, bis sie vor Schmerz nach Luft rang und er über ihr brüllte, mit erhobenem Kinn und ins Feuer starrenden Augen. Helen stellte sich vor, wie die Königliche Sahne in sie strömte, wie Wasser um einen Felsen, sah, wie die Woge über dem Kind zusammenschlug, um es herumstrudelte, es löste und davonspülte.

Hinterher war er hungrig, klatschte nach Speisen, fütterte Helen und ließ sie die Soße von seinen Fingern lecken. Er nannte sie seine Rote Löwin, neckte sie ob der Kratzer auf seinem Rücken, wusch dann hastig seine Hände und eilte davon.

»Die hatte ich ganz vergessen«, sagte er bei seiner Rückkehr. »Ich habe sie heute Morgen aus der Juwelenkammer geholt.«

Er ließ einen dunkelblauen Lederbeutel in Helens Schoß fallen. »Meine wunderschöne Asisa«, murmelte er. »Ich bin so glücklich, dass es dir besser geht.«

»Ich glaubte schon, Ihr wäret wegen der Wunden erzürnt«, neckte sie ihn, griff nach dem Beutel und wog ihn einen Moment lang in ihren Händen. Juwelen. Ihr Herz klopfte wild, während sie den Beutel öffnete und hineinspähte. Etwas Blaues funkelte ihr im Lampenschein entgegen: Saphire. Dann gefror ihr das Blut in den Adern. Sie kannte diese Halskette. Es war diejenige, die er viele Monate zuvor Nazime geschenkt hatte.

66

12. Juni 1770

Ich bin einsam. Ich habe mich schon immer gefragt, welch ein seltsames Gefühl das sein muss, wenn der Körper in sich selbst zusammenschrumpft und nur jenes verhärmte Etwas zurückbleibt, das innerlich leer ist. Also trotte ich wie gewohnt herum, eine kecke Puppe mit geneigtem Kopf und flinken Händen, die hier und da mit den Weibern schwatzt. Und immerfort spüre ich meinen Panzer dicker werden. Die Schichten verkrusten mehr und mehr, während ich von Fels zu Fels flüchte, von Pfütze zu Pfütze. Schon bald werde ich wieder ein Krebs sein.

Ich glaube, dass es die Berührung menschlicher Haut ist, die uns die Krankheit vom Leibe hält, die Licht einströmen lässt und die Seele mit Überschwang erfüllt. Und mangelt es uns an diesem heilsamen Licht, muss uns Mutter Natur rüsten, so wie sie es bei dem Krebs mit seinem Panzer macht.

Diese Rüstung schützt, jawohl, aber sie verhindert auch die Berührungen, derer wir bedürfen. So wird der Krebs befangen in seinen Bewegungen, torkelt umher und zwickt seine Mitgeschöpfe, kann nicht ohne ungehöriges Wirrwarr küssen und ängstigt die Kinder mit seiner Grobheit oder verärgert sie mit weinerlicher Gefühlsduselei – alles, alles dies aus Mangel an liebevoller Berührung. Ich bilde mir ein, dass meine Finger bereits steif werden und sich in ungeschickte Scheren verwandeln. Bald werde ich die simpelsten Begegnungen verpfuschen, meinen Minztee verschütten und die Hand des Sultans zerquetschen, wenn ich mich über sie beuge.

In den letzten Tagen ist es wieder sehr heiß geworden.

Die Sonne, die in diesem Frühling unverhofft sanft schien und scheu aus ihrem Wolkenkragen hervorlugte, hat sich heute als tyrannische Königin mit steifer Halskrause enthüllt. Wir alle liegen vor ihr auf den heißen Kacheln, während sie über uns herrscht. Der Sommer erstreckt sich in die Ferne, so weit der Geist blicken kann. Mein Panzer ist ausgedörrt, meine Augen sind trübe, meine Scheren schwer geworden. Ich bin müde, dieses Ortes so müde.

Helen sah ich nicht, bis auf das eine Mal am Donnerstag im Garten, wo sie gelassen unter ihrem grünen Baldachin saß, kühl wie eine Lilie in den weißen Seidengewändern, die sie nun stets trägt. Sie nennen sie die Weiße Königin, als hätte es Salamatu nie gegeben. Wie kurz das Gedächtnis an diesem Ort ist …

Wahrscheinlich ist es die Eintönigkeit unserer Umgebung, die solche Vergesslichkeit in den Frauen hervorruft, die Eintönigkeit der Wochen, in denen es lediglich zwei Höhepunkte gibt: den Markt und den Garten. So leben sie von einer Woche zur nächsten, und ihre Gedanken kreisen unablässig um den vollkommenen Schal, der wie durch Zauberhand an irgendeinem Marktstand hängen und später die Aufmerksamkeit des Sultans erregen wird. Und jede Woche, in der dieser Schal nicht auftaucht, wird der Vergessenheit anheim gegeben – denn findet nicht in wenigen Tagen schon der nächste Markt statt? Auf diese Weise werden die Geschichtsbücher zerknittert und fortgeräumt, damit sie nur ja nicht das unbeschriebene Pergament des Gedächtnisses beflecken.

Ich habe sagen hören, Fische besäßen keinerlei Erinnerungsvermögen. Man mag einen fangen und ihn ins Wasser zurückwerfen, immer wieder, bis seine Lippen zerfetzt sind, gespalten und zerfressen, bis der Haken auf keinen Widerstand mehr trifft und der Fisch unaufhörlich dagegen anschwimmt, verzweifelt nach dem Ding schnappt, das ihn verführen will.

Solcherart sind die Schwärme der Frauen in den Gewässern des Sultans, stets schmachten sie nach seinem Haken, stets werden sie in das sprudelnde Wasser zurückgeworfen. Und jede von ihnen sinkt tiefer, nachdem sie abgelehnt wurde, und glaubt, ihre Beine seien zu kurz, ihre Brüste zu groß oder zu klein, ihre Lippen zu voll, ihr *Schalwar* habe die falsche Farbe. Nichts ist in ihren Fischköpfen außer diesem Haken, dem herausgerissenen Haken, dem Untertauchen, dem immergleichen Haken.

Helen wurde also gefangen und an Deck gezogen, wurde zurückgeworfen und abermals gefangen. Wenn ihre Schuppen ihren Glanz verlieren, wird auch sie wieder ins Wasser zurückgeschleudert werden. Aber dieses Mal wird der Schlammspringer nicht warten. Sein Maul ist zerrissen und wund. Der Schlammspringer hat seinen Knopf wieder gefunden. Er hat einen Weg gefunden, sich zu erinnern.

Gerade bin ich vom Sultan zurückgekehrt. Welch Raserei in ihn gefahren ist! Wie ein Bulle im Zwinger mit geröteten Nüstern und herausquellenden Augen. Es scheint, als hätten die Einmärsche an den südlichen Grenzen bereits begonnen.

Batoum! Deine Schmucksteine haben sich in Schießpulver verwandelt, deine Malachite in Musketen und Speere. Sie haben jedem kapitulierenden Scheich den *Dulbend* abgenommen und die Turbane bluttriefend an die Minarette gehängt, wehende Flaggen ihrer Rebellion. Vier *Kasbahs* wurden eingenommen und geplündert, von weiteren wurden Reiter ausgesandt, um Hilfe zu holen.

»Fidschil, was weißt du davon?«, verlangt der Sultan zu wissen, sobald ich vor ihm stehe. »Es heißt, der Reichtum des Sultans habe ihre Waffenkammern ausgestattet, denn Königin Batoum habe ihnen ihre Juwelen geschickt.«

»Niemand wusste davon, mein Gebieter«, entgegne ich und

erkläre, Batoums Räume seien stets verschlossen gewesen und sie habe niemandem erlaubt, sie zu betreten.

»Elende Hure!«, schreit er, findet jedoch niemanden, den er bestrafen kann. Er schlägt wild um sich, schleudert seine Pantoffeln durch den Raum, heißt seine Sklaven hinterherzuhuschen, tritt erst den einen, weil dieser lächerlich dreinblickt, dann den anderen, weil er sich schockiert zeigt, und so geht es in einem fort, bis sie sich alle an die Wand kauern und mit den Knien schlottern. Dies jedoch erzürnt ihn umso mehr, sodass er den Königlichen Säbelträger ruft und alle hätte köpfen lassen wie eine Reihe Disteln, wären nicht im nämlichen Augenblick drei Soldaten der Schwarzen Garde an der Tür erschienen.

Daraufhin wirbelt der Sultan mit geblähten Nüstern herum und ersinnt seinen Gegenangriff.

Ich habe ihn noch nie zuvor in der Rolle des Generals erlebt, und es ist wahrlich eine Offenbarung, denn seine grausame Klugheit kommt dabei zur vollen Entfaltung. In der Tat, während seine Feldherren mit ihm über die Stellung und Versorgung der Truppen beratschlagen, ist er ruhig, wie ein Kind mit Zahnschmerzen, das man mit seinem Lieblingsspielzeug ablenkt. Doch sobald die Soldaten fort sind, schwillt sein Zorn abermals an.

Er verfällt nun darauf, seine Gemächer einer peinlichen Untersuchung zu unterziehen, und entdeckt, dass er einen gewissen Teil der Ausstattung, den er noch gestern als durchaus angemessen empfand, jetzt als zu geschmacklos für einen Herrscher seines Ranges empfindet. Er ruft nach seinen Zimmermännern und Goldschmieden, und als diese nicht sofort auf wundersame Weise erscheinen, wird er noch rastloser, bis sein Blick auf mich fällt.

»Da bist du ja, Fidschil!«, sagt er ungehalten, als hätte ich ihn eine Stunde oder gar mehr warten lassen. »Mir steht der Sinn danach, mich erneut zu vermählen. Es schadet einem Sultan, nur so wenige Frauen zu haben. Und empfehle mir nur ja keine der Vetteln aus dem Harem! Ich bin es leid, sie anzusehen, mit ihrem dümmlichen Lächeln und den hündischen Augen. Geh und treibe passende Frauen auf. Und sieh zu, dass du Zara los wirst. Niemand soll von mir behaupten können, ich hätte eine Hexe zur Gemahlin.«

Somit ist mir aufgetragen, eine weitere Reise zu unternehmen, beinahe auf den Tag genau ein Jahr, nachdem ich mich das letzte Mal aufgemacht hatte. Der Gedanke erfüllt mich mit freudiger Erregung. Wieder an der frischen Luft zu sein! Die Berge und das Meer zu sehen. Wie ich mich nach dem salzigen Geschmack des Windes sehne! Dies ist genau das Tonikum, dessen ich bedarf: eine Reise, die meinen traurigen Panzer aufbrechen und mir wieder Leben einflößen wird.

Wenn ich mich eile, können wir gleich morgen losreiten. Ich werde die Fledermaus Malia in ihrer Höhle besuchen und sie nötigen, ihre Flügel zu recken und ihre Sesterzen zu verstauen. Hernach zu den Ställen, um Wachen anzufordern und meinen Hengst zu mustern. Vielleicht vermag diese Reise mich endlich von meinem Wahnsinn zu befreien, seine letzten Fetzen von meinem Geiste zu schälen. Ich werde Kaths Knopf mitnehmen, und meinen Kuppler-Smaragd. Und natürlich mein Schreibwerkzeug. Ich bin Johannes der Täufer, bereit, in die Wildnis zu ziehen.

Ich werde Helen nicht Lebewohl sagen. Möge sie eines Tages an mich denken, mich vermissen, und entdecken, dass ich fort bin.

67

»Wie kannst du es wagen! Du wirst schon sehen, was geschieht, wenn der Sultan davon erfährt ...«

Es war früh am Morgen, kurz nach dem Frühstück. Helen hatte Zaras Stimme noch nie zuvor dermaßen wütend gehört. Neugierig eilte sie über den Hof der Königinnen zum Tor der Alten Königin, das halb offen stand. Einer der ranghöheren Eunuchen stand breitbeinig in Zaras Hof, ein großes, in Leder gebundenes Buch unter dem Arm. Zara versperrte ihm den Weg zu ihrem Empfangsgemach – mit hoch erhobenem Kinn, die Hände in die Hüften gestemmt.

»Es tut mir Leid, *Lalla*.« Der Eunuch zuckte mit unverschämtem Gesichtsausdruck die Achseln. »Aber es war der Sultan höchstpersönlich, der es anordnete ...«

»Was ist das für eine Liste, von der du sprichst?« Zaras fünf Sklavinnen lehnten schweigend an der Wand und beobachteten die Szene argwöhnisch.

»Ein Inventarverzeichnis für diese Gemächer, *Lalla*, damit Seine Majestät darüber befinden kann, was er Euch mitzunehmen erlauben wird.«

»Ich verstehe das nicht! Wo ist Fidschil? Weiß er davon?«

»Fidschil ist mit anderen Angelegenheiten beschäftigt. Der Sultan hat mich damit beauftragt ...«

»Womit hat er dich beauftragt? Die Königin von Marokko zu bestehlen?« Zara straffte ihre Schultern und warf den Kopf zurück, aber der Eunuch schenkte ihr keine Beachtung.

»Die Samoware, zum Beispiel.« Er ging hinüber zur Küche und spähte hinein. »Ihr werdet in Tafilet nicht so viele Samoware benötigen. Und die Teppiche. Ich wurde davon unterrichtet, dass Euer Lagerraum bis zur Hälfte mit Teppichen gefüllt sei.«

»Sie gehören mir, ich habe sie von meinem eigenen Geld gekauft.«

Helen schlich beunruhigt näher. Sie würde ihre eigenen Sachen doch gewiss behalten dürfen?

»Und natürlich der Schmuck.« Der Eunuch machte eine beiläufige Kopfbewegung in Richtung ihrer Gemächer. »Der Sultan wird Euch vermutlich erlauben, einige der kleineren Stücke zu behalten.«

Helen dachte an die Saphire, die ganz unten in ihrer Kleidertruhe lagen, und an ihre Lieblingssmaragde. Wie viele Königinnen hatten sie bereits getragen?

Zara wich zurück und lehnte sich gegen die Wand. »Ich kann das nicht glauben«, flüsterte sie.

»Wir werden diese – ähem – Flecken übermalen müssen.« Der Eunuch wies auf die blauen Hände an den Wänden. »Aber das kann warten, bis die Gemächer geräumt sind. Habt Ihr schon entschieden, welche beiden Sklavinnen Ihr mitnehmen wollt? Wenn Ihr mich ihre Namen wissen lasst, kann ich den anderen schon neue Aufgaben zuteilen.«

Der Eunuch schlug das große Buch auf, ging zielstrebig in die Küche und öffnete einen Schrank nach dem anderen. Zara machte Anstalten, ihm zu folgen. Dann blickte sie auf und bemerkte Helen.

»Asisa!« Sie stürzte zu ihr, das Gesicht vor Angst verzerrt. »Hast du das gehört? Solch eine Anmaßung! Er wird mir all meinen Besitz wegnehmen! Sprich mit ihm! Sag ihm, dass er damit aufhören soll!«

»Er erstellt nur eine Liste, Zara.« Helen bemühte sich, ihre Stimme ruhig zu halten, doch der Auftritt des Eunuchen hatte sie erschüttert. »Der Sultan würde nie alles zurückfordern, was er dir geschenkt hat.«

543

»Genau das habe ich auch gesagt! Es ist ein Missverständnis. Der Sultan liebt mich. Er würde mich nicht mit leeren Händen fortschicken.«

Helen zuckte zusammen. Glaubte Zara etwa, dass sie dem Sultan noch etwas bedeutete? Wann hatte sie das letzte Mal in den Spiegel gesehen? »Warum lässt du nicht Fidschil rufen?«, fragte sie und verspürte den Drang zu fliehen. »Er wird alles in Ordnung bringen.« Sie wandte sich um und ging langsam davon, auch wenn ihre Füße am liebsten gerannt wären. Dieser Hof war plötzlich eine Kristallkugel, die ihr ihre Zukunft zeigte. Sie wollte nicht länger hineinsehen.

»Er sagte, wir würden zusammen alt werden.« Zara huschte ihr nach. »›Wir werden gemeinsam unsere weißen Haare zählen‹. Ich höre seine Worte noch ganz deutlich. ›Für jedes weiße Haar werde ich dir eine Perle schenken‹.«

Helen seufzte innerlich und verlangsamte ihren Schritt, damit Zara sie einholen konnte. Gleichzeitig verfluchte sie sich dafür, dass sie sich in diese Angelegenheit hineinziehen ließ. »Kannst du dich daran erinnern, was geschah, als *Lalla* Salamatu nach Tafilet ging?«, fragte sie. »Hat sie damals all ihre Sachen mitgenommen?«

»Er weiß nichts davon, das ist es! Er ist so beschäftigt, dass er keine Ahnung hat, was seine Sklaven alles anstellen. Sprich du mit ihm, Asisa. Bitte! Erzähl ihm, was sie mir antun wollen.«

»Aber wenn der Sultan doch selbst den Befehl dazu gab ...« Helen sog zischend Luft durch ihre geschlossenen Zähne und atmete dann langsam wieder aus. Es war vorbei. Konnte Zara das nicht begreifen? Warum konnte sie sich nicht einfach damit abfinden und in aller Stille fortgehen?

»Das hat er nicht getan! Dieser Eunuch lügt! Er will meinen Besitz doch bloß für sich selbst haben.«

Sie befanden sich inzwischen in Helens Hof. Rima breitete einen Teppich aus und richtete ein Teetablett her. Helen hielt schweigend inne. Sie hoffte, Zara würde den Wink verstehen und sich zurückziehen, doch die ältere Frau ließ sich unter dem Jasmin nieder und griff nach der Kanne.

»›Eine Perle für jedes graue Haar‹, sagte er. Aber schau einmal ...« Zara zerrte sich den Schal vom Kopf und fuhr mit den Fingern stolz durch den dichten, kastanienbraunen Pelz, der ihren Schädel bedeckte. »Siehst du? Sogar nach dieser Krankheit ist kein einziges graues Haar zu sehen!«

Helen hob widerwillig den Blick. Sie wollte Zaras fleckige Haut und die wie von Motten zerfressenen Augenbrauen gar nicht allzu genau betrachten. Doch was sie sah, ließ sie zurückschaudern. Ein großer, violetter Bluterguss prangte auf einer Seite von Zaras Stirn.

»Um Himmels willen, was ist denn mit dir passiert?«, fragte sie.

»Mein Sohn ...« Zaras Stolz löste sich in Tränen auf. »Der ältere. Gestern, als ich ihn sah ... Weißt du, er war so enttäuscht. Er hatte sein Herz daran gehängt, einmal Sultan zu werden. Er wirft mir vor, ich hätte ... ich hätte nicht genug auf mein Äußeres geachtet.« Sie begann zu schluchzen und wühlte abwesend nach einem Taschentuch.

Unruhig starrte Helen auf Zaras rot geränderte Augen und ihre geschwollene Nase. Wie lange würde sie noch bleiben? Auf eine Tasse Tee? Zwei Tassen? Sie wollte all dies nicht hören.

»Er sagt, dass er mich umbringen wird, wenn wir tatsächlich nach Tafilet geschickt werden. Bitte, Asisa! Du bist meine einzige Hoffnung. Rede mit dem Sultan. Bitte ihn, mich nicht fortzuschicken.«

Helen schloss die Augen und atmete langsam aus. Die arme, einfältige Frau! Sie glaubte immer noch, sie hätte eine Chance. »Na schön«, sagte sie seufzend. Alles, wenn Zara nur endlich ginge. »Falls er heute Abend nach mir schickt, werde ich mit ihm darüber sprechen.«

Nachdem Zara gegangen war, sank Helen erschöpft in sich zusammen. Es kam ihr so vor, als hätte sie während des ganzen Besuches nicht richtig Luft geholt. Sie fürchtete, dass die Wolke von Unglück, die über der älteren Frau schwebte, auch sie einhüllen könnte. Sie wollte diesen Dunst nicht einatmen, wollte nicht, dass er tief in ihre Lungen drang. Im Grunde war sie froh, dass Zara den Harem verließ.

Helen dachte an die Verletzung auf Zaras Stirn. Was war das für ein Sohn, der seine Mutter schlug, nur weil sie hässlich geworden war?

Helen ließ ihre Hand hinunter zu ihrem Bauch gleiten. Sie war sicher, dass ihr Sohn niemals ...

Falls es ein Sohn war.

Vielleicht wurde es ja eine Tochter, ein hübsches, kleines Mädchen.

Dann besann sie sich. Es würde weder einen Sohn noch eine Tochter geben. Sie musste ihr Kind loswerden.

»Wenn du es loswerden willst, dann muss es jetzt geschehen. In einer Stunde reise ich ab, und Allah allein weiß, wann ich zurück sein werde.« Malia zog den Vorhang hinter sich zu.

»Was?« Helen starrte die alte Frau bestürzt an.

»Der Sultan hat heute Abend wieder nach dir gefragt, aber ich werde ihm sagen, du hättest deine Blutung. Dann bleiben dir einige Tage, um dich zu erholen.« Malia stellte ihren Beutel auf den Boden und wühlte darin herum. Helen stellte sich vor, wie sich die Klaue in ihr Inneres haken und dort umherstochern würde. Sie würde ihren Sohn, ihre Tochter aufspießen und aus ihr herausreißen.

»Nein.« Sie setzte sich auf das Bett und schlang schützend die Arme um ihren Bauch.

Malia seufzte und hockte sich auf die Fersen. »Gut. Du hast die Wahl. Entweder tue ich es jetzt, dann ist es in wenigen

Minuten vorbei. Oder du nimmst diesen Trank.« Sie drückte Helen eine Phiole mit einer braunen Flüssigkeit in die Hand. »Davon wirst du sehr krank werden. Und wenn das Kind stark ist, richtet er vielleicht noch nicht einmal etwas aus«, warnte sie Helen. »Zudem werde ich nicht hier sein, um dir helfen zu können. Achte darauf, die ganze Flasche zu trinken. Ein paar Tage später solltest du anfangen zu bluten. Wenn nicht ...« Sie zuckte mit den Achseln. Es sah aus, als würden sich Knochen in einem Sack bewegen.

»Weißt du, wie viel Geld ich Batoum im Laufe der Jahre gegeben habe? Wie viele Geschenke ich ihr gemacht habe?« Als Helen an jenem Abend die Flügeltüren zum Gemach des Sultans aufstieß, sah sie ihn erregt auf und ab schreiten. Er trug noch immer sein Tagesgewand. »Ich habe den *Alim* eine Aufstellung machen lassen. Es reicht, um eine ganze Armee sechs Monde lang mit Waffen und Nahrung zu versorgen!«

Er zog seinen Dolch aus der Scheide und schleuderte ihn gegen die Wand. »Ich kann mir gut vorstellen, wie sie in ihren Dörfern über mich lachen – über den Sultan, der seiner Frau das Geld gab, mit dem sich seine Feinde Gewehre kauften.«

Helen hatte ihn noch nie derart erhitzt, derart zornig gesehen. Voller kalter Wut, ja, wenn jemand ihm nicht sofort gehorchte. Oft auch voller Verärgerung über das endlose, übertriebene Gehabe seiner Beamten. Aber noch nie dermaßen außer sich.

»Beruhigt Euch, mein Gebieter«, sagte sie lächelnd. »Wollt Ihr Euch nach dem Tag auch noch den Abend verderben lassen? Kommt, setzt Euch zu mir.« Sie legte vorsichtig ihre Hand auf seinen Arm. Sein ganzer Körper war angespannt vor Zorn, hart und unnachgiebig unter ihren Fingern. Ungeduldig schüttelte er ihre Hand ab. Einen Augenblick lang glaubte Helen, er würde sie schlagen.

»Genau so würde ein Christ reagieren, nicht wahr? Er würde seine Wut hinunterschlucken wie eine verdorbene Auster, und dann demütig neben seiner einzigen Frau in seinem dummen kleinen Haus sitzen, vor den Augen all seiner Nachbarn. Du beleidigst mich, Asisa, wenn du verlangst, der Sultan von Marokko solle sich so verhalten.«

»Bitte verzeiht mir, mein Gebieter. Ich hatte nicht vor ...«

Seine Augen verengten sich. »Ich weiß, was ich tun werde. Ich werde die *Buchari* in jedes ihrer Dörfer schicken, damit sie ihnen die Frauen unter der Nase wegstehlen. Meine Krieger sollen die verheirateten Frauen vergewaltigen und sich die Töchter als zukünftige Ehefrauen mitnehmen. Und wenn sie damit fertig sind, wird kein Mann in der Provinz mehr wissen, ob seine Kinder wirklich seine eigenen sind.« Der Sultan warf seine *Dschellaba* von sich und zog sich die *Kamis* über den Kopf. »Ich werde ihnen zeigen, was mit Leuten geschieht, die über den Sultan von Marokko lachen! Beim letzten Mal wollte ich *zivilisiert* sein ...« Er grinste höhnisch. »Ich heiratete Prinzessin Batoum, um den Frieden mit ihrem Vater zu besiegeln. Ich rang sogar mit ihr, vor den Augen ihrer ganzen Sippe, um zu beweisen, dass ich ein *würdiger* Gemahl war. Ein Sultan, der mit einer Frau ringt! Kein Wunder, dass sie über mich lachen! Nun, diesmal wird es keine Rituale geben. Ich werde die Töchter mit Gewalt nehmen und die Väter zwingen, um Frieden zu betteln. Ich werde die Mädchen zu Haremssklavinnen machen.« Auf einmal lachte er. »Wie würde es dir gefallen, eine Prinzessin zur Sklavin zu haben, Asisa?« Er trat auf Helen zu und begann, die Knöpfe ihrer *Kamis* zu öffnen.

Helen wäre am liebsten vor ihm zurückgewichen. »Ich weiß nicht ...« Sie blickte in seine Augen. Wut und Verlangen funkelten darin. Würde er seine Androhung tatsächlich wahrmachen?

»Würdest du es nicht genießen, dabei zuzusehen, wie eine

Prinzessin deinen Nachttopf leert?« Er riss die verbliebenen Knöpfe auf und vergrub seine andere Hand in ihren Locken. »Wie sie deine Gewänder wäscht und dieses wundervolle Haar kämmt?«

»Zara hat mich heute Morgen besucht.«

»Ja, sie kam auch zu mir, die törichte *Bint*.« Er streifte Helens *Kamis* ab und schleuderte sie quer durch den Raum.

»Einer ihrer Söhne hat sie geschlagen.«

»Das wird Mahmud gewesen sein.« Der Sultan lachte leise und voller Zuneigung, während seine Finger die Schärpe von Helens *Schalwar* lösten. »Ein guter, kräftiger Junge. Wahrscheinlich hat sie ihm die Ohren voll geheult. Ich verspürte selbst das Verlangen, sie zu schlagen.«

»Aber Ihr habt sie doch einmal geliebt!« Helen überlief ein kalter Schauder.

»Du hast sie selbst gesehen. Sie hat ein Gesicht wie ein *Ghul*. Welcher Mann könnte solch ein Geschöpf lieben?« Unsanft bog er Helens Kopf zurück, um ihren Hals zu küssen. Sie fühlte, wie seine Zähne über ihre Haut schürften. Unter seinem *Schalwar* drängte sich ihr sein Ding entgegen.

Helen hatte das Gefühl, sich wie eine Muschel bei Ebbe zu verschließen. Das Verlangen, ihn von sich zu stoßen, wurde so übermächtig, dass sie sich auf die Zunge beißen musste, um zuzulassen, zum Bett geführt zu werden. Dort zwang er seine Knie zwischen ihre Schenkel und wühlte sich in sie hinein.

»Du bist eng heute Nacht, Asisa«, stöhnte er und stieß zu.

»Und trocken.« Er drang tiefer in sie ein. »Warum ist das so?«

»Ich weiß es nicht.« Sein Ding fühlte sich riesengroß und heiß an, eine rote Faust, die ihre Haut bis zum Zerreißen dehnte. »Es macht mir Angst, wenn ich Euch so sehe.«

Er stützte seine Arme zu beiden Seiten ihres Kopfes ab und begann sich zu bewegen. »Wenn – du – mich – wie – siehst?« Er lächelte und sprach genau im Takt – ein Wort bei jedem Stoß.

»So zornig. Und grausam.«

»Und – wie – hättest – du – mich – gern – Asisa? Sanft – wie – deine – schottischen – Männer?« Sein Atem beschleunigte sich. In ihr stach und brannte es. »Ist – es – das –, was – du – willst?«

Helen kniff ihre Augen zu. Tränen quollen unter ihren Lidern hervor. »Ihr tut mir weh«, flüsterte sie. Doch er hörte sie nicht. Seine Augen blickten starr geradeaus, und seine Halssehnen standen hervor wie zwei Klingen, während er sich schweigend in sie rammte.

Kaum war er fertig, da wollte er sie noch einmal und hieß sie, auf allen vieren zu knien und ihm ihr Hinterteil entgegenzurecken. »Ist – das – tief – genug?«, zischte er zwischen zusammengebissenen Zähnen hervor.

»Ja, mein Gebieter«, flüsterte Helen in das Kopfkissen. Er war ein Stößel, der sie zerstampfte. »Ich – kann – dich – nicht – hören – Asisa.« Er zuckte und grub seine Fingernägel in ihre Hinterbacken. »Ich – habe – dich – gefragt –, ob – dir – das – tief – genug – ist.«

»Ja!«, schluchzte sie, biss sich auf die Lippen und erwiderte seine Stöße, stöhnte, versuchte, ihn zu erregen, damit es schneller ging. Dennoch dauerte es dieses Mal viel länger. Er war ein Holzlöffel, der in ihr rührte, sie ausschöpfte und das letzte bisschen Empfindung aus ihr kratzte. Und der kalte Teil von Helen, der über ihnen beiden schwebte und auf seine harten Hinterbacken niederblickte, dachte an Microphilus' Hand auf dem Bauch der Katze, an deren zerbrechliche Rippen, an das Schnurren, das ihren kleinen Körper beben ließ, und an ihr spitzes Kinn, das sich vor Genuss nach vorn reckte.

68

14. Juni 1770

Mein Steiß schmerzt schon von einem Tag im Sattel, als hätte jemand einen Sack Steine in meinen *Schalwar* geschmuggelt. Meine Schenkel sind roh wie Kaldaunen, die Knie wund gescheuert und mein Schnabel ist von der Sonne versengt. Doch meine Entschlossenheit hat mich nicht verlassen. Ich lebe – diese unbedeutenden Schmerzen beweisen es. Und meine Müdigkeit ist nicht der *ennui*, den ich im Harem verspüre, wo mir die Kenntnis sämtlicher Kümmernisse die Kraft raubt. Nein, dies ist die gute, ehrliche Erschöpfung nach den Mühen des Tages, die Ermattung, die dich erleichtert seufzen lässt, wenn du dich endlich setzen darfst, die hungrige Ermüdung, die nur von einer schlichten Mahlzeit gestillt werden kann.

Selbiges – ich weiß es – empfand auch Batoum nach einem Tag voller Gartenarbeit, es ließ sie breit lächeln, ihre Finger in ihrem Haferbrei vergraben und ihren Ahnen Dank sagen.

Seit Beginn der Reise spüre ich ihren Geist um mich. Wir brachen in südlicher Richtung auf und nahmen jenen Weg, dem auch ihre Kuriere gefolgt sein müssen, angetrieben von ihrer Liebe, Juwelen in die Fußmanschetten ihrer *Schalwars* eingenäht. Manchmal sah ich Batoum auf Zehenspitzen in ihrem Garten stehen, das schweißüberströmte Gesicht gen Süden gewandt, die Füße voller roter Erde. Ich dachte, sie würde das Wetter beobachten und nach Regenwolken Ausschau halten. Nun weiß ich, dass sie ihrem Herz Flügel verlieh und es in ihre Heimat schickte – sie blieb ihr treu, für alle Zeit blieb sie ihr treu.

Batoum, du bliebst auch mir treu, und ich verriet dich.

Bisher war das Wetter freundlich. In der Nacht vor unserer Abreise fiel leichter Regen, wusch den Staub fort und polierte die Blätter zu beiden Seiten des Weges zu einem frischen Grün. Einige Wolkenfetzen und eine Brise gönnten uns Ruhepausen von der Sonne. Ich liebe das Geräusch der Hufe auf dem braunen Weg, den Geruch nach Dung und aufgewühlter Erde, den warmen Heuduft der Pferde. Sie tänzeln verspielt, mit zuckenden Nüstern und hoch erhobenen Köpfen, scheuen vor Ameisenhaufen, wiehern laut und necken einander wie Füllen auf einer Frühlingswiese. Und die bislang unbeladenen Maultiere trotten mit wackelnden Ohren vergnügt hinterdrein.

Ich hatte vergessen, was für eine Freude es ist, im Sattel zu sitzen und Wegmarken zu erkennen, lange bevor man bei ihnen eintrifft: einen Baum, noch so klein wie ein Bund Petersilie, den weit entfernten, geschlängelten Schimmer eines Flusses, selbst einen Regenschauer (gestern Nachmittag gab es einen kurzen Wolkenbruch), der wie ein grauer Vorhang schräg über das Land fällt. Im Harem sind nichts als Wände, die Augen vermögen nie weiter zu schweifen als bis zum nächsten Hof und denken nie daran, hinauf in den Himmel zu blicken und sich darauf zu besinnen, was jenseits der Mauern liegt: dieses Festmahl des Lebens.

Ein paar hundert Meilen südlich von uns kämpfen Batoums Verwandte, robben des Nachts bäuchlings durch das Buschland, ernten das Korn der Scheichs und holen sich ihre Herden zurück. Und die Schwarze Garde des Sultans stürmt ihnen entgegen, vorüber an sich befehdenden Lehnsherren und Händlern mit gierigen Augen, an Frauen mit Säuglingen unter ihren *Haiks*, an frömmlerischen Bettlern mit abgefressenen Haaren und Lumpenbeuteln, an Pferchen und schlammigen Wasserlöchern, an Hyänen, die sich an einem Kadaver weiden, an den Lederzelten und den schneidigen Hengsten der Beduinen, den

Lehmhütten und erhabenen *Kasbahs*, an all den wunderlichen Gerichten und der schlechten Musik und dem noch schlechteren Gesang ...

Wie konnte ich nur so lange jenseits der Welt leben?

Immer wieder gleitet mein Blick auf der Suche nach Lungile über die Landschaft, obgleich ich weiß, dass er schon lange fort ist. Die tapfere Berberprinzessin befreite ihn von seiner Schande. Welch größeres Geschenk konnte es geben? Nun vermag er als ganzer Mann nach Nubien zurückzukehren.

Die Eindrücke verhelfen mir zu einer anderen Sicht der Dinge. Ringsum existiert so unendlich viel mehr als das kleine Leben, das ich bisher gelebt habe ...

Malia wird den Harem endgültig verlassen! Und dies ist nur ein Stein im Erdrutsch der Enthüllungen, der heute Abend aus ihrem Mund stürzte, während wir gemeinsam durch das Dorf schlenderten, in dem wir Quartier genommen haben. Wir sogen die frische Luft in unsere Lungen und genossen es, unebenes Gelände unter den Sohlen unserer Pantoffeln zu spüren.

Natürlich plant sie bereits seit einiger Zeit, in den Ruhestand zu treten, doch die jüngsten Beleidigungen des Sultans haben sie dazu angespornt, ihr Vorhaben voranzutreiben. Wie es scheint, hat der Empfang, der Dr. Lemprière bereitet wurde, das Fass ihres Verdrusses zum Überlaufen gebracht. »Als sei er der Prophet höchstpersönlich – möge sein Name gepriesen sein!«, klagt sie. »Warum hat er nicht *mich* gefragt, aus welchem Grund die Frauen krank sind? Ich hatte die Ursache schon drei Monde zuvor entdeckt.« Ihre Stimme knarrt vor Wut. »Er hätte nur nach mir schicken müssen, um sich mit mir zu beraten wie mit einem richtigen *Tabib*, statt mich zu behandeln wie eine Kupplerin, die nur dafür zu sorgen hat, dass seine Frauen sauber sind.«

Offenbar hat Malia ihre Theorie bezüglich der Krankheitsursache an der Berberprinzessin erprobt. »Sie wurde auch krank, erinnerst du dich?«, fragt die Alte mit stolzem Tonfall, und ich muss zugeben, dass ich in den Tagen vor Nazimes Tod eine gewisse Mattigkeit an ihr bemerkt hatte. »Selbstverständlich hätte ich es nie so weit kommen lassen, dass sie stirbt«, fügt Malia hastig hinzu.

Aber ich frage mich natürlich, warum die Haremswachen in jener Nacht genau dort patrouillierten, wo Lungile seine Leiter verborgen hatte, wenn für gewöhnlich noch nicht einmal eine durchgehende Kamelherde sie von ihrem Backgammonspiel abhalten kann.

15. Juni 1770

Heute Morgen donnerte eine zweite Einheit der Schwarzen Garde an uns vorüber. Ihr Eintreffen kündigte sich uns bereits eine volle Stunde zuvor an, denn die Krieger feuerten unablässig ihre Musketen und trieben Rudel von aufgeschrecktem Wild vor sich her, außerdem Scharen von flugunfähigen Riesenvögeln, die zu unseren beiden Seiten über die Ebene jagten, im Zickzack den Dornbüschen auswichen und die Hasen aufstörten, welche daraufhin ihrem Beispiel folgten, bis es von flüchtendem Getier wimmelte, so weit das Auge reichte.

Der Anführer zügelte kurz sein Pferd, um mit mir zu sprechen, erkundigte sich nach unserer Route und warf den Eunuchen einen betretenen Blick zu. (Vermutlich habe ich bereits erwähnt, dass einer von zehn Kriegern im vergangenen Jahr verschnitten wurde? Die Erinnerung hat sich den Männern offensichtlich ins Gedächtnis gebrannt.) Sein Hengst hatte blutigen Schaum vor dem Maul, und auf seinen Schultern glänzte der Schweiß.

Augenscheinlich dürstet der Sultan nach Rache, und diese

Männer sind seine Werkzeuge. Die Truppe besteht aus den jüngsten Mitgliedern der *Buchari*, frisch aus dem Ausbildungslager, voll jugendlichem Feuer und begierig, in die Schlacht zu ziehen. Für gewöhnlich werden sie nach erfolgreichem Abschluss ihrer Ausbildung als Belohnung *en masse* mit einem handverlesenen Bataillon hoch gewachsener braunhäutiger Mädchen verheiratet. Dabei werden Preise ausgesetzt für jene, die die ersten männlichen Nachkommen hervorbringen. Doch diese Truppe ist für anderes bestimmt. Anstatt sie aus dem heimischen Bestand zu versorgen, hat der Sultan den Männern geboten, sich ihre Bräute in Mauretanien zu erbeuten, und reicher Lohn erwartet denjenigen, der ihm die jungfräuliche Tochter eines mauretanischen Stammesfürsten liefern kann.

Der Anführer gibt seinem blutigen Ross die Sporen, sodass es sich aufbäumt, hält es jedoch zugleich fest am Zügel, während er mir von seinem Auftrag berichtet. Seine Schenkel sind stämmig, sein Gesicht ist faltenlos, in seinen Augen brennt die Wollust. Das Pferd kaut fieberhaft an der Gebissstange und rollt die Augen. Und ich fürchte für das Mädchen, das seine Frau werden wird, und für all die Frauen, über die dieser Heuschreckenschwarm herfallen wird – denn ich kann mir nicht denken, dass sich die Männer auf ihre eigenen, jungfräulichen Bräute beschränken werden.

Und plötzlich kochen in mir Ekel und Empörung hoch angesichts der hinterhältigen Strategie des Sultans, mittels derer ein ganzer Stamm besudelt wird, Verlöbnisse beendet, Verbindungen auseinander gerissen und Ehemänner zu Hahnreien gemacht werden. Und die Frauen – verheiratet oder unvermählt, jung oder alt – werden benutzt und anschließend fortgeworfen wie trockene Blätter in der Latrine, denn nur selten nimmt ein Mann seine Frau wieder auf, nachdem sie geschändet wurde. Und so entsteht ein Stamm von Witwen, ohne dass das Blut eines einzigen Mannes vergossen wird.

Meine Brust erbebt vor Hass auf den Geist, der diesen Plan ausgeheckt hat – auf den Sultan, der so groß und so gerade gewachsen ist, dessen Schatzkammern überquellen, der die Wahl unter tausend Frauen hat und sich dennoch weitere herbeistehlen lässt, der das Herz meiner Geliebten geplündert hat.

Ich werde ihm nie wieder dienen.

Welch ein Gedanke. Soll ich ebenfalls fliehen? Wie Lungile in die Berge flüchten und niemals zurückkehren?

Ein Sklave klopft an meine Tür. Unser Gastgeber ersucht mich, in seinem Haus eine *Huka* mit ihm zu teilen. Ich werde über meine Idee nachdenken, wenn ich zurück bin.

Es ist weit nach Mitternacht, doch ich finde keinen Schlaf. Der Mond steht rund und milchig am Himmel, der Sand ist weiß, die Schatten sind scharf wie Axtklingen. Und von überall her erklingt freudige Kakophonie – Käuzchen schreien, Schakale jaulen, eine Raupe aus talentlosen Musikanten und tanzenden Kindern windet sich durch das Dorf, als wollten sie die dunkle Langeweile all der anderen, mondlosen Nächte vergessen machen.

Ich bin rastlos wie ein Floh, der Gedanke an Flucht hüpft in mir hin und her. Hier draußen in der übersprudelnden Welt zu bleiben, zu beobachten, wie am weiten Horizont der Mond auf- und wieder untergeht, seine Wanderung über den Himmel zu verfolgen, und auch die seiner Schwester, der Sonne ... Zu sehen, wie sich ein Vogel in die Luft erhebt, immer höher steigt, sich von seinen Schwingen tragen lässt, auf Beute niederstößt und schließlich zurückfliegt zu seinem Nest in den Bergen. Den ganzen Gradbogen zu erfassen, das Panorama des Dramas, und nicht nur die schäbigen Schnipsel, die der Harem mir gewährt, mit seinen begrenzten Plätzen und Gassen von Himmel, in denen jeder Windhauch geschwängert ist mit dem Geruch nach Sandelholz.

Ich habe meinen Smaragd. Ich bin reich. Ich könnte überallhin reisen und meinen Aufenthaltsort frei wählen. Dahin gehen, wo mich niemand kennt, und ...

Nein, das genügt nicht. Ich werde heimkehren, nach Schottland. Welch ein vortrefflicher Gedanke.

Aufregung hat mich im Genick gepackt. Ich sehe die grauen Wogen des Meeres und spüre den Sand zwischen meinen Zähnen knirschen, schmecke ein Muschelgericht auf dem Pier. Eine Reihe von schiefen Katen, gekälkt und mit Netzen behangen, alte Fischerweiber, die vor den Katen im Windschatten sitzen, stricken und Tabak schnupfen, miteinander kakeln. Und Whisky, Herrgott noch einmal, und geräucherter Schellfisch, und das schöne, satte Jaulen der Dudelsackpfeifer auf der Stadtmauer. Ich werde auf einer Woge alten Rotweins durch die Austernschänken schwimmen, und Aberdeener Rindfleisch essen, und das größte Hefebrot, das ich auftreiben kann.

In Kürze wird der Morgen grauen – das nehme ich zumindest an, da sich die Geräusche des Tages langsam in die Kakophonie dieser hellen Nacht mischen.

Malia war soeben hier (wie es scheint, schläft heute Nacht niemand) und hat so viele Kiesel in den Teich meiner Gedanken geworfen, dass sich die Wellen in Kreisen an der Oberfläche ausbreiten und alles auslöschen, was zuvor dort war.

Helen ist guter Hoffnung, und das Kind entstammt meinem Samen! Was ich ersehne, ist geschehen – meine Saat ist in ihren Schoß, mein Wesen in den Kern des ihren vorgedrungen, wo Gottes Wunder es mit ihrem eigenen Keim vereinigt hat. Bei dieser Kunde könnte ich mich in den Himmel schwingen! Wenn es nicht noch eine Nachricht gäbe, die mich sogleich wieder zu Boden schleudert und noch weiter, tief hinein in die Erde, sodass ich mich mit Maulwurfsschaufeln durch die Finsternis grabe.

Helen beabsichtigt, das Kind abzutreiben, einen üblen Trank der alten Malia einzunehmen, der den Griff seiner knospenden Finger lösen und es aus ihr hinausspülen wird. Vielleicht geschieht es just in diesem Augenblick – verflucht sei das alte Weib! Es hat dem Mädchen die Phiole kurz vor unserer Abreise gegeben. Mein kleiner Junge mag nun bereits ausgespien sein – rot und unfertig.

Warum hat sie mir nichts davon gesagt? Ich würde ihr die Frage über die vielen gefurchten Meilen hinweg zuschreien und die Antwort aus ihr herausschütteln – wenn ich sie nicht schon wüsste. Sie will keinen Zwerg gebären. Wäre ich von gewöhnlicher Statur, dann könnte sie meinen Sohn als das Kind des Sultans ausgeben. Doch wenn er ein Zwerg würde wie sein Vater ...

»Sein Vater« – gütiger Gott, ich bin ein Vater! Oh, ich werde ein guter Vater sein ...

Und kann es doch nicht sein. Und bin doch selbst tot geboren, denn das Kind mag inzwischen nicht mehr leben.

Aber was, wenn sie den Trunk nicht genommen hat? Ich kenne sie gut – die Schmerzen würden sie nicht schrecken. Doch wenn sie es einfach nicht vermag? Malia sagte, sie habe sich der Klaue verweigert. Was, wenn ein Teil von ihr immer noch an mich denkt?

Im Inneren der ehrgeizigen Königin Asisa verbirgt sich das aufrichtige Wesen einer guten Frau. Ich kenne sie in- und auswendig. Mit jedem Tag und jeder Nacht ihrer Krankheit, als Stück für Stück all ihr Liebreiz verschwand, wurde sie in meinen Augen schöner. Ich weiß um ihren Speichel und ihre Galle und all ihren Gestank, die dunklen Sommersprossen auf ihren bleichen Wangen, ihre feuchte Hand in der meinen, ihre bemoosten Zähne, ihr tapferes Lächeln.

Was, wenn dieses aufrichtige Wesen in ihr meine Saat empfangen und eingepflanzt hat und sie nicht wieder ausreißen will?

Habe ich nicht stets an das Wahrhaftige in Helen geglaubt? Als sie sich in den Sultan verliebte, vermerkte ich da nicht, dass sie weiterhin ihre Blutungen bekam? Und schöpfte ich daraus nicht Trost, und taufte diese Tage die Tage der Vernunft, und dankte jenem aufrichtigen Wesen auf Knien dafür, dass es dem Sultan den Weg versperrte?

Nein, Microphilus, willst du dich erneut von jenem Wahnsinn an die Leine nehmen lassen, der dich dein ganzes Leben lang zum Hund gemacht hat?

Wo ist dein Verstand? Sie hat dir nichts von dem Kind erzählt. Sie hat den Trank. Wenn du zurückkehrst, wird dein kleiner Sohn kaum mehr eine Erinnerung sein.

Also kehre nicht zurück. Tue es Malia gleich, sage: »Ich habe genug«, und finde ein Schiff, das dich nach Schottland bringt.

Fang nicht wieder an zu hoffen, Microphilus. Erhebe dich nicht wieder aus dem Schlamm, wirf dich ihr nicht vor die Füße und bettele nicht darum, dass sie dich noch einmal niedertritt – immerfort verstoßen, immerfort der Schlammspringer.

Ich darf nicht zurückkehren. Zumindest dieses eine bin ich Batoum schuldig: nicht länger ein Schlammspringer zu sein.

Ein Schiff wartet auf mich, ein Hafen, ein neues Leben. Wenn wir in Salee eintreffen, werde ich nach einem Schiff fragen, das gen Norden segelt, an die Tür des Kapitäns klopfen, ihm meinen Smaragd zeigen und zusehen, wie seine Augen zu glänzen beginnen. Und an Bord springen wie eine Schiffskatze, mit Salz auf den Schnurrhaaren ...

Oder soll ich zurück zum Palast trotten, treuer Köter mit eingezogenem Schwanz? Und eine weitere Herde leichtsinniger Füllen hineintreiben, die großäugig den Flitterkram des

Harems bestaunen, während sich die Tore hinter ihnen schließen und sie ausgesperrt werden von diesem herrlichen Leben? Und dann demütig zu meinem Herrn becheln, erfahren, dass er zufrieden ist, meinen Kupplerlohn erhalten, mich auf dem Rücken wälzen und mir auf die Zunge beißen, wieder und wieder, für immer und ewig. Und über Helen wachen, die an der blinden Nabelschnur der Liebe hängt.

Wenn er ihrer eines Tages endgültig überdrüssig ist und sie für ihre Reise nach Tafilet packt – wird sie mich dann in ihr Herz schließen? Ja, vielleicht. Wenn sie zurückgewiesen wird, und das aufrichtige Wesen durch ihre Haut schimmert – vielleicht wird sie mich dann in ihr Herz schließen. Wenn sie nach Süße verlangt und am Boden des Korbes nur noch diesen kleinen knorrigen Apfel findet.

Willst du darauf warten, Microphilus? Oh, der Schlammspringer wird warten. Der Schlammspringer wird bis in alle Ewigkeit warten. Der Mann Microphilus hingegen hat etwas Besseres verdient.

Und was ist mit Microphilus, dem Vater?

Dein Kind, Microphilus – falls sie es leben lässt ... Was für einen Vater hat dein Kind verdient?

69

»Welches von diesen soll ich vorbereiten, *Lalla*?« Rima stand in der Tür, den Arm voller schimmernder Seide.

Helen seufzte. »Ist es schon Donnerstag? Ach, ich weiß nicht. Entscheide du.«

»Wie wäre es mit etwas Blauem? Das hast du schon lange nicht mehr ...«

»Nein!« Helens Stimme klang schärfer, als sie gewollt hatte. »Entschuldige. Nein, nichts Blaues.« Wenn sie Blau trug, würde sie Nazimes Saphire hervorholen müssen. Sie wollte die Saphire nicht sehen. »Etwas Grünes. Oder Weißes. Ja, weiß. Etwas Schlichtes.« Nichts, das seine Aufmerksamkeit erregen würde. Sie wollte heute Nacht nicht mit ihm spielen. Sie wollte Zeit haben, um nachzudenken – über die kleine Flasche, die Malia ihr gegeben hatte und die nun hinter den duftenden Ölen verborgen im Regal stand. Sie wollte mit Microphilus reden und ihn fragen, was sie seiner Meinung nach tun sollten.

»Kannst du bitte nach Fidschil schicken, Rima? Sag ihm, dass ich ihn sehen möchte, bevor alle in den Garten gehen.«

»Fidschil, *Lalla*? Aber er ist doch seit gestern Morgen fort!«

»Was?« Ein kalter Stein fiel in Helens Magen.

»Er ist zusammen mit Malia abgereist. Ich dachte, du wüsstest das.«

»Natürlich. Ich habe nicht nachgedacht.« Sie rief sich ins Gedächtnis, wie er im vergangenen Jahr auf seinem großen weißen Hengst gesessen hatte, begleitet von Lungile, und dachte an den alten Scheich, der vor ihm auf die Knie gesunken war. Dachte daran, wie Microphilus ihm freundlich wieder auf die

Beine geholfen hatte. Wie er ihr in Madame Jasmines Hof die Hand geküsst und sie für die schönste Hand der Welt gehalten hatte. In seiner Welt war sie das. In seiner Welt war ein Stein mehr wert als ein Smaragd. In seiner Welt würde sie niemals hässlich sein.

Helen schlenderte hinaus in den Hof der Königinnen. Zwei kräftige Eunuchen in staubigen *Schalwars* übertünchten gerade die blauen Hände auf Zaras Wänden. Gestern hatte man der Alten Königin eine grüne Sänfte geschickt, und vier Maultiere für ihre Sklavinnen und ihr Gepäck. Helen war zu ihr gelaufen, um ihr zu sagen, dass sie versucht hatte, mit dem Sultan zu reden, aber Zara hatte sich ihren *Haik* vor das Gesicht gezogen und sich geweigert, sie anzusehen.

Helen ging weiter, vorbei an Duvias Hof mit der Fülle von scharlachroten und rosafarbenen Blumen, den Haufen von abgefallenen Blättern und Blüten, den stummen Haken, an denen ihre zwitschernden Käfige gehangen hatten. Dann Batoums Hof – so karg und rein, wie er seit jeher gewesen war, und die Türen ihrer Gemächer hatten sich wieder geschlossen und bewahrten ihre Geheimnisse. Wie still es war ohne die Geräusche all der Sklavinnen, ohne das Geschnatter, das Klappern der Töpfe, das Wischen und Fegen ...

Sie trat in die Mitte des Hofes der Königinnen und spürte unter ihren Füßen die Wärme der Kacheln, die sich im brennenden Sonnenschein immer mehr aufheizten. Langsam drehte sie sich einmal um sich selbst. Duvias Quartier, Batoums, Zaras. Alle standen leer. Jetzt bin ich die einzige Königin, dachte sie. Die wichtigste Person im Harem. Die alleinige Königin von Marokko. Ich kann alles tun, was ich will, in ein anderes Quartier umziehen, mir jedes Gemach aussuchen, das mir gefällt.

Sie ging noch einmal rings um den Hof, mit schnellerem Schritt, und verglich dabei die Quartiere. In Batoums Hof wuchsen die schönsten Bäume, aber alles Übrige wirkte sehr kahl. Duvias Hof war voller herrlicher Blumen, doch sie war dort gestorben – wie würde es sich anfühlen, ganz in der Nähe zu schlafen? Dann also Zaras Quartier, mit seinem hübschen Springbrunnen und der kühlen grünen Laube. Sobald alle Wände getüncht waren, würde es wieder schön und elegant aussehen.

»Es ist an der Zeit, *Lalla*!«, rief Rima ihr zu. »Die anderen werden sich jetzt schon im Garten versammeln.«

»Ich komme.«

Helen malte sich aus, wie die Haremsfrauen eilig die schmalen Gartenwege entlangwatschelten und sich atemlos und schwitzend Luft zufächelten. Und im Harem selbst würden die Sklavinnen durch die verlassenen Höfe streifen und fortgeworfene Schals und Pantoffeln aufsammeln, Blusen, Perlen, Taschentücher und die geschorenen Kleinkinder, die weinend nach ihren Müttern verlangten. Genau in diesem Augenblick würden die Frauen um die besten Plätze rangeln, die vier grünen Baldachine mustern und sich fragen, wo die Weiße Königin blieb, diejenige, die der Sultan mehr liebte als alle anderen.

Sie konnte alles haben, was sie wollte. Warum fühlte sie sich dann so leer?

Im Waschraum band sie ihr Haar zurück und legte ihre Gewänder ab. Sie goss warmes Wasser in eine Schüssel und seifte sich rasch ein: die Füße, unter den Armen, zwischen den Beinen. Dann griff sie nach einem Krug mit kaltem Wasser und übergoss sich damit, schnappte nach Luft und spürte, wie ihre Haut sich prickelnd zusammenzog. Und plötzlich rannen heiße Tränen über ihre Wangen, und sie kniete auf den nassen Kacheln nieder und schluchzte in ihre Hände.

»Sag ihm, dass ich blute.«
»Was?«

»Wenn der Sultan fragt, sag ihm, es sei meine Zeit. Er wird es verstehen. Malia ist nicht hier, sonst würde ich sie darum bitten.«

»Hast du deine Blutung, *Lalla*? Das habe ich gar nicht bemerkt.«

»Nein, aber Malia sagt, wenn der Körper von einer Krankheit geschwächt wurde, kann es manchmal viele Monde dauern, bis die Blutung zurückkommt.«

»Ja, *Lalla*. Davon habe ich auch gehört.« Rima machte keinerlei Anstalten zu gehen.

»Was ist denn?«

»Ich habe mich nur gefragt, was du tun wirst, wenn die Blutung nicht zurückkommt.« Sie blickte Helen eindringlich in die Augen.

Sie wusste es also. Helen fühlte, wie eine schwere Last von ihr genommen wurde.

»Malia hat mir einen Trank gegeben.«

»Aber du hast ihn noch nicht genommen.« Es war eine Feststellung.

»Nein.«

Rimas Augen verengten sich. »Wirst du ihn nehmen?«

»Ich weiß es nicht.« Helen legte die Hand auf ihren Bauch. Ein winziges, blindes Geschöpf klammerte sich irgendwo tief im Inneren ihres Körpers fest und weigerte sich loszulassen. Ein kleines Herz pochte dort. Ein Stückchen von Microphilus' Welt. Es musste eine Möglichkeit geben, sie musste nur gründlich genug nachdenken. Sie konnte sich von Rima braune Flecken auf die Haut malen lassen, sich die Haare ausreißen und so tun, als sei sie wieder krank. Wenn er sie schnell genug fortschickte, würde er nie etwas von dem Kind erfahren.

Wenn er sie fortschickte, würde sie ihre Juwelen verlieren.

»Bist du schon einmal in Tafilet gewesen, Rima?«

»Nein, *Lalla*. Aber man sagt, dass es ein schöner Ort ist. Er liegt in einem Tal mit vielen Flüssen. Allerdings heißt es, dass es im Winter dort sehr kalt werden kann.«

»Dort, wo ich geboren wurde, war es im Winter auch sehr kalt. Aber unsere Häuser sind anders gebaut als die Häuser hier. Sie haben eine Feuerstelle in der Mitte, und alle schlafen in der Nähe, entweder auf dem Dachboden neben dem Schornstein oder in Bettschränken.« Rima sah sie verständnislos an, also begann Helen es ihr zu erklären. »Sie sind wie riesige Kleidertruhen, aber mit einer Matratze darin, und mit Türen und dicken Vorhängen, sodass man sich ganz zurückziehen kann. Man erkennt nur an den Schuhen, die draußen vor dem Bett stehen, wer darin schläft. Als ich von zu Hause fortging, war ich so in Eile, dass ich meine Schuhe zurückließ. Das Mädchen, das mit mir reiste, borgte mir seine. Sie sagte, sie würden ihren Füßen wehtun, aber ich glaube, in Wirklichkeit hat sie es getan, damit wir Freundinnen werden. Ihr Name war Betty. Sie war erst achtzehn Jahre alt, aber sie wusste schon, dass sie keine Kinder bekommen konnte.«

Rima blieb stumm, stand einfach nur da, die kräftigen Arme über der Brust verschränkt.

»Ich nehme an, Fidschil wird einige schöne Frauen bei sich haben, wenn er zurückkehrt.«

»Ja, *Lalla*. Beim letzten Mal waren es Nazime und Naula, und du natürlich. Und viele andere. Und sie waren alle schön. Der Sultan war sehr zufrieden.«

»Vermutlich wird er sich schon bald wieder verheiraten. Diese Gemächer ...« – sie wies flüchtig hinaus auf den Hof. »Bald werden neue Königinnen darin wohnen.«

»Das ist sehr wahrscheinlich, *Lalla* Asisa.«

»Weißt du zufällig, wie groß die Häuser in Tafilet sind? Ich meine diejenigen, die den Königinnen zugeteilt werden? Zara durfte zwei Sklavinnen mitnehmen, also haben sie wohl einen kleinen Hof, oder? Eine Küche und ein paar andere Räume?

Einen Springbrunnen und vielleicht sogar eine kleine Hütte ...« Das Herz hämmerte ihr in der Brust. Sie hatte sich entschieden.

»Wenn ich mit dem Sultan reden soll, muss ich jetzt gehen.«

»Ja. Ja, gewiss.« Helen begann zu lächeln. Ein Kind. Sie erwartete ein Kind. »Rima ...«

»Ja, *Lalla*?«

»Wenn du jemanden suchen würdest ... Ein weißhäutiges Mädchen, das vor ungefähr einem Jahr in Salee an ein Hurenhaus verkauft wurde. Und wenn du nicht wüsstest, ob es noch am Leben ist. Was würdest du tun?«

Die ältere Frau dachte einen Moment lang nach. »Ich würde mich aus dem Harem schleichen und einen Bekannten aufsuchen. Er war einmal ein Sklave, aber jetzt ist er ein freier Mann. Er kennt alle Hafenstädte in- und auswendig. Ich würde ihn bitten, nach dem Mädchen zu suchen – aber er müsste bezahlt werden.«

Helen hatte bereits ihre Kleidertruhe geöffnet. »Würden meine Smaragde ausreichen?«

Nachwort

Dieses Buch basiert auf einer wahren Geschichte.

Helen Gloag begegnete mir zum ersten Mal während eines Urlaubs in Perthshire, in einem historischen Reiseführer. In diesem Buch wurde eine Gestalt wie aus einem Märchen beschrieben: eine grünäugige Schönheit mit dem berühmten »Gloag-Haar« (einer Mischung aus Rot und Gold, die es nur in Schottland gibt), die im Jahre 1769 *en route* nach Amerika von Piraten gefangen genommen und schließlich die Frau des Sultans von Marokko wurde.

Der Reiseführer enthielt die Beschreibung des Ortes, an dem Helen geboren wurde. Es handelt sich um einen kleinen Weiler namens Mill of Steps, nicht weit entfernt vom Dorf Muthill in Perthshire. Ich besorgte mir eine Straßenkarte und fuhr hin, um Nachforschungen anzustellen.

Natürlich war von dem Weiler nicht mehr viel zu sehen, nur einige wenige moosbedeckte Fundamente an einem Fluss, an dem die namensgebende Mühle gestanden haben muss, und die Überreste von Scheunen und Katen. Auf dem Friedhof von Muthill fand ich jedoch die schiefen Grabsteine einiger Mitglieder der Familie Gloag und die Gräber einer offenbar sehr viel größeren Familie namens Bayne.

Im Reiseführer wurde viel Aufhebens um die zweifelhafte Beziehung der jungen Helen zu einem wohlhabenden Bauern mit dem Namen John Bayne gemacht. Es wurde ebenfalls angedeutet, das schottische Mädchen könne eine gewisse Rolle bei der »Zivilisierung« des brutalen Sultans Sidi Mohammed gespielt haben (*à la Der König und Ich*), der während seiner Regentschaft einen Friedensvertrag mit Spanien unterzeichnete und Handelsbeziehungen mit dem übrigen Europa und der Türkei pflegte.

Ich setzte mich mit dem Autor des Buches in Verbindung, dem Historiker Archie McKerracher, der mir einige seiner Quellen nannte. Dies gab mir den Anstoß, in einem heißen Sommer eine ausgedehnte Recherche zu unternehmen, die mich in die Archive der Bodleian Library in Oxford, der British Library in London und in weitere Bibliotheken in Greenock und Edinburgh führte. Ich wollte mehr über Helen Gloag erfahren und herausfinden, wie das Leben in einem Harem im Marokko des 18. Jahrhunderts ausgesehen haben mag.

Jeder, der schon einmal Geschichtsforschung betrieben hat, weiß, wie faszinierend und zugleich frustrierend sie sein kann. Das Problem liegt darin, dass die meisten Autoren übertreiben und ihre eigenen Vorurteile weitergeben. Sie stellen Gerüchte und Berichte aus zweiter Hand als die Wahrheit dar. Sie verändern den zeitlichen Ablauf von Ereignissen, damit eine logische Reihenfolge entsteht. Sie lassen Ereignisse weg, die das von ihnen gezeichnete Bild überschatten könnten.

In Schottland entdeckte ich viele Hinweise auf eine rothaarige Schönheit, die Königin von Marokko wurde, doch diese bezogen sich auf den Zeitraum von 1618 bis 1769 (*Die vierte Königin* ist im Jahre 1769 angesiedelt). Allerdings hat kein Europäer, der während jener Zeit Marokko bereiste, jemals Helen Gloag persönlich getroffen – oder eine andere rothaarige Frau. Dennoch wird eine Frau, die ihrer Beschreibung entspricht, wieder und wieder erwähnt, als Irin oder Engländerin, als geheimnisvolle, abwesende Ehefrau, Mutter oder Großmutter verschiedener Sultane jener Ära. Und der für seine Bösartigkeit berüchtigte Sultan Yasid, der dem Sultan in *Die vierte Königin* auf den Thron folgte, soll rotes Haar gehabt haben.

Nach einer Weile kam ich zu dem Schluss, dass Helen Gloags Versklavung lediglich die am besten dokumentierte einer ganzen Reihe von Entführungen war, die während jener Zeit stattfanden. Der früheste Hinweis, den ich fand, stammte aus dem Jahr 1618. Auch das dort erwähnte Mädchen wurde von Piraten entführt und im Harem des Sultans eingekerkert.

Ich vermute, dass Berichte über diese erzwungene Mischehe damals eine tief liegende, mythische Saite in der Bevölkerung berührten, die durch Erzählungen von den Raubzügen der marokkanischen Piratenschiffe – welche in jenen Tagen die Westküste hinauf- und hinuntersegelten (manchmal sogar bis nach Greenock) und Handelsschiffe sowie Fischerdörfer terrorisierten – immer wieder in Schwingungen versetzt wurde. Es ist meiner Überzeugung nach kein Zufall, dass die Hauptfiguren dieser archetypischen Geschichten rothaarig sind, denn niemand hat hellere Haut als ein Rotschopf. Eine 1618 entstandene Statue, die an den »Sultan« der frühesten Entführungsgeschichte erinnern soll, zeigt ihn mit afrikanischen Gesichtszügen und lockigem Haar (also vermutlich auch sehr dunkler Haut), obwohl das Aussehen der Mauren jener Zeit – wie das der heutigen Nordafrikaner – eher Arabern als Schwarzafrikanern ähnlich war.

Wie die Autoren der »wahren« Berichte aus jener Epoche, habe auch ich den zeitlichen Ablauf der Ereignisse verändert, um eine logische Reihenfolge zu schaffen, zudem einige Begebenheiten aus den Regentschaften vorheriger und nachfolgender Sultane eingefügt, da ich dieser Versuchung nicht widerstehen konnte, und die Lücken dementsprechend ausgeschmückt.

Ein Dr. William Lempriere wurde tatsächlich unter Hausarrest gestellt und gezwungen, die Frauen des Sultans zu behandeln, darunter auch eine gewisse *Lalla* Zara, die dem Tode nahe war. Man hatte den Verdacht, dass sie vergiftet worden war. Eine Frau namens Julia Crisp reiste wirklich nach Marokko und gab vor, verheiratet zu sein, um die amourösen Avancen des Sultans abzuwehren. Wenn wir den historischen Berichten Glauben schenken dürfen, hat *Lalla* Duvia, die gefolterte kindliche Königin, wirklich existiert, ebenso wie *Lalla* Batoum, die Königin, die mit dem Sultan rang.

Und was Microphilus betrifft: Seiner Stimme liegen die Werke von Jeffrey Hudson zugrunde, dem »feurigen Zwerg« am Hofe Charles I. Hudson wurde von Berberpiraten entführt und lebte fünfundzwanzig Jahre lang in Gefangenschaft – und wuchs während dieser Zeit um fünfundvierzig Zentimeter. Da er im Jahr 1681 starb, über siebzig Jahre vor Helens Geburt, können die beiden sich niemals begegnet sein. Doch ich habe mich in ihn verliebt und glaube, dass es Helen genauso ergangen wäre.

Debbie Taylor
North Shields, 2002

Glossar

Afrit, auch Afarit oder Ifrit	ein mächtiger Dämon oder Dschinni in der arabischen Mythologie
Amber	fettige Darmausscheidung des Pottwals, wird als Duftstoff verwendet
Argan-Öl	Öl aus den Früchten des Arganbaumes, der nur in Marokko wächst; seltenstes Speiseöl der Welt, wird auch für Kosmetika benutzt
Balah	arabische Bezeichnung für Datteln
Barutsche	vierräderige Kutsche mit zurückklappbarem Verdeck
Bint	arabisch: Tochter, Mädchen
Chabuk	arabisch: Peitsche
Dschellaba	weiter Wollumhang mit Kapuze, Männergewand
Dulbend	Turban
Faradschiya	ein mantelartiger Überwurf aus dünnem, oft durchsichtigem Stoff, der beim Bauchtanz getragen wird
Ghul	ein menschliche Leichen fressender Dämon
Ghusl	rituelle Ganzkörperwaschung

Gog = Gog und Magog	Laut einer britischen Legende die einzigen Überlebenden einer Rasse von Riesen. Als Steinfiguren standen sie von 1708 bis 1940 vor dem Palast in Guildhall (London).
Huka	eine Wasserpfeife
Hummus	eine Vorspeise, Creme aus Kichererbsen, Sesam und Knoblauch
Id	höchstes muslimisches Fest, markiert das Ende des Ramadan
Kamis	arabisch: Hemd, Unterkleid
Khala	arabisch: die Tante
Kif	tabakähnliche Mischung aus getrockneten Hanfblättern
Kissa	arabisch: Gewand
Kochl	Kajal in Pulverform
Lalla	arabische Anrede für eine Frau
Pulverspiel	wildes Reiterspiel der Araber, bei dem in die Luft geschossen wird
Schaitan	arabisch: Teufel
Schalwar	eine weite Hose, hauptsächlich von Frauen getragen
Sorghum	auch Kaffernhirse genannt, in Afrika angebaute Getreidepflanze
Tagine	ein Pfannengericht aus gebratenem Fleisch und Gemüse
Zina	arabisch: Ehebruch

Danksagung

Ich danke Gillian Allnutt, Andrea Badenoch, Julia Darling, Peter Day, Elizabeth Fairbairn, Kitty Fitzgerald, Maggie Gee, Chrissie Glazebrook, Penny Smith und Margaret Wilkinson für ihre Ratschläge und Anmerkungen in der Entstehungsphase dieses Romans, meiner Agentin Judith Murray und meiner Lektorin Harriet Evans für ihre Beiträge zu den letzten Fassungen, und meinem Lebensgefährten Bill Herbert, der mir während der gesamten Zeit zur Seite stand.

Die vierte Königin wurde durch einen Northern Arts Writers' Award gefördert.

Gisbert Haefs

Historische Romane

»Erzählwerke, die einem beim Lesen wirklich die Zeit vergehen lassen, die eigene und die, von der die Rede ist.«
Süddeutsche Zeitung

3-453-86982-6

Hannibal
3-453-06132-2

Alexander
3-453-07184-0

Alexander in Asien
3-453-07185-9

Troja
3-453-87963-5

Hamilkars Garten
3-453-16163-7

Roma – Der erste Tod des Mark Aurel
3-453-86982-6

HEYNE

Diana Verlag

SUSAN VREELAND

»*Subtil, dramatisch und kraftvoll. Ein Meisterwerk.*«
Publishers Weekly

»*Eine faszinierende Reise durch die Geschichte – fesselnd erzählt.*« **Frankfurter Rundschau**

»*Ein historischer Roman in Geschichten, der von außergewöhnlichem Talent zeugt. Scharfsinnig, klug und bewegend.*« **Kirkus Review**

Mädchen in Hyazinthblau
3-453-19572-8

Die Malerin
3-453-86996-6

Das Gesicht der Liebe
3-453-87365-3

3-453-19572-8

CHITRA B. DIVAKARUNI

Zwischen Chicago und Kalkutta, zwischen Verheißung und Entfremdung spielen die Geschichten von Chitra Banerjee Divakaruni, für die sie gleich drei Literaturpreise erhielt.

»*Divakarunis Geschichten sind von überwältigender Kraft.*« **The New York Times Book Review**

»*Mitreißend und lebendig erzählt Divakaruni von jungen indischen Frauen.*« **Brigitte**

3-453-17710-X

Die Hüterin der Gewürze
3-453-15014-7

Der Duft der Mangoblüten
3-453-16047-9

Die Prinzessin im Schlangenpalast
3-453-17710-X

Bengalische Sterne
3-453-21259-2

Wer die Sehnsucht kennt
3-453-87377-7